叶桂桐 著

《金瓶梅》版本研究枢要

中州古籍出版社
·郑州·

图书在版编目（CIP）数据

《金瓶梅》版本研究枢要 / 叶桂桐著. —郑州：中州古籍出版社，2017.12
 ISBN 978-7-5348-7193-1

Ⅰ.①金… Ⅱ.①叶… Ⅲ.①《金瓶梅》-文学研究 Ⅳ.①I207.419

中国版本图书馆 CIP 数据核字（2017）第 314629 号

出 版 社：中州古籍出版社
（地址：郑州市经五路66号邮政编码：450002）
发行单位：新华书店
承印单位：河南新华印刷集团有限公司
开本：787mm×1092 mm　　印张：30.5
字数：640 千字
版次：2017年12月第1版　　印次：2017年12月第1次印刷
定价：108.00 元
本书如有印装质量问题，由承印厂负责调换。

序

周钧韬

叶桂桐先生的大著《〈金瓶梅〉版本研究枢要》出版了。这是当代《金瓶梅》版本研究中，具有里程碑意义的一件大事。

叶桂桐的金学研究起步较早。1987年就组建了"山东聊城《水浒》《金瓶梅》研究学会"。1988年在《文学遗产》杂志发表第一篇论文《〈金瓶梅〉抄本考》。1987至1989年在北京师范大学作国内访问学者，后考入中国社会科学院，获文学博士学位。后其博士论文《论金瓶梅》顺利出版。首先以《金瓶梅》研究为博士论文者，在国外乃是著名的韩南教授，在中国乃是桂桐兄。近三十年来，他的研究内容涉及《金瓶梅》的成书、版本、作者、人物、语言、艺术、文化等多个领域，其中尤以成书、版本研究最为学界称颂。

我与桂桐兄1987年开始互通信息，1988年在扬州会议晤面。三十年来，我们在学术上互相尊重，互相勉励，互相学习，共同进步，互为良师益友。

桂桐兄比我年轻，于金学研究起步比我晚，可算是学弟吧。但他是我十分敬重的、学养很深的一位学者。每当金学会议期间，有些年轻人问及版本方面的问题，我总是叫他去请教叶先生。年轻人归来为我言，先生学养深厚，功力非凡。听师一语胜读十年。他们是特意来感谢我这引荐之功的。

首先从宏观而论。这是叶氏用三十年的时间、三十年的生命、三十年的精力、三十年的智慧，成就的一部大著作。该书名虽为版本研究，实际上囊括了《金瓶梅》"瓶外学"研究中的许多问题。如《金瓶梅》成书年代、成书方式、文体、语言、初刻本、崇祯本、《新刻金瓶梅词话》与初刻本《金瓶梅》的关系，以及与《金瓶梅》版本研究紧相关联的重大疑难问题，如［行香子］词、四贪诗、三序跋、第五十三至五十七回、《金瓶梅》版本研究对中国文献学与"小学"的新贡献，如此等等。一句话，涉及当代版本研究中的所有争论不休、毫无共识的难解问题，并在这些难解问题上都创建了自己的学说、观点。这是一部难得的有很高学术价值的《金瓶梅》版本研究的集大成之作；它详细罗列了近现代特别是当代版本学研究者的理论观点及其形成、发展的过程，并进行批评，因此这是一部自成体系的《金瓶梅》版本研究史。这是一项朴学与哲学思辨紧密结合所取得的重大研究成果，是在《金瓶梅》研究史上构建的一个复杂的系统工程，其价值不可估量。

在当代金学界，版本研究有成就者不乏其人，但多为发现、考证、比勘。而能在发现、考证、比勘的基础上，把版本研究升华到理论高度，将哲学思辨与缜密考证有机结合、相得益彰，且有独到见识者极为罕见。叶氏可谓是极为罕见中的有代表性的学者之一。

从微观而论。本书长于考证，注重调查研究。考证与调查研究乃是本书的强大的生命力所在。其考证达到细密、严苛、全面的程度。犹如毛泽东在认识论中告诫我辈的，调查研究亦即考证，务求：去粗取精、去伪存真、由此及彼、由表及里。这是认识论的精髓，一套探索真理、认识真理的强大的、十分了得的功夫之作。

在本书中，可能连哲学、认识论、辩证法等字眼，均未出现过，叶氏亦未曾说到用哲学、认识论、辩证法来指导考证、研究等话语。但叶氏深切地领悟了，也自觉地付诸实践了。正是在哲学认识论、辩证法的指导下，他的考证、研究，才取得了一系列的成功。

我在拙著《周钧韬〈金瓶梅〉研究精选集·后记》中说过这样一段话："学好哲学。我深切体会到，做任何研究工作，都必须以哲学为指导。唯物主义的认识论和辩证法，是研究古典文学的强大武器，其成功的法宝就是哲学基础、专业基础、文字表达能力的有机结合。反之，如果只有专业基础、文字表达能力而缺乏哲学修养，那就不可能取得较高的成就。可以说，我的'治学之道'的核心，就是四个字：学好哲学。"做好考证、学术研究，朴学与哲学思辨都是不可或缺的，两者的功力及结合的程度，决定研究成果的辉煌程度。可以说，叶氏的大著中闪耀着哲学思辨的光辉。

下面，从微观的角度来探讨叶氏的成功之道。

1954年，潘开沛著文提出：《金瓶梅》是如同《水浒传》那样先有传说故事、短篇文章，然后才成长篇小说的。此后，徐朔方、魏子云、梅节亦持此说。梅节还认为《金瓶梅》词话之前还存在一个说唱本《金瓶梅传》。他说："明朝嘉靖、隆庆、万历间流行于运河区的新兴大众消费性说唱文学，以平话为主，配合演唱流行曲。起初叫《金瓶梅传》，编撰者为书会才人一类中下层知识分子，可能与源流久远的'公（贯中)书会'有关。"①

面对这些大家的结论,叶氏知道调查研究才是认识真理的最重要途径。于是一次大规模的考证开始了。他组织研究者到河北省清河县,山东省临清、聊城、阳谷、梁山、郓城,河南省濮阳,江苏省苏北——即所谓《金瓶梅》故事发生地进行社会调查。调查的结论是:《金瓶梅》的传说故事根本不存在。照理说他们已能否定权威们的结论了。但是他们深知认识论中有个全面性和片面性的问题,调查得不全面会导致结论的不周严。于是他们开展了第二次调查,对以往的文献资料中有关《金瓶梅》传说的材料进行钩稽。结果依然如此。但他们仍然不放心,认识到他们的活动范围毕竟有限,没有听闻到的材料,客观世界中未必就真的没有。为了彻底杜绝片面性的可能,他们竟然决定开展第三次调查:翻查近年来刚刚搞完的《金瓶梅》故事发生地或书中人物活动的聊城、菏泽、泰安,以及河北邢台地区的民间文学集成,并用各种方式与负责这一工作的地方史志办的工作人员联系,结果仍然一样。即在《金瓶梅》成书之前的有关《金瓶梅》主要人物及故事的传说,连同民间演唱材料,连一点蛛丝马迹都没有发现(《金瓶梅》与《水浒传》所共有的人物除外)。

经过这再三的全面、周密的调查考证,叶氏理直气壮地宣布:事实就是如此,无论是现存典籍的记载中,还是民间的口碑材料中,迄今为止,没有任何人发现一篇在《金瓶梅》成书之前的关于《金瓶梅》人物及故事的传说和演唱材料的踪影。因此,自潘开沛起出现的《金瓶梅》乃是集体创作,是以"累积型"作品的新说为基础的《金瓶梅》说唱文学,这实在是一个仙境中的空中楼阁。

可以说,叶氏们的这次考证,是朴学与哲学思辨紧密结合的范例。第一,他们不迷信权威,认识到人对客观世界的正确认识,必须通过调查研究才能得出。调查研究是认识论的第一要务。第二,他们一而再再而三地展开多侧面多层次的调查研究,说明他们以全面性的原则为指导,力求防止片面性。第三,他们把握客观与主观的辩证关系,力求摆脱主观臆断,把考证建筑在客观事实的基础之上。如此等等,这种完全在哲学指导下的考证所得出的结论,能不立于不败之地吗!

长期以来,《金瓶梅》的成书方式有三种学说:世代累积型的艺人集体创作说、文人独立创作说、从艺人集体创作向文人独立创作发展的过渡说。叶氏们的权威性的调查考证,为彻底否定"艺人集体创作说",跨出了决定性的一步,其功伟矣!这是《金瓶梅》成书以来四百年间出现的一次最辉煌的考证。

将朴学与哲学思辨紧密结合所取得的重大研究成果,在叶氏的书中随处可见。我

---

① 梅节:《〈金瓶梅词话〉的版本与文本·〈金瓶梅词话校读记〉序》,北京图书馆出版社,2004年版,第5页。

们可以把他对《金瓶梅》第五十三回至五十七回的考证、分析、研究做具体剖析，便可窥其全豹。

如果说上一段考证成就，主要得力于唯物主义的认识论，那么这一段对《金瓶梅》第五十三回至五十七回的考证、分析、研究，则主要得力于唯物辩证法的指导。他首先详尽、细致地罗列了各家各派的理论观点及其得出其理论观点所使用的文献资料和研究方法，去做全面的了解和把握，而后进行客观的（避免主观的）辩证的（避免一点论的）思考，用一分为二理论进行分析，在某些基本错误的理论中发掘有价值的成分，同时在某些有价值的理论中摒弃错误的成分。然后在批判继承的基础上进行独立的考证、比较、分析研究，从而得出了自己的理论、观点。在书中这一套考证、比较、分析研究的功夫是相当复杂的，最后就是靠哲学思辨的头脑和慧眼，在一堆乱麻中找出头绪，在别人没有想到或无法想到的地方找到了真理。比如：

一是叶氏把这五回与全书做了极为细致的考察，发现：这五回如同镶嵌在《金瓶梅》文本中的活化石，随着不同的版本而有不同的改变，遂成了判定《金瓶梅》版本类型及其刻印时间的文本内在的"铁证"。"词话本"改编成"说散本"时，将初刊本中这五回赝作保存了下来，证明载有这五回的词话本的确存在过；"崇祯本"这五回与《新刻金瓶梅词话》的这五回的不同，同时证明了它不是根据现存词话本《新刻金瓶梅词话》改写的。现存词话本《新刻金瓶梅词话》这五回中的第五十三回、第五十四回明显地优于"崇祯本"的这两回，证明词话本《新刻金瓶梅词话》晚于"崇祯本"，否则"崇祯本"的改写者，一定会择善而从之。

二是很多资深《金瓶梅》研究者坚持认为，《新刻金瓶梅词话》是"万历本"，是《金瓶梅》的初刻本，"崇祯本"是根据这"万历本"改写而成的。事实并非如此。叶氏认为，最早的刻本是现已失传的刻于万历四十五年或稍后的《金瓶梅词话》本。其后是第一代《新刻绣像批评金瓶梅》（崇祯本），第二代《新刻绣像批评金瓶梅》（内阁文库本），当刻于崇祯十四年到十六年。现存的被很多研究者认为是《金瓶梅》初刻本的《新刻金瓶梅词话》，恰恰是更晚于第二代"崇祯本"的本子，当刻于清代初年。

这是从《金瓶梅》文本本身考证得出的结论，已经令人无可争辩。但叶氏并不就此止步，又作《"万历本"晚于"崇祯本"的文献依据》一文，将第五十三回至五十七回与"崇祯本"眉批中的"原本""元本"加以勾连，不仅精准地解释了"元本"的真正含义，顺便解决了这个学术疑案，又反过来为《〈新刻金瓶梅词话〉晚于"崇祯本"的铁证》中的第五十三回至五十七回有"三种形态"找到了"文献依据"，提供了坚如磐石般的基础或强有力的支柱。二者结合，相辅相成。《金瓶梅》版本研究的四大疑案，特别是初刻本《金瓶梅词话》与《新刻金瓶梅词话》的关系这一牵扯到"瓶内""瓶外"两大领域中的重大学案，得到了真正的解决。

"崇祯本"眉批中的"原本""元本",这几乎是每个研究《金瓶梅》的学者,没有不认真阅读过的材料。它的外在含义也非常明显,"崇祯年间,人们找到了遗失已久的'元本'",但没有一个人将此与《新刻金瓶梅词话》中的第五十三回、第五十四回联系起来。只有叶氏将"崇祯本"眉批中的"得此元本"之说,判定为《新刻金瓶梅词话》中第五十三回、第五十四回出处的文献依据。这不得不让人佩服叶氏阅读文献的精细与哲学思辨的严密。

区区几个例证就能说明,叶氏的朴学与哲学思辨紧密结合所取得的研究成果,真不可小觑。

叶氏的研究到底有多少真理性的成分?还是请诸君本着一颗怀疑、挑剔的心,或是敬仰、佩服的心,沿着叶氏的思路和足迹,做一番"实地考察"吧。

以下引几则学界对叶氏的评介:

吴敢《金瓶梅研究史》指出:"叶桂桐学力宏富,逻辑严谨,长于考据,勇于思辨,有一种执着劲头,带一丝逼人气势,生来该做学问,偏能卓见成效,是典型的古典派学人。"

在一次学术研讨会上,张远芬看了叶氏的《〈新刻金瓶梅词话〉晚于"崇祯本"的铁证》的文稿后指出,叶氏"做了一项颠覆性的工作"。

这一则来源于网络,山寨国人在《论〈金瓶梅词话〉由二十卷变十卷本之不可能》的评论中说:"金学圈里,多数学者热衷于兰陵笑笑生的考证,对于冷灶版本学则少有问津,但数十年来仍有大家迭出,如刘辉、王汝梅、黄霖、梅节、叶桂桐等。叶先生是近年版本学方面最活跃的学者,也是近些年版本学集大成者。……叶先生在《金瓶梅》版本学方面有很多创建,特别是二序一跋的产生过程具有里程碑式的意义,因为正是对此三序跋的错误认知导致后续的一系列错误。最早的观点认为三序跋都是万历丁巳本上固有的,所以导致主流观点认为今存词话本就是《金瓶梅》的初刻本。20世纪90年代,梅节先生提出了创建性的观点,认为今本词话不是初刻本,欣欣子序晚出,初刻本为说散本,仅有一序一跋。叶先生的观点更进一步,论证丁巳初刻本仅有'弄珠客'一序,廿公跋是写于崇祯末年,作者是杭州书商鲁重民。"

山寨国人何许人也?叶氏不认识,此人亦当不认识叶某。但此人当非泛泛之辈,否则如何能有此等见识?

大著出版,三十年辛苦不寻常。叶兄该陶醉于成功的喜悦中了吧?非也。在长期的学术交往和切磋中,叶兄与我达成了两条共识:

第一,如何评价自己的研究成果?我们认为,自己的论著中到底有多少真理性的成分,是很难估计的。也许很快就被他人的新说所否定,也许很快就被自己的新说所否定。长期以来,学术界存在一种偏向:害怕否定。殊不知,否定之否定乃是不可抗拒的，是完全符合认识的辩证法则的。某一种新的认识的提出，必然是对原有的认识的否定。而不少新的认识在刚刚提出的初时，就已经包含有否定的因素，它必将被更新的认识所否定（当然这种否定并不一定是全部抛弃，而是扬弃）。而每一次否定都必将人的认识提高到一个新水平。因此，我们不应该反对别人对自己的否定，也不应该害怕自己对自己的否定。唯有否定才有前进。我们将铭记这一真理，举起双手欢迎别人对自己的否定，同时不断进取，努力实现自己对自己的否定。

  第二，我们完成的论著，都是自己独立的成果吗？非也。从表面上看是个人研究的产物，实际上并不尽然。任何科研成果，都是集体智慧的结晶。就宏观而论，助我们成功者，涉及整个《金瓶梅》研究界，明清小说、明清史、明清文化研究界；就学者而论，有国外的、国内的，在世的、已故的，相识的、不相识的，学术观点相同的、相异的；就学术著作而论，许许多多学者、研究者的论著和收辑的研究资料，都给我们以极大的启示和帮助。即使是他们的失误，亦给我们以借鉴，使我们在他们的教训中进行新的开拓。

  只要生命不息，学术研究不止，这两条，叶兄与我将永远铭记。

2017 年 4 月 15 日

自 序

《金瓶梅》在四百年前就被称为"四大奇书"之一,后来又被称为"天下第一奇书",它的命运的确是够奇特的了:它在清代被列为禁书,迄今为止它的全本,无论是词话本,还是崇祯本,仍然是禁书。

虽然如此,《金瓶梅》在改革开放以来却曾经"热"过、"烧"过,"金学"也已经成了"显学"。《金瓶梅》不仅为中国读者、学者所重视,也为外国读者、学者所珍视,它已经"国际化"了。

学术界或金学界喜欢把《金瓶梅》研究大致分为两大块:瓶内学、瓶外学。瓶内学指《金瓶梅》的思想、人物、艺术研究,瓶外学是指基础研究。与此相应,也把研究者大致分为瓶内派、瓶外派。《金瓶梅》给瓶内学、瓶外学都出了太大的难题。给瓶内学出的难题是"丑学",给瓶外学出的难题是"作者与版本"。

在瓶内学方面,自20世纪以来,中国有了"美学""文艺理论",但没有"丑学","文艺理论"教科书上也只有"真善美",没有"真恶丑"。在"文革"之前,以"文艺理论"教科书上的"真善美"为旨归的文学批评发展到了极致,成了"高大全"。对于"丑学",对于《金瓶梅》这样的"另类"的"真恶丑",我们还没有相应的有力的批评理论,因此对于《金瓶梅》的思想、主题、人物、艺术等文本研究,我们会感到力不从心。

瓶内学研究的旗帜、大家、最具代表性的学者是宁宗一先生。这位87岁高龄依然充满青春活力的"学院派"教授在叙写"重读《金瓶梅》断想"时,题目就非常醒目:《伟大也要有人懂》。"伟大也要有人懂!"这是宁先生对20世纪以来,特别是改革开放三十多年以来的《金瓶梅》文本研究的深刻总结与高度概括。

"伟大也要有人懂!"这也是宁先生用三十多年的辛勤劳作酿成的高浓度醇酒,他的聪明睿智,他的精辟深邃,他的横溢才华,甜酸苦辣,一切题中应有之意,都浓缩在这杯醇酒之中了。请君慢慢品尝吧！

在基础研究或曰"瓶外学"方面，我们原本就有无比雄厚的基础：第一是有系统的版本、目录、校勘等方面的文献学理论与长期实践的历史；第二是有系统的音韵、文字、训诂等"小学"理论与长期实践的历史。这与美学、与文艺理论方面的空白或"舶来"大不相同。

但是，由于《金瓶梅》问世以来的四百多年间，几乎一直被当作禁书，不仅作者有意隐藏自己的姓名，就连书肆也不愿意标明自己的书坊的名称，而且词话本《金瓶梅》鱼鲁亥豕，错别字连篇，又使用了大量的方言土语，这不仅为读者阅读造成了很大的障碍，也为《金瓶梅》的基础研究带来了极大的困难。因此，迄今为止，我们不仅在作者研究方面没有取得重大的突破，闹出了若干被一些学者讥讽的笑话，就是在版本研究方面，关于《金瓶梅》成书年代、成书方式、抄本、初刻本刻印年代、《新刻金瓶梅词话》是否初刻本、崇祯本《金瓶梅》与词话本的关系、崇祯本《金瓶梅》各种版本内在关系等重要问题都一直众说纷纭，没有真正解决；而与《金瓶梅》版本研究密切相关的《新刻金瓶梅词话》卷首的四贪诗、四首［行香子］词、东吴弄珠客序、廿公跋、欣欣子序的作者与写作时间，第五十三回至五十七回问题等重大问题都成了难以解决的疑难悬案。

研究对象本身的特殊性，造成了版本研究的复杂性。

但学术难题是牵引学术发展的动力。对于《金瓶梅》在"瓶外学"方面的研究仍然取得了可喜的成绩，极大地推动了学术发展与突破。这只要举出张鸿魁先生的研究成果，看看他的《张鸿魁〈金瓶梅〉研究精选集》，我们就不难发现他对传统"小学"的新突破、新贡献，不难发现我们在这方面所取得的丰硕成果。这是对"笑学"的讥讽的最有力度的反讽。我们且不说张鸿魁先生在《金瓶梅》语音研究、文字研究方面对"小学"的贡献，我们只要看其在《金瓶梅》校勘方面对辗转错讹的一些个难字的校勘，就不难看出这种研究是怎样地远远超出了传统的所谓"形近音同"而致的概念了。

正如张鸿魁先生在书中所说的那样：整理汉字、和计算机配合作信息处理等文字建设工作，跟现代化建设的速度效益有密切的关系，而整理汉字需要理论指导。因此，近代汉字演变的规律、汉字适应汉语变化的能力，是重要的研究课题。

张鸿魁先生对《金瓶梅》语音和俗字等方面的研究更为系统，这无论对"小学"或校勘等文献学研究都具有可以上升到理性高度的贡献。

在版本研究方面，《金瓶梅》版本研究的以下重大疑案都有了新的突破或者进展：

一、《金瓶梅》成书年代。

二、《金瓶梅》成书方式。

三、《金瓶梅》抄本问题。

四、《金瓶梅》初刻本刻印年代。

五、《新刻金瓶梅词话》与《金瓶梅》初刻本的关系。

六、《金瓶梅》词话本与崇祯本的关系。

七、崇祯本《金瓶梅》各系统之间的关系。

八、《金瓶梅》头上的"王冠"问题。

九、《金瓶梅》序跋问题。

十、第五十三回至五十七回问题。

拙著《〈金瓶梅〉版本研究枢要》是试图对四百多年前古人留下来的版本方面的谜团的一个破解，是对近百年来的《金瓶梅》版本研究做一个梳理，做一个总结。但这个总结又不是全面地梳理与总结，只是就其最主要最关键的疑难问题，做出梳理与总结，因此称其为"枢要"。

学术研究要有争论、有议题，才能深入。《〈金瓶梅〉版本研究枢要》就是给学术界提供一些个争辩的议题，提供一个具体的靶子。

《〈金瓶梅〉版本研究枢要》，是我三十多年来关于版本研究成果的集中发布，也是对我以往的错误的公开纠正。比如，21世纪初我发表的长篇论文《中国文学史上的大骗局　大闹剧　大悲剧》，单看题目，就有问题，我说出版商加上一篇"欣欣子序"，说《金瓶梅》的作者是"兰陵笑笑生"是一个大骗局，现在我则认为欣欣子序中说《金瓶梅》的作者是兰陵笑笑生，不一定是有意骗人，而更可能是这个时候，他已经知道了《金瓶梅》的作者到底是谁。这个时候是有这种可能性的，因为早在崇祯年间，人们就已经找到了万历末年"遍觅不得"的第五十三、五十四两回，这在崇祯本眉批中的所谓"元本"中已经有了明确的记载。而在2015年第十一届徐州国际《金瓶梅》学术研讨会上张炫先生提供的关于笑笑生曾经在万历二十九年在杭州出现的新资料，也提供了关于作者研究的新依据。

人与动物的最大不同之一是人不是从零开始，而是广泛吸取前人的成果，在前人的基础上勇敢前行。《〈金瓶梅〉版本研究枢要》不仅试图为资深研究者提供一个新的基础，给新上路者提供一个快速掌握前沿状况的简要叙述，以便他们省却很多从零开始的时间和精力，也为自己、为金学界在基础研究方面设定一个新的起点。

基础研究是最为吃力不讨好的工作，但它对于文本或曰"瓶内学"的研究乃是必须的。最后让我用《庄子·庖丁解牛》中的文字来作为结语：

庖丁为文惠君解牛。……

文惠君曰："嘻，善哉！技盖至此乎？"

庖丁释刀对曰："臣之所好者，道也；进乎技矣。……"
文惠君曰："善哉！吾闻庖丁之言，得养生焉。"

叶桂桐
2017年春于山东外事翻译学院威海校区

目录

第一章 《金瓶梅》版本研究述略 ... 1
- 第一节 《金瓶梅》版本研究的阶段划分与主要问题 ... 2
- 第二节 明清时期《金瓶梅》版本研究 ... 3
- 第三节 20世纪以来的《金瓶梅》版本研究 ... 3
- 第四节 《金瓶梅》版本研究尚待解决的问题 ... 15
- 第五节 重新出发 ... 16

第二章 《金瓶梅》成书诸问题研究 ... 19
- 第一节 《金瓶梅》成书年代 ... 20
- 第二节 《金瓶梅》成书方式 ... 31
- 第三节 《新刻金瓶梅词话》文体考察 ... 44
- 第四节 《金瓶梅》词话语言的方言化 ... 62
- 第五节 《金瓶梅》抄本考 ... 70
- 第六节 《金瓶梅》初刻本 ... 81

第三章 崇祯本研究 ... 87
- 第一节 崇祯本内在关系研究 ... 88
- 第二节 崇祯本内在关系考察 ... 96
- 第三节 崇祯本《金瓶梅》与初刻本《金瓶梅》词话的关系 ... 125
- 第四节 内阁本用初刻本校勘过 ... 142
- 第五节 张评本也用词话本校勘过 ... 150
- 第六节 张评本（第一奇书本） ... 151
- 第七节 《绘图真本金瓶梅》与王文濡 ... 153

第四章　《新刻金瓶梅词话》 ... 157
第一节　《新刻金瓶梅词话》的发现 ... 158
第二节　《新刻金瓶梅词话》版本分析 ... 161
第三节　《新刻金瓶梅词话》与初刻本《金瓶梅》词话的关系 ... 168
第四节　《金瓶梅》版本研究的"死结"：初刻本之争
　　　　——兼答友人杨国玉先生 ... 186

第五章　与《金瓶梅》版本研究紧相关联的重大疑难问题 ... 219
第一节　四首［行香子］词 ... 220
第二节　四贪诗 ... 229
第三节　《金瓶梅》三序跋 ... 233
第四节　《金瓶梅》第五十三至五十七回 ... 296
第五节　《金瓶梅》"欣欣子序"系杭州书商鲁重民所为 ... 318

第六章　《金瓶梅》版本研究对中国文献学与"小学"的新贡献 ... 335
第一节　《金瓶梅》词话校勘的方法论问题 ... 336
第二节　《金瓶梅》版本研究对文献学与"小学"的贡献
　　　　——张鸿魁《金瓶梅》文字、语音研究对文献学与"小学"的发展具有
　　　　重要意义 ... 338
第三节　采用现代化科技手段研究《金瓶梅》版本 ... 350
第四节　《金瓶梅》版本研究大有可为 ... 362

第七章　《金瓶梅》版本研究学案 ... 381
鲁迅 ... 382
郑振铎 ... 383
吴晗 ... 384
孙楷第 ... 386
吴晓铃 ... 386
王利器 ... 386
徐朔方 ... 387
魏子云 ... 391
梅节 ... 395
小野忍 ... 398
鸟居久靖 ... 399
荒木猛 ... 399

大冢秀高	401
韩南	402
胡文彬	404
刘辉	404
王汝梅	406
郑庆山	414
黄霖	414
吴敢	420
李时人	426
周钧韬	428
陈昌恒	434
鲁歌	436
张鸿魁	442
周文业	444
孟昭连	444
孙秋克	446
许建平	448
潘承玉	450
杨彬	452
洪涛	454
杨国玉	456
史小军	458
汪炳泉	459

附　录 ······ 461
　关于《金瓶梅》的传说——《〈金瓶梅〉的传说》自序 ······ 462
　《金瓶梅》传说再议——《〈金瓶梅〉的传说》（之二）序言 ······ 465

后　记 ······ 470

第一章 《金瓶梅》版本研究述略

第一节 《金瓶梅》版本研究的阶段划分与主要问题

一、《金瓶梅》版本研究的阶段划分

自从公元1596年(明万历二十四年)《金瓶梅》问世开始,《金瓶梅》版本研究也就开始了。矛盾是作为过程展开的,通常人们为了研究的方便,往往需要根据事物本身发展的特点,把事物的发展过程划分为若干阶段。

由于《金瓶梅》版本研究的特殊性,若干重大问题互相纠缠交叉,版本研究的发展演进与其他研究并不完全同步,因此其阶段划分也并不完全相同。

《金瓶梅》研究是一个世界性学术课题,它与中国的学术直接受到政治的影响不同,它并不直接受中国政治变化的影响,因此其学术阶段也应该从世界范围着眼,并不局限于中国大陆。

四百多年来的《金瓶梅》版本研究,大致上可以划分为如下阶段:

第一,明清时期《金瓶梅》版本研究:公元1596年(明万历二十四年)至清末。

第二,20世纪。

第三,21世纪以来。

二、《金瓶梅》版本研究的主要问题

1932年,在山西省介休发现了《新刻金瓶梅词话》,《金瓶梅》版本研究进入了一个新的时代,而从严格意义上说,真正的《金瓶梅》版本研究也是从此开始的。

《金瓶梅》版本研究的主要问题如下:

第一,《金瓶梅》成书年代。

第二,《金瓶梅》成书方式。

第三,《金瓶梅》抄本问题。

第四,《金瓶梅》初刻本刻印年代。

第五,《新刻金瓶梅词话》与《金瓶梅》初刻本的关系。

第六,《金瓶梅》词话本与崇祯本的关系。

第七,崇祯本《金瓶梅》各系统之间的关系。

第八,《金瓶梅》头上的"王冠"问题。

第九,《金瓶梅》序跋问题。

第十,五十三回至五十七回问题。

这十个主要问题又可以分成三类:

第一至第四为第一类:成书问题。

第五至第七为第二类:刻本之间的关系问题。

第八至第十为第三类：与刻本之间关系直接相关的问题。

第二节 明清时期《金瓶梅》版本研究

明清时期《金瓶梅》版本研究主要有如下几个方面：

第一，《金瓶梅》成书与流播：主要是关于抄本传抄线索、作者传闻、初刻本刊刻等的记叙，其中沈德符《万历野获编》影响最大。

第二，《金瓶梅》评价：袁中郎、谢肇淛最有代表性。

第三，《金瓶梅》评点：张竹坡、文龙点评，张竹坡评点影响最大。

这期间的主要文献记载如下：

1. 袁宏道《锦帆集·致董思白书》。袁宏道的信写于万历二十四年十月（一说万历二十三年深秋）。而据考证，万历十七年，王肯堂"以重资购抄本二帙"（《山林经济籍》）；万历二十年（一说在万历二十至二十一年间，一说在万历二十五年以后），屠本畯在王肯堂家和王稚登家读到《金瓶梅》各两帙（《山林经济籍》）。

2. 万历二十二年秋至二十三年十月（一说万历二十四年）董其昌与袁中道谈及《金瓶梅》，见袁中道《旅居柿录》、《珂雪斋集外集》卷九（明万历四十六年刻本）。

3. 万历二十六至二十七年间袁宏道只"见此书之半"（出处同上）。

4. 万历三十五年屠本畯为《金瓶梅》写跋（《万历野获编》）。

5. 万历三十七年"小修上公车，已携有其书"（《万历野获编》）。如果说万历四十五年丁巳是《金瓶梅》词话初版的时间，那么《金瓶梅》抄本流传的过程，至少可以说，自万历十七年至万历四十五年，有28年之久。

6. 初拥有《金瓶梅》抄本的有12家，其中拥有全本的是王世贞、徐阶、刘承禧、袁中道、沈德符。

握有部分抄本的有文在兹、屠本畯、谢肇淛、丘志充、王肯堂、董其昌、袁宏道、王稚登，其中王肯堂、王稚登为两帙。

第三节 20世纪以来的《金瓶梅》版本研究

上节说到，在1932年以来的《金瓶梅》版本研究过程中，形成了10个主要的研究问题，这些问题贯穿了20世纪以来的整个研究过程。其中前四个问题，基本得到解决。后四个问题，可以说迄今为止，并没有真正解决，对此我们从2016年10月广州第十二届国际《金瓶梅》学术讨论会所提供的论文集中就不难看出。

一、《金瓶梅》成书年代

我在《〈金瓶梅〉成书年代新线索》中，曾经论述过，《金瓶梅》词话中有万历十年前后的事情,由此可以推知《金瓶梅》成书必在此之后。

二、《金瓶梅》成书方式

(一)《金瓶梅》成书之前的传说与说唱

《金瓶梅》刚一问世,还在以手抄本方式流传的时候,就立刻引起了当时文坛的注意。自然是有人大加赞誉,有人极力诋毁。但是,誉也好,毁也好,人们都普遍地感到吃惊。有的是惊喜,比如当时的文坛领袖袁宏道;有的则惊骇,比如看过手抄本的薛冈。为什么人们会普遍感到吃惊呢?这根本的原因,乃在于《金瓶梅》一书中的主要故事,缺乏一个如同《三国演义》《水浒传》《西游记》中的故事的长期流传演唱过程,因而人们觉得这书好像是突然冒出来的一样。而且,不管是对《金瓶梅》赞誉的也好,诋毁的也好,大家认为这书是某个作家的创作的观点则是一致的。这种观点,由明清的文学评论家,到20世纪初期的文学史家,包括鲁迅、郑振铎这样的大家,也都毫无例外地认为《金瓶梅》是某个我们现在还不知道其真实姓名的作家的创作。直到现在在高等学校的讲堂上被广泛采用的中国社会科学院文学研究所和游国恩等教授所编写的两部《中国文学史》中,也都是持这种观点。

20世纪30年代,冯沅君先生在《〈金瓶梅词话〉中的文学史料》一文中,指出了《金瓶梅》词话中所引用的大量的诗词曲(包括戏曲中的曲子)小说材料的出处;之后,赵景深先生也做过这种工作。在国外,对《金瓶梅》词话所引用过的现成材料的考证工作用功最勤,成就也较大的是美国的学者韩南先生。但是,除赵景深先生之外,无论是冯沅君先生,还是韩南先生,在考证之后,得出的结论都仍是《金瓶梅》的成书类型为作家的创作,而不是"累积型"作品。因此,关于《金瓶梅》的成书过程或成书类型,几乎众口一词,已经成了定论。

1954年,潘开沛先生著文《〈金瓶梅〉的产生和作者》,明确地提出了新的见解:"《金瓶梅》是一部什么样的书?我说:不是像《红楼梦》那样由一个作家来写的书,而是像《水浒传》那样先有传说故事、短篇文章,然后才成长篇小说的。这就是说,它不是哪一个'大名士'、大文学家独自在书斋里创作出来的,而是在同一时间或不同时间里的许多艺人集体创造出来的,是一部集体的创作,只不过最后经过了文人的润色和加工而已。"①

此后,徐朔方先生进一步阐述了这种观点。因为徐朔方是根底扎实、擅长考据的大家,所以影响更大。

台湾的魏子云先生早年亦持此说。

香港的梅节继承了潘开沛、徐朔方、魏子云的观点,认为《金瓶梅》词话之前存在一个说唱本《金瓶梅传》。"明朝嘉靖、隆庆、万历间流行于运河区的新兴大众消费性说唱文学,以平话为主,配合演唱流行曲。起初叫《金瓶梅传》,编撰者为书会才人一类中下层知识分子。"

叶按:这种所谓"艺人本"的说唱文学《金瓶梅传》,压根儿就没有出现过。所有设想过

---

① 原载1954年8月29日《光明日报》。

有这种说唱本《金瓶梅》的人都是"想当然",包括潘开沛、徐朔方等先生在内。

1987年夏,我在聊城大学与友人阎增山、刘忠光等一起组建了"山东聊城《水浒》《金瓶梅》研究学会",大家推我做会长。我在北京聘请吴晓铃、杜维沫先生做顾问。1987年9月至1989年7月,我到北京师范大学做国内高级访问学者,师从钟敬文、张紫晨先生学习民间文学与民俗学,于是在《金瓶梅》研究中遇到的不易解决的难题,就向钟敬文先生请教。

遵循钟敬文先生的意见,对于有关《金瓶梅》的传说,我们做了三方面的工作。第一是采风,组织人到河北省清河,山东省临清、聊城、阳谷、梁山、郓城,河南省濮阳地区,江苏省苏北地区——即所谓《金瓶梅》故事发生地进行社会调查。第二是对以往的文献资料中有关《金瓶梅》传说的材料进行钩稽。第三是对近来社会上正式刊出的有关《金瓶梅》传说进行搜索、甄别分类。这样,可以说是对古往今来的《金瓶梅》传说进行了一次比较系统全面的梳理工作。

后来钟敬文先生主编丛书《书外书》,嘱我编辑其中有关《金瓶梅》传说的小册子,我们便开始考虑对爬梳所得到的材料进行整理,最后编辑出版了两集《〈金瓶梅〉的传说》。①

综观两集《〈金瓶梅〉的传说》,就传说的内容与题材所涉及的范围而言,是比较齐全和有代表性了。

我在编辑关于《金瓶梅》的传说、组织人到民间采风的时候,就很注意这个问题,即《金瓶梅》的传说的时代问题,想看看民间是否还留存着《金瓶梅》成书之前的关于《金瓶梅》中的人物的传说。但是调查的结果表明,在《金瓶梅》问世之前,这方面的传说一点都没有。不仅如此,除了《金瓶梅》借用的《水浒传》的人物如武松、西门庆、潘金莲等之外,只有《金瓶梅》中才有的人物,比如书中的重要人物吴月娘、李瓶儿、孟玉楼、李娇儿、孙雪娥、庞春梅、陈经济等,就是《金瓶梅》问世以后,也或者没有传说,或者只有少许的传说。而关于《金瓶梅》中的人物及故事的民间演唱材料,包括戏曲在内,在《金瓶梅》问世之前,也一篇都没有。这与现存文献资料的记载情况完全相符,因为在所有现存典籍中,关于《金瓶梅》人物故事的传说、演唱材料,在《金瓶梅》问世之前,一点踪迹也不见。

是的,我们没有听闻到的材料,客观世界当中未必就真的没有,因为我们的活动范围毕竟有限。于是我们便开始翻查近年来刚刚搞完的《金瓶梅》故事发生地或书中人物活动的主要场地的聊城、菏泽、泰安,以及河北的邢台地区的民间文学集成,并用各种方式与负责这一工作的地方史志办的工作人员联系,结果仍然一样,即在《金瓶梅》成书之前的有关《金瓶梅》主要人物及故事的传说,连同民间演唱材料,连一点蛛丝马迹都没有(《金瓶梅》与《水浒传》所共有的人物除外)。事实就是如此,无论是现存典籍的记载中,还是民间的口碑材料之中,迄今为止,没有任何人发现一篇在《金瓶梅》成书之前的关于《金瓶梅》人物及故事的传说和演唱材料的踪影。因此,我认为自潘开沛先生起出现的《金瓶梅》乃是集体创作,是"累积型"作品的新说基础的《金瓶梅》说唱文学,实在是一个仙境中的空中楼阁,真可谓是"忽

---

① 叶桂桐、宋培宪编:《〈金瓶梅〉的传说》,南海出版公司,1990年版。

闻海上有仙山,山在虚无缥缈间"了。

(二)"艺人本"("词话本")是说唱本

梅节先生把崇祯本叫作"说散本",又称作"文人本",与此同时又将词话本(叶按:包括初刊本《金瓶梅》词话和《新刻金瓶梅词话》)称为"艺人本"。

这实际上是把词话本《金瓶梅》当作民间文学,当作说唱文学,当作艺人的说唱底本,是"说"与"听"的民间艺术或"曲艺"。这是对《金瓶梅》词话文体的误判。其实,《金瓶梅》词话是既不能唱,也不能说的"小说",是案头之作,是看的文学。兹事体大,牵扯到中国小说发展历史,不可不予详论。

对此,著名民间文学专家胡士莹先生在《话本小说概论》中有过明确的论述。他从民间说唱的演进历史、明代的说唱词话、拟话本的繁兴和发展、拟话本的本质特点等方面进行了系统的阐述。他说:

> 拟话本则是文人模拟话本形式的书面文学,实际上就是白话短篇小说。①

《金瓶梅》词话是小说,最早见到手抄本的董其昌对袁小修说:"近有一小说,名《金瓶梅》,极佳。"

袁小修《游居柿录》云:"后从中郎真州,见此书之半,大约模写儿女情态俱备,乃从《水浒传》潘金莲演出一支。"

冯梦龙则"见之惊喜,怂恿书坊以重价购刻"。从他们见到《金瓶梅》的异常心情中可以看出,《金瓶梅》是突然出现在人世间的,他们毫无思想准备。如果说社会上早已有《金瓶梅》故事流传,话本中、戏曲中早已有讲说传唱,小说不过是加工整理这些现成的故事而成书的,那么他们当不会如此"惊喜",如此迫不及待地追寻来龙去脉,迫切要求阅读全稿。此外,这些人还对《金瓶梅》到底影射何人何事,作了许多猜测。

丁耀亢在《续金瓶梅后集凡例》中也说《金瓶梅》词话是小说。

台湾魏子云先生晚年一改以往的见解,认为《金瓶梅》词话是"拟话本"。

我在拙作《〈金瓶梅〉作者是自由职业者》中曾经对《金瓶梅》作者身份地位及其变化做过认真的考辨。

自从郑振铎先生说了"欣欣子"就是"笑笑生"之后,学界不少人也都持这种看法。但我认为,欣欣子不是"笑笑生"。据我考证,"欣欣子"是"书商(出版商)","笑笑生"是"自由撰稿人"(如宋元时期的"书会才人")。欣欣子就是杭州书商辉山堂书坊的老板鲁重民,字孔轼。②

"笑笑生"究竟是何人,还未搞清楚,但我们可以在此新的基础上,重新探讨"笑笑生"其

---

① 胡士莹:《话本小说概论》,中华书局,1980年版,第99页。
② 叶桂桐:《〈金瓶梅〉"欣欣子序"系杭州书商鲁重民所为》,《明清小说研究》2016年第1期。

人究竟是谁。

"神龙见首不见尾","笑笑生"终于现身了:

明代歙县程大约,著名制墨家,字幼博,别字君房,编纂《程氏墨苑》十二卷,收录有五百余幅程氏所制墨图。该书另附有诗文八卷,收录一百八十余人的数百篇序跋及诗作。该部分卷八《侍御羲阳彭公书》明确记载说,笑笑生在万历二十九年(1601)六月二十日还在杭州。

程大约为了扩大自己墨铺的影响,常携《程氏墨苑》及佳墨四处云游,拜访名士,邀请他们为《程氏墨苑》写序跋或为其墨书写题词。很显然彭好古邀请程大约赴杭也应与此有关。这说明笑笑生绝非无名泛泛之辈,应是有一定影响、名气的文士,或许还擅长书法,是值得一见的人物。

三、手抄本《金瓶梅》

(一) 手抄本的拥有者、寓目者及其相互关系

《金瓶梅》早期手抄本拥有者计十二人,他们是:王世贞、徐文贞、刘承禧、袁中道、沈德符、王肯堂、董其昌、袁宏道、谢肇淛、丘志充、王百谷、文在兹。

虽然不止一个人记述过王世贞手中拥有《金瓶梅》全抄本,但其实记述人均未见过,因此可以不论。余下的十一人手中的抄本,就其传抄关系而言,大体上可以分为三种子系统,现在分别加以叙述。

第一种子系统为:徐文贞、刘承禧、沈德符、董其昌、袁宏道、谢肇淛、丘志充。

在这个子系统中,拥有所谓"全抄本"的四个人手中的抄本关系是:

徐文贞→刘承禧→袁中道→沈德符

拥有不全抄本的四个人手中的抄本,谢肇淛的抄本来自丘志充和袁宏道,而袁宏道又抄自董其昌。

这个抄本子系统的"全抄本"也好,不全抄本也罢,正是谢肇淛所说的"为卷二十"的系统。

第二种子系统为:王肯堂、王百谷。

记述这种子系统抄本的是屠本畯,他没有说明这种子系统抄本的卷数,但却说:"书帙与《水浒传》相埒。"

第三种子系统为:文在兹。

记述这种子系统抄本的是薛冈,他亦未曾说明其卷帙情况。

这三种子系统抄本之间的关系大致上比较清楚,详见拙著《〈金瓶梅〉抄本考》①与《〈金瓶梅〉卷帙与版本之谜》②。

---

① 原载《文学遗产》1988 年第 3 期。
② 原载《金瓶梅研究》第六辑,知识出版社,1999 年版。

(二) 手抄本研究值得注意的问题

1. 手抄本只有一个系统,《金瓶梅》早期抄本说到底,实为同一系统抄本,即均为二十卷本。不存在梅节、魏子云先生所说的"艺人本"与"文人本"这样两个不同的版本系统。

2. 初刻本《金瓶梅》采用的就是刘承禧抄本系统。

3.《金瓶梅》的创作方式是文人个人创作,但采用了很多"留文"("成文"),不同于《三国演义》和《水浒传》的"群众集体创作与个人写定相结合"的模式。这在中国长篇小说发展史上具有界碑意义。

4.《金瓶梅》手抄本拥有者及寓目者多为中上层官吏、社会知名人士,且一般都有较高之文学修养,书画家与收藏家占了相当的比重。

就抄本之流传地点来看,中心地有三:北京、苏州、湖北。北京又以翰林院最可注意。

5. 崇祯本评点者拥有初刻本、手抄本(详见下文"原本""元本")。

四、初刻本《金瓶梅》刻印年代

20世纪初期《金瓶梅》版本研究的特点是中国学术界开始用西方学术观点研究中国小说,编写中国小说历史,以鲁迅的《中国小说史略》最有代表性,其中关于《金瓶梅》的评价影响深远。

1920年,鲁迅应邀在北京大学等高校讲授中国小说史,他把讲义油印出来散发给学生,是为《小说史大略》。《中国小说史略》便是在《小说史大略》的基础上修补增订而成,在一两年的时间里,从最初的17篇扩大到26篇,题目也改为《中国小说史大略》。1923年由北京新潮社正式出版,分为上下两卷共28篇,题目也正式定为《中国小说史略》。关于初刻本问题,鲁迅《中国小说史略》误读《万历野获编》有关记录,提出万历三十八年庚戌(1610)说。

郑振铎《文学大纲》(上中下)始作于1923年,自1924年1月起连载于郑振铎先生主编的由商务印书馆出版的《小说月报》,至1927年成书,共连载三年,分四大卷,约80万字。此书附议鲁迅庚戌说的观点。

1932年郑振铎《插图本中国文学史》一改1927年《文学大纲》附议庚戌说的观点,猜测"最早的一本,可能便是北方所刻的《金瓶梅》词话",1933年他在《谈〈金瓶梅〉词话》中却又说此词话本非初刻本。

鲁迅的庚戌说影响学术界几近半个世纪。

魏子云《〈金瓶梅〉探原》据《吴县志》考定马仲良主榷吴县浒墅钞关时间在万历四十一年,具体否定了庚戌本的存在。

周钧韬《关于〈金瓶梅〉初刻本的考证》另据《浒墅关志》证实了魏说。李时人《〈谈《金瓶梅》的初刻本〉补证》也提供了新的相关材料。周、李二人还具体推断初刻时间在万历四十五年冬至万历四十七年之间。小野忍《〈金瓶梅〉解说》认为"《金瓶梅》初版问世在万历四十五年以后,或者更大胆一些推测,将《金瓶梅》词话作为《金瓶梅》的初版也未尝不可"。

五、初刻本《金瓶梅》与《新刻金瓶梅词话》的关系

现在存世的《新刻金瓶梅词话》(台北"故宫博物院"一种、日本日光轮王寺慈眼堂一种、德山毛利氏栖息堂一种、京都大学附属图书馆残本)是否为《金瓶梅》初刊本问题,众所周知,目前海内外学术界对此聚讼纷纭,莫衷一是,但归结起来不外两种意见:一种意见认为《新刻金瓶梅词话》就是《金瓶梅》初刊本;一种意见认为它只是初刊本的翻刻本,即为《金瓶梅》第二代词话本。

我在拙作《〈金瓶梅〉抄本考》《从〈续金瓶梅〉看〈金瓶梅〉的版本与作者》等文章中,已经阐述过我的看法,即现在存世的上述《新刻金瓶梅词话》为初刊本《金瓶梅》之翻刻本,即第二代词话本。

我认为我们已经可以确认在现存《新刻金瓶梅词话》之前,的确有一种词话本《金瓶梅》刻印过,而且可以对其大致情形加以勾勒:

第一,这个初刻本《金瓶梅》是词话本。这不仅有崇祯本系统《金瓶梅》卷七、卷九之"金瓶梅词话"可以作证,而且崇祯本系统的《金瓶梅》中绝大部分内容与词话本相同(甚至错误之处亦相同)可以作证,还有丁耀亢《续金瓶梅后集凡例》可以作证:

> 小说类有诗词,前集名为《词话》,多用旧曲,今因题附以新词,参入正论,较之他作,颇多佳句,不致有套腐鄙俚之病。

而我在上边提到的拙作《从〈续金瓶梅〉看〈金瓶梅〉的版本与作者》一文中,已经论证过丁氏所谓的"前集",并不是现存《新刻金瓶梅词话》本。

第二,初刻本《金瓶梅》是以刘承禧系统抄本为底本刻印的,它也是二十卷本系统,不过分为十卷而已。

第三,初刻本《金瓶梅》的名称当为《金瓶梅》词话,这有崇祯本系统的《金瓶梅》卷七、卷九"金瓶梅词话"可证,另有明代崇祯二年己巳(1629)西湖碧山卧樵纂辑的《幽怪诗谭》卷首的听石居士所写的《小引》可证:

> ……其余或仙或禅,或茗或酒,或美人或剑客,以幽怪之致与诸家相掩映者,不可殚述,而总之以百回小说作七十家之语。不观夫李温陵赏《水浒》《西游》,汤临川赏《金瓶梅》词话乎!

第四,初刻本《金瓶梅》卷端只有"东吴弄珠客序",而无欣欣子序、廿公跋,也没有开头的四首[行香子]引词和四贪诗。(详见拙作《从〈续金瓶梅〉看〈金瓶梅〉的版本与作者》等)

第五,初刊本《金瓶梅》第五十三回至五十七回底本原缺,由江南文人补以入刻。这补刻的五回的主要情节,在崇祯本中得以保存。

现在我们已经可以对《新刻金瓶梅词话》与初刻本《金瓶梅》词话的不同做出更为明确的叙述：

1.《新刻金瓶梅词话》卷端有三篇序跋：台北"故宫博物院"藏本的顺序是：欣欣子序、廿公跋、东吴弄珠客序。

2.《新刻金瓶梅词话》卷首比初刻本《金瓶梅》增加了四首四贪诗、四首[行香子]词。

3.《新刻金瓶梅词话》第五十三回、五十四回不同于初刻本，为后发现的手抄本所有；第五十五回至第五十七回与初刻本相同。

4.《新刻金瓶梅词话》的刻印者为鲁重民，刻印年代为清初。

六、崇祯本《金瓶梅》与词话本的关系

崇祯本与《新刻金瓶梅词话》矛盾关系，是作为过程展开的，"把大象放进冰箱里，分三步"：第一步，打开冰箱；第二步，把大象放进去；第三步，把冰箱关上。

崇祯本与《新刻金瓶梅词话》之间的演进过程也分三步：

第一步：万历末年初刻本《金瓶梅》悬之国门了。崇祯年间，崇祯本评改者将初刻词话本《金瓶梅》改写成崇祯本《金瓶梅》。

第二步：崇祯末年（崇祯十四至十六年间）有人将北大本一类版本用初刊本《金瓶梅》词话校勘过，出版了内阁文库本《金瓶梅》，增加了"廿公跋"。这个工作是由杭州书商鲁重民完成的，他的书坊名叫"辉山堂"。

第三步：清初，有人以初刻本《金瓶梅》词话为底本，用内阁文库本校勘过，加上廿公跋、欣欣子序；用当时新发现的遗失了的手抄本中的第五十三和五十四两回，更换了初刻本《金瓶梅》词话第五十三和五十四两回，出版了《新刻金瓶梅词话》。这个工作也是由杭州书商鲁重民完成的。详见拙作《论欣欣子序系杭州书商鲁重民所作》。

七、崇祯本《金瓶梅》各系统之间的关系

（一）《金瓶梅》崇祯本系统概述

崇祯本有两种子系统，第一种子系统即每半页10行，每行22字，无廿公跋的系统，这种系统以通州王氏藏本为最善、最早，可惜今已不知下落，现存者当以北京大学图书馆所藏《新刻绣像批评金瓶梅》为代表；第二种子系统，即每半页11行，每行28字，有廿公跋的系统，这种系统以日本内阁文库藏本为代表。对于这两种子系统的关系，海内外学者已经达成共识。多年从事过崇祯本系统研究的中国学者黄霖先生与王汝梅先生都认为，崇祯本第一种子系统早于第二种子系统。他们的结论都是通过对崇祯本系统内部各种版本的校勘对比得出的。

关于这两种子系统的崇祯本《金瓶梅》刻印的先后，我现在再作些补充论证：

北京大学藏本《新刻绣像批评金瓶梅》第四十六回是第十卷的开始，本应作"第十卷"，但却刻作"新刻绣像批评金瓶梅卷之九"。天津图书馆藏本、上海图书馆藏本、日本天理图书

馆藏本也是如此,唯内阁文库本及首都图书馆藏本才印作"第十卷"。

北京大学藏本《新刻绣像批评金瓶梅》第七十六回应是第十六卷之起始,但却印作"新刻绣像批评金瓶梅卷之十五";上海图书馆藏乙本亦如此,而其馆藏甲本则印作"新刻绣像批评金瓶梅之十"。内阁文库本及首都图书馆藏本方印作"卷之十六"。

北京大学藏本《新刻绣像批评金瓶梅》第五十一回应为第十一卷之开始,按惯例应刻作"新刻绣像批评金瓶梅卷之十一",但它却漏掉了"之十一"这个卷数,似乎刻印者不知此处应为多少卷。内阁文库本却补上了"之十一"这个卷数。

梅节先生对崇祯本的分类标准与我大致相同,即以版式和有无廿公跋作为分类标准,但他又增加了关于有无插图以及插图的幅数的标准。这是以往的崇祯本研究中所没有而为梅节所增加的标准。我以为梅节先生的这一新标准,是非常重要的,是他对崇祯本研究的新贡献。因为插图比较直观,更容易比较出版本的先后。但我却不能不特别提醒梅节先生注意:崇祯本两个子系统的本子的关系非常复杂,但如果就系统而言,则第一个子系统早于第二个子系统。详见拙作《中国文学史上的大骗局　大闹剧　大悲剧——〈金瓶梅〉版本作者研究质疑》。

(二)《金瓶梅》崇祯本系统研究值得特别注意的问题

1. "廿公跋"是崇祯本两种子系统分类的重要标准

"廿公跋"的有无,是崇祯本两种子系统分类的重要标准。第一代子系统的崇祯本有很多种版本,但其共同特点是都没有廿公跋,廿公跋仅出现于第二代子系统的崇祯本《金瓶梅》中。第二代子系统的崇祯本《金瓶梅》有两种版本,首先出现的是以日本内阁文库藏本为代表的本子,第二种后出的本子以首都图书馆藏本为代表。这两种第二代子系统的崇祯本原来都有廿公跋,但现在都已经失落了。

2. "廿公跋"是揭开《金瓶梅》版本之谜的关键

"廿公跋"的有无,是崇祯本两种子系统分类的重要标准,可见它的重要了。不仅如此,这篇只有 90 余字的跋语甚至成了我们揭开《金瓶梅》版本之谜的关键。

"廿公跋"的要害是刻印年代与作者。现在我认为这两个要害问题都已经解决。第一次出现"廿公跋"的日本内阁文库藏本的刻印年代是崇祯十四至十六年;刻印者为鲁重民,杭州书商,书坊名称辉山堂,廿公跋就出自于其人之手。详见拙作《论〈金瓶梅〉"廿公跋"的作者当为鲁重民或其友人》。

八、《金瓶梅》头上的"王冠"问题

(一) 四贪诗

《新刻金瓶梅词话》在四首[行香子]之后,又增加了"酒、色、财、气"等四首四贪诗。四贪诗虽然不能精确概括《金瓶梅》的主题,但至少在行文上可以起到一种过渡作用,与第一回"景阳冈武松打虎,潘金莲嫌夫卖风月"的开头相呼应。当然《新刻金瓶梅词话》出版者,在卷端引用四贪诗也有总结明朝灭亡的原因的用意。

(二) 四首引词[行香子]

《新刻金瓶梅词话》引了四首[行香子]词放在卷端作为开篇。据徐朔方先生《关于〈金瓶梅〉卷首"词曰"四首》考证，这些词牌是[行香子]，《词林纪事》中曾录过三首。

《水浒传》开首的引词：

> 试看书林隐处，几多俊逸儒流。虚名薄利不关愁，裁冰及剪雪，谈笑看吴钩。评议前王并后帝，分真伪，占据中州，七雄扰扰乱春秋。兴亡如脆柳，身世类虚舟。见成名无数，图名无数，更有那逃名无数。煞时新月下长川，江湖桑田变古路。讶求鱼缘木，拟穷猿择木，恐伤弓远之曲木。不如且覆掌中杯，再听取新声曲度。

《水浒传》的引词对于小说作家、编辑者及出版商本身的自我价值进行了充分的肯定，并自称为"俊逸儒流"。

将《新刻金瓶梅词话》的引词与《水浒传》的引词，特别是同余象斗的以王者自居的态度相比，那么，"兰陵笑笑生"借这四首[行香子]引词所表现出来的思想，则未免过于消极。但这只是表面现象。《水浒传》引词和余象斗都是明朝嘉靖、万历年间的事情了，而"兰陵笑笑生"所处的时代则是经历了血与火的洗礼之后满族人统治的时代。在正统的儒家知识分子的心目中，明清的易帜，不是一般的改朝换代，明人不仅是亡了国，而是亡了天下。在经历了无数的反抗斗争失败之后，此时此刻，摆在汉族知识分子面前的其实只剩下了两条可供选择的路：降清事清与隐居山林。这两条路都有人在走。而在这时，在大多数汉人知识分子的心目中，仍然以为前一条路是卑下的，走后一条路的人才是值得赞扬的。"兰陵笑笑生"借四首引词所表现出来的思想，就是要走后一条路。因此，从儒家的正统的或传统的观念来看，也是值得赞扬的，在消极中寄寓着抗争。

中国是诗的国度，现成的诗词汗牛充栋，"兰陵笑笑生"为什么偏偏要引用这四首[行香子]词呢？因为这四首[行香子]词中至少有三首在当时被认为是宋末元初由俗入僧的明本（天目中峰禅师，与赵孟頫为方外交）的作品（《词林记事》），而明本所处的时代与"兰陵笑笑生"所处的时代太相似了，都是异族入主中原的时代。明乎此，则"兰陵笑笑生"的用意也就十分清楚了。

九、《金瓶梅》序跋问题

(一)《金瓶梅》序跋及其分布问题

《金瓶梅》刻本上的序跋共有三篇：东吴弄珠客序、廿公跋、欣欣子序。这三篇序跋的写作时间为：东吴弄珠客序作于明万历四十五年（1617），廿公跋作于明崇祯十四至十六年（1641—1643），欣欣子序作于清初。

这三篇序跋在《金瓶梅》主要刻本中的分布情况为：初刻本《金瓶梅》词话开端有东吴弄珠客序，这有薛冈《天爵堂文集笔余》为证；崇祯本《金瓶梅》甲系也在卷端收录了东吴弄珠客序；崇祯本《金瓶梅》乙系不仅收录了弄珠客序，又在其后加了廿公跋；《新刻金瓶梅词话》不仅沿袭了崇祯本乙系，收录了廿公跋、弄珠客序，又在其前加上了欣欣子序（这是台北藏本的顺序，日本栖息堂本顺序不同）。

《金瓶梅》刻本的序跋出现的顺序、分布以及四种刻本刻印之先后顺序昭然若揭，除了初刻本《金瓶梅》词话有薛冈的记述之外，其余都有版本上的依据。这才是事实的真相。

(二)"欣欣子序""廿公跋""东吴弄珠客序"之间的内在关系

我在《中国文学史上的大骗局　大闹剧　大悲剧——〈金瓶梅〉版本作者新论》中对《新刻金瓶梅词话》卷首的三篇序——"欣欣子序""廿公跋""东吴弄珠客序"之间的内在关系做过认真的探讨。

把"廿公跋"与"弄珠客序"进行对比，我们不难看出，"廿公跋"的每一句话，都是针对"弄珠客序"的："不知者竟目为淫书"是针对"《金瓶梅》，秽书也"；"今后流行此书，功德无量"是针对"不然，石公几为导淫宣欲之尤"；"盖有所刺也"是针对"盖为世戒，非为世劝也"；"然曲尽人间丑态，其亦先师不删郑卫之旨乎"是针对"盖金莲以奸死，瓶儿以孽死，春梅以淫死"；"中间处处埋伏因果，作者亦大慈悲矣"是针对"借西门庆以描画世之大净，应伯爵以描画世之小丑，诸淫妇以描画世之丑婆净婆"。

应该承认"弄珠客序"不仅已经认为《金瓶梅》作者是有意戒世的，而且已经看到了书中所描画的以西门庆、应伯爵以及诸丑妇为代表的社会丑类，"令人读之汗下"。但其着眼点或侧重点则仍在书中的淫秽描写，所以始终不能跳出《金瓶梅》是"秽书"的圈子，因此担心此书流行可能会有"导淫宣欲"之结果。但"廿公"比他站得更高，强调《金瓶梅》不是秽书；强调《金瓶梅》是"有所刺"；认为《金瓶梅》之流行将功德无量。他所最为不满意于"弄珠客"的就是"弄珠客"给《金瓶梅》所下的"秽书"的断语，其立论之出发点或基础也正在于此。

而分析一下"欣欣子序"的内容，我们不难看出：该序开始是紧承"廿公跋"而来，其"寄意于时俗，盖有谓也"直承"廿公跋"之"盖有所刺也"；其"《关雎》之作，乐而不淫，哀而不伤"的议论则直承"廿公跋"之"其亦先师不删郑卫之旨乎"。也就是说，"欣欣子序"充分肯定了"廿公跋"的《金瓶梅》不是淫书的观点。但"欣欣子序"并没有停留在"廿公跋"的基点上，他又大大地加以发挥与升华，他把"欲"与"情"与"人生"连在了一起；不仅如此，他还把个人命运和家国之治，同"时运代谢"连在了一起；他还并不就停留在人生与政治的层面，而上升到哲学的高度："故天有春夏秋冬，人有悲欢离合，莫怪其然也。合天时者，远则子孙悠久，近则安享终身；逆天时者，身名罹丧，祸不旋踵。人之处世，虽不出乎世代谢，然不经凶祸，不蒙耻辱者，亦幸矣。"这就不仅直承和呼应"廿公跋"，而且从更高的层次批评了"弄珠客"之序。

就风格而言，"弄珠客序"虽亦庄亦谐，但不免时露轻佻与油滑；"廿公跋"则充满激情与义愤，其"特为白之"则近于呐喊；"欣欣子序"则放纵恣肆，而不失旷达。

如果从上述沈德符的那段关于《金瓶梅》的议论开始，到"弄珠客序"，到"廿公跋"，再到"欣欣子序"，这中间认识进步的层次性与前后因果承袭的连续性昭然若揭。

十、《金瓶梅》刻本第五十三回至五十七回之谜

《金瓶梅》中的第五十三回至五十七回,原本是因为初刊本刊印时遗失了,"遍觅不得",故请"陋儒补以入刻",从此这五回就如同镶嵌在《金瓶梅》文本中的活化石,随着文本的不同改变着,遂成了判定《金瓶梅》版本类型及其刻印时间的文本内在的"铁证":

1. 崇祯本《金瓶梅》在将"词话本"改编成"说散本"(实为"文学本")时,将初刊本中"陋儒补以入刻"的这五回也保存了下来,证明载有"陋儒补以入刻"的这五回的"词话本"的确存在过;崇祯本这五回与《新刻金瓶梅词话》的这五回的不同,同时也就证明了它不是根据现存词话本《新刻金瓶梅词话》改写的。

2. 存词话本《新刻金瓶梅词话》这五回中的第五十三、第五十四回明显地优于崇祯本的这两回,又证明了《新刻金瓶梅词话》晚于崇祯本,否则崇祯本的改写者一定会择善而从。

3. 《新刻金瓶梅词话》这五回中的第五十三回、第五十四回明显地优于崇祯本的这两回,而与这五回之外的,特别是前八十回的其他各回风格比较接近;而第五十四回末尾与第五十五回开头任医官看病之间的矛盾与重复,又充分证明它是后来补进去的。

4. 崇祯本评改者在眉批中所说的"原本""元本"问题。

《金瓶梅》第四回:写王婆将西门庆和潘金莲倒关在房间里,西门庆与潘金莲单独见面时的描写一段文字,评改者在这里有这样一条眉批:"……此写生手也。较原本径庭,读者详之。"

崇祯本第三十回有一条眉批这样写:

> 月娘好心,直根(?)烧香一脉来。后五十三回为俗笔改坏,可笑可恨。不得此元本,几失本来面目。

黄霖先生在《关于〈金瓶梅〉崇祯本的若干问题》中说:

> "原本"当为根以评改的底本,即已刊印的词话本;而"元本"当为另一种据以参校的全抄本。这种全抄本也只能是词话本系统的,而决不是崇祯本系统。①

叶按: 崇祯本评改者在眉批中所说的"原本""元本"问题,证明在崇祯年间,崇祯本评改者手中不仅有初刊本《金瓶梅》词话,而且曾经拥有过手抄本,虽可能仍然不完全,但至少有早已经失落的第五十三回。

又,内阁文库藏本的刻印者曾经根据初刊本《金瓶梅》词话,对第二代崇祯本校勘过。详见拙作《一项被金学界忽略了的重要成果》。

---

① 黄霖:《关于〈金瓶梅〉崇祯本的若干问题》,《金瓶梅研究》第一辑,江苏古籍出版社,1990年版,第81页。

第四节 《金瓶梅》版本研究尚待解决的问题

一、第一代崇祯本之间的关系问题没有真正完全解决

区分第一代崇祯本刻印先后的标准不同,结果也不同,区分先后的标准没有真正解决。

黄霖先生首先提出了以眉批字数多少为依据的标准,大意为眉批可以分为二字格、三字格、四字格三大类;其先后次序是二字格最早,其次是三字格,再其次为四字格。三字格为第二代子系统特有,比较好判断。问题在于同为四字格中者,其先后顺序非常难以考察清楚。其次是从插图角度入手判断刻印先后顺序。

王汝梅先生似乎没有明确叙述其分别崇祯本先后顺序的标准,但在实际操作中,则以印刷质量、清晰度、文字对错等为标准。一般以为错误少者为后出。

黄霖:

> 1990年,我在拙文《关于〈金瓶梅〉崇祯本的若干问题》中,曾对崇祯本系统各本之间的关系作过探索,得出了如下的结论:崇祯本系统中,二字行眉批本当为最先刊出;三字行眉批内阁本、四字行眉批北大本、天理本、上图甲本及混合型眉批上图乙本、天津本三类分别从二字行眉批本出;无眉批的首图本则从内阁本出。至于四字本中的北大本、天理本、上图甲本,也非同版,它们之间的关系有待于进一步研究。这些正文的漏刻还有多处,梅节先生用内阁本校词话本时,想必也都注意到。这里有两种可能:一是假如认为崇祯本系统的本子早于词话本,那内阁本缺失而崇祯本中其他本子大都不缺,这样的情况怎么能说内阁本是"原刻"呢?二是假如一般认为词话本在先,崇祯本在后,那么"后出"的北大本等可以在内阁本的基础上据词话本校补(事实上当时翻刻这类小说的人是不大可能去作认真校订的),但就梅先生而言,是不赞成崇祯本比词话本后出的,那北大本等也就没有据内阁本校补的可能。尽管如此,因多数人相信先有词话本,故以正文的比勘不如以批语的比勘更有说服力,因为批语在词话本中不存在后出的本子,不可能据词话本校正。内阁本中大量的批语的脱漏,也就更能证明它在崇祯本中是一个后出本,而不是他本据以刊刻的"原本"。

王汝梅:

> 崇祯本系统诸版本相互关系。据考现存崇祯本情况,可以初步判定:通州王氏藏本为原刊本或原版后印本。北大本以原刊本为底本翻印,为现存较完整的崇祯本,图与正文刊印精良,眉评夹批比其他崇祯本多,眉评与正文文句对应,无错位乱置之处。以北大本这一类版本为底本翻刻或再翻刻产生出天理藏本、上图甲乙本、天津藏本、周越然

藏本;以北大本一类为底本翻刻刊印内阁文库藏本(东洋文化研究所藏本与之同版)、首图藏本,此类本刊刻自称"原本",足见其比北大本后出。在以上两大类崇祯本流传开之后,又刊刻了残存四十七回本这种版本(兼有两类版本特征)。另有北京图书馆藏残本2册、北大藏残本4册,版本特征不详。就已知见诸本关系列简表说明。①

又,从2016年广州会议论文中的几篇论文中就可以看出这问题仍未真正解决,比如有人主张北京大学图书馆藏本晚出。

区分先后的标准没有真正解决。区分崇祯本先后的标准应该首先认真加以解决,这是真正解决这一问题的前提或关键。正是在这个问题上,后出转精,《金瓶梅》研究的后起之秀,黄霖先生的高足杨彬先生有了新的推进。详见本书第三章。

二、新刻与初刻关系问题

2016年10月9日至13日,在广州暨南大学召开了第十二届国际《金瓶梅》学术研讨会,在会上杨国玉先生提交了一篇长篇论文《〈金瓶梅词话〉卷首[行香子]词源流琐考——兼及现存〈新刻金瓶梅词话〉系初刻本新证》。杨国玉先生是现今金学界公认的根底扎实学风谨严的后起之秀,但我们单单从他的这篇论文的题目,就已经不难看出《新刻金瓶梅词话》与初刻本之间的关系仍然没有解决。

三、新刻与崇祯本的关系

关于新刻与崇祯本的关系新论,请见上文《金瓶梅》主要刻本之间的关系。

第五节 重新出发

一、重新出发

1. 从上述新的结论出发,重新研究《新刻金瓶梅词话》与初刻关系问题。
2. 从上述新的结论出发,重新研究梅节所提出的具体问题。

二、采用现代化科技手段研究《金瓶梅》版本与作者

采用现代化科技手段研究《金瓶梅》版本,是我对20世纪以来《金瓶梅》版本作者研究的总结与反思,也是20世纪末的《金瓶梅》版本作者研究的转折与突破。我倡导采用现代化科技手段研究版本与作者,并为目前引进现代化科技手段研究版本与作者的第一阶段操作流程设计了具体方案,呼吁国际合作。

---

① 王汝梅:《金瓶梅探索》,吉林大学出版社,1990年版,第50—51页。

我为目前引进现代化科技手段研究版本与作者所设计的第一阶段操作流程方案如下：

(一) 对比对象

1. 明代杭州书商鲁重民辉山堂书坊所印制的书籍：《舆图摘要》15卷、《经史子集合纂类语》32卷、《四六类编》、《子史》20卷(《四库禁毁书补编》第42册)、《十三经类语》。

2. 日本内阁文库藏《新刻绣像批评金瓶梅》。

(二) 所采用的现代化手段

1. 对上述对比对象印刷用纸的紫外线光谱进行分析比较，确认其是否为同一个书肆所印制。

2. 对上述对比对象的字体(从书法角度)、特殊用字中字的结构(比如"峰"字的上下结构或左右结构的不同选择)、异体字的选择(比如"拿"与"挐"的不同选择)等进行比较，从而确认其是否为同一个书肆所印制。

(三) 研究的目标

确认日本内阁文库藏《新刻绣像批评金瓶梅》为明代杭州书商鲁重民辉山堂书坊所印制，从而确认"廿公跋"系鲁重民所为。

充分利用第一阶段所取得的成果，设计第二阶段的操作流程方案，主要解决"欣欣子序"的作者问题。具体方案待第一阶段操作流程方案完成后设计。

(四) 加强国际合作

"嘤其鸣矣，求其友声。"第一阶段操作流程方案，日本学者最有条件实施完成，因为其中的对比对象(藏书)，日本内阁文库几乎都有收藏，我诚挚地希望与日本的朋友进行这方面的合作。

三、完成新的任务

《金瓶梅》版本研究的特殊性之一就是，版本研究自始至终与作者研究密切相关。现在，我们关于版本的研究有了新的突破，我们的作者研究也应该在新的成果的基础上有所突破。

过去，包括郑振铎先生在内，几乎都认为所谓"欣欣子""笑笑生"其实是一个人，因此认为把"欣欣子序"的"欣欣子"找出来，《金瓶梅》的作者笑笑生也就解决了。现在看起来并不是这么一回事。"欣欣子序"的作者找到了，仍然没有解决笑笑生的问题。但新的成果毕竟为我们提供了新的信息，我们应该根据这些新的信息，做新的研究。

第二章 《金瓶梅》成书诸问题研究

第一节 《金瓶梅》成书年代

一、成书年代诸说

关于《金瓶梅》成书年代，吴敢先生有如下的叙述：

《金瓶梅》研究有一些迄今无结论、悬而难决的焦点问题，成书年代即为其中之一。主要有"嘉靖说""万历说"两种意见。

明人首倡"嘉靖说"。屠本畯《山林经济籍》传言于前，沈德符《万历野获编》、谢肇淛《小草斋文集》、廿公《金瓶梅·跋》等呼应于后，终明一代，无有二议。清人多从"嘉靖说"，据吴晗统计，竟有"二说十二类"之多。直到近人蒋瑞藻《小说考证》还认定不疑。其后"万历说"渐成众议(参见下文)。冯沅君《〈金瓶梅词话〉中的文学史料》通过对小说中清唱的清理，推论"《金瓶梅词话·跋》称此书是'世庙时一巨公寓言'，此说大约是可信的"。1962 年龙传仕《〈金瓶梅〉创作时代考索》①明确地对"万历说"提出挑战，1979 年朱星重申"嘉靖说"，日下翠、刘辉、徐扶明、卜键、陈诏、郑培凯、李忠明、王尧、盛鸿郎、杨国玉等附议。"嘉靖说"的主要论据，一是明人笔记的明确记载，认为除非另有明确记载为非嘉靖朝成书，不能轻易推翻；二是小说中的一系列内证，如《如意君传》的刊刻年代，佛教的兴衰，道教的活动，海盐腔、弦索调与山坡羊、锁南枝等小令的流行，以及太仆寺马价银、太监、皇庄、皇木、女番子、金华酒、书帕等，均是嘉靖朝的象征。卜键《〈金瓶梅〉作者李开先考》根据小说写的都是嘉靖时事，小说中的戏曲演出无万历剧目、声腔无昆曲，判断"《金瓶梅》词话的写作在嘉靖末年并基本完成于这一时期"。其《卜键〈金瓶梅〉研究精选集》(台湾学生书局"金学丛书"第二辑)说："笔者认为该书当成书于嘉靖二十七年至隆庆元年约二十年之间。"杨国玉《〈金瓶梅〉叙事时序中"舛误"干支揭秘》则具体认为"第一至三十回写于嘉靖二十三至二十七年"，"第五十二至八十回应写于嘉靖四十年至隆庆六年"，"全书的最后完成时间总要晚一些，最早也在万历初年。"其《〈金瓶梅〉人物命词索隐》更认为"嘉靖二十三年应大致可确定为《金瓶梅》的始作之年。"刘铭在《〈金瓶梅〉成书年代小考》中说："《金瓶梅》中西门庆家搬演海盐腔戏曲的场景与文献记载的万历初期以前的情况非常相似，因此可证，《金瓶梅》应成书于万历初期以前，不会在万历中期以后。"②

清人始有"万历说"。宫伟镠《春雨草堂别集》卷七《续廷闻州世说》主《金瓶梅》作者赵南星说。赵南星是万历朝人物，自然《金瓶梅》成书于万历时期。此说在当时"嘉靖说"的强大舆论压力下影响甚微。20 世纪 30 年代，郑振铎、吴晗先后呼应，力主"万

---

① 载《湖南师范学院学报》1962 年第 4 期。
② 载《阿坝师范高等专科学校学报》2010 年第 2 期。

历说",遂后来居上,取"嘉靖说"而代之,一时成为不可移易之论。如郑振铎《插图本中国文学史》①:"欣欣子和笑笑生为友辈,序上曾称引丘浚、周静轩等而称他为'前代骚人',又有其所引歌曲看来,皆可信其为万历间而非嘉靖间所作。"吴晗在《〈金瓶梅〉的著作时代及其社会背景》②中的结论是:"《金瓶梅》的成书年代大约是万历十年到三十年(1582—1602)。"1936年郭箴一《中国小说史》、1957年赵景深《谈〈金瓶梅词话〉》延续此说。20世纪80年代黄霖最早重申"万历说",其《〈金瓶梅〉成书三考》提出五条证据:一、小说第三十五回所引李日华"残红水上漂"等曲流行于万历年间;二、屠隆《别头巾文》载于万历年间的《开卷一笑》;三、万历十七年雒于仁上"四箴"书劝皇帝戒除酒色财气与书中出现"陈四箴"的关系;四、小说第六十五回出现的凌云翼死于万历十五年以后,只有在其身后才有可能为小说所引;五、"海盐子弟"演戏乃万历习俗。他并有一段著名的论断:"只要《金瓶梅》词话中存在着万历时期的痕迹,就可以断定它不是嘉靖年间的作品。"黄霖并且推断《金瓶梅》成书确切时间"当在万历十七年至二十四年间"。顾国瑞《屠本畯和〈金瓶梅〉》③考证屠本畯、董其昌见到抄本《金瓶梅》的时间在万历二十年左右。陈毓黑《〈金瓶梅〉抄本的流传、付刻与作者问题新探》④认为《金瓶梅》成书不晚于万历二十三年四月。梅节《〈金瓶梅〉成书的上限》⑤推定在万历五至十年。马泰来《麻城刘家和〈金瓶梅〉》认为成书于万历十一年之前。鲁歌、马征《〈金瓶梅〉作者王稚登考》认为在万历十九至二十五年间。李洪政《〈金瓶梅〉书中有作者署名》则判断在万历二十一至三十二年间,其"写作地点就在徐州"。许建平《"金学"考论》集其大成,从凌云翼总督河漕的时间,何太监的衣冠服饰的朝代,巡按与来往官吏、地方官吏间宴请的铺张,申二姐所唱小调[挂真儿]等的兴起时间,"书童""小唱"风行的时间,海盐腔的时尚时间,佛教的兴衰时间等七个方面,论证《金瓶梅》成书在万历六年至万历十一年之间。其《〈金瓶梅〉成书新证》又说《金瓶梅》"写于万历九年至十一年,书成于万历十一年至十七年间"⑥。刘洪强《〈金瓶梅词话〉成书于万历年间新证——兼论〈金瓶梅词话〉借鉴〈西游记〉》:"《金瓶梅》词话中出现了'猪八戒',经考证这些都来自于小说《西游记》而不是杂剧《西游记》或其他,《金瓶梅》词话中还出现了一副对联及一句俗语,也极可能来源于小说《西游记》。小说《西游记》现存最早的刊本为万历二十年(1592),则受小说《西游记》影响的《金瓶梅》词话不太可能早于此年,由此可得出《金瓶梅》词话当成书

---

① 郑振铎:《插图本中国文学史》,人民文学出版社,1963年版。
② 吴晗:《〈金瓶梅〉的著作时代及其社会背景》,《文学季刊》1934年创刊号。
③ 顾国瑞:《屠本畯和〈金瓶梅〉》,《北京大学学报》1985年第4期。
④ 陈毓黑:《〈金瓶梅〉抄本的流传、付刻与作者问题新探》,《河北师范学院学报》1986年第3期。
⑤ 梅节:《〈金瓶梅〉成书的上限》,《金瓶梅研究》第一辑,江苏古籍出版社,1990年版。
⑥ 许建平:《〈金瓶梅〉成书新证》,《河北师范大学学报》2001年第3期。

于万历年间"①。李锦山、冯传海《从〈金瓶梅〉干支推论其成书年代》"通过对书中出现的许多干支纪年、纪月及纪日进行推算和考证,认为《金瓶梅》应成书于万历中期以后。"②鲁歌的最新观点是:《金瓶梅》词话抄本于万历十九年冬到二十五年写于江苏;《金瓶梅》词话于万历四十五年冬付刻,天启元年刻成于苏州;《金瓶梅》说散本付刻于万历末年,刻成于崇祯元年。③ 章培恒《论〈金瓶梅词话〉》力主万历说。④ 徐朔方《〈金瓶梅〉成书新探》⑤、朱建明《也谈〈金瓶梅词话〉的作者》⑥等则对"万历说"提出全面的商榷和订正。

　　魏子云亦是非"嘉靖说"的主力阵容成员。魏子云将成书区分为抄本前期(未完成本)与抄本后期(完全本)两个时段,认为前期抄本完成于万历二十三年前后,而后期抄本完成于万历三十四年秋之后(《〈金瓶梅〉的幽隐探照》)。不过他认为西门庆影射万历皇帝,小说第一回废嫡立庶事影射万历帝宠爱郑贵妃与其子福王常洵,对这种类似"旧红学"的"影射说""编年说",徐朔方、郑培凯、陈诏、刘辉等均提出过批评。

　　调和"嘉靖说"与"万历说"的观点也几乎可以鼎足而立。张鸿勋《试谈〈金瓶梅〉的作者、时代、题材》"认为这两个说法没有多大的出入,既然确切的年代无法知道,那么它大约的年代就在16世纪上叶,再具体地说,是在嘉靖与万历之间。"⑦杜维沫《谈谈〈金瓶梅词话〉的成书及其他》、徐扶明《〈金瓶梅〉写作时代初探》等后来又从不同角度阐扬这个观点,徐扶明《〈金瓶梅〉与明代戏曲》认为"《金瓶梅》大约写于明代嘉靖末年到万历初年。"⑧石艳梅《〈金瓶梅〉与〈群音类选〉》⑨支持徐说。徐朔方在《明代文学史》中对他的《金瓶梅》成书说最后修订为:"现存的版本最早的《金瓶梅》词话刻于1617年(万历四十五年),它的写定当在1547年(嘉靖二十六年)之后,1573年(万历元年)之前。上限不可能再提早,下限则可修正为1590年(万历十七年)。"潘承玉《〈金瓶梅〉新证》通过对小说文本全面细致的分析,区别分析小说创作的客体与主体,在其《佛、道教的描写:有关〈金瓶梅〉成书时代的新启示》一节中,得出"《金瓶梅》一书所写的时代,是佛教由长期失势转而得势,道教由长期得势转失势的时代。……换句话说,《金瓶梅》反映的不仅是嘉靖朝的历史或万历朝的历史,而是从嘉靖中期至万历前期这一时间跨度大得多的历史,……《金瓶梅》从开头至西门庆死前后的情节,创作于崇道抑佛的嘉靖

---

① 刘洪强:《〈金瓶梅词话〉成书于万历年间新证——兼论〈金瓶梅词话〉借鉴〈西游记〉》,《滨州学院学报》2011年第4期。
② 李锦山、冯传海:《从〈金瓶梅〉干支推论其成书年代》,《枣庄师范专科学校学报》2002年第1期。
③ 鲁歌:《鲁歌〈金瓶梅〉研究精选集》,台湾学生书局"金学丛书"第二辑2015年6月版。
④ 章培恒:《论〈金瓶梅词话〉》,《复旦学报》1983年第4期。
⑤ 徐朔方:《〈金瓶梅〉成书新探》,《复旦学报》1986年第1期。
⑥ 朱建明:《也谈〈金瓶梅词话〉的作者》,《复旦学报》1986年第1期。
⑦ 张鸿勋:《试谈〈金瓶梅〉的作者、时代、题材》,《文学遗产增刊》1958年第6辑。
⑧ 徐扶明:《〈金瓶梅〉与明代戏曲》,《戏剧艺术》1987年第2期。
⑨ 石艳梅:《〈金瓶梅〉与〈群音类选〉》,《金瓶梅研究》第九辑,齐鲁书社,2009年版。

朝;西门庆死后的情节,创作于崇佛抑道的万历朝。……小说最后定稿于万历十七年以后"的结论。

另外,周钧韬的"隆庆说"(《金瓶梅新探》),赵兴勤的"隆庆至万历初年说"(《也谈〈金瓶梅〉的作者及其成书时间》)等,附此备考。周钧韬的成书年代隆庆说与时代背景嘉靖说,可以说是"嘉靖说"的发展。关于时代背景,薛洪绩《〈金瓶梅〉的年代背景之谜》一文中也说:"今见本《金瓶梅》的故事编年,表面上用的是宋代政和纪年系统,同时又暗含着一个宋代宣和纪年系统,后者又影指明代的嘉靖纪年。《金瓶梅》早稿用的是宣和纪年系统,晚稿用的是政和纪年系统。由于作者未能最后统一修改定稿,因而这两种纪年系统都留存在今见本《金瓶梅》中。从《金瓶梅》文本的年代背景的矛盾状况中,可以鉴别出百回本《金瓶梅》,哪些部分是作者原稿,哪些部分是他人的补作、续作。"①

刘辉因为主张《金瓶梅》"集体累积说",所以其断定的成书年代要宽泛得多:"具体到成书年代,其上限应在正德末年,《金瓶梅》词话在不少回中借用和抄录了小说《如意君传》可证,而现存活字体《如意君传》为正德十五年所刻,也是确凿无疑的。其成书下限,又不得晚于隆庆末年,其时社会上已经有抄本出现,王宇泰出重资购得的抄本二帙《金瓶梅》,就在斯时可证。"(《金瓶梅论集》)

王平在《〈金瓶梅〉的早期传播及其成书时间与作者问题》一文中说:"《金瓶梅》的成书时间与作者问题是'金学'中的两个重要问题,同时也是两个长期争论不休的问题。研究者们之所以歧见迭出,一方面固然是由于资料缺乏,另一方面也是由于对同样的材料产生了不同的见解。如果客观地分析其早期传播的有关情况,综合分析各种因素,便能够对这两个问题有一个更为接近真实的认识"。②

此一课题方向近年鲜有人论及。

(以上录自吴敢《金瓶梅研究史》,中州古籍出版社,2015年版)

二、《金瓶梅》成书年代新线索

《金瓶梅》问世不久,当时的两位重要知情人屠本畯和沈德符就说作者是嘉靖朝人,写的是嘉靖年间的事,书亦当成于嘉靖年间,正因为他俩是《金瓶梅》的知情人,所以《金瓶梅》成书于嘉靖年间便似乎成了定论。

20世纪30年代,郑振铎、吴晗先生著文提出《金瓶梅》成书于明代万历中期。此说一出,盛行了几百年的"嘉靖说"为之动摇,《金瓶梅》成书年代问题似成定论,海内外信从者颇多。但近些年来,情况有了很大改变,人们对于郑、吴二位先生立论的依据逐一作了辩证,认为这些论据并不能构成《金瓶梅》成书于万历中期的铁证。

谈到《金瓶梅》的成书年代,有一个重要问题不能不涉及,这就是抄本《金瓶梅》与初刊

---

① 薛洪绩:《〈金瓶梅〉的年代背景之谜》,《吉林大学学报》2007年第6期。
② 王平:《〈金瓶梅〉的早期传播及其成书时间与作者问题》,《东岳论丛》2004年第3期。

本《金瓶梅》以及现存万历本《新刻金瓶梅词话》之间的关系问题。因为如果《金瓶梅》在传抄以及刊刻过程中,像某些研究者的推论那样在不断地被修改着,那么其成书年代难以断定,因而必然会出现各种不同的结论。据笔者考证,现存文献所著录的各种《金瓶梅》抄本系统之间,根本没有重大的区别,而只有个别字句的不同,所谓在内容上有较大的不同的南方系统抄本与北方系统抄本根本不存在;初刊本(即有万历丁巳年东吴"弄珠客序"的所谓丁巳本)用的是刘承禧系统的抄本作底本,除第五十三回至五十七回之外,与刘承禧系统之抄本基本一致;而现存万历本《新刻金瓶梅词话》是初刊本之翻刻。对此,我将在《〈金瓶梅〉抄本考》中加以叙述,读者可以参见。

由于《金瓶梅》成书年代不易确定,所以近年来,中外学术界在探讨这一问题时普遍采取尽量缩小范围的做法,将其成书年代之上限与下限分别加以论证,这无疑是正确的。《金瓶梅》成书年代之下限,当不会晚于万历二十四年,这有此年袁宏道写给董其昌的借抄《金瓶梅》的信可以作证。能否再向前推呢?刘辉同志以为似可提前到万历二十年左右,或更早一点①;徐朔方先生则定为万历十七年,②这自然都不无道理,但仍属推论,尚缺乏铁证。

关于《金瓶梅》成书年代之上限,海内外学术界意见似比较一致,即不会早于嘉靖二十六年。这至少有两条证据:其一为《金瓶梅》中引用之《五戒禅师私红莲记》,刊行于嘉靖二十六年;其二为《金瓶梅》中曾多处引用了李开先的传奇《宝剑记》中的曲词,而李开先在《市井艳词又序》中说"《登坛》及《宝剑记》脱稿于丁未夏",即嘉靖二十六年(1547)。除此之外,不少研究者从《金瓶梅》词话中所大量引用的时调小曲的流行年代,以及当时戏剧演唱之情况等来推论《金瓶梅》的成书年代,这确实不失为一条重要途径。但这种推论往往跨度较大,难以确指较为具体之年代,只能推测出一个大致的年代范围。

我们认为,探求《金瓶梅》之成书年代,由于现存的文献缺乏确凿的记载,这就不能不从作品本身寻找内证,因此我们便不能不对《金瓶梅》所涉及的内容作所谓"全方位"的考证。在这种考证过程中,我们发现,《金瓶梅》中写到的于史有载的明代人物可以帮助我们确定该书的成书年代。但是,在使用这些材料之前,我们不能不对《金瓶梅》中所描写的人物情况,做一大致的叙述,即对使用这种材料的可靠性问题加以简要说明。《金瓶梅》中写到的各种人物,据不完全统计,已在800人以上。在这些人物中,确有不少是作者为了创作需要而编造出来的人物,诸如第三十四回、三十五回中写到的城市游民游手、郝贤,等等。但是《金瓶梅》中提到的文武官员,就我们现在所掌握的材料来看,却似乎绝大多数都是见于宋、明两代之正史或野史笔记中的真实历史人物,包括张竹坡认为是用谐音法造出来的何其高、宋乔年等人在内。当然,《金瓶梅》中写到的这些官员,与史籍相核,不仅往往籍贯不对,而且有明显的移花接木、张冠李戴的现象,比如书中的重要人物狄斯彬其乡贯为溧阳人,祖籍为天水(详

---

① 刘辉:《金瓶梅成书与版本研究》,载徐朔方、刘辉编《金瓶梅论集》,人民文学出版社,1986年版。
② 徐朔方:《〈金瓶梅〉的成书以及对它的评价》,载徐朔方、刘辉编《金瓶梅论集》,人民文学出版社,1986年版。

下文),而《金瓶梅》却说他本贯河南舞阳县,他似乎也根本未曾做过阳谷县丞,等等。但我们以为这并不完全妨碍我们通过这些人物来考求《金瓶梅》的成书年代。当然我们在使用这些材料时需要采取审慎的态度。

我们在对《金瓶梅》中写到的文武官员进行考证的过程中,发现这些人中有五位嘉靖年间的进士,他们是曹禾(第四十九回)、凌云翼(第六十五回)、狄斯彬(第四十九回、第六十五回)、黄甲(第六十五回)、赵讷(第六十五回、第七十七回)。将《金瓶梅》一书中对上述五人的描写与他们的生平行事相核,基本相符,因此我们认为上述《金瓶梅》中写到的五人正是历史中的真实人物,通过这些人物的事迹,可以帮助我们推求《金瓶梅》的成书年代。现据《金瓶梅》一书对上述五人之描写,结合其生平行事,按年代先后次序,对《金瓶梅》成书年代上限推衍考证如下:

(一) 嘉靖二十六年至二十九年

上述五人中,曹禾、凌云翼、狄斯彬为嘉靖二十六年进士,黄甲为嘉靖二十九年进士。这四人在中进士即"释褐"之前,基本上是默默无闻,不为世人所知。《金瓶梅》这样集中地写到嘉靖二十六年与二十九年的四位进士,必当在此四人中进士或谓"释褐"之后,尽管其所任职官并非与《金瓶梅》中所写一致。由此我们可以推断,《金瓶梅》成书之上限必在嘉靖二十六年、嘉靖二十九年之后。

(二) 嘉靖三十一年

上述四人中,《金瓶梅》中描写较多的是狄斯彬。其第四十八回中写道:

> 府尹胡师文见了上司批下来,慌得手脚无措。即调委阳谷县县丞狄斯彬。——本贯河南舞阳人氏。为人刚且方,不要钱,问事胡突,人都号他做狄混。明文下来,沿河查访苗天秀尸首下落。也是合当有事,不想这狄县丞率领一行人,巡访到清河县城西河边。正行之际,忽见马头前一阵旋风,团团不散,只随着狄公马走。狄县丞道:"怪哉!"遂勒住马,令左右公人:"你去随此旋风,务要跟寻个下落。"那公人真个跟定旋风而来,七八将近新河口而止,走来回复了狄公话。狄公即拘了里老来,用锹掘开岸上深数尺,见一死尸,宛然颈有一刀痕,命件作检视明白,问其前面是那里。公人禀道:"离此不远就是慈惠寺。"县丞即令拘寺中僧行问之,皆言:"去冬十月中,本寺放水灯儿,见一死尸从上流而来,漂入港里,长老慈悲,故收而埋之。不知为何而死。"县丞道:"分明是汝众僧谋杀此人,埋于此处。想必身上有财帛,故不肯实说。"于是不由分说,先把长老一箍、两拶、一夹、一百敲,余者众僧都是二十板,俱令收入狱中,回复曾公再行报看。各僧皆称冤不服。①

第六十五回写得极为简单:

---

① 本书中引《金瓶梅》之文,均用人民文学出版社,1989年版《金瓶梅》词话。

> 那日午间,又是本县知县李拱极,县丞钱斯成,主簿任良贵,典史夏恭棋,又有阳谷县狄斯朽,共五员官,都斗了分,穿孝服来上纸帛吊问。

叶按:第四十八回中狄斯彬为县丞,此处写为知县;此回中之"彬"字误刊为"朽"。狄斯彬,《明史》有传,《驸马从谦传》之后,只有一句话:"斯彬,从谦同邑人也。"

据《明清进士题名碑录索引》载:狄斯彬,应天府溧阳人,军籍,明嘉靖二十六年榜三甲第一二七名进士。

关于狄斯彬之生平,我们请教了原溧阳县县志办公室,他们将清嘉庆《溧阳县志·宦绩》中所载的狄斯彬传转抄给了我们,现照录如下:

> 狄斯彬,字文仲,冲从子也。嘉靖二十六年登进士第,授行人,擢御史(据旧县志)。会光禄少卿马从谦以奏论中官杜泰干没光禄银,坐诽谤。斯彬劾泰如从谦言,竟下从谦法司,而谪斯彬边方杂职(据《明史·杨允绳传》)。得宣武典史,寻擢南京兵部主事。日本入寇,陪都震惊,斯彬面陈方略于某尚书,江上籍无恐。继而备兵荆湖间,九溪蛮素交通豪民,肆行剽掠。至是,惮斯彬威信,屏迹无敢复哗。擢本省参议。致仕归,修辑家乘,别撰《山居野志》,实即县志也。其赋役门,首斥四司重复之税,并东南、西北乡科敛不均,所驳正一准巡抚欧阳铎书册。万历三年应天府尹汪宗伊见此书,乃毅然照旧改派,计减平米九千三百余石、编银六千三百余两,实有功一邑云。著书备见《艺文志》(据旧县志及钟于序所作《厘弊实绩》),祀乡贤。

此外,溧阳县志办附了一条有关材料,现亦照录如下:

> 另查嘉庆《溧阳县志·始迁》载狄氏祖先:"狄英字天秀,天水人,随宋高宗南渡,举贤良方正,任江浙省副使,开府溧阳。致仕,遂居胥渚里,今狄氏祖也。"

就狄斯彬生平来看,他根本没有任过阳谷县丞或知县,阳谷县志亦无此种记载;且已如上所述,狄之乡籍为溧阳,祖籍为天水,但《金瓶梅》却说他"本贯河南舞阳人氏",显然有误。又据美国学者韩南在《〈金瓶梅〉素材探源》中考证:《金瓶梅》中所写苗青苗员外一案,实本于公案故事《港口渔翁》,其最早版本见之于《百家公案全传》。《港口渔翁》叙述扬州一位乐善好施的富翁蒋天秀在乘船前往京城的途中为仆人和艄公所害,后来凶手和艄公被捉拿归案偿命,而那位仆人董某却逍遥法外,甚至成了一位富商,只是过了几年之后,自己也碰上了强盗而死于非命。《金瓶梅》第四十七回和第四十八回中所叙述的此故事虽主要来源于《港口渔翁》,但作了不少改动。蒋天秀变为苗天秀,仆人董某变成了苗某,故事中的若干细节亦做了改动。在《金瓶梅》中,苗青向西门庆行贿以使自己免受惩罚,而西门庆买通恩主蔡京,反而使清廉的曾御史被贬。因此《金瓶梅》中的苗员外一案虽本于《港口渔翁》，实则已是再创作，而首理此案的官吏则冠到狄斯彬头上。

尽管如此，我们认为《金瓶梅》作者是熟悉狄斯彬的，书中关于狄"为人刚且方，不要钱"的描写，也大体符合狄的行事。因之，从《金瓶梅》关于狄斯彬的描写以及狄的生平行事来看，无疑可以推求《金瓶梅》创作年代之上限，这就要看狄斯彬是何时才可能被写进书中。

就狄斯彬的生平来看，对照《金瓶梅》对他的描写，狄被写进书中，恐怕只能是其与马从谦弹劾杜泰以后。马从谦奏劾杜泰一事，《明史·马从谦传》有较详之记载：

> 马从谦，字益之，溧阳人。嘉靖十年举顺天乡试第一。越三年成进士，授工部主事。出治二洪，有政绩。改官主客，擢尚宝丞，掌内阁制诰。章圣太后崩，劝帝行三年丧，不报。稍进光禄少卿。提督中官杜泰干没岁银巨万，为从谦奏发，泰因诬从谦诽谤。巡视给事中孙允中、御史狄斯彬劾泰，如从谦言。帝方恶人言谯斋，而从谦奏劾及之，怒下从谦及泰诏狱，所司言诽谤无左证，帝益怒，下从谦法司，以允中、斯彬党庇，谪边方杂职。法司拟从谦戍远边。帝命廷杖八十，戍烟瘴，竟死杖下。而泰以能发谤臣罪，宥之。时三十一年十二月也。

狄斯彬中进士前默默无闻，难为世人所知，中进士后，授行人，擢御史，根本没有马上做地方官。《金瓶梅》谓其为阳谷县丞，虽事出无稽，但只能在弹劾杜泰之后，因为一则弹劾杜泰一事影响遍及朝野，二则其在被谪后充边方杂职，所以狄斯彬最早只能在嘉靖三十一年十二月之后才可能被写进《金瓶梅》中，由此可以推知，《金瓶梅》成书年代之上限必在嘉靖三十一年十二月之后。

（三）嘉靖三十八年

《金瓶梅》第六十五回、第七十七回均提到赵讷，赵讷为嘉靖三十八年进士。中进士前亦少为世所知。他的被写进《金瓶梅》之中，必当在中进士做官之后。此可证《金瓶梅》成书年代之上限必在嘉靖三十八年之后。

（四）嘉靖四十年

《金瓶梅》中写到的上述五位嘉靖年间的进士，写到其人之事迹较多的，除了狄斯彬，还有曹禾。其第四十九回写道：

> 蔡御史道："老母到也安，学生在家，不觉荏苒半载。回来见朝，不想被曹禾论劾，将学生敝同年一十四人之在史馆者，一时皆黜授外职，学生便选在西台，断点两淮巡盐，宋年兄便在贵处巡安，也是蔡老先生门下。"西门庆问道："如今安老先生在哪里？"蔡御史道："安凤山他已升了工部主事，往荆州催攒黄木去了，也待好来也。"

《金瓶梅》既明言曹禾论劾了一大批人，因此，我们便不能不涉及曹禾的生平行事。据

《嘉兴府志》载：

> 曹禾，字世嘉，父渭以掾为驿丞。禾以进士知鄱阳县，入为工科给事中，奏请蠲浙直被倭郡县田租，从之。进工科都给事中，寻坐累外谪，迁松江府推官，历知韶州府。

又据台北"国立中央图书馆"编印之《明人传记资料索引》载：

> 曹禾，字世嘉，号龙田，浙江平湖人，嘉靖二十六年进士。由江西鄱阳知县选工科给事中，降直隶无为州判官，仕至广东韶州府知府，以忧归。

由《金瓶梅》关于曹禾论劾之描写，对照曹禾之生平行事，则不仅可以看出《金瓶梅》对曹禾之描写基本符合其实际，而且似可推知曹禾之被写进《金瓶梅》中，必在其"坐累外谪"、"降直隶无为州判官"之后。

据直隶《无为州志》载，曹禾作无为州判官时，其前任为黄正色（河南光山人，由进士以御史谪任），其后任为沈哲（浙江仁和人，由例贡任）。曹禾任是职之准确年代尚未查出，但曹禾是由无为州判官而迁松江府推官。曹禾任松江府推官，据《松江府志》载，在嘉靖四十二年，则曹禾之任无为州判官当在嘉靖四十至四十一年。由此似可推知《金瓶梅》成书年代之上限当不早于嘉靖四十年。

（五）隆庆初年以后

上面我们提到，狄斯彬之被写进《金瓶梅》，当必在嘉靖三十一年十二月以后。那么到底以后到何时呢？

《明史·马从谦传》中写道：

> 久之，光禄寺灾，帝曰："此马从谦余孽所致耳。"隆庆初，恤先朝建言杖死诸臣。中官追恨从谦，沮之。给事中王治、御史庞尚鹏力争，帝以从谦所犯，比子骂父，终不许。

《金瓶梅》的作者虽然指斥时政，甚至把矛头直接指向皇帝，但就全书来看，却没有针锋相对地直接冒犯当朝皇帝之诏命的表现。而就嘉靖对马从谦的仇视愤怒来看，《金瓶梅》作者似乎亦不敢于顶着烟直上。又就《金瓶梅》全书中对中官之憎恶态度而言，将马从谦之同党写进书中，似亦应在"隆庆初，恤先朝建言杖死诸臣"之后。杜泰为中官，其吞没巨银之劣迹当然为《金瓶梅》作者所不齿，但更为作者憎恶的当为对从谦死且不赦。总之揆之情理，马从谦同党狄斯彬之被写进《金瓶梅》中，必当为"隆庆初，恤先朝建言杖死诸臣"之后。此时，穆宗虽仍痛恨马从谦，但似未尽及其同党狄斯彬，所以狄斯彬"得宣武典史，寻擢南京兵部主事"。后来，无论是"日本入寇"，狄"面陈方略于某尚书"；或"备兵荆湖间"，均有功于王室。此时将狄写入《金瓶梅》中，绝不致引起皇上的追究。

由此似可推求《金瓶梅》成书之上限当不早于"隆庆初"。

又据聊城王莹、王连州和阎增山同志考证,《金瓶梅》中西门庆所居地名为清河,实为临清。《金瓶梅》以临清为背景,作者是个临清通(详见笔者主编《〈金瓶梅〉作者之谜》,宁夏人民出版社,1988年版)。这不仅因为清河无论过去或现在,都没有《金瓶梅》中写到的那种大场面,只有临清才可当之,而且因为《金瓶梅》中的地名不仅与临清地名(现多有遗址)相同甚多,而各地名之间的位置组合也与临清相同。更为有力的证据是《金瓶梅》后二十回中,作者还常将清河与临清相混。清河无狮子街,而临清则实有之。从《金瓶梅》中对狮子街的描写(包括其方位)来看,亦正同于临清的狮子街。但临清之狮子桥和街建于隆庆元年。康熙年间编撰之《临清州志·孝义王勋》记道:

> 官巡抚,好义喜施。先是临清诸街水道咸汇。大寺门前,居民受患者,不下千余家,隆庆元年,勋独捐资,力修沟渠,建石桥于卫河东岸,名狮子桥,至今赖之,有碑文载其事。

1934年编撰之《临清县志》云:

> 狮子桥,卫河北岸,明隆庆时州人王勋建为大街,两水汇归入卫之处。

若然,则此殊不失为《金瓶梅》成书年代考证的一条重要线索,其亦可作为《金瓶梅》成书在隆庆初年之后的一条旁证。万历八年前后《金瓶梅》第六十五回写到黄甲,只云其为"登州府黄甲",为山东八府之官。

黄甲,乡贯江西上犹,户籍南京兴武卫,军籍,明嘉靖二十九年二甲第三十一名进士。《中国人名大字典》谓:"黄甲,(明)南京人,前缀卿,嘉靖进士,仕至通判。为人傲兀使气,以文章自负。与李攀龙、王世贞等七子同时而不相附丽。有《凤岩集》。"

据光绪年间编撰之《上犹县志》记载,黄甲任过南京吏部稽勋司主事;据钱谦益《列朝诗集小传·黄运判甲》载黄甲"官吏部验封左宦盐运",似乎从未任过登州府知府。

关于黄甲的生平行事,迄今未搞清楚。尚知者为黄甲还著有《独鉴录》、《凤岩编年稿》、《蜚南选稿》26卷,有《自赏集》。我以为黄甲之被写进《金瓶梅》中,而且冠以知府之职,似当在其任吏部验封左宦盐运之时或其后,这不仅因为从《金瓶梅》中可以看出作者对当时盐运情况很熟,而且对运河及河道治理情况很了解(详见下文),对当时南京的官吏亦较清楚,可惜一直未查到黄甲任是职之年代。仅据钱谦益小传谓黄甲"与七子同时而不相附丽",及"官吏部验封左宦盐运,迄以不振"等语以及其著作篇目推之,似当在万历初年尚任是职。但不知确否,只好暂付阙如,待以后补入(这里提供一点线索,希望得到知情人之赐教)。

《金瓶梅》第六十五回与黄甲同时被列为山东八府之官的还有凌云翼,书中称其为"兖州府凌云翼",即凌为兖州府知府。凌云翼,《明史》卷二二二有传。传较详,不录,中有云:

召为南京工部尚书,就改兵部,以兵部尚书兼右副都御史总督漕运,巡抚淮扬,河臣潘季驯召入,遂兼督河道。

凌云翼似乎未曾任过兖州知府。《金瓶梅》冠以此职,考凌之生平,似只宜在其被召为南京工部尚书以后,即以兵部尚书兼右副都御史总督漕运、巡抚淮扬及兼督河道之时。查凌云翼之被召为南京工部尚书,事在万历六年十月,则其总督漕运等均在是年之后。自万历六年以后至万历十五年左右,凌云翼在总督漕运、巡抚淮扬及兼督河道期间,曾大力治理过运河。这方面的材料很多,除有关典籍记载之外,尚存有凌所写的若干疏文等,这里不录。从《金瓶梅》一书中多次写到的运河情况,以及作者对治理运河情况的反复提及来看,作者对漕运情况,以及运河治理情况相当熟悉,因此作者说凌云翼为"兖州府"知府,则不仅地域与凌云翼之为官处沾边,而且作者似只有此时或其后才较有可能将其写入书中。

这种推断的另一个证明是赵讷。赵讷之生平如下:

赵讷,字孟敏,孝义人,嘉靖乙未进士。初授定兴令,赈饥有法,调江都。时权贵欲以其邑税粮派邻邑,不从,升刑部主事,服阕,补户部,差管徐州仓。出羡余修吕梁洪桥,升四川保宁府知府。甫三月,乞归,橐橐萧然,束带无饰金银者。讷秉性俭约,不注家人生产,嗜读书,寒暑不辍,教人以孝友为先,实行副之。刻语录诗文三十卷,郡县旧志续纂。年七十九卒,门人私谥文直先生。①

《金瓶梅》作者给赵讷加了个山东廉访使的官职,这是很耐人寻味的。更为值得人们注意的是在第七回中,在山东巡按监察御史宋乔年举劾地方文武官的题奏中说:"廉使赵讷纲纪肃清,市民服习。"据我们考证,宋乔年的这个题奏中涉及的于史有考的历史人物,其评语皆与其人之生平行事相符,我们只要将宋乔年对赵讷之评语与上述赵讷之传记相核,就不难看出《金瓶梅》之作者对赵讷是熟悉的。而就赵讷的生平行事来看,则《金瓶梅》的将其写入书中,当在赵讷"补户部,差管徐州仓"时或其后,这不仅因其在任是职时修建运河上的重要津口吕梁桥,在当时影响较大,而且也才与"山东廉访使"在地域上沾边,在性格上相符。

赵讷差管徐州仓之准确年代尚未考出。但已考知其前任为进士李燧,其后任为进士姜士昌。姜士昌《明史》有传,较详,不录。其中进士在万历八年,中进士后官户部。徐州仓正是由户部分管,赵讷亦是补户部而差管徐州仓,则姜士昌之差管徐州仓必在万历八年或八年以后无疑。当时此职是三年一任,可见赵讷是万历六年至八年间任是职。《金瓶梅》既然只有在此时或其后方能将赵讷写入书中,则其成书年代之上限必不早于万历六年至八年。

通过上述考证,我们认为《金瓶梅》成书年代之上限当不早于万历六年至八年,其下限绝不晚于万历二十四年,其成书年代大约是万历九年至万历二十年之间。因此,我们认为五十

---

① 《山西通志》卷一百三十七。

年前，文学史家郑振铎先生、明史专家吴晗先生推断《金瓶梅》成书于万历中期或万历年间（二位先生似未举出万历二十四年袁宏道给董其昌的借抄《金瓶梅》的信，而只见到万历三十四年丙午袁宏道给谢在杭的信，因此吴晗先生将《金瓶梅》成书年代之下限定为不晚于万历三十四年）的结论是正确的，是经得起历史的检验的。

第二节 《金瓶梅》成书方式

这个问题牵扯到一部中国小说史乃至整个中国文学艺术的发展历史，兹事体大，不可不予详论。

一、金学界关于成书方式诸说

对此问题，吴敢先生在《金瓶梅研究史》中做过如下的简要叙述：

这也是一个《金瓶梅》研究中的焦点问题之一，主要有两说：

一是"个人创作说"。明清两代均主此说。20世纪更一度成为定论，鲁迅以后的众多文学史、小说史因此称《金瓶梅》为我国第一部由文人独立创作一次完成的长篇白话小说。20世纪八九十年代亦得到朱星、杜维沫、黄霖、周钧韬、李时人、鲁歌、浦安迪、日下翠以及所有提出某作者说的论者的支持，仍是压倒的优势。此说的主要根据有三：其一，如果《金瓶梅》词话是"话本"，为什么至今未见类似作品流传？其二，明代一些著名文人对《金瓶梅》的反应均是刚刚出现而非世代累积。其三，《金瓶梅》具有完整的艺术结构、一以贯之的思想、统一的文学风貌。卜键是《金瓶梅》作者李开先说的集大成者，其关于《金瓶梅》成书过程，说："李开先是《金瓶梅》词话最早的作者。如果说有一个创作集体的话，则李开先是其中的核心人物，是这部作品最基本、最主要的创作者，是他为整个作品设计了主题、主要人物和主要情节，所以说，他也就是作者。李开先不可能是写定者，若是，则书中大量的错谬就无从释解。我们说他是最早的作者，还在于他辞世时书未能完稿。……开先逝世之后，这部《金瓶梅》词话的'未成稿'就流播世间，其辗转传抄的过程，也就是被删改补足的过程。这就使该书的面貌更加扑朔迷离，这就给我们的考证带来了更多的困难。现在已无法去分辨哪些是原稿中的，哪些是传抄者删削或加添的了。但这部书的主体工程，它的主要人物和情节，应都是由李开先奠定的。这就是我对《金瓶梅》词话成书过程的推想。"①支冲《〈金瓶梅〉评价新议》②、吴小如《我对〈金瓶梅〉及其研究的几点看法》③、傅憎享《〈金瓶梅〉用字流俗：是俚人耳录而非文

---

① 卜键：《卜键〈金瓶梅〉研究精选集》，台湾学生书局"金学丛书"第二辑，2015年6月版。
② 支冲：《〈金瓶梅〉评价新议》，《上海师范学院学报》1981年第2期。
③ 吴小如：《我对〈金瓶梅〉及其研究的几点看法》，《上海师范学院学报》1981年第2期。

人创作》①、陈辽《〈金瓶梅〉成书三阶段说》②等均持异议。

　　二是"集体累积说"。刘辉认为此说在丁耀亢《续金瓶梅·凡例》中初露端倪(《金瓶梅论集》)。上世纪四十年代赵景深《〈金瓶梅词话〉与曲子》(《银字儿》)、冯沅君《〈金瓶梅词话〉中的文学史料》(《古剧说汇》)等都曾透露出《金瓶梅》非一人之力所为的想法。五十年代又出现潘开沛与徐梦湘的一次争辨(见下文)。八十年代初,徐朔方对此说集中展开论述,提出十条例证:每回前均有韵文唱词,大部回目以韵语作结束,正文若干处保留有说唱者的语气,吴月娘、孟玉楼、春梅、玉簪儿祭奠诉苦唱《山坡羊》,几乎没有一回不插入诗、词、散曲,不少地方与宋元小说戏曲雷同,全书对勾栏用语、民间谚语的熟练运用,行文的粗疏重复,《金瓶梅》与《水浒传》的关系,《金瓶梅》与《志诚张主管》的关系等,并概括为:"世代累积型集体创作"③④。"世代累积型集体创作"是徐朔方关于古代小说戏曲成书的理论基石,包含两个观点:小说戏曲同生共长,相当多的作品是在世代流传后由某一文人改编写定,而《金瓶梅》的成书是其最为重要的个案。孙逊、陈诏《〈金瓶梅〉作者非"大名士"说》,邓瑞琼、吴敢《从"来保押送生辰担"看〈金瓶梅词话〉的成书》,陈辽《〈金瓶梅〉原是评话说》,傅憎享《〈金瓶梅〉用字流俗是俚人耳录而非文人创作》,陈益源、傅想容《〈金瓶梅词话〉征引诗词考辨》⑤等则为此说提供了若干"内证"。魏子云、王利器、支冲、蔡国梁、吴小如、程毅中、蔡敦勇、周中明、吴红、胡邦炜、鸟居久靖、尾上兼英等亦附和此说。刘辉《金瓶梅论集》更从《金瓶梅》词话保留的可唱韵文之多、采录、抄袭他人作品之多、讹误、错乱、重复处之多等方面,继徐朔方之后,再次为此说集其大成。陈诏《〈金瓶梅词话〉是一种扬州评话》更具体指出了评话的品种。张鸿勋《试谈〈金瓶梅〉的作者、时代、取材》⑥、杜维沫《谈〈金瓶梅词话〉成书及其他》⑦、黄霖《〈金瓶梅〉成书问题三考》⑧、浦安迪《瑕中之瑜》、李时人《关于〈金瓶梅〉的创作成书问题》、何满子《〈金瓶梅〉的思想与艺术·序》(巴蜀书社,1987年10月)、马积高《宋明理学与文学》⑨、刘孔伏等《〈金瓶梅〉是累积型作品说驳论》、刘振农《〈金瓶梅〉"累积型集体创作说"质疑》⑩等则对"集体累积说"提出商榷。胡令毅《黄太尉还是六黄太尉?》(参见前文)举"黄"与"六黄"为例,以证其表面上所谓的矛盾错误,

---

① 傅憎享:《〈金瓶梅〉用字流俗:是俚人耳录而非文人创作》,《学习与探索》1988年第6期。
② 陈辽:《〈金瓶梅〉成书三阶段说》,《东岳论丛》1989年第4期。
③ 徐朔方:《论汤显祖及其他》,上海古籍出版社,1983年8月第1版。
④ 徐朔方:《论〈金瓶梅〉的成书及其他》,齐鲁书社,1988年1月第1版。
⑤ 《金瓶梅研究》第十辑,北京艺术与科学电子出版社,2011年7月第1版。
⑥ 张鸿勋:《试谈〈金瓶梅〉的作者、时代、取材》,《文学遗产增刊》1958年第6辑。
⑦ 杜维沫:《谈〈金瓶梅词话〉成书及其他》,《文献》1981年第1期。
⑧ 黄霖:《〈金瓶梅〉成书问题三考》,《复旦学报》1985年第4期。
⑨ 马积高:《宋明理学与文学》,湖南师范大学出版社,1989年版。
⑩ 刘振农:《〈金瓶梅〉"累积型集体创作说"质疑》,《中国人民警察大学学报》1995年第2期。

实际并非陋儒之粗制滥造或集体创作所致,而是作者为遮盖真相故意而设。

周钧韬《〈金瓶梅〉:我国第一部拟话本长篇小说》认为,《金瓶梅》既是一部划时代的文人开山之作,又不是一部完全独立的无所依傍的文人创作,而是一部从艺人集体创作向完全独立的文人创作发展的过渡型作品,标志着整理加工式的创作的终结和文人直面社会创作的开始,对两说来了个折中。2011 年《周钧韬〈金瓶梅〉研究文集》出版时,将此观点概括为《金瓶梅》成书方式"过渡说"。周钧韬《重论〈金瓶梅〉成书方式"过渡说"》①又对"过渡说"进行哲学思考,用"扬弃"这一概念研究古代长篇小说发展的三个阶段,提出《金瓶梅》是一部从艺人集体创作(《水浒传》)向"无所依傍的独立的文人创作"(《红楼梦》)发展的"有所依傍的非独立的文人创作"。"过渡形态"乃是《金瓶梅》成书方式的本质特征。这是作者对《金瓶梅》成书方式"过渡说"的最新阐述。霍现俊《金瓶梅新解》支持此说。

主张"集体累积说"者,同时认为有一位加工写定者的存在。徐朔方认为李开先或他的崇信者是这一写定者。早在1964年,徐朔方就撰文(《〈金瓶梅〉的写定者是李开先》)提出这一观点。此文 20 年后才在《杭州大学学报》1980 年第一期发出。该文从四个方面(李开先符合"嘉靖间大名士"的传统说法、李开先符合作为小说作者的基本条件、小说大量直接引用李开先《宝剑记》和其他作品、小说与《宝剑记》有不少相同之处)证明李开先是《金瓶梅》的写定者。徐朔方后来在《〈金瓶梅〉成书新探》一文中将这一观点修改为"《金瓶梅》的写定者或写定者之一是李开先或他的崇信者",而"写定者的籍贯则在今山东省中西部及江苏北部,即黄河以南、淮河以北一带",并认为"一、如果改定者是李开先的崇信者,他的文化修养不会太高,根本不是'大名士';二、如果是李开先本人,那他只是出主意或主持印制而已,并未自始至终进行认真的修订"。② 刘辉认为李渔是崇祯本的作评者、写定者。其证据有五:一、首都图书馆藏本卷首有一叶回道人的题记,而回道人即李渔;二、第一奇书的康熙乙亥本、在兹堂本署名为"李笠翁先生著";三、小说所用方言有眉评所不解处与评语所用方言有李渔所熟知者;四、李渔在眉评中径称《金瓶梅》为"予书";五、李渔《三国志演义序》对《金瓶梅》的评价与评语观点完全吻合。吴敢《张竹坡评本〈金瓶梅〉琐考》根据李渔与彭城张氏的交往,亦推测"或者张评本的祖本即崇祯刊本《新刻绣像批评金瓶梅》,系李笠翁由说唱本改定为说散本的吧?"③此说滥觞于郑振铎,他在《谈〈金瓶梅词话〉》中曾说:"我们可以断定的是,崇祯本确是经过一位不知名的杭州(?)文人的大笔削过的。"戴不凡亦认为其写定者为浙江兰溪一带人。沈新林《李渔评点〈新刻绣像批评金瓶梅〉考》支持此说,并多有补益。黄霖《关于〈金瓶梅〉崇祯本的若干问题》对"李渔说"提出质疑,认为首图本系翻刻本,

---

① 周钧韬:《重论〈金瓶梅〉成书方式"过渡说"》,《内江师范学院学报》2012 年第 9 期。
② 徐朔方:《〈金瓶梅〉成书新探》,《中华文史论丛》1984 年第 3 辑。
③ 吴敢:《张竹坡评本〈金瓶梅〉琐考》,《徐州师专学报》1987 年第 1 期。

回道人的题词有可能是书贾的后补；绣像本刻于崇祯间无疑，而李渔不可能在此间作评；李渔把《金瓶梅》列为奇书第四种而非"第一奇书"，且"第一奇书"与李渔称《三国》为"第一才子书"相左；张竹坡评语对崇祯本评语多有大不敬之处，不符合对其父执的态度等，"总之，说李渔是崇祯本初刻的改定作评者，是难以成立的"。鲁歌、马征《〈金瓶梅〉及其作者探秘》亦否认李渔是崇祯本的评者和改写者。黄霖在《〈新刻绣像批评金瓶梅〉评点初探》一文中推测评改者为冯梦龙。魏子云、陈毓罴、陈昌恒等也对冯梦龙与《金瓶梅》词话的关系作有探讨。吴红、胡邦炜《〈金瓶梅〉的思想和艺术》坐实为冯梦龙，该书认为要解开《金瓶梅》作者之谜，必须从"嘉靖间""山东人""大名士"这三个框子中跳出来，而建立在"集体积累型"、万历丁巳本系初刻本这两个前提下；然后从外证、内证两个方面展开分析，结论是"'东吴弄珠客'即是冯梦龙""《金瓶梅》的整理写定者是冯梦龙"。王汝梅则认为绣像本的改写者是谢肇淛。

傅承洲《〈金瓶梅〉文人集体创作说》①提出"文人集体创作说"，对此，大冢秀高评议说："他所说的'集体创作说'跟以前的'集体创作说'的确有所不同。以前的是所谓世代累积型的集体创作说，就是我在前面第四点提到过的。支持者都是从《金瓶梅》本来是民间艺人的说唱'底本'出发的。相反，傅承洲先生主张词话本由嘉靖末期的下层文人创作了60回、谢肇淛等文人加工了20回、东吴弄珠客又续作20回而成，崇祯本就是对这个词话本进行修改而成立的。也就是说，他认为《金瓶梅》是下层文人和上层文人接力写成的作品，而把这样的成书过程叫作'集体创作'。我想，也许有这种可能，我也没有资料来否定他的看法。但我觉得他的看法还是有点儿勉强。特别是，如果要主张谢肇淛等文人从事写作《金瓶梅》的话，还需要更可靠的证据。另外，我对他说的'集体创作'这个名词也有不合适的感觉。"②

张同胜、杜贵晨《论〈金瓶梅〉成书的"集撰"式创作性质》③最新提出"集撰式说"，认为"这种创作方式确实不同于一般所谓的'文人独立创作'，但也决不如'世代累积成书'说所意味的缺乏作家个人特点的连缀编撰，而是一种介于二者之间实偏重于'文人独立创作'的形态，是中国章回小说早期创作的一种特殊路径，或说是那一时期章回小说创作的民族特色"。不过，张、杜二位对"世代累积型集体创作"说的理解有所偏差。因为，主张"集体累积说"者，同时认为有一位加工写定者的存在。

除此之外，这一课题方向近年少见人说。

如上所述，这个问题牵扯到中国小说乃至一部中国文学艺术的发展历史，兹事体大，不可不予详论。对这一重大的学术问题，我认为应该从以下一些方面，认真加以探讨：

---

① 傅承洲：《〈金瓶梅〉文人集体创作说》，《明清小说研究》2005年第1期。
② 大冢秀高：《中国与日本：〈金瓶梅〉研究三人谈》，《文艺研究》2006年第6期。
③ 张同胜、杜贵晨：《论〈金瓶梅〉成书的"集撰"式创作性质》，《明清小说研究》2008年第1期。

中国民间文学发展史、说话艺术演进史、文本特点研究,商业运作,图书印刷事业的大发展,市民需求,治学方法,等等。

我们首先从中国民间文学发展史、说话艺术演进史的角度来进行探讨。

二、关于《金瓶梅》词话成书方式研究的方法问题

学术界长期以来一直存在着一种说法,在《金瓶梅》词话出现之前是否存在一个说唱本《金瓶梅传》,即《金瓶梅》词话的故事也与《三国演义》《水浒传》《西游记》一样,有一个长期在民间传说、说唱的过程。这是《金瓶梅》词话成书方式"集体累积型"说法的重要基础。持这种观点的人中有很多是知名的学者。比如徐朔方、梅节等先生,因此影响颇大。

香港梅节先生说:"明朝嘉靖、隆庆、万历间流行于运河区的新兴大众消费性说唱文学,以平话为主,配合演唱流行曲。起初叫《金瓶梅传》,编撰者为书会才人一类中下层知识分子。"

叶按:这种所谓"艺人本"的说唱文学《金瓶梅传》,压根儿就没有出现过。所有设想过有这种说唱本《金瓶梅》的人都是"想当然",包括潘开沛、徐朔方等在内。

几乎所有持这种观点的学者,都是根据《三国演义》《水浒传》《西游记》形成过程推导出来的,并没有确凿的文献依据。我认为就学科而言,这实际上是一个属于民间文学学科的课题,但几乎所有的学者都没有真正采用民间文学学科最主要或最根本的研究方法:田野作业,或曰"采风"。这是一个需要走出书斋的研究课题。

遵循导师钟敬文先生的意见,对于有关《金瓶梅》的传说,我和我的友人做了三方面的工作。第一是采风,第二是对以往的文献资料中有关《金瓶梅》传说的材料进行钩稽,第三是对近来社会上正式刊出的有关《金瓶梅》传说进行搜索、甄别分类。这样,可以说是对古往今来的《金瓶梅》传说进行了一次比较系统全面的爬梳工作,最后编辑出版了两本《〈金瓶梅〉的传说》。

对此议题我的工作如下:两集《〈金瓶梅〉的传说》序言、后记,现将相关的主要问题迻录如下:

(一)《〈金瓶梅〉的传说》自序

收入本书中的《金瓶梅》故事、传说,从时间上来说,跨度比较大,从《金瓶梅》刚刚问世的明万历年间开始,一直收到现在流传在民众口头上的传说,前后约近四百年。从内容上来看,可大致分三类:关于《金瓶梅》作者及创作过程的传说;书中人物、风俗等传说;《金瓶梅》流布及对后世影响的传说。从来源上看,大致有三类:一是来自民间的传说的整理记录;二是对于明清以来文人所记录的传说的改编译写;三是当代民间文学作者的创作或改写。这第三类作品中,的确有些声情并茂的篇章,但整个来看并不能令人满意,对此我们后边还要谈到,也不能说没有自己的特点,但整个说来,它的特点确实被前两类作品的明显特点所掩,因此,这里也不去多说它,只就前两类作品简单地谈点看法。

来自民间的传说,就数量而言,偏重于《金瓶梅》中文学人物的传说,比如潘金莲、西

门庆、武大郎、武松等的传说，另外稍多点的是关于《金瓶梅》的作者的传说。整体上看来，这类传说，普遍地表现出强烈的爱憎之情，即对于西门庆及其他贪官污吏的极端仇恨，以及对书中人物的恶德秽行的无情嘲讽，而对于《金瓶梅》中的地位低下受人欺弄的人物，如宋蕙莲、来旺等等，则显示了明显的同情态度。其中最为突出的也是最惹人注目的是为潘金莲鸣不平或翻案的传说很多。对于这种现象所表现出来的民族心理意识及其根源，作为一种文化现象，我们在即将完稿的专著《论潘金莲》一书中已予以较为详细地评述与分析，这里不拟多说。这里只录出几条较有代表性的看法来供读者参考。《金瓶梅》中的潘金莲，首先源于《水浒传》中的潘金莲，对于《水浒传》中的潘金莲，我们这里只说一句话，即《水浒传》作者的伟大贡献在于他第一次在中国文学史上成功地塑造了一个平凡的女杀人犯形象，作者令人信服地揭示了潘金莲由一个纯真的少女变成杀人罪犯的过程及其犯罪的主客观原因。《金瓶梅》中的潘金莲已与《水浒传》中的潘金莲有了重大的不同与变化，她的文化素养比《水浒传》中潘金莲要高得多，她是西门庆府中文化层次较高的女性，按照现今评定职称的标准，她可以评上中级职称，至少也应评上初级职称，她当然算不上"士"，但却可称为有文化的人。这本身就是其性格中的特点之一，而这一特点，与其他特点之间有着十分密切的内在联系。潘金莲是那个商业发展、城市繁荣的特定的封建末世中的人物，她身上也因袭着旧的封建礼教观念，但也出现了若干新的观念，她用自己的言行无情地践踏着三纲五常，而最后她又正是死在封建礼教这张网上，她是个内涵非常丰富复杂的凸形文学人物。她的悲剧是社会悲剧，也是性格悲剧。老百姓为她的悲惨命运鸣不平，为她翻案，不是没有原因的，从美学与心理学上看，潘金莲原本是美的，但万恶的封建社会把她扭曲了，变丑了，把美的东西毁灭了，这虽然是无情的客观现实，但老百姓心理上不愿认可，不愿承受。老百姓有自己的美学观念与审美要求。这在民间文学中有比较充分显明的表现，很值得我们珍视和借鉴。

其次，这类民间传说所涉及的《金瓶梅》人物、风俗，可以同文献资料中传说相互印证与补充，这对于我们了解《金瓶梅》一书的成书过程，乃至作者的研究，都将有某种参考价值。

而从文献资料中钩稽出来的明清时代的文人们所记载的有关《金瓶梅》作者、出版、流播过程对后世文学的影响等等的传说，对于《金瓶梅》研究者对这些重大课题的研究，将有某种启迪作用；而对于一般读者，特别是年轻读者，则可以借此更好地了解《金瓶梅》，了解中国的文化演进史，乃至引起研究的兴趣。这些似乎零碎的传说，综合起来，似乎可以称为形象化的论文，人们可以在比较轻松愉快的阅读中，增进知识，受到教益，乃至获得解决某些重大问题的启示。

(二)《〈金瓶梅〉的传说》(之二)序言

到现在为止，综观两集《〈金瓶梅〉的传说》，就传说的内容与题材所涉及的范围而言,是比较齐全和较有代表性了。

关于《金瓶梅》的传说,值得研究探讨的问题很多,这里只想谈谈这些传说的时空问题,因为这对于读者阅读有关《金瓶梅》的传说以及《金瓶梅》研究,有着直接的关系。

关于《金瓶梅》的传说的时间或时代问题。这个问题与《金瓶梅》的成书过程或成书类型,有着直接的关系。关于《金瓶梅》的成书过程或成书类型,主要指的是《金瓶梅》一书的成书过程或成书类型是像《三国演义》《水浒传》《西游记》等另外三大奇书一样,是在民间传说,特别是民间演唱(包括戏曲)的基础之上,经过某个作家的加工整理而成的所谓"累积型"作品呢,还是作家根据民间传说和自己的生活经历独立创作出来的"文人"作品呢? 很显然,这个问题,无论对于一般读者阅读《金瓶梅》,乃至学者专家们研究《金瓶梅》,都有着十分重要的意义。

《金瓶梅》刚一问世,还在以手抄本方式流传的时候,就立刻引起了当时文坛的注意。自然是有人大加赞誉,有人极力诋毁。但是,誉也好,毁也好,人们都普遍地感到惊奇,有的是惊喜,比如当时的文坛领袖袁宏道;有的则惊骇,比如看过手抄本的薛冈。为什么人们会普遍感到吃惊呢? 这根本的原因,乃在于《金瓶梅》一书中的主要故事,缺乏一个如同《三国演义》《水浒传》《西游记》中的故事的长期流传演唱过程,因而人们觉得这书好像是突然冒出来的一样。而且,不管是对《金瓶梅》赞誉的也好,诋毁的也好,大家认为这书是某个作家的创作的观点则是一致的。这种观点,由明清的文学评论家,到20世纪初期的文学史家,包括鲁迅、郑振铎这样的大家,也都毫无例外地认为《金瓶梅》是某个我们现在还不知道其真实姓名的作家的创作。直到现在在高等学校的讲堂上被广泛采用的中国社会科学院文学研究所和游国恩等教授所编写的两部《中国文学史》中,也都是持这种观点。

20世纪30年代,冯沅君先生在《〈金瓶梅词话〉中的文学史料》一文中,指出了《金瓶梅》词话中所引用的大量的诗词曲(包括戏曲中的曲子)小说材料的出处,之后,赵景深先生也做过这种工作。在国外,对《金瓶梅》词话所引用过的现成材料的考证工作用功最勤,成就也较大的是美国的学者韩南先生。但是,除赵景深先生之外,无论是冯沅君先生,还是韩南先生,在考证之后,得出的结论都仍是《金瓶梅》的成书类型为作家的创作,而不是"累积型"作品。因此,关于《金瓶梅》的成书过程或成书类型,几乎众口一词,已经成了定论。

1954年,潘开沛先生著文《〈金瓶梅〉的产生和作者》,明确地提出了新的见解: "《金瓶梅》是一部什么样的书? 我说:不是像《红楼梦》那样由一个作家来写的书,而是像《水浒传》那样先有传说故事、短篇文章,然后才成长篇小说的。这就是说,它不是哪一个'大名士'、大文学家独自在书斋里创作出来的,而是在同一时间或不同时间里的许多艺人集体创造出来的,是一部集体的创作,只不过最后经过了文人的润色和加工而已。"①潘先生的新见解如同石破天惊,此后,中外学术界,特别是中国大陆学术界,赞同潘先生新见解的人日渐增多,而且大有一扫旧说,后来居上之势。当然,坚持旧说者仍然不乏其人,于是新旧两说便不免要展开争论辩驳。

我认为,这种争论辩驳,不仅对于我们弄清《金瓶梅》成书过程的真实情况是有益的,而且对于我们深入理解《金瓶梅》一书,乃至厘清中国古代长篇小说发展的轨迹也是十分必要的。因此,我在编辑关于《金瓶梅》的传说,组织人到民间采风的时候,就很注意这个问题,即《金瓶梅》的传说的时代问题,想看看民间是否还留存着《金瓶梅》成书之前的关于《金瓶梅》中的人物的传说。但是调查的结果表明,在《金瓶梅》问世之前,这方面的传说却一点都没有。不仅如此,除了《金瓶梅》借用的《水浒传》的人物如武松、西门庆、潘金莲等之外,只有《金瓶梅》中才有的人物,比如书中的重要人物如吴月娘、李瓶儿、孟玉楼、李娇儿、孙雪娥、庞春梅、陈经济等等,就是《金瓶梅》问世以后,也或者没有传说,或者只有少许的传说。而关于《金瓶梅》中的人物及故事的民间演唱材料,包括戏曲在内,在《金瓶梅》问世之前,也一篇都没有。这与现存文献资料的记载情况完全相符,因为在所有现存典籍中,关于《金瓶梅》人物故事的传说,演唱材料,凡在《金瓶梅》问世之前的,一点踪迹也不见。

是的,我们没有听闻到的材料,客观世界当中未必就真的没有,因为我们的活动范围毕竟有限。于是我们便开始翻查近年来刚刚搞完的《金瓶梅》故事发生地或书中人物活动的主要场地的聊城地区、菏泽地区、泰安地区,以及河北的邢台地区的民间文学集成,并用各种方式与负责这一工作的地方史志办的工作人员联系,结果仍然一样,即在《金瓶梅》成书之前的有关《金瓶梅》主要人物及故事的传说,连同民间演唱材料,连一点蛛丝马迹都没有(《金瓶梅》与《水浒传》所共有的人物除外)。事实就是如此,无论是现存典籍的记载中,还是民间的口碑材料之中,迄今为止,没有任何人发现一篇在《金瓶梅》成书之前的关于《金瓶梅》人物及故事的传说和演唱材料的踪影。因此,我认为自潘开沛先生起而出现的《金瓶梅》乃是集体创作,是"累积型"作品的新说,实在是一个仙境中的空中楼阁,其可谓是"忽闻海上有仙山,山在虚无缥缈间"了。

我认为《金瓶梅》的成书过程或成书类型既不同于《三国演义》《水浒传》《西游记》等"累积型"的作品,也有别于《红楼梦》这样的典型的文人之作。《金瓶梅》是在作家学习和利用民间文艺的样式创作构建自己的故事的同时,也把现存的民间演唱及文人作品毫无顾忌地大量地收录到自己的故事之中,或不加改动,或进行加工变形,来熔铸成自己的宏篇巨制。这种成书过程或类型,正是《三国演义》《水浒传》《西游记》这种"累积型"作品到《红楼梦》这样的纯粹文人作品之间的桥梁。上述三种类型的成书方式的演进,正是中国古代长篇小说的成熟与发展的过程。而就整体而言,《金瓶梅》应属于文人创作。

---

① 潘开沛:《〈金瓶梅〉的产生和作者》,1954 年 8 月 29 日《光明日报》。

《金瓶梅》的传说在时间上，既不同于《三国演义》《水浒传》《西游记》的传说，也不同于《红楼梦》的传说，而呈现出比较复杂的状态。仅就我们所收录的传说范围而言，《金瓶梅》的传说大体上可以分作两个部分：一是《金瓶梅》与《水浒传》所共有的人物的传说。这部分传说，除武松、宋江等《水浒传》中的重要人物以外，我们都把它归为《金瓶梅》的传说。武松与《金瓶梅》的关系也很密切，因此酌量少收了一点；宋江的则一篇未收。这一部分传说的产生时间，与《水浒传》的传说相同，既有成书前的，也有成书后的。而《金瓶梅》所独有的传说，都是《金瓶梅》成书以后的。但是，这一点也不影响这些传说的价值，因为传说的价值并不全在于时代的早晚。

关于《金瓶梅》的传说的空间或地域。因为这不仅牵扯到《金瓶梅》的成书、作者等重大问题，而且也于这些传说与《金瓶梅》故事发生地或《金瓶梅》人物活动的主要地区的地域性文化有着直接的关系，所以有必要简要地谈一谈。

《金瓶梅》的主要故事，即西门庆与潘金莲的故事，原本是依附于《水浒传》中的主要人物之一武松的。武松的故事，早在宋代就有人说唱，罗烨的《醉翁谈录》中所列的"说话"故事名目中，就有"杆棒"类的《武行者》。但只是名目而已，话本不存。《宣和遗事》中虽有"行者武松"的称号，但未涉及西门庆与潘金莲。元杂剧中有高文秀的《双献头武松大报仇》、红字李二的《折担儿武松打虎》和《窄袖儿武松》，但这些剧本均不存世，估计应该有西门庆与潘金莲的故事在内，但详情已难考知。我们现在所见到的最早的写到西门庆与潘金莲的故事的只能是《水浒传》。《水浒传》中的西门庆是阳谷人，武松、武大和潘金莲都是清河县人氏。因此这阳谷县与清河县自然成了西门庆与潘金莲故事发生地或人物活动地。《金瓶梅》以《水浒传》中关于武松、西门庆、潘金莲之间的故事为框架来构建自己的小说，所以阳谷、清河自然应算作《金瓶梅》故事的发生地与人物的活动场所。但是《金瓶梅》作者却对《水浒传》做了改动，把武松、武大、潘金莲说成是阳谷人氏，把西门庆说成是清河县人氏，因而西门庆与潘金莲的主要活动场所变成了清河县。如果说《水浒传》的作者把本来不相邻的阳谷县与清河县（相距二百余里）说成是近在咫尺的毗邻，迄今令人很难索解的话，那么《金瓶梅》作者将西门庆、武松、武大、潘金莲的籍贯有意改动，即将西门庆、潘金莲的主要活动场地由阳谷县改为清河县，则似乎不难理解。我以为《金瓶梅》作者做这种改动的根本原因乃在于清河与临清是真正的毗邻。且不说《金瓶梅》中西门庆的排场、活动范围，只有当时的繁华的临清才当得起、容得下，清河实乃临清的踪影，仅就《金瓶梅》后二十回中不少主要人物的活动场所就直接安置在临清，作者就非得做这种改动不可。因为《金瓶梅》既然用《水浒传》中的西门庆、潘金莲的故事来构建自己的小说，而《水浒传》中西门庆与潘金莲的故事就是发生在所谓"毗邻"的阳谷县与清河县，那么《金瓶梅》作者又让其中的人物在临清活动，便只能有两种可能的选择：或者让临清与清河近邻，或者让临清与阳谷毗邻。事实上临清与清河毗邻，所以《金瓶梅》作者便只好让西门庆住在清河。这也实在是顺水推舟。

当然《金瓶梅》作者不是没有发现《水浒传》作者将清河与阳谷说成是毗邻与事实

不符，但《水浒传》已经家喻户晓，可谓木已成舟，不能改动，所以《金瓶梅》作者在将西门庆的家由阳谷改成清河的同时，又顺水推舟，清河以及与清河毗邻的临清，采用坐标位移的手法，一同位移到东平府。所以《金瓶梅》中的"清河"的实际位置正在东平府，这有三方面的大量材料可以作证。第一是书中的东平府与清河县近在咫尺，所以乐工李铭在东平府当完差之后，还可以到西门庆家中来侍候（第四十二回）；所以玳安到东平府胡府尹家送过礼物之后，又回来分送了十几家礼物，前后才不过一上午的时间（第七十六回）。第二是《金瓶梅》中凡写到清河到别的地方，如东京、兖州府、泰山等地的时候，计算里程和所花费的时日，无一不是以东平府为出发点的。第三，临清原在东平府以北，但《金瓶梅》中凡写到沿运河北上的人却总是先到临清，后到东昌；相反，从东京到清河，却总是先到东昌，再到临清、清河。

《金瓶梅》词话一开头第一回就说到潘金莲与西门庆私通，终于"惊了东关府，大闹了清河县"，因此东平府、临清，自然也是《金瓶梅》故事的发生地或其中主要人物的主要活动场所。因此，《金瓶梅》故事的发生地或其中主要人物的主要活动场所，正是南起东平县，北到清河县，在约三百里左右的地带。

社会调查的结果也表明：关于《金瓶梅》的传说的密集地也正在这一带。而近五六年来，我们对于《金瓶梅》中的方言、习俗、地理等方面的大量考证也证明：《金瓶梅》的方言、习俗、地理等等，也与这一带的方言、习俗、地理相吻合。因此我们才敢于说这一带是名副其实的《金瓶梅》故事发源地，正是这一带地域文化孕育了《金瓶梅》，或者说《金瓶梅》与这一带的地域文化有着十分密切的关系。

这一点也不奇怪。早在宋元时期，这一带的东平府就是民间说唱与戏曲演唱的中心地域之一，这方面的活动十分活跃，以写《水浒》戏闻名于世的元杂剧作家高文秀就是东平人。而新近的《水浒传》研究的成果也表明，《水浒传》的原本作者罗贯中，也是东平人[①]。退一步说，至少这个罗贯中对这一带十分熟悉。

到了明代，临清崛起，在《金瓶梅》成书的时代，成了中国北方少有的大城市，民间说唱与戏曲演唱等民间文化活动，都十分活跃，这是众所周知的事实，用不着细说。

总之，我以为，正是这一带的地域文化和社会氛围孕育、培植了《金瓶梅》，也造就了大量的《金瓶梅》的传说。不管《金瓶梅》的作者是哪里的人氏，他必然熟悉这一带的文化，并受过这一带的地域文化的熏染与启发，才能写出《金瓶梅》。

三、从中国民间文学史与说唱史的角度加以探讨

（一）从中国民间文学史的角度加以探讨

所谓"艺人本"是对《金瓶梅》词话文体的误判。

[①] 详见刁云展《〈水浒传〉的真正作者是山东人罗贯中》，《社会科学辑刊》1990年第6期。

梅节先生把崇祯本叫作"说散本",又称作"文人本",与此同时又将词话本(**叶按**:包括初刊本《金瓶梅》词话和《新刻金瓶梅词话》)称为"艺人本"。

这实际上是把词话本《金瓶梅》当作民间文学,当作说唱文学,当作艺人的说唱底本,是"说"与"听"的民间艺术或"曲艺"。其实,《金瓶梅》词话是既不能唱,也不能说的"小说",是案头之作,是看的文学。

(二)从中国说唱史的角度加以把握

1.《金瓶梅》词话刚刚问世时的社会反响

《金瓶梅》刚一问世,还在以手抄本方式流传的时候,就立刻引起了当时文坛的注意。而且,不管是对《金瓶梅》赞誉的也好,诋毁的也好,大家认为这书是某个作家的创作的观点则是一致的。这种观点,由明清的文学评论家,到20世纪的文学史家,包括鲁迅、郑振铎这样的大家,也都毫无例外地认为《金瓶梅》是某个我们现在还不知道其真实姓名的作家的创作。除赵景深先生之外,无论是冯沅君先生,还是韩南先生,在考证之后,得出的结论都仍是《金瓶梅》的成书类型为作家的创作,而不是"累积型"作品。

2. 胡士莹《话本小说概论》关于明代拟话本的论述

明代的说唱词话叙录:

> 所谓"说唱词话",是一种属于"小说"体系的唱本。它在初期,一般都是短篇。陆游诗:"斜阳古柳赵家庄,负鼓盲翁正作场。身后是非谁管得,满村听说蔡中郎。"但在宋代,这种说唱本,没有流传下来,我们仅知有红莲、柳翠和蔡中郎等名目。元初农村中词话的说唱虽很盛行,由于统治阶级的严禁,也逐渐衰歇下去。话本也未见流传。我们仅能从杂剧中,略微看到它的片断引词而已。

拟话本的繁兴和发展:

> 明代说书的情况,既如上节所述。作为说话人底本而存在的话本,到了这一阶段,也发生了一个变化。那就是由于书写文字的日益发达,话本已明显地脱离了说话表现的范畴而逐渐书本化。为了适应市场的需要,它不只是通过说话人敷演的影响,这就是刺激了文人的兴趣和爱好;创作了大批拟话本。于是话本和说话技艺,也开始分了家,而拟作也就成为专供阅读的白话短篇小说,纷纷刊印问世。可见人民群众的巨大需要和当时印刷业的发达,是明代中叶以后拟话本所以盛极一时的客观原因。同时一些与市民群众有密切联系的比较进步的封建文人,在文艺方面则对一向"不登大雅之堂"的通俗小说、民歌等给予重视。当时文学观点的这种转变,对于拟话本的繁荣是一个极其重要的因素。

拟话本和话本有所不同:

话本是口头文学的记录,是民间说唱的记录。主要是供艺人为市民演出之用,受市民直接的批评、鉴定,因而有相当大的部分反映了市民阶层的生活和意识,洋溢着浓郁的市民气息。作为文学作品来说,它对封建制度的批判,比较直接而且尖锐。艺术风格是泼辣大胆,朴素清新,它的形象刻画、细节描写,都比较简单,语言比较通俗生动。从人物情节来看,还大抵是传述一人一事的,有的刚刚开始能概括一些社会现象和人物类型。

拟话本则是文人模拟话本形式的书面文学,实际尚就是白话短篇小说。正因为是文人创作或改编,如上所述,随着作者的立场观点以及政治态度艺术修养的不同,拟话本的思想性、艺术性也有很大差别。

3. 明代学者认为《金瓶梅》词话是小说
(1) 董其昌
董其昌对袁小修说:"近有一小说,名《金瓶梅》,极佳。"
(2) 丁耀亢
丁耀亢在《〈续金瓶梅〉后集凡例》中说:

小说以《水浒》《西游》《金瓶梅》三大奇书为宗,概不宜用之乎者也等字句。小说类有诗词,前集名为"词话",多用旧曲,今因题附以新词,参入正论,较之他作,颇多佳句,不致有腐鄙俚之病。

《续金瓶梅》第一回《普净师超劫度冤魂　众孽鬼投胎还宿债》:"单表这《金瓶梅》一部小说,原是替世人说法,画出那贪色图财、纵欲伤身、宣淫现报的一幅行乐图。"

4. 当代学者的见解

《金瓶梅》研究第一流的专家魏子云先生过去也曾经认为《金瓶梅》词话属于民间说唱,但他晚年改变了之前的观点,承认《新刻金瓶梅词话》是"拟话本":

已有不少人认为《金瓶梅》词话是说话人的底本。我不同意此说(无历史基础也)。我认为是"拟话本"的代表作。若以《金瓶梅》词话一书来说,付梓前曾经多人念而数人抄,亟亟早日付梓。念非一人,抄非一人,遂有字音错误百出的事情。尚待认真梳理,一一正之。①

5. 叶桂桐《金瓶梅作者是自由职业者》的论述

---

① 魏子云:《〈金瓶梅〉的这五回——潘作〈金瓶梅五十三至五十七回真伪考〉读后》,《明清小说研究》1999年第2期。

明人《金瓶梅》作者诸说中《金瓶梅》作者身份地位的变化。

屠本畯《山林经济籍》说："相传嘉靖时，有人为陆都督炳诬奏，朝廷籍其家。其人沉冤，托之《金瓶梅》。"我们从中难以看出《金瓶梅》作者的身份与地位。

袁中道《游居柿录》说《金瓶梅》作者是被西门千户延请的"绍兴老儒"，谢肇淛《金瓶梅跋》说《金瓶梅》作者是"金吾戚里……门客"，由此我们不难看出这时人们传闻中的《金瓶梅》作者的身份和地位都不高。

沈德符《万历野获编》说"闻此为嘉靖间大名士手笔"，廿公《金瓶梅跋》则说"《金瓶梅传》，为世庙时一巨公寓言"，由此我们不难看出这时人们传闻中的《金瓶梅》作者的身份和地位都比较高。

《新刻金瓶梅词话·欣欣子序》中说《金瓶梅》的作者是"兰陵笑笑生"，仔细揣摩"兰陵笑笑生"这一称呼，我们不难看出"欣欣子序"心目中的《金瓶梅》作者的身份和地位都不会很高。

综上所述，我们不难看出明代人们传闻中的《金瓶梅》作者的身份和地位，随着时间的推移，出现了由低到高，再由高到低的变化。

自从郑振铎先生说了这话以后，学界不少人也都持这种看法。但我认为，欣欣子不是"笑笑生"。据我考证，"欣欣子"是书商（出版商），"笑笑生"是"自由撰稿人"（宋元时期的"书会才人"）。欣欣子就是杭州书商辉山堂书坊的老板鲁重民，字孔轼；"笑笑生"究竟是何人，还未搞清楚，但我们可以在此新的基础上，重新探讨"笑笑生"其人究竟是谁。

6. 笑笑生的出现

明代歙县程大约，著名制墨家，字幼博，别字君房，编纂《程氏墨苑》十二卷，收录有五百余幅程氏所制墨图。该书另附有诗文八卷，收录一百八十余人的数百篇序跋及诗作。该部分卷八《侍御羲阳彭公书》曰：

> 所刻《墨苑》甚善而《序》不足以称之，不揣作《序》寄览，倘以为是，附刻可也。刻完幸寄二三本，为老丈广其传。佳墨可无赠乎？闻近时赠人止一二笏，亡论谢序。当多儿辈、孙辈、朋友辈、亲戚辈、门生辈，须多得，方足分人。笑笑生七月中行矣，老丈果来，当以月初，迟则无及也。

文中"侍御羲阳彭公"指彭好古。彭好古，字伯箴，湖北麻城人。万历十四年（1586）进士，初授歙县县令，万历二十年（1592）任山西道监察御史，万历二十一年（1593）任四川按察司佥事。这封书信内容很简单：彭好古收到了程大约寄送的《墨苑》一书，认为序文不甚好，遂自作一篇序文，嘱托程大约刻入《墨苑》，还希望程大约刻完之后赠送自己二三本并索要佳墨。最后告知程大约，笑笑生七月中旬要离开了，如果您要来，最好月初，否则就赶不上见他了。

这封书信没有留下寄信地址与日期,但我们可以从彭好古《墨苑序》中找到答案。彭好古《墨苑序》:

> 《墨苑》者,程氏君房署其所制墨图,暨海内名士之搦管品题者也。以其备也,故称苑也。……万历辛丑季夏廿日楚黄亭州一鏊居士彭好古伯篯甫书于古杭西湖之悦心楼。

可知序文作于杭州西湖畔,日期为万历二十九年(1601)六月二十日。信中说"不揣作《序》寄览",可知写信时《序》已完成,但彭好古催促程大约早日启程,故书信书写及寄出时间应不至于太迟。①

第三节 《新刻金瓶梅词话》文体考察

我认为要解决《金瓶梅》词话的成书方式问题,最根本的做法是对《新刻金瓶梅词话》做实事求是的科学的文体考察,但是因为这是个比较专门的问题,不是几句话就能说明白的,因此这里设专节予以探讨。

一、《新刻金瓶梅词话》的结构

鲁迅先生在《中国小说史略》中说:"小说亦如诗,至唐代而一变,虽尚不离于搜奇记逸,然叙述宛转,文辞华艳,与六朝之粗陈梗概者较,演进之迹甚明,而尤显者乃在是时则始有意为小说。"鲁迅先生这里所说的"小说"是指中国古代文言短篇小说而言。就中国古代长篇小说而言,那么我以为,至明万历年间《金瓶梅》词话出,长篇小说亦为之一变,这就是文人开始主要依据自己的生活经验,对社会生活的评价,对现实生活提供的素材,直接进行加工创作,完成一部长篇小说,这与前此的《三国演义》《水浒传》等所谓"累积型的集体创作"而由文人写定不同。《金瓶梅》词话真正开始了文人独立创作长篇小说的新时代。

由于文人长篇小说所描写的对象(包括思想内容、人物、情节等)已不同于以往的长篇小说,所以在表现形式方面,也便必然有新的变革与创造。《金瓶梅》词话无论在结构、语言、人物描写,还是表现手法方面,都有不同于以往的长篇小说的新异之处。本节正是想探讨这些新异之处。

先看它新颖的结构。

作为中国文人长篇白话小说成熟的代表的《金瓶梅》在明代中后叶的出现,除与上述种种原因有关外,还与此一时期中国小说技艺的成熟有着直接的关系。

谈及中国长篇白话小说技艺的成熟或进步,当然只有从整体小说技艺的演进史的角度,

---

① 详见本书第六章第四节之三"新入列异军突起"。

才能看得较为分明。但这里似乎不必将其源流追溯得太远,只要从宋元说唱艺术开始也就足够了;而《金瓶梅》之后,说到古代长篇小说的峰巅《红楼梦》也就可以了。

小说的技艺包括多种要素,在此只就其中要素之一的结构来作一番考察。

从宋元说唱文学到《红楼梦》这一段时间内的最有代表性的一些点的叙述与比较来显示其进步情况以及其演进之大致线索,具体说来,就是沿下述路线进行:

宋元说唱文学(小说、讲史)到《三国演义》《水浒传》《金瓶梅》《醒世姻缘传》等,再到《红楼梦》。

(一)宋元说唱文学

要将宋元说唱文学之结构与《金瓶梅》的结构进行比较,当然最好是选择那些与《金瓶梅》直接有牵扯的作品。如上所述,《金瓶梅》中也确实吸取并改造过一些宋元说唱作品,从而融合到自身中,构成自己的有机组成部分,但是这些作品除《刎颈鸳鸯会》《志诚张主管》以及《五戒禅仙私红莲记》《新桥市韩五卖春情》外,实在算不上宋元话本中的名篇。就是上述数篇,除一二篇外也很难说就能代表宋元说唱文学的最高水平,不过仅就上述作品而言,已经可以看出,宋元说唱作品的短篇在结构上,无论是材料的剪裁、布局,还是针线,的确比较成熟了。这已是公认的事实,毋庸详叙。其长篇的说唱虽然已经开始具有将分散的故事、传说结构成较长篇幅的故事的能力,但就现存作品而言,不要说是《大唐三藏取经诗话》,就是《大宋宣和遗事》《新全相三国志平话》,等等,不难看出,那结构长篇的能力,也还比较幼稚、拙笨,基本上还只是以时间或事件的顺序为线索来安排材料的,似乎还未进到根据人物性格情节发展的需要来加以安排材料的层次。《大唐三藏取经诗话》只不过是说唱艺人的说唱提要之类的东西,其结构长篇故事的本领实在很差。《大宋宣和遗事》也只不过是个故事梗概,而且很不完整。就是现存元代至治年间建安虞氏所刊的《新全相三国志平话》,虽可说已粗具《三国演义》之规模,但其结构亦只是从故事出发,或刚刚升入以情节为出发点的初期阶段,其结构故事的方式基本上只是单线的平直推进,而且仍缺乏必要的细节描写。

(二)《三国演义》和《水浒传》

谈及《三国演义》和《水浒传》,不能不涉及版本问题,因为这里牵扯到后人之加工问题,但这里却不愿去过多地涉及,只就这两本书的嘉靖本立论。

《三国演义》是以《新全相三国志平话》为范本,但其结构故事的本领却远远地超过了它。《三国演义》基本上是以情节为基础来结构全书。但也已经开始注意到人物性格之间的内在联系。在情节上,大体说来,它以官渡之战、赤壁之战、夷陵之战这三个重大的具有决定性的战役为主要框架,中间不仅附以各种大小战争场面,亦添加了许多与此多少有关的其他事件。这三大战役又各有特点,各有起伏跌宕与高潮,交错,给人以恢弘变化、神鬼莫测之感。这三大战役虽然主人公不完全一致,但主要人物基本贯穿其中,因之也可说已有人物性格上的考虑。较之宋元讲史底本,更为突出的当然是添加了若干细节,使其血肉丰富,但又并不给人以芜杂之感。

文学史家刘大杰先生说,罗本《三国演义》与《三国志平话》的不同之处,最要者有三:

一、增加篇幅,改正文字。如三顾茅庐在平话中只一小段,文字拙劣,生趣索然。罗本则肆力铺写,长至数倍,状神写貌,个性跃然,文字健劲,生动可喜。

二、削落无稽之谈。平话中凡过于荒诞者,一律削去。开卷之因果报应删去,而以史事直起,即为一例。

三、增加史料。可用之正史材料,罗氏酌量增入。如何进诛宦官、祢衡骂曹操等。再又加进许多诗词书表,显得历史性更加浓厚。

刘大杰先生的这些论述是很有道理的。

《三国演义》的线索虽仍是以时间和事件的推进为主,以单线为主,但已有多种线索,互相交错,因而给人错落有致、头绪纷繁之感。较之《三国志平话》等单线演进,其结构故事本领有了长足的进展。

《水浒传》较之《三国演义》在结构上又有新的进步。在结构上《水浒传》基本上是以人物为核心,以情节为基础,形成若干完整的单元,或称作环。然后各环之间巧妙连接,形成了一种所谓的链式结构。这种链式结构自然与原来的民间说唱、戏曲有内在的关系,作者正是首先把这些较为分散的故事,以人物和情节贯穿了起来,形成大小不等的环,然后再将各环连接而成,所以李开先《词谑》评《水浒传》说其"委曲详尽,血脉贯通,《史记》而下,便是此书,且古来更无有一事而二十册者"。这不仅说明了《水浒传》的规模宏伟,简直史无前例,而且也道出了其结构上的特点——善于穿插贯通,叙事完整。如杨志的故事中加入了对手晁盖,随后又插入了宋江的故事;宋江的故事分散在武松的故事前后,等等。正是这种穿插,不仅使各个环之间的结构紧密相连,而且避免了呆板的单线索推进。

(三)《金瓶梅》词话

《金瓶梅》在开头的一些回目中,似乎也有某些如同《水浒传》中的环。张竹坡所谓"此数回写金莲""此几回写瓶儿",等等,其实就是指的这种情况。而且环与环之间亦用《水浒传》似的穿插法。比如开头在潘金莲的故事中插进孟玉楼的故事,后来展开李瓶儿的故事,因此这些部分明显地带着《水浒传》的连环式的结构的痕迹。但是从整体上看来,《金瓶梅》对《水浒传》在结构上不仅有很大的突破,而且有了质的飞跃。它不仅跨过了《三国演义》的几条线索贯穿故事的高度,也超越了《水浒传》的链式结构的水平,它可以说是多层次的、多线索的立体式结构。它的线索非常多。如果从人物的角度来看,它至少有这样几条线索:

其一,以西门庆为主线,构成全书,至少是前八十回的主线;其二,西门庆的妻妾之间的明争暗斗,这不仅是全书的重要线索,而且贯穿全书的始终;其三,主仆之间的斗争,这也贯穿始终;其四,仆人伙计之间的斗争,也是贯穿始终。它是多层次的。比如以西门庆这条线索之例,它至少有三个层次(或侧面):他的发家致富史(包括他的经商史);他与官吏的交往史(也可说是其政治生涯);他的生活史(特别是淫乱史)。这些层次与侧面之间也是互相勾连,互相影响的。

现在一谈起结构,人们很愿意使用"网络结构"这个术语来概括优秀文学作品中的人物关系和结构关系。那么，我以为《金瓶梅》在结构上正是一种网络结构，人物之间的关系确是一种网络关系。这一特点我们可以拿潘金莲来作例子。

在《金瓶梅》中，完全可以和主人公西门庆匹敌的是潘金莲。而且无论就篇幅而论，还是就作者的创作意图的表露而言，甚至就书名而言，潘金莲都不能不是《金瓶梅》中的另一位主人公。《金瓶梅》词话共一百回，每一回的回目都基本上能概括本回的主要或重要内容。而一百回中，回目中出现潘金莲（或金莲）名字的就有24回，有两回是用"淫妇"二字代替潘金莲的名字的（西门庆的名字在回目上出现36次）。《金瓶梅》作者在小说开头披露自己的创作意图时有一段非常精彩的缘起似的文字，很值得注意：

> 说话的如今只爱说这情色二字做什么？故士矜才则德薄，女衒色则情放。若乃持盈慎满，则为端士淑女，岂有杀身之祸？今古皆然，贵贱一般。如今这一本书，乃虎中美女，后引出一个风情故事来。一个好色的妇女，因与了破落户相通，日日追欢，朝朝迷恋。后不免尸横刀下，命染黄泉，永不得着绮穿罗，再不能施朱敷粉。静而思之，着甚来由？况这妇人他死有甚事？贪他的，断送了堂堂六尺之躯；爱他的，丢了泼天产业，惊了东平府，大闹了清河县。端的不知谁家的妇女，谁的妻子，后日乞何人占用，死于何人之手？正是：
>
> 说时华岳山峰歪，道破黄河水逆流。

《金瓶梅》一书确将潘金莲放在重要的位置。书中上上下下的人物，几乎没有不与潘金莲发生这样那样的关系的，潘金莲与这形形色色的人物之间，构成了多层次、多角度的网状联系。

潘金莲与西门庆之间的关系，不要说其他方面，单就二人争斗过程中谁占上风、谁占下风或谓之主动与被动的地位的改换就够复杂的了。

在潘金莲与西门庆之地位主动与被动之转化过程中，又与潘金莲与李瓶儿、宋蕙莲、王六儿、吴月娘的关系有关。潘金莲与李瓶儿之关系不仅直接影响到她与西门庆的关系，也直接牵扯到她与吴月娘的关系。而潘金莲与吴月娘之间的关系，又直接涉及庞春梅与吴月娘之间的关系。……总之这里我们不难看出人们之间关系确是多层次多角度的网络状关系。

谈到从《水浒传》到《金瓶梅》在小说结构上的进步，很容易使人想起《孽海花》的作者曾朴的一番话：

> 《孽海花》和《儒林外史》虽然同是联缀多数短篇成长篇的方式，然组织法彼此不同。譬如穿珠，《儒林外史》等是直穿的，拿着一根线，穿一颗算一颗，一直穿到底，是一根珠链。我是蟠曲回旋着穿的，时收时放，东交西错，不离中心，是一朵珠花。譬如植物学说的花序。《儒林外史》等，是上升花序或下降花序。从头开去，谢一朵，再开一朵，开到末一朵为止。我是花序，从中心干部一层一层的推展出各种形色来，互相连结，开成

一朵球一般的大花。

将曾朴的这段绝妙的文字用于说明从《水浒传》到《金瓶梅》在结构上的进步是非常恰切的。

综上所述,我们已不难看出《金瓶梅》在结构上确实明显地显示了中国长篇白话小说作者结构小说的本领已经有了长足的进展。《金瓶梅》这一百回大书,确如张竹坡所说:

一百回是一回,必须放开眼光作一回读,乃知其起尽处。
一百回不是一日做出,却是一日一刻创成。人想其创造之时,何以至于创成,便知其内许多起尽,费许多经营,许多穿插裁剪也。

我们必须明确地指出,《三国演义》《水浒传》《西游记》虽然是"集体累积型"的小说,但是流行的文本已经是看的文学,它们已经脱离了民间文学的范畴,是不能用来直接说或者唱的底本了。《新刻金瓶梅词话》尤其如此。

二、"看的文学"对小说特质的影响

中国古代小说种类繁多,但可以大别为两大类,即文言小说与白话小说。这两种小说的流播途径或方式是不同的。大致上说来,文言小说是以书面的方式流播;而白话小说,无论是短篇还是长篇,首先是以口头的方式流播,这主要又包括民间口头流播与说书艺人的说唱,其次是以书面的方式流播。自宋代以来,印刷事业发达起来,小说的书面流播方式也因之而繁荣起来。到了明代,出于赢利的目的,大批文化商人即书商大量印造小说,对于小说的流播与繁荣起了极大的促进作用。白话小说由口头流播变为书面流播,不仅极大地扩大了小说的流播速度与广度,而且使小说本身发生了重大的质的变化。这种质的变化既表现在小说的性质的变化方面,也表现在小说各构成要素的各个方面,都有了不同的变化。这种变化主要可以从以下几个方面加以考察:

1. 使小说由时间艺术变为空间艺术;由听觉艺术变为视觉艺术。
2. 改变了小说的接受对象。说书、戏剧以下层观众为主;小说开始雅化,为识字者才能接受;当然,这其中观众文化水平的提高(特别是明代,比如《金瓶梅》中的潘金莲上过女学)也是重要因素。
3. 叙述方式或叙事谋略的改变。
4. 描写剧增。包括细节描写,人物动作、心理、肖像描写以及环境描写。
5. 小说语言的雅俗共赏与锤炼。
6. 如上所述,在小说的流播过程中,形成了中国章回小说的独特流播形态。小说文本与评点结合,文字与图画结合;同一作品有多种文本;几乎每一部著名的作品都有续书。

关于书面流播使小说由时间艺术变为空间艺术,由听觉艺术变为视觉艺术,以及改变了小说的接受对象,我在拙著《中国古代小说概论》一书中,都有过或简或详的叙述,这里不再赘言。而关于小说语言的雅俗共赏与锤炼,则留待本书的第三章再作叙述,这里只就长篇小说叙述方式或叙事谋略的改变以及描写的剧增等问题作些探讨。

(一) 小说叙事谋略的改变

小说叙事谋略包括的范围比较广泛,其中关于结构方面的问题上面已经涉及过了。关于中国古代长篇小说的宏观叙事谋略,也放在本书的第三章中再做叙述,这里只就小说的叙事顺序、叙事线索、叙事角度的变化等谈点看法。

1. 小说叙事顺序、叙事线索的变化

说书艺术因为是听觉艺术,时间是一维的,稍纵即逝,又是以讲故事为主,因此其叙事顺序多半以故事或事件发生的先后为主,叙事线索也多半是单线索的推进。这从现存的宋元话本小说,乃至全像平话五种、《大宋宣和遗事》等,就不难看出。但因为故事或事件是立体的,要叙述在同一时间不同地点或空间所发生的故事等,单一的叙事线索就难以完成,于是叙事线索便由单一的线索变成双线、复线结构。这在说书艺术中经常采用先叙一地一人之事,再叙一地他人之事,或异地他人之事的做法,并逐渐形成了专门的叙事模式,比如"花开两朵,各表一枝""话分两头,按下××暂且不表,且说……",等等。但正因为是听觉艺术、时间艺术,所以其叙事线索便不可能头绪太多,太纷繁,那样就容易使听众有乱头无绪之感,或"听糊涂了"。但书面艺术不同,它是视觉艺术,读者对于已经看过去的内容可以重新再读,这正是它与听觉艺术、时间艺术不同的地方,可以弥补听觉艺术、时间艺术这方面的不足。因此,就连明代著名的"三言""二拍"这样的短篇小说,叙事顺序,就已经不是简单地按故事或事件发生时间的顺序为依据了,叙事方式多样化了。元代陈绎《文筌》将叙事方式归纳为十一种,虽然未免烦琐,而且是针对所有的叙事作品,但其中的主要方式,也适用于长篇章回小说,可以作为我们研究长篇章回小说叙事方式的参考。

与此同时,叙事线索也变得复杂化了。

金圣叹评点《水浒传》第六回《花和尚倒拔垂杨柳　豹子头误入白虎堂》回前总评关于补叙和插叙时说:

> 此文用笔之难,与前后迥异。盖前后都只一手顺写一事,便以闲笔波及他事,亦都相时乘便出之。今此文,林冲新认得一个鲁达,出格亲热,却接连有衙内合口一事,出格斗气。今要写鲁达,则衙内一事须阁不起;要写衙内,则鲁达一边须冷不下,诚所谓笔墨之事,亦有进退两难之日也。况于衙内文中,又要分作两番叙出,一番在林家,一番在高府。今叙高府,则要照林家,叙林家则要照高府。如此百忙之中,却又有菜园一人跃跃欲来,且使此跃跃欲来之人乃是别位犹之可也,今却端端的便是为了金翠莲三拳打死人之鲁达。呜呼!即使作者具七手八脚,胡可得了乎?今读其文,不偏不漏,不板不犯,读者于此而不服膺,知后世犹未能文也。
>
> 又如前回叙林冲时,笔墨忙极,不得不将智深一边暂时阁起,此行文之家要图手法

干净,万不得已而出于此也。今入此回,却忽然就智深口中一一补叙还,而又不肯一直叙去,又必重将林冲一边逐段穿插相对而出,不惟使智深一边不曾漏落,又反使林冲一边再加渲染,离离奇奇,错错落落,真似山雨欲来风满楼也。

插叙中又有插入说明议论之文,如《水浒传》第二十五回,鸩死武大,潘金莲"便号号地假哭起养家人来"。下面紧接着插入了这样一段文字:"看官听说,原来但凡世上妇人,哭有三样:有泪有声谓之哭,有泪无声谓之泣,无泪无声谓之号。"①

张竹坡《金瓶梅读法》四十四云:"《金瓶》每于极忙时,偏夹叙他事入内。如正未娶金莲,先插叙娶孟玉楼。娶玉楼时,即夹叙嫁大姐。生子时,即夹叙吴典恩借债。……"(关于夹叙)

《三国演义》第七十二回曹操杀杨修一节则是用倒叙法:

操屯兵日久,欲要进兵,又被马朝拒守;欲收兵回,又恐被蜀兵耻笑,心中犹豫不决。适庖官进鸡汤。操见碗中有鸡肋,因而有感于怀。正沉吟间,夏侯惇入帐,禀请夜间口号。操随口曰:"鸡肋!鸡肋!"惇传令众官,都称"鸡肋"。行军主簿杨修见传"鸡肋"二字,便教随行军士,各收拾行装,准备归程。……于是寨中诸将,无不准备归计。当夜曹操心乱,不能稳睡,遂手提钢斧,绕寨私行。只见夏侯惇寨内军士,各准备行装。操大惊,急回帐召惇问其故。惇曰:"主簿杨德祖先知大王欲归之意。"操唤杨修问之,修以鸡肋之意对。操大怒曰:"汝怎敢造言,乱我军心!"喝刀斧手推出斩之,将首级号令于辕门外。原来杨修恃才放旷,数犯曹操之忌;……此时已有杀修之心,今乃借惑乱军心之罪杀之。(关于倒叙法)

关于中国古代长篇小说的叙事顺序与叙事线索的演进大势,我在《中国古代小说概论》中曾作过简要的概括,其阶段性大致如下:宋元说唱是以故事或事件的时间顺序为序,主要是单线索的直线式推进;《三国演义》的线索虽仍是以时间和事件的推进为主,以单线为主,但已有多种线索,互相交错,因而给人以错落有致,头绪纷繁之感;《水浒传》基本上是以人物为核心,以情节为基础,形成连环式结构;《金瓶梅》是网络式结构;《儒林外史》的结构近于《水浒传》的连环式或板块式,但又有点不同,有点像所谓辘轳式;《红楼梦》是立体的网状结构,等等。

而关于叙事顺序与线索的类型,我在该书中是这样归纳的:就叙事时间之方式看,大致有三种类型:第一,纯按故事发生时间顺序叙述;第二,加入倒叙、插叙、补叙等;第三,交错式叙述。这些叙事时间的方式,特别是前二重,在中国史传文学中,都用过,不过,在小说中使用的更为普遍和灵活多样罢了。第三种方式,在史传文学中用得不多,而在长篇小说中则多

---

① 详见范胜田主编:《中国古代小说艺术技法例释·插入法》,浙江古籍出版社,1989年版,第206页。

用之。

2. 小说叙事角度的变化

小说由听觉艺术变为视觉艺术之后,叙事角度也产生了变化,这种变化主要表现在叙事人称时常转换,特别是第三人称限知叙事的大量使用。中国古代长篇小说就整体而言,主要采用第三人称的全知叙事,叙述者是万能的全知的。通篇用第一人称限知叙事的长篇小说比较少,而且往往很难坚持到底,如《邻女语》等;像《红楼梦》那样又增加了一个知情人——石头,从而使叙事变得更为复杂的毕竟是少数。

所谓整体上采用第三人称全知叙事,但中间有时常转换为第三人称限知叙事,是指视角从叙述者转换成作品中的人物的视角,比如《红楼梦》中的对于贾府的叙述是从林黛玉的眼中看出就是比较典型的例证。在中国古代小说批评中,最早意识到这种由第三人称全知视角转换为第三人称限知视角的作用或意义的似乎应该是金圣叹。他不仅意识到了这种人称转换的意义,而且上升到理论的高度,又用这种理论来批评作品,乃至改写作品,或对作品进行再创作。比较典型的事例是金圣叹评点《水浒传》第二十六回时对原作的改写。

我们先来看容与堂本《水浒传》第二十七回中的一段文字:

> 那妇人那曾去切肉,只虚转一遭,便出来拍手叫道:"倒也!倒也!"那两个公人只见天旋地转,强禁了口,望后扑地便倒。武松也把眼来虚闭紧了,扑地仰倒在凳边。那妇人小道:"着了!由你奸似鬼,吃了老娘的洗脚水。"便叫:"小二,小三,快出来!"只见里面跳出两个蠢汉来,先把两个公人扛了进去。这妇人后来,桌上提了武松的包裹并公人的缠袋,捏一捏看,约莫里面是些金银。那妇人欢喜道:"今日得这三头行货,倒有好两日馒头卖。又得这若干东西。"把包裹缠袋提了入去,却出来看。这两个汉子扛抬武松,那里扛得动,直挺挺在地下,却似有千百斤重的。那妇人看了,见这两个蠢汉拖扯不动,喝在一边,说道:"你这鸟男女,只会吃饭吃酒,直要老娘亲自动手!这个鸟大汉却也会戏弄老娘,这等肥胖,好做黄牛肉卖。那两个瘦蛮子,只好做水牛肉卖。扛进去先开剥这厮。"那妇人一头说,一面先脱去了绿纱衫儿,解下了红绢裙子,赤膊着便来把武松轻轻提将起来。武松就势抱住那妇人,把两只手一拘,拘将拢来,当胸前搂住,却把两只腿望那妇人下半截只一挟,压在妇人身上。那妇人杀猪也似叫将起来。那两个汉子急待向前,被武松大喝一声,惊的呆了。那妇人被按压在地上,只叫道:"好汉饶我!"那里敢挣扎。

我们再来看看金圣叹对这段文字的改写与评点:

(说明:圆括号中的字是容与堂本的文字,方括号中的文字为金圣叹改动的文字,尖括号中的文字为金圣叹的评语。)

> 那妇人那曾去切肉,只虚转一遭,便出来拍手叫道:"倒也!倒也!"那两个公人只见

天旋地转,(强)禁了口,望后扑地便倒。武松也(把)[双]眼(来虚闭)紧[闭](了),扑地仰倒在凳边。(那妇人)[只听得]笑道:〈只听得,妙绝。〉"着了!由你奸似鬼,吃了老娘的洗脚水。"便叫:"小二,小三,快出来!"(只)[听得](见里面跳)[飞奔]出两个蠢汉来,〈听得,妙绝。〉[听](先)[他]把两个公人[先]扛了进去。这妇人(后)[便]来桌上提(了)[那](武松的)包裹并公人的缠袋,[想是]捏一捏(看),约莫里面[已]是(些)金银。〈想是,妙绝。约莫,妙绝。已是,妙绝。〉(那妇人欢喜)[只听得他大笑]道:"今日得这三头行货,倒有好两日馒头卖。又得这若干东西。"[听得]把包裹缠袋提(了)入去[了],〈听得,妙绝。〉(却)[他]出来看这两个汉子扛抬武松,〈听他,妙绝。先取余事收拾尽,却放出笔来单写武松。〉那里扛得动,直挺挺在地下,却似有千百斤重的。〈妙人。〉[只听得](那)妇人(看了,见这两个蠢汉拖扯不动,)喝(在一边,说)道:"你这鸟男女,只会吃饭吃酒,[全没些用]直要老娘亲自动手!〈一段话〉这个鸟大汉却也会戏弄老娘,〈又一段话〉这等肥胖,好做黄牛肉卖。〈积祖之言不谬〉那两个瘦蛮子,只好做水牛肉卖。〈又一段话〉扛进去先开剥这厮[用]。"〈又一段话。偏说出许多。使武松忍笑不住。〉[听他](那妇人)一头说,一(面)[头](先)[想是]脱(去了)[那]绿纱衫儿,解(下)了红绢裙子,〈听他,妙绝。想是,妙绝。〉赤膊着〈必须赤膊,方使下文尽兴。〉便来把武松轻轻提将起来。武松就势抱住那妇人,〈妙人,生平未经之事。〉把两只手一拘,拘将拢来,当胸前搂住,〈十五字句,思之绝倒。武二真正妙人,无可无不可。前者嫂嫂日夜望之。〉却把两只腿望那妇人下半截只一挟,压在妇人身上。〈写出妙人无可无不可,思之绝倒。胸前搂住,压在身上,皆故作丑语以成奇文也。〉[只见他](那妇人)杀猪也似叫将起来。〈上文许多事情,偏在耳中听出。此处杀猪也似一声,却于眼中看见。奇文绣错入妙。〉那两个汉子急待向前,被武松大喝一声,惊的呆了。那妇人被按压在地上,只叫道:"好汉饶我!"那里敢挣扎。

再来看金圣叹评点《水浒传》第二十一回《虔婆醉打唐牛儿　宋江怒杀阎婆惜》中的评语:

正在楼上自言自语,只听得〈三字妙绝。不更从宋江边走来,却竟从婆娘边听去,神妙之笔。〉楼下呀地门响。床上问道:"是谁?"门前道:"是我!"床上道:"我说早哩,押司却不信,要去。原来早了,又回来,且再和姐姐睡一睡,到天明去。"这边也不回话,一径已上楼来。〈一片都是听出来的,有影灯漏月之妙。〉

这批语中的"影灯漏月"四个字,十分重要。影,这里有"遮挡"的意思。单从字面上来说,所谓"影灯漏月"就是把灯光遮挡一下,月光就现显露出来了。而作为一个文学批评的专门术语,所谓"影灯漏月",正如陈洪先生在《中国小说理论史》中所说的那样,是指第三人称限知叙事。由此我们已经不难看出,金圣叹已经清醒地意识到了第三人称限知叙事的特点及其意义,他不仅用这种观念指导文学批评,改写作品或对作品进行再创作,而且已经把这种认识上升到理论的高度。

当然，正如郭英德师兄所指出的那样，金圣叹评点改写的这段文字中"蠢汉"是非武松能听出来的，这里显然是第三人称的全知叙事与第三人称限知叙事互相混杂。我以为这里不仅露出了金圣叹改写《水浒传》原文的马脚，而正因为金圣叹作伪改写《水浒传》，却又自称自己所得到的是《水浒传》的古本，所以改动也不可能太多，这就容易造成这种第三人称全知叙事与第三人称限知叙事互相混杂的情况。

曹雪芹在《红楼梦》中将这种第三人称全知叙事与第三人称限知叙事的转换运用得最为得心应手，其中最典型的是第三回用林黛玉第三人称限知视角来叙述贾府，并通过林黛玉的眼睛所见来描写贾母、迎春、探春、惜春、凤姐、宝玉等人。之后有刘姥姥三进荣国府，通过刘姥姥的眼中所见，来叙述贾府的繁荣、昌盛和衰败。

通过这些典型的事例，我们不难看出，采用这种第三人称全知叙事与第三人称限知叙事的转换，其作用至少有以下几个方面：

第一，使叙事改变单一的第三人称叙事方式所容易造成的呆板局面，变得更加灵活多样；第二，使所叙之事更加可信，更加生动；在叙事的同时，既刻画了其所叙人物的性格特点，也揭示了叙事人的性格特征，等等。这种叙事方式真可谓是一石多鸟了！

而这种叙事人称的频繁转换，正是长篇小说由听觉艺术变成视觉艺术的产物，因为这只有在视觉艺术中才容易做到，而听觉艺术，即说书艺术如果采用这种叙事人称的频繁转换，则容易将叙事线索搞乱，使听众听糊涂了！

（二）小说描写的剧增

书商们将小说由听觉艺术变成视觉艺术，这对于小说，特别是长篇章回小说来说，最明显的变化是小说描写的剧增。作为听觉艺术的说话，是以讲故事为主，以叙事为主，很少描写。但作为视觉艺术，则不仅承袭了说话艺术的叙事，而且大大地增加了描写的内容和文字。当然，与此同时，如上所述，小说也由以讲故事为主变成以刻画塑造人物为主，这两方面可以说是相辅相成的。关于小说描写方面的这一重大变化，这里拟分为细节描写和人物动作描写、肖像描写、心理描写以及环境描写三个方面来加以叙述。

1. 关于细节描写

《金瓶梅》词话第七十三回《潘金莲不愤忆吹箫　郁大姐夜唱闹五更》中的一段文字：

> 西门庆坐在上面，不觉想起去年玉楼上寿还有李大姐，今日妻妾五个，只少了他，由不得心中痛，眼中落泪。不一时，李铭和两个小优儿进来了，月娘分付："你会唱'比翼成连理'不会？"韩佐道："小的有。"才待拿起乐器来弹唱，被西门庆叫近前来分付："你唱一套'忆吹箫'我听罢。"两个小优连忙改调唱《集贤宾》：
>
> 忆吹箫玉人何处也，今夜病较添些。白露冷秋莲香谢粉墙低皓月光斜。止不过暂时镜破钗分，倒胜似数十年信断音绝。对西风倚空自嗟。望不断岭树重叠，怕的是六光奔去马，雁阵摆长蛇。

[逍遥乐]欢娱前夜,喜报灯花,香玉带结。刚得个和协,谁承望又早离别。常记得相靠相偎笑语喋。画堂中那日骄奢:受用些樽中绿蚁,扇底红牙,枕上蝴蝶。

　　[醋葫芦]我和他那日相逢脸带羞,乍交欢心尚怯。半装醉半装呆,两情浓到今难舍。锦帐里鸳衾才方温热,把一枝凤凰簪掂作了两三截。

　　[又]我为他挑着灯好句儿裁,背着人将心事说。直等到碧梧窗外影儿斜,惜花心怕将春漏泄。步苍苔脚尖儿轻蹑,露珠儿常污了踏青靴。

　　[又]我为他朋亲上将谎话儿丢,他为我母亲行将乔样儿撇。我为他在家中费尽了巧喉舌,他为我褪湘裙杜鹃花上血。……"①

原来潘金莲见唱此词,尽知西门庆念思李瓶儿之意。唱到此句,在席上故意把手放在脸儿上,这点那点儿羞他,说道:"孩儿,那里猪八戒走在冷铺中坐着,你怎的丑的没对儿!一个后婚老婆,又不是女儿,那里讨杜鹃花上血来?好个没羞的行货子!"西门庆道:"怪奴才,我只知道听唱,那里晓的什么。"对此细节描写,张竹坡在回前评语中说:

"不愤忆吹箫",却用几番描写。唱《集贤宾》时,一番描写。西门吃酒进来,金莲听觑,一番描写;西门前边去,金莲后来,又一番描写。极力将金莲写得畅心快意之甚,骄极满极,轻极浮极,下文一激边撒泼,方和身皆出,活跳出来也。文人用笔,如此细心费力,千古之心,却问谁哉!我不觉为之大哭十日百千日不歇也。

《儒林外史》第五回《王秀才议立偏房　严监生疾终正寝》回末写道:

自此,严监生的病一日重似一日,再不回头。诸亲六眷都来问候。五个侄子穿梭的过来,陪郎中弄药。到中秋已后,医家都不下药了。把管庄的家人,都从乡里叫了上来。病重得一连三天不能说话。晚间,挤了一屋的人,桌上点着一盏灯。严监生喉咙里痰响得一进一出,一声不倒一声的,总不得断气,还把手从被单里拿出来,伸着两个指头。大侄子走上前来,问道:"二叔,你莫不是还有两个亲人不曾见面?"他就把头摇了两三摇。二侄子走上前来,问道:"二叔,莫不是还有两笔银子在那里,不曾吩咐明白?"他把两眼睁的溜圆,把头又狠狠摇了几摇,越发指得紧了。奶奶抱着哥子,插口到:"老爷想是因两位舅爷不在跟前,故此纪念。"他听了这话,把眼闭着摇头,那手只是指着不动。赵氏慌忙揩揩眼泪走上前,道:"爷,别人都说的不相干,只有我晓得你的意思!"只因这一句话,有分教:争田夺产,又从骨肉起干戈;继嗣延宗,齐向官司进词讼。不知赵氏说出什么话来,且听下回分解。

---

① 叶按:原文中这些唱词舛讹殊甚,这里依据的是戴鸿森先生校对后的文字。见人民文学出版社《金瓶梅》词话1985年版。

第六回开头又接着写道：

> 话说严监生临死之时，伸着两个指头，总不肯断气，几个侄儿和些家人，都来讧乱着问，有说为两个人的，有说为两件事的，有说为两处田地的，纷纷不一，只管摇头不是。赵氏分开众人走上前道："爷，只有我能知道你的心事。你是为那灯盏里点的是两茎灯草，不放心，恐费了油。我如今挑掉一茎就是了。"说罢，忙走去挑掉一茎。众人看严监生时，点一点头，把手垂下，登时就没了气。

这种细节描写对于以讲故事为主的听觉艺术，未必合适，但对于刻画塑造人物的视觉艺术，则其价值实在不可限量。如果说《金瓶梅》词话中的"忆吹箫"不仅要借此细节把潘金莲之好胜的性格揭示得淋漓尽致，而且为后面的矛盾之激化和其悲剧结局做好了铺垫的话，那么《儒林外史》中的两根灯草的细节，则为严监生的寿终正寝画上了一个光彩夺目的句号，盖棺论定，将其吝啬鬼的性格作了最后的最充分的展示，简直是入木三分。由此我们已经不难看出细节描写的价值。

2. 人物动作、肖像与心理描写

（1）人物动作描写

听觉艺术要讲故事，要叙事，当然也就是叙述作品中的人物的语言和行动，这对于视觉艺术也是不可或缺的。但动作描写不同于人物的行动，这不仅在于描写不同于叙事，更在于动作还不同于行动。长篇章回小说中的动作描写的动作之含义正同于戏剧中的"科"。在宋元话本中，动作描写已经开始出现了，但似乎还没有被特别重视，到长篇章回小说吸纳了戏剧的内容的时候，这些在戏剧中在舞台上由人物表演的"科"，就只能用语言加以表述，这正是所谓动作描写。我们不敢说中国长篇章回小说中的动作描写一定是受了戏剧"科"的启迪才开始采用的，但如果说在长篇章回小说中在吸纳戏剧时将戏剧的"科"变成自己的动作描写的过程中，小说动作才开始大量涌现，才特别为作家所重视，则似乎是可以成立的。

在中国古代长篇章回小说中，动作描写最成功的典型，我以为要算《水浒传》中的武松打虎了。这虽然已为人们所熟悉，而且给人留下了深刻的印象，但为了细细地鉴赏它，我以为还是面对着原文比较好，故不厌其烦，将金圣叹评点本中的这段描写连同金氏评语照录如下：

第二十二回《横海郡柴进留宾　景阳冈武松打虎》：

> （武松）把哨棒倚在一边〈哨棒倚在一边，第七个身份。哨棒十三。〉放翻身体，却待要睡，〈惊死读者〉只见发起一阵狂风。那一阵风过了，只听得乱树背后扑地一声响，跳出一只吊睛白额大虫来。〈出得有声势。〉武松见了叫声："哎呀！"从青石上翻将下来，〈有此一折，反越显出武松神威。不然，便是三家村中说子路，不近人情极矣。〉便拿那条哨棒在手里，〈哨棒十四。拿着哨棒，第八个身份。〉闪在青石边。〈一闪。已下人是神人，虎是活虎。读者须逐段定睛细看。我常思画虎有处看，真虎无处看；真虎死有虎看，

真虎活无处看。活虎正走,或犹偶得一看,活虎正搏人,是断断必无处得看者也。乃今耐庵忽然以笔墨游戏,画出全副活虎搏人图来。今而后,要看虎者,其尽到《水浒传》中,景阳冈上,定睛饱看,又不吃惊,真乃此恩不小也。传闻赵松雪好画马,晚更入妙。每欲构思,便于密室解衣踞地,先学为马,然后命笔。一日管夫人来,见赵宛然马也。今耐庵为此文,想亦复解衣踞地,作一扑,一掀,一剪势耶!东坡《画雁》诗云:"野雁见人时,未起意先改。君从何处看,得此无人态。"我真不知耐庵何处有此一副虎食人方法在胸中也。圣叹于三千年中,独以才子许此人,岂虚誉哉!〉那大虫又饥又渴,把两只爪在地下略按一按,和身望上一扑,从半空里撺将下来。〈虎〉武松被那一惊,酒都做冷汗出了。〈神妙之笔,灯下读之,火光如斗,变成绿色。〉说时迟,那时快,武松见大虫扑来,只一闪,闪在大虫背后。〈人。二闪。〉那大虫背后看人最难,〈百忙中自注一句。〉便把前爪搭在地下,把腰胯一掀掀将起来,〈虎〉武松只一闪,闪在一边。〈人,三闪。〉大虫见掀他不着,吼一声,却似半天里起个霹雳,振得那山冈也动,把这铁棒也似虎尾倒竖起来,只一剪,〈虎〉武松却又闪在一边。〈人,四闪。〉原来那大虫拿人,只是一扑,一掀,一剪,三般捉不着时,气性先自没了一半。〈百忙中注一句。才子博物,定非妄言,只是无处印证。此段作一束。已上只用四闪法,已下放出气力来。〉那大虫又剪不着,再吼了一声,一兜兜将回来。〈虎〉武松见那大虫复翻身回来,双手轮起哨棒,〈轮起哨棒,第九个身份。哨棒十五。〉尽平生气力,只一棒,从半空中劈将下来。〈人。此一劈,谁不以为了却大虫矣,却又变出怪事来。〉只听得一声响,簌簌地将那树连枝带叶,劈脸打将下来。定睛看时,一棒劈不着大虫,〈尽平生气力矣,却偏劈不着大虫,吓杀人句。〉原来太急了,正搭在枯树上,〈百忙中又注一句。〉把那条哨棒折做两截,只拿得一半在手里。〈哨棒十六。半日勤写哨棒,只道仗他打虎,到此忽然开除,令人瞠目噤口,不复敢读下去。哨棒折了,方显出徒手打虎异样神威来,只是读者心胆堕矣。〉那大虫咆哮性发起来,翻身又只一扑扑将来。〈虎〉武松又只一跳,却退了十步远。〈人〉那大虫恰好把两只前爪搭在武松面前。〈虎〉武松将半截棒丢在一边,〈了却哨棒。哨棒十七。〉两只手就势把大虫顶花皮胳瘩地揪住一按,按将下来。〈人〉那只大虫急要挣扎,〈虎〉被武松尽气力捺定,那里肯半点儿松宽。〈人〉武松把只脚望大虫面门上,眼睛里只顾乱踢。〈脚踢妙绝。双手放松不得也。踢眼睛妙绝,别处须踢他不入也。〉那大虫咆哮起来,把身底下爬起两堆黄泥,做了一个土坑。〈虎。耐庵何由得知踢虎者,必踢其眼?又何由得知虎被人踢便爬起一个泥坑?皆未必然之事,又必定然之事。奇绝,妙绝。〉武松把那大虫嘴直按下黄泥坑里去。〈人〉那大虫吃武松奈何得没了些气力。〈虎〉武松把左手紧紧地揪住顶花皮,偷出右手来,提起铁锤般大小拳头,尽平生之力,只顾打。〈人〉打到五七十拳,那大虫眼里、口里、鼻子里、耳朵里,都迸出鲜血来,更动掸不得,只剩口里兀自气喘。〈虎〉武松放了手,来松树边寻那打折的哨棒,拿在手里,只怕大虫不死,把棒橛又打了一回,〈哨棒十八。哨棒余波。〉眼见气都没了,方才丢了棒。〈哨棒此处毕。〉寻思道:"我就地里拖得这死大虫下冈子去。〈第一念要提去。妙。〉就血泊里双手来提时,那里提得动,原来使尽了气力,手脚都苏软了。〈有此一折,便越显出方才神威。〉武松再来青石上坐了半歇。〈写出倦极,便越显出方才神威,又写到青石。妙绝。〉

(2) 人物肖像描写

通过肖像描写来刻画塑造人物,在诗歌方面,早在《诗经》中就有典型的事例,比如《卫风·硕人》中的"硕人其颀,衣锦褧衣","手如柔荑,肤如凝脂。领如蝤蛴,齿如瓠犀。螓首蛾眉。巧笑倩兮,美目盼兮"。在小说方面,则《搜神后记》《世说新语》,以及后来的唐人传奇小说中都有比较典型的例证。① 但直到《三国演义》中,关于人物的肖像描写仍然还是比较简洁的粗线条的勾勒。我们不妨看看书中的几个重要人物的肖像描写:

刘备:

> 榜文行到涿县,引出县中一个英雄。那人不甚好读书;性宽和,寡言语,喜怒不形于色;素有大志,专好结交天下豪杰;生得身长七尺五寸,两耳垂肩,双手过膝,目能自顾其耳,面如冠玉,唇若涂脂;中山靖王刘胜之后,汉景帝阁下玄孙:姓刘,名备,字玄德。

张飞:

> 随后一人厉声言曰:"大丈夫不与国家出力,何故长叹?"玄德回视其人:身长八尺,豹头环眼,燕颔虎须,声若巨雷,势如奔马。玄德见他形貌异常,问其姓名,其人曰:"某姓张,名飞,字翼德……"。

关羽:

> 玄德看其人:身长九尺,髯长二尺;面如重枣,唇若涂脂;丹凤眼,卧蚕眉:相貌堂堂,威风凛凛。玄德就邀他同坐,叩其姓名。其人曰:"吾姓关,名羽,字长生,后改云长,河东解良人也……"

诸葛亮:

> 玄德见孔明身长八尺,面如冠玉,头戴纶巾,身披鹤氅,飘飘然有神仙之概。

曹操:

---

① 我在《中国古代小说概论·中国古代小说的描写》中已经列举过一些例子,可以参见。

为首闪出一将:身长七尺,细眼长髯;官拜骑都尉;沛国谯郡人也,姓曹,名操,字孟德。

肖像描写到《水浒传》则有了比较大的变化,一则描写变详,二则多用韵语。其中关于武松和孙二娘的描写也是比较有代表性的:

第二十三回《横海郡柴进留宾　景阳冈武松打虎》(容与堂本):

宋江在灯下看那武松时,果然是一条好汉。但见:身躯凛凛,相貌堂堂。一双眼光射寒星,两弯眉浑如刷漆。胸脯横阔,有万夫难敌之威风;语话轩昂,吐千丈凌云之志气。心雄胆大,似撼天狮子下云端;骨健筋强,如摇地貔貅临座上。如同天上降魔主,真是人间太岁神。

第二十七回《母夜叉孟州道卖人肉　武都头十字坡遇张青》(同上):

武松问了,自和两个公人一直奔到十字坡边看时,为头一株大树,四五个人抱不交,上面都是枯藤缠着。看看抹过大树边,早望见一个酒店,门前窗槛边坐着一个妇人,露出绿纱衫儿来,头上黄烘烘的插着一头钗环,鬓边插着些野花。见武松同两个公人来到门前,那妇人便走起来迎接。下面系一条鲜红生绢裙,搽一脸胭脂铅粉,敞开胸脯露出桃红纱主腰,上面一色金钮。见那妇人如何:眉横杀气,眼露凶光。辘轴般蠢坌腰肢,棒槌似桑皮手脚。厚铺着一层腻粉,遮掩顽皮;浓搽就两晕胭脂,直侵乱发。红裙内斑斓裹肚,黄发边皎洁金钗。钏镯牢笼魔女臂,红衫照映夜叉精。

与《水浒传》相比,《金瓶梅》词话中的人物肖像描写有了明显的变化,这我们只要看看两书中关于潘金莲的描写就可知晓。

《水浒传》第二十四回《王婆贪贿说风情　郓哥不忿闹茶肆》中对潘金莲的描写是通过武松的眼中写出的:

武松看那妇人时,但见:眉似初春柳叶,常含着雨恨云愁;脸如三月桃花,暗藏着风情月意。纤腰袅娜,拘束的燕懒莺慵;檀口轻盈,勾引得蜂狂蝶乱。玉貌妖娆花解语,芳容窈窕玉生香。

而西门庆在帘下被潘金莲失落下的叉竿打后,回过脸来看潘金莲时,描写极其简单:"(西门庆)回过脸来看时,是个生的妖娆的妇人,先自酥了半边。"但在《金瓶梅》词话中在这几句话中间却加上了大段的肖像描写。我在我的博士论文中曾经说过,在中国古代小说中,关于人物的服饰描写,除了《红楼梦》,就要算《金瓶梅》了。作者这样花大气力对于人物的服饰进行描写,主要目的在于显示大商人西门庆家庭的奢侈豪华,已经超过了达官贵人,甚至宫廷,而这种做法是僭越当时的礼制规定的。对此,作者在第十五回《佳人笑赏玩月楼 狎客帮嫖丽春院》中已经做过这种暗示:

> 正看着,忽然被一阵风来,把个婆子儿灯下半截割了一个大窟窿,妇人看见笑不了。引惹的那楼下看灯的人,挨肩搭背,仰望上瞧,通挤匝不开,都压摆摆儿。须臾,哄围了一圈人,内中有几个浮浪子弟,直指着谈论。一个说道:"已定是那公侯府位里出来的宅眷。"一个又猜是:"贵戚皇孙家艳妾来此看灯,不然,如何内家妆束?"那一个说道:"莫不是院中小娘儿,是那大人家叫来这里看灯弹唱。"又一个走过来,便道:"自我认的,你每都猜不着。你把他当唱的,把后面那四个放到那里?我告说:这两个妇人,也不是小可人家的,他是阎罗大王妻,五道将军的妾,是咱县门前开生药铺、放官吏债西门大官人的妇女!你惹他怎的?想必跟他大娘子来这里看灯。这个穿绿遍地金比甲的我不认的。那穿大红遍地金比甲儿,上带着个翠面花儿的,倒好似卖炊饼武大郎的娘子。大郎因为在王婆茶房内捉奸,被大官(人)踢中了死了,把他娶在家里做了妾。后次他小叔武松东京回来告状,误打死了皂隶李外传,被大官人垫发充军去了。如今一二年不见出来,落的这等标致了。"

(3) 人物心理描写

关于中国古代小说的人物心理描写,我在《中国古代小说概论·中国古代小说的描写》中曾引用钱锺书先生《管锥编》第一册《史记会注考证·三九·淮阴侯列传》中的一段话,说明中国古代小说人物心理描写之源流及演变之迹,以及运用梦境来描写心理的特点,读者可以参见。这里只想强调三点:第一,《红楼梦》中已经把这种用梦境描写人物的心理的做法,运用到无以复加的地步,梦中有梦,全书又为一总梦,故书名曾用《红楼梦》,虽然又改作《石头记》,但最后在流传过程中终于又恢复了这一名称,可见这一名称的巨大生命力。第二,《金瓶梅》是用韵语描写人物心理,《红楼梦》则用诗词来描写人物心理。第三,《红楼梦》的人物心理描写在中国古代小说中可以说真正达到了出神入化的境地。

关于第一点,即《红楼梦》用梦来描写人物心理,人们已经谈论得够多的了,这里不再说它;关于第三点,《红楼梦》的人物心理描写达到了出神入化的境地,我在上述拙作中已经引录过一些比较典型的事例,这里也不去说了。关于第二点中的《红楼梦》用诗词描写人物心理则放在本书的第三章中再加以叙述,这里只谈谈《金瓶梅》中用韵语来描写人物的心理问题。

中国古代小说中用韵语或诗歌来揭示人物的内心世界,也是小说心理描写的重要手段,这种做法至少从唐人传奇就已经开始,比如元稹《莺莺传》中莺莺的几首诗歌就很有名。而中国戏曲,比如元杂剧,其故事情节主要用宾白来叙述,而唱词则主要用来抒情,其实也就是进行心理描写。当小说,特别是长篇章回小说将戏剧吸纳到自己的肌体中作为自己的重要内容的时候,原来戏剧中的唱词,有一部分就成了小说中的人物的心理描写。所以如上所述,中国古代小说用诗歌表现人物的心理虽然不能说开始于受戏剧之影响,但当其将戏剧融合到自身中的时候,戏剧用唱词描写人物心理的做法便不可能不对小说的用诗词作为心理描写的手段有所影响。这种影响在《三国演义》和《水浒传》中已经有所表现,但还不算太明显。比如在《三国演义》中,第四十八回《宴长江曹操赋诗　锁战船北军用武》中曹操横槊赋诗,高歌《短歌行》"对酒当歌,人生几何……";第三十八回《定三分隆中决策　战长江孙氏报仇》诸葛亮所吟诗:"大梦谁先觉?平生我自知。草堂春睡足,窗外日迟迟。"《水浒传》第十九回《林冲水寨大并火　晁盖梁山小夺泊》中阮小五所唱的山歌或渔歌:"打渔一世蓼儿洼,不种青苗不种麻。酷吏赃官都杀尽,忠心报答赵官家。"阮小七所唱的歌:"老爷生长石碣村,禀性生来要杀人。先詐何涛巡检官,京师献与赵王君。"

但是到了《金瓶梅》作者已经开始有意识地用韵语或唱词来作为人物心理描写的重要手段,这在其对潘金莲的描写中就颇具代表性。比如《金瓶梅》词话第八回《潘金莲永夜盼西门庆　烧夫灵和尚听淫声》就有这样的描写:

> (潘金莲)身上只着薄纩短衫,坐在小兀上,盼不见西门庆来到,嘴谷都的骂了几句负心贼。无情无绪,闷闷不语,用纤手向脚下脱下两只红绣鞋儿来,试打一个相思卦,看西门庆来不来。正是:逢人不敢高声语,暗卜金钱问远人。有《山坡羊》为证:
>
> 凌波罗袜,天然生下。红云染就相思卦。似藕生芽,如莲卸花。怎生缠得些娘大?柳条儿比来刚半扠。他,不念咱;咱想念他。　想着门儿私下,帘儿悄呀。空教奴被儿里叫着他那名儿骂。你怎恋烟花,不来我家?奴眉儿淡淡叫谁画?何处绿杨栓系马?他,辜负咱;咱念恋他。
>
> 玳安如此这般,把家中娶孟玉楼之事,从头至尾告诉了一遍。这妇人(潘金莲)不听便罢,听了由不的那里眼中泪珠儿顺着香腮流将下来。玳安慌了,便道:"六姨,你原来这等量窄,我故便不对你说。对你说,便就如此。"妇人倚定门儿,长叹了一口气,说道:"玳安,你不知道,我与他从前已往那样恩情,今日如何一旦抛闪了。"止不住纷纷落下泪来。玳安道:"六姨,你何苦如此?家中俺娘也不管着他。"妇人便道:"玳安,你听告诉。"另有前腔为证:
>
> 乔才心邪,不来一月。奴绣鸳衾旷了三十夜。他俏心儿别,俺痴心儿呆。不合将人十分热。常言道容易得来容易舍。兴,过也;缘,分也。
>
> (潘金莲)一面走入房中,取过一幅花笺,又轻拈玉管,款弄羊毛,须臾写了一首《寄生草》。词曰:
>
> 将奴这知心话,付花笺寄与他。想当初结下青丝发,门儿倚遍帘儿下,受了些没打弄的耽惊怕。你今果是负了奴心,不来还我香罗帕。
>
> 写就,叠成一个方胜儿,封停当,付与玳安收了:"好歹多上复他。待他生日,千万走走,奴这里专望。"

原来妇人在房中,香熏鸳被,欹剔银灯,睡不着,短叹长吁翻来覆去。正是:得多少琵琶夜久殷勤弄,寂寞空房不忍弹。于是独自弹着琵琶,长一个《绵搭絮》为证:

当初奴爱你风流,共你剪发燃香,雨态云踪两意投。背亲夫,和你偷情。怕什么旁人讲论,覆水难收!你若辜负了奴真情,正是缘木求鱼空自守。　又谁想你另有了裙钗,气的奴似醉如痴,斜傍定帏屏故意儿猜。不明白,怎生丢开?传书寄柬,你有不来。你若辜负了奴的恩情,人不为仇天降灾。

又:

奴家又不曾爱你钱财,只爱你可意的冤家,知重知轻性儿乖。奴本是朵好花儿,园内初开;蝴蝶飡破,再也不来。我和你那样的恩情,前世里缘今世里该。

又:

心中犹豫,展转成忧,常言妇女痴心,惟有情人意不周。是我迎头,和你把情偷。鲜花付与,怎肯干休?你如今另有知心,海神庙里和你把状投!

《金瓶梅》词话中的这些唱词大多数都是选自当时的所谓时调或戏曲中的唱词,而《红楼梦》则完全用作家自己的创作来取代了。

3. 环境描写

小说中的环境当然主要指社会环境和自然环境两个方面,而有时这两方面又紧密地融合在一起。这里只着重谈自然环境方面的描写。关于中国古代小说中的描写,我在《中国古代小说概论·中国古代小说的描写》中,曾经按时代之先后列举过不少例证,读者可以参见。这里只想简要地谈谈几部中国古代第一流的长篇小说在环境描写方面的演进大势或其突出特点。

大致说来,《三国演义》《水浒传》《西游记》三书的环境描写主要作用或特点有二:一是推动故事情节的发展;二是揭示人物性格。在推动故事情节方面比较显著的例证,比如《三国演义》中第四十六回《用奇谋孔明借箭　献密计黄盖受刑》中关于长江上大雾的描写,就不仅为诸葛亮的草船借箭奠定了基础,也为此后的火烧战船埋下了伏笔。《水浒传》中第十回《林教头风雪山神庙　陆虞候火烧草料场》中关于大雪的描写,就为情节的步步推进做了铺垫。在通过环境描写揭示人物性格方面,比较显著的例证,如《三国演义》中第三十七回《司马徽再荐名士　刘玄德三顾草庐》与第三十八回《定三分隆中决策　战长江孙氏报仇》中的环境描写对于揭示诸葛亮的性格,《西游记》中关于花果山水帘洞的描写对于展现孙悟空的性格特点都有着重要的作用,等等。

《金瓶梅》词话的环境描写除继承了这些作用之外,还有一个重要用途,这就是通过对西门庆家中花园的繁华与破败的描写,来显示书中"树倒猢狲散"的用意。原文较长,不再引录。

第四节 《金瓶梅》词话语言的方言化

判定《金瓶梅》词话是否是说唱文学的底本的另一个重要因素,就是从其语言的角度进行探讨。这也是一个比较专门的问题,因此特设专节予以探讨。

一、中国古代小说人物语言的四次大转折

从宏观的历史演进的角度来看,我以为中国古代小说人物的语言大致上主要经历过四次较大的转折:一是从书面语到口语的转折,这一转折是由宋元说话艺术完成的。二是从间接引语到直接引语的转折,这一转折始于唐人传奇,到宋元话本基本完成,到元末明初长篇小说成熟又有了进一步的发展。三是人物对话的增多,这一转折是在元末明初的长篇小说中最终完成的。四是人物语言的方言化,开始于《金瓶梅》词话,《醒世姻缘传》继之,《红楼梦》《歧路灯》既有所承袭,也有所变化。小说人物语言的这四次转折,前两次转折基本上是由小说自身的发展来完成的,后两次转折,虽然也有小说自身发展的原因以及其他因素之介入,但其受戏剧的影响则不能不说是十分重要的原因。我们现在先来简要阐述一下小说人物语言中对话的增多与戏剧之关系。

二、小说人物对话的增多与戏剧之影响

从现代叙事学的角度来看,中国古代戏剧中的宾白,可以分为三种类型:戏剧中人物的独白;戏剧中人物的旁白;戏剧中人物的对白。从这些宾白的作用或关系而言,则大致上可以分为两类:人物独白与旁白是与观众发生关系的,人物的对白则主要是与戏剧中的其他人物发生关系的。在这两类人物宾白中,人物独白与旁白的主要作用是解说与交代情节,等等;人物的对白则主要是揭示人物之间的关系的,它不仅要符合特定人的特定性格,而且要符合特定的语言环境,因此这种人物对白,也最能展现人物性格,对于刻画与塑造人物形象有着特别重大的作用。

中国戏剧首先是用人物来表演故事的,后来也逐渐发展到以刻画塑造人物为主。无论是哪一种情况,因为戏剧是表演艺术,演员要在舞台上演出,除了独角戏之外,戏剧中总要有其他人物,人物与人物之间要发生某种关系,这就必然要有对话。当这些戏剧被小说吸纳到自己的肌体中的时候,这些人物对话自然也被吸收到小说之中了。《三国演义》《水浒传》《西游记》这些所谓群众累积型的集体创作,最后由文人写定的作品,在最后成书时,都曾经吸纳过很多戏剧,因此必然会导致小说中人物对话的增多。后来由文人独立创作的作品也承袭了这一优秀传统,因为这对于刻画与塑造人物有着重要的作用。这个问题比较容易理解,不再多说,而着重谈谈小说人物语言的方言化问题。

三、小说语言的方言化与戏剧之影响

中华民族历史悠久,区域广大,封建社会十分漫长,交通不发达,因而形成了若干方言。这些方言,在北方人听南方方言时,非常难懂,简直跟听外语一样。但在一般情况下,人们在交流过程中都是使用方言的,而方言不仅仅是语言现象,还包括了文化的很多方面,换句话说,地方性文化是用方言创造的,人们通常实际上生活在方言文化的氛围之中。因此文学作品,特别是像小说这样需要也可能全方位描写人物的文学样式,在记叙人物的真实生活面貌的时候,只有连同其所使用的方言一起记叙下来,才会感到更真实,更生动形象。这种情况,我们从当代影视文学中,电影、电视演员在表演毛泽东、周恩来、邓小平、蒋介石等历史人物时也喜欢使用方言的现象,就不难理解。其实,对于这个问题,早在两千多年的司马迁就已经意识到了,所以他在《史记·陈涉世家》中就使用了当时的楚国方言"夥颐"。因此,在文学中使用方言也便是十分自然的事情了。那么中国古代文学中究竟哪一种文学样式首先使用方言的呢?小说又是什么时候使用方言的呢?这原因又是什么呢?

对于这个问题,我以为我们应该首先回顾一下中国文学中的方言使用的历史,因为只有把小说人物语言引入方言这一现象放在历史的坐标中,才能看得更为分明。

先说诗歌。《诗经》是中国古代的第一部诗歌总集,它虽然收录了十五国风,但使用的语言是雅言,即当时比较通行的语言。《楚辞》中的诗歌虽然用了个别的方言词汇,但基本上还是通行的语言。汉魏六朝的诗歌也是如此。隋唐以后,实行科举考试,诗歌是考试科目之一,诗的押韵与平仄都是依据官方制定的韵书。所以中国的诗歌,在文人一方,基本上不用方言。

再看作为通俗小说的直接源头的说话艺术。关于说话艺术,我想从唐代谈起。唐代的说话艺术是否使用方言,典籍中似乎没有明确的记载,但我们似乎可以从有关的记载中加以考知。晚唐段成式的《酉阳杂俎续集》卷四《贬误》中记载了这样一段趣闻:

> 予太和末因弟生日观杂戏,有市人小说,呼扁鹊作褊鹊,字上声。予令任道升字正之。市人言:"二十年前尝于上都斋会设此,有一秀才甚赏某呼扁字与褊同声,云世人皆误。"

市人小说家,呼扁鹊作褊鹊,字上声,当为用了乡音,即方言,段成式要予以纠正,那么可见这位市人小说家其余的字用的不是方言,而是采用当时比较通行的语言。

我们再来看看宋代的说话艺术。《西湖老人繁胜录》卷二十《记小说讲经史》中说:

> 讲史书者,谓讲说《通鉴》,汉唐历代书史文传,兴废争战之事,有戴书生、周进士、张小娘子、宋小娘子、丘机山、徐宣教;又有王六大夫,元系御前供话,为幕士请给讲,诸史俱通,于咸淳年间,敷演《复华篇》及中兴名将传,听者纷纷,盖讲得字真不俗,记问渊源

甚广耳。

所谓"字真不俗",即不用乡音方言。可见宋代的说话艺术用的是官话或当时的通用语言。

最后,我们来看看中国的戏剧。唐戏已经有说白,但说白是否用方言,不太清楚。但宋代的戏剧似乎已经开始有用方言的了。《都城记胜·瓦舍众伎》中说:

> 杂扮或名杂旺,又名纽元子,又名技和,乃杂剧之散段。在京师时,村人罕得入城,遂撰此端,多是借装为山东河北村人,以资笑。今之打和鼓、捻梢子、散耍皆是也。

既然是有意装为山东河北"村人",那说白自当用山东河北方言。其实,这种做法一直沿用到今天。

徐渭《南词叙录》云:

> 凡唱,最忌乡音。吴人不辨清、亲、侵三韵,淞江支、朱、知,金陵街、该、生、僧,扬州百、卜,常州卓、作,中、宗,皆先正之而后唱可也。

可见吴地人所唱曲中是有乡音的。

顾起元《客座赘语》云:"弋阳则错用乡语,四方士客喜闻之;海盐多用官话,两京人用之。"可见弋阳腔在演出时是用方言的。

由此可见,在中国的文学艺术中,戏曲是公开采用方言的。

又,孙楷第《中国通俗小说书目》记载:

> 钱塘渔隐济颠禅师语录一卷　存　明隆庆刊本。(日本内阁文库)题"仁和沈孟叙述"。按:田汝成《西湖游览志余》引平话有《济颠》,云近世拟作。此沈氏编次本,虽演以俚语,似尚非话本。

《钱塘渔隐济颠禅师语录》笔者未见,其是否平话,不可知。况且,其成书是否在《金瓶梅》前,亦不可知。《金瓶梅》人物语言是否受到它的启迪,更不可知。

我以为《金瓶梅》人物语言的采用方言主要是受戏剧的影响。其一,戏剧中采用山东方言已经有此传统,而《金瓶梅》中的主要人物为山东人,所以也采用山东方言。其二,《金瓶梅》在写法上的突出特点是写实,既然所写人物主要是山东人,为了逼真,所以人物语言用山东方言。其三,为了塑造刻画人物性格,人物的语言不仅要准确地达意,而且要连其声情口吻也一并写出,这样才更为生动形象。

总而言之,《金瓶梅》人物语言采用方言,这是作者的伟大创举,它标志着中国古代长篇小说人物语言已经达到了一个新的阶段。这一伟大创举,在其后的中国长篇小说创作中产生了巨大的影响。稍后的《醒世姻缘传》的人物语言也采用了山东方言。这种影响一直及于《红楼梦》。《红楼梦》的人物语言也采用了方言,不过不是山东方言。正如"脂砚斋"所说,曹雪芹是"深得金瓶壸奥"的,在小说人物语言方面,他不仅学习《金瓶梅》,人物语言采用了方言,而且又有新的创造,即连人物语言中的缺陷也写了出来,从而使人物形象更加生动形象逼真。《红楼梦》第二十回写贾宝玉正在和林黛玉说话,史湘云走来笑道:"二哥哥,你们天天一处顽,我好容易来了,也不理我一理儿。"黛玉笑道:"偏是咬舌子爱说话,连个二哥哥也叫不出来,只是爱哥哥爱哥哥的。回来赶围棋儿,又该你么爱三四五了。"

关于小说人物引入方言对于表现人物的重大意义,我以为我们还可以从《水浒传》与《金瓶梅》词话中内容相同部分的比较中获得更为直接的感性印象。

《金瓶梅》词话是从第九回《西门庆计娶潘金莲　武都头误打李外传》才开始摆脱《水浒传》故事的束缚,来真正展开自己的故事的,在语言的运用方面也大致如此。因此我们要研究《金瓶梅》词话的人物语言,也理应从其第九回及以后入手进行,这些故事及语言才更具自己的特色,也最有代表性。但正因为《金瓶梅》词话中的这些故事内容是作家的创作,所以与《水浒传》也就缺乏了可比性。为了更有可比性,我们只好选取《金瓶梅》词话与《水浒传》中内容相同的东西来进行比较。这种两书相同的内容除了《金瓶梅》词话开头的几回与第八十七回之外,中间也多少有一点,但不够典型,我们现在就把《金瓶梅》词话开头几回与第八十七回中与《水浒传》中内容相同的东西做些比较。

其实,《金瓶梅》词话不仅人物语言采用了方言,其叙述或叙事语言也大量使用了方言。我们可以先举出其开头与第八十七回中的两段叙事性语言与《水浒传》进行比较。

《金瓶梅》词话第一回:

却说武松到县前客店内,收拾行李铺盖,交士兵挑了,引到哥家。那妇人见了,强如拾了金宝一般欢喜,旋打扫一间房,与武松安顿停当。武松分付士兵回去,当晚就在哥家宿歇。

《水浒传》第二十四回:

武松谢了,收拾行李铺盖,有那新制的衣服并前者赏赐的物件,叫个士兵挑了,武松引到哥哥家里。那妇人见了,却比半夜里拾金宝一般欢喜,堆下笑来。武大叫个木匠就楼下整了一间房,铺下一张床,里面放一条桌子,安两个杌子,一个火炉。武松先把行李安顿了,分付士兵回去,当晚就哥嫂家里歇卧。

《水浒传》的语言基本上是北方官话,但由于书中的主要故事发生在山东,人物亦以山东人居多,所以作者在语言方面有意识地用了些山东方言,因此《水浒传》的语言已经具有山东、河南一带的方言的色彩;但《金瓶梅》词话中的山东方言的色彩更为浓郁。上面对比的这段文字,内容大致相同,不过《金瓶梅》词话将打扫拾掇房子的主体由《水浒传》中的武大改为潘金莲了,这样改动的用意显然是要突出潘金莲期盼、欢喜、急切的心情,这我们且不去说它。这里只想指出一点,这段话中《金瓶梅》词话用了一个典型的方言词汇"旋",这个"旋"字就把潘金莲的上述复杂心情和盘托出,较之《水浒传》的语言更为明快而富有表现力。

《金瓶梅》词话第八十七回:

> 那婆子见头势不好,便去奔前门走,前门又上了拴。被武松大叉步赶上,揪番在地,用腰间缠带解下来,四手四脚捆住,如猿猴献果一般。便脱身不得……

在这段文字中,《金瓶梅》词话用了一个比较典型的方言词汇"头势",而《水浒传》则为"势头"。而其中"四手四脚捆住,如猿猴献果一般",是非常生动形象的比喻。这一比喻对于一般读者是需要作些解释的:所谓"四手四脚捆住",是说把两只手和两只脚即四肢捆在一起;"如猿猴献果一般",是比喻王婆此时被捆的样子,如同猿猴献果,因为猿猴献果是两只"手"和两只脚同时捧着果子即四肢同时捧着。这一比喻把武松对于王婆的愤怒情绪,以及狮子搏兔的情势表现得淋漓尽致。但在风格上又很有特色,即在杀人见血的紧张气氛中又显示了一种从容,特别是一种幽默,显示了作者语言极为辛辣的讽刺艺术特色。

从这两段叙事性话语的比较中,我们已经不难看出《金瓶梅》词话使用方言所达到的艺术效果了。下面我们来进一步看看《金瓶梅》词话人物语言的方言化的情况。我们仍然将《水浒传》与《金瓶梅》词话进行对比。

《水浒传》中潘金莲的语言或话语比较有代表性的我们可以举出三段,并把这三段话语同《金瓶梅》词话加以比较:(说明:《水浒传》中有而《金瓶梅》词话中没有的字加( );《金瓶梅》词话中有而《水浒传》中没有的字加[ ],以示区别。)

《水浒传》第二十四回:

> 武大道:"他搬了去,须吃别人笑话。"那妇人道:"混沌魍魉!他来调戏我,到不吃别人笑!你要便自和他道话,我却做不的这样人。你还了我一纸休书来,你自留他便是了。"

《金瓶梅》词话第一回:

> 武大道:"他搬了去,须(吃)乞别人笑话。"(那)妇人[骂]道:"混沌魍魉!他来调戏我,倒不(吃)乞别人笑!你要便自和他(道话)[过去],我却做不的这样人。你(还)[与]了我一纸休书(来),你自留他便是了。"

《水浒传》第二十四回：

武大赶出来叫道："二哥,做什么便搬了去?"武松道："哥哥不要问,说起来装你的幌子。你只由我自去便了。"武大那里敢再问备细,由武松搬了去。那妇人在里面喃喃呐呐的骂道："却也好!只道说是亲难转债。人只道这一个亲兄弟做都头,怎地养活了哥嫂,却不知反来嚼咬人。正是:'花木瓜,空好看。'你搬了去,到谢天谢地,且得冤家离眼前。"

《金瓶梅》词话第一回：

武大赶出来叫道："二哥,做什么便搬了去?"武松道："哥哥不要问,说起来装你的幌子。(你)只由我自去便了。"武大那里(敢再)[再敢]问备细,由武松搬了[出]去。那妇人在里面喃喃呐呐(的)骂道："却也好!只道(说)是亲难转债。人(只)[自知]道(这)一个亲兄弟做都头,怎地养活了哥嫂,却不知反来嚼咬人。正是:'花木瓜,空好看。'(你)搬了去,(倒)[到]谢天(谢)地,且得冤家离眼前。"

《水浒传》第二十四回：

那妇人听了这话,被武松说了这一篇,一点红从耳朵边起,紫涨了面皮,指着武大便骂道："你这个腌臜混沌,有什么言语在外人处说来欺负老娘!我是一个不戴头巾男子汉,叮叮当当响的婆娘,拳头上立得人,胳膊上走的马,人面上行的人。不是那等搠不出的鳖老婆。自从嫁了武大,真个蜡蚁也不敢入屋里来,有什么篱笆不牢,犬儿钻得入来?你胡言乱语,一句句都要下落,丢下砖头瓦儿,一个也要着地。"武松笑道："若得嫂嫂这般做主,最好。只要心口相应,却不要心头不似口头。既然如此,武二都记得嫂嫂说的话了,请饮过此杯。"那妇人推开酒盏,一直跑下楼来,走到半胡梯上发话道："你既是聪明伶俐,恰不道长嫂为母!我当初嫁武大时,曾不听得说有什么阿叔。那里走得来,是亲不是亲,便要做乔家公。自是老娘晦气了,鸟撞着许多事!"

《金瓶梅》词话第一回：

那妇人听了这[几句]话,(被武松说了这一篇),一点红从耳(朵边)[畔]起,[须臾]紫(涨)[涨]了面皮,指着武大(便)骂道："你这个(腌臜)混沌[东西],有(什么)[甚]言语在(外)[别]人处说来欺负老娘!我是(一)个不戴头巾男子汉,叮叮当当响的婆娘,拳头[也]上立得人,胳膊上走的马,人面上行的人。不是那(等)[畏脓血]搠不出(的)[来]鳖老婆。自从嫁了武大,真个蜡蚁(也)不敢入屋里来,有什么篱笆不牢,犬儿钻得入来?你胡言乱语,一句句都要下落,丢下砖[块](头瓦)儿,一个[个]也要着

第二章 《金瓶梅》成书诸问题研究　　67

地。"武松笑道："若得嫂嫂这般做主,最好。只要心口相应,却不要心头不似口头。既然如此,[我]武(二)[松]都记得嫂嫂说的话了,请(饮)过此杯。"那妇人[一手]推开酒盏,一直跑下楼来,走到半胡梯上发话道："你既是聪明伶俐,恰不道长嫂为母! 我当初嫁武大时,(曾不)[不曾]听得说有(什么)[甚](阿)[小]叔。那里走得来,是亲不是亲,便要做乔家公。自是老娘晦气了,鸟撞着[这]许多[鸟]事!"

上面是《金瓶梅》词话受《水浒传》之束缚,还没有展开自己的故事充分显示出自己的风格和特点的人物语言使用情况,现在我们再来看看《水浒传》的情节进入到《金瓶梅》词话充分发挥了自己的风格与特点的情况:

《水浒传》第二十四回:

  (武松)回过脸来看着妇人骂道："你那淫妇听着! 你把我的哥哥性命怎地谋害了? 从实招了,我便饶你。"那妇人道："叔叔,你好没道理! 你哥哥自害心疼病死了,干我甚事!"

《金瓶梅》词话第八十七回:

  (武松)一面回过脸来,看着妇人骂道："你(那)[这]淫妇听着! (你把)我的哥哥(性命)怎(地)[生]谋害了? 从实(招)[说](了)[来],我便饶你。"那妇人道："叔叔,[如何冷锅中豆儿炮],(你)好没道理! 你哥哥自害心疼病死了,干我甚事!"

更为生动形象的是王婆的语言。《水浒传》第二十四回:

  (武松)叫一个士兵后面汤酒,两个士兵门前安排桌凳,又有两个前后把门。武松自分付定了,便叫："嫂嫂来待客,我去请来。"先请隔壁王婆。那婆子道："不消生受,教都头作谢。"武松道："多多相扰了干娘,自有个道理。先备一杯菜酒,休得推故。"那婆子取了招儿,收拾了门户,从后头走过来。武松道："嫂嫂坐主位,干娘对席。"婆子已知道西门庆回话了,放心着吃酒。两个都心里道："看他怎地!"……武松看着王婆喝道："兀那老猪狗听着! 我的哥哥这个性命都在你的身上,慢慢地却问你!"……王婆道："咬虫! 你先招了,我如何赖得过? 只苦了老身。"

《金瓶梅》词话第八十七回:

  进入门来,到房中,武松分付迎儿把前门上了拴,后门也顶了。王婆见了,说道："武二哥,我去罢,家里没人。"武松道："妈妈请进房里吃盏酒。"武松教迎儿拿菜蔬摆在桌上,须臾烫上酒来,请妇人和王婆吃酒。那武松也部让,把酒斟上,一连吃了四五碗酒。婆子见他吃得恶,便道:"武二哥,老身酒勾了,放我去,你两口儿自在吃盏儿罢。"武松道:"妈妈且休得胡说!我武二有句话问你!"只闻飕的一声响,向衣底掣出一把二尺长刀薄背厚背扎刀子来,一只手按住掩心,便睁圆怪眼,倒竖刚须,便道:"婆子休得吃惊!自古冤有头,债有主,休推睡里梦里,我哥哥性命都在你身上!"

婆子道:"武二哥,夜晚了,酒醉拿刀弄杖,不是耍处。"武松道:"婆子,休胡说,我武二就死也不怕!等我问了这淫妇,慢慢来问你这老猪狗。若动一动步儿,身上先吃我五七刀子。"……王婆听见,只是暗暗地叫苦说:"傻材料,你实说了,却教老身怎的支吾!"

上面对比的是《水浒传》和《金瓶梅》词话相同的情节,后者为了与前者相照应,便不能不受到一定的束缚。下面,我们再来看看《水浒传》中没有,属于《金瓶梅》词话作者空无依傍、独出机杼的创作中的情况。《水浒传》武松还没有被发配就先杀了潘金莲,之后在狮子楼斗杀了西门庆;而在《金瓶梅》词话中,则武松并没有杀西门庆,反而被西门庆买通关节,发配孟州牢城充军,被大赦之后回家,"到清河下了文书,依旧在县当差,还做都头",得知西门庆已死,潘金莲在王婆家待嫁,武松假说要买回潘金莲。这当然是《水浒传》中没有的情节,但毕竟还有些瓜葛,我们就来看看《金瓶梅》词话作者的处理:

到次日,武松打开皮箱,拿出小管营施恩与知寨刘高那衣包两银子来,又另外包了五两碎银子,走到王婆家,拿天平兑起来。那婆子看见白晃晃摆了一桌银子,口中不言,心内暗道:"虽是陈经济许下一百两,上东京去取,不知几时到来。仰着合著,我见钟不打,却打铸钟?"又见五两谢他,连忙收了,拜了又拜,说道:"还是武二哥晓礼,知人甘苦。"武松道:"妈妈收了银子,今日就请嫂嫂过门。"婆子道:"武二哥且是好急性,门背后放花儿,你等不到晚了。也待我往他大娘子那里交了银子,才打发他过去。"又道:"你今日帽儿光光,晚夕做个新郎。"那武松紧着心中不自在,那婆子不知好歹,又奚落他。打发武松出门,自己寻思:"他家大娘子自交我发脱,又没和我则定价钱。我今胡乱与他一二十两银子,满篡的就是了,绑着鬼,也落他多一半养家。"一面把银凿下二十两银子,往月娘家里交割明白。月娘问:"什么人家娶了去了?"王婆道:"兔儿沿山跑,还来归旧窝。嫁了他小叔,还吃旧锅里粥去了。"

通过上面的对比,我们不难看出,尽管《水浒传》的语言,特别是人物语言,已经口语化了,而且带有浓郁的方言色彩,但仅以其中的片段故事为框架而创作的《金瓶梅》词话不仅在口语方面,而且在方言的使用方面有了新的更大的突破。而且,这种突破的层次性极为分明:《金瓶梅》词话第一回受《水浒传》影响较大,但无论叙事语言还是人物语言已经有了变化;当类似的情节在《金瓶梅》词话已经摆脱《水浒传》影响而显现出自己独特风格的第八十七回时,人物语言的方言化更为浓郁了;而当《水浒传》中已有的人物进入《金瓶梅》词话,写出《水浒传》没有的故事内容的时候,人物语言的口语化、方言化的程度更大大地增强了。当然,上述这三种情况,毕竟还受到了《水浒传》的有形与无形的影响,还不能完全充分地显示《金瓶梅》词话自身的突出特点,还不能真正代表其风格与特点。那些真正能代表《金瓶梅》词话自己独特特点的是作者空无依傍、独出机杼创作的篇章,比如其第七十五回《春梅毁骂申二姐　玉箫诉言潘金莲》中,潘金莲与吴月娘对骂、潘金莲撒泼那一场面,那才叫生动形象呢! 二人所用的语言都是地地道道的方言土语,是一种原生状态的语言,犀利泼辣,表现力是那样的强烈、丰富,而又充满激情,真可谓是古今文学中少有的精彩篇章!

还有一点似乎值得特别指出,这就是我们现在是通过文本来阅读小说的,而方言的词汇固然很重要,也能够显示出方言的特点,但方言最大的特点是语音,或者说语音才最能反映出一种方言的突出特点。但我们通过文本来阅读小说,则恰恰失去了或者说体会不到其语音方面的特点了。

综上所述,我们已经不难看出,《金瓶梅》词话把方言引入小说的语言之中,特别是人物语言之中,对于人物形象的刻画与塑造,起到了多么巨大的作用。但是我们也必须指出:《金瓶梅》词话的语言已经不适合于作为说唱艺术表演时的底本了。

第五节　《金瓶梅》抄本考

《金瓶梅》最早是以抄本方式流传的,因此研究一下《金瓶梅》抄本(虽然现在俱已不存)情况的记载,对于探讨《金瓶梅》的成书年代、成书过程、原貌及作者,无疑都是有益的。

一、抄本流传时代

关于《金瓶梅》抄本之流传时代,这里只涉及两个方面:一是抄本流行的最早年代,二是抄本在初刻本之前的最晚流行年代。前者将有助于《金瓶梅》创作年代下限之断定,后者将有助于最早刻本出现年代的断定。

关于《金瓶梅》抄本的最早流传时间的探讨,近来有新的进展。前段时间一般以万历二十四年袁宏道给董其昌的那封信,作为《金瓶梅》抄本流传的最早记载。刘辉同志则认为这个时间还可以往前推:

> 屠本畯过金坛获见这二帙抄本的时间,我们是可以考知的。王肯堂万历十七年(1589)中进士后,即在京为官,他与屠本畯的结识始于此。万历二十年(1592)王肯堂引疾请告归里,居住金坛。而这时的屠本畯恰任两淮运司。据万历二十九年序刊本《扬州府志》所载,屠在万历二十年至万历二十一年任是职。两淮都转运盐使司衙门就驻扬州,与金坛隔江相望,往来极便。因此屠本畯在这个时候获见王肯堂所购抄本二帙《金瓶梅》,应当说出入不大。这个时间比袁宏道从董其昌处借观的《金瓶梅》抄本(万历二

十四年——引者注),约早三四年,这才是见于记载的《金瓶梅》抄本流传的最早时间。①

刘辉同志又据王肯堂抄本与董其昌抄本数量一致,均为《金瓶梅》前半部,以及王肯堂与董其昌之关系,进一步推论,董其昌之抄本可能抄自王肯堂,时间为王、董二人在翰林院供职期间,即万历十七年(1589)至万历二十年(1592)之间。而王肯堂购得抄本的时间还要早一些,"很有可能在隆庆末、万历初年,这位博学多识,善于收藏的王宇泰,乘外出行医之便,有缘出重资购得了二峡抄本《金瓶梅》"。②

我以为王肯堂获得《金瓶梅》抄本的时间虽可能早于万历十七年至二十年,但不会早至隆庆末,甚至万历十年以前。据我考证,《金瓶梅》成书年代之上限当不早于万历六至八年。③ 但现在看来,《金瓶梅》抄本最早流传的年代不晚于万历二十年(1592),是否更早,尚可继续探究。

刊本出现之前,最晚的关于《金瓶梅》抄本的流传记载,当推李日华和谢肇淛。

李日华著《味水轩日记》卷七云:

万历四十三年乙卯,(正月)五日,伯远携其伯景倩所藏《金瓶梅》小说来,大抵市诨之极秽者,而锋焰远逊于《水浒传》,袁中郎极口赞之,亦好奇之过。

马泰来先生在《诸城丘家与〈金瓶梅〉》一文中说:

因此有万历丁巳冬季(1617年12月—1618年1月)东吴弄珠客序的《金瓶梅》词话应该是《金瓶梅》的最早刊本。刊本流通后,谢肇淛即无访寻厘正抄本的必要。我们可以精确地指出:谢肇淛是万历四十四年(1616)至四十五年(1617)这两年内,在北京自其工部同僚丘志充处借得《金瓶梅》抄本,并撰写《〈金瓶梅〉跋》。按:谢肇淛在《〈金瓶梅〉跋》中已经明言:"此书向无镂版。"④

可见,抄本流传至万历四十四到四十五年,初刊本出,抄本已基本完成历史使命。

二、抄本之拥有者及寓目者

据现存资料统计,拥有《金瓶梅》抄本的共十二人,为王世贞、徐文贞、王肯堂、王稚登、刘承禧、谢肇淛、董其昌、袁宏道、沈德符、袁中道、丘志充、文在兹。

上述之十二个抄本的传抄关系情况,可列表如下:(参见本节附录)

---

① 刘辉:《金瓶梅成书与版本研究》,辽宁人民出版社,1986年版,第62页。
② 刘辉:《金瓶梅成书与版本研究》,辽宁人民出版社,1986年版,第63页。
③ 详见拙作《〈金瓶梅〉成书年代新线索》,《北京师范大学学报(社会科学版)》1988年第4期。
④ 马泰来:《诸城丘家与〈金瓶梅〉》,《中华文史论丛》1984年第3期。

```
              王世贞
    徐文贞→刘承禧→袁中道→沈德符
    王肯堂↓(?)
         董其昌→袁宏道→谢肇淛
         丘志充↑
         王稚登
         文在兹
```

看到过上述抄本的除抄本拥有者外,尚有屠本畯、薛冈、李日华、冯梦龙、马仲良。

既见过抄本,又见过初刊本的为沈德符、薛冈,其中沈见过两种抄本。

《金瓶梅》抄本拥有者及寓目者的简要情况,见后文之附表。

由此简表,我们不难看出《金瓶梅》抄本拥有者及寓目者多为中上层官吏,社会知名人士,且一般都有较高之文学修养;书画家与收藏家占了相当的比重。

就抄本之流传地点来看,中心地有三:北京、苏州一带、湖北。北京又以翰林院最可注意。

三、抄本分析

抄本之见于记载者虽有十二,但仔细分析一下其内在关系,实可大为简化。

王世贞拥有之抄本,虽云为全本,但两位著录者屠本畯、谢肇淛却都未曾拜读过。屠本畯虽云"王大司寇凤洲先生家藏全书,今已失散",但他实未读过,所以他看到了王肯堂与王稚登之抄本后说"恨不得睹其全"。屠与王世贞之交往不会晚于万历十七年至二十年,王所藏既为全书,屠当在其未失散前即应看到,但若看到则不会发此感慨。而且屠既然记叙看到过王肯堂、王稚登的抄本的情况,他若看到过王世贞的抄本,亦当记之。谢肇淛虽云"唯凤洲家所藏者最为完好",但亦未读过,他看到的是袁宏道与丘志充的抄本,加起来共得《金瓶梅》之十八。王世贞所藏者既然最为完好,他若看到,亦不会不予记录。

有人曾据王稚登与王世贞同郡且相友善出发,推论王稚登之抄本可能来自于王世贞①,然并无实据。且王稚登之抄本仅有二帙,王世贞既然同意让王稚登抄写,则断不至于仅让其抄写二帙,而不让其抄写全本。

由此,我们不难看出,王世贞所藏之抄本,就目前所存材料而言,其实谁都未曾真正见过。其有无,实正在不可知之数。

徐文贞之是否真正有过《金瓶梅》抄本,亦于史难考,但这无碍大体,因为其抄本即有,亦正同于刘承禧之抄本。刘的抄本抄自徐家,这消息由知情人沈德符录出,自当有相当的证

---

① 李锦山:《〈金瓶梅〉最早付刻人浅探》,《〈金瓶梅〉研究》,复旦大学出版社,1984年版。

据。这消息的准确与否，倒还无关宏旨，重要的是刘承禧的这个抄本到底是否为完本（或全本）。

这个问题国内外学术界从未有人怀疑过，似乎刘承禧所藏《金瓶梅》抄本为全本已成定论。其实恐怕并不是这么回事。下面就让我们来认真审察一下当时的有关记载吧！

记载刘承禧有全抄本的是沈德符，他在《万历野获编》中说：

> 袁中郎《觞政》，以《金瓶梅》配《水浒传》为外典，予恨未得见。丙午，遇中郎京邸，问："曾有全帙否？"曰："第睹数卷，甚奇快。今惟麻城刘延白承禧家有全本，盖从其妻家徐文贞录得者。"又三年，小修上公车，已携有其书，因与借抄挈归。吴友冯犹龙见之惊喜，怂恿书坊以重价购刻。马仲良时榷吴关，亦劝予应梓人之求，可以疗饥。予曰："此等书必遂有人版行，但一刻则家传户到，坏人心术，他日阎罗究诘始祸，何辞置对？吾岂以刀锥博泥犁哉！"仲良大以为然，遂固箧之。未几时，而吴中悬之国门矣。然原本实少五十三回至五十七回，遍觅不得，有陋儒补以入刻，无论肤浅鄙俚，时作吴语，即前后血脉，亦绝不贯串，一见知其赝作矣。

袁中郎是在丙午年，即万历三十四年（1606）说刘承禧家有全本《金瓶梅》抄本的，但此时他并未见到。"小修上公车，已携有其书，因与借抄挈归"，沈德符是万历三十八年（1610）拥有这个抄本的。沈德符的上述记载中，最值得注意的是"然原本实少五十三回至五十七回，遍觅不得"这句话，而其中"原本"二字最耐人寻味。

这里的"原本"，显然是指《金瓶梅》初刊本即万历丁巳年东吴弄珠客序的刻本所用的底本。这个底本用的是谁人手中的抄本呢？现在尚不能确定，但肯定用的是刘延白（承禧）这个系统的抄本。这一点我们下面再来叙述。既然用的是刘氏这个系统抄本，则既云"原本"实少第五十三回至五十七回，则袁小修、沈德符之抄本亦不至单单不抄这五回。若然，则《金瓶梅》之全抄本至少有此三本（刘氏、袁氏、沈氏）怎么会"遍觅不得"呢？

又，当《金瓶梅》之初刊本在吴中悬之中门之时，沈德符就在吴中（详下），沈与冯梦龙关系至密，冯又在沈德符处见过其抄本，并怂恿书坊以重价购刻，而冯与当时吴中书坊又有一种特殊的关系——我们暂且不认为像有的研究者所说的东吴弄客就是冯梦龙，或冯梦龙就是初刊本《金瓶梅》的付刻人，但既有上述种种关系，则吴中书坊自可通过冯梦龙找到沈德符的抄本，若沈之抄本不少此五回，那怎么会"遍觅不得"呢？

而据沈德符自云："去年抵辇下，从丘工部六区（志充）得寓目焉（指《玉娇李》）。……丘旋出守去，此书不知落何所。"丘氏之出守时间系万历四十七年，由此亦可得知万历四十五年，当《金瓶梅》在吴中悬之国门时，沈即在吴中。

由上述分析，可以看出刘承禧抄本亦并不是完完全全的"全本"。王肯堂与王稚登《金瓶梅》抄本各二帙。见过这两个抄本的屠本畯说：

> 按《金瓶梅》流传海内甚少，书帙与《水浒传》相埒。……往年予过金坛，王太史宇泰出此，云以重赀购抄本二帙。予读之，语句宛似罗贯中笔。复从王征君百谷家，又见抄本二帙，恨不得睹其全。(《山林经济籍》)

从这段记叙中，我们不难考知：

第一，王肯堂与王稚登之各二帙抄本应基本上不复出重叠，即不会是书之相同部分的抄本。

第二，从其阅读顺序看，先是看的王肯堂的抄本，之后看的是王稚登的抄本，但没有感到阅读不便，则王肯堂之二帙抄本当为《金瓶梅》之前半部书之抄本，而王稚登之抄本则为后半部书之抄本。这从"语句宛似罗贯中笔"一语亦可看出，因为《金瓶梅》前若干回来自《水浒传》者正多，而时人又以为《水浒传》为罗氏手笔，此亦可证王肯堂之抄本为前半部书之抄本。

第三，上述四帙抄本加在一起仍不是全本，所以屠云"恨不得睹其全"。但从此四帙抄本已可窥其全书，所以屠氏才云"书帙与《水浒传》相埒"。

袁宏道与董其昌手中之抄本为《金瓶梅》一书之前半部抄本，这有袁给董信中的话可证明："后段在何处，抄竟当于何处倒换，幸一的示。"而由此，我们又不难推知丘志充手中之抄本当为《金瓶梅》之后半部书之抄本。谢肇淛说：

> 《金瓶梅》一书，不著作者名氏。……书凡数百万言，为卷二十，……此书向无镂版，抄写流传，参差散失。惟凤洲家藏者最为完好。余于袁中郎得其十三，于丘诸城得其十五，稍为厘正，而阙所未备，以俟他日。(《〈金瓶梅〉跋》)

由这段文字，我们亦不难考知：

第一，袁宏道之抄本与丘志充之抄本亦基本不复重叠，为《金瓶梅》之不同部分之抄本。否则，谢将无以知"书凡数百万言，为卷二十"。

第二，袁宏道之抄本既为全书前半部之抄本，则丘氏之抄本当为书之后半部抄本无疑。

第三，袁、丘之抄本合起来虽得书之十八，但仍不全，所以谢云"阙所未备，以俟他日"。袁氏之二帙抄本为全书之十三，未及半；丘之抄本已得全书之十五。又谢氏既云"聚有自来，散有自去"，而《金瓶梅》前半部写"聚"，后半部才叙"散"，可见谢已看到过后半部《金瓶梅》，即丘志充的抄本。

文在兹所藏不全《金瓶梅》抄本，我们现在已难断定它到底不全到什么程度，即其抄本之卷帙数量如何。但见到此抄本的薛冈说："余略览数回，谓吉士曰：此虽有为之作，天地间岂容有此一种秽书！当急投秦火。"我们知道《金瓶梅》后二十回，淫秽之描写较少，而且所谓轮回报应，善有善报，恶有恶报，几丝毫不爽，则薛冈所览数回，必不为后二十回无疑。又，薛冈是看到初刊本后才得知西门未受显戮，而是病死的，则其初所览者亦不是第七十八至七十九回无疑。再者，薛冈读文在兹之抄本，虽云略览，但亦未感到阅读之不遍，则其所览之本当为前半部书或含有前半部书之不全抄本无疑。

通过上述分析，我们不难看出，在所有见于记录的十二个《金瓶梅》抄本中，除去谁也未曾真正见过的王世贞的全抄本之外，在社会上流传之抄本，则为刘承禧之原少第五十三回至五十七回的所谓"全本"，余下的则有三个前半部抄本：王肯堂本、董其昌本、文在兹本；两个后半部抄本：王稚登本、丘志充本。

上面曾引述过刘辉同志的考证，即董其昌之抄本可能抄自王肯堂。文在兹之抄本，既云不全，则不会只是像刘承禧抄本那样仅少数回，我们说其为半部，当出入不大。文在兹与王肯堂、董其昌之间的关系尚未考知，但就王肯堂之抄本拥有时间为万历十七年至万历二十年，地点是在北京翰林院。而文在兹之抄本拥有时间，据胡文彬在《金瓶梅书录》中所言，在万历二十五年前后，并亦在都门示人，亦当为《金瓶梅》之前半部抄本，则文在兹之抄本或许与王肯堂、董其昌之抄本有某种关系。若然，则《金瓶梅》前半部书之抄本，实只有一个系统。

王稚登抄本与丘志充抄本有无关系，现尚难完全考知，但其卷帙相当，且均为后半部书之抄本，则其或许亦为一种系统之抄本。屠本畯所见之抄本，一为王肯堂之前半部抄本，其正同于谢肇淛所见之袁宏道抄本，二者又可能为同一系统之抄本；二为王稚登之抄本，亦正近于谢肇淛所见丘志充之抄本。屠云"恨未睹其全"，谢曰"阙所未备，以俟他日"；屠云"书帙与《水浒传》相埒"，谢曰"书凡数百万言，为卷二十"。由此似不难看出王稚登之抄本与丘志充之抄本当十分相近，若然，则所谓两个后半部书之抄本，亦将只有一个系统。

谈到各种《金瓶梅》抄本之间的关系，我们不能不涉及这样一个重要问题，即各种抄本之间是否有重大区别？有无所谓内容出入较多之南方抄本与北方抄本存在？见到过不止一种抄本的人有屠本畯、袁小修、谢肇淛。屠本畯看到的王肯堂与王稚登之抄本，因为不复出重叠，为前、后两半部抄本，所以难以比较两种抄本有无重大不同。但屠既已涉及"语句"风格，而不言两种抄本之有区别，则其较为一致正不言而喻。

袁小修既看到过董其昌之抄本，又有刘承禧抄本之抄本，后者为仅少五回之全本，这两种抄本正可比较。若这两种抄本之相同章回内容有较大区别，或为不同系统，当必述及，因为袁氏之论已涉及《金瓶梅》之内容。而从其关于所见董其昌抄本内容的叙述来看，则其正同于现存万历本《金瓶梅》词话。现存本《金瓶梅》词话为万历丁巳本《金瓶梅》之翻刻（详后），后者之底本又正同于袁小修手中之全抄本。这就不难看出董其昌抄本与袁氏手中全抄本一致。

谢肇淛在《〈金瓶梅〉跋》中说："此书向无镂版，抄写流传，参差散失。凤洲家藏者最为完好。""散失"不必多说，且看"参差"二字。"参差"二字很容易给人造成一种各种抄本内容大有出入的误解。其实谢氏所见的抄本只有袁宏道借抄之董其昌抄本和丘志充的抄本，这"参差"的结论，在这里只有二解：第一，董其昌之抄本与丘志充的抄本不相衔接，中有复出者；第二，抄本本身内容上有不同或重出。但谢既云"稍为厘正"，则显然"参差"是指后一种情况。既曰"稍微"，则显然只是个别字句而已。

既见到抄本,又见到初刊本《金瓶梅》的是薛冈和沈德符。薛冈看到的抄本与初刊本所用之底本,属不同系统之抄本,但其并未述及抄本与初刊本有何区别。其所见抄本与刻本有较大之区别,则必当述及,因为他已经涉及《金瓶梅》之情节、人物、思想。相反,就其所述抄本与初刊本内容之一致,则适可证明抄本之无大区别。

沈德符不仅手中有"全"抄本,当亦在丙午年与袁宏道相见时见到袁氏借抄于董其昌的抄本。沈、袁二人交谈过《金瓶梅》,但未述及董氏抄本与自己手中抄本的不同。而对初刊本亦只说第五十三回至五十七回与原本不同,可见其余部分相同。由此我们不难看出董其昌抄本、沈德符手中抄本与初刊本之底本是一致的。

总之,我们现在拿不出任何证据可以说明各种抄本在内容上有重大不同;相反,若干事实表明,各抄本是一致的,内容上有重大区别之所谓南方系统抄本与北方系统抄本根本不存在。

四、抄本《金瓶梅》与现存万历本《金瓶梅》词话之关系

叙述抄本《金瓶梅》与现存万历本《金瓶梅》词话之关系,首先不能不涉及现存万历本《金瓶梅》词话跟有东吴弄珠客序的万历丁巳本(初刊本)《金瓶梅》之关系。

版本学家大多认为,除了"欣欣子序"与"廿公跋"以外,现存万历本《金瓶梅》词话为万历丁巳本《金瓶梅》之翻刻。原北京图书馆藏(现存台湾省)《新刻金瓶梅词话》与日本德山毛利氏栖息堂所藏之《新刻金瓶梅词话》第五回末页异版,有十行文字明显不同。这说明现存万历本《新刻金瓶梅词话》不止有一种版本。此正可反证现存万历本《金瓶梅》词话与万历丁巳本《金瓶梅》相同。**叶按**:此文公开发表时,原文如此。

又,薛冈在《天爵堂》卷二中云:"后二十年,友人包岩叟以刻本全书寄敝斋,予得尽览。初颇鄙嫉,及见荒淫之人皆不得其死,而独吴月娘以善终,颇得劝惩之法。但西门庆当受显戮,不应使之病死。简端序语有云:读《金瓶梅》而生怜悯心者菩萨也。序隐姓名,不知何人所作,盖确论也。"其所说之序显为东吴"弄珠客序"。就薛氏所叙《金瓶梅》内容来看,亦正同于现存万历本《金瓶梅》词话。

最为有力的证据,我们认为不能不是沈德符关于丁巳本《金瓶梅》原少第五十三回至五十七回的叙述。沈德符说这五回是赝作,是陋儒补以入刻提出的三条理由是:第一,肤浅鄙俚;第二,时作吴语;第三,即使前后血脉,亦绝不贯串。检视现存万历本《金瓶梅》词话,无一不确。这实在是探求丁巳本《金瓶梅》与现存万历本《金瓶梅》词话之关系的关键。对这五回的研究,虽然已有不少研究者谈过不少很好的意见,但还不够全面、不够深入。这是一个专门的问题,在此不赘。

其次,这里不得不涉及丁巳本《金瓶梅》是否为初刊本《金瓶梅》的问题。

现在人们已考证出马仲良榷吴,事在万历四十一年,则万历庚戌本不复存在,而丁巳本即为《金瓶梅》之初刊本已成不刊之论。

下面我们就来看看初刊本《金瓶梅》与抄本《金瓶梅》之关系。上已述及,所有的《金瓶

梅》抄本,现均已荡然无存。因之,要探求初刊本与抄本之关系,便只能依据现存万历本《金瓶梅》词话一书本身,以及当时既见到抄本,又见到初刊本的人的记叙。

薛冈虽见过抄本,也见过初刊本,但所见抄本不全,且只略览数回,因此难以为凭。沈德符则见到两种抄本,其一为所谓"全本",又见到过初刊本,因此他的记叙参考价值最大。而且沈氏对初刊本之刊刻过程十分清楚,因此他的记叙也最为可信。

要弄清抄本《金瓶梅》与初刊本《金瓶梅》之关系,有两个问题至关重要:第一,谁是《金瓶梅》初刊本的付刻人;第二,初刊本用的是何种抄本为底本。而后者尤其是关键。关于《金瓶梅》初刊本的付刻人,现尚未考明,不少研究者以为就是冯梦龙,这自然不无道理,但因缺乏确凿的材料证实,尚不能作定论,我们也暂且不去管他。我们现在就来看看初刊本《金瓶梅》所用底本这个关键问题。

我们以为初刊本《金瓶梅》所用之底本,正是刘承禧所藏抄本系统。《金瓶梅》以抄本方式流传时,或许有超出上述记载的十二种抄本之外的抄本,但因于史无考,不敢妄论。那么关于初刊本《金瓶梅》所用底本,现在只能从上述见于记录的十二种抄本中去推寻。这样做亦有相当的根据,因为其一,当时见到抄本的人曾说"今惟麻城刘承禧家有全本","惟凤洲家藏者最为完好",等等,可见其他不见于记载的抄本即使有,也当甚少;其二,正是上述抄本与初刊本《金瓶梅》发生了直接的关系。

上已叙明,在见于著录的十二种抄本中,除两种系统的所谓"全"抄本之外,其余各种不全之抄本就是全加在一起,仍然不为全本。因之初刊本之底本只能到所谓"全"本中去找。

先看王世贞抄本。如上所述此种抄本的有无,尚在不可知之数。退一步讲,就是真有,但到初刊时之丁巳年间早已失散。当然这里必然牵扯到屠本畯说王世贞抄本"已失散",而谢肇淛则谓"惟凤洲家藏者最为完好"这一公案。对于这桩公案之评断,我以为刘辉同志的下述一段话最为切中要害:

> 屠本畯,字田叔。生于明嘉靖二十年(1541)。与王世贞相友善。他在《山林经济籍》中为袁中郎《觞政》所作跋语,写于万历三十五年(1607),是肯定无疑的。而谢肇淛则生于隆庆元年(1567),王世贞去世时(1590),只有二十岁多一点,他与王世贞似无交往;即或有,也不能是深交。何况他的《〈金瓶梅〉跋》写于万历四十四年(1616)至万历四十五年(1617)之间,较屠本畯所作跋语,整整晚了十年。他们都说看到王世贞家藏《金瓶梅》,但谢说"最为完好",似不足信,而屠谓"今已失散",应是事实。故应以屠本畯的记载,来纠正谢肇淛之失误。我们还可以找到一个旁证,即万历三十四年(1606)时,袁宏道已告诉沈德符:"今惟麻城刘承禧延白家有全本,盖从其妻家徐文贞录得者。"也说明了王世贞家藏全书,是时已不存人世。①

---

① 刘辉:《金瓶梅成书与版本研究》,辽宁人民出版社,1986年版,第59—60页。

王世贞家所藏之全书至初刊时既已失散,则初刊之《金瓶梅》所用底本,只有刘承禧抄本这个较全本系统无疑了。何况这个抄本至少除刘氏以外,袁小修、沈德符都有。

这种推论有无证据呢?当然是有的。沈德符手头既有刘承禧抄本的再抄本,他自然对此本很熟悉。他与马仲良的那段对话就可充分证明他对这抄本之熟悉。而他所谓"然原本实少第五十三回至五十七回,遍觅不得,有陋儒补以入刻,无论肤浅鄙俚,时作吴语,即前后血脉,亦绝不贯串,一见知其赝作矣",很显然他是将初刊本与自己的抄本两相比较后才得出的结论。这个结论如上所述首先证明了他自己手中的抄本就少第五十三回至五十七回。对此,我们这里还可作一补充论证:如果沈德符手中的抄本(包括刘承禧、袁小修抄本在内)有此五回,那么他根本用不着去推论此数回为陋儒补以入刻,他只要叙出自己的抄本(或看到过的抄本)中此数回是什么样子就可以了。

其次,沈德符将初刊本与自己的抄本两相比较后得出的结论也证明,除第五十三回至五十七回外,初刊本正同于他自己手中的抄本,不然,若有重大区别,揆之常理,他既已涉及此五回,亦必将涉及,决不会不置一词。

"然原本实少五十三回至五十七回,遍觅不得"这十八个字太重要了。一个"遍觅不得",充分泄露了沈德符清清楚楚地知道初刊本的刊刻过程;"然原本"三个字则充分泄露了他明明白白地了解初刊本《金瓶梅》所用之底本。这个底本无论是谁付刻的,正同于他自己、袁小修、刘承禧的抄本。

关于初刊本与抄本之一致,或谓初刊本保存了抄本《金瓶梅》之原貌,这从屠本畯与谢肇淛关于抄本的卷帙的记叙,以及谢的所谓"聚有自来,散有自去"等叙述,亦可得到进一步的证明,因为这些记叙正与初刊本相符合。

我们花这么大的气力来论证抄本《金瓶梅》与初刊本《金瓶梅》、与现存万历本《金瓶梅》词话相一致,有什么必要呢?很有必要。别的且不说,首先可以证明现存万历本《金瓶梅》词话并不是由多种抄本"拼集而成",因为抄本也是并无大区别的。

其次,这对于像台湾省《金瓶梅》研究专家魏子云先生所主张的《金瓶梅》词话本是在传抄过程中,由原稿多次删改而成的结论也将是极为不利的。

附录:

《金瓶梅》抄本寓目者情况简表

姓名	籍贯	生卒年	仕官情况	著作	材料出处	备注
屠本畯	浙江鄞县(宁波)	1542—?	以荫历太常典簿,辰州知府	《太常典录》《田叔诗草》等	《山林经济籍》	阅过王肯堂及王百谷各二帙抄本

续表1

姓名	籍贯	生卒年	仕官情况	著作	材料出处	备注
薛冈	浙江鄞县（宁波）	1561—1641？	少以事客于长安,负盛名	《天爵堂集》	《天爵堂集》	阅过文在兹所藏抄本,看过《金瓶梅》初刊本
冯梦龙	长洲	1574—1646	崇祯中贡生,曾官寿宁知县	辑"三言"、《挂枝儿》、《山歌》、《太霞新奏》,改汤显祖、李玉传奇多种,汇编为《墨憨斋定本传奇》,剧本《双雄记》,另有《智囊》《古今谭概》等	《万历野获编》	见过沈德符所藏之抄本
马仲良	河南新野		万历三十八年(1610)年进士		同上	应见过沈德符所藏之抄本
李日华	浙江嘉兴	1565—1635	万历二十年(1592)进士	《味水轩日记》	《味水轩日记》	见过沈之抄本

《金瓶梅》抄本拥有者情况简表

姓名	籍贯	生卒年	仕官情况	著作	证明人	抄本情况	备注
沈德符	浙江嘉兴（秀水）	1578—1642	万历进士	《万历野获编》等	李日华	全本	精音律,熟悉掌故
袁中道	公安	1570—1623	万历进士,官南京吏部郎中	《珂雪斋集》	沈德符	全本	
丘志充	山东诸城	？—1632	万历四十一年进士,河南汝宁府知府,官至山西布政司右布政使		谢肇淛	半部	家藏《玉娇李》
文在兹			万历二十九年进士,初授翰林院庶吉士		薛冈	不全	善八分楷

续表1

姓名	籍贯	生卒年	仕官情况	著作	证明人	抄本情况	备注
王世贞	太仓	1562—1590	嘉靖二十六年进士,任刑部主事,累官刑部尚书	《弇州山人四部稿》及续稿《觚不觚录》、《凤洲笔记》等	屠本畯谢肇淛	全本	
徐文贞	松江华亭	1503—1583	嘉靖进士,授翰林院编修,首辅	《经世堂集》《少湖文集》	沈德符	全本	
王肯堂	金坛	1549—1613	万历进士,翰林院庶吉士第一人	《论语义府》《尚书要旨》等	屠本畯	二帙	精于岐黄学,善收藏
王稚登	祖籍太原,生于武进,后移苏州	1535—1612		《吴社编》《吴郡丹青志》《王百谷全集》《吴骚集》	屠本畯	二帙	好交游,善结纳,与王世贞同郡相友善
刘承禧	麻城	1560?—1621	万历八年武进士,袭父职锦衣卫千户		沈德符		生性好古玩书画
谢肇淛	福建长乐	1567—1624	万历二十年进士,除湖州推官,移东昌,迁南京刑、兵部,转工部郎中,官至右布政	《五杂俎》《小草斋文集》《小草斋诗集》及续集《文海披沙》等		不全	谢著有《〈金瓶梅〉跋》
董其昌	松江华亭	1555—1636	万历十七年进士改庶吉士,授编修,督湖广学政,擢太常寺卿、侍读学士、礼部右侍郎、南京礼部尚书	《画禅室随笔》《容台文集》《容台诗集》《容台别集》等	袁宏道袁中道	半部	善书画
袁宏道	公安	1568—1610	万历进士,知吴县,官终稽勋郎中	《觞政》《瓶花斋集》《袁中郎集》《潇碧堂》	袁中道	半部	

第六节 《金瓶梅》初刻本

一、初刻本《金瓶梅》刻印年代诸说概述

关于《金瓶梅》初刻本刻印年代也是一个众说纷纭问题。

鲁迅《中国小说史略》误读《万历野获编》有关记录,提出万历三十八年庚戌(1610)说。

孙楷第最早觉察其中有误,但未作辨证。

1932年郑振铎《插图本中国文学史》一改1927年《文学大纲》附议庚戌说的观点,猜测"最早的一本,可能便是北方所刻的《金瓶梅》词话",1933年他在《谈金瓶梅词话》中却又说此词话本非初刻本。

庚戌说影响了半个世纪,1955年4月鸟居久靖《〈金瓶梅〉版本考》亦用此说,直至1980年版《中国小说史》仍持此说,1979年朱星还据此提出"洁本""秽本"概念,认为庚戌本"本无淫秽语,本非淫书……到吴中再刻本大加伪撰,改名为'词话'成为淫书。"韩南《〈金瓶梅〉版本及素材来源研究》没有明说庚戌本,但认为初刻本当在万历三十八九年。

1934年吴晗《〈金瓶梅〉的著作时代及其社会背景》虽然没有沿用庚戌说,但他说:"万历丁巳本并不是《金瓶梅》第一次的刻本,在这刻本以前,已经有过几个苏州或杭州的刻本行世。"而吴晓铃在《〈金瓶梅词话〉最初刊本问题》一文中,"始终认为现存的《新刻金瓶梅词话》是这部长篇小说的最早刊本,亦即第一个刊本,在明神宗万历四十五年丁巳(1617)'吴中悬之国门'的那个本子"。长泽规矩也《金瓶梅的版本》、马泰来《有关〈金瓶梅〉早期传播的一条资料》、黄霖《金瓶梅大辞典》等与吴晓铃所见略同。

小野忍《金瓶梅解说》"认为《金瓶梅》初版问世在万历四十五年以后,或者更大胆一些推测,将《金瓶梅》词话作为《金瓶梅》的初版也未尝不可"。

刘辉《金瓶梅成书与版本研究》,认为"沈德符和薛冈……目睹的《金瓶梅》最早刻本,所指皆为(已经失传的)万历四十五年东吴弄珠客序刊本",即"《金瓶梅》最早刻于万历四十五年"。

雷威安《金瓶梅初刻本年代商榷》亦认为初刻以万历四十五年较为可信。刘孔伏、潘良炽《金瓶梅研究三题》亦认为"万历四十五年刻本即初刻本"。

鲁歌《关于〈金瓶梅〉的抄本、刻本、作者问题》据"《万历野获编》全书完成于万历四十七年新秋",判断"初刻本必发行于万历四十七年新秋以前","初刻本名为《金瓶梅》,而不是《金瓶梅》词话"。许建平《金学考论》亦认为"《金瓶梅》可能是原刻的书名",其初刻时间则"在万历四十二至四十三年期间"。另外,关于初刻的时间,张远芬《金瓶梅新证》主张万历四十一年,邓瑞琼《再论〈金瓶梅词话〉的成书》主张万历四十二年。

魏子云《金瓶梅探原》据《吴县志》考定马仲良主榷吴县浒墅钞关时间在万历四十一年,具体否定了庚戌本的存在。

周钧韬《关于金瓶梅初刻本的考证》另据《浒墅关志》证实了魏说。李时人也有具体明确的叙述。

二、周钧韬的论《金瓶梅》初刻本问世年代"万历末年说"

魏子云《金瓶梅探原》据《吴县志》考定马仲良主榷吴县浒墅钞关时间在万历四十一年，具体否定了庚戌本的存在。魏子云先生的这一考证从根本上否定了影响大半个世纪的鲁迅先生首倡的《金瓶梅》最早的刻本是庚戌本观点，在《金瓶梅》版本研究史上具有重要意义，这是魏子云先生对《金瓶梅》研究已久的最突出的贡献之一。不久，大陆学者周钧韬在魏先生考证的基础上进行了更深入的考证。现将周钧韬先生考证的主要内容引述如下：

> 鲁迅的《金瓶梅》"庚戌初刻本"说是怎样提出来的呢？现将其根据：沈德符《野获编》卷二十五《金瓶梅》条抄录如下：
>
> > 袁中郎《觞政》，以《金瓶梅》配《水浒传》为外典（按：袁氏原文："传奇则《水浒传》《金瓶梅》等为逸典"），予恨未得见。丙午，遇中郎京邸，问曾有全帙否？曰：第睹数卷，甚奇快。今惟麻城刘延白承禧家有全本，盖从其妻徐文贞录得者。又三年，小修上公车，已携有其书，因与借抄挈归。吴友冯犹龙见之惊喜，怂恿书坊以重价购刻。马仲良时榷吴关，亦劝予应梓人之求，可以疗饥。予曰：此等书必遂有人版行，但一刻则家传户到，坏人心术，他日阎罗究诘始祸，何辞置对？吾岂以刀锥博泥犁哉！仲良大以为然，遂固箧之。未几时，而吴中悬之国门矣。
>
> 丙午，是万历三十四年（1606）；又三年，是万历三十七年（1609），或三十八年（1610）。
>
> 袁小修这次赴京会试，是万历三十八年。未几时而"吴中悬之国门"，这个"未几时"当然可以推测为一年或更短。这样，《金瓶梅》的初刻本在"吴中悬之国门"则在万历三十八年庚戌（1610）。鲁迅依据这段话作出《金瓶梅》初刻本问世于万历庚戌年的结论，似乎亦差不离。正如赵景深先生所说："从丙午年算起，过了三年，应该是庚戌年，也就是万历三十八年。所以我认为，朱星同志推测鲁迅所说的庚戌版本是合情合理的。"
>
> 但是，鲁迅在沈德符这段话中，忽略了"马仲良时榷吴关"这一句关键性的话。马仲良时榷吴关的"时"是什么时候？对此鲁迅没有加以考证，致使他的"庚戌初刻本"说判断有误。
>
> **马仲良"时榷吴关"年代考**
>
> 马仲良即马之骏，字仲良。朱彝尊的《明诗综》中对他有一段记载："之骏，字仲良，新野人。万历庚戌进士，除户部主事，历员外郎中，降广德同知，升应天府通判，调顺天，

寻复官户部主事,终员外。"但马仲良主榷吴关事并没有记载。我国台湾学者魏子云先生已考出,马仲良主榷吴县浒墅钞关,是万历四十一年(1613)的事。魏先生的考证的根据是民国《吴县志》。既然"马仲良时榷吴关"的"时"是万历四十一年,那么沈德符所说的"马仲良时榷吴关"以后的"未几时",《金瓶梅》才在"吴中悬之国门"。由此可以论定,《金瓶梅》吴中初刻本必然付刻在万历四十一年以后,而不可能在万历庚戌年(三十八年)。这样,鲁迅的庚戌初刻本说就有误了。但是,魏子云的考证亦遭到了质疑。有三个问题要解决:

1. 魏考出的《吴县志》只是个孤证,"孤证不为定说"这是学术界的一个法则。

2. 民国二十二年(1933)《吴县志》与万历四十一年(1613)相隔320年。法国学者雷威尔先生在最近《论〈金瓶梅〉的中文著述》一文中指出:"我怀疑1933年修的《吴县志》也可能有疏忽和错误,还需要重加核对。"魏先生将雷威尔这句对自己不利的话收在自己的书中,一者说明魏先生是个真正的学者;二者说明魏先生自己也意识到有进一步考证的必要。

3. 还有个重要问题,"马仲良时榷吴关",如果是从万历三十八年就开始了,一直连任到万历四十一年,那么"马仲良时榷吴关"后的"未几时",《金瓶梅》初刻本问世,就可能是万历三十八年,鲁迅之说就可能是正确的。魏先生的考证就有彻底被否定的危险。

笔者正是看到了魏先生考证中存在的问题,下决心做进一步考证。我查了明崇祯十五年(1642)、清乾隆十年(1745)的《吴县志》,均无"马仲良时榷吴关"的记录。民国二十二年《吴县志》的记载就更可疑。很长时间考证毫无收获。我做了不达目的誓不甘休的决定。终于别开新路,找到了清康熙十二年(1673)的《浒墅关志》。

《浒墅关志》卷八"榷部","万历四十一年癸丑"条全文如下:

万历四十一年癸丑 马之骏,字仲良,河南新野县人,庚戌进士。英才绮岁,盼睐生姿。游客如云,履舄盈座。征歌跋烛,击钵阄题,殆无虚夕(原刻为"歹",似误——笔者改),世方升平,盖一时东南之美也。所著有妙远堂、桐雨斋等集。

明景泰三年,户部奏设钞关监收船料钞。十一月,立分司于浒墅镇,设主事一员,一年更代。这就是说,马仲良主榷浒墅关主事只此一年(万历四十一年),前后均不可能延伸。

事实上,《浒墅关志》亦明确记载着,万历四十年任是张铨;万历四十二年任是李佺台。

我的考证使魏先生的考证从孤证变成了双证,解决了"孤证不为定说"的问题;我考出的清康熙十二年(1673)的《浒墅关志》,离"马仲良时榷吴关"的万历四十一年,仅相距60年,而魏先生考出的民国二十二年(1933)《吴县志》与万历四十一年(1613)相距320年。这就从根本上解决了法国学者雷威尔的疑问。从史料的价值来讲,清康熙十二年的《浒墅关志》比民国二十二年(1933)《吴县志》的史料价值,要高得多;我的考证表明,浒墅关主事一年更代。主事任期只有一年,前后均不能延伸。万历四十一年任是马仲良。之前,万历四十年任是张铨;之后,万历四十二年任是李佺台。马仲良绝对不可能在万历三十八年就已任过主事(他在万历三十八年才中进士)。现在可以说,鲁迅的《金瓶梅》"万历庚戌初刻本说"是错误的。我的考证是在魏先生考证的基础上进行的,为魏先生的考证作了些补充。

三、李时人先生《金瓶梅》初刻本问世年代的考证

大陆另一位学者李时人先生也对《金瓶梅》初刻本问世年代作了考证,论文的题目是《谈〈金瓶梅〉的初刻本》,发表在《文学遗产》1985年第2期。此后李时人先生又撰写了《谈〈金瓶梅〉的初刻本补证》,载《文学遗产》1986年第4期。

李时人先生除了引用了道光七年序刊的《重修浒墅关志》和民国《吴县志》,引录了康熙十二年的《浒墅关志》,并且对沈德符的《万历野获编》的成书年代进行了考证:

> 有人认为,沈德符《野获编》成书于万历三十四年前后。实际上沈氏原著是分两次完成的,万历三十四年书成20卷;"万历四十七年己未岁新秋"又续12卷。这一点沈德符有《续编小引》说明。在上引《野获编》中的"金瓶梅"有关条中有:"中郎又云:'尚有《玉娇李》者。……去年抵辇下,从丘工部六区(志充——原注)得寓目焉。'"沈德符是万历四十六年举人,大概于当年年底赴京,以便参加第二年的春试,故可知此条作于万历四十七年。从万历三十四年沈从袁中郎《觞政》知道《金瓶梅》,直至万历四十七年写下此条记载,事历十余年,其"未几时"是不能做过短时间理解的,或许"未几时"是"未几年"之误,也未可知。说丁巳本是《金瓶梅》的吴中初刻本与《野获编》记载并无矛盾。

李时人先生又举出了一个重要的旁证材料:

> 在否定了庚戌本的存在以后,这种猜想的可能性就更没有了。而根据《野获编》,直至万历四十一年,吴中还没有书坊有底本付诸梨枣,因而怂恿书坊向沈德符重价购求抄本的是活跃于吴中出版界的冯梦龙,如果吴中有书坊正在刻印《金瓶梅》,他也大概不会不知道的。更何况万历四十一年后书坊即使很快搜求到抄本,要把这部90多万字的大书刻印出来,也是需要时间的。再看传世丁巳本《金瓶梅》词话20册的工整精美,恐怕也不是短时间内完成的。因此,笔者颇疑心在丁巳本之前或许并没有过其他刻本。关于这个问题,还有一条旁证,那就是李日华《味水轩日记》所记:"万历四十五年十一月五日(沈德符字——笔者按)所藏《金瓶梅》小说来,大抵市谭之极秽者,而烽焰远逊伯远携景倩之《水浒传》,袁中郎极口赞之,亦好奇之过也。"沈德符是知道并见过《金瓶梅》吴中初刻本的,假若万历四十五年已有刻本行市,沈德符还会将自己珍藏的抄本借给李日华吗?很可能沈德符借抄本给李日华的时候(万历四十五年十一月),丁巳本也还在刻印中。

在《〈谈金瓶梅的初刻本〉补证》一文中，李时人先生对沈德符《万历野获编》中有关《金瓶梅》词条的写作时间，以及谢肇淛《〈金瓶梅〉跋》写作的时间做了考证：

> 拙文论证沈德符《万历野获编》"金瓶梅"条写作时间是万历四十七年，主要是根据该条中"……去年抵辇下，从丘工部六区志充……丘旋出守去……"一段文字，结合沈德符生平及《野获编》成书时间推断出来的。前不久，马泰来先生据《汝宁府志》提出丘志充任汝宁知府是万历四十八年，因此《野获编》"金瓶梅"条只能写在晚于万历四十八年的"天启元年或二年"。其实，丘志充出任汝宁知府应是万历四十七年，这有《神宗实录》为证：万历四十七年三月……升淮安知府蔡侃为广东道提学副使；户部郎中王维章知浙江杭州；工部郎中丘志充知河南汝宁府。（卷五百八十）
>
> 无疑，沈德符是万历四十六年秋中举后，年底进京拜谒有关人等得晤丘志充，第二年春试毕，丘志充出知汝宁，沈落第归家续编《野获编》，写下此条文字。沈德符《野获编》"金瓶梅"条写作时间的确定，可以肯定在万历四十七年秋，沈已经见到"吴中初刻本"，这初刻本可能正是有"万历丁巳东吴弄珠客序"的本子。
>
> 魏子云先生断言《金瓶梅》词话的梓行在"天启中叶"，是值得商榷的。
>
> 三、关于谢肇淛《〈金瓶梅〉跋》写作的时间，拙文说"大约写于失考。谢虽然在万历三十五年借到袁中郎的部分《金瓶梅》抄本，但谢向"丘诸城"借抄《金瓶梅》的时间要晚。此"丘诸城"当指《野获编》中的"丘工部"，亦即丘志充，丘为山东诸城人，且为谢肇淛的工部同僚，故有此称。谢为福建长乐人，万历壬辰（二十年）进士。但谢中进士后，先除湖州推官，移东昌，又为南京刑、兵二部。万历四十一年丘志充中进士，谢正在张秋治河，直至万历四十四年左右，谢方回北京与丘同在工部供职。而据《神宗实录》卷五百七十二，万历四十六年七月，谢升任云南参政，又出北京。故谢向丘借抄《金瓶梅》并写下《〈金瓶梅〉跋》的时间当在万历四十四年至四十六年之间，至少不可能早于万历四十一年丘中进士之前。这更证明了在万历四十一年以前，乃至万历四十四年以前并无《金瓶梅》刻本问世。

综合各方面的情况，《金瓶梅》的初刻本问世时间当在万历四十五年至万历四十七年秋之间。这是否正确的结论，还有待于海内外学人的共同探讨。

第三章
崇祯本研究

第一节　崇祯本内在关系研究

一、崇祯本内在关系研究概述

《金瓶梅》最初的抄本系统是词话本,初刻本《金瓶梅》就是依据刘承禧藏本系统刻印的。但在晚明,特别是清代以来,流传最广的却是根据初刻本改写的崇祯本系统,甚至是根据崇祯本稍作改定的张评本系统。自从1932年《新刻金瓶梅词话》发现以来,人们就开始探讨崇祯本与词话本之间的关系,但是这个问题迄今为止,仍然没有真正解决。20世纪80年代以来,正是在深入探讨词话本与崇祯本这个问题的过程中,人们对崇祯本系统本身的先后顺序问题也展开了激烈的讨论,因为这不仅直接牵扯到崇祯本系统内在关系问题,也直接涉及崇祯本与词话本的关系问题。

现在我们回头检视一下20世纪80年代以来的崇祯本研究,我们不难发现,崇祯本研究的关键问题乃是两种版式(每半页10行、每行22字;每半页11行、每行28字)谁先谁后的问题,或者到底哪一个系统是第一代崇祯本,哪个系统是第二代崇祯本的问题。这个问题从20世纪30年代就开始了,迄今为止,仍然还在进行,但大体上已经可以作出结论了。

这个过程大致如下:

1. 20世纪30年代长泽规矩也首先提出每半页11行、每行28字的内阁本来源于同一版式的中国首图本,每半页10行、每行22字的北大本来源于每半页11行、每行28字的内阁本;首图本——内阁本——北大本;而20世纪60年代鸟居久靖则在内阁本与北大本之间加入了日本天理本:首图本——内阁本——天理本——北大本。就体系而言,这两位日本学者都认为每半页11行、每行28字的内阁本为第一代崇祯本,而每半页10行、每行22字的北大本系统是第二代崇祯本。中国台湾学者魏子云,大陆学者王汝梅、黄霖等先生则认为,每半页10行、每行22字的北大本系统是第一代崇祯本,每半页11行、每行28字的内阁本系统是第二代崇祯本。

2. 20世纪80年代后期,香港的梅节先生在提出了《新刻金瓶梅词话》用内阁文库本校勘过的同时,也提出了崇祯本系统中每半页11行、每行28字的内阁本是第一代崇祯本的观点。

3. 黄霖先生在反驳梅节先生《新刻金瓶梅词话》用内阁文库本校勘过的观点的同时,也批驳了梅节先生崇祯本系统中每半页11行,每行28字的内阁本是第一代崇祯本的观点。二人展开了激烈的争辩。激烈的争辩引导崇祯本的讨论进一步深入。

4. 黄霖先生的高足杨彬的博士论文对崇祯本进行了专门的研究,在黄霖先生的基础上又有新的突破。这是崇祯本研究过程中的一条重要线索。

5. 早在20世纪80年代初,日本学者荒木猛就提出了日本内阁文库本是由杭州书商鲁重民的书肆刻印出版、年代为崇祯末年的观点,而且有物证为基础。该论文由黄霖等翻译成中文,收在1989年齐鲁书社出版的《日本研究〈金瓶梅〉论文集》中,但并没有引起大陆学者的足够重视。过了十年之后,即1999年,我在荒木猛的基础上进一步提出了"廿公跋"也出于鲁重民之手的观点。而且他把有没有"廿公跋"也作为评判崇祯本两大系统标准。第一代崇祯本没有"廿公跋",第二代崇祯本才有"廿公跋"。二人从另一种角度反驳了梅节的观点。(详见本书第五章)

6. 2010年在河北清河召开的国际《金瓶梅》讨论会上,周文业先生提交了用计算机对比分析了与内阁本同版的东大本与北大本的关系,其中最重要的一条是指出内阁本系统比北大本系统的第五十九回第42页结束时缺少正反两页,共计1016字。结论是内阁本来源于北大本,而不可能相反。(详见本书第六章)

至此崇祯本研究的关键问题,即两代崇祯本的关系问题,可以做出初步的结论了:每半页10行、每行22字的北大本系统是第一代崇祯本,每半页11行、每行28字的内阁本系统是第二代崇祯本。

二、崇祯本研究大事记

2015年吴敢

《金瓶梅研究史·中编　金学专题》:

> 对于绣像本的研究,鸟居久靖、韩南、魏子云、王汝梅、刘辉、黄霖、梅节、叶桂桐、杨彬、周文业等论述颇多,尤以王汝梅、黄霖最富成树。

1933年孙楷第

《中国通俗小说书目》对崇祯本《金瓶梅》最早做了著录:

> 金瓶梅一百回
> 　　存　日本内阁文库藏明本。封面题"新镌绣像批评原本金瓶梅"。图百叶。正文半页十一行,行二十八字。首"东吴弄珠客序""廿公跋"。日本长泽规矩也藏本与内阁藏本同。北京市图书馆藏明本。"新刻绣像批评金瓶梅"。图五十页(每回省去一面)。行款同上。序失去。无评语。北京大学图书馆藏明刊本。大型。正文半页十行,行二十二字,字旁加圈点。每回前有精图一页,前后二面写一回事。版心上题"金瓶梅"。有眉批,旁评。首"弄珠客序"。
> 《重订通俗小说书目自序》:"写完在一九三二年上半年,明年三月出版……从一九三三年书出版待解放。又二十多年。……"
> 孙楷第一九五七年十月六日

重排补记:本书此次重排。又补充了一些材料,并有几处地方作了补正。

孙楷第一九八一年十二月二日

郭源新
《谈〈金瓶梅词话〉》,1933年7月《文学》创刊号。

周越然
《〈金瓶梅〉版本考》,1934年4月《新文学》。阙名氏《〈金瓶梅〉版本之异同》,1940年8月《瓶外卮言》收录。

小野忍
《关于〈金瓶梅〉的版本》,1950年12月东京《日本中国学会报》第7期。

长泽规矩也
《〈金瓶梅〉之版本》,1949年1月东方书局版《金瓶梅》附录。(此出自黄霖、王安国编译《日本研究〈金瓶梅〉论文集》,史小军《知见录》作1948年,不知哪个正确,未考。)

鸟居久靖
《〈金瓶梅〉版本考》,原载1956年8月《天理大学学报》第21辑。

韩南
《〈金瓶梅〉的版本及其他》,1960年伦敦大学博士论文《〈金瓶梅〉之著作与其题材来源之研究》中第一部分。

魏子云
《论〈金瓶梅〉的版本及其他》,《〈金瓶梅〉探原》,台北巨流图书公司1979年。

朱星
《〈金瓶梅〉考证》,天津百花文艺出版社,1980年版。

朱传誉
《〈金瓶梅〉版本》,见《中国古代小说研究资料汇编》,台北天一出版社,1982年版。

刘辉
《从词话本到说散本——〈金瓶梅〉成书过程及作者问题研究之一》,人民文学出版社,古典文学编辑室编《中国古典文学论丛》第3辑,人民文学出版社,1985年版。

荒木猛

《关于〈新刻绣像批评金瓶梅〉(内阁文库藏本)的出版书肆》,见黄霖、王国安编译《日本研究〈金瓶梅〉论文集》,齐鲁书社,1989年版。

梅节

《〈新刻金瓶梅词话〉后出考》,《燕京学报》新15期。梅先生有关论文较多,此文最后出。

黄霖

1.《〈金瓶梅〉成书问题三考》,《复旦大学学报》1985年第4期。

2.《关于〈金瓶梅〉崇祯本的若干问题》,《金瓶梅研究》第一辑,1990年9月。

3.《再论〈金瓶梅〉崇祯本各本之间的关系》,《上海师范大学学报》2001年第5期。

4.《〈金瓶梅〉词话本与崇祯本刊印的几个问题》,《河南大学学报》2006年第1期。

5.《崇祯本〈金瓶梅〉研究序》,杨彬:《崇祯本〈金瓶梅〉研究》,文物出版社,2011年版。

6.《毛利本〈金瓶梅词话〉读后》,嘉义大学《第五届中国小说与戏曲国际学术研讨会论文集》,2013年3月。

7.《〈金瓶梅〉"初刊"辨伪纪略——从"大安本"说起》,《河南理工大学学报》2013年第2期。

8.《台北"故宫博物院"〈金瓶梅词话〉读后》,《中国明代文学学会(筹)第九届年会暨2013年明代文学国际学术研讨会论文集》,2013年8月。

王汝梅

1.《〈金瓶梅〉的重要版本》,《吉林大学社会科学学报》1985年第2期。

2.《论张竹坡批评〈金瓶梅〉康熙本》,《吉林大学社会科学学报》1987年第1期。

3.《〈张竹坡批评第一奇书金瓶梅〉校点后记》,《吉林大学社会科学学报》1988年第1期。

4.《〈新刻绣像批评金瓶梅〉初探(一)》,《吉林大学社会科学学报》1989年第2期。

5.《〈金瓶梅〉三种版本系统》,载《古典文学知识》2002年第5期。

6.《〈幽怪诗谭小引〉解读——纪念〈金瓶梅〉问世信息传递410周年》,《华夏文化论坛》第1辑,吉林大学出版社,2006年版。

7.《〈金瓶梅〉绣像评改本:华夏小说美学史上的里程碑》,《吉林大学社会科学学报》2007年第6期。

8.《〈新刻绣像批评金瓶梅〉会校本修订后记》,香港三联书店有限公司,2009年版。

9.《天津图书馆藏〈金瓶梅〉探微》,《河南教育学院学报》2013 年第 6 期。

叶桂桐

1.《论金瓶梅》,中州古籍出版社,2005 年版。

2.《〈金瓶梅〉抄本考》,《文学遗产》1988 年第 3 期。

3.《〈金瓶梅〉成书年代新线索》,《北京师范大学学报》1988 年第 4 期。

4.《从〈续金瓶梅〉看〈金瓶梅〉的版本与作者》,《吉林大学社会科学学报》1989 年第 2 期。

5.《论〈金瓶梅〉"廿公跋"的作者当为鲁重民或其友人》,《烟台师范学院学报(哲学社会科学版)》1999 年第 4 期。

6.《〈金瓶梅〉作者考证的重要线索与途径——二十年来〈金瓶梅〉作者考证之检讨》,《聊城师范学院学报(哲学社会科学版)》2001 年第 1 期。

7.《中国文学史上的大骗局 大闹剧 大悲剧——〈金瓶梅〉版本作者研究质疑》,《烟台师范学院学报(哲学社会科学版)》2002 年第 1 期。

8.《关于〈金瓶梅〉的版本与作者问题——兼致台湾魏子云先生》,《保定师范专科学校学报》2005 年第 3 期。

9.《〈金瓶梅〉版本研究商榷——兼致梅节先生》,《明清小说研究》2007 年第 3 期。

10.《〈新刻金瓶梅词话〉晚于崇祯本的铁证》,《明清小说研究》,2015 年第 1 期。

11.《〈金瓶梅〉"欣欣子序"系杭州书商鲁重民所为》,《烟台师范学院学报(哲学社会科学版)》1999 年第 4 期。

12.《"万历本"晚于崇祯本的文献依据》,未刊稿。

周文业

《〈金瓶梅〉词话本和崇祯本文字差异统计分类》,《第十二届国际〈金瓶梅〉学术研究讨会论文集》,2016 年 10 月,广州。

杨彬

1.《崇祯本〈金瓶梅〉研究》,文物出版社,2011 年版。

2.《从眉批形态试论崇祯本〈金瓶梅〉各版本之间的关系》,《金瓶梅研究》第九辑,齐鲁书社,2009 年版。

董玉振

《崇祯本眉批揭示其是〈金瓶梅〉祖本的事实》,《第十二届国际〈金瓶梅〉学术研讨会论文集》,2016 年 10 月,广州。

汪炳泉

《论〈金瓶梅〉崇祯本的两个系统》，《第十二届国际〈金瓶梅〉学术研讨会论文集》，2016年10月，广州。

三、崇祯本的发现与著录

目前存世的崇祯本《金瓶梅》，大约有十几种，其发现与著录情况大致如下：

1. 孙楷第《中国通俗小说书目》对崇祯本《金瓶梅》最早作了著录（见前文引录）。

2. 韩南在《〈金瓶梅〉版本及素材来源研究》，将其所闻见、散藏在各国的崇祯本（在韩南的论文中，他将之称之为乙版本）总共十种十一部，作了记录。

3. 黄霖最早在上海图书馆发现的两种《新刻绣像批评金瓶梅》，定名为"上图甲本"与"上图乙本"。

4. 王汝梅在齐鲁书社版《新刻绣像批评金瓶梅·前言》中的著录：

残存四十七回本。近年新发现的。扉页右上题"新镌绣像批评原本"，中间大字"金瓶梅"，左题"本衙藏版"。插图有九十幅，第五回"饮鸩药武大遭殃"及第二十二回"蕙莲儿偷期蒙爱"，俱题署刻工刘启先姓名。此残本版式、眉批行款与北大本相近，卷题也与北大本相同，但扉页则依内阁本所谓"原本"扉页格式刻印。此版本兼有两类本子的特征，是较晚出的版本，大约刊印在张评本刻印前的顺治或康熙初年，流传至张评本刊印之后。该书流传中失去五十三回，用张评本配补，成了崇祯本和张评本的混合本。从明末至清中叶，《金瓶梅》由词话本、崇祯本同步流传演变为崇祯本和张评本同步流传，其递变端倪，可由此本看出。

吴晓铃先生藏抄本。四函四十册，二十卷百回，是一部书品阔大的乌丝栏大字抄本。抄者为抄本刻制了四方边栏、行间夹线和书口标"金瓶梅"的木版。吴先生云："从字体风格看来，应属乾隆前期。"书中秽语删除，无眉批夹批。在崇祯诸本的异文处，此本多与北大本相同，但也有个别地方与北大本不同。由此看来，此本可能系据崇祯系统原刊本抄录，在研究崇祯本流变及版本校勘上，颇有价值。

《绣刻古本八才子词话》。吴晓铃先生云："顺治间坊刻《绣像八才子词话》，大兴傅氏碧蕖馆旧藏。今不悉散佚何许。"（《金瓶梅词话最初刊本问题》）吴先生把此一种本子视为清代坊间刊词话本。美国韩南教授著录："扉页题《绣刻古本八才子词话》，其下有'本衙藏版'等字。现存五册：序文一篇、目录，第一、二回，第十一至十五回，第三十一至三十五回，第六十五至六十八回。序文年代顺治二年（一六四五），序者不详。十卷百回。无插图。"（《〈金瓶梅〉的版本及其他》）韩南把它列入崇祯本系统。因韩南曾借阅傅惜华藏书，笔者采取韩南的意见，把此版本列入崇祯系统。

周越然旧藏本。周越然著录："新刻绣像批评金瓶梅二十卷百回。明崇祯间刊本，白口,不用上下鱼尾,四周单栏,每半页十行,每行二十二字,眉上有批评,行间有圈点。卷首有东吴弄珠客序三页,目录十页,精图一百页。此书版刻、文字均佳。"据版式特征应属北大本一类,与天图本、上图乙本相近或同版。把现存周越然旧藏本第二回图"俏潘娘帘下勾情"影印件与北大本图对勘,北大本图左下有"黄子立刊"四字,周藏本无(右下有周越然章)。

四、21世纪以来崇祯本《金瓶梅》主要版本形态著录

从20世纪30年代孙楷第著录以来,又有很多学者著录了崇祯本《金瓶梅》藏本,杨彬先生以崇祯本研究作博士论文,在前人著录的基础上,亲自披阅,做了著录,现移录如下:

> 至于研究中所用到的崇祯本系统的诸种版本,由于对此类书籍众所周知的访求难度,笔者所寓目者,只有六种而已。但其中之三种,已为韩南氏所未及见。下面,我们将对此六种主要版本(也包括前贤时人所述及的其他重要版本)做一较详细的考察,以期大致完整地描述出崇祯本《金瓶梅》的版本形态。
>
> (一)日本东京大学东洋文化研究所藏《新刻绣像批评金瓶梅》(即孙楷第《中国通俗小说书目》中所载之长泽规矩也藏本),在本文中,简称为"东洋本"。
>
> 全书二十册,二十卷一百回。据孙楷第等人的记录,原本应该有图像五十幅作一册,故原应有二十一册。每卷五回。首"新刻绣像批评金瓶梅目录",无序、跋。正文半页十一行,行二十八字。正文框高约二十点七厘米,宽约十一点七厘米;正文每卷前署"卷之×,版心上方题"金瓶梅",中间偏上为卷数("×卷"),回数("第×回"),下方为页数,有眉批、旁评。眉批多为三字行。
>
> (二)首都图书馆藏《新刻绣像批评金瓶梅》(即《中国通俗小说书目》中的北京市图书馆藏本)。以下简称"首图本"。
>
> 首图所藏,共四函二十册,二十卷一百回,卷十一(第五十一回至五十五回)佚,故原应有二十一册。每卷五回。无序。首目录,然残缺严重;图一册,凡一百零一幅,每回仅选他本之第一幅(且存在许多问题,后面将有详细介绍),惟第一百回有图两幅,但拙劣简陋如前。尤可注意者,最后一幅图后空白页题有署名"回道人"的词一首,漫漶已甚;正文半页十一行,行二十八字,框高约十九点八厘米,宽约十一点六厘米,版框几抵至顶端,故几无天头、地脚。版心上方题"金瓶梅",中央偏上为卷数("×卷"),回数("第×回)",下方为页码,卷前一般题"新刻绣像批评金瓶梅卷之×"。无眉批,有少量旁批。
>
> (三)北京大学图书馆藏《新刻绣像批评金瓶梅》(《中国通俗小说书目》载录),以下简称"北大本"。
>
> 全书四函三十六册,二十卷一百回,每卷五回,书首依次为"东吴弄珠客序""新刻绣像批评金瓶梅目录",正文每回前各有插图二幅,共二百幅。半页十行,行二十二字。框高约二十点六厘米,宽约十三点七厘米,正文每卷前一般署为"新刻绣像批评金瓶梅

卷之×",版心上方题"金瓶梅",中央偏上为回数("第×回"),下方为页码,有眉批、旁评,眉批多为四字行。

(四)天津图书馆藏《新刻绣像批评金瓶梅》。以下简称"天津本"。

全书六函三十六册,二十卷一百回,每卷五回。首"东吴弄珠客序""新刻绣像批评金瓶梅目录"。正文每回前各有插图二幅,共二百幅;半页十行,行二十二字。框高约二十点五厘米,宽约十三点七厘米。每卷前署"新刻绣像批评金瓶梅卷之×",版心上方题"金瓶梅",中央偏上为回数("第×回"),下方为页码,有少量眉批和旁批,眉批为二字行、四字行不等。

(五)上海图书馆藏《新刻绣像批评金瓶梅》第一种。以下简称"上甲本"。

全书共三十二册,二十卷一百回,每卷五回。首"东吴弄珠客序"和目录,有插图一百九十七幅(第七十八回插图二幅原缺,第六十八回为残页——第二幅为空白页。),单独分装成两册,第一册自第一回至四十九回。正文半页十行,行二十二字,框高约二十点六厘米,宽约十三点七厘米,每卷前一般署为"新刻绣像批评金瓶梅卷之×",版心上方题"金瓶梅",中央偏上为回数("第×回"),下方为页码,有眉批及旁评,眉批多为四字行。

(六)上海图书馆藏《新刻绣像批评金瓶梅》第二种。以下简称"上乙本"。

全书四函四十册,二十卷一百回,每卷五回。前二册首为"东吴弄珠客序"和目录,后为插图,每回二幅,然缺第六十八、六十九两回四幅,故插图共一百九十六幅。第一册插图自第一回至五十回;正文半页十行,行二十二字,框高约二十点五厘米,宽约十三点九厘米,每卷前署"新刻绣像批评金瓶梅卷之×",版心上方题"金瓶梅",中央偏上为回数("第×回"),下方为页码,有少量眉批、旁批,眉批多为四字行。

以上六种版本,是据笔者亲所寓目所作之记录,其未亲见之版本,最重要的,应是通州王孝慈藏本(以下简称王氏本),今已佚失。在韩南的《〈金瓶梅〉版本及素材来源研究》中,它被称作B1版,"系按见过这一版本的人回忆所述"。其所述略如下:

完整程度:仅剩两册,而且只含有插图。

插图:两百帧单页插图。

备注:我(指韩氏本人——引者注)并没有见过这一版本;可是,这些插图就是一九三三年A1(即原北京图书馆所藏之《金瓶梅》词话——引者注)影印版中所包含的那些插图,其中有些插图上注明了刻印者的署名,因而有可能知道那个版本的大致日期。有些刻印者正是由大涤余人作序的那个《水浒传》版本的刻印者。在歌本《吴骚合编》中也发现有同样这些刻印者的署名,其中含有一篇在崇祯朝代(1628—1643)写的序文。由此可见,把这一版本看成是崇祯本似乎更为合理。

郑振铎先生曾将此本第一回首页及插图若干幅影印入其所编的"世界文库"中,其二百幅插图,被古佚小说刊行社影印《金瓶梅》词话时所采用。它与今日所见之诸版本,应该有密切的血缘关系。我们下面的论述中,将不时地引用到它。

韩南的论文中还提到天理大学藏本,并将之称作B3版:

序文、目录、篇章划分、版面安排和序词均与 B2(即北大本——引者注)相同。

插图：两百帧单页插图(一百张纸页)。

批注：天头和行间均有批注,许多批注与 B2 版中的批注相同。

卷名：第六和十四卷与 B2 版相同。第七卷的标题为"新刻金瓶梅词话",即 A1 版的标题。第八卷称"批点"而不是"批评"。

这一藏本,学界已公认其与北大本同版,但其标题的第七卷和第八卷也有明显的不同,因未见原书,不能得知两者间更多的不同,故此,我们只能以前辈学者所论为依据,在我们以后的讨论中,将之与北大本等同论述。

东洋本与日本内阁文库本为同版,也早经孙楷第、韩南及日人鸟居久靖等作了证明。这样,对于东洋本的考察,对于内阁本也具有同样的说明力。只是据上述诸人的研究,东洋本缺东吴弄珠客的序、廿公跋及插图一册,而在亲见过此二本的孙楷第先生的记录中,内阁本"封面题'新刻绣像批评原本金瓶梅'。图百页。正文半页十一行,行二十八字。首东吴弄珠客序、廿公跋"。也就是说,东洋本只是比内阁本多缺了一序一跋。

第二节　崇祯本内在关系考察

一、考察崇祯本内在关系的标准

(一)分类标准

考察崇祯本内在关系,特别是先后顺序关系,应该有明确的分类标准。根据 20 世纪 30 年代以来的实际研究情况来看,这些标准主要有以下一些方面：

1. 版式

崇祯本一共只有两种版式：每半页 10 行,每行 22 字；每半页 11 行,每行 28 字。

2. 序跋

第一代(每半页 10 行,每行 22 字)只有弄珠客序,第二代(每半页 11 行,每行 28 字)不仅有弄珠客序,在弄珠客序之前还有廿公跋。

3. 批语

(1)批语以眉批为主,旁批较少。

(2)眉批行格。

二字格、三字格、四字格、混合类型。

(3)眉批有无,眉批多寡。

(4)眉批内容。

(5)眉批刻印情况。

4. 插图

有 200 页者,有 100 页者。

5. 回目

6. 正文内容

(1)有无缺页。

(2)内容。

(3)版刻情况。

(二)分类标准的完善

1. 首先明确提出自己的分类标准的是黄霖先生,他提出了以眉批行格的标准:将北大本、天理本、上图甲本归为一类和将上图乙本、天津本归为一类之后,可在鸟居的基础上,以眉批格式的不同,将崇祯本分为五类。今以第一回第一页为例,表明情况如下:

(1)以世界文库影印王氏本第一页为代表的二字行眉批:

　　一部　炎凉　景况　尽此　数语　中

(2)以内阁本为代表的三字行眉批:

　　一部炎　凉景况　尽此数　语中

(3)以天理本为代表的四字行眉批:

　　一部炎凉　景况尽此　数语中

(4)以首图本为代表的无眉批本。

(5)以上图乙本为代表的二字行至四字行,至无眉批本。

(见《关于〈金瓶梅〉崇祯本的若干问题》)

梅先生怀疑二字行眉批本为原刻本的理由是二字行不能被每页天头所容纳,因为二字行必然行数增多,所占的位置多,相近的眉批就不能相容。这是有道理的。但是,"精美"的王氏藏本的第一页确实是二字行眉批,而且在三字行本、四字行本眉批中都残留着二字行眉批的痕迹。这里就有这样两个问题值得思考:第一,二字行眉批本的开本就比内阁本大,正文行数也稀(为10行,非11行),这就使天头的空间相对多了;第二,我们所说的二字行本,主要是以正文第一页而言,当然,在正文其他各回中多数也是用二字行眉批,但不排斥有的地方较挤,可能就改成了四字行,如上图乙本那样,这也启发了后来的翻刻者将二字行改成了三字行或四字行。(见《再论〈金瓶梅〉崇祯本系统各本之间的关系》)

2. 杨彬的观点

　　眉批的最受人重视的一个外在表现,就是其行格。在第一节我们提到,除首图本无眉批外,东洋本(内阁本)是三字行,天津本与上乙本都是首页二字行,以后眉批大量刊落,剩余的都改为包含二字行、四字行乃至三字行不等的混合行格。《金瓶梅》的研究者,一般都同意以行格来划分系统,即,二字行的王氏本系统。与三字行的内阁本系统,以及四字行的北大本系统。这是就一般情况而言,各本的行数其实并非划一不变。如刚刚提到的天津本与上乙本,在其有限的眉批中,四字行与二字行的数量可谓平分秋色;四字行系统中的本子,也时有三字行乃至二字行的眉批出现。(《崇祯本〈金瓶梅〉研究》第一章第50页)

现存的本子中,由二字行改为三字行或四字行的痕迹,只是在其他行格的本子中偶有留存,并不是非常显眼,相反的改动却痕迹宛然……。如果我们不把这一现象(眉批的大量刊落)看作是偶然的,并且假设它们的眉批是由四字行改为二字行的,就可更有说服力地解释这一现象:因为改动后每一眉批的行数势必增加,当两处眉批相隔太近的话,它们就不可能同时相容于一处天头之上,这在技术上自然就困难得多。从这个角度考虑,二字行本对眉批的大量刊落和改为三字行或四字行,就情有可原了。或许,这正是它们保存的眉批数量极少,并且行格混乱的原因所在。因此,诸崇祯本的祖本眉批为四字行的可能性也就更大。(同上)

黄霖先生对杨彬简介的评语:

首先是认真地阅读与研究了我的文章与观点,然后经过了独立的辨析与思考之后,作出自己的结论,或肯定,或纠偏,或补充,或发展。比如,我在研究各崇祯本的先后次序时,强调的是王(孝慈)氏藏二字行眉批本为最早,四字行、三字行眉批本均为后出。而他与我的意见并不完全相同,认为"王氏本同样不是祖本(有可能是某些版本的底本,尤其插图。天津本与上乙本则是其"直系",固无疑问),而也是抄刻了某种四字行或混合行格的本子(详后)"。其理由主要是……现在看来,他的与我相反的推理也有其可能性,在没有找到实证之前,不妨各存其说。(《崇祯本〈金瓶梅〉研究·序》)

自从20世纪30年代以来,在对崇祯本分类过程中,各家采用的标准不同,或只采用其中的一种或数种。

二、崇祯本分类概说

(一)首先涉及这个问题的是日本学者长泽规矩也,他考察崇祯本先后顺序的标准是有无眉批和字样

根据这个标准他把三种崇祯本先后的顺序排列如下:

孔德本——内阁本——崇祯本

叶按：第一，所谓"孔德本"即首图本；所谓崇祯本即北大本。第二，他认为最早的崇祯本没有眉批，眉批是逐渐增加的，随手涂抹于眉处，所以他认为是最早的本子。第三，他又从内阁本的字样而判定其为天启南京刻本，因此早于北大本。

(二) 根据崇祯本文字内容、行格、书版体例等标准

鸟居久靖将四种版本的先后顺序排列如下：

孔德本——内阁本——天理本——崇祯本

(三) 从卷帙与回目起刻、从评语刻字、从字体、插图清晰度看

黄霖先生在他的《黄霖〈金瓶梅〉研究精选集》（台湾学生书局"金学丛书"），从卷帙与回目起刻、从评语刻字、从字体、插图清晰度标准判定首图本乃为内阁本之翻刻。

魏子云先生将首图本第一页书影与内阁本相勘后，认为内阁本"印刷清晰"，首图本"极其漫漶"，"光凭这一点，亦足以判定（首图本）是后印"。（《关于崇祯本的问题》台湾学生书局1986年版）

(四) 从眉批的行格，即每行字数为二字、三字、四字，插图优劣多寡等方面看

黄霖先生在他的《黄霖〈金瓶梅〉研究精选集》一书中指出，从眉批的行格，即每行字数为二字、三字、四字，插图优劣多寡等方面看：

最近魏子云先生将首图本第一页书影与内阁本相勘后，认为内阁本"印刷清晰"，首图本"极其漫漶"，"光凭这一点，亦足以判定（首图本）是后印"。这是正确的。但魏先生在这里尚稍有疏忽，认为两书是"同一版式的刻本"，首图本只是"后印"而已。实际上，首图本根本是一种将内阁本简陋化后的后刻本。就以这一页来比较，还有如下不同：一、首图本在卷首题"新刻绣像批评金瓶梅卷之一"，与回目之间，少了一条细框线；二、诗词旁又少了大量圈点；三、正文第三行"大唐国"之"国"字，第四行"同归于尽，着甚要紧"中的"尽"字、"紧"字，首图本均作简化；四、正文第三行"营营逐逐，急急巴巴"，首图本改成"营乚逐乚，急乚巴乚"。再加上眉批被删、刊刻粗拙，故此一页相勘，即可证明首图本是翻刻内阁本的劣本。此外，还可证明首图本后出的证据是附图。韩南对此曾有评论："一百零一页插图，虽仿刻其他版本之插图，但技巧差之远矣。图上未刻任何插图者之名，尤其八十一回后三幅插图极为粗俗，显为次流者所刻。""某些插图甚至次序有误，插图上面近有友人在首都图书馆翻阅此书后来告说，据其版刻，所附目录（即章回名）亦有错误。"似为道光以后所出，我颇信之。

既然首图本是内阁本的翻刻本而不是崇祯本系统中的最初刻本，那么封面题有"原本"字样的内阁本《新刻绣像批评原本金瓶梅》，是否真的是"原本"呢？按照长泽、鸟居的说法，四字行眉批的天理本出自内阁本，那内阁本就有"原本"的可能。对此，魏子云表示异议。他"从卷帙与回目起刻看"，"从评语刻字来看"，"从字体来看"三个方面推想了天理本先而内阁本在后。魏先生否认天理本出自内阁本的意见值得重视。我补充两点意见，可证天理、北大等四字行眉批本不可能从内阁本来：

一、从插图来看，凡有插图的本子如王氏本、北大本、天理本、上图甲乙两本、天津本等大都为一百页两百幅，唯独内阁本及承袭内阁本的首图本是五十页。今内阁本及相同的东洋文化研究所藏本的插图虽已遗失，但当年著录均未提及插图本身的构图格局与他本相异，且从首图本来看，其插图格局也大致和王氏本相同，故可推知内阁本第五十页插图也当与王氏本大致相同，只是它少了五十页。于此表明：少五十页的本子当为后出本。因为王氏本、北大本等均不可能根据一种仅有五十页插图的"原本"去增刊格局风貌相同的插图五十页。反之，翻刻时只有删减原有的插图，才有可能使删剩的画面与"原本"保持一致。

二、从回前诗看：王氏本、北大本、天理本、上图甲乙两本第一回开头于"豪华去后行人绝"之前有"诗曰"两字，占一行；于"二八佳人体如酥"之前又有"又诗曰"三字，也占一行。内阁本、首图本均省却"诗曰""又诗曰"五字两行。以一般常理而论，假如北大本、天理本、王氏本出自内阁本的话，是不大可能在翻刻时特地加上这无关紧要的两行五字，相反，只有后出的本子删去这五个无关紧要的字才在情理之中。于此也可见内阁本不是"原本"。

内阁本不是"原本"，北大本等不可能出自内阁本，那么，有可能内阁本出自北大本吗？我们据上文北大本、上图甲本、内阁本评语相校的情况看来，内阁本与北大本、上图甲本之间互有错误缺漏，且北大本、上图甲本的缺失多于内阁本，故北大本、上图甲本也不可能是内阁本的祖本。它们之间并无从属关系，当分别来自它本。那么，它们来自何本呢？现在看来，三字行眉批的内阁本和四字行眉批的北大本等，都可能来自二字行眉批的王氏本。其理由如下：

1. 从现存影印王氏藏本的一页书影及所有插图看来，最为精良，刻工姓名所存最多。

2. 四字行眉批本正文格式与王氏本相同，不同的只是眉批有二字行或四字行的区别。一般说来，若以原四字行改成二字行，则遇两条相近眉批时，就有排列不下的危险，故可能性小；反之，从二字行改成四字行，不成问题，故可能性大。

3. 内阁本的刊刻，诚如魏子云所云"没有天理本郑重"，不但将眉批改成三字行，且正文行格多有从简的趋向。但其四十六、四十七、四十八、五十四、五十七、八十三、九十三、九十八等回多次出现了二字行眉批的格式。显然，这是翻刻二字行本时露出的马脚。

4. 从上图乙本、天津本的情况来看，清楚地留下了从二字行眉批本来的痕迹。

5. 从张竹坡《第一奇书》的情况来看，其正文与王氏本、上图乙本接近（见上文所列表）。张竹坡当时距离崇祯本初刻时间不远，有可能所据的是较好的本子。

孙楷第《中国通俗小说书目》曾著录内阁本有"图百页"，误。曾藏有该本的长泽规矩也在《金瓶梅的版本》中已作纠正。今内阁本、东洋文化研究所藏本均佚图画。

总之，根据以上分析，我目前认为：崇祯本系统中，二字行眉批本当为最先刊出；三字行眉批内阁本、四字行眉批北大本、天理本、上图甲本及混合型眉批上图乙本、天津本三类分别从二字行眉批本出；无眉批的首图本则从内阁本出。至于四字行眉批本中的北大本、天理本、上图甲本，也非同版，它们之间的关系有待于进一步研究。二字行眉批本目前仅见于王氏本。王氏本的刊刻精良，刻工列名也最多，故确有可能为崇祯本中的原刻本。然由于此本今不知下落，故无法进一步考察确定，且尚有一点疑问，还须找到正确答案。即其第一回"西门庆热结十弟兄"插图中坐于书桌正中之人(吴道官)比之它本缺少胡须，他面前的纸上也少三行名字，令人费解。因为在一般情况下，覆刻本的图像比之原本减少一点东西的可能居多，增加一点东西的可能较少。不知为什么后出的本子反而多出了胡须和文字呢？①

(五) 从版式、序跋、眉批刻印行款、插图等多种因素考察

王汝梅

(一) 崇祯诸本特征、类别及其相互关系

先谈崇祯本的一般特征。《新刻绣像批评金瓶梅》(崇祯本)，二十卷一百回(与词话本分十卷不同)。卷首有东吴弄珠客《金瓶梅序》，无欣欣子序，也无廿公跋(原刊本无，翻刻本有)。有插图二百幅，题刻工姓名：刘应祖、刘启先、黄子立、黄汝耀等。这种刻本避崇祯帝朱由检讳，"由"刻为"繇"，"检"刻为"简"，据以上两点和崇祯本版式字体风格，一般认为这种本子评刻在崇祯年间，简称崇祯本，又简称绣像本或评改本(包括清初翻刻的崇祯本系的版本在内)。

现存世的十几种本子，大同中有小异，类别不同。

1. 从版式上可分为两大类。以北大藏本为代表是一类，每半页10行，每行22字。东吴弄珠客序四页，扉页失去，无欣欣子序、廿公跋。回前诗词有"诗曰"或"词曰"。日本天理图书馆藏本、上海图书馆藏甲乙两种、天津图书馆藏本、残存四十七回本等，依版式特征，与北大藏本相近。另一类以日本内阁文库藏本为代表，每半页11行，每行28字。扉页题《新镌绣像批评原本金瓶梅》。无欣欣子序，有东吴弄珠客序、廿公跋。回首诗词前多无"诗曰"或"词曰"二字。首都图书馆藏本、日本京都大学东洋文化研究所藏本，依版式特征与内阁本相近或同版。眉批刻印行款不同。北大藏本、上图甲本眉批以四字一行为主，也有少量二字一行的。上图乙本、天津藏本眉批二字一行为多。内阁本眉批三字一行。首图本无眉批，有夹批。

2. 几种稀见本特征。现存崇祯诸本，均稀见。通州王孝慈旧藏本，今不知散佚何处。清代抄本更为罕见。周越然旧藏本，《绣刻古本八才子词话》一种，今未见。近年新

---

① 黄霖：《黄霖〈金瓶梅〉研究精选集》，台湾学生书局"金学丛书"第二辑，2015年6月版。

发现一部残存四十七回本,也不易借阅。

(《金瓶梅探索》,吉林大学出版社,1990年9月版,第50—51页)

叶桂桐

1. 他在《论〈金瓶梅〉"廿公跋"的作者当为鲁重民或其友人》中说:

> 众所周知,崇祯本系统的《金瓶梅》又可以大别为两个子系统:一是每半页10行,每行22字,无"廿公跋",这一系统本以通州王孝慈藏本最为有代表性,但如今下落不明,只能以现北京大学图书馆藏本为代表;二是每半页11行,每行28字,有"廿公跋",这一系统以日本内阁文库藏本为代表。可见,"廿公跋"只见于第二种崇祯本系统的《金瓶梅》中。

2. 他在《中国文学史上的大骗局 大闹剧 大悲剧——〈金瓶梅〉版本作者新论》中说:

> 崇祯本有两种子系统,第一种子系即每半页10行,每行22字,无"廿公跋"的系统,这种系统以通州王氏藏本为最善、最早,可惜今已不知下落,现存者当以北京大学图书馆所藏《新刻绣像批评金瓶梅》为代表;第二种子系统,即每半页11行,每行28字,有"廿公跋"的系统,这种系统以日本内阁文库藏本为代表。多年从事过崇祯本系统研究的黄霖先生与王汝梅先生都认为,崇祯本第一种子系统早于第二种子系统。他们的结论都是通过对崇祯本系统内部各种版本的校勘对比得出的。

三、黄霖与梅节关于两代崇祯本先后的论辩

(一) 梅节先生的见解

关于两代崇祯本先后,香港梅节先生"从校勘实践角度出发得出的见解":

> 第一代崇祯本(叶按:梅节先生的第一代崇祯本与学界大多数人观点不同,是指《金瓶梅》初刻本,第二代是指以日本内阁文库本为代表的每半页11行,每行28字的刻本)有"东吴弄珠客序"与"廿公跋"。

据我所知,梅节先生的这个观点,最早出现于《全校本〈金瓶梅词话〉前言》,原载《吉林大学社会科学学报》1988年第1期。但是我一直没有看过该期学报。我见到梅节先生的这个观点是在中国金瓶梅学会1991年吉林大学召开的大会上。在会议期间,发给了入会的人员一本《金瓶梅艺术世界》[①],那上面收录了梅节先生的《金瓶梅词话本与说散本关系考校》

---

① 吉林大学中国文化研究所编:《金瓶梅艺术世界》,吉林大学出版社,1991年版。

一文,比较具体地叙述了他的"《新刻金瓶梅词话》后出说"。后来,梅节先生邮寄给我一篇关于"《新刻金瓶梅词话》后出说"的论文,这就是后来刊载在 2003 年 11 月《燕京学报》(新十五期)上的《〈新刻金瓶梅词话〉后出考》。2004 年第 1 期《明清小说研究》上刊载了梅节先生的《〈金瓶梅词话〉的版本与文本》。此文又作为《〈金瓶梅词话〉校读记》一书的代序,放在卷端。下面的关于日本内阁文库本是崇祯本《金瓶梅》的"正头香主"的观点就来源于此。

2000 年 10 月 22 日,在山东五莲召开的第四届国际《金瓶梅》学术讨论会上,梅节先生提交的论文《〈金瓶梅〉成书再探》(未定稿)中有一节题为"谁保持崇祯本的原刻形态?",对黄霖先生关于《金瓶梅》崇祯本各系统之间的关系的论点,提出了四点"逆向思考",认为崇祯本中的"正头香主"非二字行眉批本,而是他用以校勘词话本的内阁本:

第一代说散本书名《金瓶梅》,有廿公跋、东吴弄珠客丁巳序,一百回,分二十卷,有简单眉评,无讳字,无图。第一代说散本最显著的特点是去词话化,大量删去与内容无关、纯为演唱娱众的词曲。每回结尾已不用"未知后来如何,且听下回分解"的套语,改以一联或一诗作结。去水浒化、去低俗化也开始进行。第一回是否已改写为"热结""冷遇"不能肯定,但艺人本一些针对下层听众的劝世、讽世的回前诗、格言,已换上文士才看得懂的雅词。用较易了解的语言代替土语方言。第一个说散本刊行在吴中(苏州),可能就是沈德符带回的本子,书商后来找人补上原缺的 53—57 五回。

文人本比艺人本好读,所以受到出版界、读书界的欢迎。也正因为行销不错,这本既无作者又无书林牌记的投合当时社会淫靡风气、暴露统治阶级腐败堕落的匿名世情小说,引起书林人士的觊觎。机灵的出版商马上组织人加评、刻图、改文(包括帝讳),在崇祯初年推出第二代说散本《新刻绣像批评金瓶梅》,就是我们现在所见到的崇祯本。

第二代说散本在崇祯年间出过许多本子。美国韩南教授二十世纪五十年代到东亚访书,写成《金瓶梅的版本及其他》,提到"乙版本"(即崇祯本)有十种。其中残本三种,抄本一种。周越然本因未目验,只注中提及。经历战乱和革命,半个世纪后现存崇祯本有八种:

1. 北京大学本;
2. 首都图书馆本;
3. 天津图书馆本;
4. 上海图书馆甲本;
5. 上海图书馆乙本;
6. 日本内阁文库本;
7. 日本东洋文化研究所本;
8. 日本天理大学本。

前两种、后三种韩南先生曾介绍。对崇祯本,中日专家如孙楷第、鸟居久靖、魏子云、王汝梅、刘辉、黄霖先生等都做过考察,有所评述。黄霖先生据诸本的眉批字行,分为二字行本(王孝慈本)、三字行本(内阁、东洋)、四字行本(北大、天理、上甲)及综合型本(上乙、天图)四系。笔者认为,仅仅根据眉批字行来区分崇祯本版本系统,不够周全。也许分为两大系统更合适。一为北大、天理本,上图乙、天图本属于这个系统:有弄珠客序、无廿公跋;二百幅图,眉批四字行为主,开本行格较阔大,有一至两个"词话"的卷题。一为内阁、东洋本,首图本属这个系统:有弄珠客序、廿公跋,图百幅,眉批三字行为主,开本行格较紧缩,卷题"金瓶梅"。凡两系内容文字相异之处,内阁系趋同词话;北大系趋同竹坡本。上图甲本其他均同北大本,独内容文字多同内阁本,这也可见版本问题的复杂性。

崇祯本两大系统,内阁系较接近第二代说散本的原刻形态。此本疑为崇祯原刻本的简本,所以扉页独标"原本金瓶梅"字样。详细论证,请参阅拙作《新刻金瓶梅词话后出考》。其实,从文字上说,两个系统的本子差异非常之小。齐烟、王汝梅先生曾做过简要的会校,可参三联书店(香港)有限公司出版之《新刻绣像批评金瓶梅》会校本。

(二) 黄霖先生对梅节先生"内阁本"是崇祯本的"正头香主"的批评

黄霖先生对梅节先生"内阁本"是崇祯本的"正头香主"的批评见于其《再论〈金瓶梅〉崇祯本系统各本之间的关系》。现将其主要观点摘录如下:

1. 内阁本不似原刻形态

内阁本尽管自己标榜为"新刻绣像批评原本金瓶梅",但它实非崇祯本系统中的"原本",主要是因为它不论是与词话本比,还是与北大本等四字行眉批本校,都有如下三个明显的特点:(1)有意简略;(2)时见脱漏;(3)特多错刻。这都可证明它不是崇祯本中的原刻本,而是一种翻刻本。

(1) 有意简略

我在上次论述内阁本不是"原本"时,主要是从这方面着眼,就"插图"与"回前诗"两个角度来加以论述的。这里再稍作补充。

内阁本及与此同版的东洋文化研究所藏本的首卷,早已亡佚,今仅据孙楷第、长泽规矩也、鸟居久靖等著录,知有图像五十页,其画面的精粗细情,已不得而知,但大致内容当与它的翻刻本首图本相似。首图本的五十页图,系二字眉批本和四字眉批本一百页图的改半,虽三类本子的这五十页图的大致轮廓相似,然其精粗之别不可同日而语。王氏藏本刻工甚精,风神宛然,多幅图上镌有当时新安刻工名家如刘应祖、刘启先、洪国良、黄子立、黄汝耀等之名。这些画与他们同时雕刻的《吴骚合编》等插图风格一致。因此有理由相信它们是原刻。假如内阁本的插图今天尚在,只要两相一对,孰真孰赝,就一目了然,可惜现在已"死无对证",就只得以理来推断。这有两种可能:一是王氏藏本为初刻一百页,后内阁本翻刻时删减了五十页;二是内阁本为杭州鲁重民初刻,后由另一家书肆翻刻时,再请同一批雕版名手来增刻风格相同的五十页。显然,后一种可能是极小极小的。假如再结合内阁本其他粗制滥造的情况来看,可以说后一种可能是没有的。

再看回前诗。上次我说得比较简单,这次我稍作了统计。崇祯本一百回,共有五十二回正文开头引的是诗。四字眉批的北大本(上图甲、乙本略同)除第三十九回回前诗前缺略"诗曰"两字外,其余五十一回回目后均有"诗曰"两字,比较规范。而相反,内阁本除第二十六、二十八两回有"诗曰"两字外,其余50回均付阙如。

1963年5月日本《大安》第9卷第5号《〈金瓶梅〉参考图版12种》曾载有内阁文库本的扉页、序及插图各一页,其插图疑非内阁本原图而是将它本误植,因为此插图为第四十六回"元夜游行遇雨雪,妻妾戏笑卜龟儿"一页两图。据孙楷第、鸟居久靖、长泽规矩也等著录,内阁本插图为五十页,即一回一图,不可能一回两图。又,此插图版心有"金瓶梅"三字,而内阁本正文版心均无此三字。

再看回前的词。北大本等也比较规范,一般在引词的正文前有"词曰"两字,后下角有"右调寄×××",只有第八、七十八、九十七3回后缺"右调寄×××",第八十五回仅存"右调"两字而无具体调名。内阁本共48回回前引词为贪图方便而相当混乱。有时有"词曰"两字,更多的则没有;有时调名刻在后面,有时移在前面,有时则没有。……具体情况如下:

①有"词曰"并后有调名的是:第二十七、二十九、三十回;

②无"词曰"而前有词牌名的是:第二、六、十、十八、二十、二十一、二十二、二十三、二十五、三十八、四十、四十一、四十三、四十四、四十五、四十六、四十八、五十、五十三、五十四、五十五、五十八、六十、六十一、六十六、六十七、六十八、六十九、七十一、七十二、七十三、七十七回;

③无"词曰"而后刻词牌名的是:第十三、三十三、三十四、八十二、八十九、九十六、九十九回;

④无"词曰"也无词牌名的是:第八、三十七、七十八、七十九、九十七回;

⑤无"词曰而后仅存"右调"两字:第八十五回。这里第④、第⑤两类中除第三十七、七十九回外的其他4回的缺失与北大本相类,这可证它们共同的祖本的这4回本来就有问题。换言之,北大本在翻刻时比较忠于原刻的面貌,它的缺失是由原本所造成的,而内阁本想省去"词曰"与"右调寄"等字而搞得乱七八糟。在这里,或许有人也会"逆向思考",认为这种现象是由于内阁本"原刻"时比较简陋,后来其他本翻刻时再加以整饬化。我认为这是不可能的。这是因为一,不但北大本等四字眉批本前有"诗曰""词曰"等比较规范,而且精美的王氏藏二字行眉批本也如此;二,像内阁本那样刊刻粗糙的刻本,翻刻者往往贪利图便而简化或漏刻,而不太可能去作认真的校勘,特别是像内阁本没有词牌名的情况下,后来者是不可能去推敲、补刻词牌名的。总之,从回前诗词的刊刻情况来看,内阁本只能是一种为求利省事而刊刻粗率的后出本。

（2）时见脱漏

最能说明内阁本后出的是多有脱漏。这种脱漏并非仅有意想偷工减料,而且多翻刻时无意失之。我想就正文与批语两个方面,各择数例来略作说明。

①正文

　　A. 第一回"……都顺口叫他月娘。却说这月娘,秉性贤能,夫主面上百依百顺"处,脱了"却说这月娘"一句;

　　B. 第七十九回开头,词话本写"荆统制娘子、张团练娘子、乔亲家母、崔亲家母、吴大姨、吴大妗子、段大姐坐了好一回",北大本等同,而内阁本缺了"吴大姨"一人,显然也是在众多人名中漏刻了一人。

这些正文的漏刻还有多处,梅节先生用内阁本校词话本时,想必也都注意到。这里有两种可能:一是假如认为崇祯本系统的本子早于词话本,那内阁本缺失而崇祯本中其他本子大都不缺,这样的情况怎么能说内阁本是"原刻"呢？二是假如一般认为词话本在先,崇祯本在后,那么"后出"的北大本等可以在内阁本的基础上据词话本校补(事实上当时翻刻这类小说的人是不大可能去作认真校订的),但就梅先生而言,是不赞成崇祯本比词话本后出的,那北大本等也就没有据内阁本校补的可能。尽管如此,因多数人相信先有词话本,故以正文的比勘不如以批语的比勘更有说服力,因为批语在词话本中不存在,后出的本子不可能据词话本校正,内阁本中大量的批语的脱漏也就更能证明它在崇祯本中是一个后出本而不是他本据以刊刻的"原本"。

②批语

眉批,先举内阁本整段眉批脱漏的例子,数量颇多,这里为节约篇幅,仅录十例:

　　A. 第五回正文写"只见武大从外裸起衣裳,大踏步直抢入茶坊里来"上脱眉批:"变起仓卒。"

　　B. 第十二回正文写"西门家来,妇人叫春梅递茶与他吃,到晚夕与他共枕同床"上眉批脱:"西门庆春梅往往在冷处摹写。"

　　……

再略举内阁本眉批脱句、脱字的数例:

　　回次

　　正文

　　北大本眉批

　　内阁本眉批

看着西门庆进入上房,悄悄欲为稍果子打秋菊线索,偏欲为稍果子打秋菊线索,偏走来窗下听觑……。

在忙里下针,宁与人指之为在忙里下针,宁与人指之为冗为淡,不与人见其神龙首冗为淡,不与人见尾,高文妙法,子长以下所无。

这西门庆赶出去不见他,只抢白西门庆一顿,而西门庆抢白西门庆一顿,而西门庆见春梅站在上房门首,就一又要去寻他,要强好胜之心又要去寻他,要强好胜之心手搭伏春梅肩背往前边遂矣。复往后边来,一者凑往后边来,一者凑春梅之来。……

春梅之趣,二者要显出由他趣,二者要显出由他自睡自睡,不因抢白而小心周

以上内阁本批语脱句、脱字的例子清楚地说明了它不可能是崇祯本的原刻本,特别是眉批中漏脱一句或几个字的情况最能说明问题。这一情况往往发生在换页的地方,因内阁本与二字眉批本、四字眉批本每页正文行与列的字数不一致(二字眉批本与四字眉批本是每页十行,行二十二字,比较宽松;内阁本书商为了节约成本,刻得较挤,每页十一行,行二十八字),因此在翻刻时往往把换页处余下的眉批漏掉了,或因两段眉批处刻不下而不得不予以删节。

(3) 特多错刻

除首图本之外,内阁本的刊刻错误是比较多的,今也以正文与批语两个方面观之。

①正文略举五例为证。

　　A. 第三回"俺这里又使常在家中走的卖翠花的薛嫂儿同做保山,说此亲事""保处,山"错刻成"保正";

　　B. 第九回"无形无影,非雾非烟,盘旋似怪风"处,"旋"错刻成"风";

　　C. 第九回"武二毛发皆竖起来"处,"起"错刻成"赵";

　　D. 第十一回"久闻桂姐善能歌唱南曲"处,"曲"错刻成"唱";

　　E. 第十七回"安排酒饭,管待女儿"处,"酒饭"错刻成"酒中"。

②眉批就在最后五回中择五例为证。

　　A. 第九十六回正文"安春梅上座,春梅不肯,务必拉大妗子同他一处坐"上眉批:

"昔年下婢,今日上宾,为正乎,为僭乎?"内阁本将"下婢"刻成"下妾";

　　B. 第九十八回正文"那何官人年约五十余岁"上眉批云:"有此一段风致,何碍于老,妙,妙!"内阁本将"碍"字错刻成"得"字,且脱"妙妙"两字;

　　C. 第九十八回正文"那何官人被王六儿搬弄得快活,两个打得一似火炭般热"上眉批:"我固知其伎俩者。"内阁本"固"字错刻成"回"字;

　　D. 第九十九回正文"分付春梅在家与敬济修斋做七,打发城外永福寺葬埋"上眉批:

"虽不得金莲同穴,而相去咫尺,敬济虽死,花星犹照。"内阁本"咫尺"错刻成"咫只";

　　E. 第一百回正文"月娘道:'师父,你度脱了孩儿去了,甚年何日,我母子再得见面?'不觉扯住,放声大哭起来"上眉批:"读至此,使人哭不得,笑不得。吾为月娘孤苦伶仃则肝肠欲断,为西门庆度脱苦海则眉眼欲舒。阅者着眼。"内阁本将"吾"字错刻成"君"字。

今综合内阁本以上三个方面的表现，我们怎么能相信它是一种"原本"，或"传存"了明代崇祯本的"最初面貌"呢？它只能是一种翻刻本，而且是一种不太认真的翻刻本。以内阁本为代表的三字行眉批本不是原刻本，同样，以北大本为代表的四字行眉批本也不可能是原刻本，因为四字行各本也有不同程度的脱漏和错刻（此不赘）。我还是坚持过去的意见，即它们都出自二字行眉批本。其主要理由有二：一是从保存二字行眉批的王孝慈藏本的插图与正文的一页书影来看，刊刻精美，乃出自当时的一批名家之手；二是不论是三字行眉批本，还是四字行眉批本，都还或多或少地保留着二字行眉批的形，这是它们翻刻时不慎留下的痕迹；反过来，三字行眉批本中不见四字行的眉批；同样，四字行眉批本中也不见有三字行的眉批，可见它们之间没有承传的关系，它们承传的是二字行眉批本。总之，原王孝慈所藏的二字行眉批本可能是崇祯本的"原本"，可惜的是现在下落不明。我相信，当有朝一日王氏藏本能重返于世，我的观点定将能得到后的证实。

2. 几个讨论的问题

以上是用实证来说明内阁本不可能是"原本"，下面也侧重在推理来分析梅先生的四点"逆向思考"，讨论内阁本是否是"正头香主"的问题。

（1）序跋问题

梅先生的思路是，"说散本"的重要特征之一是前有东吴弄珠客序及廿公跋，而内阁本不同于其他崇祯本的特点正是有这一序一跋，而北大本、天理本等四字行眉批本仅有东吴弄珠客一序，"山核桃差着一格儿，已落入二三手"。这里，假如我们承认崇祯本的祖本是有一序一跋的话，也不能在逻辑上作逆推理：凡是有一序一跋的即是祖本。这正像说梅先生是精于《金瓶梅》校勘的，但不能反过来说精于校勘《金瓶梅》的即是梅先生。内阁本是一序一跋，这充其量只能说明它在翻刻时对于序跋的态度忠于原刻而已，假如后来内阁本的翻刻本，只要也保持这一序一跋，难道也能说它们都是原刻本吗？实际上，二字行眉批本完全可能也是有一序一跋的，内阁本据此翻刻而来，而四字行眉批本在翻刻时是不太注重序跋，加以省略，这就造成了目前这样的局面。因此，序跋的情况，不能推翻我原来的结论，即二字行眉批本在先，三字行、四字行眉批本是它的翻刻本。

在这里顺便对各本《金瓶梅》的序跋问题谈一点看法，因为它是讨论《金瓶梅》初刻本的一个重要的着眼点。梅先生等据薛冈《天爵堂笔余》中仅提到东吴弄珠客序而认为最初的抄本《金瓶梅》是没有欣欣子序的"说散本"。其实，这里有三个因素必须考虑：第一，薛冈提到了东吴弄珠客序，当然说明他看到的抄本有此序，但不等于说他没有看到其他序。他说的是"有"，并没有说"无"。因此，只有他说了"有"此序，同时又说"无"他序，才有梅先生等推论的严密性。换言之，薛冈提到了东吴弄珠客序，不等于说就没有其他序与跋，这不但指欣欣子序，而且也包括梅先生认为当有的廿公跋。第二，在抄本流传阶段的小说，其序跋本来就有一定的随意性，很可能他看到的这一种抄本有此序,别人的抄本又有其他的序,或者有几种序,或者根本就没有任何序跋。我想,像谢肇淛所藏的抄本,一定比他人的多一种跋。像袁中郎乃至沈德符等是否见到了全本,本身也是问题。第三,即使抄本阶段没有欣欣子序,也完全有可能在刊刻时请称作者是"吾友"的欣欣子写一篇新序,说一说作者问题和一些其他看法,而书还是那一种书。总之,加不加上欣欣子序不是区分词话本与崇祯本的必要条件。事实上不存在着一种与词话本不同的且先已存在的"说散本"。所谓"说散本"即崇祯本的祖本,就是在修改词话本后刊落了欣欣子序的本子。以后的崇祯本的各种翻刻本就在这基础上再变化发展下去。

(2) 图像问题

梅先生的意思是,王氏藏本插图的特点是"极为精美,分装两册",内阁本、首图本的插图也是"单独成册",而北大本等四字行本是"分散到各回",且第一回等十几幅画是补刻的。由此而得出"北大、天理、上图系的本子要比内阁文库本晚得多"的结论。

这里,梅先生实际上有意无意地与我一样,将王氏藏本作为原本,或至少作为讨论问题的标准。假如以它为原本,以后的翻刻本,或仍将插图单独成册,或将插图分至各回,都是有可能的(以后的竹坡本系统,也是有这两种情况)。若以此来论证这些翻刻本的孰先孰后,是无法说明问题的。

在这里,还有一个关键问题,即内阁本的插图质量如何?是"精美"的,还是粗劣的?现在不得而知。但从首图本来看,其插图均为王氏藏本的仿刻,形神均无,粗劣不堪,又减少了一半,这都暴露了书商追求利润而减少成本的思维。内阁本坊主的思维与首图本是一脉相通的。他覆刻王氏藏本的一半插图不可能精工细雕,其水平能达到北大本之类的水平(北大本等的插图基本上都是覆刻,个别的对图案作了修改;而不是将王氏藏本的原版插图加以重印,首回等十几页作了补刻)也是相当不易的了。当然,我这个分析也需得到实物的验证,在未见到内阁本插图之前,也与梅先生一样,只能是一种推测。

关于插图,梅先生还有两点意见:一是认为内阁本的插图与正文未必同时出版:"是不能肯定以插图形式和书一起出版,还是书出版后再刻图。"二是认为先刻这内阁本的五十页一百幅图,然后再增刻一百幅,理由是北大本"后补的十几幅插图","真也看不出与王氏本是两刻"。关于第一点,我孤陋寡闻,没有掌握晚明那个时代刊刻小说插图与正文分开来出版的实例。假如内阁本小说确是原刻,那在小说未曾出版之前先刻印这并未完整反映小说的五十页图是什么意思?读者能搞得懂是什么样的一套图,是怎么一回事吗?反过来,小说先已出版销售,再有必要补印五十幅图以促销吗?关于第二点,如前所述,一批当时的雕版名家,几乎同时先为一家书肆刻五十页,再为另一家书铺增刻五十页与前五十页同时付印,这样的事是难以想象的。至于北大本是拿王氏本的图覆刻的,故看上去与王氏本大致一样,实际上不是一样的,所谓失之毫厘,差以千里。

(3) 眉批问题

梅先生怀疑二字行眉批本为原刻本的理由是二字行不能被每页天头所容纳,因为二字行必然行数增多,所占的位置多,相近的眉批就不能相容。这是有道理的。但是,"精美"的王氏藏本的第一页确实是二字行眉批,而且在三字行本、四字行本眉批中都残留着二字行眉批的痕迹。这里就有这样两个问题值得思考:第一,二字行眉批本的开本就比内阁本大,正文行数也稀(为十行,非十一行),这就使天头的空间相对多了;第二,我们所说的二字行本,主要是以正文第一页而言,当然,在正文其他各回中多数也是用二字行眉批,但不排斥有的地方较挤,可能就改成了四字行,如上图乙本那样,这也启发了后来的翻刻者将二字行改成了三字行或四字行。在这里,梅先生又带及了第一回回目"热结十兄弟"与"十弟兄"的问题。正因为梅先生心里先横着一个内阁本,就以此来判定不同版本的所谓"位阶"的高低。其实,原刻本究竟是"兄弟"还是"弟兄",恐怕不能这样简单地下结论的。

(4) 内容问题

关于正文及眉批的内容,我在上文已有细述。梅先生举两例,说明内阁本与词话本相同或接近,而与北大本等不同,欲以此来证明内阁本为原本,这实际上是并无说服力的。这样的例子我还可以举出很多很多。我从来不认为北大本等四字行眉批本是原本。内阁本等三字行本与四字行本互有不同的错脱,或互有不同的校正,都很好地证明了它们都不是"原本",而都是某原本的不同系统的翻刻本。

在这里,我要感谢梅先生指出的我对"世界文库本"认识的失误。在拙文《关于〈金瓶梅〉崇祯本的若干问题》中,曾指出了鸟居久靖、韩南与魏子云先生等误将"世界文库本"与马廉藏本(即北大本)等同起来,这从现在看来也没有错。但我见郑振铎在世界文库本上附印了王氏藏本的插图与第一页正文,就简单地误认为他是用王氏藏本来作校的。其实,郑振铎的确并未用王氏本作校,而是用了一种晚出的崇祯本,甚至可能是用了某种竹坡本来冒充崇祯本作校的。理由很简单:词话本第十七回邸报上有三处写及"夷狄"两字:"臣闻夷狄之祸,自古有之";"然未闻内无夷狄而外萌夷狄之患者",世界文库本校记于此分别注曰:"以上二字崇作'边境'","以上二字崇作'蛀蠹'""以上三字崇作'有腐朽'"。但实际上,不论是北大本、上图甲乙两本,还是内阁本仍均作"夷狄",而竹坡本正是分别改成了"边境""蛀蠹"和"有腐朽"。因此,郑振铎在世界文库本中所说的崇祯本实不是崇祯本,更不是崇祯本中的王氏藏本。但是,世界文库本也不可能是梅先生所相信的日本学者所说的是"据天理本子作了字句非常小的修订而成"。因为郑振铎当年不可能用天理本、甚至还不知道用天理本来作校吧。而且,更重要的是,据我的推测,天理本第十七回,可能也是用"夷狄",而不会去避讳吧。

最后,梅先生还是否认崇祯本卷题留有"词话"的字样是从词话本演变来的痕迹,而解释为是刊刻时不慎把《新刻金瓶梅词话》的概念"混进来"了,并以后出的崇祯本《绣像古本八才子词话》也用"词话"两字来作旁证。其实,《绣像古本八才子词话》有"词话"两字,与明刊崇祯本卷题偶然出现"词话"两字是完全不同的两种情况:

《八才子词话》是自觉地用当时认为"古本"的词话本(而不是如梅先生那样以"说

散本"即崇祯本作为古本)来作为幌子,招徕生意;而明刊崇祯本个别卷题出现"词话"字样,是一种不自觉的行为,是一种以词话本为底本做手脚的自然的流露,是一种露出的"马脚",两者不可同日而语。总之,我还是认为,崇祯本是词话本的评改本,内阁本是二字行眉批本的翻刻本。说得不妥的地方,请梅先生及各位同仁批评指教。

四、杨彬先生崇祯本《金瓶梅》研究

杨彬先生对崇祯本《金瓶梅》研究的贡献是多方面的,上面我们已经叙述过他对最重要的版本的著录,现在我们再来叙述他在版本研究层面的建树。

(一)崇祯本先后顺序的评定标准研究之一:眉批行格

用眉批行格作标准来评定崇祯本先后顺序,这是黄霖先生的发明。

(二)小结之一

现存之崇祯本大致可以分为两个系统:北大本、天津本及上图甲乙两种本子(包括王氏本)为其一;另一系统是由内阁本和首图本组成。

假设之一:王氏本为现存诸崇祯本的祖本。

接下来的工作,就是详细对比这几种本子的回目、卷次、插图以及眉批,以显示其异同之处。

(三)小结之二

天津本与上乙本的关系最为密切,其属同一系统是无可怀疑的;它们与上甲本及北大本也应该同属一大的系统;东洋本与首图本又得到新的证据,证明它们的确属于另一系统。

假设之二:现存诸崇祯本的插图与目录,沿用了其祖本,正文与批注则各本做出了各自的修订。

(四)小结之三

内阁本的一百幅图,乃是从王氏本系统的二百幅图中删简而来。首图本又翻刻了内阁本。后者的插图也没有刻工姓名。但首图本在翻刻时,又根据王氏本系统中的某一版本的插图仿刻了最后一幅图的第二面。王氏本系统祖本的插图方为原刻,即出于刘启先、黄子立等人之手。

假设之三:现存之诸崇祯本的插图,以王氏本最为完整和接近原版,但北大本与上甲本也都是用了原版进行刊刻,并且是同版再刷。它们与王氏本之间,应为兄弟关系。

(五)小结之四

诸本之间,大都是兄弟关系,王氏本或与天津本、上乙本为父子关系。其祖本为四字行眉批(或是混合型,但以四字行为主)的某种版本。北大本与上甲本为同版的可能性较大。东洋本(内阁本)必为晚出,但与上甲本或北大本都同抄了一个共同的祖本。最接近原本者,似乎是北大上甲本系统中的某一版本。

其中关于首图本等完出的考察尤为出色：差讹最多、最明显的本子是东洋本。它虽然将大部分的眉批都抄将上去,但仍是有许多明显的遗漏。黄霖的论文里对此有集中的描述,共举出了内阁本(东洋本)脱漏的眉批和旁批各10处例子,他同时还举出了内阁本(东洋本)眉批脱句、脱字的几个例子。铁证如山,已不必再在此处饶舌。如果说本文还有什么能够补充的话,那就是我们同时也看到,东洋本(内阁本)在刊刻时,有多处例子因字形近似甚至因读音近似而讹。这同样露出了东洋本(内阁本)抄刻他本(如上甲本或北大本等)的马脚：

第八回,正文"……小妮子跣剥去身上衣服,拿马鞭子打了二三十下……"上之眉批：

[东洋本] 打骂迎儿,已尽出一腔迁怒,又夹七夹八缠到武大身上。受想恼怒一(以下原缺)

[上甲本] "迁怒"作"迁怨"；"受想"作"爱想"；东洋本原缺字句为"时□见"。

[北大本] "受想"作"爱想",缺字为"时俱见"。

显然,"迁怒"或"迁怨",似都可通,原本究为何,已不得而知。但"受想"一语,虽佛家有"受想行识"之语,但"受想恼怒"一词,大概并不怎么讲得通吧。对照上甲本与北大本,此处肯定是"爱想"之讹。更明显者,如第二十四回

[眉批] 人人皆防嫌,及到其时,偏言心,偏托大,不知故故。

检上甲本与北大本,"言心"作"信心"；"故故"作"何故"。东洋本之错误宛然。这些都是东洋本因字形近似而造成的错误。

再如,第六十一回中：

[眉批] 西门庆舍此则彼微……"往潘六儿那边去"一语,故瓶儿不忍闻而不欲闻者……

[上甲本] "故"作"固",是。

这是东洋本因音似而讹的例子。类似的例子还有许多。

从东洋本的这些错误来看,只能是东洋本(内阁本)抄袭上甲本系统中的某一版本,而不可能是相反。因为很显然,后者不可能将东洋本(内阁本)所无的眉批补上,或将其错讹之处一一改正。而只能是后者仿刻时,漏刻或误刻某些字句。

东洋本(内阁本)在抄刻时,还留下了另外的痕迹。第十七回的一处长评："瓶儿与西门庆往还不浅,何至闻言而寻思? 二语写出瓶儿之愚。又着一令人失笑一味。"此处眉批,上甲本与北大本都无。但此评之后半段,大是不解。检其前页,却正有一评作："忙忙中又着一段谐语,令人失笑。一味弄笔。"显然可见,第一处评语,正是抄了其前页评语的一部分。对于内阁本的刻工来说,当然不可能回过头去抄自己的评语,应该是,他们在据某一底本抄刻时,由于粗心,多抄了一段评语。

说东洋本(内阁本)仿刻他本并晚出的另一个理由,是东洋本(内阁本)的眉批,往往与所应批评的正文内容不相符合。还是以第七回为例,我们已经看到了几处眉批的

错讹之处,在其他回中,类似的例子也可随手拣拾。如第二十九回,"坏人多此一念成之",位置就与正文内容错忤不合,而且,在此评的后面,又有一处眉批作"此一今成之"。上甲本与北大本都无此评。显然,"今"是"念"之误,而且此评乃是对上评的重复抄刻。这明显是抄刻他本时马虎所致。

我们说内阁本(东洋本)为后出的覆刻本,在正文中也同样可找到极具说明力的证据。最典型的例子如第十七回第十八页B面,内阁本所抄错的一些字,都是抄书中最常犯的"鲁、鱼""豕、亥"一类因字形近似而造成的错误。为说明起见,这里不嫌繁冗,引述该页正文内容如下:

"(倘蒙娘子垂怜,肯结)泰晋之缘,足称平生之愿。学生(里言)□环结草,不敢有忘。"妇人笑笑,以手携之,说这:"且请起,未审先生鳏居几时?贵庚多少?既要做亲,顺得要个保山来说,方成礼数。"竹出又跪下哀告道:"学生行年二十九岁,正月二十七日卯时建生。不幸去年荆妻已故,家缘贫乏,实出寒微。今既蒙金诺之言,何时冰人之讲?"妇人笑道:"你既年钱,我这里有个妈妈姓冯,拉他做个媒证,也不消你行聘。择个言日良时,招你进来入门为赘,你意下若何?"……两个在房中各递了一杯交欢酒,已戒其亲事。竹山欢至天晚回家。妇人这里与冯妈妈商议说:"西门庆如此这般为事,吉凶难为,况且奴家这边没人。不好了一场,险不丧了性命。为今之计,不如把这位先生招他进来,有何不可?"到次日,就使冯妈妈通信过去,择六月十八日大

"泰晋"作"秦晋"、"点却"作"虽衔"、"说这"作"说道"、"庚"作"庚"、"竹出"作"竹山"、"寒微"作"寒微"、"何时"作"何用"、"年钱"作"无钱"、"言日"作"吉日"、"戒"作"成"、"欢"作"饮"、"你"作"保"等,一望即知,这些字,东洋本显然都错刻了,并且都是因形近而误的。在总共308字的一页当中,就出现了这么多的错误,虽在东洋本中也并不是多见的,但据此即可见其刊刻之质量了。事实上,类似的错误,在东洋本中屡见不鲜,俯拾皆是。这样的本子,不管它怎样标榜自己,当然不可能是原刻。

东洋本第七十五回,有一处眉批作:"入情当亦情种",对照上甲本与北大本,"入"上失一字,其下又漏刻了一大段文字:"猛又(北大本作"猛入")提起瓶儿,爱中着想,热处余(情当亦情种。)"这当然是东洋本抄刻他本时的漏笔。从上面对三种本子的比勘来看,似乎可以说明,东洋本是以北大本或与其相似的本子为底本翻刻的。可惜,不利于这样简单推论的例子也仍然存在。第七回一处眉批:

[东洋本] 段子曰"嚣",……只数虚字,说得毫不费事,想见立言之妙。

[北大本] 段子曰"嚣",……只数虚字,说得毫不费事,想见立言。

这里,反倒是北大本比东洋本少刻了二字。对照上甲本,北大本显然是漏刻了。

还有像第十六回的一处眉批:

要瓶儿所怯者,花大也,见彼帖然,又得伯爵数语壮胆,便忽然口硬,小人矫强情态可想。

[东洋本] "情态"作"情能",这明显是因"态(態)"、"能"字形近而误,北大本此

处不误。而上甲本虽此处亦不误,但却将"要瓶儿"误刻作了"李瓶儿",显然这是上甲本仿刻时因粗心,妄改句意而致。再如,第五十九回的一处眉批:

记瓶儿初进门时,何等冷落……遂凄凉痛苦如此,何人之不能平也。

[上甲本] "记"作"李",也是犯了与上面例子相同的错误;更不要说,东洋本中有些眉批,在上甲本、北大本中都不存在。如第三回(第三十九页A面),"娇情欲绝";第十二回(第十二页B面),"院中实有此景,非点缀也";第六十一回,"人家依老婆说的,亦只为其说的是耳"等两处眉批(第一页B面)均无,这样的情况,也同时发生在同回的另外七处眉批上;第六十二回有一处长评,二本也都无。诸如此类,不一而足。还有脱漏的字、句,如上举之第六十二回中那样的例子("生者方痛死者不已……"之后半段,在上甲本与北大本中同时失去。见上文)。由此,我们也认识到,东洋本与后二者之间,并不存在谁抄袭谁的问题,它们都是抄自第三者,即另外一种版本。从东洋本误抄的诸多错误来看,其为晚出,却是无疑。

至于抄刻的哪种版本,在东洋本的几处眉批中,留下了一些蛛丝马迹。

第六十七回的一处眉批(三字行):"戏而实戏此小拿捏人弄手段",让人读来一头雾水,不明所以。检上甲本与北大本同处眉批,则作(四字行)"似戏而实非戏此小人拿捏人卖弄手段处。"后二本为四字行,而东洋本为三字行,显然,东洋本是少刻了四字行眉批之每一行的第一字。相同的例子还有第七十八回"斑大量安得与",上甲本与北大本则作"一般大量岂安得与",也是其每行的第一字被漏掉,并且有一字刻错。这说明,东洋本抄刻了四字行的某种本子,在抄刻这两处眉批时,可能底本中这两处眉批即已失却每行第一字,而东洋本却照猫画虎,"忠实"地照刻不误,成了现在我们所见的面貌。第三十三回,有一处眉批作"人固会弄",也是让人不解其意。颇疑其本为四字行,而每行各少了第一字所致。从其所批内容看,或许原批语为"妇人固会戏弄",文意才安。据此推断,很可能也是东洋本抄刻了一种四字行的本子,却由于原本刻印的模糊,每行少了一字。还有一个例子,似乎也能说明这一问题。同样是第六十七回的一处眉批"提春花几四五遍不论有意无意是真是戏而一片好淫　贪念已可想见",首行为四字行,其后则改作三字行。这也像是在对我们暗示:东洋本是在抄刻四字行刊本时,先是不假思索地刻成为四字行,马上察觉到与前后眉批行数不符,再改为三字行。

上文提到的东洋本眉批与所评正文内容错忤不合的情况,也指证着它的确是抄自四字行本。如上所述,内阁本的正文行格为行28字,而四字行本(包括二字行本)都是行22字,这样,两本的正文必定在版面上表现出不同面貌:每一行的内容必不一致。如此,则眉批位置就应有所调整,才能符合所评正文之内容。但内阁本的抄刻者显然没有那么细心,而只是大致以底本眉批所在位置刊刻,于是就出现了上述的眉批与正文内容不合的矛盾之处。

天津本与上乙本的眉批数量极少,很难判断它们与上述诸本之关系。就其二者之间而言,却有许多共同之处。如上述,二本都是在第一回中就已将二字行眉批改为了四字行,直到第十五回,二本"不约而同"地又同时出现了二字行眉批:"下语绝有弄头。若只曰爹娘上覆,便文心死矣。"无庸置疑,这绝对不是什么偶然现象,而是二本抄刻了某种共同的祖本而留下的铁证。当然二本并非同版的再刷,这也有许多证据。比如,天津本第二十回,有一处眉批为他本(包括上乙本)所不见:

(第二页 A 面,第五行) "孤儿糖似的,你扭扭儿也是钱,不扭也是钱。想着先前……"

[眉批] 忽想到自己身上,一腔怨恨悠然。(二字行)

值得注意的是,这一处眉批是天津本本回仅存的两处眉批之一。前一处作"四字销尽古今多少英雄气骨",二者同为二字行。这二处眉批,上甲本都无。北大本有前一处,但为四字行;东洋本则仍为三字行。如果说天津本抄刻了某种版本,那大概就是二字行的某种本子了。王氏本今已不见,无法判断其该处眉批之形态,也无从判断天津本是否以它作为底本。但从其首回与天津本相同的二字行眉批看,推测它在此处的眉批亦为二字行,当不会离事实太远。

反观东洋本,其第三十八回、第四十六回与第四十七回、第四十八回、第五十四回眉批中,出现了数处二字行眉批:

1. 第三十八回第二十二页 B 面

[眉批] 人只知隔越相思之苦如此;人只知野合相思之苦(下空二行,换页,又空二行,改为三字行)孰知闺阃夫妻相思之苦尤甚。可胜叹息!

2. 第四十六回第六页 B 面

[眉批] 此一节,便见金莲起心瓶儿皮袄,并非一日。

3. 第四十七回第十九页 B 面

[眉批] 写得闇闇昧昧,是个暮夜受金光景。

4. 第四十八回第二十九页 B 面

[眉批] 不听好言宜乎有此。

5. 第五十四回第四十四页 A 面

[眉批] 借唱一句作针(此处为三字行,下换页,改为二字行)线,引入何等细。

6. 第五十七回第十页 B 面

[眉批]语出至诚,不可看作寻常讨好。

期望中更多卖弄,小人口角尔尔,奈折福何?

虽发于妒心,亦是正论。

除第一处外,以下数处眉批,其所在页的版框都与相邻页的版框高度不相一致,分别高21.1 厘米和 21.2 厘米。排除印刷时的误差,应该说,这数处眉批所在的版框是相同的,它们并不是东洋本版框高度的正常值(20.5 厘米,上述第一处眉批之后的三字行眉批所在的版框就是如此。这也是二字行行格的天津本及上乙本的正常高度)。表面上看,这似乎向我们说明了,东洋本正在用某一行格为二字行的本子的原版刊刻,但实际上,从版框高度上看，大部分二字行眉批的形成，是因其所在页的版框高度变化，使得天头变窄，再刻三字一行或四字一行的眉批已不易容下，故不得已改为了二字行。因此，这里出现的诸多二字行眉批，并不能改变东洋本是以某种四字行版本为底本的推断。

无独有偶，我们在天津本的几处二字行眉批（其二字行眉批有多处，此处不一一举例）中，也发现了类似的问题。

第十五回（正文内容略，下同）

[眉批] 下语绝有弄头，若只曰"爹娘上覆"，便文心死矣。

第二十一回

1. [眉批] 似戏语却是本题。非金莲不敢说不说（原空二行）出。妙舌可想。

（东洋本等作：似戏语却是本题。非金莲不敢说亦说不出，妙舌可想。）

2. [眉批] 老着脸儿捉弄人，却又申明前意。尖甚狡甚。

这几处二字行眉批所在页，其版框的高度，也不是正常值，恰恰也是21.1厘米！照上面的推论，它们也有可能是从其他行格（如四字行）的眉批改为二字行的。也即是说，天津本与上乙本的某些二字行的处理，也可作如是观。

北大本也有数处二字行的残留：

第十九回

[眉批] □□亦善□辞

第三十五回

[眉批] 画出

[眉批] 可怜

此二处眉批，北大本、天津本与上甲本都同为二字行，但版框高度不尽相同。分别是20.4厘米、20.9厘米和20.6厘米。像此等处，就不再是诸本因为版框高度的限制而不得已改变原本之行格了，大概原本就是二字行，诸本照抄了一遍而已。再考虑到东洋本与天津本的几处二字行眉批，有可能是因为版框高度的限制而从其他行格改为二字行，据此推断，该"原本"眉批的原始形态也并不是整齐划一的，大概也像现存的几种本子那样，二字行、三字行、四字行都有不同程度的存在，但其主要行格，则应该是四字行的。

（六）总结

通过以上多方面比较异同，诸本之系统，于是可大致判别如下：

1. 现存之崇祯本，最早刊刻于崇祯年间，但它们都非原刻。其祖本的刊刻年代则要早得多，它是从词话本修订而来，大概刊刻于词话本后不久或略晚。插图是为较早的刊本（或许即其祖本）所作。

2. 王氏本的刊刻时间较早，但不易与他本比较，很难明确其与北大—上甲本之先后，它们无疑都处在前列。现存诸崇祯本的共同祖本，是某种混合行格眉批（基本为四字行）的刊本。

3. 诸本之间，大体可分为二大系统、三类有着密切联系的版本群。大体还是以行格的不同来划分,即王氏本——→天津本——→上乙本的二字行版本群,内阁本(东洋本)——→首图本的三字行版本群,以及北大本–上甲本的四字行版本群。第一、三版本群可归入同一系统。除了最后一组为同版外,前二者或许都为"父子关系"。如果在这三系中勉强定下一个刊刻的顺序,大概可以列成以下的序列:

  "原本"
  ("元本")
  ————假设祖本("×本")————
    王氏本----------------------------北大本(天理本)–上甲本
  天津本–上乙本
    内阁本(东洋本) 首图本

说明:上文虚线部分表示其并非有直接联系,实线表示并列关系,箭头则表示其所产生的下一级版本的方向。三类版本代表的位置也不一定就代表其刊刻时间之先后。"元本"如上所述,既有可能是崇祯本祖本的参校本,也有可能是在此之上加评注的直接派生出后者。

4. 批注(眉批、旁批)非成于一人之手,每次刊刻,都会对其批评有所改动,或增或删,也因修订而招致不少讹误。

编后:杨彬先生崇祯本《金瓶梅》研究中值得商讨的问题

关于与词话本校勘的问题,杨彬先生认为:"但因为大多数《金瓶梅》的研究者都相信先有词话本,崇祯本是根据词话本加以修订而成,在我们看来,尽管崇祯诸本的两个系统有两个不同的祖本,但后出的诸版本就不再用词话本作比勘了,而只对其祖本进行复制和抄袭。"

杨彬先生的说法,在我看来是与事实不符的。我认为内阁本、张评本都曾经用初刻词话本校勘过。

杨彬先生认为:"故笔者认为,在比较崇祯诸本时,对正文的比勘不如对批语的比勘更有说服力,因为批语在词话本中不存在,后出的本子只能据其祖本校正,不同的校正不免就会留下一些痕迹,这些痕迹就会使我们对诸版本顺序的排列有据可查。同时,因为眉批数量较少,又因其所在位置而极为显眼,对刻工来说,无论在刊刻时或是在仿刻时,都会更加留心的。因此,眉批(包括旁批)就比正文更能说明各版本的特征,对判断各本的异同也更为直观和准确,因而也更具重要性。我们的比较,就将重点放在诸本的眉批上面。"

我认为,如果仅仅从判定崇祯本内部各系统乃至各种版本之间的关系而言,杨彬先生的说法是有道理的。但是如果我们从整体《金瓶梅》版本研究而言就值得考虑了。

杨彬先生说:

  关于"原本""元本"问题,在东洋本、上甲本及北大本中,有这样两句眉批,引起了我们的注意:

第四回："从来首事者，每能为局外之谈。此写生手也，较原本径庭矣。读者详之。"

第三十回："……不得此元本，几失本来面目。"

两次提到的"原（元）本"，乃为同一本乎？抑"原本"亦有别于"元本"乎？果为"原本"——诸本的共同祖本乎？抑后出之诸版本托名以自高乎？然观此数种版本都有此评，那么，即使是后一种情况，也足可证明，在当时，坊间所传抄者，本有多种，鱼龙混杂，但此本（对正文已作了修改，而与词话本有所不同）一出，余本皆废，于是流传广布者，仅现存之崇祯本数种而已。何况，此数处评语不像加评者为书商做广告（那不会出现在这样一个不怎么起眼的角落），大概仅就其所闻见而言之，其可信度还是颇高。而且，第四回中还有一处眉批曰："语俗，然留之可入俗眼"；第八十回，在应伯爵等人为西门庆所作的祭文之上也有一处眉批曰："祭文大属可笑。惟其可笑，故存之。"正像批评者据"原本"修订时的口气；第三十回中的评语前段云："月娘好心，直根烧香一脉来。后五十三回为俗笔改坏……"又言之凿凿，与上述几处眉批遥相呼应。很可能批评者确有证据，才敢大言其所加评者正是"原本"或"元本"。但是在这二处眉批中，却表现出了一种矛盾。对第四回的"原本"，眉批者是持一种在艺术上否定的态度的。对比这一回的关于西门庆与潘金莲偷情的描写，崇祯本对词话本做了较大的改动，将二人的心理描写得更为细腻、生动，的确与"原本径庭矣"。而对于"元本"，眉批者则是持肯定的态度，为我们区分出了它所据的"元本"与同时流行的"俗本"。

黄霖在《〈金瓶梅〉成书问题三考》中，最早注意到此问题。但他在后来的一篇论文《关于〈金瓶梅〉崇祯本的若干问题》中，将他此前的看法加以修正。略云："'元本'与'原本'不能相混。'原本'当为据以评改的底本，即已刊印的词话本；而'元本'当为另一种据以参校的全抄本。这种全抄本也只能是词话本系统的，而决不是崇祯本系统的。因为评改者将此'元本'（全抄本）与'原本'（已刻词话本）相校，只提到个别的回目如'五十三回为俗笔改坏'，而未提及全书的面目相异。假如评改者所持的'元本'为梅节所云的传抄过程中的二十卷本，那评改者一定会发出与'原本'大相径庭的感慨。"他又举出崇祯本中留下的"一些并非只靠主观修改而是参考了他本的痕迹"，如第六十五回中词话本"季侃"改为了现存崇祯本的"季侃廷"、词话本中的一些人名如"陈经济""宋蕙莲"等改为崇祯本中的"陈敬济""宋蕙莲"等，最后认为："崇祯本当以已刊词话本（所谓'原本'）为底本，又参照了另一'元本'修改加评而成。"

我们注意到，其一，现存大部分崇祯本第七卷卷头"新刻金瓶梅词话"的题署，与词话本是一致的（第九卷卷头题署也有"词话"的出现，参上节）；其二，很明显，崇祯本批评者的语气表明，他对手头的这一文本做过一些修订。如保留了应伯爵等人祭西门庆的祭文，保留了第四回一首比较淫猥的诗歌，更重要的，第三十回中关于月娘烧香的一段情节，只是因为他得到了"元本"，才侥幸没有"失本来面目"。这样看，"元本"是一个参校本的说法是有道理的，至少，二者不是指的同一对象。批评者所谓的"后五十三回为俗笔改坏"云云，以此为据区分"元本"与"俗本"（"为俗笔改坏"的本子），极有意味。

从下面我们引述的沈德符的记载来看,作为《金瓶梅》初刻的词话本(吴中刻本),正是第五十三回至五十七回为陋儒改坏,而受到沈的嘲笑。在沈德符的记录中,他所见的抄本第五十三回至五十七回是原缺的。从现存之词话本与崇祯本这一回的比较来看,崇祯本的情节内容减少了许多,描写也极粗疏匆促。而词话本关于月娘吃怀胎药及与西门庆行房的描写,都更细致些。尤其是此回开头,月娘到李瓶儿房中看官哥,回自己房中时,无意间听到金莲在向玉楼说自己坏话,气恨难忍,以致发誓要自己养下个孩子,等等,正应了崇祯本批评者的那句眉批"月娘好心……后五十三回为俗笔改坏"而"不得此元本"云云,又可以据此推断,此"元本"正是从词话本修订而来,崇祯本批评者明明知道,只是为了抬高崇祯本之身份,而贬它所从出的词话本为"俗本",这也是评点者常用的伎俩。因为他现在所批评的本子,这几回显然不可能传存了《金瓶梅》的"本来面目"。据沈德符说,上述几回本来是"吴中刻本"刊刻时才找"陋儒补以入刻"的,所以,由崇祯本批评指示出作过大量修订工作的"元本",只能是以"吴中刻本"(而非抄本)为"原本"进行的修订。也正因为这样,崇祯本批评者才会在第四回眉批中炫耀它与"原本"大相径庭。这次修订的成果,就是形成了"元本"。它至少有如下特征:第五十三回与"吴中刻本"一样,都已失"真"貌;第四回关于潘金莲、西门庆偷情被王婆"捉奸"的描写,经过修订,与"吴中刻本"相比,有了明显的艺术上的提高。这一"元本",是崇祯本系统的第一代,但并不一定就是带有批评的崇祯本,现在所见的崇祯本,或是以之为参校本对另一版本的修订,也可能干脆就是得到了此"元本"——它已经与当时坊间流行的"原本"有别了。也就是说,存在三种可能:第一,崇祯本批评者以"原本"——"吴中刻本"为底本,参以"元本",重做修订(所以他在第四回讥讽"原本"的拙劣),形成了崇祯本的第一代祖本,它应该与词话本距离较远,而与现存之崇祯本有更多的相似之处;第二,崇祯本批评者直接得到了"元本",他只是增加了评注(他所说的保留俗诗、祭文等,是"元本"已经做过的修订,他只是转达了别人的工作过程);第三,崇祯本批评者直接在"原本"上进行修订、加评,形成现存诸崇祯本的最初版本。无论如何,"元本"非同"原本",是一个更近于今天所见之崇祯本的本子,现存的诸崇祯本,都是以之为祖本的不同的翻刻本。同时,不管是上述推断的哪一种可能,词话本"吴中刻本"为崇祯本之最初的底本,则是肯定的。

如果我们仿照韩南的做法,假设这一版本为现存诸崇祯本的祖本,将之称为"×本",它或者是以"原本"为底本,参校以"元本"的本子;也可能就是在"元本"上加评的一个本子,甚至就是"元本"本身,但不管是哪一种情况,其目录、插图回目已如今见之诸本,正文回目亦同。后上甲本等修订重刊时,对其正文回目作了个别改动(如第七十一回"提刑官引奏朝仪"改为"朱太尉引奏朝仪"之类)。与此同时,书坊间又流传另一修订版,至"×本"一出,才渐渐湮灭。①

---

① 杨彬《章祯东〈金瓶梅〉研究》,文物出版社,2011年10月版,第68—71页。

关于"原本""元本"问题，的确是《金瓶梅》版本研究史上非常重要的问题，很多研究者都已经注意到了，也颇有不同的见解，而这其中理解的最准确的是黄霖先生。他已经走到了桃源洞口，但可惜他没有"复前行"，没有"舍船从口入"。详见本书第五章关于第五十三至五十七回问题的讨论。

五、崇祯本研究的最新动态

2016年10月9日至13日，在广州暨南大学召开了第十二届国际《金瓶梅》学术研讨会。在会议期间，印发了《第十二届国际〈金瓶梅〉学术研讨会论文集》。在论文集中收录了两篇关于崇祯本研究的论文：董玉振《崇祯本眉批揭示其是〈金瓶梅〉祖本的事实》，汪炳泉《论〈金瓶梅〉崇祯本的两个系统》。现在分别介绍如下。

董玉振在《崇祯本眉批揭示其是〈金瓶梅〉祖本的事实》中认为崇祯本《金瓶梅》第三十回眉批中所说的"元本"就是《金瓶梅》的祖本，因此崇祯本早于词话本。我与作者在会议期间交谈过，我问他："什么叫'崇祯本'，为什么叫'崇祯本'？"他很愕然。

汪炳泉的《论〈金瓶梅〉崇祯本的两个系统》一文很长，作者也很下功夫。该论文的摘要如下：

> 崇祯本《新刻绣像批评金瓶梅》，以行款来区分，有两大系统，即内阁本系统与北大本系统。内阁本系统包括内阁本、东洋本、首图本；北大本系统，由其第一回回目及首页眉批特征，又可分为两系，称其为甲系和乙系，甲系（包括北大本、上甲本、天理本）第一回回目上联作"弟兄"，且眉批以四字行为主；乙系（包括天津本、上乙本、王藏本）第一回回目上联作"兄弟"，且首页眉批作二字行。本文从两大系统相区别的眉批、目录、卷题、刻版、序跋、正文文字、插图、开本大小等多方面论述了北大本系统与内阁本系统的差异，特别详述了王孝慈先生藏200幅插图情况，得出其所藏插图与其所藏的崇祯本正文毫无关系。通过对两大系统的分析比较，其崇祯本的版本流变情况一目了然，内阁本系统为早期刊本，北大本系统中的甲系次之，乙系为最后刊行，而乙系中的王藏本则更是入清以后刊刻的本子。

很显然，汪炳泉"通过对两大系统的分析比较，其崇祯本的版本流变情况一目了然，内阁本系统为早期刊本，北大本系统中的甲系次之，乙系为最后刊行，而乙系中的王藏本则更是入清以后刊刻的本子"的结论是不能成立的。

说"王藏本则更是入清以后刊刻的本子"，那是因为他不了解郑振铎在"世界文库本"校对时，并没有用王藏本，而是用了张评本。此事梅节、黄霖都已经叙说过。

黄霖说：

> 但我见郑振铎在世界文库本上附印了王氏藏本的插图与第一页正文，就简单地误认为他是用王氏藏本来作校的。其实，郑振铎的确并未用王氏本作校，而是用了一种晚

出的崇祯本,甚至可能是用了某种竹坡本来冒充崇祯本作校的。理由很简单:词话本第十七回邸报上有三处写及"夷狄"两字:"臣闻夷狄之祸,自古有之";"然未闻内无夷狄而外萌夷狄之患者",世界文库本校记于此分别注曰:"以上二字崇作'边境'","以上二字崇作'蛀蠹'""以上三字崇作'有腐朽'"。但实际上,不论是北大本、上图甲乙两本,还是内阁本仍均作"夷狄",而竹坡本正是分别改成了"边境""蛀蠹"和"有腐朽"。因此,郑振铎在世界文库本中所说的崇祯本实不是崇祯本,更不是崇祯本中的王氏藏本。但是,世界文库本也不可能是梅先生所相信的日本学者所说的是"据天理本子作了字句非常小的修订而成"。因为郑振铎当年不可能用天理本、甚至还不知道用天理本来作校吧。而且,更重要的是,据我的推测,天理本第十七回,可能也是用"夷狄",而不会去避讳吧。

(《再论〈金瓶梅〉崇祯本系统各本之间的关系》)

但汪文提供的关于《金瓶梅》插图的部分很有价值,特摘录于下。

关于王孝慈先生藏崇祯本《金瓶梅》的 200 幅图册

王孝慈先生所藏崇祯本《新刻绣像批评金瓶梅》200 幅图册,在《西谛藏书善本图录》里,收入了其中第一回的两幅插图,是翻拍后四色仿真印刷图片(见图六、图七)。

图六

图七

在图六"西门庆热结十弟兄"上共钤有七枚印章:

1. "人生到此"白方印;

2. "雙蓮華菴"朱方印;

3. "鳴晦盧珍藏金石書畫記"朱长方印;

4. "甲"圆朱印;

5. "精至此乎"白方印;

6. 行书"長樂鄭振鐸西諦藏書"朱方印;

7. 篆书"北京圖書館藏"朱方印。

印章除了上面七枚外,在第五十一回第一幅图上也有二枚,但已不清。另外在第一百回第二幅图"普静师幻度孝哥儿"左上方也钤有一枚：

8. "三琴趣斋珍藏"朱长方印（见图八）。

以上印章中，第6、7枚很明确，分别由郑振铎、北京图书馆所钤，现在我们来看看其他六枚。

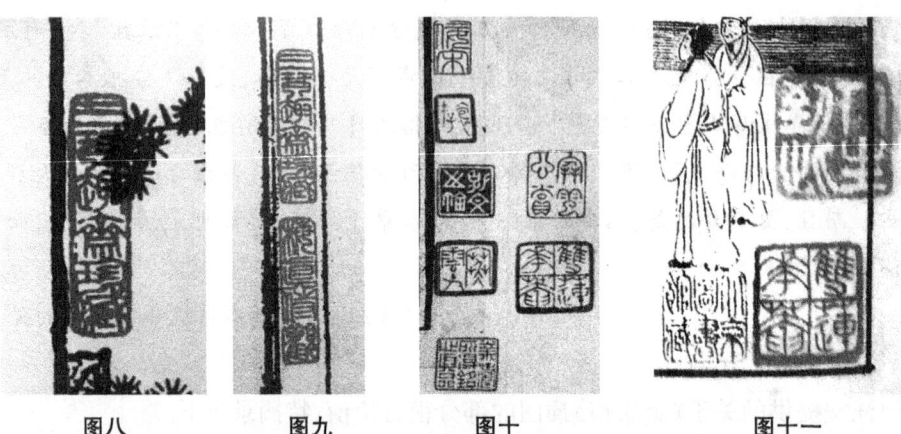

图八　　　图九　　　图十　　　图十一

顺着这些印章的大致方向，我们去搜寻有关郑振铎先生、鸣晦庐主人王孝慈先生以及他们交往密切的朋友藏书及印谱，果然得到了一些线索。

(1) 在《王子霖古籍版本学文集》第二册《古籍善本经眼录》"前言"中有《寒云日记》乙卯、洪宪、丁巳、戊午（1915—1918）四年的购书摘抄。《日记》作者袁寒云（1890—1931），名克文，袁世凯次子。在摘抄中，有如下记载："二十五日得明刊《金瓶梅图》二册，雕镂精微，摹印朗洁而画法又极隽雅，乃是之原刻初印本也。"说明袁克文收藏过《金瓶梅图》二册。

(2) 在袁克文经藏的《唐女郎鱼玄机诗》正文卷首右下方有一枚与《金瓶梅》插图上相同的"雙蓮華菴"印，该钤印与另外三枚袁克文之印"克文之鉥""寒雲主人""寒雲心赏"紧邻（见图十，而图十一是王氏藏图之印，可以作一比对）。

(3) 李红英先生发表于2013年1月第1期《文献》上的《袁克文史部善本藏书题识》（下简称《题识》），有许多记录：

A. 在《文献》第131页，《题识》第十部分"宋刻两汉《会要》跋"，记录：此袁克文旧藏宋刻《西汉会要》与《东汉会要》，均为蝴蝶装，尚存宋代装帖旧式，弥足珍贵。……1916年元月，袁克文购得宋嘉定八年建宁郡斋刻《西汉会要》残本七卷，书中钤有"臣印克文""上第二子""佞宋""双莲华庵""流水音"诸印记。1916年3月中旬，袁克文又购得宋宝庆二年建宁郡斋刻《东汉会要》三卷。……钤有"克文之鉥""臣印克文""佞宋""上第二子""寒云庐""双莲华庵"等印鉴。

B. 在《文献》第120页《题识》第四部分"清影抄两《汉书》跋"，第123页有如下表述：

袁克文晚年书散。傅增湘曾通过罗振常商量购藏此毛抄两《汉书》而未果。后为捎客白坚所得，亦欲转让傅增湘。然终因索价过高，使得傅氏与其失之交臂。今书中钤有"朱印锡庚""锡庚阅目""三琴趣斋珍藏""皇二子""三琴趣斋""寒云""佞宋""双玉匎""后百宋一廛""流水音""梅真侍观""刘姌"等诸印记,1965年,文化部图博文物局将此书拨交入藏北平图书馆,即今国家图书馆。

C. 在《文献》第123页,《题识》第五部分"宋元旧本《隋书》跋",第124页有如下记载:

  陆心源《皕宋楼藏书志》卷一八《正史类一》著录有宋刊配元覆本,云:"十行十九字,左线外有篇名,敬、慎、贞、恒、桓、构皆缺避,南宋时官刊本也。"疑与此书同版。今书中钤有"皕宋书藏主人廿八岁小景""三琴趣斋""梅真""刘姌""寒云""皇二子""双玉匎""流水音""侍儿文云掌记""佞宋""三琴趣斋珍藏"等印鉴。

D. 在《文献》第133页,《题识》第十一部分"宋刻《京本增修五代史详节》跋":

  《五代史详节》十卷,为吕祖谦《十七史详节》之一。……乙卯十一月初六日寒云记于三琴趣斋。

(4) 1919年,袁克文之妻刘姌将南宋临安书棚本《李丞相诗集》影写翻印。在翻印本上卷末页的B面,除了国家图书馆藏本上原有的"项墨林鉴赏章"钤印外,另增加两方"双莲华庵"和"姌字梅真"朱方印,且前者与《金瓶梅》插图上印章一致。

(5) 在袁克文经藏的宋刊《绝妙词选》末页左侧中部钤有"三琴趣斋珍藏""梅真侍观"印,前者的印文和形制(见图九)与王氏藏《金瓶梅》插图(见图八)中的印记一致。

(6) 在王子霖先生摘抄的《寒云日记》中,还有几条有关印章来历的记录:

  第一,"三月初一日　北宋小字精刊《妙法莲华经》七卷,……半页十行,行二十二字,……。""十七日　得巾箱本《妙法莲华经》八卷,半页六行,行十二字,……首尾完具,与前所得北宋刊本小字本七卷《莲华经》适成双璧,真人间奇宝也。……。"这便是取"双莲华庵"印章之缘由。

  第二,"十三日　得汲古阁影写宋本书六种:曰《圣宋高僧诗选》五卷,士礼居赠艺芸书屋者,半页十行,行十八字,黄纸;曰《醉翁琴趣》、曰《闲斋琴趣》、曰《晁氏琴趣》各六卷,半页十行,行二十八字,三种同。"

王子霖先生还摘抄了袁克文的咏书诗:"集影写宋本诗词十种,以西法影印,俾留真相而广流传。命曰《三琴趣斋丛书》,因各记以诗。"其中第四、五、六首为:

  醉翁琴趣绝流传,一卷惟存六一篇。晁氏闲斋同版式,谁将合刻考当年。(《醉翁琴趣》)曾拂桐徽阁上尘,得三琴趣亦前因。闲斋未入词家选,孤本流传更可珍。(《闲斋琴趣》)三琴趣独补之传,列宋名家有外篇。毛刻毛抄差太甚,字行谁似旧时镌。(《晁氏琴趣》)

这也是袁克文"三琴趣斋""三琴趣斋珍藏"印章之来历。

(7) 在王孝慈先生收藏的《情邮传奇》卷上,下方钤有"孝慈""王立承""鸣晦庐珍藏金石书画记"三枚印章(见图十二),其中第三枚与《金瓶梅》插图(见图十三)印章一致。

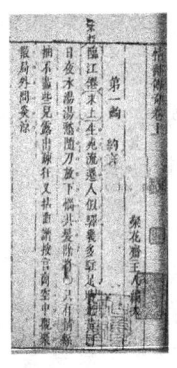 

图十二　　　　　　　　图十三

(8) 在王孝慈先生经藏的一部《凌烟阁功臣图》上发现一方与《金瓶梅》插图(见图十五)上一致的"甲"圆朱印,钤在目录首页天头处(见图十六)。同时,在《凌烟阁功臣图》最后一叶 A 面的左下角发现"精至此乎"白方印,该印文(见图十四)和形制也与《金瓶梅》藏图(见图十五)上的一致。

《凌烟阁功臣图》上还钤有王孝慈持有的"立承""鸣晦庐珍藏金石书画记""鸣晦秘宝"等印记。

图十四　　　　　　　　图十五　　　　　　　　图十六

(9) 在另外一部王孝慈经藏的《赵氏孤儿记》上的每一册首页的天头处均钤有"甲"圆朱印(见图十七、图十八)。

图十七　　　　　　　　图十八　　　　　　　　图十九

(10) 在王孝慈抄藏的戏曲书《环翠堂新编投桃记》(见图十九)、《谭友夏锺伯敬先生批评绾春园传奇》(现皆藏美国哈佛大学哈佛燕京图书馆)中,皆钤有"立承写定""鸣晦庐珍藏金石书画记"等印章。

(11) 在纪维周先生撰写的《鲁迅与王孝慈轶闻二三事》一文中记述了王孝慈先生的生前藏书情况。

王孝慈是一位古籍藏书家,原名立承,孝慈是他的字,别署"鸣晦庐主人",他是原河北通县(今属北京市)人。……据王达弗先生说,每本珍藏,都盖有他父亲的"鸣晦庐主人"藏书印章。

综合以上各印章的考证,我们可以断定:

第一回第一幅图上的"双莲华庵"、第一百回第二幅图上的"三琴趣斋珍藏"二方印鉴为袁克文之印,而第一回第一幅图上的"鸣晦庐珍藏金石书画记""甲""精至此乎"三方印鉴为王孝慈之印。现在唯一剩下的还有一方"人生到此"印鉴,不知归属他们二人中的哪位。

另外,从彩色印刷的图片(见图六)中可以看出,原件首页"西门庆热结十弟兄",破损残重,有拼接的痕迹,而下页"武二郎冷遇亲哥嫂",左下方除了有虫蛀外,完好无损。可知,该页的书口(即版心)是裂开的,后经整页托裱。第一幅图的左下部分应是缺失的,回目"西门庆热结十弟兄"、桌子及桌上的纸张、靠版心处的三位人物以及其余人物的下部分等,都是后面参照它本在托裱纸上补画的,并且补画时非常认真,一丝不乱。但具体参照哪种本子补画,现在无从查证。就画面内容而言,梅节先生曾指出:"第一回'热结十弟兄',王氏原图只十一人,十兄弟加一捧茶小厮,却缺了主礼的吴道官。上图甲、乙本,此图已经改画:加一大胡子吴道官,案上白纸加了三行字,小童短衣改长衫,十兄弟道袍曳地改为露脚。"其实北大本系统的本子与后出的附图张评本都是如此。杨彬先生也据梅节先生的描述作了介绍,黄霖先生对此也提出了疑问。从图六还可以看出,"人生到此""双莲华庵"两枚印章,也是修补后钤上的;版心上方的"金瓶梅"三字中,第二字"瓶"也经过描补。

由以上分析可以得出,在王孝慈收藏该图册之前,应是袁克文所藏,而且袁克文收藏时,第一幅图就已经残破,后经托裱修补,钤上印章。之后又由王孝慈先生收藏,后又辗转到了郑振铎先生手中。而王孝慈所收藏的崇祯本,其正文首页,并无印章之类。可见,袁克文所收藏的只是200幅图册,没有正文;后图册转到王孝慈手中,与王孝慈所收藏的崇祯本正文是毫无关系的。

作者在论文末尾有这样的注释:"本文写作曾接受梅节先生的指导。"由此可见,关于崇祯本《金瓶梅》的研究在学界的实际影响还存在很多问题。

第三节　崇祯本《金瓶梅》与初刻本《金瓶梅》词话的关系

崇祯本《金瓶梅》是根据词话本修改而成的,但这一词话本是初刻词话本《金瓶梅》,它的书名应该叫作《金瓶梅》词话,今已不存(或者迄今为止尚未发现),而不是现在才存世的《新刻金瓶梅词话》。现在我们探讨崇祯本与词话本之间的关系,依据的却是存世的《新刻金瓶梅词话》。按理说这是不科学的,但局限在存世文献我们可以考知,《新刻金瓶梅词话》与初刻本《金瓶梅》词话,在文本方面主要的不同是第五十三回、五十四回两回不同。所以,我们探讨崇祯本与词话本之间的关系,只要不涉及这两回,那结论也就是合理的。而且我们舍此就没有办法进行比较。

鸟居久靖 《〈金瓶梅〉版本考》:"(绣像本)是修改词话本而成,大体上是确实的。"叶按:绣像本即崇祯本。

小野忍 《金瓶梅解说》也说:"不得不认为新刻本是词话本的修订本。"①

吴组缃 《论〈金瓶梅〉》②、徐志平《〈金瓶梅词话〉与崇祯本〈金瓶梅〉叙事者之比较》③也赞成小野忍、鸟居久靖的说法。

刘辉 先生对于崇祯本是怎样修订词话本的,有过具体的论述:

所谓说散本,系与有说有唱、散韵相间的词话本相对而言。由文人作家写定的说散本,对词话本作了大量的修订。修订的立足点和着眼点又不能不受作家世界观、艺术观的支配和影响。本来,作为民间艺人,他们有着丰富深厚的生活基础,长期植根于广大人民群众的生活土壤中,与人民群众的喜怒哀乐息息相通。他们和听众面对面地进行感情交流,这又不能不反映他们的爱憎和情趣。在艺术上,他们运用从生活中提炼出来的生动形象的语言讲唱故事,以说得清晰亲切、唱得醉人动听来感染听众。一种说唱故事兴起之后,又经世代艺人的反复琢磨、提高,可以说是他们集体智慧的结晶。特别是他们可以直接和其他艺术形式互相吸收、互相渗透、互相融合,这是文人作家所不能比拟的。但是,从编织成一部完整的长篇小说的要求出发,这种民间说唱形式又有自身的不可克服的局限,无论情节结构、形象塑造,还是细节描写、语言锤炼,都有待富有较高文学修养的作家按照小说的美学要求,进一步加工整理。说散本《金瓶梅》正是作了这一工作。

它对词话本的修订,大致分为两个方面:删削与刊落;修改与增饰。这里我们可以前面提到的"看官听说"为例,看看说散本是如何修订的。

这四十七处"看官听说",说散本删去十二处,改写三处,增加一处,其余都保留了。所保留部分,大都与交代重要人物或事件的以后发展有关。如第十回介绍小说中主要人物李瓶儿的一段身世,十分重要,不能留。第三十一回介绍吴典恩后来恩将仇报,直接影响第九十五回的情节发展,事关重大,也保留了下来。所改写三处,皆为词话本,文字本来不长,于是径直改为叙述性语言。如十九回改为"后来西门庆果然把张胜送在守备府,做了个亲随"。唯一例外的是说散本在第七十四回末尾,加了一段"看官听说",原因是要删去词话本第七十五回开头的一大段。……

从中不难看出:说散本的目的,仍然在于删削词话本。纵观全书说散本的修订工

---

① 黄霖、王国安编译:《日本研究〈金瓶梅〉论文集》,齐鲁书社,1989年版,第31页、第11—12页。
② 吴组缃:《论〈金瓶梅〉》,《北京大学学报》2011年第5期。
③ 徐志平:《〈金瓶梅词话〉与崇祯本〈金瓶梅〉叙事者之比较》,《2012台湾金瓶梅国际学术研讨会论文集》。

作,应当说,删削与刊落大于修改与增饰。

一、删削与刊落

(一) 删削唱词与刊落他人之作

刘辉同志说:

《金瓶梅》词话在古典小说中,是记载戏曲(包括清唱)、曲艺演出活动最丰富、详瞻的一部。为我们研究明代戏曲的声腔、演出剧目、演出程序、演出时间等各方面都提供了珍贵的史料。然而,说散本对此却做了大量删削,尤其是带有唱词的部分,删得更苦,或全部刊落,或一笔带过。现在看来,甚为惋惜。而从小说要求来看,又实属必然。那些与塑造人物性格无关的唱词,留之何用?那些损害形象真实美的唱词,更应刊落。而从作家创作的角度出发,一部小说中,大量采录或照抄他人之作,更是最无能的表现,故不得不删。如前已提到的《刎颈鸳鸯会》入话、《五戒禅师戏红莲记》、《戒指儿记》,全部刊落;对即便是西门庆与潘金莲故事的祖本《水浒传》,或径直刊落,一字不留,如《宋公明义释清风寨》(第八十四回),已全无痕迹;或做了改写,如开始几回。对全书的唱词韵文,除回前韵文改动较大未计入其内外,删削或刊落情况如下:

词话本	说散本
诗 170 首	刊略 70 首 改写 6 首,另加三首
词曲(包括小令、小曲)112 支	刊落 59 支
套曲 23 套	刊落 15 套
赞赋 83 首	刊落 33 首,删节 15 首
回末韵文 64 首	刊落 36 首,改写 4 首,另加 2 首
俚俗韵文 4 首	全部刊落
曲艺(有唱词者)8 处	全部刊落
其他韵文 13 处	刊落 6 处

这里面不包括仅引唱一首云云,未录全曲者,凡 30 种 33 见。至于写到演唱戏文、杂剧,除海盐子弟演唱《玉环记》第六出保留外,一概删去。对于这种删削与刊落的结果,刘辉同志接着说得也极好:

总之,经过删削与刊落后的说散本,面目大为改观。民间说唱气息冲淡了;不必要的枝蔓,砍掉了;无关紧要的人物也略去了,如第三十七回有关赵嫂丈夫的一节文字;一些无味的摆设、菜单,如第三十四回翡翠轩的描写、药单(第八十五回)和"一路写得活见鬼"(张竹坡语)的符书、表白,都作了整页或整段的删削。使故事情节发展更为紧凑,行文更为整洁,更加符合小说的美学要求。

数字,在一定的场合下是有说服力的。经作家修订后的说散本,浓厚的民间说唱气息减弱了;而小说的特色,相对地加重了。有比较,才有鉴别。从说散本的这一特点中,我们正好找到了词话本是未经文人写定的民间艺人说唱"底本"的有力内证。

(二) 去其重复

说散本对词话本所作删节,大致有三种情况:一是多处出现,只留一处。如前引第七回西门庆见杨姑娘的一段"看官听说",所以删去,是因为第四回中已出现这样的描写:

> 西门庆便向袖中取出一锭十两银子来,递与王婆。但凡世上钱财,最动人意,那婆子黑眼睛见了雪花银子,一面欢天喜地收了,一连道了两个万福。

又如第七十七回中两处咏雪,则只留一处。二是两处一齐删去,如第八十一回和一百回都有这样一段:

> 十字街荧煌灯火,九曜庙杳霭钟声。一轮明月挂疏林,几点疏星明碧落。六军营内,呜呜画角频吹;五鼓楼头,点点铜壶双滴。四边宿雾,昏昏罩舞榭歌台;三市沉烟,隐隐闭绿窗朱户。两两佳人归绣幕,纷纷仕子卷书帏。

泛泛而写,毫无新意,故全删。三是文字虽无明显重复,但是"老调重弹"。如一些淫词秽语,有的全删,如第九十三回陈经济与冯金宝一段,更多的是做了部分删节。

(三) 弃其琐碎

刘辉同志说:

> 《金瓶梅》人物刻画真实传神,细节描写生动细腻,在古典长篇小说中,只有《红楼梦》堪与匹敌。但是,过细则失之烦琐,甚微则招人厌恶,这原是词话中固有的弊病,张竹坡最先痛感到"太琐碎",今人亦有谓:如果在一个真正有才华的作家笔下,《金瓶梅》的篇幅可以大为紧缩,而无损它的容量。都道出了它的不足。特别是一些摆设、服饰、菜单,包括色情描写在内,缺乏典型化,往往与塑造人物性格和环境烘托无关,尤显琐碎臃肿,多了更觉雷同。说散本在这方面的删节,每回皆有,我们只以第七回的这段描写为例……
>
> 说散本作了多处删节,显得简洁多了。

二、修改与增饰

刘辉同志指出,说散本对词话本的修改与增饰,大致说来有以下几个方面。

(一) 回目做了整齐划一

朱星曾在《〈金瓶梅〉的版本问题》文后附录了四个版本的回目,其中词话本和崇祯本的回目多有错讹,不足为据。按:说散本与词话本的回目,文字全同者仅9回,即第十九回、二十六回、二十七回、三十三回、四十回、五十回、八十三回、九十一回、九十二回,对其余91回的回目,都做了不同程度的修改。改动情况,可分四类。

一类是原词话本回目不工整者,如:第一回,《景阳冈武松打虎》,改为:《西门庆热结十兄弟》……

另一类是文辞不通或太俚俗者,如:第三十一回,《琴童藏壶觑玉箫》,改为:《琴童儿藏壶挑衅》……

第三类是回目与本回实际描写内容不相符者,如第十六回,《西门庆谋财娶妇　应伯爵庆喜追欢》。而此回并没有娶李瓶儿过门的描写,只是择定佳期而已,故改为:《西门庆择吉佳期　应伯爵追欢喜庆》。……

最后一类是词话本回目抄自《水浒传》者,如第五回,《郓哥帮捉骂王婆　淫妇药鸩武大郎》,下句来自《水浒传》第二十五回《王婆计啜西门庆　淫妇药鸩武大郎》。移植过来之后,与第一句又不对仗,故改为:《捉奸情郓哥定计　饮鸩药武大遭殃》。……

(二) 回前引诗的大量修改

说散本与词话本回前引诗相同者仅两处:一是第二十四回;一是第三十九回。其余都做了改动。大体包括两个方面:一是对格言、俚俗韵文的修改,如第四十、四十八回、八十八回、九十回、九十五回、九十九回、一百回等。

(三) 结构上的变动

说散本在结构上的最大变动,是在小说开始部分,变词话本依傍《水浒传》而为独立成篇。词话本仍从武松景阳冈打虎写起,而说散本不同,打虎一节文字改由应伯爵口中叙出。这一结构变化是很富有典型意义的。

一是人物的主次地位变了。在《水浒传》中,武松是主角,西门庆与潘金莲处在陪衬地位,这是塑造武松性格成长过程所必须的。但是,照搬到《金瓶梅》里则不适应了。《金瓶梅》的主人公是西门庆与潘金莲,是作者必须倾全力塑造的人物形象。说散本就适应了这一要求,变西门庆与潘金莲为主角,武松为配角。而且从西门庆热结十兄弟写起,除春梅外,小说中的重要人物,或实写或虚笔,差不多都在第一回中登台亮相。正如张竹坡在回评中所说:"一部一百回,乃于第一回中,如一缕头发,千丝万缕要在头上一根绳儿扎住;又如一喷壶水,要在一提起来,即一线一线同时喷出来。"真正起到提纲挈领的作用。

二是地点变了,不是景阳冈而是玉皇庙。写第一回就考虑到全书结尾,与最后一回的永福寺相照应,作双峙起结。结构上的变动,深刻反映出民间说唱与作家创作在小说结构上不同的美学准则:作为民间说唱,分节分段,每段有一个主要事件,吸引听众即可;说一段再续一段,难免不前后脱节,结构松散。而作家创作,则必须匠心独运,总揽全局。先有一个总体设计,做到结构紧严,波澜起伏,借此抓住读者,爱不释手。《红楼梦》在结构上,受《金瓶梅》的影响最大,也最直接。可惜曹雪芹只写了前80回,高鹗续书的得失优劣,至今仍在争论。但是,从词话本到说散本结构上的变化,为我们探索《红楼梦》的结局是带有启发性的。曹雪芹肯定也会双峰起结,这该不会是无味的猜测吧!

(四)细节上的增饰

说散本在不少细节上作了增饰,描写得更加具体生动。试以西门庆与潘金莲见面时的这节文字为例,比较一下《水浒传》、词话本、说散本的异同:……

可以看出,词话本的描写已不同《水浒传》,而说散本增饰则较多,细腻深刻、真实生动,活画出两人初次会面时的情态。尤其是潘金莲,一直低着头。一会儿低着头带笑,一会儿别转着头笑,渐是低着头微笑、一面笑着又斜瞅他一眼。层层皴染,娇嗔羞昵。"一面低着头弄裙子儿,又一面咬着袖衫口儿,咬得袖口儿格格驳驳的响,要便斜溜他一眼儿。"更是绘声绘色,真实入微地刻画出她当时的心理状态。怪不得张竹坡在此处颇为欣赏地批道:"《水浒传》有此追魂摄魄之笔乎?"确是一段十分精彩的文字。

另外,个别细节处,虽着墨不多,只改动几个字,而使人物前后照应,一脉贯通;使情节发展也较合理。如交代潘金莲身世时,不仅说她读过书,而且还会"一笔好字",便与后来她写曲赠笺给陈经济作了伏笔。

(五)修补破绽

有些明显的破绽,说散本作了修补,如第五十六回苗员外送来春燕、春鸿两个歌童,词话本说都转送给蔡太师。其实,春鸿在以后的章回中仍在出现,直到西门庆死后,才由应伯爵牵线,跑到新任提刑张二官家里。说散本改为"后来春燕死了,只春鸿一人",就弥补了这一破绽。再看第七回,西门庆"说着向靴筒里取出六锭三十两雪花银",就不近情理。三十两银子如何放在靴筒里?既有随从人抬盒子,哪里不可放?说散本改为"说着便叫小厮拿过拜匣来,取出六锭三十两雪花官银放在面前",就合理多了。

至于词话本时间上的错乱,有的做了改动,如第二十六回"五月二十八日"改为"三月"。第十三回李瓶儿的生日移到下面,改为吴银儿生日,又是一种改法。但由于受"特特错误其年谱"的影响,不少错讹,看出后未加改动,并由批语指出不改动的原因。如前面提到的西门庆一年过几个生日时批道:"总是故为重写。要写得若明若晦,一者见韶华迅速;二者见西门在醉梦;三者明其为寓言也。"

应当申明:我们在这里绝不是评论词话本与说散本孰优孰劣,也无意权衡说散本删削刊落与修改增饰的利弊得失,仅仅是在探讨《金瓶梅》的成书过程,看看文人作家是如何按照小说的美学要求来改变词话本民间说唱面貌的。也必须指出:词话本的不少破绽,说散本并没有改正过来。个别比较重要的人物同样没有做出交代,如来保从吴典恩处领回来就不知去向。第五十三回至五十七回改动虽较大,但有的改动也未必合理,如描写目不识丁的西门庆竟然联句作起诗来。有些地方的改动,反而不如词话本形象、生动。其原因倒真与写定者"仓促成书"有关了。①

---

① 刘辉:《〈金瓶梅〉成书与版本研究》,辽宁人民出版社,1986年版,第21—36页。

黄霖先生关于崇祯本与词话本的关系论述的最为具体、确凿。他在《〈金瓶梅〉词话本与崇祯本刊印的几个问题》①中说：

> 目前所见的崇祯本必据目前所见的《新刻金瓶梅词话》修改后成书，故词话本不可能根据尚未问世的崇祯本来校改。
>
> 理由之一，还是从避讳来看。词话本不避崇祯之讳，而崇祯本在"花子由"的避与不避的问题上全照抄词话本（只是后半部将"油"换成"繇"），后面又避崇祯之讳。这清楚地说明了崇祯本后出，且留下了修改词话本而成书的痕迹，而不是源自所谓"第一代"尚未刊印的20卷抄本。
>
> 理由之二，还是我曾经强调过的卷题问题。1988年《金瓶梅研究》第一辑载拙文《关于〈金瓶梅〉崇祯本的若干问题》中的一段话，有必要重新引录一下：众所周知，今存崇祯本都为五回一卷，共二十卷。每卷前一般都题"新刻绣像批评金瓶梅卷之x"。此题名与全书目录前题名相同。然而，其中有几卷的题名较为特殊。今以上图甲本为例，情况如下：
>
> 卷六题：新镌绣像批评金瓶梅卷之六；卷七题：新刻金瓶梅词话卷之七；卷八题：新刻绣像评点金瓶梅卷之八；卷九题：新刻绣像批点金瓶梅词话卷之九；卷十题：新刻绣像批评金瓶梅之九；卷十四题：新刻绣像批点金瓶梅卷之十四；卷十五题：新刻绣像批点金瓶梅卷之十五；卷十六题：新刻绣像批评金瓶梅卷之十。令人吃惊的是，与上图甲本大有出入的上图乙本、天津本，除了卷十六题作"新刻绣像批评金瓶梅卷之十五（按："十五"亦误）"之外，其他与此全部相同。不但如此，北大本除卷七题"新刻绣像批评金瓶梅卷之七"外，其余悉同。以此类推，天理本，乃至王氏本估计都是如此。于此，我们可以清楚地看到以下三点：
>
> （一）卷七、卷九两处多出"词话"两字，特别是卷七的题名，竟与词话本完全相同，这无疑是修改词话本时不慎留下的痕迹。假如崇祯本与词话本是平行发展的两种本子，甚至先有崇祯本，后出词话本的话，就决不可能两处凭空加上这"词话"两字。
>
> （二）当为卷十处的卷号却题作"卷之九"，卷十六处上图甲本缺"六"字，上图乙本作"十五"。这些纰漏都说明此崇祯本的"二十卷"是据词话本临时仓促编排而成，并非来自经过辗转传抄的原有的二十卷本。
>
> （三）从一会儿冒出"新镌"，一会儿又冒出"批点""评点"来看，也都可以看出临时修改、添加的混乱情况，不像据原本刊成。

当然，怀疑词话本与崇祯本之间的"父子关系"并非毫无缘由。最初引起人们怀疑

---

① 黄霖：《〈金瓶梅〉词话本与崇祯本刊印的几个问题》，《河南大学学报》2006年第1期。

的是发现崇祯本并非只是"删改"词话本,而在有的地方与词话本大有出入,甚至比词话本表现得更为丰富和完整。这除了表现较为突出的第五十三回至五十七回之外,又如第四回开头西门庆引诱潘金莲的一段文字,以及第九回、第八十一回等都有较多的文字为词话本所缺。其实,这个问题不难理解。因为崇祯本的改定者并非是等闲之辈,今就其修改的回目、诗词、楔子等情况看来,当有相当高的文学修养。因此,他在主要从事删改的同时,有时也适当地添加一些笔墨,这完全在情理之中。就以第四回来看,词话本写王婆将西门、金莲两人倒关在屋里后,从西门庆写起:"却说西门庆在房里,把眼看妇人,云鬓半軃,酥胸微露,粉面上显出红白来。一径把壶来斟酒,劝那妇人酒。一回推害热,脱了身上绿纱褶子……"然后就演出了拂箸落地,顺手捏鞋等把戏,特别缺少对潘金莲的刻画。崇祯本则改变了叙述的角度,一开始从潘金莲写起,且加了一段文字,使故事更加曲折生动,并大大丰富了对潘金莲的神情心理的描绘:

> 这妇人见王婆子去了,倒把椅儿扯开一边坐着,却只偷眼睃看。西门庆坐在对面,一径地把那双涎瞪瞪的眼睛看着他,便问道:"却才到忘了问得娘子尊姓?"妇人便低着头,带笑的回道:"姓武。"西门庆故做不听得,说道:"姓堵?"那妇人却把头又别转着笑着低声说道:"你耳朵又不聋!"西门庆笑道:"哑!忘了,正是姓武。只是俺清河县姓武的却少,只有县前一个卖炊饼的三寸丁,姓武,叫做武大郎,敢是娘子一族么?"妇人听得此言,便把脸通红了,一面低着头微笑道:"便是奴的丈夫。"西门庆听了,半日不做声,呆了脸,假意失声道:"屈!"妇人一面笑着,又斜瞅他一眼,低声说道:"你又没冤枉事,怎的叫屈?"西门庆道:"我替娘子叫屈哩!"却说西门庆口里娘子长,娘子短,只顾白嚼,这妇人一面低着头弄裙子儿,又一回咬着衫袖口儿,咬得袖口儿格格驳驳的响,要便斜溜他一眼儿;只见这西门庆推害热,脱了上面绿纱褶子……

这段描写的确不错。接下去,添油加酱的地方还不少。而同时,改者又屡屡加评:"媚极。""写情处,读者魂飞,况身亲之者乎!""作者传神处,宜玩。"……这当然是自吹自夸,以引起对他的妙笔的重视。其中,最值得注意的是,评改者在这里有这样一条眉批:

> ……此写生手也。较原本径庭,读者详之。

评改者在这里自鸣得意,正是清楚地表明了他对"原本"作了大幅度的润饰而显得大相"径庭"。显然,这里的"原本"只能是据以改定而相对简单的词话本,而不是内容相同的崇祯本系统的某种先于刻本的"原本"。

然而,崇祯本眉批又在第三十回提及了"元本":

> 月娘好心,直根(?)烧香一脉来。后五十三回为俗笔改坏,可笑可恨。不得此

元本,几失本来面目。

我曾在《〈金瓶梅〉成书问题三考》一文中将此"元本"与第四回的"原本"混同起来,因而觉得两条眉批所言"原本"有所矛盾。现在想来,"元本"与"原本"不能相混。"原本"当为据评改的底本,即已刊印的词话本;而"元本"当为另一种据以参校的全抄本。这种全抄本也只能是词话本系统的,而绝不是崇祯本系统的。因为评改者将此"元本"(全抄本)与"原本"(已刻词话本)相校,只提到个别的回目如"五十三回为俗笔改坏",而未提及全书的面目相异。假如评改者所持的"元本"为梅节所云的传抄过程中的二十卷本,那评改者一定会发出与"原书"大相径庭的感慨。那么,我为什么认为评改时确有一种略异于已刻词话本的"元本"呢?因为崇祯本确实留下了一些并非只靠主观修改而是参考了他本的痕迹。例如,词话本第六十五回提到布按三司八府官时,于"右布政陈四箴"下为"右参政季侃",而所有崇祯本的"季侃"均作"季侃廷"。这里的"廷"字,既非已刊词话本所有,又无必要任意增加,再联系到崇祯本将"陈经济"改为"陈敬济""宋蕙莲"改成"宋蕙莲"等,这些人物名字的更改似乎都有根据(例:目前所见词话本第二十二回曾将"宋蕙莲"作"宋蕙莲"。而下文均作"惠莲",这很可能是此本抄工偷懒而造成的,而其他抄本仍为"惠莲")。就"季侃廷"而言,与"陈四箴"一样,这些名字都有寓意,"季侃廷"之"季侃"显然合理。因此我现在觉得崇祯本眉批称得"元本"相较,此言不欺。

根据以上分析,我认为崇祯本当以已刊词话本(所谓"原本")为底本,又参照了另一"元本"修改加评而成。这一看法是否妥当,谨请大家批评。

这些现象,是客观存在,不是凭臆测所得;从中得出的结论,我还是坚持。特别是第一点,这是崇祯本修改词话本的活化石,绝不能轻易地否定的。因为这完全不是什么后人的"假冒"。固然,至清初,有"古本八才子词话"之类的书名,用"词话"两字来"假冒",但这里是在二十个"卷题"中漏出两个"词话"来,是"假冒"的样子吗?再说,上图甲本、乙本、天津本、北大本等固然不是崇祯本的"原本",我们目前还无法找到崇祯本的"原本",但它们共同反映的这一现象,不正是说明了"原本"给它们带来了这样的胎记吗?不正是说明了崇祯本"原本"就是从《新刻金瓶梅词话》那里修改而来的吗?

以上两点都是从文本的客观存在来正面肯定崇祯本必从《新刻金瓶梅词话》而来,下面就目前认为崇祯本早就传抄,与词话本是"兄弟关系"的一些主要论据略作分析。

一、关于二十卷问题。谢肇淛《金瓶梅跋》说他看到的抄本《金瓶梅》是"为卷二十",今见的所有崇祯本均为二十卷本,而现存的《新刻金瓶梅词话》却是十卷本。这就成了《金瓶梅》抄本或"原本"是二十卷本而非词话本的重要论据。其实,一百回大书,在传抄过程中如何装订,本有一定的随意性,对"卷"的含义也有不同的理解。叶桂桐先生曾据现存的"《新刻金瓶梅词话》共装订成二十册",说是"每册大致相当于传抄本《金瓶梅》的一卷"。此说尽管被魏子云先生批评为将"册"与"卷"混淆了起来,但实际上却道出了谢肇淛所说"卷"的模糊性,我们为什么不能说谢肇淛所说的"卷"就是当时装订成的"册"而不是现在《新刻金瓶梅词话》所标的"卷"呢?再说,即使当时流传的抄本确实标目为二十卷,但在刊刻《新刻金瓶梅词话》时为什么不可能改为十卷本装呢?叶桂桐先生说,今存《新刻金瓶梅词话》之所以将"本应为第五卷的开始"的第四十一回处,误印成了"新刻金瓶梅词话卷之四",就是因为将抄本二十卷改为十卷而致误。这个说法不能说全无道理。总之,以一人所谈之抄本的卷数来区分流传的《金瓶梅》的实际内容还是存在着很大的不确定因素。

二、关于《金瓶梅》的书名问题。论者认为在万历、天启年间文士谈及《金瓶梅》时多用"金瓶梅"三字,而未见用"金瓶梅词话",今崇祯本的版心即刊"金瓶梅"三字,而词话本的中缝题"金瓶梅词话"五字,可见当时流传的乃是崇祯本系统的本子。其实,文人笔记所记,多用简称,这正像《三国志通俗演义》或《三国志传》,多简称为《三国志》,《忠义水浒传》多简称为《水浒传》一样,将《金瓶梅》词话《金瓶梅传》简称为《金瓶梅》也并不奇怪。目前所知最早称《金瓶梅》为"金瓶梅词话"的是《幽怪诗谭小引》中的一段话:

> 不观李温陵赏《水浒》《西游》,汤临川赏《金瓶梅》词话乎?《水浒传》,一部《阴符》也;《西游记》,一部《黄庭》也;《金瓶梅》,一部《世说》也。

此引作于崇祯二年己巳(1629),"上距《金瓶梅》传入文人圈已经35年",所以往往被人视为后出而不予重视。其实,作者在这段文字的后面也用简称《金瓶梅》,但在谈到汤显祖欣赏的《金瓶梅》时,特别用了《金瓶梅》词话。这里加上"词话"两字当有根据,只是我们现在一时难以找到汤显祖的原话。而且,有研究者早就指出汤显祖确实深受《金瓶梅》的影响,特别是他的《紫箫记》可能与《金瓶梅》有非常直接的关系。汤显祖死于万历丙辰(1616),且《幽怪诗谭》一书多记万历及万历以前的故事,这完全可以说明《金瓶梅》词话在汤显祖时代早已流传,或者说,当时一般人简称的《金瓶梅》即是《金瓶梅》词话。

三、关于《金瓶梅》的序跋问题。今见崇祯本卷首只有东吴弄珠客序,而词话本前还有欣欣子序与廿公跋。但当初薛冈谈及的仅是东吴弄珠客序,基本看到全书的沈德符谈到作者时也未及欣欣子序中提到的笑笑生,这都给人的印象是他们不知有欣欣子的,《金瓶梅词话序》,这似可证明他们看到的抄本只是崇祯本系统的《金瓶梅》而非词话本系统的《金瓶梅》词话;今见《新刻金瓶梅词话》卷首的序跋也不统一,欣欣子序文字讹误甚多,而东吴弄珠客序及廿公跋却"正确无误",显得"非常特殊",而这一序一跋所刊刻的字体与欣欣子序也不同,一用宋体,一用写体,且东吴弄珠客序称书名为《金瓶梅》,而不称"词话",与欣欣子序称"词话"相扞格;如此等等,无非说明先有东吴弄珠客的序而欣欣子序是后出的。

其实,假如换一个思路来考虑这些现象的话,正可窥见《金瓶梅》词话及其序经辗转传抄而错误百出。薛冈所见东吴弄珠客序并不是在早年"往在都门"时,而是"后二十年"看到"刻本全书"时。这个序言及跋是在刊印《新刻金瓶梅词话》时加上去的。写序的人很可能就是冯梦龙。中国民间历来有"龙戏珠"或"二龙戏珠"等传说。出身于苏州的名梦龙、字犹龙、别署龙子犹的冯梦龙用"东吴弄珠客"为号不是顺理成章吗？沈德符《万历野获编》说冯梦龙见到《金瓶梅》抄本后十分"惊喜"，并"怂恿书坊以重价购刻"。沈德符当时不愿将自己的书拿出去付刊，但书坊还是从别处购到了一部抄本《金瓶梅》词话。在付刊前，请曾经为之"惊喜"并怂恿书坊刊刻的冯梦龙作序，也在情理之中。于是，这篇东吴弄珠客序及同时请人作的廿公跋明显与欣欣子序有所不同。当《新刻金瓶梅词话》出版后，书坊主觉得书中问题多多，很可能即商之于冯梦龙，将词话本进行修改与评点，于是就有了崇祯本。这从崇祯本卷首仅收东吴弄珠客序与同时所写的廿公跋而删去了欣欣子序，以及东吴弄珠客序后删去已不合时宜的题署时间、地点来看，也清楚地表明了词话本中的东吴弄珠客序是原序，崇祯本中的东吴弄珠客序是后印的。反之，假如崇祯本中的东吴弄珠客序先有，则词话本在此序后再增加"万历丁巳季冬""漫书于金阊道中"云云，是不可想象的。因此，从《金瓶梅》的序跋来看，也只能证明崇祯本及东吴弄珠客序是后出的。

四、关于词话本与崇祯本的异文问题。梅节先生在校订《金瓶梅》词话时，花了极大的工夫对校了词话本与崇祯本的异文，功莫大焉。在这基础上，他作了一些推论。其《〈新刻金瓶梅词话〉后出考》一文中的第三节《崇祯本并非改编自〈新刻金瓶梅词话〉》与第五节《〈新刻金瓶梅词话〉大量校入见诸崇祯本的改文》两节比较集中地谈了他的观点。但我觉得，仅凭这些异文是得不出梅先生沿着一种既定的思维定势所推论出来的结论的。比如，在第三节中他所举的第一例说：

第二回，西门庆看中潘金莲，无法入脚，托王婆做牵头。王婆便卖弄自己"杂趁"手段。词话本原文：

> 老身不瞒大官人说，我家卖茶，叫做鬼打更。三年前十月初三日下大雪那一日，卖了不(一个)泡茶，直到如今不发市，只靠些杂趁养口。

"十月初三日"，容本《水浒》作"六月初三日"。王婆这里说的是鬼话：她开茶铺，却靠"杂趁"过活。如果闰年，十月初三北方下雪不稀奇，"六月初三日"下大雪则纯然是鬼话。崇祯本也作"六月初三日"，同《水浒》。可能艺人本也同《水浒》，十卷本词话在流传中"六"误"十"。但崇祯本的母本却不误。梅先生校出"十月"与"六月"之别，很有意义。以下，梅先生还连举数例均为《金瓶梅》词话抄《水浒传》文字中出现的差错而崇祯本予以改正的例子。这一问题，实际上韩南早就看出，所以说过"乙系（崇祯本系统）并非源之于甲系本（词话本系统）"的话。

实际上，这种现象的产生十分简单：词话本在传抄过程中出现了错讹，《新刻金瓶梅词话》予以照刻；冯梦龙辈将《新刻金瓶梅词话》修改成崇祯本时，根据熟悉的《水浒传》进行了校改，如此而已。至于后面并非据《水浒》修改的例子，也是同样的道理，如梅先生在第三节中所举的第六例：

第九十一回,官媒婆陶妈妈与薛嫂儿替李衙内说聚孟玉楼。玉楼比李衙内大六岁,两个媒婆怕衙内嫌岁数大,想瞒几岁。路上找了个先生算命看看能不能替他瞒几岁。算命先生断言,玉楼"嫁个属马的夫主方是贵","往后一路功名,直到六十八岁,有一子,寿终"。

词话本原文:

  两个媒人,收了命状,岁罢,问先生,与属马的也合的着?先生道:丁火庚金,火逢金炼,定成大器,正好!当下改做三十四岁。

崇祯本原文:

  两个媒人说道:"如今嫁的倒果是个属马的,只怕大了好几岁,配不来。求先生改少两岁才好。"先生道:"既要改,就改做丁卯三十四岁罢。"薛嫂道:"三十四岁与属马的也合得着么?"先生道:"丁火庚金,火逢金炼,定成大器,正合得着!"当下改做三十四岁。

对照两个本子,词话"岁罢"以上,脱去四十六字。两本还有一些文字歧异,可以解释为编纂者的加工,但无论如何,现存说散本根据十卷本词话,是补不出这样一大段文字来的。合理的解释是,崇祯本另有所本。

梅先生比较两本的文字后,实际上是从崇祯本倒看过去的,觉得十卷词话本脱去了四十六个字。但假如仔细对照的话,词话本中"收了命状"四字未见在崇祯本中,词话本中"问先生"与"正好"两处,也与崇祯本不合,故显然不是词话本简单地脱漏了所谓崇祯本原本中的四十六个字的问题。最大的可能,还是崇祯本修改者在这里觉得词话本有错误与脱漏,于是就进行了修补。另外,还有两种可能:一是,这种错误是刻工手误,冯梦龙辈本与书坊主熟悉,在改编成崇祯本时,或许还是参考了《新刻金瓶梅词话》的底本;二是,《金瓶梅》镶嵌了不少当时现成的作品而成,这一段也有可能镶嵌了如《水浒》之类的其他现成作品,修改者就据以添加。总之,情况是相当复杂,有多种可能的存在,未必据此就能一口咬定"崇祯本并非改编自《新刻金瓶梅词话》"而出自所谓"共同的祖本"等。

梅先生在《〈新刻金瓶梅词话〉后出考》的第五节中,进一步根据一些异文来论证"《新刻金瓶梅词话》大量校入见诸崇祯本的改文",以此作为"崇祯本并非源自十卷本词话"的"最强有力的根据"。其"方法是将十卷本词话的例句,减去校入见诸崇祯本的改文";前面再列所谓"原本"的文字,其"原本我们今天已看不到,是推论出来的"。假如心中先有一个成见,那么如梅先生这样来作推论,似乎也颇合理。但我认为这种推理也是一厢情愿,经不起推敲的。且看梅先生所举第一例,即"第十五回西门庆在李家吃花酒"时的文字:

  桂卿外与桂姐,一个琵琶一个筝,两个弹着。(原本)
  桂卿、桂姐一个弹筝,一个琵琶,两个弹着。(崇祯本)

桂卿外与桂姐一个弹筝,一个琵琶一个筝,两个弹着。(今本词话)
梅先生举此例句后作了这样的推论:

今本词话"一个弹筝"四字校入说散本改文,造成重文。

对此,我颇感奇怪,假如真的是词话本据崇祯本校入"一个弹筝"四字的话,其校者岂不是太胡涂了吗?明明下面有"一个筝"三字,且"一个琵琶一个筝"句还算通顺,怎么会再加上一个"一个弹筝"、去叠床架屋、越改越错呢?合理的推论还当是倒过来思考:崇祯本的改编者看见词话本此句有重文与不通之处,于是就删去了"外与"与"一个筝"五字。这是一个头脑清醒的、即使是一般水平的校改者也会做的事情。因此,梅先生在此节中所举的这类词话本有问题而崇祯本改得通顺的例子,据我看来,恰恰都是证明了崇祯本据词话本改编的"最强有力的证据"。

五、关于崇祯本的批语。早在1985年,我在《〈金瓶梅〉成书问题三考》中即指出,崇祯本第四回、第三十回两处分别提到了"原本"与"元本",其结论是:"崇祯本的批改者向我们透露了:词话本就是《金瓶梅》的原本"。对此,梅先生在《〈新刻金瓶梅词话〉后出考》中也承认:"这两条批语都批在崇祯本上,所谓'原本''元本',当然不排除是词话本。"但他举出第二十九回关于"西门庆的八字,说散本与词话本不同。词话本所开列的四柱,不符合八字构成法则",却没有批语指出其四柱不合;而"崇祯本作了修改",使之正确了,但上面还有眉批:"四柱俱不合,想宋时算命如此耳。"

于是梅先生得出了这样的推论:"既然崇祯本已经改正词话本原八字的错误,四柱皆合,为什么竟有'四柱不合'的眉批呢?合理的推测是继承自母本。"笔者认为,这个推理也是经不起推敲的。因为词话本的抄本与刻本本来都是没有批语的,但崇祯本改编者是边改边评的,所以出现这种既指出其错误,又进行了修改的现象是十分正常的。反之,假如此批原自所谓崇祯本的"母本",倒是十分奇怪了:母本原来就是"四柱皆合"的,为什么还要批上这句"四柱俱不合"的话呢?所以,正确的推论当是:崇祯本的批语,都是冯梦龙辈在根据新刻的词话本进行边改边评时加上去的。

上面就崇祯本源自《新刻金瓶梅词话》谈了几点看法。毫无疑问,这里也多推测之词,但怎么样推论才较合理,读者自可思考。不管怎样,最重要的根据还是文本存在的实际,假如果真能发现一部《新刻金瓶梅词话》之前的刻本《金瓶梅》词话和廿卷本的崇祯本"母本"的话,那我承认这些推论全部错误,否则,事实告诉我们的结论只能是《新刻金瓶梅词话》即是初刻,目前所见的崇祯本即是从此本词话本改编而来。①

---

① 见黄霖:《黄霖〈金瓶梅〉研究精选集·〈金瓶梅〉词话本与崇祯本刊印的几个问题》,台湾学生书局,"金学丛书"第二辑,2015年6月版。

荒木猛 《关于崇祯本〈金瓶梅〉的补笔》①："本文在'崇祯本'为'词话本'之改订本的前提下进行讨论。为此，特将把'词话本'修改为'崇祯本'的作者，称为'补笔者'。以往对这两种版本的比较仅指出：'词话本'的第1、53、54回在'崇祯本'中被大幅度修改；'词话本'中与情节无直接关系的章节在'崇祯本'中基本被删除。然而，经过这次再比勘又发现：'崇祯本'中有对'词话本'进行加笔的部分——虽然为数不多；更重要的是：通过对加笔部分的分析，表明《金瓶梅》由'词话本'向'崇祯本'衍进的方向性，并且可以用'合理化'一词来概括。"

魏子云 《金瓶梅的幽隐探照》认为两者均有传抄本，是平行关系，而词话本刊刻在前，"推想20卷本在付梓之前，曾参酌10卷本的刻本，又加过一番功夫。也许，20卷本的底本在付刻时，仍有欠缺，不得不以10卷本予以抵补"。

梅节 《全校本金瓶梅词话·前言》亦认为两者各自有其传抄本，但绣像本刊刻在前，"20卷本面世后风行一时，书林人士见到有利可图，乃梓行10卷本"。

浦安迪 《明代小说四大奇书》则认为两者刊本均非原本面貌，还有早于两种基本版本的文本。

王汝梅 先生在《金瓶梅探索》中说：

由上论述可以看出，崇祯本与词话本之间关系问题，学术界有不同看法。台湾学者魏子云先生认为10卷本（词话本刊刻在前），20卷本（崇祯本）在后，"推想廿卷本在付梓之前，曾参酌十卷本的刻本，又加过一番工夫。也许，廿卷本的底本在付刻时，仍有欠缺，不得不以十卷本予以抵补"。②认为有两种传抄本，二者是平行关系，20卷本刊印在后。韩南教授认为，乙系（崇祯本）显非源于甲系本（词话本），乙系本并非直接以甲系本为据。他认为乙系本是以类似甲系本的某一假定版本为据，加以改作的（参见《〈金瓶梅〉的版本及其他》），即认为崇祯本与万历词话本本无直接关系。香港学者梅节先生认为万历词话本与所谓崇祯本，是从两个不同的传抄底本而来。他说："二十卷本面世后风行一时，书林人士见到有利可图，乃梓行十卷本《金瓶梅》词话。为了招徕读者，除录入二十卷本之弄客序、廿公跋外，另撰欣欣子序，作为公关手段。十卷本《新刻金瓶梅词话》虽更接近评话底本，它的刊行却在二十卷之后。"③梅节认为传抄时代有两种不同底本，20卷刊印在10卷本之前。美国学者浦安迪教授也认为10卷本与20卷两种版本均非小说原本面貌，还有早于两种基本版本的文本（见《明代小说四大奇书》）。以上意见可概括为平行说、无直接关系说、20卷本在前10卷本在后说。根据笔者对崇祯本与词话本关系的考察，谈谈看法，以求教于方家。

---

① 荒木猛：《关于崇祯本〈金瓶梅〉的补笔》，《徐州师范大学学报》2008年第3期。
② 魏子云：《金瓶梅的幽淫探照》，台湾学生书局1988年版，第83页。
③ 梅节：《全校本金瓶梅词话前言》，吉林大学社科学报1988年第1期。

崇祯本与词话本之间有同有异,有异又相关联:

(一)改写第一回及不收欣欣子序

崇祯本把"景阳冈武松打虎"改为"西门庆热结十兄弟"。第一回开首起到"知县升堂,武松下马进去"为止,是改写者手笔,以"财色"论作引子,写到十兄弟在玉皇庙结拜,语言上有"打选衣帽光鲜""看饭来""看菜儿""哥子""千百劢水牛般气力"等江浙习惯用语。"武松下马进去"以下,文字上大体与词话本同,删减了"看顾""抠儿难"等词语。改写后,西门庆先出场,然后再写潘金莲嫌夫卖风月。所以要作这样改写,有几种不同的解释:第一种解释,是出于"生"先于"旦"的戏曲原则考虑。第二种解释认为是商业性的。第三种解释:改换影射万历皇帝的"王冠"。第四,认为是由于旧的思想所引起的。笔者认为,改写者对《金瓶梅》有自己的评价,他反对欣欣子序文的观点,而四季词、四贪诗、第一回引子和欣欣子序文的思想是一致的。

崇祯本无欣欣子序(也无四首引词和四贪诗)。欣欣子序中阐述了很重要的三个观点:第一,阐明作者用意是"寓意于时俗,盖有谓也。"第二,阐明作者是发愤而作,而"爰罄平日所蕴者,著斯传,凡一百回"。第三,阐明《金瓶梅传》虽"语涉俚俗,气含脂粉",但不是淫书。欣欣子冲破传统儒家诗教,提出不要压抑哀乐之情的进步观点。他说:"《关雎》之作,乐而不淫,哀而不伤。富与贵,人之所慕也,鲜有不至于淫者;哀与怨,人之所恶也,鲜有不至于伤者。"这种观点与儒家经典对立,与李贽反对"矫强",主张"自然发于情性"(《焚书》卷三《杂述·读律肤说》)的反礼教束缚思想相一致。欣欣子序文的这些观点与《金瓶梅传》的思想倾向、内容主题是相符合的。然而,改写者以"财色"论、"惩戒"说再造了《金瓶梅》。改写者反对欣欣子序文的观点,因此不刊入卷首。东吴弄珠客的"惩戒"说与崇祯本改写者思想合拍。

(二)崇祯本第五十三回和第五十四回据万历词话本改写,改动大,与词话本大异小同

词话本第五十三回"吴月娘承欢求子息 李瓶儿酬愿保儿童",把吴月娘求子息与李瓶儿酬愿保官哥两事联系,围绕西门庆家族"子嗣"这一中心,描写较为细致。中间穿插写潘金莲与陈经济行淫,应伯爵为李三、黄四借银子。崇祯本第五十三回"潘金莲惊散幽欢 吴月娘拜求子息",把潘金莲与陈经济行淫描写加强,并标为回目,把李瓶儿酬愿保官哥的情节作了大幅度删减,删去官哥病情、灼鱼、刘婆子收惊、钱痰火拜佛、西门庆谢土地、陈经济送纸马等文字。略提李三、黄四借银。崇祯本改写者可能认为西门庆本不信鬼神,所以把有关拜神文字全删去。但却把王姑子请出来做好事。崇祯本评点者就此指出:"西门庆平时最鄙薄姑子,今日忽自接来,所谓愚人易惑也。"也认为改写得不完全合乎情理,崇祯本第五十三回与词话本第五十三回的大异小同,仍可以看出崇祯本是据词话本改写而来,并不是另有一种假定的词话本为据。

崇祯本第五十四回"应伯爵隔花戏金钏 任医官垂帐诊瓶儿",把词话本的同一回写去刘太监庄上河边郊园会诸友改为内相陆地花园会诸友。乘船改为乘轿。把任医官

诊瓶儿病情改写,把胃虚血少之病改为身上不净下淋不止之病。后来瓶儿患血山崩而死。改写者可能认为血少之症与此结局不相符而改。词话本第五十三回至五十四回,与前后文脉络基本贯通,语言风格也较一致。而崇祯本第五十三回至五十四回,在语言风格上与前后文不相一致,描写粗疏,改写者艺术修养不高。有些语句如"西门庆是山东第一个财主",让伯爵当西门庆说"只大爹他是有名的潘驴邓小闲,不少一件",写陈经济与潘金莲偷情扯断裤袋(词话本作"扯下裙裥"),都显见改写的拙劣。第三十回眉批云:"月娘好心,直根烧香一脉来。后五十三回为俗笔改坏,可笑可恨。不得此元本,几失本来面目。"评点者是肯定月娘形象的,他认为词话本第五十三回写月娘求"种子灵丹",结胎,是俗笔改写补入的。评语称20卷本为元(原)本,肯定评改本。这越加说明崇祯本第五十三回是改写者的手笔。如果沈德符所云"陋儒补以入刻"(《万历野获编》)的话写在崇祯初年,这补入的文字,可能指20卷本之第五十三回至五十四回,而不是指10卷本《金瓶梅》词话。

(三)崇祯诸本均避崇祯帝朱由检讳,现存词话本不避(《张评本避清讳》)

这一特点也可以说明两种版本相异而又密切关联的关系。崇祯本第十七回:"元气内充,荣卫外轩,则房患何繇而至哉!""皆繇京之不职也","繇"词话本作"由",崇祯本避讳而改。第九十五回:"巡简司""吴巡简""简",词话本作"检",崇祯本因避讳改。

(四)崇祯本在版刻上保留了词话本的残存因素

在回目上,北大藏本第九卷题作:"新刻绣像批点金瓶梅词话卷之九"。天理图藏本第七卷题作"新刻金瓶梅词话卷之七"。属北大本一类的崇祯本在第九卷题都有"词话"二字。这是崇祯本以《新刻金瓶梅词话》为底本进行改写与评点的最直接证据。词话本误刻之字,崇祯本相延而误,词话本第五十七回:"我前日因去西京,多亏众亲友们与咱把个盏儿。""西京"为"东京"误刻,崇祯诸刊本、吴藏抄本、张评本(原刊本)均相沿而误"东京"作"西京"。词话本第三十九回:"老爹有甚钧语分付。""钧"为"钧"之误刻,北大藏本、内阁本等均相沿而误作"钧"。以上两种事实可以看作崇祯本与其母体《新刻金瓶梅词话》之间的脐带,说明他们之间的亲缘关系。

(五)其他相异之处

词话本第八十四回吴月娘遭劫,后为宋江所救的一段文字,崇祯本删去。崇祯本删去词话本中的大量词曲。除第一回、第五十三回至五十四回、第八十四回的改写删减外,崇祯本对词话本很多回的某些情节有改动。词话本以冀鲁豫交界区方言为基础方言,运用了大量方言词语,崇祯本改写者对此做了删减和替换。词话本回目对仗不工整,崇祯本回目较工整。崇祯本把词话本回前诗词做了改换。

基于以上的考察,笔者认为崇祯本刊印在后,词话本刊印在前。崇祯本以《新刻金瓶梅词话》为基本进行改写评点,它与词话本之间是母子关系而不是兄弟姐妹关系。还有一个较模糊的问题,即谢肇淛提到"为卷二十"的抄本问题。学者们注意到谢肇淛《金瓶梅跋》中说的"书凡数百万言,为卷二十,始末不过数年事耳。"这篇跋,一般认为写于万历四十四年至四十五年(1616—1617)。这时谢肇淛看到的是不全抄本,于袁中郎得其十三,于丘诸城得其十五。这抄本是二十卷计,而不是十卷计。能否就此说二十卷本早于十卷本或同时有两种传抄本呢?谢肇淛只看到不全的抄本,却说"书凡百万言,为卷二十",这说明谢已见到全书的回次目录,二十卷本目录是分卷次排列的,也可能据持有的抄本的局部卷回,推测全书总卷数(十卷本目录不分卷次)。在明末白话小说分卷分回(有的只分卷不分回)已形成模式,也可能在谢肇淛头脑里是以卷计回。四回一卷、五回一卷、十回一卷的都有。如按四回一卷算,则是就其持有的十分之八的抄本回数按卷计算的,及八十回合二十卷。按合理的推测是,设计刊刻十卷词话本与筹划改写二十卷本,大约是同步进行的。有可能在刊印词话本前后,即在进行部分的改写。在词话本刊印之后,接着继续进行改写与评点,以刊印的词话本为底本,最后完成评改,于崇祯初年刊印《新刻绣像批评金瓶梅》。总之,绣像评改本的改写与梓行比我们原来想象的时间要早一些,而不能说到清代顺治年间才刊印有二十卷本。但是崇祯本也不会早过十卷本的定型本。

浦安迪教授说:"将把出现某种类似崇祯本小说时间提前到小说最早流传的朦胧岁月中去,也许甚至追溯到小说的写作年代。"(《论崇祯本金瓶梅的评点》)从崇祯本特征已足以说明,崇祯本的产生不可能这样早,他的出生不可能和其母亲词话本同时,更不会早于母亲而出生。

以上几种翻刻本,都应刊行在清初。张竹坡在《第一奇书非淫书论》中说:"目今旧版在金陵印刷,原本四处流行买卖。"所云"旧版""原本"即指崇祯本的翻刻本。翻刻本均不是张评康熙本的底本。北大藏本这种绣像本才是张评本的底本。

张评康熙本,基本上忠实于底本,很少改动。对崇祯本误刻之处,一般未改。如:"蹴鞠齐眉"(第十五回),"齐眉"为"齐云"(球会组织齐云社省称)之误。张本亦作"眉"。又如:"他又不是婆婆,胡乱带过断断罢了"(第七十三回),"断断"为"断七"之误。张本(本衙藏版甲本)亦作"断断",张本翻刻本(本衙藏版丙本)作"断匕"("断断"的省刻,非是"断七")。再如:"失脱人家逢五鬼,溟冷恶鬼撞钟馗"(第七十九回),"失脱"为"失晓"误刻。词话本另外三处均作"失晓"。崇祯本相沿而误,张本亦误。

张评康熙本对底本也有小小的改动,主要有两种情况。

第一,改动不恰当不通顺字词。如:"休叫那熟人见偷了"(第八十二回),"俗人见"改为"俗人儿"。又如:"保大伯在这里"(崇祯本第五十一回),词话本作"保大爷",张评康熙本改"伯"为"爷"。张评康熙本对崇祯本第七十回、七十一回目录有改动。

　　崇祯本:老太监朝房邀酌,二提刑枢府庭参。
　　张评本:老太监引酌朝房,二提刑庭参太尉。
　　崇祯本:李瓶儿何家托梦,朱太尉引奏朝仪。
　　张评本:李瓶儿何家托梦,提刑官引奏朝仪。

第二,从政治上考虑的改动。张评康熙本第四十九回,把崇祯本回目与正文中"胡僧"改为"梵僧"。把第四十八回中,蔡京奏行七件事,删去两件。"六曰"一件事有"国初寇乱"等词语,系为避文祸而删。删后只存崇祯本五事,而前文与后文仍言"七事"。第十七回,张评本把东京下来的邸报中,"夷狄"等词均作了改动:

  虏患——边患。夷狄——边境。严犹——太原。匈奴——阴山。突厥——河东。大辽纵横中国——干戈浸于四境。金虏——金国。凭陵中夏——两失和好。虏犯内地——兵犯内地。

  除这两方面文字上的改动外,张评本保留了崇祯本原貌。张评康熙本行款与北大藏崇祯本相同。

  张平康熙本针对崇祯本评语,提出自己的见解时,引用了崇祯本评语,更加明确地显示了它与绣像崇祯本的密切关系。北大藏崇祯本第八十二回,写陈敬济调戏潘金莲时有这样一句:"敬济吃得半酣儿,笑道:'早知搂了你,就错搂了红娘,也是没奈何。'"此处所云红娘,隐指潘金莲的大丫鬟春梅。崇祯本旁批云:"趁势插入春梅,妙甚。"张评本此处评语云:"原评谓此处'插入春梅'。予谓自酒醉,春梅关在炕屋,已点明春梅心事矣。"在此评之前,张评本还有一段加批云:"屡写其为妇人(按:指潘金莲),酒醉关在那边,见春梅明知而不问,是妇人心腹也。"张评分析了春梅与金莲之间的特殊关系,比崇评细致入微。

  张评康熙本未有涉及词话本的评语。北大藏本第四十一回回前卷题"新刻绣像批点金瓶梅词话卷之九",比其他卷题多"词话"二字,留下了《新刻金瓶梅词话》的痕迹。张评康熙本改用崇祯本字,有吻和于词话本之处(见前举"保大伯"例)。刊行于顺治年间的《续金瓶梅》凡例提到:"小说类有诗词,前集名为词话,多用旧曲。今因题附以新词,参入正论,较之他作颇多佳句,不致有直腐鄙俚之病。"竹坡从评点用的崇祯本,从《续金瓶梅》,有可能知道词话本的面貌,或了解词话本的存在。①

  杨彬《崇祯本〈金瓶梅〉研究》②:"《金瓶梅》的初刻时间,就是今天所见之卷首有万历丁巳年欣欣子序的《金瓶梅》词话,崇祯本是在此基础之上经过修订、加工而成的。可能这一工作在抄本阶段就已开始,但其刊行,却在词话本之后了。"

第四节 内阁本用初刻本校勘过

  金学大家王汝梅先生关于《金瓶梅》版本研究曾经有过一段非常精彩的文字,论述内阁本用"词话本""校勘过"。这是一段在《金瓶梅》版本研究史上具有重要意义的文字,是《金

---

① 以上引用,见王汝梅《金瓶梅探索》,吉林大学出版社,1990年9月版,第51—59页。
② 文物出版社,2011年10月版。

瓶梅》版本研究的重要成果。但这一重要成果,却被金学界忽略了。现在我就来谈谈这个问题。

一、内阁本用"词话本"校勘过

王汝梅先生在香港三联书店出版的会校本《新刻绣像批评金瓶梅》的《前言》中,有如下一段文字:

> (5)周越然旧藏本。周越然著录:"新刻绣像批评金瓶梅二十卷一百回。明崇祯间刊本,白口,不用上下鱼尾,四周单栏,每半页十行,每行二十二字,眉上有批评,行间有圈点。卷首有东吴弄珠客序三页,目录十页,精图一百页,此书版刻文字均佳。"据版式特征应属北大本一类。与天图本、上图乙本相近或同版。把现存周越然旧藏本第二回"俏潘娘帘下勾情"影印件与北大本图对勘,北大本图左下有"黄子立刊"四字,周藏本无(右下角有"周越然"印章)。
> 根据上述稀见版本的著录情况和对现存崇祯诸本的考察,我们大体上可以判定,崇祯本系统各本之间的关系是这样的:目前仅存插图通州王氏旧藏本为原刊本或原版后印本。北大本是以原刊本为底本翻刻的,为现存较完整的崇祯本。以北大本为底本翻刻或再翻刻,产生出天理本、天图本、上图甲乙本、周越然藏本;对北大本一类版本稍作改动并重新刊印的,有内阁本、东洋文化研究所本、首图本。后一类版本卷题作了统一,正文文字有改动,所改之处,多数是恢复了词话本原字词。在上述两大类崇祯本流传开之后,又刊刻了残存四十七回本,此本兼有两类版本的特征。为使读者一目了然,特将所知见诸本关系,列表如下……

后来,王汝梅先生在其专著《金瓶梅探索》中,对上述这段文字做了修改,全文如下:

> (5)周越然旧藏本。周越然著录:"新刻绣像批评金瓶梅二十卷一百回。明崇祯间刊本,白口,不用上下鱼尾,四周单栏,每半页十行,每行二十二字,眉上有批评,行间有圈点。卷首有东吴弄珠客序三页,目录十页,精图一百页,此书版刻文字均佳。"据行款特征属北大本一类。现存周越然旧藏本第二回"俏潘娘帘下勾情"图影印件与北大本对照:北大本图左下有"黄子立刊"四字,周藏本无(右下角有"周越然"印章)。图像没有北大本图精致。据此判断,此书为北大本一类版本的翻刻本。
> 3. 崇祯本系统诸版本相互关系。据考现存崇祯本情况,可以初步判定:通州王氏藏本为原刊本或原版后印本。北大本以原刊本为底本翻印,为现存较完整的崇祯本,图与正文刊印精良,眉评夹批比其他崇祯本多,眉评与正文文句对应,无错位乱置之处。以北大本这一类版本为底本翻刻或再翻刻产生出天理藏本、上图甲乙本、天津藏本、周越然藏本;以北大本一类为底本翻刻刊印内阁文库藏本(东洋文化

研究所藏本与之同版)、首图藏本,此类本刊刻自称"原本",足见其比北大本后出。在以上两大类崇祯本流传开之后,又刊刻了残存四十七回本这种版本(兼有两类版本特征)。另有北京图书馆藏残本二册、北大藏残本四册,版本特征不详。就已知见诸本关系列简表说明。①

将上述两段文字稍作比较,我们不难看出下面一段文字被删去了:

> 对北大本一类版本稍作改动并重新刊印的,有内阁本、东洋文化研究所本、首图本。后一类版本卷题作了统一,正文文字有改动,所改之处,多数是恢复了词话本原字词。

这段被删去的文字揭示了《金瓶梅》版本史上一个非常重要的事实:

以日本内阁文库本为代表的第二代崇祯本(**叶按**:王汝梅先生称之为第三代,因为他把已经不知去向的王孝慈藏本称为第一代崇祯本,北大本等称为第二代崇祯本。)是以北大本一类版本为工作底本稍作改动并重新刊印的。刻印时,除了卷题作了统一之外,更重要的是正文文字有改动,所改之处,多数是恢复了词话本原字词。这说明内阁文库本在刻印时用词话本《金瓶梅》校勘过。

这段被删去的文字真实地叙述了《金瓶梅》演进过程中的一个重要环节。

通过校勘,内阁本这种"恢复了词话本原字词"的文字数量很多,这里仅举其校记中的数例以见一斑:

第八回《盼情郎佳人占鬼卦 烧夫灵和尚听淫声》:"如胶似漆",原作(**叶按**:指北大本)"如胶似膝",据内阁本改。按张评本作"如胶似膝",词话本作"如胶似漆"。

第十四回《花子虚因气丧身 李瓶儿迎奸赴会》:"没脚的"(**叶按**:北大本),内阁本、首图本作"没脚蟹"。按张评本、词话本亦作"没脚蟹"。

第二十三回《睹棋枰瓶儿输钞 觑藏春潘氏潜踪》:"供唱"(**叶按**:北大本),内阁本、首图本作"弹唱"。按张评本、词话本亦均作"弹唱"。②

学界普遍认为,卷端有万历四十五年东吴弄珠客序的"悬之国门"的《金瓶梅》是初刻本,是词话本。崇祯年间,有人根据初刻词话本《金瓶梅》改编成第一代崇祯本,其突出特征是在版式上每半页 10 行,每行 22 字。有插图 100 页;没有廿公跋。而第二代崇祯本,其突出特征是在版式上每半页 11 行,每行 28 字。内阁本与东洋文化研究所本的插图已经遗失,而据内阁本翻印的首图本有插图 50 页,有廿公跋。

现在王汝梅先生在校勘香港三联书店出版会校本《新刻绣像批评金瓶梅》时,发现了以日本内阁文库本为代表的第二代崇祯本,是以北大本一类版本为工作底本稍作改动并重新

---

① 王汝梅:《金瓶梅探索》,吉林大学出版社,1990 年版,第 50—52 页。
② 齐烟、汝梅校点:《新刻绣像批评金瓶梅》,齐鲁书社,1989 年版,第 105、183、303 页。

刊印的。刻印时,除了卷题作了统一之外,更重要的是正文文字有改动,所改之处,多数是恢复了词话本原字词。简言之,内阁本用"词话本"校勘过。

由于香港三联书店出版的会校本《新刻绣像批评金瓶梅》是全本,在大陆是禁书,属于内部发行,只有少数人能买到见到,能买到见到的人未必对版本研究有兴趣,所以王汝梅先生的这一重要成果,在金学界便被忽略了。

这里需要补充说明的是,王汝梅先生所说的"词话本"应该是"初刻词话本《金瓶梅》"。当然,因为王汝梅先生认为今存《新刻金瓶梅词话》就是"初刻词话本《金瓶梅》",所以也就没有必要加以说明了。

崇祯本根据初刻词话本《金瓶梅》改编成第一代崇祯本,又用初刻词话本《金瓶梅》校勘后,刻印了第二代崇祯本。由此不难看出初刻词话本《金瓶梅》在《金瓶梅》版本演进过程中的地位非常重要,因此,我们应该对初刻词话本《金瓶梅》进行更加深入的探讨。

二、明代见过初刻词话本《金瓶梅》的人

据现存文献可知,有明一代,至少有五人见过或拥有初刻词话本《金瓶梅》,他们是:沈德符、薛冈、第一代崇祯本评改者、杭州书商鲁重民、丁耀亢。现在分别叙述如下。

沈德符

袁中郎《觞政》,以《金瓶梅》配《水浒传》为外典,予恨未得见。丙午,遇中郎京邸,问:"曾有全帙否?"曰:"第睹数卷,甚奇快。今惟麻城刘延白承禧家有全本,盖从其妻家徐文贞录得者。"又三年,小修上公车,已携有其书,因与借抄挈归。吴友冯犹龙见之惊喜,怂恿书坊以重价购刻。马仲良时榷吴关,亦劝予应梓人之求,可以疗饥。予曰:"此等书必遂有人版行,但一刻则家传户到,坏人心术,他日阎罗究诘始祸,何辞置对?吾岂以刀锥博泥犁哉!"仲良大以为然,遂固箧之。未几时,而吴中悬之国门矣。然原本实少第五十三回至五十七回,遍觅不得,有陋儒补以入刻,无论肤浅鄙俚,时作吴语,即前后血脉,亦绝不贯串,一见知其赝作矣。①

薛冈

往在都门,友人关西文吉士以抄本不全《金瓶梅》见示,余略览数回,谓吉士曰:此虽有为之作,天地间岂容有此一种秽书!当急投秦火。后二十年,友人包岩叟以刻本全书寄敝斋,予得尽览。初颇鄙嫉,及见荒淫之人皆不得其死,而独吴月娘以善终,颇得劝惩之法。但西门庆当受显戮,不应使之病死。简端序语有云:读《金瓶梅》而生怜悯(悯)

---

① 沈德符:《万历野获编》卷二十五。

心者,菩萨也;生畏惧心者,君子也;生欢喜心者,小人也;生效法心者,禽兽耳。序隐姓名,不知何人所作,盖确论也。①

这则笔记的写作时间尚难以确定,约在天启年间或崇祯初年。

《新刻金瓶梅词话》东吴弄珠客序署"万历丁巳季冬",即万历四十五年(1617)十二月。沈德符、薛冈所记见到《金瓶梅》词话刊本的时间是大致契合的。

第一代崇祯本评改者

如上所述,第一代崇祯本是根据初刻词话本《金瓶梅》改编而成的,那么评改者(如果评改者为同一人)手头肯定拥有初刻词话本《金瓶梅》是不言而喻的。而且评改者在第四回《赴巫山潘氏幽欢 闹茶坊郓哥义愤》中有一条眉批,明确地说自己拥有原本(初刻本):"从来首事者每能为局外之谈,此写生手也。较原本径庭矣。读者详之。"

杭州书商鲁重民

第二代崇祯本日本内阁文库本是由杭州书商鲁重民刻印的,他在刻印时既然用初刻词话本《金瓶梅》校勘过,那么他手头肯定拥有初刻词话本《金瓶梅》也是不言而喻的。

丁耀亢

丁耀亢是《续金瓶梅》的作者,他在写《续金瓶梅》时,使用的所谓《金瓶梅》"前集"也是初刻词话本《金瓶梅》。他固然有条件可以拥有手抄本《金瓶梅》,但当时的手抄本《金瓶梅》都缺少第五十三回至五十七回,只有初刻词话本《金瓶梅》才是全本,因此他手头的《金瓶梅》当是初刻词话本《金瓶梅》也是毋庸置疑的。

另外,为丁耀亢《续金瓶梅》写序的爱日老人也可能见过初刻词话本《金瓶梅》,而张竹坡也是一个拥有初刻词话本《金瓶梅》的人。(详下章)

三、见过初刻词话本的人都不知有"欣欣子序"

(一)见过初刻词话本的人都不知有"欣欣子序"

《新刻金瓶梅词话》卷端有欣欣子序,该序最明显的标志是第一句话就说《金瓶梅》的作者是"兰陵笑笑生",但是有明一代所有见过初刻词话本的人都不知《金瓶梅》的作者是"兰陵笑笑生",也没有人说见过"欣欣子序"。

上引明沈德符、薛冈在谈到初刻词话本《金瓶梅》刻印问题时,都没有涉及"兰陵笑笑生",也没有说见过"欣欣子序",薛冈只说到有东吴弄珠客序。"欣欣子序"中言之凿凿地说《金瓶梅》作者是兰陵笑笑生,沈德符却在传说作者是什么嘉靖年间的"大名士"呢!

---

① 薛冈:《天爵堂笔余》卷二。

崇祯本评改者,也没有涉及"欣欣子序"和兰陵笑笑生。花那么大心血,把一部近百万字的长篇小说进行改写、批评,如果其所据的初刻词话本《金瓶梅》上有"欣欣子序"和兰陵笑笑生,评改者一点都不涉及,这是不可思议的,是真正不合情理的。

杭州书商鲁重民

如上所述,第二代崇祯本日本内阁文库本是由杭州书商鲁重民刻印的,他在刻印时既然用初刻词话本《金瓶梅》校勘过,那么他手头拥有的初刻词话本《金瓶梅》上有"欣欣子序"和兰陵笑笑生,它一点都不涉及,同样是不可思议的,是真正不合情理的。如果说他对"欣欣子序"和兰陵笑笑生一点都不涉及还情有可原,但他在内阁文库本上增加的"廿公跋"中也像沈德符一样在传说《金瓶梅》作者是"闻此为世庙时一巨公寓言"呢!这是不可思议的,是真正不合情理的。

丁耀亢

我在拙作《从〈续金瓶梅〉看〈金瓶梅〉的版本与作者》一文中,已经比较详细地阐述过丁耀亢读过的并据以写续书的是初刊本《金瓶梅》词话,还是《新刻金瓶梅词话》。其中有这样一段话:

> 《新刻金瓶梅词话》一个非常突出而醒目的特点就是卷端有用大字刊印的欣欣子序和廿公跋。欣欣子的序中明确断言《金瓶梅》的作者是兰陵笑笑生,而这位兰陵笑笑生是欣欣子的好朋友。但是丁耀亢在写《续金瓶梅》时,无论在凡例中、序言中,还是在小说中,从未提到过这位兰陵笑笑生。为一部近百万字的长篇小说写续书,总是要涉及原书的作者的,丁耀亢也不例外,他也涉及了《金瓶梅》词话的作者,不过他并不知道作者是什么兰陵笑笑生。

我最后的结论是:

第一,丁耀亢读过的并据以写《续金瓶梅》的是初刊本《金瓶梅》词话,那上边只有东吴弄珠客的序。

第二,丁耀亢没有见过《新刻金瓶梅词话》。①

(二)有人认为初刻词话本《金瓶梅》卷端就有欣欣子序

金学界认为初刻词话本《金瓶梅》卷端就有欣欣子序的也大有人在,比如王汝梅、黄霖、杨国玉等先生。现在分别叙述如下。

---

① 叶桂桐:《从〈续金瓶梅〉看〈金瓶梅〉的版本与作者》,《吉林大学社会科学学报》1989年第2期。

王汝梅

改写第一回及不收欣欣子序。……笔者认为,改写者对《金瓶梅》有自己的评价,他反对欣欣子序文的观点,而四季词、四贪诗、第一回引子和欣欣子序文的思想是一致的。

崇祯本无欣欣子序(也无四首引词和四贪诗)。欣欣子序中阐述了很重要的三个观点:第一,阐明作者用意是"寓意于时俗,盖有谓也"。第二,阐明作者是发愤而作,而"爰罄平日所蕴者,著斯传,凡一百回"。第三,阐明《金瓶梅传》虽"语涉俚俗,气含脂粉",但不是淫书。欣欣子冲破传统儒家诗教,提出不要压抑哀乐之情的进步观点。他说:"《关雎》之作,乐而不淫,哀而不伤。富与贵,人之所慕也,鲜有不至于淫者;哀与怨,人之所恶也,鲜有不至于伤者。"这种观点与儒家经典对立,与李贽反对"矫强",主张"自然发于情性"(《焚书》卷三《杂述·读律肤说》)的反礼教束缚思想相一致。欣欣子序文的这些观点与《金瓶梅传》的思想倾向、内容主题是相符合。然而,改写者以"财色"论、"惩戒"说再造了《金瓶梅》。改写者反对欣欣子序文的观点,因此不刊入卷首。东吴弄珠客的"惩戒"说与崇祯本改写者思想合拍。①

黄霖

关于《金瓶梅》的序跋问题。今见崇祯本卷首只有东吴弄珠客序,而词话本前还有欣欣子序与廿公跋。但当初薛冈谈及的仅是东吴弄珠客序,基本看到全书的沈德符谈到作者时也未及欣欣子序中提到的笑笑生,这都给人的印象是他们不知有欣欣子的《金瓶梅词话序》,这似可证明他们看到的抄本只是崇祯本系统的《金瓶梅》而非词话本系统的《金瓶梅》词话;今见《新刻金瓶梅词话》卷首的序跋也不统一,欣欣子序文字讹误甚多,而东吴弄珠客序及廿公跋却"正确无误",显得"非常特殊",而这一序一跋所刊刻的字体与欣欣子序也不同,一用宋体,一用写体,且东吴弄珠客序称书名为《金瓶梅》,而不称"词话",与欣欣子序称"词话"相扞格;如此等等,无非说明先有东吴弄珠客的序而欣欣子序是后出的。

其实,假如换一个思路来考虑这些现象的话,正可窥见《金瓶梅》词话及其序经辗转传抄而错误百出。薛冈所见东吴弄珠客序并不是在早年"往在都门"时,而是"后二十年到刻本全书"时。这个序言及跋是在刊印《新刻金瓶梅词话》时加上去的。写序的人很可能就是冯梦龙。中国民间历来有"龙戏珠"或"二龙戏珠"等传说。出身于苏州的名梦龙、字犹龙、别署龙子犹的冯梦龙用"东吴弄珠客"为号不是顺理成章吗?沈德符《万历野获编》说冯梦龙见到《金瓶梅》抄本后十分"惊喜",并"怂恿书坊以重价购刻"。沈德符当时不愿将自己的书拿出去付刊,但书坊还是从别处购到了一部抄本《金瓶梅》

---

① 王汝梅:《金瓶梅探索》,吉林大学出版社,1990年9月第一版,第52—53页。

词话。在付刊前,请曾经为之"惊喜"并怂恿书坊刊刻的冯梦龙作序,也在情理之中。于是,这篇东吴弄珠客序及同时请人作的廿公跋明显与欣欣子序有所不同。当《新刻金瓶梅词话》出版后,书坊主觉得书中问题多多,很可能即商之于冯梦龙,与同时所写的廿公跋而删去了欣欣子序,以及东吴弄珠客序后删去已不合时宜的题署时间、地点来看,也清楚地表明了词话本中的东吴弄珠客序是原序,崇祯本中的东吴弄珠客序是后印的。反之,假如崇祯本中的东吴弄珠客序先有,则词话本在此序后再增加"万历丁巳季冬""漫书于金阊道中"云云,是不可想象的。因此,从《金瓶梅》的序跋来看,也只能证明崇祯本及东吴弄珠客序是后出的。①

杨国玉

综观各种《新刻金瓶梅词话》"重刻说"及"后出说",都有太多想当然的推测之词,难脱以想象填补空白之弊,却恰恰在最基本的问题上偏离了事实——东吴弄珠客序的署作时间"万历丁巳季冬"。这些具体观点尽有不同,但其思路却是一致的:对于《新刻金瓶梅词话》卷前的序、跋、词,以其未记,即断其必无。实际上,这种推论是根本靠不住的。从认识论上讲,人对对象的反映要受到个人经验、兴趣、情感等因素的影响,是有选择性和片面性的。即便对同一个对象,不同的人反映的角度、深度等也会有所不同,表现为个体反映的差异性。即如目前所知仅有的两位明确记载《金瓶梅》初刊本的沈德符、薛冈,沈氏关注的是第五十三至五十七回"赝作",而薛氏关注的则是东吴弄珠客序。我们当然不能因二人所记不同而相互否定,同理,也不能因二人未记而否认其他序、跋、词的可能存在。②

按:初刻词话本《金瓶梅》与《新刻金瓶梅词话》之间的关系,即《新刻金瓶梅词话》是否就是初刻词话本《金瓶梅》,迄今为止不仅众说纷纭,乃至已经形成了一个"死结"。如何解开这个"死结"?这是一个专门的问题,对此笔者有专文予以叙述,这里不再赘言,请见拙作《金瓶梅版本研究的"死结"——兼答友人杨国玉先生》(待刊)。

四、《新刻金瓶梅词话》不是初刻本《金瓶梅》

《新刻金瓶梅词话》不是初刻词话本《金瓶梅》,二者最主要的不同如下:

(一) 书名不同

1. 初刻词话本《金瓶梅》叫作《金瓶梅》词话。

目前已知文献中最早称《金瓶梅》为"金瓶梅词话"的是:

---

① 黄霖:《〈金瓶梅〉词话本与崇祯本刊印的几个问题》,载《黄霖〈金瓶梅〉研究精选集》,台湾学生书局,2015年版。

② 杨国玉:《〈金瓶梅词话〉卷首[行香子]词源流琐考——兼及现存〈新刻金瓶梅词话〉系初刻本新证》,载《第十二届国际〈金瓶梅〉学术研讨会论文集》,暨南大学2016年10月。

不观李温陵赏《水浒》《西游》，汤临川赏《金瓶梅》词话乎？《水浒传》，一部《阴符》也；《西游记》，一部《黄庭》也；《金瓶梅》，一部《世说》也。①

2.《金瓶梅传》，见于"廿公跋""欣欣子序"。

(二) 序跋不同

初刻词话本《金瓶梅》，卷端只有东吴弄珠客序，没有"廿公跋""欣欣子序"。《新刻金瓶梅词话》有"欣欣子序""廿公跋"和东吴弄珠客序。

(三) 第五十三回、五十四回不同

初刻词话本《金瓶梅》与《新刻金瓶梅词话》第五十三回、五十四回不同。

五、《金瓶梅》主要刻本之间的关系

矛盾是作为过程展开的，《金瓶梅》各种主要刻本之间的关系是在流播过程中展显的。详见拙作《论欣欣子序系杭州书商鲁重民所作》。②

第五节　张评本也用词话本校勘过

王汝梅先生在《金瓶梅探索》说：

> 张评康熙本未有涉及词话本的评语。北大藏本第四十一回回前卷题"新刻绣像批点金瓶梅词话卷之九"，比其他卷题多"词话"二字，留下了《新刻金瓶梅词话》的痕迹。张评康熙本改崇祯本字，有吻合于词话本之处(见前举"保大伯"例)。刊行于顺治年间的《续金瓶梅》凡例提到："小说类有诗词，前集名为词话，多用旧曲。今因题附以新词，参入正论，较之他作颇多佳句，不至有直腐鄙俚之病。"竹坡从评点用的崇祯本，从《续金瓶梅》，有可能知道词话本的面貌，或了解词话本的存在。

王汝梅先生上述文字中的"张评康熙本改崇祯本字，有吻合于词话本之处(见前举"保大伯"例)"大有讲究。

崇祯本《金瓶梅》第五十一回《打猫儿金莲品玉　斗叶子经济输金》："保大伯在这里"，词话本作"保大爷"，张评康熙本改"伯"为"爷"。

其实这种例子还可以举出一些：

第十七回：《宇给事劾倒杨提督　李瓶儿许嫁将竹山》："则房患何繇而至？"繇，内阁、首图等本同，吴藏本作"由"。按张评本、词话本作"由"。

---

① 《幽怪诗谭》，文言短篇小说集。题西湖碧山卧樵纂辑，栩庵居士评阅，为明人所撰。六卷。
② 叶桂桐：《论欣欣子序系杭州书商鲁重民所作》，载《明清小说研究》2016年第1期。

第三十一回《琴童藏壶构衅　西门开宴为欢》："一箇杯子",内阁、首图本作"柑子"。按张评本、词话本均作"柑子"。"那玉箫就慌了",内阁本、首图本作"忙了"。按张评本、词话本均作"慌了"。

第三十二回《李桂姐趋炎认女　潘金莲怀嫉妒惊儿》："休叫那老淫妇来胡针乱灸的","灸",原作"炙",据内阁本改。按张评本、词话本均作"灸"。

第四十五回《应伯爵劝当铜锣　李瓶儿解衣银姐》："找出五百两银子来,共捣一千两文书",内阁本、首图本作"另捣"。按张评本、词话本均为"共捣"。

又,郑庆山先生在其大作《金瓶梅论稿》中说:"由以上比较分析,可见张批本和词话本(指《新刻金瓶梅词话》)全源于丁巳初刻本。词话本的底本就是丁巳初刻本,词话本对底本又作了极少量的文字修改。""张评本对崇祯本也是有少许修改的。"①

按:郑庆山先生说的词话本(指《新刻金瓶梅词话》),丁巳初刻本就是初刻本《金瓶梅》词话或曰"初刻词话本《金瓶梅》"。

王汝梅先生说:"竹坡从评点用的崇本,从《续金瓶梅》,有可能知道词话本的面貌,或了解词话本的存在。"

其实情况远不止如此,我们完全可以断定张竹坡手中就有词话本,但这个词话本是初刻本《金瓶梅》词话,而不是《新刻金瓶梅词话》。

第六节　张评本(第一奇书本)

小野忍、鸟居久靖、戴不凡、韩南、王汝梅、刘辉、黄霖、吴敢、王辉斌等对此均有研究。普遍认为第一奇书以绣像本为底本,王汝梅《金瓶梅探索》更明确主张"北大藏本这种绣像本才是张评本的底本",鲁歌《简说〈金瓶梅〉的几种版本》认为"张竹坡只读过崇祯本而未见到过词话本"。第一奇书本目前存世几十种,其主要版本流传过程,朱星《金瓶梅考证》分为"有图无图二种",目前则一般将其区分为有回评与无回评两个系列:无回评者有康熙乙亥本、在兹堂本、皋鹤草堂本、本衙藏版乙本、六堂本等,有回评者有本衙藏版翻印必究本、本衙藏版甲本、影松轩本、崇经堂本、11行25字本、四大奇书第四种本、玩花书屋本、目睹堂本、福建如是山房本、金闾书业堂本等。这两个系列还有几个大体共同的现象:有回评者均缺《凡例》《第一奇书非淫书论》(四大奇书第四种本另缺《冷热金针》),无回评者不缺;有回评者有图,无回评者无图;均有也仅有谢颐序(而且目睹堂本却仅有东吴弄珠客序)。

关于第一奇书本,也有两个颇有争议的问题

一是原刻本问题。孙楷第《中国通俗小说书目》谓"原本未见"。鸟居久靖《〈金瓶梅〉版本考》《〈金瓶梅〉版本考再补》均认为是康熙乙亥年的皋鹤堂刊本,"但它的下落不明"。韩南《〈金瓶梅〉的版本及其他》据陈思相《金瓶梅后跋》推测原刻本"应在1684年康熙二十三

---

① 郑庆山:《〈金瓶梅〉论稿》,辽宁人民出版社,1987年版,第102页。

年之前不久版行"。戴不凡《小说见闻录》认为是在兹堂本。刘辉《〈金瓶梅〉主要版本所见录》认为在兹堂本只是"第一奇书之早期刻本",其"第一奇书之原刻本"应为康熙乙亥本。王汝梅《关于〈金瓶梅〉张评本的新发现》(《金瓶梅文化研究》第四辑):"大连图书馆藏本为张竹坡1695年刊印的初刻本……吉林大学图书馆藏本为据张评初刻本复制,行款、版式、书名页、序与初刻本相同,但对评语有文字加工与删减,对小说的正文文字上有改动。大连图书馆藏本可简称张评甲本,吉大图藏本可简称张评乙本。……张评乙本的加工刊刻者是谁?经考证,初步判定为张竹坡的弟弟张道渊。"①大连图书馆藏本和吉林大学图书馆藏本均为"本衙藏版翻刻必究"本,大连本《寓意说》内有227字为第一奇书其余版本所无,系加拿大多伦多大学东亚学系米列娜教授发现,由王汝梅发布。此227字对研究张竹坡生平行谊至关重要。其《〈金瓶梅〉探索》说"本衙藏版乙本……只是在装订时未装入各回的回前评语",他同样认为"本衙藏版翻印必究本"所少的《凡例》《第一奇书非淫书论》亦系漏装,"如果是有意不装入此两篇,则可能有政治上的原因",其理由是"张评本回前评语与总评各篇、眉批、旁批、夹批是同一时期同一写作过程中的产品,而不可能分两阶段:先写总评、眉批、旁批、夹批,刊印为'康熙乙亥年'本(即在兹堂本或无牌记本),过了一个时期,再刊印补写回评的本衙藏版甲本",并举例"说明写回评在前,写眉批在后"。刘辉《金瓶梅成书与版本研究》认为"此说纯系误解。……现在看来,附录部分,文内夹批、旁批,是张竹坡于康熙乙亥年三月最先完成的,随后拿去付刻。而所有回评,则系以后所补评,故第一奇书最早刊本,皆无回评。"至于鸟居久靖所说"这些回评成于何人之手不清楚",王汝梅和刘辉对此观点却非常一致,均主张其著作权非张竹坡莫属。黄霖《〈金瓶梅〉考论》与刘辉、王汝梅的认识均不一样,他列举9条理由之后说:"目前一般所见的在兹堂本及无'在兹堂'三字的'康熙乙亥本'并不是张竹坡批评《金瓶梅》的原本。原本未见,很可能是已佚的芥子园所刊的四大奇书第四种本。……目前所见乾隆丁卯本、影松轩本等还是比较接近原本的。"并认为《凡例》《第一奇书非淫书论》《冷热金针》乃书商所为。吴敢《张竹坡评本〈金瓶梅〉琐考》则认为"皋鹤堂是张竹坡的堂号……皋鹤草堂本是徐州自刊本……而且是原刊本,……至于皋鹤草堂本封面刻有'姑苏原版'字样,当系张竹坡的伪托。"王辉斌《张评本金瓶梅成书年代辩说》认为"现存的康熙乙亥本与在兹堂本,均为张竹坡评本的二刻本,……张评本的首刊本,是没有我们今天所见到的包括康熙乙亥本、在兹堂本在内所附的上述三篇文章(按指《凡例》《第一奇书非淫书论》和谢颐序)……首刻则当在康熙三十二年张竹坡'客长安'之前"。

二是谢颐是谁的问题。阿瑟·戴维·韦利《金瓶梅引言》认为谢颐不是真名,顾希春译为中文时便干脆译成"孝义"。顾国瑞、刘辉《〈尺牍偶存〉〈友声〉及其中的戏曲史料》认为是张潮的化名。黄霖《张竹坡及其〈金瓶梅〉评本》亦认为谢颐即张潮。吴敢《张竹坡评本〈金瓶梅〉琐考》对顾、刘二位观点作有辨正,结论是"《金瓶梅》是张竹坡批评的,皋鹤堂是张竹坡的堂号,则作序于皋鹤堂的这个'谢颐',当即竹坡本人。《第一奇书·凡例》:'偶为当

---

① 王平等主编:《〈金瓶梅〉文化研究》(第四辑),中国戏剧出版社,2003年版。

世同笔墨者闲中解颐'；序中说：'不特作者解颐而谢'。两相对应，当出一人之手，可为佐证。"王辉斌《张评本〈金瓶梅〉成书年代辩说》则表示了不同意见。

版本问题实际是成书过程与传播过程问题。如刘辉《从词话本到说散本》分析"词话本究竟是一部什么样的书"，就是从成书与传播角度立论："《金瓶梅》词话未成书以前，已有不同抄本在不同地区流传，它未经严肃认真的加工整理，而是由不同抄本拼凑一起付刻的"。鲁歌《关于〈金瓶梅〉抄本、刻本、作者问题》有更大胆的推想："如果说《金瓶梅》有两个系统的话，那么我认为第一系统是《金瓶梅》抄本、初刻本、崇祯本、康熙间张竹坡评本；第二系统是《金瓶梅》词话稿本与刻本。"将这一过程说得相对完整的是梅节，他说："《金瓶梅》词话和先前几部中国古典长篇白话小说《三国演义》《水浒传》《西游记》一样，原是'说话'，明朝嘉靖、隆庆、万历间流行于运河区的新兴大众消费性说唱文学。以平话为主，配合演唱流行曲。起初叫《金瓶梅传》，编撰者为书会才人一类中下层知识分子，可能与源流久远的'罗公（贯中）有关'。听众则为河上工商、市井小民。由于这个接枝《水浒》的新段子贴近生活，语言鲜活，骂皇帝，骂贪官，出文人洋相，又穿插故事，唱曲子，有声有色，受到下层群众欢迎，不久就进入上层社会文人圈子。起初是些不足本，所以就有袁中郎等一班文人的传抄与收集。在辗转抄录过程中，有人将说—听的艺人场子演出本，改编为案头阅读的说部，就是'为卷二十'的说散本。笔者就其人文属性称之为文人本。金瓶梅在成书阶段，就出现艺人本和文人本两个版本系统。艺人词话本虽是母本，文人说散本改编自艺人本，但万历末天启初刊行的是文人改编、有丁巳弄珠客序和廿公跋、名为《金瓶梅》的第一代说散本。文人改编本市场反应甚佳。书林有人不久又找到另一本有欣欣子序的《金瓶梅传》，因讹误严重，并有破失，拟据文人改编本《金瓶梅》校补刊行。后来发现工程太大，只好中辍。只把文人本《金瓶梅》的第五十三回至五十七回拿来补缺，录入该本弄珠客序、廿公跋以作招徕。为有别于先出的说散本《金瓶梅》，更名为《新刻金瓶梅词话》。十卷本词话在天启末崇祯初刊出后，因为讹误太多，可读性不高，始终若存若亡，入清不久近湮没。可幸沉埋三百年后，却重现人间。文人改编的第一代说散本虽没有流传下来，但第二代说散本《新刻绣像批评金瓶梅》却流传下来了。根据这两个本子，我们大致可以弄清《金瓶梅》的成书经过和版本系统。"①

第七节 《绘图真本金瓶梅》与王文濡

关于《绘图本金瓶梅》，我最早看到的介绍是郑振铎先生《谈金瓶梅词话》。② 郑振铎先生称期为"佛斗、著类"。对这一本子的来龙去脉，黄霖先生叙述得最为清楚：

前面讲了词话本、崇祯本、张评本，这三种本子各有特点，各有价值，是《金瓶梅》研

---

① 梅节：《〈金瓶梅词话〉的版本与文本——〈金瓶梅词话校读记〉序》，《明清小说研究》2004年第1期。
② 郑振铎《谈金瓶梅词话》，原载《文学》第1卷第1期，1993年7月。胡文彬、张庆善选编《论金瓶梅》，文化艺术出版社，1984年12月版，予以全文收录。

究的主要对象。今天要讲的所谓"洁本""古本",实际上是民国以后的改写本,没有太大的研究价值,但它用"洁本""古本"来号召,十分动听,在20世纪二三十年代曾风行一时,一些老先生至今还留有深刻的印象,甚至到20世纪80年代,有的很著名的老先生还真的把它当作"古本"来宣扬呢!因此,也有必要稍稍讲一下。

所谓"洁本"《金瓶梅》最早是1916年由存宝斋铅印出版的《绘图真本金瓶梅》,平装两册。到1926年,由上海卿云图书公司删削了《绘本真本金瓶梅》的插图、诗词、评语后用《古本金瓶梅》名目重新出版,平装四册,以后有所重印,一时比较畅销。

粗看这部《金瓶梅》,似乎与词话本、崇祯本、张评本确实有异,但究其实质只是张评本的删改本。它就是在维持张评本百回篇幅和主要线索的基础上,将所有淫秽之词汰除干净并作了某些改写。

开首第一回"西门庆热结十兄弟　武二郎冷遇亲哥嫂",与张评本是相同的。第二、三、四回则纯为凭空结撰,重起炉灶,最为特别。这三回写西门庆得一奇梦,醒后去访问高僧。僧留给他一偈云:"一番风信二番花,指着三番信("姓"字谐音)不差。折取金莲归去后,鸳鸯楼上认君家。"应伯爵释得"三番"为"潘"字,疑有三寸金莲之女,应鸳鸯之约。当时有妓女叫小红的,正姓潘,应与西门庆一起去看后,很不中意。后到道灵子处拆字,指城隍庙之"隍"字解梦(今人姚灵犀曾指出:上海城隍庙有拆字摊,此著者狐尾自现也),由此应伯爵寻到王婆,结识了潘金莲。接着又写卓二姐游地府温柔乡,有唱道情的为西门庆、花子虚说法等事。至第五回才写裁衣、卖梨等与张评本第五回接上。这样,"古本"自第五回起所演的内容一直与张评本相差一回,直至第八十三回将张评本之"得双、冷面","含根、寄柬"两回并为"秋菊含恨泄幽情　春梅问讯谐佳偶"一回,才又合为一辙,以百回告终。古本的"目录",也如张评本那样用两字题像,如第一回"热结、冷遇",第二回"评梦、赠言",等等,明显地留下了承袭张评本的痕迹。然而,由于内容的删改,回目变动处不少;有的即使回目相同而内容大异。如词话本、崇祯本、张评本都相同的第二十七回"李瓶儿私语翡翠轩　潘金莲醉闹葡萄架","古本"第二十八回的回目与此一字不变,而所述内容则大不相同,一无秽语。所谓"醉闹葡萄架",只是写西门庆将茉莉花儿轻轻地向妇人耳朵内搅了一搅之类的情事。因此,《古本金瓶梅》确是一本地道的"洁本",且对原本中的许多方言俚语,乃至不通之处也作了不少修改,文字显得洁净,读起来容易上口。但它的修改毕竟大大影响了原作的韵趣。如第二十回瓶儿嫁至西门家后,小玉、玉箫戏谑她时故意问了"你家老公公"的一连串事,处处隐喻李瓶儿与花太监关系暧昧,最后画龙点睛地直接笑道:"说你老人家会叫的好达达。""古本"的伪作者或许认为"达达"两字为狎昵之词,就把此句改成"会使打仗的丢去马鞭子"。这样一改,神味全失,把这一段富有生活情趣的戏谑文字搞得稀里糊涂。再如第二十七回,当西门庆说"我等着丫头取那茉莉花肥皂来我洗脸"时,金莲因嫉妒西门庆刚对李瓶儿说过"爱你好个白屁股儿",就说道:"我不好说的,巴巴寻那肥皂洗脸,怪不的你的脸洗的比人家屁股还白!"脸比屁股还白,本身就是一句熟语,用于此时,倍增了金莲讥诮之味和凸显了金莲的妒忌之情。可是,"古本"忌讳"屁股"两字,前面改成了"你这身上好白哩",后面则改成:"怪不的你的脸洗的比人家身上的肉还白。"这正是失之毫厘,差以千里,还有什么意味呢?

《绘图真本金瓶梅》是谁搞的鬼呢?我们不妨来看看它的出笼过程。

最早透露《绘图真本金瓶梅》消息的是1915年发行的《香艳杂志》第九期。此杂志是王文濡主编的。王文濡,字均卿,别署新旧废物等,浙江吴兴人,曾主进步书局、国学扶轮社辑政多年,后又为中华、文明两书局编刊各家诗文集及楹联尺牍甚多,尤以《说库》《笔记小说大观》《香艳丛书》费力更大。1914年冬,与邹翰飞、高太痴、张蓴孙等编刊《香艳杂志》月刊。在第一期上,他用"新旧废物"之名发表"小说谈"九则,其前言云:"予幼时即喜诵小说,家贫不能具书,尝从亲友借之。庭训綦严,背人私阅,帐中一灯荧然,自宵分以至昧旦不倦。屈指三十年中,浏览所及,新旧不下五千余种。"可见他具有相当的小说根底。然其"小说谈"于第二期就不见连载,直至第九期,突然又发一篇《金瓶梅》的"小说谈",其前言云:

不作"小说谈"久矣。客之阅我杂志者,书来屡以为言,勉应其意,聊贡数则,专说《金瓶梅》事。其书不久当发现于世。

这里的最后一句话甚蹊跷。一部书或发现,或未发现,怎么说"不久当发现于世"?接着,他对《金瓶梅》一书略作评介后说:

今春过某氏(某氏素富藏书,以藏此书故不愿宣其姓氏),见有此书原本,则与俗本全异,为乾隆时扬州马氏小玲珑山馆所藏抄本,以赠大兴舒铁云,铁云转赠诸秀水王仲瞿者。仲瞿有考证四则,中有评注,则其妻金云门氏之笔也。简首有蒋剑人序。计此书经过之历史,由马而舒,由舒而王,由王而蒋,由蒋而归于某氏。近某书局请于某氏,拟借抄以刊行之,以存王本之真,以正俗本之误,甚盛举也。

这里似乎将来龙去脉讲得头头是道,但究竟此本目下来自何处,原来是一个"不愿宣其姓氏"的"某氏",实际上只是一个谜。然后,他又分析了"原本"与"俗本"的一些不同之处,并全文附录了所谓王仲瞿的《金瓶梅考证》。

紧接着"小说谈",同年《小说大观》季刊第二集发了一则《新刊绍介·原本金瓶梅》的广告:

原本金瓶梅

王元美著

此与列禁书之俗本全异,系扬州马氏小玲珑山馆藏本。秀水王仲瞿有考证四则,其妻金雪门有注,简首有蒋剑人序。以西门庆影射东楼一生,贪欲淫侈,元美目击,记载极为详尽,按诸正野各史,事事皆可指实,口诛笔伐,劝善惩恶,于是乎在。得此而后知俗本之伪托,洵无价值可言矣。向列禁书,以俗本之多秽语耳。今驯雅微妙乃尔,斯见元美之本来面目矣。此转从吴兴藏书家借抄付印,以供同好。(是书已在印刷中)

上海存古斋发行　各大书坊经售

时过一年,即1916年5月,社会上就出现了这部由"上海存宝斋"发行的《绘图真本金瓶梅》。这部书的卷首有"提要"一篇,内容基本与上述"广告"相同,只是结尾处无"是书已在印刷中"数字及个别文字有出入。这里至少有这样四点值得注意的不同:一是书名由《原本金瓶梅》改为《绘图真本金瓶梅》;二是"金云门"改成了"金雪门";三是初拟用"存古斋"的名义发行,后用了"存宝斋"的名目;四是初王文濡说从"不愿宣其姓氏"的"某氏"处得到,后则干脆说"特("广告"作"转")从吴兴(注意:王文濡即吴兴人)藏书家某氏("广告"缺"某氏"二字)借抄付印"。这里前三点不同,可见此书从"发现"到付印都很匆忙,对书名、发行所名乃至王仲瞿妻的真正姓名金五云都未仔细斟酌或搞清,一切只是临时应付而已。再加上这部小说卷首所附的"蒋敦艮《金瓶梅序》"和"王昙仲瞿的《古本金瓶梅考证》"也是矛盾重重,漏洞百出,一看便知是赝作。因此这部"真本"并不真,显然是后人伪造的假古董。伪造者是谁?最大的怀疑对象当然是吴兴人王文濡。他爱好小说,熟悉小说,也热衷于小说的出版。所谓《绘图真本金瓶梅》的消息也首先由他透露,且在《小说大观》及《绘图真本金瓶梅》中露出了来自"吴兴藏书家某氏"的马脚。因此,《绘图真本金瓶梅》多数是出自王文濡之手,至少他是个积极参与者。不过,这部《绘图真本金瓶梅》印数不多,流传不广。时间又过了十年,即1926年5月,上海有所谓"卿云图书公司"者冒称"从藏书家蒋剑人后人以重价得此抄本",予以重印,并改名为《古本金瓶梅》。这次,书商又耍了个花招,特请了"穆安素大律师"到处登报申明此书"一百回七十万言,内容雅洁,绝无秽亵文字",表示"当依法尽保护之责"。于是这部"古本"便能畅行无阻,得以多次重印。直到1935年排印的词话本的出场。假的毕竟是假的。当我们揭穿"古本""真本"的庐山真面目后,恐怕不会有人再从它出发去探求"初刻本"的奥秘了吧!①

---

① 见黄霖《黄霖〈金瓶梅〉研究精选集》,台湾学生分局,2015年6月版,第196—199页。

第四章 《新刻金瓶梅词话》

第一节 《新刻金瓶梅词话》的发现

第一,孙楷第《中国通俗小说书目》:"明万历本《金瓶梅》词话(一九三三年三四月间徐森玉先生、赵万里先生和我在琉璃厂文有堂发现,替北平图书馆买的)。"

第二,郑振铎《谈金瓶梅词话》:"半年以前,在北平忽又发见了一部《金瓶梅》词话,那部书当是最接近原本的面目的。北平古佚小说刊行会的储君,尝集资影印了百部,并不发售。我很有幸的,也得到了一部。"(此文署名:"郭源新"发表于1933年7月生活书店《文学》创刊号。)

第三,郑振铎《记一九三三年间的古籍发现》:"小说的发现,没有戏曲那么多,重要者尤少。去年冬,北平图书馆所获的《金瓶梅》词话二十册,当为近年来最大的一个收获。"

第四,朱星《〈金瓶梅〉的版本问题》:"今传世最早的一部万历丁巳年本《金瓶梅》词话,我曾请问吴晓铃先生是怎样发见的,他告诉我此事可问旧琉璃厂古书铺文友堂的孔里千同志。他记忆力很好,告诉我说:'文友堂在山西太原有分号,收购山西各县所藏旧书。在民国二十年(1931)左右,在介休县收购到这本刻大本的《金瓶梅》词话。无图,当时出价很低,但到了北京,就定价八百元。郑振铎,赵万里,孙楷第等等先生都来看过。最后给北平图书馆买去了。到民国二十二年,孔德学校图书馆主任马廉(隅卿)先生(曾在北大兼课)集资,用古佚小说刊行会名义把这部书影印一百部……'"

第五,黄霖主编《金瓶梅大辞典》(以下简称《辞典》)"北平图书馆藏词话本"条:"《新刻金瓶梅词话》藏本之一。此本于一九三一年冬,北平琉璃厂古书铺文友堂的太原分号,在山西介休县购得。以二千银元卖给北平图书馆。"

第六,王汝梅《王汝梅解读〈金瓶梅〉》(以下简称《解读》):"1931年冬,北平文友堂(琉璃厂的一家旧书铺)的太原分号,在介休县收购的一部木刻大本的《新刻金瓶梅词话》,十卷,无插图、无评语。当时只把它视为一般古籍,未认识到它的重要价值。在北京,经过专家郑振铎、赵万里、孙楷第等鉴定,才确认它是《金瓶梅》的最早刻本。后由北京图书馆出价二千银元收购入藏。民国二十二年(1933),孔德学校图书馆主任马廉(隅卿)先生采用集资登记的办法,以古佚小说刊行会名义影印了一百零肆部。"

第七,胡颂平编著《胡适先生晚年谈话录》(以下简称《谈话录》):"1961年6月12日星期一"载:胡适说:"这部古本《金瓶梅》词话,你们是不知道的。日本图书馆在重裱中国古书时,发现古书内的衬纸有《金瓶梅》的书页,共有8页。日本人不知道这8页是什么本子的《金瓶梅》,于是按照大小照相下来寄到中国来,问问徐鸿宝(森玉)、马廉(隅卿,中国小说专家)和我几个人。我们几个人都不知道是个什么版本,都不曾看过。恰巧在这个时候,北平书商向山西收购的大批小说运到北平,其中有一部大字本的古本《金瓶梅》词话,全部二十册,就是日本发现作衬纸用的《金瓶梅》。这部《金瓶梅》词话当初只卖五六块银元,一转手就卖300块,再转手到了琉璃厂索古堂书店,就要一千元了。当时徐森玉一班人怕这书会被日本买去,决定要北平图书馆收买下来。大概是九一八之后抗战之前的几年内。那一天夜里,已经九点了,他们要我同去索古堂去买。索古堂老板看见我去了,削价50元,就以950元买来了。那时北平图书馆用950元收买一部大淫书无法报销的。于是我们——好像是20个人——出资预约,影印104部,照编号分给预约的人。我记不起预约5部或10部,只记得陶孟和向我要,我送他一部。我们将预约多下来的钱给北平图书馆收买这书。也就在这时候,这书被人盗印,流行出来了。这书里有一百幅图,其中有些完全是春宫,是一部大淫书。志明不知道,为了发财就乱印出来了,怕他会出大乱子,便由你去告诉他,要他审慎。"

杜斌先生对上述记载作了如下的分析:

以上资料涉及《新刻金瓶梅词话》的发现、收藏、影印等情况比较一致的方面:一是此书由北平(今北京)书商在山西介休发现并收购;二是此书后来由北平图书馆收藏;三是这部书当时曾集资影印。但在有关重要细节上就多有不一致之处,特别是诸家与胡适之说有较大出入,兹分述并辨正如下:

一是此书被发现的时间。这一点朱文记孔里千"在民国二十二年(1931)左右"语焉不详,《谈话录》未具体涉及,可以不论。《辞典》《解读》等都说是1931年。郑文没有明确说,但该文以笔名"郭源新"在生活书店《文学》创刊号刊出时间为1933年7月,文中称"半年以前,在北平忽又发现了一部《金瓶梅》词话",应该是指1932年的冬天。这就与1931年说有了矛盾,未知孰是。但从郑文称"忽又发现"来看,他对此书的发现过程似不甚了了。所以,笔者倾向多家1931年冬在山西介休被发现的记载,较为可靠。

二是北平收购的《新刻金瓶梅词话》的书店是琉璃厂的文友堂,还是索古堂。对此,诸家都说是文友堂,唯《谈话录》记胡适说是"索古堂"。对胡适的说法,黄永年先生《读书求疵录》已经指出:"彼时琉璃厂并无名'索古堂'的旧书店,是不是哪个旧书店被错听成'索古堂'?"

三是书到北平后,是否曾经"转手"。按诸家之说是书到北平后,直接由文友堂卖给了北平图书馆,但《谈话录》记胡适说"这部《金瓶梅》词话当初只卖五六块银元,一转手就卖300块,再转手到了琉璃厂索古堂书店,就要一千元了"。这里,虽然《谈话录》称"索古堂"应是听错记错了,但"一转手""再转手"与"转手"的过程,却不大可能是听错记错的,更不会是编造出来。所以当时一定是胡适这么说,胡颂平又这么记下来的。而胡适是当事人之一,嗜好古本,他在三十年后的回忆,纵然不一定百分之百的正确,却比较1980年"年近六十岁"与1931年可能还不到10岁的孔里千的话,应该要可靠得多,北平琉璃厂古书铺文友堂的太原分号,在山西介休县购得的说法并不可靠。而尽管胡适讲得不很明确,但《新刻金瓶梅词话》到北京后,曾经被"转手"应该是事实,但转手后的所有者是文友堂也是事实。

四是此书收购,"转手"与最后入藏北平图书馆的价格。朱文记孔里千说介休原主"当时出价很低,但到了北京,就定价八百元";《辞典》等称"以二千银元卖给北平图馆";《谈话录》记胡适说"这部《金瓶梅》词话当初只卖五六块银元,一转手就卖300块,再转手到了琉璃厂索古堂书店,就要一千元了",所谓索古堂书店老板因为看他的面子,"削价50元,就以950元买来了"。三说的是非,孔里千说"当时出价很低",与胡适说"当时就卖五六块银元"相合,应该属实。虽未知"定价八百元"与"出价二千银元"两说的根据是什么,但我们以为,尽管胡适晚年记忆与纪录者都有不准确的可能,但同样因为胡适是当事人,又这种面子上的事不容易忘却,所以他的说法应该更可信一些。又,因为"那时北平图书馆用950元收买一部大淫书无法报销",所以胡适等"好像是20个人"以预约发售的方式集资影印,"将预约多下来的钱给北平图书馆收买这书",也应该是不错的。这就是说,《新刻金瓶梅词话》最低的收购价可能不是孔里千说的"八百元",也不是当今学者所述的"二千银元",而是950块银元。这钱是胡适等人出的,也就是说,书不是北平图书馆出资收购,而是胡适等人集资收购后赠送给北平图书馆入藏的。

五是"北平古佚小说刊行会"影印此书的时间与部数。朱文、《辞典》、《解读》等都说是民国二十二年即1933年,郑文发表于1933年7月,已称"北平古佚小说刊行会的储君,尝集资影印了百部",作追忆口吻,似此书不当影印于当年;称郑振铎说是"百部",朱文说是"一百部";《辞典》《解读》《谈话录》都称104部,梅节先生称为"一百二十套"。看来称"百部"的是约数,梅节说"一百二十套"肯定是错误的,可信是胡适与后来多家所认可的104部。

六是参与鉴定、集资影印和收购的人。文友堂的老板为第一人是不必说了,我们也缺乏有关的资料。此书到北平后,其他最早见到并鉴定此书的学者,朱文记孔里千说"郑振铎、赵万里、孙楷第等先生都来看过",《解读》说"在北京,经过专家郑振铎、赵万里、孙楷第等鉴定,才确认它是《金瓶梅》的最早刻本"。但从郑振铎《谈金瓶梅词话》一文中说"半年以前,在北平忽又发现了一部《金瓶梅》词话,那部书当是最接近于原本的面目的。北平古佚小说刊行会的储君,尝集资影印了百部"的语气,我们感觉他不像是最早亲见过此书的人,不然他就不会称"集资影印"者为"储君"和以得影印本为"有幸"了。今人以此书一开始就经过了郑振铎等人鉴定的说法,似当存疑。按《谈话录》提到参与鉴定、集资影印和收购的人,除胡适本人外,还有"徐鸿宝(森玉)、马廉(隅卿)",应该是可信的。三人中许森玉是发起人,他们"一班人怕这书会被日本买去",而集资收购此书,是文化人爱国的义举,应予褒扬。其中胡适当时地位名望最高,是玉成此事的主要人物,他也出资较多。但亲自主事也出力最多的,当推马廉(隅卿)先生。所以,诸家记此书收购影印多只提马廉先生。虽然不够尽情,但也说得过去了。但若细说此事,徐森玉、胡适的功劳,也实在不该忘记而值得一提。

综合以上所论述,《新刻金瓶梅词话》被发现、收购与影印入藏的细节虽然还有不甚明晰处,但基本的事实已经可以确定下来。即是书于1931年冬,由北平琉璃厂某书商以大约"五六块银元"的"很低的价格",从山西介休收购来京,"一转手就卖300元"给了文友堂,文友堂再转手就把价格抬到了"一千元"。徐森玉等人唯恐被日本人买去,决定要北平图书馆买下来,夜9时造访胡适邀胡同去买书。文友堂老板以950元转手给了徐森玉等。但是,由于"那时北平图书馆用950元收买一部大淫书无法报销的",徐森玉等20个人"出资预约,影印104部,照编号分给预约的人",用预约多下来的钱给北平图书馆收买这书。《新刻金瓶梅词话》是先影印再归北平图书馆收藏的,马廉等为影印此书出力甚多;它不是北平图书馆收购的,而是徐森玉、胡适等人为避免被日本人买去流出国内,出资收购送给北平图书馆的。因此,这是《金瓶梅》流传史上的一则佳话,除徐森玉、马廉之外,胡适在其中扮演了重要角色。这使人想到胡适后来收藏《红楼梦》甲戌本的故事,虽具体情景有所不同,但与此可以并称他对中国古代小说版本流传的两大贡献。以后有关的记载,都应该考虑统一到这些基本的事实上来。①

第二节 《新刻金瓶梅词话》版本分析

一、黄霖《毛利本〈金瓶梅词话〉读后》摘录

现存基本完整的《金瓶梅》词话有三套:一是1931年在山西发现的,现藏台北"故宫博物院";二是1941年发现的,现藏日本日光山轮王寺慈眼堂;三是1962年发现的,原为日本江户时代德山藩主毛利氏之物,现藏日本周南市美术博物馆。这三套书均非藏在图书馆,故长期以来一般读者都难以翻阅。去年5月,我在广岛大学助教授川岛优子女士的精心安排、热情导引下,偕同日本的《金瓶梅》研究专家佛教大学的荒木猛教授、山口大学的阿部泰记教授与德岛大学的田中智行、广岛大学的陈翀两位先生一起阅读了半个世纪以来似乎没有学者目验过的毛利本,于是有一些想法与疑问,提出来就教于方家。

(一)大安本的成绩与疏误

毛利本发现后不久日本大安株式会社于1963年即将此本与日光本,两部补配完整影印出版,人称"大安本"。大安本在其卷首《例言》中说此本"一概据原刊本而不妄加臆改。至于原本文字不鲜明之处,于卷末附一表"。又说原学者普遍所据的"古佚小说刊行会影印本,以北京图书馆所藏本为据,不但随处见墨改补整,而且有缺页"。学界一般都认为大安本为当前研究《金瓶梅》词话最全又最为可靠的本子。

1. 大安本《金瓶梅词话·例言》《金瓶梅》词话卷首,东京:大安株式会社,1963年8月版。本文所据本即此五册精装,大安株式会社仅印过这一本,其余市上的"大安本"均系盗版或翻印本。

---

① 杜斌:《关于〈新刻金瓶梅词话〉发现、购藏与影印》,《河南教育学院学报(哲学社会科学版)》2009年第4期。

2. 此本，即目前台北"故宫博物院"藏本。它于1931年在山西省介休县发现，被当时的北平图书馆购入，1933年由马廉发起以古佚小说刊行会的名义首次影印。抗战时寄存于美国国会图书馆，后还给中国，藏于台北"故宫博物院"。

去年，台湾里仁书局翻印大安本时所写的《重印〈新刻金瓶梅词话〉大安本说明》，又在历数中土各印本的缺失之后强调大安本"为学术界与读书界所重"。

其实，毛利本与日光本本身也均不完整，且都比中土本缺页更多。中土本仅缺第五十二回两页，而毛利本缺第二十六回第9页、第八十六回第15页，以及第九十四回第5页，共三页；而"慈眼堂所藏本缺五页"，更何况受过鼠害。

3. 大安本的好处是在确认两本除第五回末页异版之外余皆同版，故可择善补配成一种完整的本子。

4. 这比起古佚小说刊行会用崇祯本的两页文字来抄补中土本的缺页显然更好，大安本的这一优点显而易见。

大安本的工作细致之处还在于卷末附有《日光本采用表》与《修正表》，分别交代了将毛利本作为底本的基础上采用日光本的页码，以及一些个别修正的文字。今将毛利本与大安本相校，发现其用日光本来取代的页面基本上是合理的。这些被取代的页面，主要是由于毛利本的个别页面有缺损，或者是印刷不良。就页面纸张来看，毛利本有的是明显破损有洞，如第五十五回第2页反面；有的是被虫蛀坏，如第六十回第1页等；有的是纸面破损修补后仍然模糊或有缺字，如第十三回第2页反面等；有的印纸存有泥边，不雅观，如第三十四回第12页第8行等；有的纸有污迹，如第二十回第15页正面等，诸如此类，数量不少。

就印刷方面来看，主要是存在着墨色浓淡不均的情况，有的页面的个别行、个别字印得太淡，特别是边角等处甚至没有刷到，如第五十九回第5页第1行开头"半卸"两字与最后一字"绡"，都印得很淡，几乎看不清了，而日光本就印得较好。与此相反，有的页面的个别字、行的墨色太浓，也显得文字模糊，如第四十二回第11行。

大安本尽力汰去了毛利本在纸张与印刷中有问题的页面，择取完整、清晰的页面来补全，是有功绩的。但是，他们的工作看来还是比较匆忙，因而也存在着不少选择有误、处理不当的问题，以下就略举数例并稍做说明。

以次换好，补配不当。《日光本采用表》所列第一例就有问题。此例是大安本第1卷第56页第二回第8页反面。此页的毛利本完整、清晰，大安本却莫名其妙地弃之不用，选了于第2行缺了第1个字"便"的日光本，真是匪夷所思。这就造成了大安本于此页缺了一个字。

5.《修正表》的第一例同样也存在问题。此例见第1卷第5页第一回第3页的正面。此页第1行的第23字是"着"字，毛利本十分清楚，日光本此字缺，大安本却选用了漏缺此字的日光本，再作"修正"说明，真是多此一举。毛利本此页第1行第23字不缺，大安本此页第1行第23字缺。

本文所据大安本,是1963年8月的初印本,后来的盗印或翻印本多有添补,已违背"一概据原刊本而不妄加臆改"的原则(《例言》)。

同一回第7页正面第1行第23字,毛利本不缺字,而大安本则缺了一个"中"字,当为错选了日光本,然后再作"修正"。此类"修正"与"说明"显然都无必要,而是自找麻烦,故作多情,且直接影响了大安本的正文,留下了一些缺字空白,降低了印本的质量。

再有一类补配不当的是,尽管日光本没有缺损漏字,但字迹不清,结果就选用了不清楚的替代了本来清楚的毛利本。如第十八回第1页反面,其第10行首两字为"瞿叔",毛利本、中土本都很清楚,而大安本却模糊难辨,显然是误选了模糊不清的日光本所致。类似的如第二十八回第8页正面第3行第10字"升"、第一百回第8页第2行的第11字"炕",也是毛利本清楚而大安本难以辨认,大安本反取了难认的日光本。其他如第八回第5页反面、第三十一回第15页反面、第四十九回第6页正面,都存在着类似的情况。毛利本第3行"升"字清楚,大安本第3行"升"字不清,工作粗疏,列表有误。大安本所附两表,对于读者了解本书采用两本页面的具体情况是有说明的,但其在制作过程中也有一些错误。如《修正表》第5页最后一行到第6页开头二行,连续三行分别记录了第三十七回第7行、第8行所修正的三个字,实际上这都不是在第三十七回,而是在第三十九回的。看来,这并非是排印时的误植,而是提供的底稿就已搞错了。

另有,实际上是采用了日光本,而在表上没有反映出来。如第五十三回第11页正面最后二行毛利本有多字模糊不清、第13页正面第4、5、6行第一字毛利本也未印好,大安本实际用的是日光本,而在表上并未说明。毛利本后二行漫漶不清,大安本实用清楚的日光本以上这些,都是在匆忙阅读之中发现的大安本的疏误不善之处,假如有时间、有条件细细校读的话,或许会发现更多的问题。

(二)毛利本与日光本刷印的先后问题

毛利本与日光本除第五回末页异版之外,其余当为同版,因为一些具有特征性的地方,如断框、墨钉、鱼尾的变化等完全相同,其版式、文字等更是一致,这是20世纪60年代的发现者、研究者与整理大安本的编辑们的共识,且在"谁是兄长,谁是弟弟(即哪一本早些)"问题上大致都认为日光本先印,毛利本后印。在这里,长泽规矩也教授的意见恐怕起了决定性的影响。长泽教授于1963年初次将两本的照片相校的时候,得出的结论就是:"大概毛利所藏本是稍稍早些印的本子。"可是他后来受了大安本整理者发现第五回末页异版的影响之后,又去日光匆匆地翻阅了一册六回,虽然承认未能作出真正的"解决谁是兄长,谁是弟弟"的问题,但仍然下了与以前完全相反的"结论":作为结论是,慈眼堂所藏本第九页框郭切去一角,而毛利所藏本完全没有。这是补刻的第一个证据。第二,如果考虑到回末的形式,因为其他回都整齐划一,修改得这样不整齐是不自然的。第三,在部分的不同方面,从详到略可以认为是自然的。或者,可以认为关于"何九"有一些考虑。就一个字的不同而言,考虑到容易懂,改成了"号";因为是死人的身体,改成了"尸",这也是自然的。如果这样考虑的话,日光山所藏大概是稍稍早印的版本吧。

长泽教授是第一个浏览这两本词话本的著名专家,他的意见应予重视,但我觉得,他的第一感觉是正确的,而第二次的分析、推理都受到了其他人的影响后存在着一些问题。由于大家所下的判断主要是根据异版的第五回末页所决定的,所以还是从这里说起吧。第五回末页即第五回第9页两本不同的情况如下……

从以上的对照中,可以明显地看到毛利本与《水浒传》基本一致,于是长期以来学界普遍认同这样的结论:"毛利本第五回里,第九页(正反两面全部)的内容因原版缺失而据《水浒传》补刻而成",也即日光本是原刊,毛利本是后来据《水浒传》"补刻"的。然而,从今天看来,这个结论似有重新讨论的必要。首先,从《金瓶梅》词话这几回的情况来看,本来就是从《水浒》而来。就以这第五回来看,其文字基本上与《水浒》相同,除了加了两段有关迎儿的话之外,只是在一些个别文字上有所改动,所以它与《水浒》的文字相同是顺理成章的事,只有不同才是奇怪的,才当怀疑它是否是后来修改补刻的。①

其次,正因为《金瓶梅》词话从《水浒》而来,一般并不增添字句,毛利本以下这句话本是十分通顺的:"只有一件事要紧。地方上团头何九叔。他是个精细的人。只怕他看出破绽不肯殓。"而日光本是:"如今只有一件事要紧地方。天明就要入殓。只怕被仵作看出破绽来怎了。团头何九。他也是个精细的人。只怕他不肯殓。"它或许是为了说明"要紧",就加了一句"天明就要入殓,只怕被仵作看出破绽来怎了"。岂知这里上半句话加得还有道理的话,下半句根本就是与下面的文字是重复的,且硬插在中间,将"地方"两字搁在前面,使整个句子读不通了。这就是一个明显后加的证据。

第三,从第五回的结尾与全书每回的结尾的形式比较来看,毛利本与所有结尾是相同的,即在引诗后,将"毕竟未知后事如何且听下回分解"放在最后。而日光本却先说"要知后项如何,且听下回分解",然后再引两句诗:"雪隐鹭鸶飞始见,柳藏鹦鹉语方知。"这与全书的格局相异,故不似初刻。

第四,或许是最重要的一点是,从这一页的个别文字来看,日光本与前文所刻的同一字是不同的,而毛利本与前所刻是相合的。……

我们再将这一不同与第五回中的其他"说"字相比,可以发现:毛利本的是与第五回中的其他"说"字是一致的,而日光本是与前文不一致的。

这就有理由说明毛利本第五回的末页与前面所印是同版,而恰恰是日光本存在着"补刻"的嫌疑。在这里,需要作补充说明的是,从《金瓶梅》词话的全书来看,"说"字共有三形,除上面所说的两种之外,另有一"说"右边中间部分不是"口",而是"厶"。由于全书是由不同的刻工分工刊刻的,所以会产生不同的"说"字,本来是十分正常的,但一般同一刻工是连续刊刻数块版子时,当用的是统一的字形,不大可能一会儿这样写,一

---

① 饭田吉郎:《〈关于大安本〈金瓶梅词话〉的价值〉,原载1963年5月《大安》第9卷第5号。引自黄霖等编译《日本研究〈金瓶梅〉论文集》,齐鲁书社1989年10月版,第100页。

会儿又那样刻,只有不同的刻工雕版时,才会出现不同的写法,所以我们有理由说毛利本第五回的末页是与第五回的其他版子是同一刻工同时下刀的,而日光本是另一刻工所刻,其"补刻"的嫌疑显而易见。……

除了从第五回末页的情况来分析两本孰先孰后之外,还要看全书的风貌。从大安本整理的情况来看,以毛利本作为底本,仅用少量的日光本来补配,本身就可说明这样一个事实:即毛利本从总体上比日光本好。事实上,用日光本补配的部分,主要是毛利本的纸张有破损、污迹之处,这无关乎印刷时所用雕版的先后好坏。当然,也有一些可能关系到雕版的问题,如上文指出的毛利本第五十九回第5页第1行开头"半卸"两字与最后一字"绔",都印得很淡,几乎看不清了。也有的页面上个别的字、行的墨色太浓,显得文字模糊。如第四十二回第11行。这些地方都显得日光本比较好。但是,这种情况相对比较少,且这也可能是印刷过程中的马虎、失当所产生的,不一定就是因为所用雕版先后的问题。从总体上看,应该说还是毛利本印得比较清晰,日光本模糊不清的地方多。除了上文所举大安本选用日光本的失误的多例可说明问题之外,还可列出大量的例子来说明毛利本所印优于日光本。至于长泽教授后来的一些其他推理也是可以讨论的。

第一,长泽教授所说的毛利本第五回末页"完全没有"框郭,这似乎与事实不符。我目验毛利本时拍摄的照片与大安本所印的一样都是有框郭的,其左上角的框郭只是墨色稍淡而已,与日光本最后一页的左下角完全没有是不同的。……

退一步说,即使认为毛利本左上角缺框,也与日光本缺左下角框不同,两者之间的这种不同也不能作为判断版子先后的依据。第二,第五回结尾的形式不整齐的是日光本,而不是毛利本,毛利本的结尾形式与全书其他各回是一致的。第三,在考虑日光本与毛利本二本文字的详略不同等问题时,不能一般地认为"从详到略可以认为是自然的",应当考虑到在二本之外还有一本与此有密切关系的《水浒传》。《金瓶梅》词话的特点是从《水浒传》而来的。假如将三者联系起来考察的话,当首先看到《水浒传》与毛利本是基本一致,属于"略"的,日光本是相对"详"的,更何况如"尸"与"身"、"号"与"嚎"等个别字的不同,也是毛利本都与《水浒传》相同,这都说明毛利本与《水浒传》接近,更有可能先刻,相反,与《水浒传》不同的当为后刻,因而毛利本与日光本第五回末页产生的次序应该看成是从略到详才是自然的。总之,根据以上分析,我还是倾向于毛利本比之日光本似乎是先刻先印。

(三) 中土本与日本两本的比较

中土本《金瓶梅》词话与日光本包括第五回末页在内,完全是同版,因而三本除第五回末页之外全是同版,这也是学界的共识。现在要比较的是,哪一本最完整与印刷得最清楚。讨论这个问题时,我本想3月20日去台北"故宫博物院"看一下中土本的原件后才写这篇文章,但因故不能先来看原本,就只能据联经版来加以比较。里仁书局去年出版的《重印〈新刻金瓶梅词话〉大安本说明》说联经本印的"正文虚浮湮漶",但据我看来,即使如此,它比之日光本、毛利本以及由此而来的大安本都清楚而完整。下面,我择取各类情况来稍加比照。

首先,看字迹。以下是第六十七回第 14 页正面第 11 行第 1 个字"服"。毛利本与大安本(实际上,这一页右上角的边框也是联经本完整)同样模糊缺笔,而联经本不缺:日光本毛利本日光本(大安本)①

联经本

联经本套印的批改部分确有一些问题,但我们比较的是正文,当关系不大。

第二,看边框。第七十六回第 16 页反面的第 11 行的第 1 字"他",三本都有点偏,可见是同版,但其左上框,可见毛利本与日光本(大安本)都有缺失,而联经本完全:毛利本日光本(大安本)

联经本

第三,广告牌裂。第七十八回第 23 页反面的倒数 4—5 行,毛利本与日光本(大安本)都有一行明显的裂痕,而联经本几乎看不清:

毛利本

日光本(大安本)联经本

第四,看行线。本书每一行之间原来都有一条细线分隔,版子初印时此线一般都比较清晰,版子用多了,这条细线就会逐渐淡去。今比较三本的中线也可窥见一斑。今举一例:第九十二回第 12 页反面,毛利本还稍留一点淡痕,日光本(大安本)已几乎全无,联经本则留有较多的黑线,三者相比,一目了然。毛利本日光本(大安本)

联经本为了节约篇幅,以上从四个方面仅各举一例来说明联经本比之毛利本与日光本(大安本)都比较完整与清晰。假如再抛开这些具体的差异,从总体上看的话,这四页联经本的版面也都比另外两本清晰,并非是"虚浮湮漶"。当然,这或许是古佚小说刊行会与联经图书出版公司在用现代技术影印时,经过了一定的加工、修补,中土本原书的面貌并非如此完整而清晰,但是,如上面谈到的板裂与行线的问题,恐怕不大可能是经过了修补与加工的。这一切,只能等我今年下半年另找时间来台北"故宫博物院"看过原本后才能再下结论吧!

总而言之,这篇文章想说的是三句话:第一是大安本并非是学界普遍认为的理想本子;第二是毛利本第五回末页并非是补刻,其全书也可能比日光本印得稍早;第三是中土本应该是目前存世的最佳的本子,希望在有生之年能看到一种真实地影印中土本的《金瓶梅》词话,并附印毛利本的第五回末页,同时用毛利本补上中土本缺失的第五十二回中的两页。②

---

① 此处及以下多处引文缺图,只有图注,故文句读起来不大连贯。
② 此文收入黄霖:《黄霖〈金瓶梅〉研究精选集》,台湾学生书局"金学丛书"第二辑,2015 年 6 月版。

二、《台北"故宫博物院"藏〈金瓶梅词话〉读后》摘录

笔者去年在广岛大学川岛优子助教授的帮助下,有幸亲睹了德山毛利本,写了《毛利本〈金瓶梅词话〉读后》,作为今年 4 月台湾嘉义大学举办的小说戏曲研讨会的会议论文。会后,花了一天时间去台北"故宫博物院"匆匆忙忙地翻了另一部原刊词话本,于 10 月再次花了一周的时间重读,由此而想就这本词话本及它的主要影印本谈一些看法。

(一) 台北藏本品相最佳

当上世纪六十年代日本发现毛利本并接着影印大安本的时候,一些学者在介绍其优点时,往往自觉或不自觉地将它们与现藏在台北"故宫博物院"的中土本的影印本的缺点相比较,这样就很容易且事实上给学者们造成了某种错觉,认为毛利本、慈眼堂本及影印的大安本比较好,而藏于中土的本子较差。最有代表性的是大安本的《例言》说:

> 一、吾邦所传明刊本《金瓶梅》词话之完全者有两部。日光山轮王寺慈眼堂所藏本与德山毛利氏栖息堂所藏本者是也。

> 三、古佚小说刊行会影印本。以北京图书馆所藏本为据。不但随处可见墨改补整,而有缺页。

这里突出了日本所藏"两部"均是"完全者",而中土本则"有缺页",还加上"随处可见墨改补整"。

与此相呼应,在专刊宣传大安本文章的 1963 年 5 月《大安》第 9 卷第 5 号上发表的饭田吉郎教授的《关于大安本〈金瓶梅词话〉的价值》中说:"北京图书馆本及其影印本都是缺少第五十二回第七、第八两页原文,这当然是件美中不足的憾事。然而,现在的大安本由于使用了与北京图书馆同版的日光慈眼堂藏本,所以理所当然地消除了这个缺陷。"

同期所刊的鸟居久靖《〈金瓶梅〉版本考再补》一文也说:"顺便说一下,在北京本中缺少的第五十二回第 7、8 页在慈眼堂本中是完整的,……这个版本(按,指慈眼堂本)就成了海内唯一完整无缺的版本,这实在是贵重的东西……"诸如此类,在学界造成了影响,往往误认为中土本是缺了两页,而日本两部都是完整的。

其实,日本两部都不"完全",且缺页都比中土本更多。中土本缺 2 页,而毛利本缺 3 页:第二十六回第 9 页、第八十六回第 15 页,以及第九十四回第 5 页。慈眼堂本笔者未能获见,而据当年翻过此书的长泽规矩也说:"慈眼堂所藏本缺五页",可知缺页更多。因此,大安本《例言》所说"吾邦所传明刊本金瓶梅词话"之"两部"是"完全者"的说法并不确切,更不能以此虚假的"完全"来与中土本的缺页相对照,引导人们得出不正确的结论。更重要的是,我目睹了毛利本与中土本之后,从其纸张、墨色等完整性、清晰性等各方面来看,毛利本的整体品相远不能与中土本相比。我在今年台湾嘉义大学举办的小说戏曲研讨会上发表《毛利本〈金瓶梅词话〉读后》时,仅将毛利本与中土本的影印本

"联经本"相比,就已经有这样的感觉,会后翻阅了台北"故宫博物院"所藏的原书,进一步加深了这一印象,更觉得中土本之美好。因此,当我在台北"故宫博物院"翻阅此书时,心里禁不住惊叹:想不到这部《金瓶梅》词话竟是这样的完好!

(二)"墨改补整"是利多弊少

中土本常遭诟病的是"随处可见墨改补整"。所谓"墨改补整",即是在流传过程中有人或用朱笔,或用黑墨,将正文的文字进行批改。其批,有眉批,有旁批。其改,有正字在原文之旁,也有迭改在原字之上。其色有深浓与浅淡之别,也有陈旧与略新之异。

总的看来,可肯定不是成于同一时间,也有可能不是出于一人之手。这些墨改文字,从强调原版的整洁性的版本学家看来,无疑是有碍观瞻的。但从我比较关注文学批评与实际校字效果的角度看来,这些"墨改"文字不但不全是病,而且自有它的价值所在,应该予以重视。它的价值主要表现在两个方面:

1. 就批来讲,全书留下一百三十条批语,虽然文字不多,但有的也颇精彩,对于理解《金瓶梅》的艺术奥秘是有帮助的。且看以下例子:

第三十八回第8页反面,写潘金莲等西门庆不回,弹了回琵琶后"和衣强睡倒",这时"猛听的房檐上铁马儿一片声响,只道西门庆来到,敲的门环儿响",此处批道:"模拟情境妙甚。"……

2. 就改来讲,不容讳言,也有一些地方改错了,但绝大部分是改得对,改得好,纠正了手民传抄与刊刻过程中的错误。特别是一些用朱笔圈改或改在旁边的文字,即使将原文圈掉,甚至改错了,但仍能清楚地看到原文的真面目,让读者能判断孰是孰非。最不可取的无非是用黑色墨笔圈勾或直接涂改,因经此一涂或一改,原来的文字已不可辨认,这就有了"破坏"之嫌了。但好在这类直接用墨笔涂改的地方并不多,所改之处多数是有道理的,比如第八十一回第7页反面第3行,将"陈经济"改成"来保",第八十二回第1页倒数第3行将"有人根前"改成"有人跟前",第9页反面第2行将"才本叫了你吃酒"改成"崔本叫了你吃酒",第八十六回第11页反面第8行,将"也长成一条大溪"改成了"也长成一条大汉",等等,这些校改都是有道理的。因此,我们对中土本的"墨改补整"应该作实事求是的具体分析。或者说,这些"墨改补整"还是利大于弊的。①

第三节 《新刻金瓶梅词话》与初刻本《金瓶梅》词话的关系

一、黄霖先生的见解

黄霖在《〈金瓶梅〉词话本与崇祯本刊印的几个问题》中说:

---

① 此文收入黄霖:《黄霖〈金瓶梅〉研究精选集》,台湾学生书局"金学丛书"第二辑,2015年6月版。

(一)《新刻金瓶梅词话》即是初刊本

说《新刻金瓶梅词话》即是初刻本,首先要说明的是对于"新刻"一词的理解。"新刻"的确可以理解为在原刻的基础上重新刊印。叶德辉《书林清话》卷一在述其"刊刻之名义"时曾对"新雕""新刊"作了这样的解释:"刻版盛于赵宋,其名甚繁。今据各书考之,……又曰新雕,乃别于旧版之名。《瞿目》校宋本《管子》二十四卷,每卷末有墨图记云'瞿源蔡潜道墨宝堂新雕印'是也。……又曰新刊,亦别于旧版之名。《天禄琳琅》三庆元六祀孟春建安魏仲举家塾刻《新刊五百家注音辨昌黎先生文集》是也。"刘辉先生即据此义而认为词话本是二刻:"正因为有原刻在前,故特别标明此为'新刻',列于每卷之首。"但是,时至明代,特别是在刊刻戏曲、小说时,"新刊""新刻"的含义往往有所变化,"新刊""新刻"特指初刻的情况也屡见不鲜,即以叶德辉的《书林清话》来看,也有将"新刊"指为初刊的。……

(二)崇祯本必据《新刻金瓶梅词话》修改而成

梅先生的一个核心论点,即是不但"崇祯本并非源自十卷词话",而且反过来,"《新刻金瓶梅词话》曾据文人改编的第一代说散本校过,录入其改文"。而我认为,目前所见的崇祯本必据目前所见的《新刻金瓶梅词话》修改后成书,故词话本不可能根据尚未问世的崇祯本来校改。

理由之一,还是从避讳来看。词话本不避崇祯之讳,而崇祯本在"花子由"的避与不避的问题上全照抄词话本(只是后半部将"油"换成"繇"),后面又避崇祯之讳。这清楚地说明了崇祯本后出,且留下了修改词话本而成书的痕迹,而不是源自所谓"第一代"尚未刊印的廿卷抄本。

理由之二,还是我曾经强调过的卷题问题。1988年《金瓶梅研究》第一辑载拙文《关于〈金瓶梅〉崇祯本的若干问题》中的一段话,有必要重新引录一下:

众所周知,今存崇祯本都为五回一卷,共二十卷。每卷前一般都题"新刻绣像批评金瓶梅卷之×"。此题名与全书目录前题名相同。然而,其中有几卷的题名较为特殊。今以上图甲本为例,情况如下:

卷六题:新镌绣像批评金瓶梅卷之六;

卷七题:新刻金瓶梅词话卷之七;

卷八题:新刻绣像评点金瓶梅卷之八;

卷九题:新刻绣像批点金瓶梅词话卷之九;

卷十题:新刻绣像批评金瓶梅之九;

……

卷十四题:新刻绣像批点金瓶梅卷之十四;

卷十五题:新刻绣像批点金瓶梅卷之十五;

卷十六题:新刻绣像批评金瓶梅卷之十。

令人吃惊的是,与上图甲本大有出入的上图乙本、天津本,除了卷十六题作"新刻绣像批评金瓶梅卷之十五"(按:"十五亦误")之外其他与此全部相同。不但如此,北大本除卷七题"新刻绣像批评金瓶梅卷之七"外,其余悉同。以此类推,天理本,乃至王氏本估计都是如此。于此,我们可以清楚地看到以下三点:

1. 卷七、卷九两处多出"词话"两字,特别是卷七的题名,竟与词话本完全相同,这无疑是修改词话本时不慎留下的痕迹。假如崇祯本与词话本是平行发展的两种本子,甚至先有崇祯本,后出词话本的话,就绝不可能两处凭空加上这"词话"两字。

2. 当为卷十处的卷号却题作"卷之九",卷十六处上图甲本缺"六"字,上图乙本作"十五"。这些纰漏都说明此崇祯本的"二十卷"是据词话本临时仓促编排而成,并非来自经过辗转传抄的原有的二十卷本。

3. 从一会儿冒出"新镌",一会儿又冒出"批点""评点"来看,也都可以看出临时修改、添加的混乱情况,不像据原本刊成。这些现象,是客观存在,不是凭臆测所得;从中得出的结论,我还是坚持。特别是第 1 点,这是崇祯本修改词话本的活化石,绝不能轻易地否定的。因为这完全不是什么后人的"假冒"。固然,至清初,有"古本八才子词话"之类的书名,用"词话"两字来"假冒",但这里是在二十个"卷题"中漏出两个"词话"来,是"假冒"的样子吗?再说,上图甲本、乙本、天津本、北大本等固然不是崇祯本的"原本",我们目前还无法找到崇祯本的"原本",但它们共同反映的这一现象,不正是说明了"原本"给它们带来了这样的胎记吗?不正是说明了崇祯本"原本"就是从《新刻金瓶梅词话》那里修改而来的吗?

以上两点都是从文本的客观存在来正面肯定崇祯本必从《新刻金瓶梅词话》而来,下面就目前认为崇祯本早就传抄,与词话本是"兄弟关系"的一些主要论据略作分析。

第一,关于二十卷问题。谢肇淛《金瓶梅跋》说他看到的抄本《金瓶梅》是"为卷二十",今见的所有崇祯本均为二十卷本,而现存的《新刻金瓶梅词话》却是十卷本。这就成了《金瓶梅》抄本或"原本"是二十卷本而非词话本的重要论据。其实,一百回大书,在传抄过程中如何装订,本有一定的随意性,对"卷"的含义也有不同的理解。叶桂桐先生曾据现存的"《新刻金瓶梅词话》共装订成二十册",说是"每册大致相当于传抄本《金瓶梅》的一卷"。此说尽管被魏子云先生批评为将"册"与"卷"混淆了起来,但实际上却道出了谢肇淛所说"卷"的模糊性,我们为什么不能说谢肇淛所说的"卷"就是当时装订成的"册"而不是现在《新刻金瓶梅词话》所标的"卷"呢?再说,即使当时流传的抄本确实标目为二十卷,但在刊刻《新刻金瓶梅词话》时为什么不可能改为十卷本装呢?叶桂桐先生说,今存《新刻金瓶梅词话》之所以将"本应为第五卷的开始"的第四十一回处,误印成了"新刻金瓶梅词话卷之四",就是因为将抄本二十卷改为十卷而致误。这个说法不能说全无道理。总之,以一人所谈之抄本的卷数来区分流传的《金瓶梅》的实际内容还是存在着很大的不确定因素。

第二,关于《金瓶梅》的书名问题。论者认为在万历、天启年间文士谈及《金瓶梅》时多用"金瓶梅"三字,而未见用"金瓶梅词话",今崇祯本的版心即刊"金瓶梅"三字,而词话本的中缝题"金瓶梅词话"五字,可见当时流传的乃是崇祯本系统的本子。其实,文人笔记所记,多用简称,这正像《三国志通俗演义》或《三国志传》,多简称为《三国志》,《忠义水浒传》多简称为《水浒传》一样,将《金瓶梅》词话《金瓶梅传》简称为《金瓶梅》也并不奇怪。目前所知最早称《金瓶梅》为"金瓶梅词话"的是《幽怪诗谭小引》中的一段话:

> 不观李温陵赏《水浒》《西游》,汤临川赏《金瓶梅》词话乎?《水浒传》,一部《阴符》也;《西游记》,一部《黄庭》也;《金瓶梅》,一部《世说》也。

此引作于崇祯二年己巳(1629),"上距《金瓶梅》传入文人圈已经35年",所以往往被人视为后出而不予重视。其实,作者在这段文字的后面也用简称《金瓶梅》,但在谈到汤显祖欣赏的《金瓶梅》时,特别用了《金瓶梅》词话。这里加上"词话"两字当有根据,只是我们现在一时难以找到汤显祖的原话。而且,有研究者早就指出汤显祖确实深受《金瓶梅》的影响,特别是他的《紫箫记》可能与《金瓶梅》有非常直接的关系。

汤显祖死于万历丙辰(1616),且《幽怪诗谭》一书多记万历及万历以前的故事,这完全可以说明《金瓶梅》词话在汤显祖时代早已流传,或者说,当时一般人简称的《金瓶梅》即是《金瓶梅》词话。

第三,关于《金瓶梅》的序跋问题。今见崇祯本卷首只有东吴弄珠客序,而词话本前还有欣欣子序与廿公跋。但当初薛冈谈及的仅是东吴弄珠客序,基本看到全书的沈德符谈到作者时也未及欣欣子序中提到的笑笑生,这都给人的印象是他们不知有欣欣子的《金瓶梅词话序》,这似可证明他们看到的抄本只是崇祯本系统的《金瓶梅》而非词话本系统的《金瓶梅》词话;今见《新刻金瓶梅词话》卷首的序跋也不统一,欣欣子序文字讹误甚多,而东吴弄珠客序及廿公跋却"正确无误",显得"非常特殊",而这一序一跋所刊刻的字体与欣欣子序也不同,一用宋体,一用写体,且东吴弄珠客序称书名为《金瓶梅》,而不称"词话",与欣欣子序称"词话"相扞格;如此等等,无非说明先有东吴弄珠客的序而欣欣子序是后出的。其实,假如换一个思路来考虑这些现象的话,正可窥见《金瓶梅》词话及其序经辗转传抄而错误百出。薛冈所见东吴弄珠客序并不是在早年"往在都门"时,而是"后二十年"看到"刻本全书"时。这个序言及跋是在刊印《新刻金瓶梅词话》时加上去的。写序的人很可能就是冯梦龙。中国民间历来有"龙戏珠"或"二龙戏珠"等传说。出身于苏州的名梦龙、字犹龙、别署龙子犹的冯梦龙用"东吴弄珠客"为号不是顺理成章吗?沈德符《万历野获编》说冯梦龙见到《金瓶梅》抄本后十分"惊喜",并"怂恿书坊以重价购刻"。沈德符当时不愿将自己的书拿出去付刊,但书坊还是从别处购到了一部抄本《金瓶梅》词话。在付刊前,请曾经为之"惊喜"并怂恿书坊刊刻的冯梦龙作序,也在情理之中。于是,这篇东吴弄珠客序及同时请人作的廿公跋明显与欣欣子序有所不同。当《新刻金瓶梅词话》出版后,书坊主觉得书中问题多多,很可能即商之于冯梦龙,将词话本进行修改与评点,于是就有了崇祯本。这从崇祯本卷首仅收东吴弄珠客序与同时所写的廿公跋而删去了欣欣子序,以及东吴弄珠客序后删去已不合时宜的题署时间、地点来看,也清楚地表明了词话本中的东吴弄珠客序是原序,崇祯本中的东吴弄珠客序是后印的。反之,假如崇祯本中的东吴弄珠客序先有,则词话本在此序后再增加"万历丁巳季冬""漫书于金阊道中"云云,是不可想象的。因此,从《金瓶梅》的序跋来看,也只能证明崇祯本及东吴弄珠客序是后出的。

第四,关于词话本与崇祯本的异文问题。梅节先生在校订《金瓶梅》词话时,花了极大的工夫对校了词话本与崇祯本的异文,功莫大焉。在这基础上,他作了一些推论。其《〈新刻金瓶梅词话〉后出考》一文中的第三节《崇祯本并非改编自〈新刻金瓶梅词话〉》、第五节《〈新刻金瓶梅词话〉大量校入见诸崇祯本的改文》两节比较集中地谈了他的观点。但我觉得,仅凭这些异文是得不出梅先生沿着一种既定的思维定势所推论出来的结论的。比如,在第三节中他所举的第一例说:第二回,西门庆看中潘金莲,无法入脚,托王婆做牵头。王婆便卖弄自己"杂趁"手段。词话本原文:

老身不瞒大官人说,我家卖茶,叫做鬼打更。三年前十月初三日下大雪那一日,卖了不(一个)泡茶,直到如今不发市,只靠些杂趁养口。

"十月初三日",容本《水浒》作"六月初三日"。王婆这里说的是鬼话:她开茶铺,却靠"杂趁"过活。如果闰年,十月初三北方下雪不稀奇,"六月初三日"下大雪则纯然是鬼话。崇祯本也作"六月初三日",同《水浒》。可能艺人本也同《水浒》,十卷本词话在流传中"六"误"十"。但崇祯本的母本却不误。

梅先生校出"十月"与"六月"之别,很有意义。以下,梅先生还连举数例均为《金瓶梅》词话抄《水浒传》文字中出现的差错而崇祯本予以改正的例子。这一问题,实际上韩南早就看出,所以说过"乙系(崇祯本系统)并非源之于甲系本(词话本系统)"的话。

实际上,这种现象的产生十分简单:词话本在传抄过程中出现了错讹,《新刻金瓶梅词话》予以照刻;冯梦龙辈将《新刻金瓶梅词话》修改成崇祯本时,根据熟悉的《水浒传》进行了校改,如此而已。至于后面并非据《水浒》修改的例子,也是同样的道理,如梅先生在第三节中所举的第6例:

第九十一回,官媒婆陶妈妈与薛嫂儿替李衙内说聚孟玉楼。玉楼比李衙内大六岁,两个媒婆怕衙内嫌岁数大,想瞒几岁。路上找了个先生算命看看能不能替他瞒几岁。算命先生断言,玉楼"嫁个属马的夫主方是贵","往后一路功名,直到六十八岁,有一子,寿终"。

词话本原文:

两个媒人,收了命状,岁罢,问先生,与属马的也合的着?先生道:丁火庚金,火逢金炼,定成大器,正好!当下改做三十四岁。

崇祯本原文:

两个媒人说道:"如今嫁的倒果是个属马的,只怕大了好几岁,配不来。求先生改少两岁才好。"先生道:"既要改,就改做丁卯三十四岁罢。"薛嫂道:"三十四岁与属马的也合的着么?"先生道:"丁火庚金,火逢金炼,定成大器,正合得着!"当下改做三十四岁。

对照两个本子,词话"岁罢"以上,脱去四十六字。两本还有一些文字歧异,可以解释为编纂者的加工,但无论如何,现存说散本根据十卷本词话,是补不出这样一大段文字来的。合理的解释是,崇祯本另有所本。

梅先生比较两本的文字后,实际上是从崇祯本倒看过去的,觉得十卷词话本脱去了四十六个字。但假如仔细对照的话,词话本中"收了命状"四字未见在崇祯本中,词话本中"问先生"与"正好"两处,也与崇祯本不合,故显然不是词话本简单地脱漏了所谓崇祯本原本中的四十六个字的问题。最大的可能,还是崇祯本修改者在这里觉得词话本有错误与脱漏,于是就进行了修补。另外,还有两种可能:一是,这种错误是刻工手误,冯梦龙的底本;二是,《金瓶梅》镶嵌了不少当时现成的作品而成,这一段也有可能镶嵌了如《水浒》的存在,未必据此就能一口咬定"崇祯本并非改编自《新刻金瓶梅词话》"而出自所谓"共同的祖本"等。

梅先生在《〈新刻金瓶梅词话〉后出考》的第五节中,进一步根据一些异文来论证"《新刻金瓶梅词话》大量校入见诸崇祯本的改文",以此作为"崇祯本并非源自十卷本词话"的"最强有力的根据"。其"方法是将十卷本词话的例句,减去校入见诸崇祯本的改文";前面再列所谓"原本"的文字,其"原本我们今天已看不到,是推论出来的"。假如心中先有一个成见,那么如梅先生这样来作推论,似乎也颇合理。但我认为这种推理也是一厢情愿,经不起推敲的。且看梅先生所举第一例,即"第十五回西门庆在李家吃花酒"时的文字:

　　桂卿外与桂姐,一个琵琶一个筝,两个弹着。(原本)
　　桂卿、桂姐一个弹筝,一个琵琶,两个弹着。(崇祯本)
　　桂卿外与桂姐一个弹筝,一个琵琶一个筝,两个弹着。(今本词话)

梅先生举此例句后作了这样的推论:

　　今本词话"一个弹筝"四字校入说散本改文,造成重文。

对此,我颇感奇怪,假如真的是词话本据崇祯本校入"一个弹筝"四字的话,其校者岂不是太糊涂了吗?明明下面有"一个筝"三字,且"一个琵琶一个筝"句还算通顺,怎么会再加上一个"一个弹筝"去叠床架屋、越改越错呢?合理的推论还当是倒过来思考:崇祯本的改编者看见词话本此句有重文与不通之处,于是就删去了"外与"与"一个筝"五字。这是一个头脑清醒的、即使是一般水平的校改者也会做的事情。因此,梅先生在此节中所举的这类词话本有问题而崇祯本改得通顺的例子,据我看来,恰恰都是证明了崇祯本据词话本改编的"最强有力的证据"。

第五,关于崇祯本的批语。早在1985年,我在《〈金瓶梅〉成书问题三考》中即指出,崇祯本第四回、第三十回两处分别提到了"原本"与"元本",其结论是:"崇祯本的批改者向我们透露了:词话本就是《金瓶梅》的原本。"对此,梅先生在《〈新刻金瓶梅词话〉后出考》中也承认:"这两条批语都批在崇祯本上,所谓'原本'、'元本',当然不排除是词话本。"但他举出第二十九回关于"西门庆的八字,说散本与词话本不同。词话本所开列的四柱,不符合八字构成法则",却没有批语指出其四柱不合;而"崇祯本作了修改",使之正确了,但上面还有眉批:"四柱俱不合,想宋时算命如此耳。"

于是梅先生得出了这样的推论:"既然崇祯本已经改正词话本原八字的错误,四柱皆合,为什么竟有'四柱不合'的眉批呢?合理的推测是继承自母本。"笔者认为,这个推理也是经不起推敲的。因为词话本的抄本与刻本本来都是没有批语的,但崇祯本改编者是边改边评的,所以出现这种既指出其错误,又进行了修改的现象是十分正常的。反之,假如此批原自所谓崇祯本的"母本",倒是十分奇怪了:母本原来就是"四柱皆合"的,为什么还要批上这句"四柱俱不合"的话呢?所以,正确的推论当是:崇祯本的批语,都是冯梦龙辈在根据新刻的词话本进行边改边评时加上去的。

上面就崇祯本源自《新刻金瓶梅词话》谈了几点看法。毫无疑问,这里也多推测之词,但怎么样推论才较合理,读者自可思考。不管怎样,最重要的根据还是文本存在的实际,假如果真能发现一部《新刻金瓶梅词话》之前的刻本《金瓶梅》词话和廿卷本的崇祯本"母本"的话,那我承认这些推论全部错误,否则,事实告诉我们的结论只能是《新刻金瓶梅词话》即是初刻,目前所见的崇祯本即是从此本词话本改编而来。……

《金瓶梅》词话本与崇祯本的刊刻问题十分复杂,且能实证的材料较少,本文所论只是一孔之见。梅先生是我尊敬的长者和很好的朋友,我们只是为了学术而相互论难。我衷心希望继续得到梅先生的教诲和各位同好的批评,以把问题搞得更加清楚些。①

二、叶桂桐在其博士论文中的观点——从《续金瓶梅》看《金瓶梅》的版本及作者

探讨《金瓶梅》版本,自然有多种途径,这里则想从丁耀亢的《续金瓶梅》入手。

版本问题,无疑是批评研究一部作品的最基础的工作之一。谈到《金瓶梅》的版本,不少研究者总以为它比《红楼梦》的版本问题要简单得多。这种判断其实并不十分准确,因为关于《金瓶梅》版本的许多问题,诸如见于记载的当时流行于刊本之前的各种抄本间的关系问题,初刊本与抄本之间的关系问题,以及初刊本与《新刻金瓶梅词话》(所谓现存万历本)之间的关系问题等等,我们迄今并不清楚。这怎么能匆匆忙忙地下断语呢?而版本问题,又直接牵扯到《金瓶梅》的成书过程、成书年代,以及作者等重大问题,因此不可不予注意。

《续金瓶梅》是现存《金瓶梅》续书中最早的一部。它的作者丁耀亢生于1599年,卒于1671年。万历四十五年,当《金瓶梅》初刊本(即载有东吴弄珠客序本)在吴中刊行时,丁耀亢已经22岁。他不仅曾从《金瓶梅》抄本较早的拥有者董其昌游,而且与其同乡,也是《金瓶梅》抄本拥有者,并且与最早的《金瓶梅》续书《玉娇李》的拥有者丘志充及其子丘石常关系

---

① 此文收入黄霖:《黄霖〈金瓶梅〉研究精选集》,台湾学生书局"金学丛书"第二辑,2015年6月版。

非同寻常。何况丁耀亢既然为《金瓶梅》写续书,称《金瓶梅》为前集,则必然要认真地研究《金瓶梅》,并收集与《金瓶梅》有关的材料,这从他在《续金瓶梅》中不时地叙述《金瓶梅》中的故事、人物及有关材料中就不难看出。因此,从丁耀亢的《续金瓶梅》来推求《金瓶梅》的版本情况及作者情况,实在不失为一条可靠的重要途径。

(一)丁耀亢看的是词话本《金瓶梅》

丁耀亢在《续金瓶梅后集凡例》中说:"小说类有诗词,前集名为《词话》。"由此,我们便不难得出一个结论:丁耀亢读的是《金瓶梅》词话,他是为《金瓶梅》词话这个"前集"写续书。

这个显然正确的结论,很容易被人忽视,以为这没什么价值。其实不然,它实在可以澄清学术界争论不休的若干重要问题。

首先,它说明所谓说散本(或称作崇祯本)《金瓶梅》出现以后,并没有完全取代词话本《金瓶梅》,即词话本《金瓶梅》并没有因此消歇,它至少曾与说散本同时流传过一段时间。这一点,我们从傅惜华先生原藏之《绣刻八才子词话》残本是清顺治八年(1651)印本(日人长泽规矩也认为是词话本的原版),就不难得到进一步的证明。

其次,迄今为止,对词话本内容叙述的最为详细的莫过于丁耀亢的《续金瓶梅》了。从丁氏的这些叙述中,我们不难看出,《金瓶梅》词话原本就有大量的淫秽描写,这些描写决不是后加上去的。这样,以朱星先生为代表的一些研究者的所谓先有洁本,后有增加了淫秽描写的繁本的结论也就很难成立了。

再次,关于崇祯本《金瓶梅》,目前学术界意见仍不一致。而丁耀亢的《续金瓶梅》是在顺治十八年(1661)其63岁所作,直到此时,丁氏似乎未见到所谓崇祯本《金瓶梅》,这也可能是崇祯本已经有了,他并未见到,但不应排除另一种可能,即崇祯本还没有问世。不管是何种情况,丁耀亢没见过说散本,似可作为研究崇祯本问题的一个旁证材料。

最后,自20世纪40年代以来,冯沅君先生从《金瓶梅》词话本中录有大量词曲以及以韵代散等现象,怀疑《金瓶梅》词话是演唱艺人的脚本,或由脚本加工而成。自冯氏之后,特别是近些年来,支持并发展冯氏的这一怀疑结论的人越来越多,口气也由怀疑而变成肯定。但是早在三百多年前,即《金瓶梅》词话问世后不过四十余年,与《金瓶梅》词话有着密切关系的丁耀亢肯定地说"小说类有诗词,前集名为词话"。用不着细辨,丁耀亢这里所说的"小说",已不是唐宋人口中的"小说",而是近现代意义上的"小说",他把自己的《续金瓶梅》就视为这种含义上的"小说"。不仅如此,他还为人们进一步叙述了《金瓶梅》词话大量引用词曲的特点是"多用旧曲"。因此我们希望持上述见解的人认真读一下丁氏《续金瓶梅后集凡例》中的这一条例。

(二)《新刻金瓶梅词话》与初刊本《金瓶梅》词话不同

丁耀亢读过的并据以写续书的是《金瓶梅》词话,那么探求一下丁耀亢读的是初刊本《金瓶梅》词话,还是《新刻金瓶梅词话》便是很有意义的事情了,因为这不仅有利于判定《新刻金瓶梅词话》的刊行年代,而且可以帮助我们了解初刊本《金瓶梅》词话与《新刻金瓶梅词话》之间的关系。

我以为丁耀亢读的不是《新刻金瓶梅词话》，而是初刊本《金瓶梅》词话，理由如下：

第一，《新刻金瓶梅词话》一个非常突出而醒目的特点就是卷端有用大字刊印的欣欣子序和廿公跋。欣欣子的序中明确断言《金瓶梅》的作者是兰陵笑笑生，而这位兰陵笑笑生是欣欣子的好朋友。但是丁耀亢在写《续金瓶梅》时，无论在凡例中、序言中，还是在小说中，从未提到过这位兰陵笑笑生。为一部近百万字的长篇小说写续书，总是要涉及原书的作者的，丁耀亢也不例外，他也涉及了《金瓶梅》词话的作者，不过他并不知道作者是什么兰陵笑笑生。

《续金瓶梅》第二回开头有这样的语句：

> 何如看《金瓶梅》发兴有趣？总因不肯体贴前贤，轻轻看过，到了荣华失意，或遭奇祸、身经乱离，略一回头，才觉聪明机巧无用，归在天理路上来才觉长久，可以保的身传后。

很显然，这里丁耀亢把《金瓶梅》词话的作者称为"前贤"。

《续金瓶梅》第三十四回开头，在引了一段《园觉经》曰之后写道：

> 单说人心原号太虚，生来没有一点障碍的，能将太虚心不受那欲心、邪心、妒忌心、执着心、狡猾心、贪爱心、怒杀心，种种解脱，自然成佛成圣。今按《太上感应篇》中说，阴贼良善，暗侮君亲，贬正排贤，妄逐朋党，分明说在朝廷。有位君子做《金瓶梅》因果，只好在闺房中言语，提醒那淫邪的男女，如何说到缙绅君子上去？不知天下的风俗，有这贞女义夫，毕竟是朝廷的纪纲，用那端人正士。

丁耀亢在这里再次提到《金瓶梅》词话的作者，但他只说是"有位君子"。如果他看到过《新刻金瓶梅词话》，必定知道作者是兰陵笑笑生。人家已用大字印在卷端，丁耀亢有什么必要吞吞吐吐呢！

第二，众所周知，初刊本《金瓶梅》词话的突出特点是卷端有东吴弄珠客的序，这一点，看过初刊本的薛冈的记叙就是铁证。东吴弄珠客的序中有这样一段为大家熟知的文字：

> 《金瓶梅》，秽书也。……读《金瓶梅》而生怜悯心者，菩萨也；生畏惧心者，君子也；生欢喜心者，小人也；生效法心者，乃禽兽耳。……若有人识得此意，方许他读《金瓶梅》也。不然，石公几为导淫宣欲之尤矣。奉劝世人，勿为西门之后车可也。

值得注意的是南海爱日老人题写的《续金瓶梅序》的开头也写道："不善读《金瓶梅》者，戒痴导痴，戒淫导淫。"西湖钓史的《续金瓶梅集序》中亦云："《金瓶梅》惩淫而炫情于色。"这口气均直承东吴弄珠客而来，与欣欣子序不类，而且亦都不提什么《金瓶梅》词话的作者是兰陵笑笑生,看来,这写序的南海爱日老人亦只读过初刊本《金瓶梅》词话,未见过《新刻金瓶梅词话》。

第三,在《金瓶梅》词话初刊过程中,熟知内情的沈德符曾有一段有趣的议论:

> 此等书必遂有人版行,但一刻则家传户到,坏人心术,他日阎罗究诘始祸,何辞置对?吾岂以刀锥博泥犁哉!(《万历野获编》)

更为有趣的是丁耀亢,以及为他的《续金瓶梅》写序的两位友人都议论过沈德符的这段议论:烟霞洞曳隐题于定香桥的《续金瓶梅序》中说:

> 作者曰:"予生平诗文袭彩炫世,未有可以见阎罗老子者,我将借小说作《感应篇》注,执贽于菩提王焉。知我者,其惟《春秋》乎!"道人笑曰:"然。"

南海爱日老人的序中则说:

> 紫阳道人以十善菩萨心,别三界苦轮海,隐实施权,遮恶持善,从乳出酥,以楔出梢,政复不减读《大智度论》,何曾是小说家言也。《阿含经》云:"人痴故有生死,本从痴中来。今生为人复痴,不念世间苦,不知犁泥中拷治剧。"

丁耀亢在《续金瓶梅》第一回中又说:

> 把这做书的一片苦心变成拨舌大狱,真是一大罪案!

看来他们不仅熟悉沈德符的上述议论,似乎也知道初刊本《金瓶梅》词话的刊刻过程。由此也似可看出他们读过的正是"未几时,而吴中悬之国门矣"的《金瓶梅》词话,因此不满意沈氏的这段话,并把己意在序和小说中表达出来。

第四,《新刻金瓶梅词话》的另一个突出特点是开篇有四首引词和四贪诗,崇祯本则没有。丁耀亢读的不是崇祯本,而是词话本。那么丁氏读过的初刊本《金瓶梅》词话的开篇有无这四首引词和四贪诗呢?

首先值得注意的是《续金瓶梅》第三十七回也引用了《新刻金瓶梅词话》开篇引的四首词中的部分词。据徐朔方先生考证(《论〈金瓶梅〉的成书及其他》),这些词牌是[行香子],《词林纪事》中曾录过三首,现在我们来比较一下《续金瓶梅》的引词和《新刻金瓶梅词话》中的引词的异同:

《新刻金瓶梅词话》:

阆苑瀛洲,金谷陵(琼)楼,算不如茅舍清幽。野花绣地,莫也风流。也宜春,也宜夏,也宜秋。　　酒熟堪酾,客至须留。更无荣无辱无忧。退闲一步(是好),着甚来由。但倦时眠,渴时饮,醉时讴。

短短横墙,矮矮疏窗,忔憎(一方)儿小小池塘。高低叠峰(嶂),绿水边傍。也有些风,有些月,有些凉(香)。　　日用家常,竹几藤床。靠(尽)眼前水色山光。客来无酒,清话何妨。但细烹(烘)茶,热烘(净洗)盏,浅(滚)浇汤。

水竹之居,吾爱吾庐,石磷磷床(乱)砌阶除。轩窗随意,小巧规模。却也清幽,也潇洒,也宽(安)舒。　　懒散无拘,此等何如?倚阑干临水观鱼。风花雪月,赢得工夫。好炷心香,说(图)些话(画),读些书。

净扫尘埃,惜耳苍苔,任门前红叶铺阶。也堪图画,还也奇哉。有数株松,数竿竹,数枝梅。　　花木栽培,取次教开。明朝事天自安排,知他富贵几时来。且优游,且随分,且衔杯。

括号中的文字为《词林纪事》中与《新刻金瓶梅词话》不同的地方。标点据徐朔方先生文。

《续金瓶梅》:

阆苑瀛洲,金谷琼楼,算不如茅舍清幽。野花绣地,剩却闲愁,也宜春,也宜夏,也宜秋。

酒熟堪酌,客至须留,更无荣无辱无忧。退闲一步,着甚来由,但倦时眠,渴时饮,醉时讴。

短短横墙,矮矮疏窗。乞查小小池塘。高低叠嶂,绿水边傍。也有些风,有些月,有些凉。

此等何如,懒散无拘,倚阑干临水观鱼,风花雪月,赢得消除。好炷些香,说些话,读些书。

万事萧然,乐守安闲,蝴蝶总是虚缘。看来三教一空拳,也不学仙,不学圣,不学禅。

两相对照,我们不难发现其中的异同,这里不去细论,这里只想指出,《新刻金瓶梅词话》的引词是双调(上下片相同),而《续金瓶梅》则是单片。有人或许会说,这是标点排列问题。不对!《续金瓶梅》共引用五片,而且第五片显然系丁耀亢根据小说中内容需要,依照引词格式而创造出来的。可见丁氏确是把词格视为单片。《新刻金瓶梅词话》是用大字将四首引词刊于篇首的,如果丁耀亢读的是这种刻本的《金瓶梅》词话,并予以转引,以其诗词的造诣而言,绝不至于连词格是单片、双调都弄不清楚(丁氏不仅擅长诗词曲,而且是当时著名的传奇作家)。

其二,丁耀亢在《续金瓶梅后集凡例》中说:"小说类有诗词,前集名为词话,多用旧曲,今因题附以新词,参入正论,较之他作,颇多佳句,不至有套腐鄙里之病。"丁耀亢在其《续金瓶梅》中确实贯彻了这一原则,他不像《金瓶梅》词话那样引用"旧曲",他不仅对《金瓶梅》词话中的诗词不去引用,对别人的作品也极少引用,书中的诗词一般都是自己创作的"新词"。因此,如果丁耀亢读过的是《新刻金瓶梅词话》,而该书将四首引词冠于篇首,根据自己制定的上述原则(凡例),他不会再去引用。即使引用时,也会予以提及,因为丁氏在引用这些词时,已经涉及了这些词的出处——作者,但却说是"有一名人题词曰",而丝毫不涉及这些词与《金瓶梅》词话的关系。

由上所述,我们不难看出丁耀亢《续金瓶梅》中的这些引词不是取之于《新刻金瓶梅词话》,亦不难看出丁氏没有见过《新刻金瓶梅词话》,他读过的初刊本《金瓶梅》词话中并没有这四首引词。

下面再来谈谈《新刻金瓶梅词话》中的"四贪诗"问题。

《新刻金瓶梅词话》将"酒、色、财、气"四贪诗冠于篇首,正如同不少研究者指出的那样,其用意乃在说明《新刻金瓶梅词话》的主旨在于用四贪诗来劝诫世人。但是丁耀亢在归结《金瓶梅》词话的主旨时却说:

> 单表这《金瓶梅》一部小说,原是替人说法,画出那贪色图财,纵欲丧身,宣淫现报的一幅行乐图。(第一回)

> 一部《金瓶梅》说了个"色"字,一部《续金瓶梅》说了个"空"字,从色还空,即空是色,乃因果报转入佛法,是做书的本意,不妨再三提醒。

如果丁氏读过的并为之写续书的是《新刻金瓶梅词话》,那么他在评论归结《金瓶梅》词话的主旨时,便不可能不提及《新刻金瓶梅词话》冠于篇首,并用以显示全书主旨的"四贪诗"。

丁耀亢读过的初刊本《金瓶梅》词话开篇无此四贪诗,我们从另外见过初刊本《金瓶梅》词话的薛冈和沈德符的记述中亦可得到旁证。

对于《金瓶梅》词话的主旨,薛冈说:

> 初颇鄙嫉,及见荒淫之人皆不得其死,而独吴月娘以善终,颇得劝惩之法。但西门庆当受显戮,不应使之病死。

薛冈仅仅涉及了一个"色",毫无"酒""财""气"的影子。而薛冈所见之初刊本《金瓶梅》词话之篇首如果就有这四贪诗,薛不至于不予涉及,更不至于"初颇鄙嫉"。

沈德符在叙及初刊本《金瓶梅》词话主旨时说:

> 指斥时事,如蔡京父子则指分宜,林灵素则指陶仲文,朱勔则指陆炳,其他各有

所属。

如果初刊本上就有此四贪诗,而沈德符又是在论及《金瓶梅》词话的主旨,当然不应不予涉及。

台湾魏子云先生在《"词话本"头上的王冠》《词曰、四贪诗、眼儿媚:〈金瓶梅〉原貌探索》等文章中,曾令人信服地论述过四贪诗跟《金瓶梅》的思想不能契合,这是很有见地的,这里不去赘引。但他以此推论《金瓶梅》词话一书必出于万历十八年正月大理寺评事雒于仁所上《四箴疏》之后,则很值得商榷了。因为他没有注意到四贪诗不仅为抄本《金瓶梅》所没有,而且初刊本《金瓶梅》词话中也未刊用。

四贪诗之劝诫思想确乎更接近于欣欣子序、廿公跋对于《金瓶梅》主旨的认识。

第五,丁耀亢在《续金瓶梅后集凡例》中说:

> 前集中年月、事故或有不对者,如应伯爵已死,今言复生,曾误传其死,一句点过。前言孝哥年已十岁,今言七岁离散出家,无非言幼小孤孀,存其意,不顾小失也。

这里所说的"前言孝哥已十岁"的"前言",是指丁氏据以写续书的初刊本《金瓶梅》词话,前言即"前集言",说西门庆与吴月娘的儿子孝哥"年已十岁",这无论是丁氏看过的并据以写续书的《金瓶梅》词话中明确写到的,还是丁耀亢据书中描写推算出来的,都非常值得注意,因为这数字说得非常准确。

据朱一玄先生考证(详见其所编《〈金瓶梅〉资料汇编》),孝哥生于《金瓶梅》词话故事编年的第七年,即重和元年戊戌(1116),到第十六年全书结束时,即南宋高宗建炎元年丁未(1127),刚好是十岁,一点都不差。但是《新刻金瓶梅词话》中却说:

> 一日,不想大金人马,抢了东京汴梁,太上皇帝与靖康皇帝,都被虏上北地去了。……那时,西门庆家中吴月娘见番兵到了,……领着十五岁的孝哥儿,把家中前后都倒锁,要往济南投奔云离守。

丁耀亢在写《续金瓶梅》时,为了内容的需要,将《金瓶梅》词话(所谓"前集")中的孝哥的年龄由十岁改为七岁,因为这是至关重要的细节,所以丁氏在《凡例》中特别标出。但丁氏既然明确指出孝哥已十岁,因为他读过的并据以写续书的是初刊本《金瓶梅》词话,那就只有两种可能:第一是书中明确写到"孝哥年已十岁";第二是书中未明确写出,是丁氏根据书中的描写推算出来。如果是第二种情况,那么丁氏当必有所说明。但丁氏却只是说"前言孝哥年已十岁,今言七岁离散出家",从口气上来判断,显然当为第一种情况,即书中明确写到孝哥年已十岁。

如果丁耀亢读过的并据以写续书的是《新刻金瓶梅词话》,那么书中明明白白的说月娘

"领着十五岁孝哥儿",丁氏却说"前集"中言孝哥已十岁,显然是原书有误,那么丁氏改为十岁,必应有所交代,因为如上所述,孝哥的年岁是个重要细节。由此亦可推知,丁氏读过的并据以写续书的不是《新刻金瓶梅词话》。

综上所述,我们可以得出如下结论:

第一,丁耀亢读过的并据以写《续金瓶梅》的是初刊本《金瓶梅》词话,那上边只有东吴弄珠客的序。

第二,丁耀亢没有见过《新刻金瓶梅词话》。

(三) 从《续金瓶梅》看《金瓶梅》的作者与版本

通过上边的叙述,我们不难看出,直到清顺治十八年(1661)丁耀亢写《续金瓶梅》时,他还不知道,也不认为《金瓶梅》词话的作者是什么兰陵笑笑生。说到《金瓶梅》词话的作者,他只是说"前贤",是"有位君子"。众所周知,《新刻金瓶梅词话》是用大字把欣欣子的序刊在卷端的,这说明作者已经可以用笔名书写,丁耀亢如果知道并认为《金瓶梅》词话的作者是兰陵笑笑生,他这时实在没有必要予以隐瞒了。

如果我们再联系丁耀亢之前关于《金瓶梅》作者的种种说法,便不难看出丁氏的说法是可信的。如袁中道的绍兴老儒说,沈德符的嘉靖大名士说,屠本畯的陆炳仇人说,等等,再联系到丁氏之后评点《金瓶梅》的张竹坡的"作者固仁人也,志士也,孝子悌弟也","作者不幸,身遭其难,吐之不能,吞之不可,搔抓不得,悲号无益,借此以自泄",等等,都没有说《金瓶梅》的作者是什么兰陵笑笑生,因此我们今天如果仅以欣欣子序中的说法来推求《金瓶梅》的作者,实在是很值得考虑的。

丁耀亢关于《金瓶梅》词话的作者所提供的虽仅有片言只语,而且又是那么不确定,但因为如上所述的他与《金瓶梅》词话的特殊关系,还是很值得重视的。首先,他说《金瓶梅》的作者是"前贤",那么我们便不难推断这位作者至少要比丁耀亢早一辈。万历四十五年当《金瓶梅》词话在吴中悬之国门时,丁耀亢已经 22 岁;而且他曾从董其昌游,说明这位"前贤"——《金瓶梅》作者至少与董其昌是同辈人,按常规说似应比董其昌还要早一辈的人。

其次,这位《金瓶梅》词话的作者既然被丁氏称为"前贤""君子",则可见他并非是等闲之辈,虽然未必一定是大名士,但也似乎不会是一般的书会才人或说唱艺人。

再次,丁氏说"有位君子做《金瓶梅》",既云"有位君子",那就不是什么集体创作,既言"做"《金瓶梅》,而且《金瓶梅》又是一部"小说",那就不是什么加工或写定。要之,从丁氏的说法我们便只能得出《金瓶梅》是文人独立创作的小说的结论。现在不少搞《金瓶梅》研究的专家、学者诚挚地劝诫探究《金瓶梅》作者的人不要把《金瓶梅》作为文人的个人创作,否则会走向歧途。据丁耀亢的说法,我倒觉得这种劝诫本身就容易把人引向歧途。

关于《金瓶梅》的版本。直到清顺治十八年(1662)丁耀亢写《续金瓶梅》时,他还不知道什么兰陵笑笑生,还没有见过《新刻金瓶梅词话》,这是很值得人们深思的。当然,这有两种可能,即要么《新刻金瓶梅词话》还未问世;要么已经问世,而丁耀亢没有见到。但以丁氏与《金瓶梅》词话的种种关系,以及他的广泛交游,如果《新刻金瓶梅词话》已经问世,而且是万历年间刊行的,那么到丁氏写《续金瓶梅》时,四十年过去了,丁氏居然毫无所闻,连作者为兰陵笑笑生这样重大的问题都一无所知,在情理上似乎也说不过去。

在《金瓶梅》的版本与作者研究中,有一个令人十分难以理解的问题,这就是有明一代与《金瓶梅》发生过这样那样的关系的人可谓多矣,但却从未有一个人涉及这位兰陵笑笑生。然而现在论《金瓶梅》版本研究的人,几乎众口一词,说《新刻金瓶梅词话》是万历本,这实在很值得怀疑。首先《新刻金瓶梅词话》与初刊本《金瓶梅》词话并不完全是一回事,至少在有无欣欣子序、廿公跋和四引词、四贪诗上就要打折扣。至于其他地方有无不同,正尚在不可知之数。其次,我们不要忘了明清之际"新刻"一词的含义或习惯用法。明清之际,刊本上标有"新刻""新刊""新镌"等字样的书不少,但把它们与旧本相较,则不仅并非原貌,而且往往与旧本大相径庭。即他们是把整理、改编本也称为"新刻""新刊""新镌"的,这难道还用得着举例吗?要之,《新刻金瓶梅词话》与初刊本《金瓶梅》词话之间并不能画等号。

三、杨国玉先生的观点

杨国玉先生在《〈金瓶梅词话〉卷首[行香子]词源流琐考——兼及现存〈新刻金瓶梅词话〉系初刻本新证》"摘要"中说:

> 在《金瓶梅》研究中,《金瓶梅》词话卷首的四首[行香子]词颇为受人关注。本文结合新发现的有关这四首[行香子]的载录资料,在细致比勘的基础上,梳理出不同系统文本的传播路径,并对其作者问题作了深入探考。在揭示出明龚居中辑《福寿丹书》天启四年初刊本中的《自乐词》出自《金瓶梅》词话中[行香子]这一事实的基础上,进一步确证万历本在前、崇祯本在后,推断现存《新刻金瓶梅词话》应即初刻本。

杨国玉先生论文的第三部分如下:

> 三、新证:现存《新刻金瓶梅词话》系初刻本
>
> 《新刻金瓶梅词话》于三十年代重新出现在世人的视野之中,有关此书的版本、年代问题随之也摆在了人们面前:这个本子究竟是初刻本还是重刻本?刊刻于何时?
>
> 当时的许多学者大都以为此本并非初刻本,而是重刻本。如郑振铎先生认为:"这是万历末的北方刻本,白绵纸印。……当是今知的最早的一部《金瓶梅》。沈德符所见的'吴中悬之国门'的一本,惜今已绝不可得见。"吴晗先生的说法则比较随意:"但万历丁巳本并不是《金瓶梅》第一次的刻本,在这刻本以前,已经有过几个苏州或杭州的刻本行世。"之所以如此,应该是受鲁迅先生的影响所致。鲁迅先生在1924年由北京大学新潮社首版的《中国小说史略》中指出:"万历庚戌(1610),吴中始有刻本。"注引《野获编》。
>
> 明沈德符(1578—1642)《野获编》卷二十五记载了《金瓶梅》的抄本流传和刊本

问世：

> 袁中郎《觞政》以《金瓶梅》配《水浒传》为外典，予恨未得见。丙午，遇中郎京邸……又三年，小修上公车，已携有其书，因与借抄挈归。吴友冯犹龙见之惊喜，怂恿书坊以重价购刻；马仲良时榷吴关，亦劝予应梓人之求，可以疗饥。予曰："此等书必遂有人版行，但一刻则家传户到，坏人心术，他日阎罗究诘始祸，何辞置对？吾岂以刀锥博泥犁哉！"仲良大以为然，遂固箧之。未几时，而吴中悬之国门矣。

鲁迅先生所谓"万历庚戌初刻本"显然是由其中的三个时间"丙午"(万历三十四年，1606)、"又三年"、"未几时"相叠加而推算出来的。如此，有"万历丁巳季冬"东吴弄珠客序的《新刻金瓶梅词话》当然也就只能是重刻本了。后经魏子云、马泰来等先生考证，马之骏(仲良)"榷吴关"时在万历四十一年，《金瓶梅》刻本的问世无疑在此之后。又，《野获编》分正、续二编，其《续编小引》末署"万历四十七年己未岁新秋"，沈氏这段话最晚写于万历四十七年(1619)七月前。由此可知，《金瓶梅》初刻本必出在万历四十一年——四十七年七月间，"庚戌初刻本"纯出误解，根本就不存在。

所谓"庚戌初刻本"既已被否定，那么现存万历四十五年东吴弄珠客序刻本《新刻金瓶梅词话》就应该是其初刻本了吧？且慢，事情远没有如此简单。进入80年代以来，关于这个本子的版次、年代问题的争论反倒越来越激烈、越来越复杂了，而这场争论主要是围绕着一则记录《金瓶梅》刊本的新资料的披露和解读展开的。

1983年，王重民(1903—1975)先生《中国善本书提要》出版，其中有"《新刻金瓶梅词话》一百回"条，披露了明薛冈(1561—1641后)《天爵堂笔余》卷二的一则新资料：

> 往在都门，友人关西文吉士以抄本不全《金瓶梅》见示，余略览数回，谓吉士曰：此虽有为之作，天地间岂容有此一种秽书！当急投秦火。后二十年，友人包岩叟以刻本全书寄敝斋，予得尽览。初颇鄙嫉，及见荒淫之人皆不得其死，而独吴月娘以善终，颇得劝惩之法。但西门庆当受显戮，不应使之病死。简端序语有云：读《金瓶梅》而生怜悯(悯)心者，菩萨也；生畏惧心者，君子也；生欢喜心者，小人也；生效法心者，禽兽耳。序隐姓名，不知何人所作，盖确论也。

这则笔记的写作时间尚难以确定，约在天启年间或崇祯初年。王先生显然已注意到了薛冈所云"简端序语"即出自东吴弄珠客序，故谓："薛冈所见，殆即此刻本。"美籍学者马泰来先生作了较为深入的考证："关西文吉士"是"万历二十九年(1601)举进士的三水文在兹"，"文在兹在北京的日子并不长久，大抵在万历三十一年(1603)离京返三水"，"二十年或是约数"，"《金瓶梅》词话是《金瓶梅》的最早刊本"。刘辉先生不同意现存《新刻金瓶梅词话》即初刻本之说，认为：薛冈只引东吴弄珠客序，而不及欣欣子序、廿公跋，"亦可证薛冈所见《金瓶梅》最早刻本，没有欣欣子序，或者也没有廿公跋"，"现存《新刻金瓶梅词话》，是词话本的第二个刻本。它的特点是：翻刻万历四十五年原刻本，并另加欣欣子序和廿公跋"，刊刻时间在"万历四十七年以后"，其后，又有学者甚至提出：现存《新刻金瓶梅词话》是三刻本，"初刻书名《金瓶梅》，无序文，刊刻时间为万历四十三年；二刻书名《金瓶梅传》，三篇序文俱全，刊刻时间是万历四十七年。《新刻金瓶梅词话》为《金瓶梅传》的翻印本即三刻……翻印时间是万历四十八年之后"。

此外，另有主张《金瓶梅》词话"后出说"。通常认为，《新刻金瓶梅词话》是现存最早的《金瓶梅》刊本，崇祯本乃由此本删改而来的后代子本，这是此前学界的共识。而香港的梅节先生则在校勘《金瓶梅》的过程中，首次提出了一个具有颠覆性的新说：《金瓶梅》"在辗转传抄过程中，开始出现两种本子，一为十卷本，一为二十卷本。二十卷本曾有人加以编纂，删削词曲，略去细节，改写了楔子、回目和回前诗，以《金瓶梅》为书名刊行，有东吴弄珠客序和廿公跋。现存之《新镌绣像批评金瓶梅》，可能是这个二十卷本的第二代刻本。二十卷本面世后风行一时，书林人士见有利可图，乃梓行十卷本《金瓶梅》词话。为了招来（徕？）读者，除录入二十卷本之弄珠客序、廿公跋外，另撰欣欣子序作为公关手段。十卷本《新刻金瓶梅词话》虽更接近评话底本，它的刊行却在二十卷本《金瓶梅》之后。"之后，梅先生进一步补充材料，继续论证说散本刊行先于词话本之说：沈德符和薛冈看到的《金瓶梅》的最早刻本是"'简端'有弄珠客序的文人本即廿卷本，时间在万历四十七、八年。……文人本大行，书林人士对《金瓶梅》的别本——艺人本开始重视。但他们得到的是一个讹误特甚、别字连篇的俗抄本。书商原拟整理，并据文人本做过部分校改。但工程浩大，又要忙着上市，便匆匆缮写上板。为广招徕，录入已刊行的文人本《弄珠客序》和"廿公跋""（按："艺人本""文人本"是梅先生基于《金瓶梅》原系评话的认识，为规避学界习用的"万历本""崇祯本"中年号的先后顺序与其观点的明显冲突而另用的新说法。）；"《金瓶梅》词话书名不见于万历、天启两朝文献"，"若说万历末初刻的就是《新刻金瓶梅词话》，这是没有可能的"，"万历末天启初刊刻的应是这个有弄珠客序、廿公跋的第一代的文人改编本，亦即崇祯本的母本"，词话本和说散本"它们是兄弟关系或叔侄关系，并不是父子关系"。梅说受到了王汝梅、黄霖等先生的驳议，但却得到了叶桂桐先生的积极响应，并续有发挥、延伸。叶先生先就《金瓶梅》《续金瓶梅》的关系推测："丁耀亢读过的并据以写《续金瓶梅》的是初刊本《金瓶梅》词话，那上边只有东吴弄珠客的序"，而无欣欣子序、四首［行香子］、四贪诗，其后相继提出：廿公跋写于崇祯末年（约崇祯十四年至十六年），其作者为杭州书商鲁重民或其友人，"《新刻金瓶梅词话》当刻于清顺治年间或康熙初年"；最新的观点是：《新刻金瓶梅词话》新刻的用意是反清，欣欣子序亦鲁重民所为。

综观各种《新刻金瓶梅词话》"重刻说"及"后出说"，都有太多想当然的推测之词，难脱以想象填补空白之弊，却恰恰在最基本的问题上偏离了事实——东吴弄珠客序的署作时间"万历丁巳季冬"。这些具体观点尽管有不同，但其思路却是一致的：对于《新刻金瓶梅词话》卷前的序、跋、词，以其未记，即断其必无。实际上，这种推论是根本靠不住的。从认识论上讲，人对对象的反映要受到个人经验、兴趣、情感等因素的影响，是有选择性和片面性的。即便对同一个对象，不同的人反映的角度、深度等也会有所不同，表现为个体反映的差异性。即如目前所知仅有的两位明确记载《金瓶梅》初刊本的沈德符、薛冈,沈氏关注的是第五十三至五十七回"赝作",而薛氏关注的则是东吴弄珠客序。我们当然不能因二人所记不同而相互否定,同理,也不能因二人未记而否认其他序、跋、词的可能存在。

笔者一直认为,现存的万历丁巳东吴弄珠客序刊本《新刻金瓶梅词话》就是《金瓶梅》的初刻本,并曾分别从第五十三至五十七回"赝作"、明代帝讳角度进行过论证。对于各种词话本"重刻说"及"后出说",笔者虽不敢苟同,然原本无暇亦无意一一辩驳,不意却在追踪《金瓶梅》词话卷首四首[行香子]词的过程中,发现了明末、清初的两种书曾引及这四首词,从而为判定现存《新刻金瓶梅词话》即初刻本增添了新的证据。

正如上节所分析的那样,在[行香子]四首的传播路径中,龚居中辑《福寿丹书》初刊本中的《自乐词》、钱尚濠辑《买愁集》中的《乐隐词》均抄自万历本《金瓶梅》词话,而非无此四词的崇祯本《金瓶梅》。《买愁集》成于清顺治间,年代稍晚,可置不论;而《福寿丹书》初刊于明天启四年,对于《金瓶梅》词话版本研究却有着举足轻重的意义。

首先,梅节先生提出的词话本"后出说"不能成立。龚居中看到并据以抄录进《福寿丹书》初刊本的四首[行香子]词出自《金瓶梅》词话刊本,而《福寿丹书》敖祐(伯受)序署作时间"天启甲子仲夏上浣",即天启四年(1624)五月上旬。这也就意味着,《金瓶梅》词话刊本——且不论是初刻本,抑或是重刻本——早在此前即已刊刻行世。这一事实的揭示,对于梅先生的词话本"后出说"而言,无异于釜底抽薪。它确凿地证明,刊刻于万历末的《金瓶梅》是词话本,而不是梅先生想象中的所谓"第一代的文人改编本"或"崇祯本的母本"。同时也说明,沈德符、薛冈看到的《金瓶梅》刊本都是《金瓶梅》词话,至于所记无"词话"二字,仅是用简称而已。所以,从时间上讲,万历本在前,崇祯本在后,二者的次序是确定无疑的。

其次,现存《新刻金瓶梅词话》应为初刻本。《新刻金瓶梅词话》东吴弄珠客序署"万历丁巳季冬",即万历四十五年(1617)十二月,这是该书刊刻年代的重要信息,如无实在证据,是不能否定的。按惯例,《金瓶梅》词话的刊刻应在此之后。《金瓶梅》词话是一部洋洋近百万言的大书,从转抄、上版、雕刻、印刷、装订到上市,至少也得一年半载的时间。这和沈德符、薛冈所记见到《金瓶梅》词话刊本的时间是大致契合的。也就是说,沈德符、薛冈所见应即《金瓶梅》词话的最早刊本,据沈德符所述,其刊刻地在"吴中"(指苏州)。再从《福寿丹书》的编者龚居中这方面看,他本贯江西,却曾长期流寓于江浙一带。崇祯本桂绍龙序称其"时托迹漫游于秣陵、维扬间,与诸名公相订正,动以岁月计";周懋文《读脏腑纪事》也说:"应圆凤游金陵,往来建阳书林,声名藉藉,达官贵人多下榻投辖,奚囊甚富,难以更仆"。《福寿丹书》天启四年初刊本,卷一至卷五署"金陵书林周如泉刊",卷六署"金陵书林唐贞予、周如泉刊",可见即刊于南京。他有缘看到或得到《金瓶梅》词话,应该就是在客游江浙之时,虽然具体时间难以确考,但按常理,应从敖祐序作时间天启四年五月上旬至少上推二三年,这与《金瓶梅》词话的最早刊本的面世时间已非常逼近。这也就是说,龚居中据以抄录四首[行香子]词的《金瓶梅》词话刊本与沈德符、薛冈所记的《金瓶梅》词话的最早刊本实际上应是同一种书,即现存《新刻金瓶梅词话》。同时,目前所知《新刻金瓶梅词话》存世只有原北京图书馆藏本(现存于台北"故宫博物院")、日本日光山轮王寺慈眼堂藏本、日本德山毛利就举氏栖息堂藏本(第五回末页异版,当为补版后印本)三部,另有日本京都大学藏残本一部,均系同版,没有任何迹象显示这个本子曾经刊刻过第二次。因此,现存《新刻金瓶梅词话》不仅是《金瓶梅》的初刻本,也应是唯一刊本。

叶按:

1. 杨国玉先生的《〈金瓶梅词话〉卷首[行香子]词源流琐考——兼及现存〈新刻金瓶梅词话〉系初刻本新证》一文,是在2016年10月广州暨南大学召开的第十二届国际《金瓶梅》学术讨论会上提交给大会的论文。这是金学界当下的一种比较有代表性的意见。

2. 明代龚居中辑《福寿丹书》天启四年初刊本中的《自乐词》与《新刻金瓶梅词话》中的四首[行香子]相同,《金瓶梅》初刻本的刻印年代为万历末年,所以《福寿丹书》天启四年初刊本中的《自乐词》来自《金瓶梅》初刻本,因此《新刻金瓶梅词话》就是《金瓶梅》初刻本。这就是杨国玉先生的整个推理过程。而杨国玉先生在论文中也供认不讳地说:"笔者一直认为,现存的万历丁巳东吴弄珠客序刊本《新刻金瓶梅词话》就是《金瓶梅》的初刻本。"《新刻金瓶梅词话》的刻印年代是一个正在被研判的对象,但杨国玉先生却早已把它与初刻本《金瓶梅》画上了等号,并断定它的刻印年代也是万历末年(万历丁巳),这在方法论上是有问题的。

关于这个问题,我在2016年10月的广州第十二届国际《金瓶梅》学术讨论会期间,曾与杨国玉先生交谈过。

我说:"崇祯本《金瓶梅》是根据初刻本《金瓶梅》改写的,但其第五十三、五十四两回绝对不是根据现存的《新刻金瓶梅词话》改写的,否则它绝不会现在的样子。你以为呢?"

杨国玉先生回答说:"我承认。"

3. 其实这个问题,即崇祯本《金瓶梅》的第五十三回、五十四回绝不是根据现存的《新刻金瓶梅词话》改写的,韩南先生早在半个多世纪之前就在《〈金瓶梅〉的版本及其他》一书中已经论述过了。

第四节 《金瓶梅》版本研究的"死结":初刻本之争
——兼答友人杨国玉先生

一、《金瓶梅》版本研究的"死结":初刻本之争

(一)《金瓶梅》版本研究的"死结":初刻本之争

自从1932年,在山西省发现了《新刻金瓶梅词话》后,对于《金瓶梅》的版本、成书等问题的研究日渐深入。关于《新刻金瓶梅词话》究竟是初刻本,还是翻刻本的争论就开始了。

吴晓铃、马泰来、魏子云、雷威安、黄霖、苟洞、杨国玉等主一刻说,即今存《新刻金瓶梅词话》就此一版。鲁迅、沈雁冰、郑振铎、韩南、刘辉、周钧韬、鲁歌、邓瑞琼、郑庆山等主二刻说,但说法又有不同。朱星最早提出三刻说,陈昌恒、许建平力主三刻说,吴晗主多刻说。

与此同时,关于《新刻金瓶梅词话》与崇祯本之间的关系问题的争论也展开了。

《新刻金瓶梅词话》十卷,因题名有"词话"字,故被称为"词话本"。又因为卷端有东吴弄珠客序,题署"万历丁巳季冬",称"万历本"。《新刻绣像批评(原本)金瓶梅》二十卷,据词话本修改后刊行于崇祯年间,故简称崇祯本。

大多数学者认为词话本与崇祯本之间的关系是"父子关系"。而香港的梅节先生则在校勘《金瓶梅》的过程中,首次提出了一个具有颠覆性的新说:《新刻金瓶梅词话》与崇祯本之间的关系"是兄弟关系或叔侄关系,并不是父子关系"。

黄霖先生对这个问题的看法见于他的大作《〈金瓶梅〉词话本与崇祯本刊印的几个问题》一文,他说:"梅先生是一位学殖深、造诣高的令人尊敬的长者。他穷十余年之力,在认真校勘《金瓶梅》词话的基础上所作的结论,自应高度重视。"

他在阐述了崇祯本本源自《新刻金瓶梅词话》的几点看法之后,做结论说:

> 上面就崇祯本源自《新刻金瓶梅词话》谈了几点看法。毫无疑问,这里也多推测之词,但怎么样推论才较合理,读者自可思考。不管怎样,最重要的根据还是文本存在的实际,假如果真能发现一部《新刻金瓶梅词话》之前的刻本《金瓶梅》词话和廿卷本的崇祯本"母本"的话,那我承认这些推论全部错误,否则,事实告诉我们的结论只能是《新刻金瓶梅词话》即是初刻,目前所见的崇祯本即是从此本词话本改编而来。①

叶按:黄霖先生在这里所做的假设,实际上是"不可能"的委婉说法,因为再发现一部"《新刻金瓶梅词话》之前的刻本《金瓶梅》词话和廿卷本的崇祯本母本",目前只能是主观愿望,学术研究"不可能"建立在主观愿望的基础上,于是初刻本之争已经成了《金瓶梅》版本研究的一个"死结"。——我不认为这个"死结"只有靠发现新的初刻本或崇祯本母本才能解开,——当然,这种发现不是绝对没有可能,因为直到顺治年间,丁耀亢还采用过初刻本;张竹坡则在康熙年是还用其核勘过"张评本"。

(二) 当下动态

2016年10月9日至13日,在广州暨南大学召开了第十二届国际《金瓶梅》学术研讨会,在会上杨国玉先生提交了一篇长篇论文《〈金瓶梅词话〉卷首[行香子]词源流琐考——兼及现存〈新刻金瓶梅词话〉系初刻本新证》。他在文中说:

---

① 黄霖:《〈金瓶梅〉词话本与崇祯本刊印的几个问题》,《黄霖〈金瓶梅〉研究精选集》,台湾学生书局,2015年6月版,第177页。

梅说受到了王汝梅、黄霖等先生的驳议,但却得到了叶桂桐先生的积极响应,并续有发挥、延伸。①

碰巧的是提交论文的杨国玉先生和在论文中所涉及的几个人,梅节、王汝梅、黄霖、叶桂桐都参加了此次盛会。

在会议议程之外的休息时间,很自然的也就会对此问题有所交谈。我与王汝梅、黄霖先生几乎每年开会时都能见到,而与梅节先生则多年没有见面了,所以主要是与他交谈的最多,另外就是与杨国玉、吴敢先生拜读交谈的比较多。通过交谈,拜读杨国玉先生所提交的论文的题目,以及会议论文集中的另外几篇关于版本研究的论文,我发现上述《金瓶梅》版本研究的"死结",一方面有些人正在加固,而另一方面则已经显露出松动的迹象。

二、"死结"形成原因

(一) 对象本身的特殊性

从《金瓶梅》问世以来的四百多年间,几乎一致被当作禁书,直到今天全本《金瓶梅》,无论是词话本还是崇祯本,都依然属于禁书。不仅作者有意隐藏自己的姓名,就连出版的书肆也不愿意标明自己的书坊的名称,而且词话本《金瓶梅》鱼鲁豕亥,错别字连篇,又使用了大量的方言土语,这就不仅为读者阅读造成了很大的障碍,也为《金瓶梅》的版本研究带来了极大的困难。因此,迄今为止,关于《金瓶梅》版本研究中的《金瓶梅》成书年代、成书方式、抄本、初刻本刻印年代、《新刻金瓶梅词话》是否初刻本、崇祯本《金瓶梅》与词话本的关系、崇祯本《金瓶梅》各种版本内在关系等重要问题都一直众说纷纭,没有真正解决;而与《金瓶梅》版本研究密切相关的《新刻金瓶梅词话》卷首的四贪诗,四首[行香子]词,东吴弄珠客序、廿公跋、欣欣子序的作者与写作时间,第五十三回至五十七回,等重大问题都成了难以解决的疑难悬案。

(二) "新刻"与初刻的"同"远远大于"异"

其实,细说起来《新刻金瓶梅词话》与初刻本《金瓶梅》之间,"同"远远大于"异",就我所知,就文本而言,《新刻金瓶梅词话》与初刻本《金瓶梅》之间主要在第五十三、五十四两回不同。很多重要结论,比如崇祯本与词话本的关系问题,毫无疑问,崇祯本源自于初刻词话本,但现在的这些个结论都是根据崇祯本与《新刻金瓶梅词话》本的比较得出来的。它所以正确,是因为就文本而言除第五十三、五十四回,《新刻金瓶梅词话》与初刻本《金瓶梅》基本上是相同的,就其"基本相同"而言,所以你说崇祯本源于《新刻金瓶梅词话》,或者说源于初刻本《金瓶梅》都是符合实际的。但《新刻金瓶梅词话》与初刻词话本《金瓶梅》毕竟是不同的,因为序跋等附加成分和第五十三、五十四回是不同的,所以就整体而言,并不是两种说法都能成立的。

---

① 杨国玉:《〈金瓶梅词话〉卷首[行香子]词源流琐考——兼及现存〈新刻金瓶梅词话〉系初刻本新证》,《第十二届国际〈金瓶梅〉学术研讨会论文集》,广州·暨南大学,2016年10月。

（三）梅节先生的得与失

关于《金瓶梅》版本研究，据我所知，梅节先生主要阐述了如下一些观点：

1. 《金瓶梅》词话之前存在一个说唱本《金瓶梅传》。
2. 手抄本《金瓶梅》有20卷本与10卷本两种内容不同的版本。
3. "艺人本"（"词话本"）是说唱本。
4. "说散本"（叶按：学术界普遍称为崇祯本）根据艺人说唱本（叶按：应该是"词话本"）改编而成，是《金瓶梅》初刻本。
5. 以日本内阁文库本为代表的崇祯本是第一代崇祯本。
6. 欣欣子序并不是后来书商杜撰加上去的，是词话本在早期流传就有的。
7. 《新刻金瓶梅词话》比崇祯本后出，且根据内阁文库本、即第二代崇祯本校勘过。

上述观点中，我认为前六个观点都是经不起推敲的，是失误。但梅节先生关于"崇祯本与《新刻金瓶梅词话》都来源于同一词话本，是兄弟关系，《新刻金瓶梅词话》后出，用内阁文库本校勘过的观点是符合事实的，它在未来的《金瓶梅》版本研究中将会日益彰显出来。

然而由于梅节先生关于《金瓶梅》版本研究的失误，导致了其精华被遮蔽了，以至于人们往往或者因为其失误而从根本上否定了他的最有见解的观点，或者不能深入的探讨他所提出的证据，因为这些证据主要是字句这样一些细微的内容，往往处于疑似之间，是很细微的工作。良可惜也！

与此同时，学界关于《金瓶梅》版本研究的几乎所有的著名专家，都用《新刻金瓶梅词话》即是《金瓶梅》初刻本的错误观点来批评梅节先生的卓见，当然不能令其信服、心服。

我在广州会议期间，曾经跟梅节先生开玩笑说："您是一个典型的当代卞和。"

三、我的《金瓶梅》版本研究过程与主要观点

杨国玉先生在上述论文中说：

> 梅说受到了王汝梅、黄霖等先生的驳议，但却得到了叶桂桐先生的积极响应，并续有发挥、延伸。叶先生先就《金瓶梅》《续金瓶梅》的关系推测："丁耀亢读过的并据以写《续金瓶梅》的是初刊本《金瓶梅》词话，那上边只有东吴弄珠客的序"，而无欣欣子序、四首［行香子］、四贪诗，其后相继提出：廿公跋写于崇祯末年（约崇祯十四年至十六年），其作者为杭州书商鲁重民或其友人；"《新刻金瓶梅词话》当刻于清顺治年间或康熙初年"；最新的观点是：《新刻金瓶梅词话》新刻的用意是反清，欣欣子序亦鲁重民所为。①

---

① 杨国玉：《〈金瓶梅词话〉卷首［行香子］词源流琐考——兼及现存〈新刻金瓶梅词话〉系初刻本新证》，《第十二届国际〈金瓶梅〉学术研讨会论文集》，广州·暨南大学，2016年10月。

其实，我关于"《新刻金瓶梅词话》当刻于清顺治年间或康熙初年"的观点，并非是对梅节先生《新刻金瓶梅词话》"后出"说的响应，事实是我们差不多是从各自的研究出发，同时提出了这个问题，角度、着眼点、目标都不同，只是结论中有部分重合。

我与杨国玉先生是多年相识的老朋友了，从他所列举的我关于《金瓶梅》版本研究的论文篇目，就不难看出我们之间的关系。但我不得不说，杨国玉先生对我这方面的研究情况并不完全了解，那一般读者就更可想而知了。因此，我觉得有必要将我关于《金瓶梅》版本研究的过程与主要观点予以叙述。

我关于《金瓶梅》的版本研究，从1986年算起，迄今为止，已经三十多年了，这三十多年大致经历了三个阶段：

(一) 1986年至1991年

我的第一项工作是撰写并完成博士论文《论金瓶梅》。论文中关于《金瓶梅》版本研究的有以下三篇：

1.《〈金瓶梅〉成书年代新线索》北京师范大学学报1988年第4期。

2.《〈金瓶梅〉抄本考》《文学遗产》1988年第4期。

3.《从〈续金瓶梅〉看〈金瓶梅〉的版本与作者》。吉林大学社会科学学报1989年第2期。

我在《〈金瓶梅〉成书年代新线索》阐述过《金瓶梅》中有万历十年前后的事，推断《金瓶梅》当成书于万历年间。

我在《〈金瓶梅〉抄本考》论述了初刊本与抄本之一致，或谓初刊本保存了抄本《金瓶梅》之原貌，这从屠本畯与谢肇淛关于抄本的卷帙的记叙，以及谢的所谓"聚有自来，散有自去"等叙述，亦可得到进一步的证明，因为这些记叙正与初刊本相符合：

> 我们花这么大的气力来论证抄本《金瓶梅》与初刊本《金瓶梅》、与现存万历本《金瓶梅》词话相一致，有什么必要呢？很有必要。别的且不说，首先可以证明现存万历本《金瓶梅》词话并不是由多种抄本"拼集而成"，因为抄本也是并无大区别的。
>
> 其次，这对于像台湾省《金瓶梅》研究专家魏子云先生所主张的《金瓶梅》词话本是在传抄过程中，由原稿多次删改而成的结论也将是极为不利的。

我在《从〈续金瓶梅〉看〈金瓶梅〉的版本与作者》中就已经论述过《新刻金瓶梅词话》不是初刻本。

我的第二项工作是跑图书馆，看善本书。

当时北京师范大学图书馆馆长于天池是我的师兄，另一位师兄则在北京图书馆任副馆长；北京大学图书馆则业师张俊先生请图书馆副馆长侯忠义先生与善本室主任进行了沟通；民族大学则王利器先生给我开了推荐信，介绍我与馆长相识；琉璃厂则沾了启功先生的光，有求必应；中国社科院图书馆自然更方便，国子监首图也偶而去一两次。

我的第三项工作是拜访相关专家。

向启功先生请教如何鉴别书肆写工的笔迹,向北京市公安局有关人员请教破案过程中的笔迹鉴定,向国务院自动化办公设计总工程师请教采用计算机鉴定版本,向化学系访问学者请教纸张、油墨的现代化鉴定,到虎坊桥向琉璃厂收购和整理善本书的专家请教版本鉴定问题……

我的第四项工作是组织人查阅文献,到民间采风。1987年夏,我们组建了聊城《水浒》《金瓶梅》学会,我任会长。同年8月,我到北京师范大学做国内高级访问学者。关于《金瓶梅》研究,便时常向导师锺敬文、张子晨先生请教。根据两位先生的指导,我曾组织人查阅元明清以来的文献,到冀鲁豫苏交界地区的民间采风。我所主编的《〈金瓶梅〉考论》、《〈金瓶梅〉人物正传》、两集《〈金瓶梅〉的传说》都是这一工作的产物,我在两集《〈金瓶梅〉的传说》中阐述过,《金瓶梅》之前并没有关于《金瓶梅》故事的传说、说唱,明清文献中也没有这方面的任何记载。[①]

在这一阶段,关于《金瓶梅》版本研究,我就已经比较重视《新刻金瓶梅词话》与初刻本《金瓶梅》之间的不同,关注四贪诗、四首[行香子]引词以及欣欣子序的有无问题。这在《从〈续金瓶梅〉看〈金瓶梅〉的版本与作者》中都有叙述。而且我说过:直到清顺治十八年(1661)丁耀亢写《续金瓶梅》时,他还不知道什么兰陵笑笑生,还没有见过《新刻金瓶梅词话》,这是很值得人们深思的。

(二) 1997年10月至2005年9月

这一阶段研究的重点是从"廿公跋"切入。

1997年夏,在山西省大同市召开了国际《金瓶梅》学术研讨会。在首场大会发言中,就有一位当时在大同师专任教的著名当代文学评论家对金学界所出现的学术硬伤进行了毫不客气的批评。他的发言给我留下了非常深刻的印象。

会议之后,我开始检讨总结反思20年来整个金学界以及我自己关于《金瓶梅》作者考证的全过程,撰写了一篇总结性的论文《〈金瓶梅〉作者考证的重要线索与途径——二十年来〈金瓶梅〉作者考证之检讨》。[②] 此文完成于1997年底,但刊出则在《论〈金瓶梅〉"廿公跋"的作者当为鲁重民或其友人》之后。

我在文章中呼吁倡导一下"汉学"。——老实说,在治学方法上,我是主张"汉宋并举"的,但我此时则不能呼吁倡导一下"汉学"。

我自己则决定采用老子的静观玄览的方法,把以往的过程做一个总结,画一个句号,将脑子"清空",一切从头再来。于是开始重新翻检我以往收集到的关于《金瓶梅》研究的全部

---

① 叶桂桐:《〈金瓶梅〉的传说》一、二集《后记》,南海出版社,1990年版。

② 叶桂桐:《〈金瓶梅〉作者考证的重要线索与途径——二十年来〈金瓶梅〉作者考证之检讨》,《聊城师范学院学报(哲学社会科学版)》,2001年第1期。

材料,包括专著、公开出版的论文,油印的论文,等等。

关于日本内阁文库本的崇祯本,日本学者荒木猛先生写过一篇《关于〈新刻绣像批评金瓶梅〉(内阁文库藏本)的出版书肆》,原载 1983 年 6 月《东方》。黄霖与王安国先生把它编译在《日本研究〈金瓶梅〉论文集》之中了。① 因为该书在齐鲁书社出版,所以该书出版后不久,我就买到了。我认真拜读了荒木猛先生的这篇论文。当时我觉得荒木猛先生只是进一步证明了内阁文库本《金瓶梅》刻于崇祯年间,没有太在意。

但当我这时候再一次拜读荒木猛先生的这篇论文,看到日本内阁文库本的出版书肆是鲁重民时,我真的惊喜若狂。根据我所掌握的关于《金瓶梅》版本研究的知识积累,很快意识到廿公跋可能是鲁重民加上去的,于是我开始对鲁重民进行研究。1998 年初,我完成了《论〈金瓶梅〉"廿公跋"的作者当为鲁重民或其友人》,刊载于《烟台师范学院学报》1999 年第 4 期。这与黄霖与王安国先生编译《日本研究〈金瓶梅〉论文集》在齐鲁书社出版,整整晚了十年。1998 年我完成了《中国文学史上的大骗局　大闹剧　大悲剧——〈金瓶梅〉版本作者研究质疑》,因为论文过长,很多刊物拒绝发表,直到 2002 年才刊登在《烟台师范学院学报》第 2 期上。

这一阶段完成的《金瓶梅》版本研究著作如下:

1.《〈金瓶梅〉作者考证的重要线索与途径——二十年来〈金瓶梅〉作者考证之检讨》
2.《论〈金瓶梅〉"廿公跋"的作者当为鲁重民或其友人》②
3.《中国文学史上的大骗局　大闹剧　大悲剧——〈金瓶梅〉版本作者研究质疑》③
4.《关于〈金瓶梅〉的版本与作者问题——兼致台湾魏子云先生》④
5.《〈金瓶梅〉版本研究商榷——兼致梅节先生》⑤
6. 出版了博士论文《论金瓶梅》⑥

这一阶段我的主要收获是在荒木猛的基础上论证了《金瓶梅》"廿公跋"的作者是杭州书商鲁重民,考证了《金瓶梅》三篇序跋的写作年代、相互关系,及其在《金瓶梅》主要刻本中不同的存在方式,断定《新刻金瓶梅词话》当刻于清初。

(三)2006 年至今

2005 年秋退休后,我的研究并没有中断。2010 年 10 月,我受聘于山东外事翻译学院,做专职科研人员。在展开其他课题研究之后,又开始了《金瓶梅》研究,版本研究是重点。

这一阶段,我的切入点是第五十三回至五十七回。

我把能够找到的关于这五回的所有著作、论文都认真拜读,其中对韩南、魏子云、郑庆

---

① 黄霖、王安国主编:《日本研究〈金瓶梅〉论文集》,齐鲁书社,1989 年 10 月版,第 130—138 页。
② 载《烟台师范学院学报(哲学社会科学版)》1999 年第 4 期。
③ 载《烟台师范学院学报(哲学社会科学版)》2002 年第 2 期。
④ 载《保定师范专科学校学报》2005 年第 3 期。
⑤ 载《明清小说研究》2007 年第 3 期。
⑥ 叶桂桐:《论金瓶梅》,中州古籍出版社,2005 年 9 月版。

山、石昌渝等人的相关著作,进行了反复的阅读。

这一阶段我的主要收获是:

第一,我判定在《金瓶梅》主要刻本即初刻本《金瓶梅》《新刻金瓶梅词话》,第一代、第二代崇祯本四种刻本中,第五十三回至五十七回有三种存在形态。

第二,崇祯年间人们发现了手抄本中已经遗失的第五十三回、五十四回,这就是《新刻金瓶梅词话》中这两回的来历。

第三,第二代崇祯本内阁文库本用初刻本校勘过。这一工作是由鲁重民完成的。但这只是一个过渡。

第四,有人将初刻本《金瓶梅》词话为底本,翻刻了《新刻金瓶梅词话》,加上了欣欣子序和廿公跋;在正文部分,用新发现的第五十三回、五十四回更换了初刻本中的这两回。这一工作也是由鲁重民完成的。《新刻金瓶梅词话》刻于清初。这一阶段完成的论文如下:

1.《〈新刻金瓶梅词话〉晚于崇祯本的铁证》①
2.《〈金瓶梅〉欣欣子序系杭州书商鲁重民所作》②
3.《"万历本"晚于崇祯本的文献依据》,待刊
4.《论用现代化科技手段研究〈金瓶梅〉的版本与作者》,待刊
5.《〈金瓶梅〉"病毒切片":五十三至五十七7回》,待刊
6.《论梅节〈金瓶梅〉版本研究的得与失》,待刊
7.《黄霖与梅节〈金瓶梅〉版本研究之争》,待刊
8.《一项被金学界忽略了的重要成果——王汝梅的内阁本用词话本校勘过》,待刊
9.《〈金瓶梅〉版本研究的死结:初刻本之争——兼答友人杨国玉先生》,待刊
10.《崇祯本〈金瓶梅〉与〈新刻金瓶梅词话〉关系新论》,待刊

我与梅节先生的同与异:我与梅节差不多是从各自的研究出发,同时提出了《新刻金瓶梅词话》晚出这个问题,但角度、着眼点、目标都不同,只是结论中有些重合。对此我在上述拙作《论梅节〈金瓶梅〉版本研究的得与失》以及《〈金瓶梅〉版本研究商榷——兼致梅节先生》中已经叙述过了。

小结:解开"死结"的关键:一是附加成分:1.《金瓶梅》头上的"皇冠";2.三个序跋;二是文本部分:第五十三回至五十七回;三是文献依据。

四、王汝梅、黄霖与梅节的版本之争

王汝梅、黄霖先生对于梅节先生的批评,特别是关于崇祯本来源于词话本的论述都是符合事实的。但需要说明的是,这个词话本是初刻本,而不是《新刻金瓶梅词话》,但因为这二者之间在文本方面除了第五十三回、五十四回之外基本上是相同的,所以王汝梅、黄霖先生

---

① 载《明清小说研究》2015 年第 1 期。
② 载《明清小说研究》2016 年第 1 期。

对于梅节先生批评是成立的。

但我认为王汝梅、黄霖先生对于解开"死结"的关键,即附加成分(主要是三个序跋)和文本部分(五十三回至五十七回)的研究是存在着很多问题的。

(一)先看王汝梅先生的见解

1. 关于欣欣子序

王汝梅先生说:

> 崇祯本与词话本之间有同有异,有异又相关联。……
>
> 改写第一回及不收欣欣子序。崇祯本无欣欣子序(也无四首引词和四贪诗)。欣欣子序中阐述了很重要的三个观点:第一,阐明作者用意是"寓意于时俗,盖有谓也"。第二,阐明作者是发愤而作,而"爰罄平日所蕴者,著斯传,凡一百回"。第三,阐明《金瓶梅传》虽"语涉俚俗,气含脂粉",但不是淫书。欣欣子冲破传统儒家诗教,提出不要压抑哀乐之情的进步观点。他说:"《关雎》之作,乐而不淫,哀而不伤。富与贵,人之所慕也,鲜有不至于淫者;哀与怨,人之所恶也,鲜有不至于伤者。"这种观点与儒家经典对立,与李贽反对"矫强",主张"自然发于情性"(《焚书》卷三《杂述·读律肤说》)的反礼教束缚思想相一致。欣欣子序文的这些观点与《金瓶梅传》的思想倾向、内容主题是相符合。然而,改写者以"财色"论、"惩戒"说再造了《金瓶梅》。改写者反对欣欣子序文的观点,因此不刊入卷首。东吴弄珠客的"惩戒"说与崇祯本改写者思想合拍。①

叶按:凡是认为《新刻金瓶梅词话》就是初刻本《金瓶梅》的学者,当然必定都认为欣欣子序、廿公跋与东吴弄珠客序一样,都是初刻本上就有的。但却没有一个人认真说清楚根据初刻本《金瓶梅》改写的崇祯本为什么只收录东吴弄珠客序,而不收录欣欣子序,只有王汝梅先生回答了这个问题:"改写者反对欣欣子序文的观点,因此不刊入卷首。东吴弄珠客的'惩戒'说与崇祯本改写者思想合拍。"

我们姑且认为王先生的这一答案是正确的,但是我认为与此同时,王先生还应该回答如下的问题:

(1)第一代崇祯本为什么不收录与欣欣子序同时出现在《新刻金瓶梅词话》上的廿公跋?

(2)第二代(内阁文库本)为什么只收录廿公跋,而不收录欣欣子序?

(3)见过或拥有初刻版《金瓶梅》的人,据我所知,不只有沈德符、薛冈,至少还有第一代崇祯本的改写者、第二代崇祯本的改写者、丁耀亢、为《续金瓶梅》写序的南海爱日老人,甚至张竹坡(?),但为什么所有见过初刻版《金瓶梅》的人,都没有说到欣欣子序?欣欣子序的第一句话就明确地说《金瓶梅》的作者是兰陵笑笑生,沈德符、廿公跋、两代崇祯本出版者、丁耀

---

① 王汝梅:《〈金瓶梅〉探索》,吉林大学出版社,1990年版,第52—53页。

亢等见过初刻版《金瓶梅》的人都已经关注过《金瓶梅》作者,为什么都不提兰陵笑笑生?

2. 关于第五十三回至五十七回

>崇祯本第五十三回和第五十四回据万历词话本改写,改动大,与词话本大异小同。词话本第五十三回"吴月娘承欢求子息,李瓶儿酬愿保官哥"两事联系,围绕西门庆家族"子嗣"这一中心,描写较为细致。……
>
>崇祯本评点者就此指出:"西门庆平时最鄙薄姑子,今日忽自接来,所谓愚人易惑也。"也认为改写得不完全合乎情理,崇祯本第五十三回与词话本第五十三回的大异小同,仍可以看出崇祯本是据词话本改写而来,并不是另有一种假定的词话本为据。
>
>崇祯本第五十四回"应伯爵隔花戏金钏,任医官垂帐诊瓶儿",把词话本的同一回写去刘太监庄上河边郊园会诸友改为内相陆地花园会诸友。乘船改为乘轿。把任医官诊瓶儿病情改写,把胃虚血少之病改为身上不净下淋不止之病。后来瓶儿患血山崩而死。改写者可能认为血少之症与此结局不相符而改。词话本第五十三回至五十四回,与前后文脉络基本贯通,语言风格也较一致。而崇祯本第五十三回至五十四回,在语言风格上与前后文不相一致,描写粗疏,改写者艺术修养不高。有些语句如"西门庆是山东第一个财主",让伯爵当西门庆说"只大爹他是有名的潘驴邓小闲,不少一件",写陈经济与潘金莲偷情扯断裤袋(词话本作"扯下裙裥"),都显见改写的拙劣。第三十回眉批云:"月娘好心,直根烧香一脉来。后第五十三回为俗笔改坏,可笑可恨。不得此元本,几失本来面目。"评点者是肯定月娘形象的,他认为词话本第五十三回写月娘求"种子灵丹",结胎,是俗笔改写补入的。评语称二十卷本为元(原)本,肯定评改本。这越加说明崇祯本第五十三回是改写者的手笔。如果沈德符所云:"陋儒补以入刻(《万历野获编》)的话写在崇祯初年,这补入的文字,可能指二十卷本之第五十三至五十四回,而不是指十卷本《金瓶梅》词话。……
>
>基于以上的考察,笔者认为崇祯本刊印在后,词话本刊印在前。崇祯本以《新刻金瓶梅词话》为基本进行改写评点,它与词话本之间是母子关系而不是兄弟姐妹关系。①

叶按:王先生的这一大段话中,有三个问题最值得注意:

(1)词话本第五十三回至五十四回,与前后文脉络基本贯通,语言风格也较一致。而崇祯本第五十三回至五十四回,在语言风格上与前后文不相一致,描写粗疏,改写者艺术修养不高。

(2)如果沈德符所云:"陋儒补以入刻"(《万历野获编》)的话写在崇祯初年,这补入的文字,可能指二十卷本之第五十三至五十四回,而不是指十卷本《金瓶梅》词话。

(3)第三十回眉批云:"月娘好心,直根烧香一脉来。后第五十三回为俗笔改坏,可笑可

---

① 王汝梅:《〈金瓶梅〉探索》,吉林大学出版社,1990年版,第53—57页。

恨。不得此元本,几失本来面目。"评点者是肯定月娘形象的,他认为词话本第五十三回写月娘求"种子灵丹",结胎,是俗笔改写补入的。评语称二十卷本为元(原)本,肯定评改本。这越加说明崇祯本第五十三回是改写者的手笔。

对于王先生所说的这三个问题,我的看法如下:

(1)王先生这里所说的前两个问题,与魏子云先生的看法完全一致(魏子云:《金瓶梅这五回》)。从第一个问题,我们不难看出,"词话本"第五十三、五十四两回与第五十五至五十七回不出于同一人之手笔,而崇祯本第五十三、五十四两回与第五十五至五十七回则出于同一人之手笔。

(2)谁是把第五十三、五十四两回改写坏了的罪魁祸首?

从表面上来看,词话本这两回没有改坏,因此改坏了这两回的应该是崇祯本,所以崇祯本改写者是罪魁祸首。但崇祯本是根据初刻词话本改写的,崇祯本并非是始作俑者,只是"从犯"。真正的"罪魁祸首"是初刻词话本,而这正是沈德符看到了"陋儒补以入刻"的初刻本之后发出的议论。《新刻金瓶梅词话》"无罪",这也正从一个特殊的角度说明了《新刻金瓶梅词话》不是初刻本《金瓶梅》。

(3)关于"原本""元本"问题

关于"原本""元本"问题,我在第三章第三节中引了黄霖先生的见解。

将王、黄两位先生的见解稍作比较,我们不难看出他们的观点是不同的。王先生认为"元本"也就是"原本",是指二十卷本,即崇祯本;而黄霖先生认为:"元本"与"原本"不同,"元本"与"原本"不能相混。"原本"当为据评改的底本,即已刊印的词话本;而"元本"当为另一种据以参校的全抄本。

我是赞同黄霖先生的看法的,但这里有两点需要指出:

第一,"元本"当为另一种据以参校的全抄本。这种全抄本也只能是词话本系统的,而绝不是崇祯本系统的。

第二,最初流传的抄本虽然有多人拥有,但说到底,只有一个系统,正如我在《金瓶梅抄本考》所说的魏子云先生所说的内容不同的不同系统的抄本,根本不存在。词话本的分为十卷,崇祯本的改为二十卷。

谢肇淛的为卷二十,把几代学者搞糊涂了!其实手抄本就是词话本。词话本只有一种系统,初刻本就是根据手抄本付印的。

第三,"元本"中只说到第五十三回,但第五十四回与它是连体,这正是《新刻金瓶梅词话》第五十三、五十四回的来源的文献依据。

对于《金瓶梅》版本研究,黄霖先生的贡献是多方面的,而关于崇祯本眉批中的"原本""元本"的研究也是其中非常突出的一项,可惜被不少研究者忽略了。

我以为黄霖先生在这里已经走到了"桃源洞口",可惜他没有再前行。

(4)王先生说:

崇祯本评点者就此指出："西门庆平时最鄙薄姑子，今日忽自接来，所谓愚人易惑也。"也认为改写得不完全合乎情理，崇祯本第五十三与词话本第五十三回的大异小同，仍可以看出崇祯本是据词话本改写而来，并不是另有一种假定的词话本为据。①

这是针对韩南先生的观点而来的。

沈德符《万历野获编》："然原本实少第五十三回至五十七回，遍觅不得，有陋儒补以入刻。无论肤浅鄙俚，时作吴语，即前后血脉，亦绝不贯串，一见知其赝作矣。"韩南《〈金瓶梅〉版本与素材来源研究》认为沈氏提出了两个问题：一是"看叙事之中是否有任何令人瞩目的不协调之处"，二是"比较一下一二个常用词在这些章回中的用法是否与这部小说其余章回中的用法相吻合"，而这两个问题便是判断第五十三回至五十七回是否如沈氏所说的标准。韩南下了相当大功夫也用了相当大篇幅检讨了这两个问题：

> 如今也可以把不同的增补部分，纠缠不清的关系做一解释：
> 第一，甲系第五十三回与五十四回的作者并不是写甲系第五十五回至五十七回的作者。……两种当然都不是原作，都是后来增补的；又是由两个不同的编梓者所增补，而且增补入刻时间也不同。其中，甲之第五十三回与五十四回，明显的是较晚才补刻的，在若干实例中已看出其优于另外的那三回。即使我们能想象增补各回的执笔者在第五十三回与五十四回之后突然中断，但也不能想象在他重拾补笔时，会在第五十四回与五十五回之间留下那么一个大漏洞。
> 由这些结论，可知甲乙系最初的版本间并无直接演化的关系。显然的，最早的甲系版，不可能由乙系版变来，因为乙系各版显系一种极端类似甲版的作品的节本。另外一方面，最初的乙系版不可能由甲版变来，因为有谁会用拙劣的乙系第五十三及五十四回来取代甲系精彩多多的第五十三回及五十四回呢？②

他因此假设一个第五十三至五十七回系补写的版本，"这个'假设的版本'似乎有可能就是沈德符所说的那个版本，要不就是从它直接派生而来的版本"。其实韩南的假设是成立的，"假设的版本"就是沈德符所说的那个版本，即万历四十五年"吴中悬之国门"的初刻本《金瓶梅》。

崇祯本第五十三回及五十四回不可能是根据《新刻金瓶梅词话》改写的。

石昌渝《〈金瓶梅〉五十三回至五十七回辨——〈金瓶梅〉版本系统再认识》则认为现存万历本的第五十三、五十四回实为原作，而"补以入刻"的是从崇祯本祖本挖移过来的第五十

---

① 王汝梅：《〈金瓶梅〉探索》，吉林大学出版社，1990年版，第54页。
② 韩南：《〈金瓶梅〉版本及其他》，胡文彬编：《〈金瓶梅〉的世界》，北方文艺出版社，1987年版，第129—132页。

五至五十七回。①

叶按：在20世纪《金瓶梅》版本研究中，很多研究者都对第五十三回至五十七回做过研究，就已经公开发表的著作而言，我以为在大陆学者中，石昌渝先生的这篇文章是最精彩的。他的缺点在于没有把这个问题同三个序跋结合起来进行研究，当然最重要的是他没有发现《新刻金瓶梅词话》第五十三、五十四回来源的文献依据。

说"现存万历本的第五十三、五十四回实为原作"，是正确的；但说"万历本""补以入刻"的是从崇祯本挖移过来的第五十五至五十七回，则是不对的，刚好相反，崇祯本的第五十五至五十七回，是根据初刻词话本改写而来的。

五、微妙的变化

黄霖与王安国先生编译《日本研究〈金瓶梅〉论文集》出版后，其中所收录的荒木猛先生的这篇论文，在海内外金学界并没有引起人们的足够重视，直到我的《论〈金瓶梅〉"廿公跋"的作者当为鲁重民或其友人》发表之后，特别是我的《中国文学史上的大骗局　大闹剧　大悲剧——〈金瓶梅〉版本作者研究质疑》发表之后，不少人开始重视起来，这我们从2015年出版的《金瓶梅》研究著作《黄霖〈金瓶梅〉研究精选集》和王汝梅先生的新著《金瓶梅版本史》中，就可以看出些端倪。

王汝梅先生在其新著《金瓶梅版本史》中比他以往关于内阁文库本的叙述，增加了一项内容："荒木猛在《关于新刻绣像批评〈金瓶梅〉（内阁文库藏本）的出版书肆》一文中认为，内阁文库藏本是杭州书贾鲁重民刊刻，在崇祯十三年后的不远时间。此一说可供参考。"②

黄霖先生比王汝梅先生进了一步，他在《再论〈金瓶梅〉崇祯本系统各本之间的关系》中，认可了日本内阁文库本是杭州书商鲁重民所刻："内阁文库本为杭州鲁重民初刻。"③

王汝梅、黄霖先生对于廿公跋是否为鲁重民所撰写与添加不置一词，但是他们却都不得不面临这个关键性问题。

黄霖先生与王汝梅先生都认为《新刻金瓶梅词话》就是初刻本《金瓶梅》，并且认为崇祯本是根据《新刻金瓶梅词话》改写的。众所周知，《新刻金瓶梅词话》上有欣欣子序、廿公跋、东吴弄珠客序，而所有的第一代崇祯本（每半页10行，每行22字，暂以北大本为代表）都只有东吴弄珠客序，这被认为这是崇祯本改写者删去了《金瓶梅》初刻本上的欣欣子序、廿公跋。而所有的第二代崇祯本（每半页11行，每行28字，以内阁文库本为代表），都有廿公跋。他们二人又都承认第二代崇祯本晚于第一代崇祯本，是根据第一代崇祯本翻刻的，那么关于第二代崇祯本比第一代崇祯本多出来的廿公跋，他们就只有如下的两个选项：

A. 第二代崇祯本的廿公跋是从《新刻金瓶梅词话》中选择而来的；

---

① 石昌渝：《〈金瓶梅〉第五十三回至五十七回辨——〈金瓶梅〉版本系统再认识》，盛源、北婴选编《名家解读〈金瓶梅〉》，山东人民出版社，1998年版，第478—495页。

② 王汝梅：《金瓶梅版本史》，齐鲁书社，2015年版。

③ 黄霖：《黄霖〈金瓶梅〉研究精选集》，台湾学生书局，2015年版，第166页。

B. 是第二代崇祯本的刻印者——鲁重民添加上去的。

很显然,黄霖先生选择了 A 项,那么这种选择马上就面临着如下两个必须回答的问题:

1. 为什么第一代崇祯本的刻印者,只选择东吴弄珠客序,而不选择欣欣子序、廿公跋？

众所周知,欣欣子序对于《金瓶梅》的评价,无论从何种角度看,都比东吴弄珠客序更精彩。(叶按:如上所述,王汝梅先生曾经有过不选择欣欣子序的解释。)

2. 为什么第二代崇祯本的刻印者——鲁重民,只选择了仅有 95 个字的廿公跋,而不选择内容比廿公跋更为丰富多彩的欣欣子序？

黄霖先生说:

> 关于《金瓶梅》的序跋问题。……沈德符《万历野获编》说冯梦龙见到《金瓶梅》抄本后十分"惊喜",并"怂恿书坊以重价购刻"。沈德符当时不愿将自己的书拿出去付刊,但书坊还是从别处购到了一部抄本《金瓶梅》词话。在付刊前,请曾经为之"惊喜"并怂恿书坊刊刻的冯梦龙作序,也在情理之中。于是,这篇东吴弄珠客序及同时请人作的廿公跋明显与欣欣子序有所不同。当《新刻金瓶梅词话》出版后,书坊主觉得书中问题多多,很可能即商之于冯梦龙,将词话本进行修改与评点,于是就有了崇祯本。这从崇祯本卷首仅收东吴弄珠客序与同时所写的廿公跋而删去了欣欣子序,以及东吴弄珠客序后删去已不合时宜的题署时间、地点来看,也清楚地表明了词话本中的东吴弄珠客序是原序,崇祯本中的东吴弄珠客序是后印的。①

叶按:第一,黄霖先生忽视了一个重要问题,那就是第一代崇祯本上并没有廿公跋,只有第二代崇祯本(内阁文库本)上才有廿公跋。

第二,关于《金瓶梅》的作者,欣欣子序与廿公跋之间是有矛盾的:欣欣子序中明确地说《金瓶梅》的作者是"吾友兰陵笑笑生",而廿公跋却说《金瓶梅》的作者是"世庙时一巨公"。将欣欣子序与廿公跋关于《金瓶梅》作者的说法相比较,可以明显地看出,欣欣子序后出,而廿公跋早出。不然欣欣子序中明确地说《金瓶梅》的作者是"吾友兰陵笑笑生",而廿公跋却说《金瓶梅》的作者是"世庙时一巨公",那样的不确定是不应该的。因此,"廿公跋"作于前,"欣欣子序"写于其后,这同样也是不争的铁一般的事实。

弄清楚了"弄珠客序""廿公跋""欣欣子"序三者之间的前因后果,则《新刻金瓶梅词话》晚于崇祯本《金瓶梅》就比较好理解了。(详见拙作《〈金瓶梅〉"廿公跋"的作者当为鲁重民或其友人》、《中国文学史上的大骗局　大闹剧　大悲剧——《金瓶梅》版本作者研究质疑》)

六、周文业:从新刻、避讳和序跋论《新刻金瓶梅词话》刊刻时间

叶按:周文业先生的这篇《从新刻、避讳和序跋论〈新刻金瓶梅词话〉刊刻时间》是基于

---

① 黄霖:《黄霖〈金瓶梅〉研究精选集》,台湾学生书局,2015 年版,第 166 页。

版本数字化研究基础上的新见解。原文载2015年8月徐州第十一届国际《金瓶梅》学术讨论会论文集,论文集正式出版时没有收录该文,一般读者不容易见到,因此我这里予以比较详细的介绍。

该文从"新刻"、避讳和序跋三方面分析了《新刻金瓶梅词话》的刊刻时间问题。

本文认为《新刻金瓶梅词话》书名中的"新刻"实际有三种可能,第一"新刻"是"初刻",第二"新刻"是"复刻",第三还可能是初刻本新增欣欣子序后的"新刻"本。本文认为,此本中的所谓"花子由"改为"花子油"并不是为避讳天启帝,词话本全书没有避讳。避讳在明代并不严格,只根据《新刻金瓶梅词话》全部不避讳天启和崇祯帝,就认为此本不太可能刊刻于天启和崇祯帝时期,而是刊刻于万历或清初,这种看法不可靠,根据避讳来判别刊刻年代一定要极为小心。有学者根据"廿公跋"分析《新刻金瓶梅词话》和崇祯本的先后,认为词话本刊刻于清初,我觉得根据不足。本文根据对词话本和崇祯本三篇序跋的分析,认为崇祯本和词话本是复杂的父子加兄弟关系,崇祯本可能来自没有欣欣子序的词话本初刻本。《金瓶梅》版本非常复杂,现存的版本又很少,因此对这些复杂的版本现象会有多种解释,多种可能性。因此必须逐一分析这些可能性,看哪种可能性更大。虽然这样的分析不能被所有人都认可,但只要把所有可能都彻底分析清楚,这也是进步。

(一)《新刻金瓶梅词话》刊刻时间研究现状

现存世的《金瓶梅》版本有两种,一种是《新刻金瓶梅词话》(词话本),另一种是《新刻绣像批评金瓶梅》(崇祯本),而崇祯本又可分为北大本系列和内阁文库本系列两种系列,我曾用数字化比对证明内阁文库本系列肯定来自北大本系列。

对于《新刻金瓶梅词话》版本还有很多问题至今还有争论,本文只讨论其刊刻时间问题。论述《新刻金瓶梅词话》的刊刻时间问题,实际又分为三个问题。

第一个问题是《新刻金瓶梅词话》的"新刻"问题。一种看法认为,由于很多古代小说版本的"新刻"就是"初刻",因此词话本的"新刻"是"初刻",而不是复刻。另一种看法认为"新刻"不是"初刻",而是"复刻",而对于"复刻"又有"二刻"、"三刻"和清初不同看法。本文从三方面分析,认为《新刻金瓶梅词话》是初刻的可能性不大,有可能是复刻本,也可能是初刻本新增欣欣子序后的"新刻"本。

第二个问题是词话本中的避讳问题。一种看法认为,词话本的"花子由"在第六十二回以后改为"花子油",这是因为词话本要避讳天启皇帝朱由校名讳,将"花子由"改为"花子油",但不避讳崇祯皇帝朱由检,因此认为词话本刊刻于天启末年。并因此认为词话本是"初刻",而不是"复刻"。本文认为此分析漏洞很多,词话本的"花子由"改为"花子油"不是避讳。有人根据词话本全部不避讳天启和崇祯帝,因此认为此本不太可能刊载于天启和崇祯年代,而刊刻于万历年间的可能性较大。本人觉得这个分析只是一种可能,由于明代避讳不严格,因此词话本就没有任何避讳,不能由此推断其刊刻时间,那样的结论不可靠。

第三个问题是词话本中的序跋问题。有学者根据词话本中的序跋,来分析其刊刻时间。这些分析根据不足,结论也不可靠。根据序跋判断其刊刻时间同样会有多种可能。

(二) 分析问题方法

要分析这些问题,首先要从分析问题的方法入手。本文对新刻、避讳和序跋三个问题,主要是分析这些方法是否合理和可靠,分析这些看法是否有多种可能。

对此,本文采用如下分析方法:

1. 首先分析这些方法和论据是否合理。有些分析方法和论据本身就有问题,这样分析的结果自然就问题很大,甚至就不成立了。

2. 如果这些分析和证据本身没有问题,再分析这些问题的解释是否有多种可能,甚至是反证。因为某种看法的提出,一般都有其根据,都有一些材料和分析支撑,这些看法和论据有时本身确实并没有问题,是可以成立的。但是:

除了所举出的证据得出的可能性外,是否还有其他的可能性?这些看法和论据是否有反证?而这些往往是一般分析文章经常疏忽的。如果有其他可能性,就说明原来的证据不是铁证,还有其他可能存在的。如果反证,更说明原来的结论基本不成立。

3. 如果没有其他可能性和反证,则此论证就是铁证,所得出的结论就完全成立。但根据本人对各种看法和根据的分析,这些论证虽然成立,但基本都有多种可能,甚至是反证,因此都不是铁证。所以所得出的结论都可能被人质疑,而不是最后的结论,值得再仔细深入研究。

4. 既然有多种可能,甚至是反证,这样问题就转化为:哪种可能性更大?对此可再进一步分析。当然这种分析由于看问题的角度不同,结论很可能不同。某些人从某个角度看,认为某种可能性很大。而另外一些人,从另一个角度看,又可能认为另一种可能性更大。这就是"仁者见仁,智者见智",最后可能还是无法达成一致意见。

5. 但我认为,虽然最终可能无法达成一致意见,但把问题分析透彻,把所有各种可能性都分析到,不留任何疑点,做彻底,那也是成功。小说版本问题非常复杂,由于材料缺乏,很多问题都没有办法彻底解决,这也很自然。认为因为没有达成一致意见,没有结果,就认为这些分析是没有价值的,也不合适。

本文采用上述方法,分析《新刻金瓶梅词话》的刊刻时间问题中的"新刻"、避讳和序跋等三个问题,首先分析"新刻"问题。

(三)《新刻金瓶梅词话》中"新刻"的三种解释

1. "新刻"是"初刻"的主要根据——很多古代小说版本"新刻"就是"初刻"

认为《新刻金瓶梅词话》"新刻"是"初刻"看法的主要根据有二。本节先分析第一个论据,即很多古代小说版本的"新刻"就是"初刻",分析此论据是否可以成立。而下一节再分析第二个避讳论据。

认为《新刻金瓶梅词话》"新刻"是"初刻"的根据主要是,很多古代小说版本的"新刻"就是"初刻",根据《中国古代小说总目》,这类版本有:……

因此,只根据《中国通俗小说书目》的记载,就认为这些"新刻"是"初刻",似乎根据不足。

2. "新刻"是手抄本的新刻本

……

当然仔细研究,还有多种情况可能会使书商把第一次刊刻称为"新刻"。因此,理论上并不排除"新刻"是第一次初刻的可能性。

3. "新刻"本实际多是"复刻"本

……

因此后人看到的几乎都是"新刻"的复刻本,而不是初刻本。因此,后人看到的"新刻"是"复刻"可能性大,是"初刻"可能性小。所以《中国通俗小说书目》中大量冠以"新刻""新镌""新刊"的小说大都不是初刊本,而是复刻本。

4. 《三国演义》"新刻"本都是"复刻"本

……

总结《三国演义》版本书名可以看出,现存"新刻"字样都是复刻本,而不是初刻本。至今没有找到"新刻"就是"初刻"的铁证。

既然这在万历年间的《三国演义》版本书名中,"新刻"基本都是"复刻",这已经成为规律,可以设想,在《三国演义》之后出版的《金瓶梅》的初刻本,根本没有必要再把初刻本书名中加上"新刻"字样。

5. 《新刻绣像批评金瓶梅》也是复刻本

除《三国演义》中的新刻本是复刻本外,《新刻金瓶梅词话》的"新刻"不是"初刻",而是"复刻"的另一个证据是崇祯本。

崇祯本的书名为《新刻绣像批评金瓶梅》,其中和词话本《新刻金瓶梅词话》一样,也有"新刻"字样。而崇祯本被学术界一致认为肯定是复刻本,虽然崇祯本和词话本的先后关系目前尚有争论,但它们都是万历至崇祯时期的小说是毫无疑义的。

既然崇祯本冠以"新刻"之名表示其为复刻本,既然万历年间流行的《三国演义》版本中,"新刻"都是复刻,如果词话本把初刻本冠以"新刻"之名,但实际却是初刻本,就会产生混乱。

6. 初刻本写为"新刻"会引起混乱

如把初刻本写为"新刻",会引起混乱,结果对读者和编者都会非常不利。

第一,误导读者。把初刻本书名中加上"新刻"字样,读者就会根据当时流行的《三国演义》等版本书名命名规律,而误以为此"新刻"不是初刻本,而是"复刻"。就会误以为,在此复刻本之前,另有一种真正的"初刻本"。结果造成读者把本来是初刻本的《新刻金瓶梅词话》,误认为是复刻本。

第二,对书商不利。如果《新刻金瓶梅词话》本来就是从未有过的初刻本,但被称为

"新刻"，由于多数"新刻"是复刻本，这样，此初刻本就会被读者误以为是复刻本，在此本之前还有初刻本。读者这样的误读，对《新刻金瓶梅词话》初刻本的出版商也是极为不利的。我相信，词话本的编者一定见过市面上很多古代小说的"新刻"本实际是复刻本，因此他绝对不会犯这样的低级错误，其最后结果会导致混乱，误导读者，也大大降低自己新刻词话本的价值。因此，在当时的情况下，《金瓶梅》词话的初刻者，应该不会把初刻本书名加以"新刻"字样，而是会直接使用《金瓶梅》词话做书名。

7.《新刻金瓶梅词话》有三篇序跋，因此不太可能为初刻

要注意，《新刻金瓶梅词话》有三篇序跋，按照顺序是：欣欣子序、廿公跋、东吴弄珠客序。其中有准确时间、写于万历四十五年是第三篇弄珠客序，前两篇都没写作时间。但编者既然把有准确时间的弄珠客序放在最后，可以理解前两篇都是后补的。

如果此本为初刻，这样三篇序跋应该就是第一次印刷就有了，这似乎不很合理。

因此从三篇序跋的增加来看，"新刻"是复刻的可能性似乎更大一些。

8.《新刻金瓶梅词话》是初刻本的新刻

根据以上分析，《新刻金瓶梅词话》按理说是复刻本的可能性很大，但是否会有第三种可能，新刻虽然是复刻，但实际也是初刻呢？也就是说，此本是初刻本的新刻本。仔细分析，这种可能性实际是存在的。

前面提及，《新刻金瓶梅词话》有三篇序跋，按照顺序是：欣欣子序、廿公跋、东吴弄珠客序。编者把有准确时间的弄珠客序放在最后，可以理解前两篇都是后补的，这样第一篇欣欣子序就有可能是最后加上去的，一般学者也都持这种看法。

既然第一篇欣欣子序是最后加的，就存在这种可能，书商在这次复刻时，只增加了第一篇欣欣子序，而文字等都没有任何改动。虽然内容未改动，但毕竟是增加了一篇序言，因此书商就冠以"新刻"字样，而实际上此本只是初刻本的"新刻"本，其内容和初刻本并无任何文字差异。

这种解释认为，由于此本确实是重刻，因此称为"新刻"。但实际这次"新刻"只是增加了一篇序言，由于其内容文字并没有改变，因此从内容看，这"新刻"和初刻并无差异，可以认为此本只是初刻本的"新刻"本而已。

以上是"新刻"的第三种解释，即认为此本只是初刻本的再次新刻的版本，可以认为此本是介于初刻和复刻之间的新刻，内容不变，因此还是初刻。但此"新刻"本又增加了欣欣子序，毕竟是又刻了一次，因此本质又是复刻。

这种解释似乎圆满解释了所有问题，即解释了初刻，又解释了复刻，似乎是个很理想的解释。

至于为何在初刻本后，又要新刻一种内容未改、只增加欣欣子序的复刻本？我认为有多种可能。其中的一种可能是，《金瓶梅》词话初刻本出现后，另一书商觉得此书有市场，因此就增加了欣欣子序，标为《新刻金瓶梅词话》，但实际内容并未改，这样复刻就很容易。当然这又是一种理论上的推论而已。

总结以上分析，对于"新刻"有三种解释：

第一，"新刻"是第一次的初刻；

第二，"新刻"是完全的复刻；

第三，"新刻"是初刻本的新刻本。

三种可能中，哪种可能性更大，各人看法可能不同。我个人认为："新刻"是初刻本的新刻本可能性最大，其次为"新刻"是复刻本，"新刻"是第一次初刻本的可能性最小。当然由于材料缺乏，这些分析都是推论而已。

9.《新刻金瓶梅词话》"新刻"总结

总结以上分析，可得出如下看法：根据很多小说名为"新刻"，就认为《新刻金瓶梅词话》是初刻，根据不足。

一般古代小说中的"新刻本"，多数都是复刻本，而不是初刻本。

不排除"新刻"是初刻，此"新刻"只是针对手抄而言，但这种可能性不大。

古代小说的初刻本很难保留，因此现存在《中国通俗小说书目》中大量冠以"新刻"的小说可能并非是初刻本，而是复刻本。

《三国演义》版本书名中所有"新刻"字样都是复刻本，而不是初刻本。

崇祯本也冠以"新刻"字样，而崇祯本肯定是复刻本，因此词话本的"新刻"也可能是复刻本，而不是初刻本。

如果书商将初刻本刻为"新刻"，会造成混乱，使读者误认为此本并非是初刻，而是复刻，这对于读者和书商都很不利。

因此，词话本的"新刻"是第一次"初刻"的可能性较小，而"新刻"是"复刻"的可能性，比第一次初刻的可能性大。

理论上也存在第三种可能，即此本实际是初刻本的新刻本。其文字内容未改，只增加了序言，或增加了插图，因此可称为初刻本的"新刻"本，而此新刻本实际和初刻本并无本质的文字差异。这种解释认为此本实际是复刻，但也可认为是初刻，是一种折中的解释，我认为这种可能性很大。

但无论是初刻、复刻还是初刻的新刻，目前实际都是推论，在没有找到有真正证据的初刻本之前，这个争论估计没有大家都能接受的结论。

各方都会各自认为自己的根据和看法更可靠，但实际各自都有不足之处。而哪种可能性更大又是仁者见仁，智者见智了。

(四)词话本"花子由"改"花子油"不是避讳

1. 利用避讳研究古代小说要十分小心

避讳是古代小说中常用的分析方法，避讳不止出现在《金瓶梅》版本研究中，在《红楼梦》版本研究中，也大量被使用。但要注意，古代小说是通俗读物，抄写时并不像诗文那样认真去避讳，很多古代小说，特别是明代小说，不像康熙乾隆时期那样严格避讳。因此要利用避讳来分析古代小说版本和成书一定要十分小心，要充分考虑各种可能性。

只根据避讳分析版本成书时间,也不十分可靠。

分析避讳要注意：

(1)文字是否真是避讳？有时看似是避讳,其实不是。

(2)如果确认是避讳,对分析小说成书是有帮助。

(3)但如果反之,小说没有避讳某朝皇帝名讳,不一定就不是某朝代的小说,因为明代很多小说并不避讳。

(4)因此分析避讳要十分小心。

2. "花子由"改为"花子油"是为避讳天启皇帝朱由校？

认为《新刻金瓶梅词话》是初刻本的另一个证据是书中"花子由"的避讳,此看法的初衷实际是分析词话本的成书年代,初刻本只是这种分析的一个延伸推论而已。

此看法是马征和鲁歌先生首先提出的,他们在1986至1987年一起进行了一项烦琐而浩大的工程：把《金瓶梅》的各种版本汇校一遍,汇校中他们发现词话本为避皇帝名讳,改字的情况很突出。他们统计,从第十四回到六十一回,习徒泼皮"花子由"这个名字出现了4次,但第六十二、六十三、七十七、八十回中,却一连13次将这一名字改刻成了"花子油"。他们认为这个改名是为了避天启皇帝朱由校的名讳,因此把"由"改为"油"。因此他们认为,从第六十二回起,词话本必然刻于朱由校登基的1620年夏历九月初六日以后。①

这个分析看似天衣无缝,曾被很多文章引用,成为词话本成书年代的一个重要证据。由此根据这个证据推断出《金瓶梅》词话刊刻的过程是：

词话本是从万历四十五年(1617)由东吴弄珠客作序而开雕,刻到第五十七回时泰昌帝朱常洛还未登基,因此还采用"花子由"的名字。而刻到第六十二回时,天启帝朱由校已经接位,故在以后的各回中均避"由"字讳,改"花子由"为"花子油"。由于第九十五、九十七回中的"吴巡检"尚未避崇祯帝朱由检的"检"字讳,因此确证这部《金瓶梅》词话刊印于天启年间。并由此推论,这部《新刻金瓶梅词话》即是初刊本,刊成于天启年间。

这种推理看似十分严密,但仔细分析就可以看出,其中的问题很多。

3. "花子由"改为"花子油"统计有错误

首先要说明,上述的统计有错误。马征和鲁歌先生汇校结果是,从第十四回到六十一回,"花子由"这个名字出现了4次,但第六十二、六十三、七十七、八十回中,却一连13次将这一名字改刻成了"花子油"。这实际是错误的。

逐一检查所有的"花子由"和"花子油",可以看出：从第十四回到六十一回,"花子由"这个名字不是出现了4次,而是只出现了3次,即第十四回2次,第六十一回1次。第三十九回不是"花子由",而是"花子油"。而第六十二、六十三、七十七、八十回中,一连13次将这一名字改刻成了"花子油",这是对的。

---

① 马征：《〈金瓶梅〉悬案解读》,四川人民出版社,2004年版,第266—267页。

这样就奇怪了,第三十九回的"花子油"是夹在第十四回和第六十一回的"花子油"之间的。换句话说,第十四回先写了2个"花子由",第三十九回改为"花子油",而第六十一回又改回"花子由",到第六十二回以后就全部是"花子油"了。

因此变化过程是:花子由(第十四回)——花子油(第三十九回)——花子由(第六十一回)——花子油(第六十二回以后)。

由此可以看出,"花子由"——"花子油"出现了反复的变化。第十四回是"花子由",到第三十九回变成"花子油",到第六十一回又变成"花子由",最后到第六十二回以后才彻底变成"花子油"。为何会出现这样奇怪的反复变化?其原因何在?

很明显,作者开始第十四回绝对是写成"花子由"的,但后来到第三十九回时又想改为"花子油",但到六十一回时又忘记了前面曾改为"花子油",结果又误写回了以前的"花子由",到第六十二回以后,才彻底改为"花子油"。这个过程是很明显的,但这种反复如何来解释呢?

4. "花子由"改为"花子油"不是不同抄写者所致

"花子由"改为"花子油"的原因有多种可能。

一种可能是,这是不同抄写者所抄,因此抄写的名字不同。但仔细检查前面"花子由"和"花子油"的字迹,以及每卷开始的"新刻金瓶梅词话"几个字,可以明显看出字形是完全一样,说明这全部是同一个人所抄,不存在不同人抄写名字不同的问题。

注:其中卷四误刻了两次,而缺了卷五。

既然"花子由"和"花子油"都是同一人所抄写,这个改写就必然有其原因。马征和鲁歌先生首先提出,"花子由"改为"花子油",是为了避天启皇帝朱由校的名讳"由"字,并由此被很多学者引用,似乎已成定论。

但这种解释也有不合理之处。下面分两方面进行分析避讳说的不合理之处。首先从明代皇帝避讳规则分析,其次再从崇祯本的避讳看词话本的避讳。

5. 从皇帝避讳规则看"花子由"改为"花子油"不是避讳

首先从明代皇帝避讳的规则分析,看看"花子由"改为"花子油",是否是为了避天启皇帝朱由校的名讳"由"字。

对于避讳,至今最详细的论述还是著名学者陈垣(1880—1971)在1928年出版的《史讳举例》一书,此书对避讳做了全面、详细的论述和举例,该书后来不断再版,2012年中华书局出版了最新的简体横排版,其中对明代的避讳也有分析和举例。[①]

万历之后,避讳之法稍密。故明季刻本书籍,"常"多作"尝","洛"多作"雒","校"多做"较","由"字亦有缺末笔者。

陈垣对历代避讳都有统计,其中明代十世以后的避讳列表如下:

---

① 陈垣:《史讳举例》,中华书局,2012年版,第222—224页。

明世次	帝号	所出	年号	名讳	举 例
十	神宗	穆宗子	万历	翊钧	钧州改名禹州
十一	光宗	神宗子	泰昌	常洛	"常"作"尝","洛"作"雒"
十二	熹宗	光宗	天启	由校	"校"作"较"
十三	思宗	光宗	崇祯	由检	"检"作"简"

由此可以看出：

第一，避讳说认为，为避讳把"由"改为"油"其根据不足。

避讳说认为，因避讳天启帝朱由校，因此把"由"改为"油"。但陈垣先生《史讳举例》中明确指出，避讳"朱由校"的"由"字，一般采用缺末笔的方法，而不是把"由"改为"油"。因此把"由"字改为"油"可能并非是避讳。

第二，如避讳天启帝朱由校，则"校"字应改为"较"字。

根据陈垣先生《史讳举例》中明确指出，避讳天启皇帝名讳"由校"，不仅要避讳"由"字，还要避讳"校"字，要把"校"字改为"较"字。查《新刻金瓶梅词话》中带"校"字有："校椅""校尉""学校""校床""校太尉"，共计22处。这些"校"字全部没有因为避讳改字。这是避讳说很难解释的。

认为"花子油"是避讳的看法，还注意到词话本第九十五、九十七回中的"吴巡检"没有避崇祯帝朱由检的"检"字讳，因此认为词话本刊刻时间应在崇祯之前。

提出这种看法的人却没有注意，词话本不仅没有避讳崇祯帝朱由检的"检"字，也同样没有避讳天启皇帝朱由校的"校"字。因此从避讳角度看，词话本即不避讳崇祯帝朱由检的"检"字，又不避讳天启皇帝朱由校的"校"字。有学者就此认为：词话本即不可能刊刻于崇祯年间，也应该不会刊刻在天启年间，只会刊刻在这之前的万历时期，或是之后的清初。这种看法看似有道理，其实问题很大。不避讳也可能是由于当时对避讳不严格。

6."花子由"没有全部改为"花子油"因此不是避讳

另外，如"由"改为"油"是避讳，则第六十二回前"由"都应改为"油"。

按照避讳说，第六十二回前天启帝朱由校未做皇帝，因此无须避讳。抄写到第六十二回天启帝朱由校已经接位，故在以后的各回中均避"由"字讳，改"花子由"为"花子油"。这种解释看似很合理，但还有一个漏洞。按照此说，此书印刷出版是在天启帝朱由校做皇帝之后，这样全书都应该避讳"由"，因此编写者就应该把第六十二回以前的"由"都改为"油"。这在雕版印刷中也很简单，很常见。雕版印刷中经常有刻错字的情况，可以把错字挖去，另外刻一个正确的字补上，印刷成书后一点看不出。

对于第六十二回以前的"由"字没有改，也有两种可能。避讳说认为，这可能是编写者忘记修改第六十二回前的"由"字，这是编写者疏忽，忘记修改了。另一种可能是，"由"字根本不是为避讳，所以编写者根本没有必要再修改第六十二回以前的"由"字。我个人认为避讳可能性不大，因此也无必要再修改第六十二回前的"由"字。

(五)比较崇祯本和词话本避讳分析词话本的刊刻时间

1. 崇祯本避讳而词话本不避讳

以上是从避讳规律来分析词话本的刊刻时间，下面比较词话本和崇祯本的避讳，来分析"花子由"改为"花子油"，是否是为了避天启皇帝朱由校的名讳"由"字，并进而分析词话本的刊刻时间。

在崇祯本中，"花子由"的"由"字、甚至连"由来"之义的"由"字都基本上改刻为"繇"字，而不是"油"字，并将"巡检司""吴巡检"的"检"字都改刻为"简"。因此崇祯本同时避讳了崇祯皇帝名讳中的"由、检"两个字，因此崇祯本刊刻于崇祯年间，这已经成为共识。但崇祯本没有避讳天启皇帝朱由校的"校"字，因此从避讳角度看，崇祯本不可能刊刻于天启年间。

比对词话本，部分"花子由"的"由"字改为"油"字，似乎是避讳天启皇帝的"由"字。但要注意：崇祯本避讳"由"字不是用"油"字，而是"繇"字，当然这可能用避讳会采用不同字来解释。

比对崇祯本，"由"字改为"繇"字，"检"字都改刻为"简"，因此崇祯本同时避讳了崇祯皇帝名讳中的"由、检"两个字。这说明当时避讳是应该同时避讳皇帝名讳的两个字，而不是只避讳其中一个字。而词话本只是把部分"由"改为"油"，而没有避讳天启皇帝朱由校的"校"字和崇祯皇帝的"检"字。因此，词话本修改"由"为"油"字就不大可能是避讳。

总之，避讳天启帝朱由校、崇祯帝朱由检，应避讳"由、校、检"三字，崇祯本避讳了"由、检"二字，因此其刊刻在崇祯年间。而词话本只有部分回中把"由"改为"油"，而全部没有避讳"校、检"二字，因此词话本把"由"改为"油"认为是避讳可能性不大，而不是避讳可能性则很大。

避讳说只注意到，"由"改"油"有可能是避讳天启帝朱由校的"由"字，就认为词话本刊刻于天启年间。而没有注意，要避讳天启帝朱由校，也要同时避讳"校"字。这是只抓住一点就下结论，而不再考虑其他情况。这些分析往往只举出对自己看法有利的证据，而不提对自己看法不利的证据，这是考证中常出现的弊病。

2. 词话本"由"改"油"的原因

根据以上分析，"花子由"改为"花子油"是为了避讳的根据不足，可能性不大，改字可能另有其他原因，作者改"花子由"为"花子油"到底是为何呢？

花子由是西门庆的第六个朋友花子虚的大哥，他们兄弟四人，即花子由、花子虚、花子光、花子华。比较"花子由"和"花子油"，很明显，"油、虚、光、华"四字，明显比"由、虚、光、华"更形象。因此作者最后决定把"花子由"改为"花子油"，但第六十二回以前的就不改了。

总之，我认为"花子由"改为"花子油"有两种可能。一种可能是为避讳，另一种是为使名字更形象。我认为因避讳改名的可能性不大，更大可能是作者认为"花子油"名字比"花子由"更形象而已。

因此今后不宜再引用这条避讳证据来分析《金瓶梅》的成书时间。

3. 根据《新刻金瓶梅词话》不避讳就认为其刊刻于万历和清初不可靠

总结以上分析,认为词话本避讳天启皇帝的"由"字,改"花子由"为"花子油",但未避讳崇祯帝朱由检的"检"字,因此认为这部《金瓶梅》词话刊印于天启年间,并由此推论,这部《新刻金瓶梅词话》即是初刊本——这种看法的可能性不大。

有人根据对《新刻金瓶梅词话》避讳的分析,进而分析《新刻金瓶梅词话》的刊刻时间。这种看法认为,《新刻金瓶梅词话》完全没有避讳天启帝朱由校、崇祯帝朱由检的"由、校、检"三字,所以如只根据避讳来看,《新刻金瓶梅词话》就只能刊刻于天启、崇祯之前,即万历年间;或在其后,就到了清初了。

这个分析问题很大。

首先,如小说有确认的避讳,可用于判断其刊刻时间。但反之,如果小说没有避讳某个皇帝,就不能断定此小说肯定不是该朝代刊刻的。因为在明代避讳不是很严格,有些小说(如"三言二拍")确实有避讳,但也很多小说,如《三国演义》等并不避讳。因此对没有避讳的小说要仔细研究,不要轻易下结论。

《新刻金瓶梅词话》确实完全没有避讳天启帝朱由校、崇祯帝朱由检的"由、校、检"三字,但不能因此就认为,《新刻金瓶梅词话》其刊刻时间不在天启和崇祯,而只能是在万历时期,或清初。但《新刻金瓶梅词话》虽然写作于天启、崇祯年间,但由于当时避讳不严格,因此作者本来就没有刻意去避讳,所以全书没有任何避讳。

假如《新刻金瓶梅词话》写作时确实注意了避讳,而又完全没有避讳天启、崇祯,由此推论,它不是刊刻于天启、崇祯年间,就只能刊刻于天启、崇祯之前,即万历年间;或在其后,就到了清初。但这只是一种可能性而已,这个结论还要考其他证据来证明才行。词话本没有任何避讳,不是其刊刻时间的铁证。

假设词话本确实由于没有避讳,因此只有刊刻在万历或清初,哪种可能性更大呢?

第一,假设《新刻金瓶梅词话》刊刻时间在万历时期,它又不是初刻本,而是复刻本,则其初刻本必定在万历时期或万历之前。

第二,假设《新刻金瓶梅词话》刊刻时间在清初,它又不是初刻本,而是复刻本,则其初刻本只有两种可能。一种可能其初刻本也在清初,而崇祯本又确定是在崇祯年间刊刻的,这样词话本初刻本就肯定在崇祯本之后才出现。当然,词话本可能和崇祯本没有直接继承关系,而是有共同祖本而已。

另一种可能是《新刻金瓶梅词话》初刻本在万历时期,但其复刻本却在清初。但这样词话本在万历年间初刻,而在天启崇祯的24年中,词话本竟然没有复刻,过去几十年后,直到清初才再次复刻词话本,这似乎很不正常。

因此,只从避讳和复刻两个因素来看,《新刻金瓶梅词话》刊刻于万历年间可能性更大一些。即《新刻金瓶梅词话》是复刻本,刊刻于万历年间,而其初刻本也刊刻于万历年间,或万历之前。到崇祯年间出现了崇祯本后,词话本就消失了,因此词话本流传下来就很少了。

但这只是一种推论而已,没有铁证,词话本也完全可能刊刻于天启崇祯年间。

4.《三国演义》完全没有避讳

……

5. 从初刻、复刻和避讳分析词话本刊刻时间有多种可能

……

(六)……

(七)从序跋看词话本刊刻时间

1.《金瓶梅》序、跋刊刻情况分析

分析《金瓶梅》版本的另一个方法是从其序言和跋入手。词话本和崇祯本都有几篇序言和跋,有很多学者曾根据其序言和跋来分析它们的成书时间。

《金瓶梅》刻本上的序跋共有三篇:东吴弄珠客序、廿公跋、欣欣子序。这三篇序跋在《金瓶梅》刻本中的刻印情况为:崇祯本北大本系列只收录了东吴弄珠客序一篇;崇祯本内阁文库系列收录了东吴弄珠客序和廿公跋两篇;词话本收录了欣欣子序、廿公跋、弄珠客序三篇(不同版本顺序不同)。列表如下。

表1 《金瓶梅》各版本序言、跋统计表

版 本	东吴弄珠客序	廿公跋	欣欣子序
崇祯本北大本系列	有	无	无
崇祯本内阁文库系列	有	有	无
词话本	有	有	有

刘辉、魏子云、王汝梅、周钧韬和叶桂桐等学者都对此进行了研究,并由此分析词话本的刊刻时间和崇祯本的关系。

三篇序跋中东吴弄珠客序明确是万历四十五年,其余两篇都没有具体编写时间。

从表面看,崇祯本北大本系列只有东吴弄珠客序一篇,经本人数字化比对,内阁文库系列肯定是北大系列的复刻本,崇祯本内阁文库系列多了廿公跋,这肯定是在北大本系列上增加的。这两个版本的序跋没有任何问题。

关键是词话本,它同时收入了欣欣子序、廿公跋、弄珠客序三篇,即比崇祯本内阁文库系列多了一篇欣欣子序,因此很容易认为此序是在崇祯本基础上增加的,这样词话本也就晚于崇祯本。

叶桂桐先生近年来多次发表文章[①],主要从序跋的内容来分析其先后,最后认为词话本

---

① 叶桂桐:《论〈金瓶梅〉"廿公跋"的作者当为鲁重民或其友人》,《烟台师范学院学报(哲学社会科学版)》1999年第4期;《中国文学史上的大骗局　大闹剧　大悲剧——〈金瓶梅〉版本作者研究质疑》,《烟台师范学院学报(哲学社会科学版)》2002年第1期;《〈新刻金瓶梅词话〉晚于崇祯本的铁证》,《明清小说研究》2015年第1期。

刊刻于清初,并认为这是"铁证",但仔细分析叶先生的分析过程,可以看出问题绝对不是如此简单,叶先生的分析有很多问题。

2. 叶先生只从崇祯本分析廿公跋有很大问题

叶先生认为廿公跋是判断词话本刊刻时间的关键,其分析的思路如下。

叶先生首先提出:廿公跋既见于《新刻金瓶梅词话》,也见之于崇祯本内阁文库系列,但《新刻金瓶梅词话》的刻印时间不清楚,不能作为依据,所以要考察"廿公跋"的最早出处,只能从崇祯本系统中加以考察。并因此就认为:廿公跋最早见于内阁文库本。

这种推理过程有根本性问题。只因为词话本刊刻时间不明,就抛弃词话本,就只根据崇祯本来考察廿公跋,武断认为廿公跋最早见于内阁文库本,这明显是有很大问题的。

因为词话本和崇祯本都有廿公跋,就存在三种可能:

第一,廿公跋首先出现在崇祯本,然后被词话本收入。

第二,相反,廿公跋首先出现在词话本,然后被崇祯本收入。

第三,廿公跋首先出现在词话本和崇祯本的共同祖本,然后被两本所继承下来。

叶先生只从崇祯本来考察廿公跋,等于抛弃后两种可能,只分析第一种可能。如此分析下来,结论当然是廿公跋出自崇祯本,而词话本就晚于崇祯本了。这种分析方法明显有严重问题。从有问题的前提下分析问题,所得出的结论自然也会有严重问题了。

3. 叶先生只根据崇祯本推断廿公跋写于崇祯末年有很大问题

如前所述,叶先生只从崇祯本来考察廿公跋,并经过分析,就认为廿公跋写于崇祯末年(约崇祯十四年至十六年),这个分析也有很大问题。

首先,叶先生认为内阁文库本当刻于崇祯十四至十六年间,这和一般看法没有很大差异。但叶先生随即就认为:廿公跋云"《金瓶梅传》为世庙时一巨公寓言",显然是明人的口气,因此内阁文库本当刻于崇祯十四至十六年,廿公跋亦写于此时。

这种推理很明显有严重问题。叶先生只根据崇祯本的刊刻时间,就认定了廿公跋的刊刻时间,而根本没有考虑前述的其他两种可能:廿公跋首先出现在词话本后被崇祯本收入,以及廿公跋首先出现在词话本和崇祯本的共同祖本,然后被两本所继承下来。

只认定一种可能,而完全不顾其他可能,这种武断的分析方法肯定是有很大问题的。

4. 叶先生认为廿公跋出于鲁重民或其友人之手根据不足

叶先生在分析廿公跋时,在首先不考虑词话本? 前提下进行分析,提出了廿公跋作者是鲁重民或其友人,这个推理仔细分析也有极大的问题。

叶先生首先认定:内阁文库本是杭州书商鲁重民所刻,对此我们先不去辩论。但随后叶先生在没有提出任何证据的情况下,就认为,既然内阁文库本是杭州书商鲁重民所刻,"增加的这篇廿公跋就出于鲁重民之手的可能性极大"。并认为这是"铁证"。

叶先生对廿公跋作者的推理就是:

内阁文库本是杭州书商鲁重民所刻;

廿公跋出现在内阁文库本;

词话本刊刻时间不定,不予考虑;

因此廿公跋作者就是鲁重民或其友人。

其推理表面看来很严密,其实仔细分析就可看出,和前面推断廿公跋写作时间一样,这样的推理廿公跋作者一样,根本不考虑廿公跋的其他两种可能,这明显漏洞极大,可能性很小,甚至是基本不能成立的。

5. 叶先生只根据欣欣子序的内容推断词话本刊刻于清初根据不足

叶先生除考订廿公跋写作时间有极大问题外,他又根据欣欣子序,认定词话本刊刻于清初,这也有很大问题。

叶先生主要是根据欣欣子序的内容,来判断其写作时间。

欣欣子序中谈及很多以前作家和作品:

> 吾尝观前代骚人,如卢景辉之《剪灯新话》,元微之之《莺莺传》,赵君弼之《效颦集》,罗贯中之《水浒传》,丘琼山之《钟情丽集》,卢梅湖之《怀春雅集》,周静轩之《秉烛清谈》,其后《如意传》《于湖记》,其间语句文诨,读者往往不能畅怀,不至终篇而掩弃之类。

叶先生认为:《莺莺传》作者元微之是唐朝人,《水浒传》的作者罗贯中是宋元人(那时人们认为罗贯中是宋元人,至少是元人),其余卢景辉、赵君弼、丘琼山、卢梅湖、周静轩则是明代人。而欣欣子序中又称这些人为"前代骚人",叶先生由此认为:

> 如果我们把"前代骚人"中的"代"字解为"朝"字,而把欣欣子写序的时间放在清代,那么这些"前代骚人"中有唐人,有宋元人,有明代人,这就豁然贯通了。综上所述,我以为《新刻金瓶梅词话》当刻于清顺治年间或康熙初年。

这个推理根据朝代的判断似乎很合理,但问题也很明显。"前代骚人"中的"代"字确实可解为"朝代",但此处的"代"也可以解为文人的几"代",而不是"朝代"。因为欣欣子序中并未点名这些人所属的朝代,因此把"代"理解为文人的"代",比理解为"朝代"更合理。

解决了"前代"问题,则欣欣子序就不一定是清代人所写,而完全可能是明代人所写。这样词话本就不一定刊刻于清初,再结合词话本不避讳天启和崇祯帝,词话本刊刻于明万历年间可能性就更大了。

因此,叶先生的系列推理都问题极大,可以说基本不成立。

6. 从词话本"新刻"和三篇序跋综合分析词话本和崇祯本关系

此文前面分析了词话本的"新刻"的三种解释,又分析了词话本序跋的来历,下面综合分析"新刻"和序跋,由此进一步深入分析词话本和崇祯本的关系。

前面分析词话本的"新刻"问题时,曾指出"新刻"有三种解释,其中一种解释认为,"新刻"词话本是初刻本的复刻本,也就是说,"新刻"词话本是在原初刻本基础上新增加了欣欣子序。换句话说,词话本的初刻本只有东吴弄珠客序和廿公跋两篇,并没有欣欣子序。

这种解释对词话本和崇祯本的关系也很有利。

根据序跋分析词话本和崇祯本的关系,有两种解释。

第一种解释两本是父子关系。

词话本初刻本只有东吴弄珠客序和廿公跋两篇序跋,没有欣欣子序。词话本的复刻本增加了欣欣子序,这样新刻词话本就共计有三篇序跋。崇祯本的北大本删除了廿公跋和欣欣子序,只保留了一篇东吴弄珠客序。而崇祯本的内阁文库本又恢复了廿公跋,仍没有欣欣子序,和词话本初刻本一样,有两篇序跋。

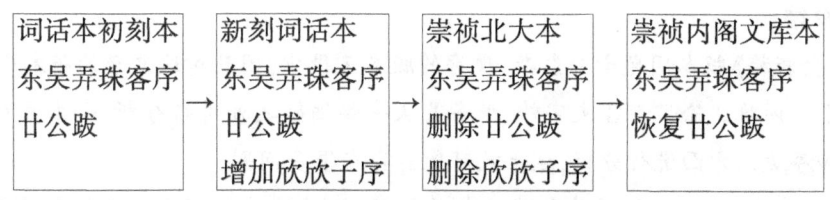

词话本和崇祯本是父子关系

这种父子关系解释崇祯本序跋的变化比较复杂,崇祯北大本要同时删除廿公跋和欣欣子序。

第二种解释两本是父子加兄弟关系。

词话本初刻本只有东吴弄珠客序和廿公跋两篇序跋,没有欣欣子序。词话本的复刻本增加了欣欣子序,这样新刻词话本就共计有三篇序跋。崇祯本的北大本在词话本初刻本基础上删除了廿公跋,只保留了一篇东吴弄珠客序。而崇祯本的内阁文库本又恢复了廿公跋,仍没有欣欣子序,就和词话本初刻本一样,有两篇序跋。

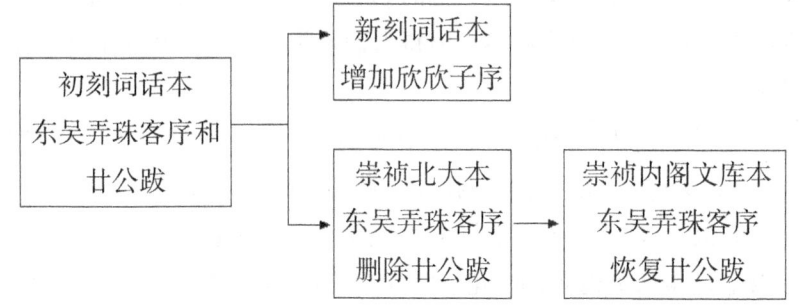

词话本和崇祯本是父子加兄弟关系

这种解释认为,词话本和崇祯本是复杂的父子加兄弟关系。

第一,父子关系。现在看到的《新刻金瓶梅词话》和各种崇祯本都来自词话本的初刻本,因此《新刻金瓶梅词话》、崇祯本和词话本的初刻本是父子关系。

第二,兄弟关系。崇祯本和新刻词话本又都来自词话本的初刻本,因此它们之间又是兄弟关系。

因此词话本和崇祯本是复杂的父子加兄弟关系。

父子关系和父子加兄弟关系这两种解释,对词话本演化本质是一样的。关键是父子加兄弟关系解释对崇祯本的演化比较顺,在这种解释中,崇祯本和欣欣子序无关,崇祯本的北大本只是在词话本初刻本基础上删除了廿公跋,由于词话本初刻本没有欣欣子序,因此就无须删除欣欣子序。而崇祯本的内阁文库本只是在北大本的基础上恢复了廿公跋。

父子加兄弟关系解释的关键是,崇祯本不是来自现在看到的新刻词话本,而是来自词话本的初刻本。这样两种崇祯本序跋的变化,就较父子关系解释更为合理一些。

词话本和崇祯本关系很复杂,以上只是一种推测而已。

(八) 总结

《金瓶梅》版本问题十分复杂,现存的版本又很少,因此对这复杂的版本现象进行分析就十分困难。除了内容文字外,很多是从一些细微之处进行分析,如本文从"新刻"、避讳和序跋三方面进行分析,这里就可能会存在很多问题。

第一,这些"新刻"、避讳和序跋都是细节,认为这些细节和版本演化有关,是否可靠? 这首先就是问题。

第二,对这些细节的分析,又会有多种解释,多种可能性。分析一定要考虑多种可能性,必须逐一对多种可能进行分析,最终看哪种可能性更大。

总之,《金瓶梅》版本虽然很少,但仔细研究,其中问题极为复杂。各种复杂的问题,理论上又有多种可能,至于哪种可能性更大,还是难以判别。

由于版本问题过于复杂,资料又太少,这样的分析可能不能最后被所有人都认可,但只要把所有可能都彻底分析清楚,这也是进步。

叶按:周文业先生的这篇论文是基于他的《金瓶梅》版本数字化研究的两篇论文(详本书第六章)的基础上撰写的。其中有不少值得人们珍视的东西。我这里首先要为其中的两方面的内容点赞:

第一,有的学者根据《新刻金瓶梅词话》中的"新刻"二字断定是不是初刻本,比如刘辉先生就是如此,而黄霖先生举出了若干例证,证明"新刻"也可以是"初刻"。周文业先生则基于计算机数字化的优势,举出了大量的实例,这无疑是对黄霖先生的观点的有力补证。

第二,关于《新刻金瓶梅词话》中"花子由"的避讳问题。鲁歌、马征先生认为《新刻金瓶梅词话》中的"花子由"的另一种写法为"花子油"是为了避讳天启帝朱由校,从而断定《新刻金瓶梅词话》当刻于天启年间。我是根本不认为"花子由"改为"花子油"是为了避讳天启帝朱由校,并且明确地叙述了自己的见解:《新刻金瓶梅词话》中不存在任何避讳。

但相信了鲁歌、马征的观点的大有人在,比如黄霖先生即是其中之一,他说:

《金瓶梅》词话真正"悬之国门"当在天启年间。而其文本实际也证实了这一点。在这里,我们有必要借用马征先生的一段文字:

> 1986 至 1987 年,笔者和鲁歌先生一起进行了一项烦琐而浩大的工程:把《金瓶梅》的各种版本汇校一遍,发现这个词话本为避皇帝名讳,改字的情况很突出。我们统计,从第十四回到六十一回,刁徒泼皮"花子由"这个名字出现了 4 次,但第六十二、六十三、七十七、八十回中,却一连 13 次将这一名字改刻成了"花子油",这是为了避天启皇帝朱由校的名讳。由此可窥,从第六十二回起,它必刻于朱由校登基的 1620 年夏历九月初六日以后。

这一事实,的确有力而生动地说明了《金瓶梅》词话刊刻的过程:假如这一百回的大书从万历四十五年由东吴弄珠客作序而开雕的话,刻到第五十七回时泰昌帝朱常洛还未登基,而刻到第六十二回时,天启帝朱由校已经接位,故在以后的各回中均避"由"字讳,而第九十五、九十七回中的"吴巡检"尚未避崇祯帝朱由检的讳,故可确证这部《金瓶梅》词话刊印于天启年间。

这样,结论当是:这部《新刻金瓶梅词话》即是初刊本,刊成于天启年间。①

我认为周文业先生对这个问题的考证是最为翔实,也颇有说服力。他的结论是:

> 总之,我认为"花子由"改为"花子油"有两种可能。一种可能是为避讳,另一种是为使名字更形象。我认为因避讳改名的可能性不大,更大可能是作者认为"花子油"名字比"花子由"更形象而已。
>
> 因此今后不宜再引用这条避讳证据来分析《金瓶梅》的成书时间。

尽管周文业先生把"花子由"改为"花子油"是为使名字更形象未必一定准确,但我认为他所说的"因此今后不宜再引用这条避讳证据来分析《金瓶梅》的成书时间"的结论则是可行的。

当然我也必须指出,由于周文业先生对版本研究主要进行了数字化的研究,有很多材料他没有看过,或者虽然看过但没有留意,所以他的这篇考证也存在着若干明显的漏洞,这里仅提出几点意见,供他参考。

第一,《新刻金瓶梅词话》与初刻本《金瓶梅》词话相比,不仅仅是增加了一篇欣欣子序,在文本方面也有明显的不同,最明显的就是第五十三回、第五十四回。

第二,欣欣子序与廿公跋不会是同时出现的,欣欣子序中明确说《金瓶梅》的作者是"兰陵笑笑生",廿公跋则说《金瓶梅》作者是"世庙时一巨公寓言",并不知道什么"兰陵笑笑生",对于作者还处于传闻阶段。欣欣子序与廿公跋同时出现,只能证明欣欣子序比廿公跋

---

① 黄霖:《〈金瓶梅〉词话本与崇祯本刊印的几个问题》,《黄霖〈金瓶梅〉研究精选集》,台湾学生书局"金学丛书"第二辑,2015 年 6 月版。

晚出。

第三，周文业先生认为初刻本《金瓶梅》词话上就有廿公跋，缺乏证据，而且必须同时回答如下的问题：北大本系统的崇祯本是根据初刻本《金瓶梅》词话改写的，为什么要删去廿公跋？内阁文库本是根据北大本系统的崇祯本修订而来，为什么要恢复廿公跋？

七、《新刻金瓶梅词话》不是初刻本《金瓶梅》

《新刻金瓶梅词话》不是初刻词话本《金瓶梅》，二者最主要的不同如下：

（一）书名不同

1. 初刻词话本《金瓶梅》叫作《金瓶梅》词话。

目前已知文献中最早称《金瓶梅》为"金瓶梅词话"的是：

不观李温陵赏《水浒》《西游》，汤临川赏《金瓶梅》词话乎？《水浒传》，一部《阴符》也；《西游记》，一部《黄庭》也；《金瓶梅》，一部《世说》也。①

2.《金瓶梅传》，见于"廿公跋""欣欣子序"。

（二）序跋不同

初刻词话本《金瓶梅》，卷端只有东吴弄珠客序，没有"廿公跋""欣欣子序"。《新刻金瓶梅词话》有"欣欣子序""廿公跋"《东吴弄珠客序》。

（三）第五十三至五十四两回不同

初刻词话本《金瓶梅》与《新刻金瓶梅词话》第五十三、五十四两回不同。

关于《金瓶梅》主要刻本之间的关系，矛盾是作为过程展开的，详见拙著《论欣欣子序系杭州书商鲁重民所作》。

八、该课题研究的意义

判定《新刻金瓶梅词话》不是初刻本的意义：

（一）弄清楚版本出现与演变的真相。

（二）从新的起点出发，探讨新的问题

一旦跨过《新刻金瓶梅词话》是初刻本这个坎，您就会有一种豁然开朗的感觉，你就会思考一些新的问题，比如既然《新刻金瓶梅词话》晚于崇祯本，那么它与崇祯本之间的关系就可能比我们过去所想象的要复杂多了。

（三）为探讨作者提供依据

既然《新刻金瓶梅词话》不是初刻本，那就要进一步探讨《新刻金瓶梅词话》是谁人所刻，刻于何时？《新刻金瓶梅词话》的第一篇序言是欣欣子序，序中明确《金瓶梅》的作者是"兰陵笑笑生"，这就与《金瓶梅》作者的研究有了直接的关系，这就是二十多年前，台湾学者朱传誉先生所说的通过《金瓶梅》的传播来研究作者的思路。

---

① 《幽怪诗谭》，文言短篇小说集。题西湖碧山卧樵纂辑，栩庵居士评阅。为明人所撰。共六卷。

总　结

如上所述，《新刻金瓶梅词话》与初刻本《金瓶梅》的关系，已经成了金学界一时难以解开的"死结"。我的《新刻金瓶梅词话》晚于崇祯本实刻于清初的观点，几乎遭到了整个金学界的反对。老一代的资深金学家王汝梅、黄霖先生是不赞成的，后起之秀的金学骨干杨国玉先生是反对的，用计算机进行《金瓶梅》版本研究的周文业先生也是颇多质疑的。

但是我深信，金学界同仁对我的观点的理解与接受只是需要有一个过程而已。当我们把与这个《金瓶梅》版本研究有关的一些学术悬案解决之后，这个金学老大难问题，或许就可以真正解决了。

第五章 与《金瓶梅》版本研究紧相关联的重大疑难问题

第一节 四首[行香子]词

一、四首[行香子]考证

《新刻金瓶梅词话》在卷端有四首[行香子]词，原文如下：

词曰：

阆苑瀛洲，金谷陵楼，算不如茅舍清幽。野花绣地，莫也风流。也宜春，也宜夏，也宜秋。　　酒熟堪酾，客至须留，更无荣无辱无忧。退闲一步，着甚来由。但倦时眠，渴时饮，醉时讴。

短短横墙，矮矮疏窗，忔憎儿小小池塘。高低叠峰，绿水边傍。也有些风，有些月，有些凉。　　日用家常，竹几藤床，靠眼前水色山光。客来无酒，清话何妨。但细烹茶，热烘盏，浅浇汤。

水竹之居，吾爱吾庐，石磷磷床砌阶除。轩窗随意，小巧规模，却也清幽，也潇洒，也宽舒。　　懒散无拘，此等何如？倚阑干临水观鱼。风花雪月，赢得工夫。好炷心香，说些话，读些书。

净扫尘埃，惜耳苍苔，任门前红叶铺阶。也堪图画，还也奇哉。有数株松，数竿竹，数枝梅。　　花木栽培，取次教开。明朝事天自安排。知他富贵几时来。且优游，且随分，且开怀。

（一）魏子云先生评论

我们看这四阕引词，显然是慎独之情，缦者之歌。自古以来，凡所撰者，都是避乱世的人。所以他认为"阆苑瀛洲，金谷陵楼，算不如茅舍清幽。"他要住在一个也宜春也宜夏也宜秋的野花绣地的地方，着甚来由去招惹那荣祥之优？他要退闲一步，但倦时讨眠渴时饮醉时讴。哪怕是穷得客来无酒，又何妨清话。他要的生活得懒散无拘，轩窗随意，临水观鱼，说些话谈些书。明天的事，老天自会安排，且优游，且随分，且开怀，知他富贵几时来？试想，这分意念，关联到西门庆的故事中的什么呢？

如果说，兰陵笑笑生寄意于时俗的"盖有谓也"，即志在以西门庆的故事，来展示人生之蝇营狗苟，勉人不必追逐名利富贵，远不如隐居山林，且优游，且随分，说些话，读些书；细烹茶，热烘盏，浅烧汤；倦时眠，渴时饮，醉时讴。却极难令人在《金瓶梅》的百回情节中，吟味到这些。因为《金瓶梅》的写作动机是入世的，这四阕引词是出世的，可以说两者的意向并不相关联。几篇序跋，也经说明，"无非明人伦、戒淫奔、分淑慝、化善恶，知盛衰消长之机，取报应轮回之事，如在目前"，"然曲尽人间丑态"，"概为世戒非为世劲也。"在结尾时，虽难免带点神化的老套，然盛衰消长，报应轮回的意旨，仍不忘表明。"且说吴月娘与吴二舅众人，在永福寺住了那到十日光景，果然大金国立了张邦昌在东京称帝，置文武百官。徽宗钦宗北去，康王泥马渡江，在建康即位，是为高宗皇帝。并宗泽为大将，复取山东、河北，分为两朝，天下太平，人民复业。后月娘归家，开了门户，家业器物都不曾疏失。就把岱安改名做西门安，承受家业，人称呼为西门小员外，养活月娘到老，寿年七十岁，善终而止。此皆平日善看经之报也。"最后的证诗，把全书意旨，表达的更为清楚，诗云："闲阅遗书思惘然，谁知天道有循环。西门豪横难存嗣，经济癫狂定被歼。楼月善良终有寿，瓶梅淫佚早归泉。可怜金莲遭恶报，遗臭千年作话传。"诗虽未佳，连打油也说不上，但所证《金瓶梅》的内容，却全部道出了。这里，也更印证了它与上引的四阕词意，颇难契合。①

(二) 徐朔方先生的考证

徐朔方先生首先对这四首[行香子]词的词牌、来历与作者进行了考证。

> 这是四首[行香子]，它同后面的四贪诗([鹧鸪天])一样，都没有注明词牌。
> 现存的另一本经文人改定的《大唐秦王词话》也以四首[玉楼春]冠于卷首，同样没有标出词牌。
> "词曰"前三首又见于《词林纪事》卷六，它的异文附在正文后面，以括号为记。"陵楼"当是"琼楼"的刊误。从异文看不出作者和年代先后的任何线索。如果一定要分别优劣，《金瓶梅》可能略胜一筹。
> 《金瓶梅》第二、三首用万树《词律》卷九所载黄升《寒意方浓》的句格，六十六字。第一首《阆苑瀛洲》六十五字，可以看作是"也宜春"之前刊落一个字。此调原有六十四、六十六字两种句格，上下片相同。"也宜春"句应是四字句。第四首《扫净尘埃》下片"知他富贵几时来"应是两个四字句，后面"且优游"也应是四字句，这样才同上片的句格一致。
> 《词林纪事》说：
> > 《笔记》："天目中峰禅师与赵文敏(孟頫)为方外交，同院冯海粟(子振)学士甚轻之。一日，松雪(孟頫)强中峰同访海粟。海粟出所赋梅花百绝句示之。中峰一览毕，走笔成七言律诗，如冯之数。海粟神气顿慑。"尝赋[行香子]词云云，若不经意出之者。所谓一一天真，一一明妙也。
> 中峰是明本(1263—1323)的别号，俗姓孙，钱塘(今杭州市)人。二十四岁在吴山圣水寺出家，后卓锡西天目山幻住庵。五十六岁，朝廷赐号佛慈圆照广慧禅师。有《中

---

① 魏子云：《〈金瓶梅〉头上的王冠》，胡文彬《〈金瓶梅〉的世界》，北方文艺出版社，1987年版，第186—187页。

峰广录》及《梅花百咏》行世。以上据《西天目祖山志》卷二本传,并参考《元诗纪事》卷三十四小传。

《词林纪事》以为此三首词为明本所作,献疑如下:

一、《词林纪事》抄引前三首词,顺序为一《短短横墙》,二《阆苑瀛洲》,三《水竹之居》,但没有说是选录。《金瓶梅》卷首四首词,虽然节令不够分明,如第一首"也宜春,也宜夏,也宜秋",第三首"风花雪月",但大体上可以看出它们分咏春夏秋冬,如同《大唐秦王词话》的四首[玉楼春]一样。可能这是当时词话和别的说唱艺术的开篇俗套之一(《西厢记》诸宫调也有分咏四季的[哨遍]和[耍孩儿])。为什么《词林纪事》只选三首,而且将次序变了?

二、《笔记》作者为晚明陈继儒。今存《宝颜堂秘籍》两卷本。《词林纪事》引录《笔记》卷二的原文,文字略有出入。《笔记》说:"走笔而成,如冯之数。"《元诗选》小传说:"走笔亦成一百首。"都未说明什么体裁,从上下文看当是七绝,而《词林纪事》引《笔记》却说是七律。按《中峰禅师梅花百咏》今存,都是七绝。《词林纪事》如此草率,难以轻信。

三、《词林纪事》,清乾隆时张宗橚辑,所选词都注明出处,此三首独缺。

四、细玩词意,作者当是仕进不遂而退隐的士子。明本二十四岁出家,哪有这样的感触?"水竹之居,吾爱吾庐",很难说是住在寺院中的僧人口气。"明朝事天自安排,知他富贵几时来",对功名虽已失望,实际上并未忘情。明本早年出家,怎么能这样措辞?这几首词究竟是不是明本的作品,还得再作查证。

清康熙褚人获《坚瓠二集》卷三[行香子]引《湖海搜奇》载[行香子]二首,即《水竹之居》及《阆苑瀛洲》,云:"惜不知谁作。"按:《坚瓠秘集》卷一《马生角》引《湖海搜奇》云:"万历辛丑(二十九年)。"可见《湖海搜奇》显然迟于《金瓶梅》。①

(三)孙秋克的考证

徐朔方先生的高足孙秋克先生在此基础上,有《再说〈金瓶梅〉词话》卷首[行香子]》(附补证)一文又进行了深入研究:

引言

受徐朔方先生大作启发,拙文《〈金瓶梅词话〉考札》对这部小说卷首四首[行香子]的来源曾作过一些探究,小标题为《也说卷首"词曰"四首》。后来拜读了梅节先生《〈金瓶梅词话〉校读记》对这四首词的校勘后方知,我的考察遗漏了《天机余锦》,亦未把彭致中所编《鸣鹤余音》全部纳入研究范围。阅读这些文献后,觉得对一些问题应当作进一步思考,是为"再说"。"再说"发表后,承蒙梅节先生赐教,方知"再说"对《湖海搜

---

① 徐朔方:《徐朔方〈金瓶梅〉研究精选集》,台湾学生书局,2015年版,第99—100页。

奇》又止于徐朔方先生的引录而有所遗漏。这次修订"再说",把《湖海搜奇》所载四首[行香子]和"再说"之后想到的有关问题,一并作为《补证》附于文后。

……

推论

由以上考察,对词话卷首所载四篇[行香子],似可得出如下推论:

1. 这四首词不是一时之作,以词话所载为序,第一、二、四首出于元代,第三首出于明初。从《天机余锦》和词话成书的大致年代看,它们作为组词流行当在明代中叶。词中闲适情怀的抒发和林泉风物的描写,亦吻合于这时期道教兴盛,大修典藏的史实。

2. 这四首词不是一人之作,作者早已佚名。由于明代道教和隐逸之风盛行,这四首词被冠以张天师、于真人、明本等人之名,道士、仙释原无多少差别,若非大名鼎鼎,姓名容易被埋没,作品则被托于声名较著之人,对这些署名只能作如是观。

3. 这四首词不是一组分咏春夏秋冬的四季词。彭本《鸣鹤余音》卷二载丘处机四首词,题名《春》《夏》《秋》《冬》,四季景物描写分明,那才称得上四季词。词话不过是如这类小说惯行的那样,将词调相同的四首流行词一块儿挪用于开篇,而不顾及它们之间是否具有某种内在逻辑联系。

4. 这四首词在明初已有各种版本,故各书载录皆有所出入。否则以四库馆臣《花草粹编》和《词综》编辑体例之谨严和采录之广博,不应当二书的作者署名都形同虚设,《花草粹编》不注出处,《词综》小注所言与其所指的载录本则不相符。至于清文渊阁《四库全书》本《花草粹编提要》说:"其书据撷繁富,每调有原题者必录原题。或稍僻者,必著采自某书。其有本事者并列词话于其后,其词本不佳而所填实为孤调。如[缕缕金]之类,则注曰备题编次,亦颇不苟。盖耀文于明代诸人中犹讲考证之学,非嘲风弄月者比也。"《词综提要》说:"凡稗官野纪中有片词足录者辄为采掇……"

清代典籍对这四篇词的载录,则基本相沿《诗余》。而《诗余》所据《笔记》,至今找不到来历。

5. 这四首词的元、明文人载录与词话载录应各有所本,二者之间不会有什么关系。根据词话通常的借用情况,这四首词可能分别取自元、明文人汇编的集子,也可能源于同调组词在市井的传唱。就词话而言,后一种可能性更大。相反,文人汇编诗词集,则不大可能到词话中择取。①

叶按:关于《新刻金瓶梅词话》卷端四首[行香子]词原文、出处、演变、作者等问题,杨国玉先生在徐朔方、孙秋克二位先生考证的基础上,又做了更为全面的考证,其有关见解,详见本书后文。

---

① 孙秋克:《孙秋克〈金瓶梅〉研究精选集》,台湾学生书局,2015年版,第17—27页。

二、四首[行香子]评论

大陆学者用卷首[行香子]词来考证《金瓶梅》作者写作时间、写作地点、《金瓶梅》词话的前身、作者的身份,等等。

香港洪涛先生在《〈金瓶梅词话〉卷首[行香子]词的解释与金学中的重大问题》中说:

> 《新刻〈金瓶梅〉词话》的卷首有四首[行香子]词,有[鹧鸪天]词("酒、色、财、气"四贪诗)。四贪诗在金学史上很受学者重视,论者认为四贪诗和明万历十七年雒于仁上"四箴疏"相关。这个问题是学术界的焦点之一,读者可以参阅鲁歌和马征《〈金瓶梅〉纵横谈》、卜键《〈金瓶梅〉作者李开先考》、刘辉和杨扬编《〈金瓶梅〉之谜》、陈诏《〈金瓶梅〉小考》、郑庆山《〈金瓶梅〉论稿》、陈东有《〈金瓶梅〉诗词文化鉴析》等。
>
> 四贪诗之前的[行香子]词,没有四贪诗那样瞩目,但是,论者也善用这四首[行香子]来论证金学上重要的问题。关于[行香子]词的诠释问题,管见所及,学术界中似乎还没有人做过专题回顾。因此,本文拟以此题为中心,讨论其中的关键。……

(二)卷首[行香子]词的各种解释

《〈金瓶梅〉词话》中的四首[行香子],依次是"阆苑瀛洲""短短横墙""水竹之居""净扫尘埃"。不少研究者用这四首词来推演他们的看法,所涉及的,都是金学史上关系重大的问题。以下先就这一方面展开论述,以显示卷首词是何等重要。

1. 论证《金瓶梅》的著作时间

魏子云先生(1918—2005)是最早论及[行香子]词的学者,1980年,他的《〈金瓶梅〉头上的皇冠》已经指出:"因为《金瓶梅》词话的写作动机是入世的,这四阕引词[行香子]则是出世的。可以说两者间的意想并不相关联。"

魏先生结合其他引首文字,推测"《金瓶梅》词话之前,极可能还有一部讽喻神宗宠郑贵妃的《金瓶梅》"。而且魏先生认为这部《金瓶梅》,是正当"册立太子事件的高潮",即万历二十四年(1596)写成的。

魏先生这一段话有两个重要论点:第一,《金瓶梅》词话有"前身",现存的《金瓶梅》词话已是改写过的。第二,这部前身,大约成于万历二十四年("万历说"),是"入世的"。换言之,对[行香子]词的分析,是魏先生"万历说"的一部分。第一个论点,魏先生在1983年的《〈金瓶梅〉札记》一书中,又再提及:"回目前的词四阕,所写纯为出世之思,而《金瓶梅》词话,则全篇所赋,悉为清河恶霸西门庆的身家兴衰,所写仍官场入世的荣辱之事。这四阕词的出世之思,极难冠乎西门庆的故事头上。看来,这四阕词的傅设(铺设),不是为了《金瓶梅》词话吧!……基乎此,我们或者可以想到《金瓶梅》词话以前的《金瓶梅》,其内容似乎是另一傅设。"至于第二个论点,即"万历说",在1983年的《词曰·四贪诗·眼儿媚》一文中,又有申说:"如从体式来看,自亦属于万历间的作品,非前后七子的拟古风标。像这类诗文的随兴自然的体式与境界,在有明一代,则正切合文长、卓吾这个时期,甚而还要稍后一些。(见静宜文理学院中国古典小说研究中心编:《中国古典小说研究专集2》,又见于魏子云:《〈金瓶梅〉的问世与演变》①。此处指魏先生所推想的那部书。"嘉靖说""万历说"等简称沿袭自黄霖主编:《金瓶梅大辞典》②、魏子云:《〈金瓶梅〉札记》③)……岂不是更可证明《金瓶梅》词话乃万历间人的作品乎!"这次魏先生换了一个角度:不再着眼于内容("出世"),而是就四首词的"体式与境界"来论证《金瓶梅》成书于万历年间。

魏先生推出的"万历说"当然还有其他论据,然而,单就对[行香子]的诠释出现了一个魏先生始料不及的情况——这四首词能否支持"万历说"?

另一位研究者赵兴勤(1949—)也对[行香子]词作过探研,他得出的成书时间,却要比魏先生的"万历说"早许多年。

赵兴勤在《也谈〈金瓶梅〉的作者及其成书时间》一文中认为:四首[行香子]词"与《金瓶梅》的思想基调并不谐和。……此类描写,恰与冯惟敏的思想情趣相合。……所发抒的感慨竟如出一口,所描写的地理环境也大致相类,这就不能不引起我们的深思了。"

赵兴勤似乎在暗示:四首[行香子]词出自冯惟敏(1511—1580?)之手。至于四首[行香子]与《金瓶梅》内文不协调,赵、魏二家的看法倒是一致的。

"冯惟敏说"其实源于金学史上举足轻重的"嘉靖大名士"之说。朱星(1911—1982)在《〈金瓶梅〉考证》透露:"冯惟敏说"是孙楷第(1898—1986)提出的,理由是:"只因他(冯惟敏)是临朐人,又是嘉靖名士,并无旁证。"

冯惟敏隆庆壬申(1572)弃官归隐。赵兴勤讨论过冯氏的活动后,认为"《金瓶梅》产生的时间,大致在隆庆至万历初年。也正是冯惟敏优游林下之时。"按照这篇文章的分析,《金瓶梅》书中许多片段,都是写嘉靖年间事(赵兴勤提及:南河南徙、大兴土木、严家丑事、山东大旱、太监管砖厂等)。总之,赵兴勤认为"《金瓶梅》写的是嘉靖年间事"。

和魏子云主张的"成于万历后半期"相比,"冯惟敏说"的成书时间,足足早了二十年,基本上倾向于"嘉靖说"。

卜键(1955—)也就[行香子]发表过意见。他的《〈金瓶梅〉作者李开先考》认为第四首"净扫尘埃"是《金瓶梅》作者所补作。他认为这一首"意涵毕竟(与其余三首)不同";词中的"明朝事天自安排,知他富贵几时来?"之句,"透露出期待和期久不至的焦躁,透露出退仕者渴思一朝复出的私衷。这不就是李开先吗?"

总之,在卜键眼中,第四首是李开先的抒情之作,摹写李开先"殷殷不甘的复杂情

---

① 魏子云:《〈金瓶梅〉的问世与演变》,台北时报文化出版公司,1981年版,第84页。
② 黄霖主编:《金瓶梅大辞典》,巴蜀社,1991年版,第1100页。
③ 魏子云:《〈金瓶梅〉札记》,台北巨流图书公司,1983年版,第41页。

绪"。例如"不赴高官的意志","罢官后李开先的愤激心理"。

卜键主张《金瓶梅》词话的写作时代"当在嘉靖晚期",他对[行香子]的诠释,支持了他的"李开先是作者"之论,也支持了他的"嘉靖说"。李开先,1502年生,1568年卒,而万历元年是公元1573年。

另一位研究者潘承玉(1966—)对"阆苑瀛洲"的处理,在方法上,也跟赵兴勤、卜键有雷同之处。潘承玉认为词中的"瀛洲"是《金瓶梅》全书"最重要的"典实,是《金瓶梅》作者"生活理想和人生追求的文字诉说"。他认为《金瓶梅》的作者是徐渭(1521—1593,生于正德十六年,卒于万历二十一年),而徐渭的《瀛洲图》和《寿学使张公六十生朝序》写了"瀛洲","境界与小说[行香子]全同"。

附带一提,潘承玉认为"李开先说"不能成立。理由是,作者既要隐去姓名,又何必把自己的作品整段抄进《金瓶梅》之中?也就是说,在潘承玉的论述中,[行香子]第一首,成了"徐渭是《金瓶梅》作者"的证据之一。

郑庆山(?—2007)同样用"阆苑瀛洲"来立论,他认为这首词"可以看作贾三近平生事业一半家居的注脚"。郑庆山倾向于支持贾三近(1534—1592)是作者。

综上所述,赵兴勤从[行香子]看到冯惟敏,卜键从[行香子]看到李开先,潘承玉从[行香子]看到徐渭,郑庆山从[行香子]看到贾三近。他们对[行香子]的分析,都能和他们的"作者论"配合无间。

为什么赵兴勤从[行香子]看不到李开先、徐渭或贾三近的身影?为什么卜键从[行香子]看不到冯惟敏、徐渭或贾三近的身影?为甚么潘承玉从[行香子]看不到冯惟敏、李开先、贾三近的身影?为什么郑庆山……?

这几个问题可能有同一个答案:赵、卜、潘、郑四位学者心目中已有各自的"作者人选",所以[行香子]词也成为"论据"。从后设批评(meta-critical)角度看去,他们诠释、论证过程似乎是这样的:四位学者有特定人选横亘于胸,所以他们一读四首[行香子],自然会联想到他们心中的作者。换言之,他们心目中的"作者人选"可能对他们的判断产生了影响。

对[行香子]词的解读结果,又反过来进一步"支持"他们的"作者论"。(至于四首[行香子]是否冯惟敏、李开先、徐渭、贾三近所作,我们下文要详细论证。)除了时间因素外,值得我们特别注意的是,赵兴勤提出了四首[行香子]词所写的"地理环境"与《金瓶梅》作者的处身之地有关系。这又涉及金学中的"南北之争"——著作地点之争。(也涉及作者原籍之争。)

2. 论证《金瓶梅》的著作地点

1990年周双利的《闲话〈金瓶梅〉》就用了这四首[行香子]来论证《金瓶梅》的著作环境:

这组题词,为我们勾画出这位《新刻金瓶梅词话》修定者的身份:他不像是大名士、大官僚一流人物。也许是几经小小的官吏生涯之后,厌倦了州衙与县衙的恶浊,便归隐田园,过着乡居闲适生活。他的诗词充满了独慎之情与出世之思,乐天知命,安贫守道。……乡居生活是……。他的住所,颇似江南水乡;……。从这些描绘中,我们可以看出这位修定者只是一位清贫的儒士。他生活的地区,如从物候学的角度来考察,我国古代北方也生长竹子与梅花,《诗经》中有绿竹,唐诗中北方尚有梅花;经过数千年的气候变迁,近代中国,竹子已经退居长江以南,梅花退居黄河以南。我们这位清贫的儒士生活在有竹有梅的地方,大约是江南水竹之地吧?正因为如此,经这位文人先生修定的《金瓶梅》词话,时作吴语,也就毫不足奇了。(涛按:引文中省略之处是引者所省。)

周双利这段话有两个要点:第一点涉及"南北之争",第二点涉及作者身份。(清贫的儒士?)周双利这一诠释,意味着[行香子]词被用来支持"作者是南方人"的说法。

《金瓶梅》的作者是南方人还是北方人,这也是《金瓶梅》著作权论争中的一个焦点。主张"南方人"之说的有刘师古、魏子云、黄霖、陈诏等。多年前,刘师古、魏子云已经提出"南方人之说"。

魏子云《〈金瓶梅〉探原》(台北:巨流图书公司,1979)提及此看法。到1981年的《〈金瓶梅〉的问世与演变》有"作者不是山东人是江南人"一节。1989年魏子云又有《证见〈金瓶梅〉乃南方人所作》一文。黄霖(1942—)在《〈金瓶梅〉漫话》同意"南方人"之说。

陈诏《〈金瓶梅〉小考》也认为《金瓶梅》作者:"他生活地点似在南方,不是在北方。"另一方面,力主"北方人"之说的学者有徐朔方(1923—2007)、鲁歌、马征等人。徐朔方《小说考信编》说:"它的作者当也是山东或淮北地区人,不会如同有的论者所设想的那样是南方人。"鲁歌、马征《金瓶梅及其作者探秘》说书中有鄙视南方人的情绪。郑庆山甚至连南人居北地的想法也否定掉,他说"不大可能是南方人在山东创作的"。

至于作者身份("大名士"与"非大名士"之争),[行香子]词引出了另一对矛盾:

按周双利的解读,从四首[行香子]词可以推断作者"不像是大名士",这正好跟赵兴勤、卜键的看法相反。赵兴勤推举出来的冯惟敏,亦颇有名——"以才名称于齐鲁间"。

3. [行香子]词所写的是现实还是理想?

周双利认为[行香子]的内容都是现实的写照。不过也有论者将词中的境界视为作者心目中的"理想"。

有学者认为第二首"真实地抒发了自己的生活理想"。第三首"叙述理想中的'吾庐'"。魏子云先生也用"这分意念"来描述词中内容。大概魏先生也不觉得[行香子]词描述的是写作者的"居处实景"。这样一来,[行香子]的诠释又出现了"实"与"虚"二说并存的局面。不过,笔者断定:如果词中所写真是"写实"的话,恐怕也不会是晚明时期的"实景"。

综上所述,在[行香子]词"出自《金瓶梅》作者(或修订者)之手"的前设下,论者凭着[行香子]的内容构想出好几种情况——作者的写作年代、作者的写作环境、作者的社会地位(名望)、作者的心境。

如果我们探究一下四首[行香子]词的来源,我们会得出这样的结论:各种构想、各种作者形象可能只是隐含作者(impliedauthor),未必是历史上的作者(historicalauthor)。

以上诸位学者的说法,都是在[行香子]词来历不够清楚的情况下做出的。其实,[行香子]在明朝之前已见于载籍。如果这些文献不是伪托的话,四首[行香子]对上面诸说的支持就要打个折扣。

以下,我们要调查四首[行香子]在哪些典籍上出现过。调查的结果,将帮助我们认识一个事实:有些论证方法全不可靠。……①

叶按:其实《新刻金瓶梅词话》卷端的四首[行香子]词,与《金瓶梅》作者毫无关系,甚至与初刻《金瓶梅》也毫无关系。我认为这不过是《新刻金瓶梅词话》作者加上去的,刻印时间已经在清初了。这是出版商的作为。

鲁重民在刻印《新刻金瓶梅词话》时,除了加上"廿公跋"之外,还留下了其他一些足够证明他刻印此书的证据。

《新刻金瓶梅词话》引了四首[行香子]词放在卷端作为开篇。据徐朔方先生考证(《关于〈金瓶梅〉卷首"词曰"四首》,这些词牌是[行香子],《词林纪事》中曾录过三首。

《水浒传》开首的引词:

> 试看书林隐处,几多俊逸儒流。虚名薄利不关愁。裁冰及翦雪,谈笑看吴钩。评议前王并后帝,分真伪占据中州,七雄扰扰乱春秋。兴亡如脆柳,身世类虚舟。见成名无数,图形无数,更有那逃名无数。煞时新月下长川,江湖变桑田古路。讦求鱼缘木,拟穷猿择木,恐伤弓远之曲木。不如且覆掌中杯,再听取新声曲度。

《水浒传》的引词对小说作家、编辑者及出版商本身的自我价值进行了充分的肯定,并自称为"俊逸儒流"。

这一时期的这种小说作家、编辑者及出版商对自我价值的肯定,在出版、编辑过《三国演义》《水浒传》的通俗小说作家兼出版商的余象斗身上,可以说是达到了极致。余象斗曾多次把自己的图像刻印在他所刻印的图书上,对其中的一幅图像,王重民先生在《美国国会图书馆藏中国善本书录》中《海篇正宗》提要中作过这样的描述:

> 图绘仰止(按:余象斗字仰止)高坐三台馆(按:三台馆是余象斗的书坊之一)中,文婢捧砚,婉童烹茶,凭几论文,榜云:"一轮红日展依际,万里青云指顾间,固一世之雄

---

① 洪涛:《洪涛〈金瓶梅〉研究精选集》,台湾学生书局,"金学丛书"第二辑,2015年6月版,第1—12页。

也。"四百年来,余氏短书遍天下,家传而户诵,诚一草莽英雄。今观此图,仰止固以王者自居矣。①

将《新刻金瓶梅词话》的引词与《水浒传》的引词,特别是同余象斗的以王者自居的态度相比,那么,"兰陵笑笑生"借这四首[行香子]引词所表现出来的思想,则未免过于消极。但这只是表面现象。《水浒传》引词和余象斗都是大明朝嘉靖、万历年间的事情了,而"兰陵笑笑生"所处的时代则是经历了血与火的洗礼之后满族人统治的时代。在正统的儒家知识分子的心目中,明清的易帜,不是一般的改朝换代,明人不仅是亡了国,而是亡了天下。在经历了无数的反抗斗争失败之后,此时此刻,摆在汉族知识分子面前的其实只剩下了两条可供选择的路:降清事清,隐居山林。这两条路都有人在走。而在这时,在大多数汉人知识分子的心目中,仍然以为前一条路是卑下的,走后一条路的人才是值得赞扬的。"兰陵笑笑生"借四首引词所表现出来的思想,就是要走后一条路,因此,从儒家的正统的或传统观念来看,也是值得赞扬的,在消极中寄寓着抗争。

中国是诗的国度,现成的诗词汗牛充栋,"兰陵笑笑生"为什么偏偏要引用这四首[行香子]词呢?因为这四首[行香子]词中至少有三首在当时被认为是宋末元初由俗入僧的明本的作品(《词林记事》),而明本(天目中峰禅师,与赵孟頫为方外交)所处的时代与"兰陵笑笑生"所处的时代太相似了,都是异族入主中原的时代。明乎此,则"兰陵笑笑生"的用意也就十分清楚了。

第二节 四贪诗

《新刻金瓶梅词话》在四首[行香子]词后,有所谓的四贪词,也称为四贪诗,原文如下:

酒

酒损精神破丧家,语言无状闹喧哗。
疏亲慢友多由你,背义忘恩尽是他。
切须戒,饮流霞,若能依此实无差。
失却万事皆因此,今后逢兵只待茶。

色

休爱绿鬓着朱颜,少贪红粉翠花钿。
损身害命多娇态,倾国倾城色更鲜。
莫恋此,养丹田,人能寡欲寿长年。

---

① 王重民:《中国善本书提要》,上海古籍出版社,1983年版,第61页。

从今罢却闲风月,纸帐梅花独自眠。

财

　　钱帛金珠笼内收,若非公道少贪求。
　　亲朋道义因财失,父子情怀为利休。
　　急缩手,且抽头,免得身心昼夜愁。
　　儿孙自有儿孙福,莫与儿孙作远忧。

气

　　莫使强梁逞技能,挥拳裸袖弄精神。
　　一时怒发无明穴,到后忧煎祸及身。
　　莫太过,免灾迍,劝君凡事放宽情。
　　合撒手时须撒手,得饶人处且饶人。

　　据我所知,最早涉及《金瓶梅》卷首四贪诗的是台湾的魏子云先生,他在《〈金瓶梅〉头上的王冠》一文中说:

> 　　在这四阕引词之后,是《四贪诗》,乃论皆酒色财气者。
> 　　说起来,酒色财气是人生的四大难关,《金瓶梅》是描绘现实人生的说部,所谓"曲尽人间丑态",自然包容了酒色财气四字在内。但要说《金瓶梅》为世劝的主题意念,就是要人戒此四贪,却也并不那么明白。不错,西门庆对酒色财气四个字,都沾惹上了,但西门庆则死于色欲。我在论及西门庆这个人物时曾说,要不是胡僧的药力使西门庆的性兴不已而死于非命,此人极可能官至总兵官而寿高耄耋。可以说,《金瓶梅》为世戒,着眼的并不是这四贪,而是"世运代谢",欣欣子已经叙明了。所以兰陵笑笑生在词话第一回中所点明的只是"情色"二字。这点,我们放在后面再来讨论。因为四贪诗还牵扯到明史上的一个事实,两相比论,颇能勾起一些微妙的联想。那就是万历十八年(1590)大理寺评事雒于仁曾疏四箴以进谏。疏文略谓:"臣备官余岁,仅朝见陛下者三,此外唯闻圣体违和,一切免传。郊祀庙享,遣官代行,政事不亲,讲筵久辍。臣知陛下之疾所以致之者,有由也。臣闻嗜酒则腐肠,恋色则伐性,贪财则丧志,尚气则戕生。陛下八珍在御,觞酌是耽,卜昼不足,继以长夜,此其病在嗜酒也。宠十俊以启幸门,溺郑妃靡言不听,忠谋摈斥,储位久虚,此其病在恋色也。传索帑金,括取币帛,甚且略问宦官,有献则已,无则谴怒;李沂之疮痍未平,而张鲸之贿赂复人,此其病在贪财也。今日榜宫女,明日扶中宫,罪状未明,立毙杖下;又宿怨藏怒于直臣,如范儁、江应麟、孙如法辈,皆一诎不申,赐环无日,此其病在尚气也。四者之病,缠绕身心,岂药石所可治。今陛下春秋鼎盛,犹经年不朝,过此以往,更当如何?孟轲有取于法家拂士,今邹元标其人也,陛下弃

而置之，臣有以得其故矣。元标入朝，必首言圣躬，次及左右，是以明知其贤，忌而弗用。独不直臣不利于陛下，不便于左右，深有利于总社哉。陛下之溺此四者，不日操生杀之权，人畏之而不敢言，而日居邃密之地，人莫知而不能言，不知鼓钟于宫，声闻于外，幽独之中，指视所集，且保禄全躯之士，可以威权惧之，若怀忠守义者，即鼎锯何必焉。臣今敢以四箴献，若陛下肯用臣言，则立诛臣身，臣虽死犹生也。惟陛下垂察。"酒箴曰："耽彼曲蘖，听夕不辍，心志内懵，咸仪外缺。神禹疏狄，夏治兴隆。进药陛下，酿醑勿崇。"色箴曰："艳彼妖姬，寝兴在侧，启宠纳侮，争妍误国。成汤不迩，享有遐寿。进药陛下，内嬖勿厚。"财箴曰："竞彼研镂，锱铢必尽，公帑称盈，私家悬磬。武散麓台，八百归心。隋杨剥利，天命难谌。进药陛下，货贿勿侵。"气箴曰："逞彼忿怒，恣睚任情，法尚操切，政鉴公平。禹舜温恭，和以至祥。秦皇暴戾，群怨孔彰。进药陛下，旧怨勿藏。"万历帝一看此疏，大怒，准备置之重典。当时宰相申时行，极力疏解，认为法不可张扬，一旦此疏被外人获悉，言以为真，损伤就太大了。不如阴使洛于仁去位可也。就这样，洛于仁引疾请休，遂斥之为民。此事载明史册，见《明史》列传第一百二十二以及《神宗实录》、文秉之《定陵注略》等典籍。洛于仁，山西泾阳人，万历十一年进士，历任肥乡、清丰二县，有惠政，十七年入为大理寺评事。看来，词话中的四贪诗，以及前面四阕出世的雅韵，颇有基于洛于仁的四箴疏及其削籍为民的慎独心情而写。洛于仁斥为民后，迄未见召，久之卒于家。天启时方获追赠。按神宗宠郑贵妃，久不册立东宫，自万历十四年二月，户科给事中姜应麟首疏起，一直到二十九年册立，郑贵妃的儿子福王常洵久不之国，仍为臣民疑索重重，到四十二年福王之国，四十三年的"挺击"事件，数十年间，此一问题都未平息。这是《神宗实录》中的有趣事件，也是万历一朝传言民间的宫闱秘闻。所以，我们如把《金瓶梅》上的冠引词话，举以比于洛于仁的四箴疏，能不令人联想到四贪诗讽喻乎哉！此一问题当以另文"常洛太子的册立与挺击事件"详论之，此处不多说它了。①

叶按：对于这四首四贪诗，我的看法如下：

第一，引用这四首四贪诗，并不是《金瓶梅》作者的作派，而是书商所为。而且，据我的判断，这在初刻本《金瓶梅》词话上是没有的，这是《新刻金瓶梅词话》加上的。理由是四贪诗已经远远超出了四贪诗本身的内涵，因为这与明朝的一桩公案有关而具有了特殊的政治含义。正如魏子云先生所指出的：

> 因为四贪诗还牵扯到明史上的一个事实，两相比论，颇能勾起一些微妙的联想。那就是万历十八年（1590）大理寺评事洛于仁曾疏四箴以进谏。

---

① 魏子云：《〈金瓶梅〉头上的王冠》，胡文彬《〈金瓶梅〉的世界》，北方文艺出版社，1987年2月版，第186—187页。

结果是"洛于仁斥为民后,迄未见召,久之卒于家。"处理得很严肃。

不仅如此,这件事甚至闹得沸沸扬扬,朝野轰动。

明代禁书令很严,因此《金瓶梅》作者与初刻本《金瓶梅》的书商没有必要冒此巨大的政治风险。

第二,《新刻金瓶梅词话》刻于清初,书商引用四贪诗有其政治用意,那就是以此来总结明朝的政治腐败而导致了国破家亡。

第三,关于四贪诗的文学作用,我在拙作《欣欣子序系杭州书商鲁重民所为》中有这样一段话:

> 《新刻金瓶梅词话》在四首[行香子]之后,又增加了"酒、色、财、气"等四首"四贪诗"。"四贪诗"虽然不能精确概括《金瓶梅》的主题,但却至少在行文上可以起到一种过渡作用,与第一回"景阳冈武松打虎　潘金莲嫌夫卖风月"的开头相呼应。

> 词曰:
> 　　丈夫只手把吴钩,欲斩万人头。如何铁石,打成心性,却为花柔?请看项籍并刘季,一似使人愁。只因撞着,虞姬戚氏,豪杰都休。
> 此一只词儿,单说着情色二字,乃一体一用。故色绚于目,情感于心,情色相生,心目相视。亘古及今,仁人君子,弗合忘之。晋人云:情之所钟,正在我辈。如磁石吸铁,隔碍潜通。无情之物尚尔,何况为人终日在情色中做活计,一节须知。"丈夫只手把吴钩",吴钩乃古剑也,古有干将、莫邪、太阿、吴钩、鱼肠、躅蹮之名。言丈夫心肠如铁石,气概贯虹蜺,不免屈志于女人。
> 题起当时西楚霸王,姓项名籍,单名羽字。因秦始皇无道,南修五岭,北筑长城、东填大海,西建阿房,并吞六国,坑儒焚典。因与汉王刘邦,单名季字,时二人起兵,席卷三秦,灭了秦国,指鸿沟为界,平分天下。因用范增之谋,连败汉王七十二阵。只因宠着一个妇人,名唤虞姬,有倾城之色,载于军中,朝夕不离。一旦被韩信所败,夜走阴陵,为追兵所逼。霸王败向江东取救,因舍虞姬不得,又闻四面皆楚歌,事发,叹曰:"力拔山兮气盖世,时不利兮骓不逝。骓不逝兮可奈何?虞兮虞兮奈若何?"歌毕,泪下数行。

崇祯本《金瓶梅》将词话本第一回"景阳冈武松打虎　潘金莲嫌夫卖风月"改为"西门庆热结十兄弟　武二郎冷遇亲哥嫂"。从小说艺术的角度而言,这种改写是有道理的;但从"讲史"的角度而言,则词话本显然更为本色、深沉,更富于厚重的历史感。

第三节 《金瓶梅》三序跋

一、《金瓶梅》三序跋研究简述

……序跋问题。今存《新刻金瓶梅词话》前有三篇序跋：欣欣子序、廿公跋、东吴弄珠客序（慈眼堂本无廿公跋，后来的崇祯本、第一奇书本无欣欣子序）。许建平认为甲刻本《金瓶梅》无任何序跋，乙刻本《金瓶梅传》始有此三篇序跋。周钧韬、鲁歌认为初刻本有东吴弄珠客序，而无法断定是否有其他序跋。刘辉则明确认为初刻本有东吴弄珠客序而无其他序跋，"现存《新刻金瓶梅词话》……翻刻时加上了欣欣子序和廿公跋"。黄霖《〈金瓶梅〉原本无秽语说质疑》认为三篇序跋均为《金瓶梅》词话而作。邓瑞琼《再论〈金瓶梅词话〉的成书》却认为初刻本就有欣欣子序、廿公跋，《新刻金瓶梅词话》是其翻刻本，翻刻时加上了东吴弄珠客序。王利器《〈金瓶梅词话〉成书新证》认为是袁无涯初刻的《金瓶梅》词话，他在初刻时加上欣欣子序、廿公跋，所谓欣欣子、兰陵笑笑生等，均是袁无涯的化名，而廿公则是僧无念。徐恭时《白衣秀才在平湖》则认为东吴弄珠客乃董其昌。① 而刘孔伏、潘良炽《〈金瓶梅〉研究三题》认为东吴弄珠客是刘承禧。叶桂桐《〈金瓶梅〉版本研究商榷——兼致梅节先生》认为廿公跋在《金瓶梅》研究中至关重要，而廿公是鲁重民或其友人。他即以有无廿公跋作为崇祯本的分类标准，并认为"弄珠客序作于万历四十五年，廿公跋作于崇祯十四—十六年，而欣欣子序则作于清初"。②

叶按：《金瓶梅》三序跋是《金瓶梅》版本研究的重大疑难悬案。

《金瓶梅》三序跋的写作年代以及三者的内在关系乃是《金瓶梅》版本研究的重大问题，不仅直接关系到《新刻金瓶梅词话》与初刻本的关系问题，关系到崇祯本与词话本的关系问题，甚至于《金瓶梅》作者研究有着直接的关系。——学术界正有不少有识之士都认为从《金瓶梅》刻印、流播的角度来研究《金瓶梅》作者，乃是一条非常重要的途径。这一问题我在近三十年来的《金瓶梅》版本研究中，花费了很大的气力，终于有了比较大的突破，现在逐一叙述如下。

二、东吴弄珠客研究简述

魏子云最早认为东吴弄珠客是姚灵犀，朱传誉认为东吴弄珠客是冯梦龙，王利器认为是袁无涯。

---

① 徐恭时：《白衣秀才在平湖》，《上海师范大学学报》1990 年第 2 期。
② 吴敢：《金瓶梅研究史》，中州古籍出版社，2015 年版，第 128 页。

陈昌恒、朱传誉认为东吴弄珠客是冯梦龙。

徐恭时、张清吉、王平、杨国玉认为是董其昌，刘孔伏、潘良炽认为是刘承禧。

我认为冯梦龙、董其昌可能性更大。冯梦龙与初刻本关系密切，甚至有可能是"陋儒补以入刻"的五回的作者，是崇祯本《金瓶梅》的改编者，乃至评点者。董其昌不仅是抄本《金瓶梅》最早的拥有者，而且与其他抄本拥有者关系密切，与北京、山东、苏州、杭州有着特殊的关系。

叶按：关于东吴弄珠客序的作者问题，迄今为止并没有真正解决，因此这里仅作如上的简述。对这个问题，拟今后用专文加以叙述。

三、廿公跋研究概说

王利器认为廿公是僧无念：①

> 袁小修《游居柿录》于万历四十二年（1614）甲寅七月二十三日以后写道：
>
> > 袁无涯来，以新刻《卓吾批点水浒传》见遗，予病中草草视之。记万历壬辰（1592）夏中，李龙湖方居武昌朱邸，予往访之，正命僧常志钞写此书，逐字批点。……今日偶见此书，诸处与昔无大异，稍有增加耳。……往晤董太史思白，共说诸小说之佳者。思白曰："近有一小说名《金瓶梅》，极佳。"予私识之。后从中郎真州，见此书之半。……但《水浒》崇之则诲盗，此书诲淫，有名教之思者，何必务为新奇以惊愚而蠹俗乎！
>
> 嗣于当年九月初六以后写道：袁无涯作别，觅予诗文入梓。

袁无涯千里迢迢，由苏州西上公安，他是抱着两个目的而去的：一是将新刻的《水浒》赠给袁小修、杨定见、僧无念诸与协助将《李评水浒传》付梓有关的人；二是他知道袁小修手中有《金瓶梅》，特来请以入梓，这是他的主要目的。

刘延伯既然以元人杂剧二百多种借与臧懋循付梓，助人为乐，则以《金瓶梅》借与袁无涯刊行，固意料中事耳。袁无涯在把《金瓶梅》弄到手之后，于是又请无念作题跋，《金瓶梅》词话之"廿公跋"是也。寻《正字通》："廿音念。"顾炎武《金石文字记》："有曰'元祐辛未阳念五日题'，以'廿'为'念'，始见于此。"打从六朝以来，僧侣亦得称公，赵翼《陔余丛考》卷三十六《公》："方外亦有称公者，如远公、支公之类是也。"其在《忠义水浒传》第六回，即载五台山文殊智真长老与东京大相国寺智清禅师书札，即称智清为"清公"。若《金瓶梅》跋之"廿公书"，则袁无涯为之代署耳，积古尚无缁流自称为公者。当是时也，袁无涯既得刘氏藏书，又得无念题跋，一举两得，毫发无遗憾，可谓不虚此行矣。

---

① 王利器：《〈金瓶梅词话〉成书新证》，杜维沫、刘辉编《金瓶梅研究集》，齐鲁书社，1988年版，第1—16页。

梅节认为是袁中郎：

> 廿公书（**叶按**：即"廿公跋"）馆本在弄珠客序前,最早指"廿公"即袁石公者为清初丁耀亢,其《续金瓶梅后集》扉页题记云："金瓶梅一书借世说法,原非导淫,中郎序之详矣",即指此跋。其实当时文士多知此跋出于中郎笔。弄珠客丁巳序,就是针对此跋发议论,为中郎之"导淫"辩解。廿公跋在前应是正确次序。中郎殁于万历三十八年,三十七年小修赴京阙,已携有此书（尚缺中五回）。中郎之跋,疑即书于小修此本,故有"后世流行此书,功德无量矣"之预设语。万历末吴中刊行的应是这个文人改编本。后书林人士刊行艺人本《新刻金瓶梅词话》,其内部、弄珠客序均撮自第一代说散本。参拙作《新刻金瓶梅词话后出考》。①

陈昌恒先生以为是冯梦龙的化名。他认为《金瓶梅后集》的三篇序跋,欣欣子序、东吴弄珠客序、廿公跋都是冯梦龙一个人撰写的：

> 站在纯客观的立场上来称赞此书"盖为世戒,非为世劝",并且尖锐地批判了淫书论,认为读《金瓶梅》而生淫心,效法西门庆的人是禽兽,其罪过不在小说本身,而在读者自己鉴赏趣味低下。又因上述对《金瓶梅》持否定态度的人都属社会名流,特别是董其昌这个江苏松江府的大地主、大官僚。他以擅长书画而自命为社会名流,在政治上他巴结魏忠贤,垄断柴米市场,榨取农民和手工业者的血汗,以供自己挥霍无度。在道德上他实为一衣冠禽兽,62岁时看中了陆兆芳家的使女绿英,便指使他的儿子祖常带二百多名豪奴把绿英抢到家中,强迫她给自己作妾。在文学上他却以名流自居,当《金瓶梅》抄本刚在社会流传时,这个道貌岸然的伪君子第一个把《金瓶梅》说成淫书,并主张将这本书坚决烧毁,严禁在社会上流行此书。在这种情况下,仅以欣欣子、东吴弄珠客等小字辈来写序肯定《金瓶梅》说服力还不大,于是冯梦龙又借"廿公"之名来写跋语,"廿"读"念",即"无念"的意思。"廿公"即一位超然于世的长者,即是长者,则为嘉靖（世庙）时人。借"廿公"之名,以巨公的身份来为《金瓶梅》的作者和出版者正名,就可能使明代对《金瓶梅》的毁誉势力处于均衡状态,以促使这部奇书的流传。欣欣子、东吴弄珠客、廿公同为冯梦龙的化名,另一个重要事实便是这三篇叙文实为一个整体。把这三篇叙文联系起来看,我们可以发现除掉"欣欣子书于明贤里之轩""万历丁巳冬东吴弄珠客漫书于金阊道中""廿公书"等尾语外,这三篇叙文则完全可以视为一篇完整的评论《金瓶梅》的序文。欣欣子的《金瓶梅词话序》,重点论述的是有关《金瓶梅》的创作。序文认为这部奇书是作者"罄平日所蕴者",即取材于作者平素的生活积累;作者在反映人

---

① 梅节：《新刻金瓶梅词话后出考》,《新刻金瓶梅词话校读记》,北京图书馆出版社,2004年10月版。第3—4页。

们的现实生活时,侧重于写市井小人的日常生活琐事,特别是家庭中男女之间的夫妻生活;从写俗人、俗事、俗情出发,作者相应地采用明白易晓的俚语俗言作艺术传达媒介。东吴弄珠客的《金瓶梅序》,主要是谈对《金瓶梅》的鉴赏。序文首先指出《金瓶梅》具有极大的社会概括性:"借西门庆以描画世之大净,应伯爵以描世之小丑,诸淫妇以描世之丑婆净婆。"在此基础上指出对《金瓶梅》的鉴赏有四种态度,这四种态度或别与鉴赏主体的思想、素质与艺术修养有关。具有菩萨心肠的人,读了《金瓶梅》后会"生怜悯心";正人君子读了《金瓶梅》后会"生畏惧心";趣味低级的小人读了《金瓶梅》会"生欢喜心";禽兽不如的人读了《金瓶梅》后才会"生效法心"。序文肯定了君子对《金瓶梅》的鉴赏态度,有力地说明了正确的鉴赏会导致对《金瓶梅》的正确评价,而不正确的鉴赏就会歪曲作者的创作苦衷和作品所流露出来的客观思想倾向性,这就像一个无知少年在欣赏霸王夜宴时所得出的错误评价一样。序文的作者特拈出这个例子,主要是针对淫书论者而有所指的,其用意是颇为深刻的。"廿公跋"主要是肯定《金瓶梅》的创作立意及反映的生活内容未曾悖离经典的传统,因而作者的创作动机是"大慈悲"的,刊行者的功德是无量的,那种诋毁作者、诅咒刊行者的言论都是无知者的妄谈非议。通过上面的剖析,我们可以看到这三篇叙文所涉及的有关《金瓶梅》的三个方面的问题,构成了一篇完整的评论《金瓶梅》的文章,冯梦龙以三个化名将自己一分为三,目的是要形成对《金瓶梅》有利的社会舆论,为使这部奇书具有保存下来的社会环境,同时也是为了以假乱真,将自己遮掩起来。但是这三篇叙文的整体感及行文语气的一致性,却使我们在其字里行间里找到了冯梦龙这个"犹抱琵琶半遮面"的隐身人。

这里有必要再说明一点是,《金瓶梅词话序》开篇说:"窃谓兰陵笑笑生作《金瓶梅传》,寄意于时俗,盖有谓也。""廿公跋"开头说:"《金瓶梅传》,为世庙时一巨公寓言,盖有所刺也,然曲尽丑态。"这两文的开头乍看起来似乎相矛盾。但是如前所述,因为化名的身份不同,所以对作者的称谓自然有别。另外,冯梦龙既然要把一篇完整的评论文章一分为三,那么三篇叙文当然应有三个开头,这就必然避免不了行文上少许的抵触之处,所以魏子云先生才会有"廿公跋"是伪托的疑点。同时我们还应看到这两篇序文的内在联系,前云《金瓶梅传》是"寄意于时俗,盖有谓也",后云《金瓶梅传》,"盖有所刺",文气相通,内涵相近,实为一体,完全可能出自同一人之手。①

四、二十年来《金瓶梅》考证之检讨

1987年,我写过一篇《〈金瓶梅〉作者诸说分析》的文章,收在由我主编的《〈金瓶梅〉作者之谜》②一书中,当时被认为可能是《金瓶梅》作者的人数已逾三十。到现在,据说被认为可能是《金瓶梅》作者的人数已逾七十。我的文章印出之后的这十二年中,不断有友人将其

---

① 陈昌恒:《陈昌恒〈金瓶梅〉研究精选集》,台湾学生书局,2015年版,第22—25页。
② 叶桂桐:《〈金瓶梅〉作者之谜》,宁夏人民出版社,1988年5月版。

关于《金瓶梅》作者考证的专著、论文惠赠予我,客气地或礼节性地让我谈点意见;也时而有友人来信问及《金瓶梅》作者考证的进展情况、我对作者考证的新见解等。现将我所了解的有关情况、我对二十年来《金瓶梅》作者考证的看法、我认识到的《金瓶梅》作者考证的重要线索与途径等作一简要叙述,算作我对这些友人的公开回复,也借此向这些友人与海内外的专家学者请教。而这对于关心《金瓶梅》作者考证的读者,或正在进行《金瓶梅》作者考证的同行,或许是有益的。

(一)二十年来《金瓶梅》作者考证的回顾

正如我在《〈金瓶梅〉作者诸说分析》一文中所说,关于《金瓶梅》的作者,明代人多传闻之语,清代人多推测之词。《金瓶梅》作者的认真考证是上世纪以来,特别是近二十年来的事。

1978年实行改革开放以后,学术界中的若干禁区开始被打破了。1979年,《社会科学战线》杂志在第2、3、4期连续刊载了朱星先生关于《金瓶梅》考证的三篇文章,其中第二篇文章的题目就是《〈金瓶梅〉的作者究竟是谁》。1980年10月,百花文艺出版社出版了朱星先生的《金瓶梅考证》一书。

1979年第5期《复旦大学学报》刊载了黄霖先生的《〈金瓶梅〉原本无秽语说质疑——与朱星先生商榷》。1980年第4期《徐州师院学报》刊载了张远芬先生的《新发现的〈金瓶梅〉研究资料初探——兼与朱星先生商榷》。1982年第3期《徐州师院学报》又刊载了张远芬先生的《〈金瓶梅〉作者新证》,并于1984年1月由齐鲁书社出版了他的《金瓶梅新证》一书,考证《金瓶梅》作者是山东省峄县的贾三近。

1983年第3期《复旦大学学报》刊载了黄霖先生的《〈金瓶梅〉作者屠隆考》,考证《金瓶梅》的作者是浙江宁波(鄞县)的屠隆。人们很快就对《金瓶梅》作者贾三近说、屠隆说发表了自己的见解。与此同时,关于《金瓶梅》作者的新说不断涌现。《金瓶梅》作者考证的序幕拉开了。而与考证作者的同时,人们也对《金瓶梅》的成书年代、版本、思想、人物、艺术等展开了全方位的研究,《金瓶梅》研究的热潮兴起了。

到了1987年,也就是我写《〈金瓶梅〉作者诸说分析》的时候,被认为可能是《金瓶梅》作者的人数已逾三十。这三十多位《金瓶梅》作者候选人包括明、清时代人传闻、推测的作者在内,真正做过比较认真的考证的有姓名可考的主要有王世贞、李开先、贾三近、屠隆、汤显祖、梅国桢门客、李先芳、谢榛、刘守(刘九)等人。

王世贞说:关于王世贞作《金瓶梅》的传说很早,崇信者很多,只是20世纪30年代吴晗先生提出了较为有力的质疑。迨70年代末,如上所述,朱星先生又加以论证,而周钧韬先生又进一步加以阐发。

李开先说:最早由吴晓铃先生在中国社科院文学所编撰的《中国文学史》的注释中提出,而卜键先生有《〈金瓶梅〉作者李开先考》一书。

贾三近说:如上所述,由张远芬先生提出。

屠隆说:如上所述,由黄霖先生提出,后来又作过续考;台湾的魏子云先生,特别是宁波师范学院的郑闰先生,用力甚勤。

汤显祖说:由美国学者芮效卫先生提出,有《汤显祖作〈金瓶梅〉考》①。

梅国桢说:由美国学者马泰来先生提出②。

李先芳说:由叶桂桐、阎增山提出,见其所著《李先芳与〈金瓶梅〉》③。

谢榛说:由王莹、王连洲兄弟提出④。

刘守说:由戴鸿森先生提出⑤。

自我的《〈金瓶梅〉作者诸说分析》刊印以后,即1989年以来,除对上述诸说中提出的一些作者,有人又不断提出新的材料加以补充外,又不断有新的《金瓶梅》作者人选被提出来,这其中有专著、论文刊发且影响较大的,据笔者所知,主要有《金瓶梅》作者王稚登说、冯梦龙说、贾梦龙说、丁惟宁说。

王稚登说:由鲁歌、马征提出。二位有《〈金瓶梅〉作者王稚登考》⑥,内中开列了王稚登作《金瓶梅》的十三条论据,如"王稚登最先有《金瓶梅》抄本,而且是有抄本者之中唯一具有作者资格的人";"王稚登是古称'兰陵'的武进人","世传《金瓶梅》系'嘉靖间大名士''世庙时一巨公'所作","这也合于王稚登的身份",等等。

冯梦龙说:关于冯梦龙作《金瓶梅》的说法提出得较早,而且有多人有所阐述,我之所以把这一说法放在这里加以叙述,是因为1989年以后,我又见到了更为认真地对此说加以论述的一文、一书,这就是台湾朱传誉先生的《明清传播媒介研究——以金瓶梅为例》⑦一文,陈昌恒先生的《冯梦龙 金瓶梅 张竹坡》一书⑧。

贾梦龙说:由许志强先生提出⑨,认为山东峄县人贾梦龙具备写作《金瓶梅》的条件。

丁惟宁说:由张清吉先生提出⑩,认为《金瓶梅》作者应是山东诸城人,而丁耀亢的父亲丁惟宁具有写作《金瓶梅》的条件。

以上就是二十年来的《金瓶梅》作者考证的大体情况。

(二)正确评价二十年来的《金瓶梅》作者考证

二十年来的《金瓶梅》作者考证是由朱星先生开始的,考证的思路或思维方式也是由朱

---

① [美]芮效卫:《汤显祖创作〈金瓶梅〉考》,徐朔方编选校阅《金瓶梅西方论文集》,上海古籍出版社,1987年7月版。
② 马泰来:《麻城刘家和〈金瓶梅〉》,《中华文史论丛》1982年第一辑。
③ 叶桂桐、阎增山:《李先芳与〈金瓶梅〉》,宁夏人民出版社,1988年5月版。
④ 山东聊城《水浒》《金瓶梅》学会编:《金瓶梅作者之谜》,宁夏人民出版社,1988年5月版。
⑤ 戴鸿森:《我心目中〈金瓶梅词话〉的作者》,《读书》1985年第4期。
⑥ 鲁歌、马征:《〈金瓶梅〉及其作者探秘》,华岳文艺出版社,1989年12月版。
⑦ 朱传誉:《明清传播媒介研究——以金瓶梅为例》,1989年徐州国际《金瓶梅》学术讨论会论文。
⑧ 陈昌恒:《冯梦龙 金瓶梅 张竹坡》,武汉出版社,1994年版。
⑨ 许志强:《〈金瓶梅〉作者是贾梦龙》,《新华文摘》1991年第3期。
⑩ 李增坡主编:《丁耀亢研究——海峡两岸丁耀亢学术研讨会论文集》,中州古籍出版社,1998年版。

星先生确定的。

朱星先生在《〈金瓶梅〉的作者究竟是谁》一文中,依据沈德符在《万历野获编》中的那段话,总结了《金瓶梅》作者必须具备的一些条件(特别是"闻此为嘉靖间大名士"),依此来断定谁具备这些条件,然后进行考证。

尽管二十年来进行《金瓶梅》作者考证的学者由于各自的学养、经历、资料条件、治学方法等很不相同,因此在具体的考证过程中,情况也不尽一致,但从大部分学者的实际操作结果来看,实在并未真正超越朱星先生所确定的思维方式。这种思维方式,仍然有点先入为主的意思,颇有点胡适先生的"大胆假设,小心求证"的嫌疑。而且在具体的《金瓶梅》作者考证中,出现了下列一些情况:

1. 在考证之前所确定的那些《金瓶梅》作者所必须具备的条件,有些其实是需要进一步论证其是否可靠的,比如所谓"嘉靖间大名士"等。
2. 在材料使用时不仅时有"硬伤",而且颇多牵强附会之处。
3. 有的研究者甚至根本听不进不同意见,"自说自话"。
4. 有的研究者所据材料并不充分,却遽下肯定性结论,不留退路,言之凿凿,不可更易。
5. 结果,被论定为《金瓶梅》作者的队伍越来越长。

因此种种,人们便对《金瓶梅》作者考证颇为怀疑,产生了一种逆反心理,有人甚至对这种考证一概加以否定。

我以为人们对于《金瓶梅》作者考证的这种反映,是完全可以理解的。作为《金瓶梅》作者考证的学者来说,应该借此认真总结自己考证过程中的经验教训,尽量减少"硬伤",少一点牵强附会,既要敢于坚持真理,又要勇于修正错误,要敢于不断地超越自己,使自己不断进步,不要老停留在原来的水平上。

当然,我也不赞成那种对二十年来的《金瓶梅》作者考证一概否定的看法,实事求是地说,二十年来的《金瓶梅》作者考证,还是很有成绩的,这我们只要看一看现在人们对于《金瓶梅》作者的认识较之二十年前有了多大的进步,就很清楚了。尽管在《金瓶梅》作者考证中存在着很多问题,但成绩不可抹杀。我认为《金瓶梅》作者考证如上所述,开启了《金瓶梅》研究的热潮,带动或促进了与作者研究直接有关的一些基础研究,比如关于《金瓶梅》的成书年代、版本、方言、习俗等的研究。《金瓶梅》作者考证做出的贡献已经超越了作者研究的范围。事实上,几乎每一个新的《金瓶梅》作者候选人的提出,都为《金瓶梅》研究提供了新的资料,因为每一个新的作者的提出,考证者都要开列出一些"内证"与"外证"。这些作者候选人的确可能与《金瓶梅》的实际作者相去甚远,你可以不承认考证者的结论,但不应该拒绝接受考证者所提供的新的资料。比如,我在一开始将王莹、王连洲兄弟的关于《金瓶梅》作者为谢榛的论文收入我所主编的《金瓶梅作者之谜》一书中的时候,就不认为谢榛是《金瓶梅》的作者,我认为谢榛可能死于万历七年,《金瓶梅》中有谢榛去世以后的事情,但我以为王莹兄弟关于《金瓶梅》中的临清地名考证,对于《金瓶梅》研究是非常有价值的,因此我还是要将其论文收入书中。其他《金瓶梅》新作者的考证也大体如此,这里就不一一列举了。

不仅如此，我以为二十年来的《金瓶梅》作者考证，虽然离考出《金瓶梅》的真正作者还相去甚远，但应该承认我们对《金瓶梅》的作者的真面目的认识是越来越清楚了。二十年来的《金瓶梅》作者考证，使我们对哪些是《金瓶梅》作者考证的重要线索，对这些重要线索应该如何看待，都比二十年前更加清楚了。这对于我们今后的《金瓶梅》作者考证，无疑有着重要的意义。

(三)《金瓶梅》作者考证的重要线索

经过二十年来的《金瓶梅》作者考证的实践，我以为以下线索对《金瓶梅》作者考证，似乎更为重要，现逐一加以简要的介绍。

1. 沈德符

沈德符不仅拥有《金瓶梅》全抄本，是《金瓶梅》初刊本付刊过程的知情人，而且也应该是《金瓶梅》作者的知情人，他跟当时很多与《金瓶梅》有关系的人都有着这样那样的联系，因此他的确是《金瓶梅》作者考证的重要线索人物。他在《万历野获编》中的关于《金瓶梅》的那段话，是几百年来，特别是近二十年来《金瓶梅》作者考证中无人不予注意的，它引导着、范围着、也限制着《金瓶梅》的作者考证。（对于沈德符的这段话在《金瓶梅》作者考证中的功过，我下边还要谈到。）

2. 冯梦龙

我认为冯梦龙写作《金瓶梅》的可能性很小，但他却有可能是初刊本《金瓶梅》的刻印人，有可能是将词话本《金瓶梅》改写为崇祯本《金瓶梅》的人。他在泰昌版《新平妖传》的序言中化名陇西张无咎评价《金瓶梅》说："他如《玉娇丽》《金瓶梅》，如慧婢作夫人，只会记日用账簿，全不曾学得处分家政，效《水浒》而穷者也。"但在重印本《新平妖传》的序言中却化名楚黄张无咎评价《金瓶梅》说："他如《玉娇丽》《金瓶梅》，另辟幽蹊，曲终奏雅。然一方之言，一家之政，可谓奇书，无当巨览，其《水浒》之亚乎！"这种对《金瓶梅》评价的前后矛盾，颇有点令人费解。当然，就是这种矛盾，也仍然是重要线索。

又，不少人以为所谓"东吴弄珠客"就是冯梦龙的化名。我现在给大家介绍一条新的线索。通常我们所见到的东吴弄珠客的序言的末尾署名落款是"万历丁巳季冬东吴弄珠客漫书于金阊道中"。但已故的叶玉华先生在《王世贞撰写世情小说和明刻〈金瓶梅词话〉的差别》①一文中，说东吴弄珠客序言末尾的署名落款是"万历丁巳季冬东吴弄珠客漫书于金阊道中之划一庐"，即多了"划一庐"三个字。叶玉华先生言之凿凿，而且对"划一庐"三个字加以考证，可见其必有所据，但不知其何所据也，可以再作调查。

3. 袁无涯

以往人们对于袁无涯与《金瓶梅》的关系不大重视，但据王利器先生在《〈金瓶梅〉成书新证》②一文中考证，这个袁无涯跟《金瓶梅》关系十分密切。王利器先生引用了袁小修在

---

① 叶玉华：《王世贞撰写世情小说和明刻〈金瓶梅词话〉的差别》，《华东师范大学学报》1995年第1期。
② 杜维沫、刘辉编：《金瓶梅研究集》，齐鲁书社，1988年版。

《游居柿录》中万历四十二年(1614)甲寅七月二十三日以后写的一段话：

> 袁无涯来，以新刻《卓吾批点水浒传》见遗，予病中草草视之。记万历壬辰(1592)夏中，李龙湖方居武昌朱邸，予往访之，正命僧常志钞写此书，逐字批点。……今日偶见此书，诸处与昔无大异，稍有增加耳。……往晤董太史思白，共说诸小说之佳者。思白曰："近有一小说名《金瓶梅》，极佳。"予私识之。后从中郎真州，见此书之半。……但《水浒》崇之则诲盗，此书诲淫，有名教之思者，何必务为新奇以惊愚而蠹俗乎！

又引用了袁小修当年九月初六日以后写的一句话：

> 袁无涯作别，觅予诗文入梓。

王利器先生以为袁无涯去见袁小修，目的有二：一是送自己刻印的《水浒传》给袁小修；二是想从袁小修那里借《金瓶梅》抄本，以便刻印。但袁小修不同意，未给他。于是袁无涯就又取道麻城，从刘承禧那里借到《金瓶梅》抄本刻印了。王利器先生以为兰陵笑笑生就是袁无涯。王利器先生的结论是否确当，人们自可讨论。但王利器先生所引用的上述袁小修的话，的确很值得深思。

又，据王利器先生说，《金瓶梅》中用的《水浒》原文是"天都外臣"本，这个本子是百回本，无田、王二传，但《金瓶梅》词话开头就大书特书"那四寇：山东宋江，淮西王庆，河北田虎，江南方腊"，这是因为袁无涯刻了一百二十回本的《忠义水浒全传》，因之，这回由他订补的《金瓶梅》词话，就顺水推舟地捎带一下而为《忠义水浒全传》张目耳。这是很值得人们深思的。

4. 刘承禧

刘承禧是收藏家，手中拥有《金瓶梅》全抄本，又与梅国桢有姻亲关系，而如上所述，梅国桢门客被认为有写作《金瓶梅》的可能，因此，刘承禧实在也是《金瓶梅》作者考证中的重要线索人物。

5. 《新刻金瓶梅词话》"欣欣子"序、《山中一夕话》"三台山人"序、《遍地金》"哈哈道士"序

现存明清文献中，已知的述及"笑笑生""笑笑先生"的共有四处：除了《新刻金瓶梅词话》"欣欣子"序、《山中一夕话》"三台山人"序、《遍地金》"哈哈道士"序之外，还有一处，就在《花营锦阵》中。《花营锦阵》刊于1610年，是春宫画册，共有春宫画24幅，都配有曲词。其中第22幅画图所配的是一首《鱼游春水》词，署名"笑笑生"。24首词署了24个作者的名字：桃园主人、风月平章、秦楼客、南国学士、探春客、万花谷主、风流司马、忘机子、掌书仙、烟波钓叟、撷芳主人、醉月主人、五湖仙客、留香客、玉楼人、惜花人、方外司马、侠仙、醉仙、适适生、有情痴、笑笑生、花仙、司花史(吏)。很显然，这24个署名实际上是随意编造的。这也可

以证之于刊于 1606 年的另一种春宫画册《风流艳畅图》,其中也有 24 幅春宫画图,也配有诗词,署名也是如此。因此这里的"笑笑生"这一名字对于《金瓶梅》作者考证用处不大,可以不去管它。

下面就让我们来看一看另外的三位"笑笑生"与"笑笑先生"的情况。

《金瓶梅》词话"欣欣子"序:

> 窃谓兰陵笑笑生作金瓶梅传,寄意于时俗,盖有谓也。……吾友笑笑生为此,爰罄平日所蕴者,著斯传,凡一百回。其中语句新奇,脍炙人口,无非明人伦,戒淫奔,分淑慝,化善恶。知盛衰消长之机,取报应轮回之事,如在目前始终。如脉络贯通,如万系迎风而不乱也。使观者庶几可以哂而忘忧也。……此一传者,虽市井之常谈,闺房之碎语,使三尺童子闻之,如饫天浆而拔鲸牙,洞洞然易晓。虽不比古之集,理趣文墨,绰有可观。……

序末署名为:欣欣子书于明贤里之轩。

《山中一夕话》序:

> ……春光明媚,偶游勾曲,遇笑笑先生于茅山之阳。班荆道故,因出一编,盖本李卓吾先生所辑《开卷一笑》,删其陈腐,补其清新,凡宇宙间可喜可笑之事,《齐谐》游戏之文,无不备载,颜曰《山中一夕话》。予见之不禁鹊喜。……世之论卓吾者,每谓《藏书》不藏,《焚书》不焚,徒灾梨枣,讵意《藏书》《焚书》之外,复有如许妙辑。予固知勾曲茅山为洞天福地,此中多异人,人多异书。不谓邂逅得此。此书行世,行看传诵海宇,脍炙尘寰,笑柄横生,谈锋日炽,时游乐国,黼黻太平,不为无补于世。……

末尾署名为:三台山人题于欲静楼。

《遍地金》序:

> ……《遍地金》者,为笑笑先生之奇文而名也。……笑笑先生胸罗万卷,笔无纤尘,纵横古今,椎凿乾坤,举凡缺陷世界,不平之事,遗憾之情,发为奇文,登诸梨枣,传诵宇内,莫不作金石声。是先生之文,即大地之金也。《补天石》告成,继以是编,此《遍地金》之所由名耶。行看是书行世,纸贵洛阳,穷谷遐陬,无人不读先生之文,斯无地不睹先生之金。名曰《遍地金》,谁曰不宜?……

末尾署名为:哈哈道士题于三台山之欲静楼。

对上述引文稍作比较,我们不难看出,《山中一夕话》与《遍地金》的序言出于同一人之手,这不仅从其对笑笑先生的描述相似、用语的雷同中可以看出,而且从其末尾署名落款均在"欲静楼"这同一个地方,更可以得到进一步的证明。《山中一夕话》《遍地金》二书的序言中的"笑笑先生"与《新刻金瓶梅词话》"欣欣子"序中所形容的"兰陵笑笑生"也非常相似,而且《新刻金瓶梅词话》中引用了《山中一夕话》中的诗文。因此,《新刻金瓶梅词话》《山中一夕话》《遍地金》对于我们考证《金瓶梅》的作者,无疑是非常重要的线索。

当然,因为这三种书的刻印时间都没有真正弄清楚(对此,我下边还要论述),所以我们在使用这些材料时必须十分谨慎。

6. 丘志充

据谢肇淛《金瓶梅跋》记载:丘志充拥有《金瓶梅》抄本。又据沈德符《万历野获编》记载:丘志充手中还有《玉娇丽》一书,而《玉娇丽》也出于《金瓶梅》作者之手。因此,丘志充不失为《金瓶梅》作者考证的重要线索。

7. 丁耀亢

丁耀亢曾从拥有《金瓶梅》抄本的董其昌游,二人关系十分密切;丁耀亢与拥有《金瓶梅》抄本和《玉娇丽》抄本的丘志充的儿子丘石常不仅是同乡,而且情谊非常深厚;丁耀亢又是《续金瓶梅》的作者,因此丁耀亢自然也是考证《金瓶梅》作者的极为重要的线索。

(四)《金瓶梅》作者考证的重要途径与应当注意的问题

1. 从文学流播的角度来考证《金瓶梅》的作者

20世纪80年代中期,我在进行《金瓶梅》作者考证时,走的也基本上是朱星先生所设计的路子,不过也多少有些不同。我的想法是先确定出《金瓶梅》作者所必须具备的条件,再根据这些条件确定出《金瓶梅》作者的候选人,然后再在这些候选人中找出真正的作者。所以,当我与我的朋友阎增山在撰写《李先芳与〈金瓶梅〉》时,只是把李先芳作为一个《金瓶梅》作者的候选人,怀疑李先芳可能是《金瓶梅》的作者,因此,我们的书的名字不叫《〈金瓶梅〉作者李先芳考》,而叫作《李先芳与〈金瓶梅〉》。

当《李先芳与〈金瓶梅〉》出版以及我撰写的《〈金瓶梅〉作者诸说分析》刊印时,即1988年夏,我已经意识到这种《金瓶梅》作者的考证的思维方式有很大的局限性,因为不管我们把《金瓶梅》作者的候选人的范围确定得多么大,但谁都难以保证《金瓶梅》的作者一定就在这个范围之中。但到底应该如何进行才好,很不明确,甚至感到有些困惑。这时,我正在北京师大作国内访问学者,师从钟敬文、张紫晨两位先生学习民俗学与民间文学,手头作的一个题目是民间文学的流播。于是便很自然地想到从文学流播的角度来考证《金瓶梅》的作者。于是,我开始制定研究规划,首先是翻阅《明版刻综录》,然后到北师大、北大、北图、中央民族大学等图书馆翻阅明代的善本书,一是为了增加版本知识,二是为了作更为广泛的调查。

不久,即1989年夏,在江苏的徐州举行国际《金瓶梅》学术讨论会,我也去参加了。台湾的朱传誉先生虽然未到会,但却给大会提交了论文,题目是《明清传播媒介研究——以〈金瓶梅〉为例》。朱先生也是主张从文学传播的角度来考察《金瓶梅》的作者,这使我更加坚定了自己的信心。我这一段时间调查研究的结果是以为《山中一夕话》的序言的作者"三台山人"可能是出版商兼通俗文学作家的余象斗(详见我的博士论文《论金瓶梅》,存中国社会科学院研究生院)。

当然,我并没有说余象斗就是《金瓶梅》的作者,而只是想从余象斗这里突破,从而进一步追查《金瓶梅》的真正作者。

十年过去了。现在回过头来认真地想一想,明确地提出要从文学流播的角度来考证《金瓶梅》作者固然是朱传誉先生,但黄霖先生等虽然没有明确地提出这一问题,而他们的《金瓶梅》作者考证实际上不也是从这种角度来进行的吗?因此,我们可以说,二十年来的《金瓶梅》作者考证,使我们清楚地意识到,从文学流播的角度来进行《金瓶梅》作者考证,实在是一条重要的途径。

2. 对现存的文献资料认真加以考察,对以往的权威说法重新加以审视

二十年来的《金瓶梅》作者考证的实践,也使我们清醒地意识到,必须对现存的文献资料认真加以考察,必须对以往的权威说法重新加以审视。现将几种必须认真考察的重要文献资料以及必须重新审视的重要权威说法开列出来,并做简要地论述。

(1) 现存所谓"万历本"《新刻金瓶梅词话》的刻印时间与地点不清楚

目前,中外学术界多半称现在存世的台北"故宫博物院"、日本日光轮王寺慈眼堂、日本德山毛利氏栖息堂、日本京都大学附属图书馆(23回残本)等处所藏三种全本和一种残本《新刻金瓶梅词话》为"万历本"《金瓶梅》。其实,这几种《新刻金瓶梅词话》是否刻印于明万历年间,是颇有疑问的。事实上,这几种《新刻金瓶梅词话》的准确刻印时间我们并没有真正搞清楚。

现在真正搞清楚刻印时间的最早《金瓶梅》版本是崇祯本,崇祯本系统的《金瓶梅》版本中,有的版本可以确考为崇祯年间的刻本。这不仅有刻工的姓名可证,有为了避讳崇祯皇帝朱由检的名字而将"由"字刻为"繇"字、将"检"字刻为"简"字的证据,还有日本学者荒木猛通过对崇祯本《金瓶梅》的封面用纸的考证,从而"判明了崇祯本出版的书坊为杭州鲁重民"[①]这样的确证。

但是所谓"万历本"《新刻金瓶梅词话》,我们却缺少其刻印时间与地点的确凿证据:

第一,缺少崇祯本那样的刻印避讳证据。

学术界普遍认为《新刻金瓶梅词话》在刻印时没有任何避讳,只有鲁歌、马征二位先生以为该刻本后半部分将"花子由"的"由"字刻为"油"字,这证明其刻于天启年间(见其所著《〈金瓶梅〉及其作者探秘》)。我以为这种避讳方式比较少见。况且,如果刻印者已经是有意要避讳的话,那么他应该像崇祯本那样,连同"校"字一起避讳,但他却并没有那样做。因此,这并不能证明该刻本刻于天启年间。

第二,学术界普遍认为《新刻金瓶梅词话》早于崇祯本《金瓶梅》,最为重要的甚至被认为是铁证的是:北京大学图书馆藏本《新刻绣像批评金瓶梅》第九卷题作"新刻绣像批点金瓶梅词话卷之九";日本天理本,天津图书馆本,上海图书馆甲本、乙本第七卷题作"新刻金瓶

---

① [日]荒木猛:《关于〈新刻绣像批评金瓶梅〉(内阁文库藏本)的出版书肆》,黄霖、王国安编译《日本研究〈金瓶梅〉论文集》,齐鲁书社,1989年版。

梅词话卷之七";《新刻金瓶梅词话》刻错了的地方,崇祯本相沿而错。但人们却似乎忽视了一个重要问题,即《新刻金瓶梅词话》不一定是《金瓶梅》的初刻本。如果崇祯本《金瓶梅》早于现存本《新刻金瓶梅词话》,那不就是崇祯本错了,而词话本也相沿而错了吗?如果现存词话本一定早于崇祯本,崇祯本是据现存词话本改写而成,那么,据专家们考证,词话本第五十三、五十四两回文字与其前后文字脉络贯通,风格也较一致,而崇祯本的这两回却描写粗疏,与前后文风格亦不太一致,就崇祯本改写者所表现出的实际文字水平而言,他既然是据现存词话本进行改写,那就肯定不会越改越糟,至少会保留原来词话本的文字。

第三,《新刻金瓶梅词话》卷端为"欣欣子"序,序中开头就明确地说《金瓶梅》的作者是"兰陵笑笑生",但明清两代学者却没有一个人提到过这个"兰陵笑笑生",也没有人提到"欣欣子"的这篇序言,包括见到过初刻本《金瓶梅》的薛冈、沈德符,包括明确说明自己是依据词话本《金瓶梅》为前本作《续金瓶梅》的丁耀亢,包括评点批评《金瓶梅》而曾经对《金瓶梅》作者大发议论的张竹坡,都没有提到这篇"欣欣子"的序言和什么"兰陵笑笑生"。相反,薛冈却说他见到的初刻本《金瓶梅》的卷端有序,而那序正是东吴弄珠客的序;而为《续金瓶梅》作序的人,其序言中的口气也是针对东吴弄珠客的,而不是针对欣欣子的序言的。欣欣子的序言来路不明。

第四,据我考证,丁耀亢作《续金瓶梅》时所使用的词话本《金瓶梅》,卷端不仅没有欣欣子的序言,就连《新刻金瓶梅词话》开头的那四首[行香子]引词、四首"四贪诗"也没有。(详见拙作《从〈续金瓶梅〉看〈金瓶梅〉的版本与作者》)

第五,据郑振铎先生说,《新刻金瓶梅词话》是北方刻本。但如果这个刻本是初刻本,那么它应当刻于南方的苏州,而不会是什么北方刻本。可见,这个《新刻金瓶梅词话》的刻印地点也不清楚。

总而言之,现存所谓"万历本"《新刻金瓶梅词话》的刻印时间、地点,迄今为止,我们并没有真正搞清楚。

(2)抄本《金瓶梅》、初刊本《金瓶梅》、《新刻金瓶梅词话》、崇祯本《金瓶梅》之间的关系没有真正搞清楚

现存《新刻金瓶梅词话》是否是《金瓶梅》的初刻本?如果还有一种《金瓶梅》初刻本,那么,抄本《金瓶梅》、初刊本《金瓶梅》、《新刻金瓶梅词话》、崇祯本《金瓶梅》之间的关系是什么?很显然这与《金瓶梅》作者考证有着十分密切的关系。而迄今为止,学术界对这些问题的看法分歧很大。我对这个问题的看法如下:

在现存《新刻金瓶梅词话》之前有一种《金瓶梅》初刊本,刻于万历四十五年或稍后的一二年,它的名称就叫作《金瓶梅》词话,是以刘承禧所藏抄本为底本刻印的,但该抄本缺第五十三至五十七回,刻印者补以入刻。崇祯本系统的《金瓶梅》又有两种子系统,一是每页10行本,无廿公跋;一是每页11行本,有廿公跋。仅就系统而言,前者早于后者,但其最早刻本都刻于崇祯年间。第一种子系统以初刊本《金瓶梅》词话为底本,也可能参照过手抄本《金瓶梅》。第二种子系统以第一种子系统为底本,但参照过初刊本《金瓶梅》词话,甚至手抄本

《金瓶梅》。现存《新刻金瓶梅词话》刻于崇祯本第二种子系统之后,大约在清初才刻成,是以初刊本《金瓶梅》词话为底本,但也参照过手抄本《金瓶梅》,不仅其第五十三、五十四回不同于《金瓶梅》词话,而且加上了"欣欣子"序,收入了第二种崇祯本《金瓶梅》子系统中的廿公跋,加上了四首[行香子]词和四贪诗,当然还有其他不同。

现存《新刻金瓶梅词话》刻印较晚,对此,我在写于1988年而刊载于1989年第2期《吉林大学学报》的《从〈续金瓶梅〉看〈金瓶梅〉的版本与作者》中就已经表述过。后来见到香港的梅节先生也持此种见解。这种见解所遇到的最为有力的驳难是:如果《新刻金瓶梅词话》晚于崇祯本系统的《金瓶梅》,那么,在崇祯本系统的《金瓶梅》中,为什么会在卷题中出现"金瓶梅词话"甚至"新刻金瓶梅词话"这样的卷题?崇祯本系统的《金瓶梅》中出现"新刻金瓶梅词话"这样的卷题,是崇祯本系统《金瓶梅》参照过《新刻金瓶梅词话》,因而也晚于《新刻金瓶梅词话》的铁证!

我也曾一度相信这是铁证,但后来经过认真比较,才发现其实这并非是铁证,而只是孤证。崇祯本《金瓶梅》与"词话本"《金瓶梅》是两种不同系统的《金瓶梅》,在崇祯本系统的《金瓶梅》卷题中出现"词话"字样,这可以说是反常;但在整个崇祯本系统的卷题中都出现过"词话",这又成了正常;只有上海图书馆藏本等个别版本卷题中出现"新刻金瓶梅词话",则其中的"词话"二字正常,"新刻"二字也正常,因为整个崇祯本系统都有"新刻"二字,不过是以将"新刻"与"绣像批评"连在一起为正常,而将"新刻"与"金瓶梅词话"直接相连是反常,是孤证。我以为这个所谓的"铁证"只不过是这种本子的刻工在刻第七卷卷题时,漏刻了"绣像批评"四个字,即将"新刻绣像批评金瓶梅词话"刻成了"新刻金瓶梅词话"。

《新刻金瓶梅词话》刻成于清初,所以它也就难以流传。我向来不大赞成台湾魏子云先生将《金瓶梅》视为政治影射小说的观点,但《新刻金瓶梅词话》刻成于清初,则不管刻印者有意还是无意,它却的确成了影射政治、讥讽现实的小说了:奸臣误国,导致了金人(清人)南侵。所以清代崇祯本与"词话本"《金瓶梅》都不怎么流传,只有"第一奇书本"独领风骚,那是因为"第一奇书本"《金瓶梅》把《金瓶梅》中那些太刺清人眼睛的词儿都做了修改,比如将"虏患"改为"边患",将"夷狄"改为"边境",将"匈奴"改为"阴山",将"突厥"改为"河东",等等。丁耀亢作《续金瓶梅》,正因为书中有这些太刺清人眼睛的词儿,就坐了一百多天监狱,差一点丢了性命;而后来的刻印者不得不将《续金瓶梅》改为《金屋梦》《隔帘花影》,并像张竹坡一样,去掉或者改换那些太刺清人眼睛的字眼。了解了这些情况,《新刻金瓶梅词话》的不能广为流传,则思过半矣。当然,这是个非常复杂的问题,不是几句话能讲清楚的,笔者将用专文加以论述。

(3)《山中一夕话》《遍地金》的刻印时间也未真正搞清楚

黄霖先生考证《金瓶梅》的作者为屠隆,其重要证据就是依据《山中一夕话》与《遍地金》的序言。他认为这两种书都是明代刻本。他先见到的《山中一夕话》是北京大学图书馆藏本,这个藏本我也见了,但却著录为清代刻本。后来他又见到过中山大学图书馆藏本,为石渠阁本,但《中山大学图书馆善本书目》题解定为"清初梅墅石渠阁刻本",而且在"笑笑先生"前也加上"清"字。据说,这是根据墨色、纸质等来判断的。除了北京大学图书馆藏本《山中一夕话》之外,我也见到过中央民族大学图书馆所藏的两种版本的《山中一夕话》,一为民国年间的排印本,价值不大;另一种就是王利器先生著录过的本子。对于这个本子王先生著录甚详,以为是明代刻本,可以参见①。中央民族大学图书馆也著录为明代刻本。有一次,台湾的魏子云先生也对我说,《山中一夕话》刻于明天启年间。

据我所知见,无论是中央民族大学的藏本,还是北京大学的藏本,《山中一夕话》都由两部分组成,前一部分用的都是《开卷一笑》的旧版,后一部分的内容两种本子不同。前一部分的《开卷一笑》中,"编校""校阅"的"校"字均作"较",这有可能是为了避讳天启皇帝朱由校的名字。但如果确实是这样,那么《开卷一笑》则是天启刻本,而此时,李卓吾已经死去十八九年,屠隆也已经死去十五六年,怎么可能再编辑这本《开卷一笑》呢?《山中一夕话》是用《开卷一笑》的旧版又加以扩充而成,是否刻于天启年间,并没有确凿的证据。其是否真是明代刻本,还需要加以考察。

为了人们考察方便起见,现提供一点线索:中央民族大学图书馆藏《山中一夕话》扉页的第二页在"中央民族大学图书馆藏"印章之下,还有四枚私人印章,当为原藏书人的印章,如果藏书人是得到该书后即加盖的,似可作为考证该书刻印的时间。这四枚印章有三枚是篆体阳文,为:黄天玺印,玉辛,鹤琴;一枚是篆体阴文,为:少棠。(我用的是拍照的相片,字迹不是太清楚,辨认得不一定准确,可以复审。)

如果说《山中一夕话》的刻印时间还需要进一步考察的话,那么《遍地金》的刻印时间问题更大。

据说《遍地金》只有大连图书馆有藏本,我没有见到过。据欧阳健先生著录,"是书实割裂《五色石》之前半部而成,且即用其印版而篡易之"。而且还说,"回后总评皆删,而文中夹批仍在。故知所谓笑笑先生'《补天石》先成,继以是编',乃书坊之假托耳"。②

《补天石》北京大学图书馆有藏本,我也未曾寓目,据欧阳健先生介绍说,"此书实割裂《五色石》之后半部而成,且倒易其次第"。③

既然《遍地金》与《补天石》都是割裂《五色石》而成书,那么我们看看《五色石》是怎么回事。《五色石》八卷,题"笔炼阁编述",其自序署名为"笔炼阁主人题于白云深处"。学术界多以为"笔炼阁主人"即清人徐述夔,徐为清康熙乾隆年间人。不过,大连图书馆编辑之《明清小说序跋选》则以为"笔炼阁"似非徐述夔。

丁锡根编辑的《中国历代小说序跋集》在《五色石序》前加了按语,也以为《遍地金》《补天石》为割裂《五色石》而成。

---

① 杜维沫、刘辉:《金瓶梅研究集》,齐鲁书社,1988年版。
② 江苏省社科院明清小说研究中心、江苏省社科院文学研究所编:《中国通俗小说总目提要》,中国文联出版公司,1990年版。
③ 江苏省社科院明清小说研究中心、江苏省社科院文学研究所编:《中国通俗小说总目提要》,中国文联出版公司,1990年版。

黄霖先生根据《五色石》中的八个故事开头叙述故事的时间得出结论说：

> 这八个故事有以下几点可引起我们的注意：一、没有演述清代的故事。二、讲前朝故事时都加以"唐""宋""元"朝代名。三、演明代故事均无"明"字而直写年号。显然，这是明人的口气。再检书中内容，似也无入清的痕迹。故我认为，《遍地金》的作者，也即《山中一夕话》的增订校阅者，实为明人。①

黄霖先生的推论不无道理，但却缺乏版本依据，而现存版本则与其推论相左。

(4)"兰陵笑笑生"来历不明

兰陵笑笑生是我们二十年来的《金瓶梅》作者考证的最主要对象，特别是"兰陵"二字，甚至成了判断某人是否具备《金瓶梅》作者资格的重要依据。但这位"兰陵笑笑生"只出现在《新刻金瓶梅词话》的"欣欣子"序言之中，而如上所述，《新刻金瓶梅词话》的刻印时间、地点都还未真正搞清楚，明清时期，特别是明末清初那些与《金瓶梅》发生密切关系的人，居然没有一个人提到过，所以我以为这个"兰陵笑笑生"来历不明。

(5)"大名士"说殊可怀疑

沈德符在谈到《金瓶梅》的作者时说"闻此为嘉靖间大名士手笔，指斥时事，如蔡京父子则指分宜，林灵素则指陶仲文，朱则指陆炳，其他各有所属云"。因为沈德符是《金瓶梅》的知情人，所以他的话具有很大的权威性，我们二十年来的《金瓶梅》作者考证，几乎没有人不奉为圭臬的，可以毫不夸张地说，"大名士"说影响、围范、限制、左右了我们的二十年《金瓶梅》作者考证。

但《金瓶梅》作者到底是否具备"大名士"的资格呢？这是殊可怀疑的。

王利器先生在《〈金瓶梅词话〉成书新证》②一文中专门有一节《〈金瓶梅词话〉为嘉靖间大名士手笔辨》，来考证《金瓶梅》的作者是否是大名士。据王先生考证《金瓶梅》作者不知"蜜脾"为"蜂房"，在引用《水浒》中原有的诗歌时竟改为"蜜甜"，"不仅点金成铁，而且还走了韵，若此落韵之诗，而云'为大名士手笔'，其谁信之！"又说《金瓶梅》作者"把《水浒传》之[鹧鸪天]词，妄改为七言律诗，而尚名之曰[鹧鸪天]，如果出于'大名士手笔'，不会连诗词都分不清楚的。并且重出'情深''深情''溺爱''爱阔'等字眼，全然不懂律诗规格。词不是词，诗不像诗，如此恶札，而亦为'大名士手笔'乎？想来沈氏亦不敢置信，故云'闻此'。'闻此'云者，指所闻为不根之谈，亦'疑以传疑'之意云耳。然则《金瓶梅》词话，当亦出自书会中人之手耳。以此，在书中保存着许多说唱话本的家风，如留文之使用，即其一也。"

我在《金瓶梅》作者考证过程中，也曾一度笃信沈氏的"大名士"说，但细审《金瓶梅》词话的文字，又颇感疑惑。于是，我在1990年、1991年临清和长春两次全国《金瓶梅》讨论会

---

① 黄霖：《〈金瓶梅〉作者屠隆考》，《复旦大学学报》1984年第5期。
② 杜维沫、刘辉：《金瓶梅研究集》，齐鲁书社，1988年版。

上发言说:"我们现在与其这样争论《金瓶梅》作者是否是'大名士',还不如坐下来,认真地考证一下《金瓶梅》作者到底读过哪些书,这样倒可以判定其是否具备'大名士'的资格。"当然,正如严羽所说"诗有别才,非关书也;诗有别趣,非关理也"。通俗小说作家未必是饱学之士,饱学之士未必能写出优秀的通俗小说。但"大名士"则不然,他必须读过一定数量和一定质量的书。通过对《金瓶梅》作者所读书目的考察,可以比较清楚地判定其到底是否是"大名士"。

通过以上叙述,不难看出,我们二十年来的《金瓶梅》作者考证是在怎样的基础上进行的。如果仅从作者考证的角度而言,我以为我们实际上可以说是沙上建塔,我们的很多推论正是建立在很不牢固的基础之上。我们对上述跟《金瓶梅》作者考证密切相关的重大问题尚且未弄清楚,就想得出令人信服的结论,这怎么可能呢? 己之昏昏,岂能使人昭昭?

3. 古典文学研究要引进现代化科技手段

上面我说到与《金瓶梅》研究相关的若干文献典籍的刻印时间、地点(书坊)与版本情况,我们迄今为止还没有搞清楚。由于种种原因,这些问题要真正搞清楚,单在文献范围中搞清楚是很困难的。因此,我在八九年前的临清全国《金瓶梅》学术讨论会上就呼吁,为了解决研究中的一些重要难题,我们应该引进现代化的科技手段。这一想法是这样产生的:为了弄清《新刻金瓶梅词话》的刻印时间与书坊,我曾经到北京琉璃厂去向人请教,他们对我说,你把刻本拿给个别老先生看看,或者有可能。但现在这样的老先生已经不多了,何况你又拿不来版本,怎么行呢? 我又向老师启功先生请教。我说:"启先生,明代的书坊,都有自己的写工,因此各书坊所刻印的书字迹不同,能不能通过现存刻本字迹的比较来判别该书是哪个书坊刻印的?"启先生笑着说:"我没有这个本事,恐怕公安局都未必能真正做到。"我又向北京师大化学系的先生请教,我说:"如果把台北'故宫博物院'藏的《新刻金瓶梅词话》和现存的当时一些书坊刻印的书进行纸张比较,能否准确地判别出它是哪个书坊刻印的?"他说:"判别这本书与另外一些书的用纸是否相同,这对我们来说是很容易的事儿,根本用不着破坏这些书,只要对这些书进行紫外线光谱分析就可以了。"我又向当时国务院自动化办公系统设计的总工程师请教,问他:"过去各书坊刻书写工不同,字迹也不同,给你一些书,能否用电脑通过对字迹进行分析,准确地搞清楚某本书是哪个书坊刻印的?"他说:"可以做到,不过这种程序你编不了,而且要有不少的经费,你能弄到吗?"我办不到,但他总算给了我一个比较满意的回答。

十年过去了。现在电脑普及了,玩电脑的人多了,懂电脑的人也多了,大概我的想法有实现的可能了。

4. 努力发掘新资料

凡是参与《金瓶梅》作者考证的人,以及关心这个问题的人,几乎都认为《金瓶梅》作者的确定还需要靠新资料的发现。但也有人断言:《金瓶梅》的作者原本就不想让人知道书的作者是谁,现在四百年过去了,更不可能再有新的资料发现了。这恐怕有点过于悲观了吧!

台湾的朱传誉先生说:"没有公开的明清史料还很多,有待我们继续努力。"①朱先生的话是不错的。

在国内的《金瓶梅》研究未免处于冷寂的时候,1999年4月20—22日,在山东省的临清市召开了"山东省《金瓶梅》文化委员会成立"大会。山东省诸城市的李增坡、张清吉同志参加了大会。如上所述,诸城与《金瓶梅》关系十分密切,那里也有人在考证《金瓶梅》的作者,因此与会的同志很想知道他们近来在做些什么工作。他们说他们正在努力发掘明清时期的资料,虽然还没有发现与《金瓶梅》直接有关的资料,但却发现明末清初与丁耀亢同被称为"诸城十才子"而诗名远过于丁氏的李澄中的手稿,另外还有几种。据他们说,诸城民间仍然有不少明清时期人的资料没有公开,他们正在努力发掘。

诸城如此,别的地方也是如此。我们应该努力加以发掘!

(五)结语:当务之急是倡导一下"汉学"

检视一部中国古代学术史,就治学方法而论,大抵无非是"汉学"与"宋学"两种样式。比较理想的状态当然是"汉""宋"并举,但事实上很难做到。历史总是在二律背反中前进的。"汉学"发展到极致,则以"宋学"纠其弊;"宋学"发展到极致,则用"汉学"以正之。鉴古可以知今。我们现在的中青年学者多半采用"宋学"方法治学,用"汉学"方法治学的比较少。用"宋学"又多半缺乏"宋学"那种宏伟气魄与开创新体系的本事,不乏的是贩卖西方货色的商贾。虽云商贾,又缺少西门庆那样的大商人的魄力,而不乏李三、黄四,甚至韩道国之类的角色,不敢买下整个西方世界的"金沙",装入中国的八卦炉中,烧炼出新的金丹,所以也算不上真正的"宋学家"。《金瓶梅》作者考证原本是"汉学"的营生,操此术者,乾嘉学人可谓达到了极致,至少可说是为我们树立了光辉的榜样,但我们却缺乏乾嘉学人的根底与实事求是的作风,多半是空对空导弹,而缺少地对空导弹,因此那考证便不免捉襟见肘,时露破绽。

由《金瓶梅》作者考证而推及我们的文学史研究与编写,我以为那情形正十分相似。最近,新编的文学史著作亦不算少,那成就也相当可观,但多半是用"宋学"方式,以新颖的见解取胜,而少有"汉学"式的突破。比如,像《孔雀东南飞》这样划时代的名作,几乎没有一种新编的文学史不是沿用旧说,即将其视为乐府歌诗,并在此基础之上再生发议论,殊不知明清学人已经对此提出质疑,以为它不是乐府歌诗,而是一种民间演唱。据笔者考证,实际上《孔雀东南飞》不过是文人赋。类似情况正多,用不着一一列举。

历史的经验值得注意,如无"宋学"的导引,"汉学"会迷失方向;而无"汉学"作为根基,则"宋学"势必流于空泛的议论。"汉""宋"总是在相互为用中进步。我们现在不少中青年学者喜欢用"宋学"方式治学,而又不能真正建构起中国式的文学评价体系,原因固多,但缺乏"汉学"的根柢,则不能不是原因之一。所以我以为我们现在固然需要"宋学",但当务之

---

① 朱传誉:《无心插柳》,载周钧韬、鲁歌主编《我与〈金瓶梅〉——海峡两岸学人自述》,成都出版社,1991年版。

急是要倡导一下"汉学",这不仅是以其济"宋学"之穷,而且是使"宋学"得以真正建立起来。我们二十年来的《金瓶梅》作者考证的最大经验教训,不在于我们没有考证出《金瓶梅》的真正作者,而在于这一过程检阅出了我们的"汉学"的根柢的薄弱。

二十年《金瓶梅》作者考证的实践,其意义远远超出了《金瓶梅》作者考证本身,超出了《金瓶梅》研究,其中的经验教训,不仅适用于整个古典文学研究,而且也适用于整个中国人文社会科学研究。这就是二十年来的《金瓶梅》作者考证的真正的价值。

附记:

此文完成于1997年秋,原载《聊城师范学院学报(哲学社会科学版)》2001年第1期。这正是《金瓶梅》研究的低潮时期,作者考证的没有突破,让研究者感到沉闷,但绝不沮丧。认真总结,从头再来。我开始重新阅读以往所收集到的所有资料。正是在这个过程中,我重新阅读了日本学者荒木猛先生的《关于〈新刻绣像批评金瓶梅〉(内阁文库藏本)的出版书肆》。读完之后,我就如同触电一样,感到震惊。请让我们一起来阅读这篇发人深思的妙文吧。

五、荒木猛——《关于〈新刻绣像批评金瓶梅〉(内阁文库藏本)的出版书肆》摘录

这次前往两处阅览的笔者目睹了事实之后,确信以往关于这两种本子是同版的说法,同时还发现了内阁文库本中极有兴味和深意的情况。在内阁文库本中,从前应该依次有封面、东吴弄珠客序、廿公跋和五十页一百幅图等,但这些据说在疏散时的忙乱之中遗失了。现存的就是除这些之外的全部正文二百回,分成二十册线装。在这里,所谓笔者的发现,就是指现存的这二十册本子,将不知印于何时的书页的有字的一面反折在里面后作为封皮。今将这类以往人们所不注意的东西发表之际,谨请博雅之士予以指教。这是因为东大本没有这种情况。另外,由于印字的一面被贴上一张白纸,所以不能直接地看清楚下面的印刷物,而只能透过这些困难地看到印刷物上的字,我想透过上面看这些印刷物的话,或许能找到什么线索,故试将这些印刷物中我认为有特征的部分择录于下:

第一册下面	曹因墓铭 ……………………………………	1
第二册下面	逸品绎函目录卷之 ……………………………	2
第三册上面	孟子 ……………………………………………	3
下面	春秋大全二十卷 ………………………………	4
第五册上面	悉补邱鲁心印　中庸 …………………………	5
下面	论种麦奏　董仲舒 ……………………………	6
第六册上面	论语 ……………………………………………	7
第七册上面	书函　上书类　下卷六十五	
	与张大理　丘时可 ……………………………	8
第八册上面	启函　侯问启　上卷七十一 …………………	9

下面	论语序 ……………………………	10
第九册上面	(印有《左传》的一部分) …………	11
下面	读古文 六卷 汉书 ……………	12
第十册上面	子函 淮南子精神训 三卷九十四 ……	13
下面	……藻文止类 西湖鲁重民孔式纂 ……	14
第十一册上面	两汉鸿文 卷十一 书十四 ………	15
下面	孟子 ……………………………	16
第十二册下面	易经大全 ………………………	17
第十三册下面	中庸二卷 ………………………	18
第十四册上面	论语一卷 ………………………	19
第十五册上面	论语八卷 ………………………	20
下面	孟子四卷 ………………………	21
第十六册上面	十三经类语卷之三豫章 罗万 藻文止类两湖鲁(以下阙) ………	22
第十七册上面	孟子五卷 ………………………	23
第十八册下面	□古文四卷 西汉文 ……………	24

(注:上述表中,□部分表示印刷不清楚的字。又,旁线部分表示印在鱼尾处的。阿拉伯数字是笔者为方便起见而编号的。)

那么,原来这些印刷物的情况大致是怎样的呢?我想有以下两种情况吧:Ⅰ.因为一旦装订成的封皮后来变得破烂不堪,后世就有谁把这类印刷物再去折成反面后换做封皮。Ⅱ.理当为出版书肆在装订时,将自己作坊内那些因印得粗劣而不用的废纸作为封皮的。由于我认为这两种印刷物中说法中的第Ⅰ种说法正像后文要说明的那样难以成立,故这里就立足于第Ⅰ种说法试作如下分析。于是,在这里可以得到比较明确的线索,即第2号的《逸品绎函》(以下接着编号目录同时都写上书名)与第22号《十三经类语》二书,同这内阁本《金瓶梅》当是同一书肆的出版物。再翻开《内阁文库汉籍分类目录》一看,就判明该库藏有称作《八品函》的一书,其中一部分即第2号《逸品绎函》,同时也藏有两种《十三经类语》。我立刻将此两书取出翻阅。先看《八品函》一书,全书十九册。其中第一册至第三册是诗函,第四、五册是赋函,第六、七册是文函,第八、九册是书函,第十、十一册为四六函(题签虽如此记载,但翻开里面却是启函),第十二册至第十五册为史函,第十六册至第十八册为子函,最后第十九册称为逸函。各函的卷首有陈仁锡的序言和目录。其书就内容、形式的不同,各函分别收录了一些古今名文。显然这是元明以来大量出版的通俗类书中的一种。而将这本书同那些《金瓶梅》用作封皮用的印刷物相对照,则正好完全一致。其第2部分正是《八品函》第十九册的目录开头。同时,第8部分在同书的第九册,第9部分在同书的第八册,第13部分为同书的第十八册,都能各自找到相合的篇章。再看两部《十三经类语》,都是全十四卷,分装成七册,这里与署名何兆圣编的《十三经序论选》一卷一册合起来共为八册。《十三经类语》是罗万藻编,鲁重民注,并有崇祯十三年的序。它将十三经按内容分成一百三十四类后编录,也像是通俗性的读物。与《八品函》一样,将作为《金瓶梅》封皮的印刷物同这部书对照的话,也可以明白:其第14部分正与此书第五册卷三立教类一部分完全一致,又第22部分也为同页的一部分。于是可以判明:《金瓶梅》封皮的一部分是使用了印刷《八品函》与《十三经类语》多余下来的废纸。

在《八品函》中见到的陈仁锡,《明史》卷二八八《文苑传》有他的传。据此,其字为明卿,父允坚,也是进士,他虽在天启二年进士而后为翰林院编修,但因顶撞魏忠贤而一时被罢官。到改元为崇祯时复官,出山后官至南京国子监祭酒。爱好著述。在《东大东洋文化研究所汉籍目录》中,著有他名字的书,这包括他自己的著述和在他人之书上写有评语的,实际上可共举出三十二种之多。现在不想在此不厌其烦地将他的作品一一列出,其中也恐怕有书贾为了便于销售而冒用他名字的作品。《四库全书总目提要》(以下将此略称为《四库提要》)卷二十三《重订古周礼》六卷①条,一面说这部书的作者是陈仁锡,一面又作出了如下的结论:"其注释多剽窃朱申句解,体例尤为猥杂,殆庸劣坊贾托名,未必真出仁锡也。"除此之外,《四库提要》还著录了作为他的著作共十种:卷八《系辞十篇书》十卷②、《易经颂》十二卷③,卷三十七《四书考》二十八卷④、卷六十五《文品赤函》四卷⑤,卷九十六《性理综要》二十二卷⑥、《性理标题汇要》二十二卷⑦,卷百七十四《苏文奇赏》五十卷⑧,卷首九十三《古文奇赏》的二十二卷、《续奇赏》三十四卷、《三续奇赏》二十六卷、《明文奇赏》四十卷⑨,同卷还有《古文汇编》二百三十六卷⑩。这里第⑤种《文品赤函》四卷大概与他的《八品函》中的《史函》部分一致,非但书名相似,而且卷数也同。众所周知,清朝政府为动员大量的学者给《四库全书》写提要而征集全国的书籍是开始于乾隆三十七年(1772)。当时那些写有对清政府不适合的书被处理掉的当然有相当数量,但尽管如此,除了通俗小说等外,还是在相当广泛的范围内周全地收集了各种本子,因此,《四库提要》是一部查阅书籍在乾隆年间是否已不存或仍通行的可以信赖的书目。如果前面所说的《史品赤函》相当于《八品函》中的一部分的话,那么就以《四库提要》中仅仅著录《史品赤函》的事实来看,不正是很好地说明了明亡百二十年后这段时间内,《八品函》已成为稀觏的本子,意味着不大可能再见到《史品赤函》之外的东西了吗?但现在的问题是,作为内阁文库本封皮的印刷物恰恰没有《史函》部分,而如前所见的也使用了《书函》《子函》《启函》《逸函》各部分。这就可以说明笔者在前面考虑的情况是符合实际的,即很难想象这些《金瓶梅》的封皮是后世人用整本书来替换成的。接着我们看罗方藻这个人物。他的传记在《明史》卷二八八艾南英传中也可以看到。据此,知其字文止,江西人,天启七年举人,福王时官上杭县知县。《四库提要》卷百三十八《十三经类语》和卷百八十《此观堂集》条说,他与同乡艾南英、章世纯、陈阮泰一起主持豫章社,世称"江西四家",为人恬淡无欲。关于何兆圣,还没有找到什么头绪。剩下的就有鲁重民一人。《四库提要》卷百三十八《十三经类语》条中提到鲁民重,这大概是鲁重民的误笔吧。翻开《东大东洋文化研究所汉籍目录》,作为鲁重民编纂的书籍,除了《十三经类语》外,还提到了以下一种:

  《官制备考》二卷,明李日华撰,明鲁重民补订,崇祯元年武林鲁氏刊本,四六全书之一。

于此可以清楚地看到:鲁重民与明末杭州经营出版业的书肆名字是统一的。再查《京大人文研汉籍目录》,也有《十三经类语》十四卷(景印岫庐现藏罕传善本丛刊本)外,还载有《舆图摘要》十五卷,明李日华撰,明鲁重民补订(四六全书之一),因而于此可以判明:鲁重民是一个至少刊印过《十三经类语》《舆图摘要》《官制备考》这三种书的明末杭州书贾。从李日华的著作于此出版来加以考察,那么也可判明他与李日华(1565—1635)有着某种关系。而且,此人恐怕正是内阁本《金瓶梅》的刊行者,而其刊行的年代当在明代气运将尽的崇祯十三年之后不远。

郑振铎氏曾经根据崇祯本所附二百幅图画上所著的刘应祖、刘启先、洪国良、黄子立、黄汝燿的刻工名字,察见崇祯本刊行的年代为崇祯年间和刊行的地点为杭州。这种见解与现在笔者的调查完全一致。这里就更加感到郑氏目光的敏锐。

判明了崇祯本出版的书坊为杭州鲁重民的之后,恐怕也有助于明确将词话本改成崇祯本是谁的问题。魏子云氏认为"万历本"中到处可见的山东方言删改成南方人易懂的本子。显然,郑氏这种一般性地发表的意见是否正确,今后据"万历本"与崇祯本细校之后作出分析时,也许能得到确认。

1983 年 4 月(函馆大学)
(原载 1983 年 6 月《东方》)

六、论《金瓶梅》"廿公跋"的作者当为鲁重民或其友人

所谓"万历本"《新刻金瓶梅词话》卷首有三篇序(跋)言,这就是"欣欣子"序、"廿公跋"、"东吴弄珠客"序。其中"廿公跋"最短,只有 95 个字("廿公书"三字不计)。但这短短的跋语,无论对于理解崇祯本系统《金瓶梅》各版本之间的关系、崇祯本与"词话本"之间的关系,还是对于《金瓶梅》作者研究等重大问题,都是关键之一。因此有必要加以认真研究。关于《金瓶梅》三篇序言之间的关系问题,我在拙作《论"万历本"〈新刻金瓶梅词话〉刻于清顺治年间——兼论〈金瓶梅〉三序跋之内在关系》①中,已经作过阐述,但因为不是专门谈"廿公跋",所以有些问题没有涉及,有些问题虽然涉及了,但只是提了一下,未加论述。现将这些问题一并加以论述。

(一) 目前学术界关于"廿公跋"的评价与认识

从现藏日本内阁文库本《新刻绣像批评金瓶梅》卷首收录"廿公跋"算起,到现在为止,至少有三百五十多年了,但关于"廿公跋"的研究评价却是近几十年来的事情。近几十年来,

---

① 待刊。

伴随着《金瓶梅》作者考证以及整个《金瓶梅》研究的深入,学术界对于"廿公跋"也进行了研究,研究结果大致如下:

1. 普遍认为"廿公跋"与"欣欣子"序、"东吴弄珠客"序都写于明万历年间。关于这三篇序跋之间的关系,主要有两种见解:

第一,认为"欣欣子"序与"弄珠客序"观点不同,此说以吉林大学王汝梅先生为代表。王先生未涉及"廿公跋",但从其上下文可以推知,王先生是认为"廿公跋"与"弄珠客序"的观点一致的,所以崇祯本只删观点不同的"欣欣子"序,而不删"廿公跋"。①

第二,认为《金瓶梅》三篇序跋是一个统一的整体,这以台湾的魏子云先生和华中师大的陈昌恒先生为代表。魏先生说:"读《金瓶梅》词话中的三篇序跋,虽'廿公'之篇有伪托之嫌,但这三篇叙文,必是该书的作者的友人或共商酌之作,或无疑问。"②

陈昌恒先生说:"通过上面的剖析,我们可以看到这三篇叙文所涉及的有关《金瓶梅》的三个方面的问题,构成了一篇完整的评论《金瓶梅》的文章,冯梦龙以三个化名将自己一分为三,目的是要形成对《金瓶梅》有利的社会舆论,为使这部奇书具有保存下来的社会环境,同时也是为了以假乱真,将自己遮掩起来。但是这三篇序文的整体感及行文语气的一致性,却使我们在字里行间找到了冯梦龙这个'犹抱琵琶半遮面'的隐身人。"③

2. 关于《金瓶梅》三篇序跋的作者,主要有两种见解:第一,认为这三篇叙文出于一个人之手,如上述陈昌恒先生。第二,认为三篇序跋出之三个人之手,而且对这三个作者都有所推测。"欣欣子""弄珠客"姑且不说,关于"廿公",王利器先生以为"廿公"是僧无念④,鲁歌、马征先生以为"廿公"是王稚登的第一挚友曹子念⑤。

(二)"廿公跋"的矛头是指向"弄珠客序"的

为了便于读者阅读,我们把这篇"廿公跋"引录出来:

> 《金瓶梅传》,为世庙时一巨公寓言,盖有所刺也。然曲尽人间丑态,其亦先师不删"郑卫"之旨乎!中间处处埋伏因果,作者亦大慈悲矣。今后流行此书,功德无量矣。不知者竟目为淫书,不惟不知作者之旨,并亦冤却流行者之心矣。特为白之。廿公书。

关于"廿公跋"与"弄珠客序"之关系,我在上述拙作中已经说过,"廿公跋"的矛头是直接指向"弄珠客序"的,是投向"弄珠客序"的利剑,是讨伐"弄珠客序"的檄文。对此,读者自可参看。唯我在该文中,把"廿公跋"的第一句话当作该序的中心论点,后来仔细琢磨,觉得不够准确,现在加以纠正。

---

① 王汝梅:《金瓶梅探索》,吉林大学出版社,1990年版,第52—53页。
② 魏子云:《〈金瓶梅〉的序跋》,《金瓶梅探原》,台湾巨流图书公司,1979年版,第178页。
③ 陈昌恒:《冯梦龙 金瓶梅 张竹坡》,武汉出版社,1994年版,第29页。
④ 王利器:《〈金瓶梅词话〉成书新证》,载杜维沫、刘辉编《金瓶梅研究集》,齐鲁书社,1988年版,第9页。
⑤ 鲁歌、马征:《〈金瓶梅〉及其作者探秘》,华岳文艺出版社,1989年版,第64页。

"廿公跋"的中心论点应是:《金瓶梅》非淫书也。第一句话,是引起,也从两个方面对中心论点加以阐述:第一,这是世庙时一巨公寓言,虽不免有点拉大旗作虎皮之嫌,但却是为《金瓶梅》张本;第二,"盖有所刺也",即有为而作。第二句话"然曲尽人间丑态,其亦先师不删郑卫之旨乎",这是用孔子不删"郑卫",来说明《金瓶梅》虽有"郑卫",但不是淫书;第三句话"中间处处埋伏因果,作者亦大慈悲矣",是从作品与作者角度论证《金瓶梅》不是淫书;第四句话"今后流行此书,功德无量矣",主要是从刻印出售角度说,《金瓶梅》既然不是淫书,流行者也功德无量;第五句话"不知者竟目为淫书,不惟不知作者之旨,并亦冤却流行者之心矣",这是反驳《金瓶梅》是淫书的观点;第六句话"特为白之",是为作者与流行者辩白。

"廿公跋"的《金瓶梅》非淫书说是针对"弄珠客"《金瓶梅》是"秽书"的中心论点而立论的。(关于"弄珠客"的观点,详见上述拙作《论"万历本"〈新刻金瓶梅词话〉刻于清顺治年间》,在此不再赘述。)

(三)"廿公跋"最早见于内阁文库本《新刻绣像批评金瓶梅》

"廿公跋"既见于《新刻金瓶梅词话》,也见之于以日本内阁文库藏本为代表的崇祯本《金瓶梅》,但《新刻金瓶梅词话》的刻印时间不清楚,不能作为依据,所以要考察"廿公跋"的最早出处,只能从崇祯本系统中加以考察。

众所周知,崇祯本系统的《金瓶梅》又可以大别为两个子系统:一是每半页 10 行,每行 22 字,无"廿公跋",这一系统本以通州王孝慈藏本最为有代表性,但如今下落不明,只能以现北京大学图书馆藏本为代表;二是每半页 11 行,每行 28 字,有"廿公跋",这一系统以日本内阁文库藏本为代表。可见,"廿公跋"只见于第二种崇祯本系统的《金瓶梅》中。

这种系统的《金瓶梅》明清时期的藏本,有三种:一是首都图书馆藏本(原为孔德学校图书馆所藏),一是日本内阁文库藏本,一是日本东洋文化研究社藏本。日本的这两个藏本为同版,而且东洋文化研究社藏本"廿公跋"已佚,所以以内阁文库藏本为代表,就可以了。那么,只要考察一下内阁文库本与中国首都图书馆藏本谁早谁晚就可以了。对此,台湾的魏子云先生和复旦大学的黄霖先生已经做过比较:

> 最近魏子云先生将首图本第一页书影与内阁本相勘后,认为内阁本"印刷清晰",首图本"极其漫漶","光凭这一点,亦足以判定(首图本)后印"。这是正确的。但魏先生在这里尚稍有疏忽,认为两书是"同一版式的刻本",首图本只是"后印"而已。实际上,首图本根本是一种将内阁本简陋化后的后刻本。……近有友人在首都图书馆翻阅此书后来告说,据其版刻,似乎为道光以后所出,我颇信之。①

既然如此,那么"廿公跋"最早见之于内阁文库本《金瓶梅》。

---

① 黄霖:《关于〈金瓶梅〉崇祯本的若干问题》,载中国金瓶梅学会编《金瓶梅学刊》(试刊号),1989 年 6 月版,第 81—82 页。

(四)"廿公跋"写于崇祯末年(约崇祯十四年—十六年)

日本学者荒木猛先生对内阁文库本《新刻绣像批评金瓶梅》进行了认真考察,得出了令人信服的结论。①

原来,这一刻本装订为20册,其封面是用该书肆刻印的别的书的废书页折叠起来的,根据这些废书页,可以断定该书肆为杭州鲁重民的书肆。

内阁文库本《新刻绣像批评金瓶梅》即为鲁重民所刻印。而那些用作封面的废书页,其中一种是该书肆刻印的《十三经类语》一书的,而《十三经类语》一书序言的署名落款时间是崇祯十三年(1640)。《新刻绣像批评金瓶梅》当然刻于其后。假定《十三经类语》刻于崇祯十三年,那么《新刻绣像批评金瓶梅》当刻于崇祯十四—十六年。因为崇祯十七年,也就是顺治元年,而"廿公跋"云"《金瓶梅传》,为世庙时一巨公寓言",显然是明人的口气,因此《新刻绣像批评金瓶梅》(内阁文库本)当刻于崇祯十四年—十六年(1641—1643),"廿公跋"亦写于此时。

(五)"廿公跋"出于鲁重民或其友人之手

内阁文库本《金瓶梅》与第一种崇祯本系统的《金瓶梅》相较,主要有三方面的不同:一是改变了版式,即将原来的每半页10行,每行22字,变为每半页11行,每行28字,这就使每页的容量增加了将近三分之一,全书的页码减少了将近三分之一,这样可以节约纸张,降低成本;二是个别评语有所改动;三是增加了"廿公跋"。

我在上述拙作《论"万历本"〈新刻金瓶梅词话〉刻于清顺治年间》中,对这篇"廿公跋"从人们对《金瓶梅》认识评价的历史的角度,给予了较高的评价,但如果就刻印者增加此跋语的目的而言,则恐怕主要是在为自己刻印《金瓶梅》辩白、张本,很有点广告的意味。

现在我们就来探讨这篇"廿公跋"的作者。

这种内阁文库本《金瓶梅》是杭州书商鲁重民所刻,增加的这篇"廿公跋"就出于鲁重民之手的可能性极大。

关于这位鲁重民,我手头没有关于他的生平行事的资料,只知道他是一位明末的杭州书商,他至少刻印过《十三经类语》《舆图摘要》《官制备考》等书②。又,《四库全书总目提要》在《十三经类语》条,提到过这位鲁重民。为了对其人有所了解,我现在就把这段文字引录如下:

> 旧本题罗万藻编。万藻字文止,江西人,天启丁卯举人。福王时官上杭知县。唐王僭号于福建,擢为礼部主事。未几卒。古文至今时文家称曰"罗仪部"。《明史·文苑传》附见艾南英传中。是书因坊本《五经类语》,更取《十三经》广之,分为一百三十四类。杭州鲁民重又为之注。按万藻虽仅以时文名家,而所学具有原本。其时文幽渺谐

---

① [日]荒木猛:《关于〈新刻绣像批评金瓶梅〉(内阁文库藏本)的出版书肆》,载黄霖、王安国编译《日本研究〈金瓶梅〉论文集》,齐鲁书社,1989年版,第130—138页。

② [日]荒木猛:《关于〈新刻绣像批评金瓶梅〉(内阁文库藏本)的出版书肆》,载黄霖、王安国编译:《日本研究〈金瓶梅〉论文集》,齐鲁书社,1989年版,第130—138页。

深,纯以意运,决不用此□□之功。况其时张溥与张采立复社,艾南英与章世纯、陈际泰及罗万藻立豫章社。会南英选刻时文,涂乙过当,众所诟,乃取己及三人之文亦分合作摘谬二例,涂乙其半,刊以示众。溥等因以离间其交,世纯、际泰皆为所动,而万藻恬于名誉,独不从溥。今此书之首乃有溥序,与当日情事大为乖剌。殆民重托称万藻,籍豫章社之名以行,又伪撰溥序,籍复社之名以取重。总之,坊贾之伎俩而已。①

按:这段文字中的"鲁民重"为"鲁重民"之误刻。从上述这段文字的叙述,我们已经不难看出鲁重民的作派。他刻印《金瓶梅》,为了牟利起见,也为了为自己辩白,于是在《金瓶梅》卷首加上了"廿公跋"。

鲁重民为《十三经类语》作过注,也为李日华所撰而由他刻印的《舆图摘要》作过补订(四六全书之一)②,可见他具有一定的文字功底,完全有能力撰写"廿公跋"。再从"廿公跋"的书贾口气来看,我以为"廿公跋"就出于鲁重民之手。当然,也不应完全排除鲁重民请其友人或者在其书坊刻印书籍的文人代写"廿公跋"的可能性。

荒木猛先生说:"从李日华的著作于此出版来加以考察,那么也可判明他(按:指鲁重民)与李日华(1565—1635)有着某种关系。而且,此人恐怕正是内阁本《金瓶梅》的刊行者,而其刊行的年代当在明代气运将尽的崇祯十三年之后不远。"③

我以为内阁文库本《金瓶梅》的刊行者不会是李日华,而是鲁重民,因为李日华死于崇祯九年,而且李日华认为《金瓶梅》是淫书,不会去刊行它。这有李日华的日记可证:

> 万历四十三年十一月五日,沈伯远携其伯景倩所藏《金瓶梅》小说来,大抵市诨之极秽者耳,而锋焰远逊《水浒传》。袁中郎极口赞之,亦好奇之过。④

按:景倩为沈德符的字。

李日华对《金瓶梅》的评价与"廿公跋"大相径庭,倒很像"弄珠客序"对《金瓶梅》的评价。因此,我以为李日华刊行《金瓶梅》的可能性很小。

(六) 尚待解决的问题

1. 关于鲁重民的生平行事,所知甚少,估计杭州可能会有这方面的材料,待日后调查。
2. 将内阁文库本《金瓶梅》的评语与北京大学图书馆藏本《新刻绣像批评金瓶梅》的评语加以比勘。但因为我手头无内阁文库本《新刻绣像批评金瓶梅》的影印件,所以暂时难以

---

① 《四库全书总目提要》,中华书局1965年版,第1174页。
② [日]荒木猛:《关于〈新刻绣像批评金瓶梅〉(内阁文库藏本)的出版书肆》,载黄霖、王安国编译:《日本研究〈金瓶梅〉论文集》,齐鲁书社,1989年版,第130—138页。
③ [日]荒木猛:《关于〈新刻绣像批评金瓶梅〉(内阁文库藏本)的出版书肆》,载黄霖、王安国编译:《日本研究〈金瓶梅〉论文集》,齐鲁书社,1989年版,第130—138页。
④ 李日华:《味水轩日记》,转引自朱一玄编:《金瓶梅资料汇编》,南开大学出版社,1985年版,第193页。

进行,待日后进行。

七、中国文学史上的大骗局　大闹剧　大悲剧——《金瓶梅》版本作者新论

引言

毫无疑问,无论在中国文学史上还是在世界文学史上,《金瓶梅》都称得上是具有界碑意义的伟大作品。关于这部伟大作品的作者,现在中外出版的各种《金瓶梅》版本(包括译本)几乎毫无例外的都印上了兰陵笑笑生著,兰陵笑笑生似乎已经获得了《金瓶梅》当然的著作权。但是,说兰陵笑笑生是《金瓶梅》的作者,这不过是三百多年前一位书商搞的一个大骗局,兰陵笑笑生不是《金瓶梅》的作者,他不过是《新刻金瓶梅词话》的编校者。现存所谓的"万历本"《新刻金瓶梅词话》(藏台北"故宫博物院"一种,日本两种全本和一个残本),也不是什么"万历本",它其实刻于清初。

三百多年前这位书商在其所刻印的《新刻金瓶梅词话》的卷端加上了一篇"欣欣子序",序中说兰陵笑笑生是《金瓶梅》的作者,这不过是为了赢利的目的,自我标榜,这也是明末清初书商们惯用的伎俩,本不足为怪,他制造这个大骗局的目的最多也不过是"欺世",即骗骗当时的读者,他其实并不想欺骗后世的人,也万万没有想到会欺骗后世的人。但是这个骗局却大大地欺骗了三百年后的《金瓶梅》研究者,他们对兰陵笑笑生是《金瓶梅》的作者这一骗局信以为真,花大气力来考证这位兰陵笑笑生,专著继出,论文更是连篇累牍,人们为"兰陵"究属何地争论不休,为兰陵笑笑生究为何人争得脸红脖子粗,几乎挥动老拳,熙熙攘攘,整整热闹了二十年,演出了一场大闹剧。而这大闹剧的演出是有着深刻的社会文化背景的,是20世纪中国学术界抛弃传统的"汉学"精神、鄙视基础研究的直接结果。演出了历时二十年的大闹剧,这已经够不幸了,而在演出中又出现了那么多令人哭笑不得的"硬伤",这实在可以称得上是中国学术史上的一场大悲剧。

我们现在就来揭穿这个中国文学史上的大骗局,结束这场大闹剧,并逐渐停演这场学术史上的大悲剧。

(一)《金瓶梅》版本新论

我们现在要揭穿《金瓶梅》的大骗局,就要讨论《金瓶梅》的版本,而这不能不从头说起,即从《金瓶梅》手抄本说起。

1. 手抄本《金瓶梅》

关于手抄本《金瓶梅》,我在拙作《〈金瓶梅〉抄本考》[①]与《〈金瓶梅〉卷帙与版本之谜》[②]

---

① 叶桂桐:《〈金瓶梅〉抄本考》,《文学遗产》1998年第3期。
② 叶桂桐:《〈金瓶梅〉卷帙与版本之谜》,载中国金瓶梅学会主编:《金瓶梅研究》第六辑,知识出版社,1999年版。

中,曾经阐述过我的看法,现把主要观点叙述如下:

在上述拙作中我的结论是《金瓶梅》早期抄本拥有者计12人,他们是:王世贞、徐文贞、刘承禧、袁中道、沈德符、王肯堂、董其昌、袁宏道、谢肇淛、丘志充、王百谷、文在兹。

虽然不止一个人记述过王世贞手中拥有《金瓶梅》全抄本,但其实记述人均未见过,因此可以不论。余下的11人手中的抄本,就其传抄关系而言,大体上可以分为三种子系统,现在分别加以叙述。

第一种子系统为:徐文贞、刘承禧、沈德符、董其昌、袁宏道、谢肇淛、丘志充。

在这个子系统中,拥有所谓"全抄本"的四个人手中的抄本关系是:

徐文贞→刘承禧→袁中道→沈德符

拥有不全抄本的四个人手中的抄本,谢肇淛的抄本来自丘志充和袁宏道,而袁宏道又抄自董其昌。

这个抄本子系统的"全抄本"也好,不全抄本也罢,正是谢肇淛所说的"为卷二十"的系统。

第二种子系统为:王肯堂、王百谷。

记述这种子系统抄本的是屠本畯,他没有说明这种子系统抄本的卷数,但却说:"书帙与《水浒传》相埒。"

第三种子系统为文在兹。

记述这种子系统抄本的是薛冈,他亦未曾说明其卷帙情况。

下面我们来探究一下这三种子系统抄本之间的关系。

薛冈记述的文在兹的抄本,即第三种子系统的抄本,正同于初刊本《金瓶梅》,而初刊本《金瓶梅》是以第一种子系统的抄本为底本刊印的(详见拙作《〈金瓶梅〉抄本考》)。所以这第三种子系统的抄本实在正与第一种子系统抄本相同,亦应为二十卷本。

第二种子系统抄本由王肯堂与王百谷抄本组成。王百谷的抄本与丘志充的抄本均为《金瓶梅》后半部抄本,其间之关系难以明了。但王肯堂抄本则与董其昌、文在兹手中的抄本关系密切:

第一,三种抄本均为《金瓶梅》前半部之抄本。

第二,王肯堂的抄本与董其昌的抄本,卷帙相当。

第三,王肯堂与董其昌为同年进士,时为万历十七年(1589),董其昌为二甲第一名,王肯堂为三甲第一百八十四名,又一同被选为庶吉士(王肯堂为庶吉士第一),进了翰林院。而且王肯堂与董其昌情深意笃,交往密切。

文在兹为万历二十九年(1601)进士,也被选为庶吉士,进了翰林院。薛冈正是于文在兹供职翰林院时见到其手中的《金瓶梅》抄本的。

我们现在虽然还没有这三人抄本之关系的确凿记载,但由上述三点,我们似不难推断王肯堂之抄本与董其昌、文在兹手中抄本同为一个系统的抄本,即亦为二十卷本。

因此,我以为,《金瓶梅》早期抄本说到底,实为同一系统抄本,即均为二十卷本。

2. 初刊本《金瓶梅》

关于现在存世的《新刻金瓶梅词话》(台北"故宫博物院"一种,日本日光轮王寺慈眼堂一种、德山毛利氏栖息堂一种、京都大学附属图书馆残本)是否为《金瓶梅》初刊本问题。

众所周知,目前海内外学术界聚讼纷纭,莫衷一是,但归结起来不外两种意见:一种意见认为《新刻金瓶梅词话》就是《金瓶梅》初刊本;一种意见认为它只是初刊本的翻刻本,即为《金瓶梅》第二代词话本。

我在拙作《〈金瓶梅〉抄本考》《从〈续金瓶梅〉看〈金瓶梅〉的版本与作者》①等文章中,已经阐述过我的看法,即现在存世的上述《新刻金瓶梅词话》为初刊本《金瓶梅》之翻刻本,为第二代词话本。

不但可以确认在现存《新刻金瓶梅词话》之前,的确有一种词话本《金瓶梅》刻印过,而且可以对其大致情形加以勾勒:

第一,这个初刊本《金瓶梅》是词话本。这不仅有崇祯本系统《金瓶梅》卷题七、九可以作证,有崇祯本根据我近十年来对《金瓶梅》版本的研究,并吸收海内外诸位学者在这方面的研究成果,我以为我们系统的《金瓶梅》中绝大部分内容与词话本相同(甚至错误之处亦相同)可以作证,还有丁耀亢《续金瓶梅后集凡例》可以作证:

> 小说类有诗词,前集名为词话,多用旧曲,今因题附以新词,参入正论,较之他作,颇多佳句,不至有套腐鄙俚之病。

而我在上边提到的拙作《从〈续金瓶梅〉看〈金瓶梅〉的版本与作者》一文中,已经论证过丁氏所谓的"前集",并不是现存《新刻金瓶梅词话》本。

第二,初刊本《金瓶梅》是以刘承禧系统抄本为底本刻印的(详见拙作《〈金瓶梅〉抄本考》),它是二十卷本,而非十卷本。

第三,初刊本《金瓶梅》的名称当为《金瓶梅》词话,这有崇祯本系统的《金瓶梅》卷题七、九可证,另有明代崇祯二年己巳(1629)西湖碧山卧樵纂辑的《幽怪诗谭》卷首的听石居士所写的《小引》可证:

> ……其余或仙或禅,或茗或酒,或美人或剑客,以幽怪之致与诸家相掩映者,不可殚述,而总之以百回小说作七十家之语。不观夫李温陵赏《水浒》《西游》,汤临川赏《金瓶梅》词话乎!②

---

① 叶桂桐:《从〈续金瓶梅〉看〈金瓶梅〉的版本与作者》,《吉林大学学报》1989年第2期。
② 吴晓铃:《〈金瓶梅词话〉最初刊本问题》,载吉林大学中国文化研究所编《金瓶梅艺术世界》,吉林大学出版社,1991年版,第3页。

第四，初刊本《金瓶梅》就是沈德符在《万历野获编》中所说的"吴中悬之国门"的刻本。其刻印时间为万历四十五年(1617)，这不仅有"弄珠客"的序言可证，有沈德符"未几，而吴中悬之国门"可证，还有薛冈的话可证。

初刊本《金瓶梅》卷端只有"东吴弄珠客序"，而无欣欣子序、廿公跋，也没有开头的四首[行香子]引词和四贪诗。(详见拙作《从〈续金瓶梅〉看〈金瓶梅〉的版本与作者》)

3. 崇祯本《金瓶梅》

崇祯本有两种子系统，第一种子系统即每半页10行，每行22字，无廿公跋的系统，这种系统以通州王氏藏本为最善、最早，可惜今已不知下落，现存者当以北京大学图书馆所藏《新刻绣像批评金瓶梅》为代表；第二种子系统，即每半页11行，每行28字，有廿公跋的系统，这种系统以日本内阁文库藏本为代表。多年从事过崇祯本系统研究的黄霖先生与王汝梅先生都认为，崇祯本第一种子系统早于第二种子系统。他们的结论都是通过对崇祯本系统内部各种版本的校勘对比得出的。

关于这两种子系统的崇祯本《金瓶梅》刻印的先后，我现在再作些补充论证：

北京大学藏本《新刻绣像批评金瓶梅》第四十六回是第十卷的开始，本应作"第十卷"，但却刻作"新刻绣像批评金瓶梅卷之九"。天津图书馆藏本、上海图书馆藏本、日本天理图书馆藏本也是如此，唯内阁文库本及首都图书馆藏本才印作"第十卷"。

北京大学藏本《新刻绣像批评金瓶梅》第七十六回应是第十六卷之起始，但却印作"新刻绣像批评金瓶梅卷之十五"；上海图书馆藏乙本亦如此，而其馆藏甲本则印作"新刻绣像批评金瓶梅之十"。内阁文库本及首都图书馆藏本方印作"卷之十六"。

北京大学藏本《新刻绣像批评金瓶梅》第五十一回应为第十一卷之开始，按惯例应刻作"新刻绣像批评金瓶梅卷之十一"，但它却漏掉了"之十一"这个卷数，似乎刻印者不知此处应为多少卷。内阁文库本方补上了"之十一"这个卷数。内阁文库本后出，所以改正了前者的错误。

关于以内阁文库本为代表的崇祯本《金瓶梅》，我下面还要具体加以论证。

4. 现存所谓"万历本"《新刻金瓶梅词话》

关于现存所谓"万历本"《新刻金瓶梅词话》，我现在要加以论证的是：《新刻金瓶梅词话》，不是刻于明万历年间，而是刻于清顺治年间或康熙初年。

(1)《新刻金瓶梅词话》的刻印年代是要害

众所周知，最早的《新刻金瓶梅词话》现在存世的共有三种全本(个别缺页不计)和一种残本。这些藏本除一种全本现存中国台北"故宫博物院"之外，其余几种均在日本。目前中外学术界普遍认为上述几种早期《新刻金瓶梅词话》为同版，只是印刷时间不同。对于这几种藏本的刻印年代，学者们曾作过版本鉴定：郑振铎先生以为台北"故宫博物院"藏本是"万历间的北方刻本,白绵纸印"①;日本学者长泽规矩也据字样推定日本慈眼堂藏本为崇祯年间刻本。② 大多数学者以为上述这几种早期藏本是"万历本",个别学者以为可能是天启年间的刻本,而没有一个人不认为它们是明代刻本的。但我却认为《新刻金瓶梅词话》当刻于清初的顺治年间或康熙初年。对此,我们不能不作认真的考证。

《新刻金瓶梅词话》刻印年代的上限是明万历四十五年(1617),因为该书卷端的东吴弄珠客序题署的时间就是这一年;其下限不会晚于清康熙四十七年(1708),因为日本德山毛利氏藏本就在这一年被著录于书目之中了。这一时段跨度较大,要考证其具体年代,我以为应该从《新刻金瓶梅词话》与崇祯本《金瓶梅》之间的关系入手。

(2)《新刻金瓶梅词话》与崇祯本《金瓶梅》之关系

关于《新刻金瓶梅词话》与崇祯本《金瓶梅》之关系,以往的中外学者都以为后者是据前者改写的。对此,20世纪50年代,美国的韩南博士曾提出异议③,此后中国学者也有人提出过异议,但都拿不出可靠的依据或者语焉不详。80年代末,我曾经写过一篇《从〈续金瓶梅〉看〈金瓶梅〉的版本与作者》,刊于《吉林大学学报》1989年第2期,已经透露过我的看法,即《新刻金瓶梅词话》的刻印时间比较晚,但具体晚到什么时间没有弄清楚。而正在此时,香港的梅节先生对此问题的研究却有了令人瞩目的成就。④

梅节先生通过对《新刻金瓶梅词话》与崇祯本《金瓶梅》的反复校勘对比得出结论,认为《新刻金瓶梅词话》晚于崇祯本《金瓶梅》。他最重要的论据是认为《新刻金瓶梅词话》中有很多"重文",这些"重文"来自"崇祯本"《金瓶梅》,是刻印时校入的。如:

> (王婆将金莲卖给武二,得了一百两身价钱,寻思要落他大半),他家大娘子身(只)交我发脱,又没和我定价钱。我今胡乱与他一二十两银子满纂的就是了。绑着鬼也落他多一半养家。(第八十七回)

"满纂的"为北方方言,意为"满顶了",崇祯本改写者怕读者不懂,改为"就是了"。《新刻金瓶梅词话》却都采用了,造成语意重复,是谓"重文"。

另一种"重文"是,按《新刻金瓶梅词话》之通例是一事一赞,但其第二十八回开头写西门庆与潘金莲淫乐却同时用了词和诗,这首词即来自崇祯本《金瓶梅》。又如:

---

① 郑振铎:《论〈金瓶梅词话〉》,原载《文学》第1卷第1期1933年7月,转引自《论金瓶梅》,文化艺术出版社,1984年版,第61页。
② 鸟居久靖:《〈金瓶梅〉版本考》,转引自黄霖、王国安编译:《日本研究〈金瓶梅〉论文集》,齐鲁书社,1989年版,第19页。
③ [美]韩南:《〈金瓶梅〉的版本及其他》,原载台湾"国立编译馆"馆刊》第4卷第2期,转引自胡文彬编《金瓶梅的世界》,北方文艺出版社,1987年版,第111页。
④ 梅节:《〈金瓶梅〉词话本与说散本关系考校》,载吉林大学中国文化研究所编《金瓶梅艺术世界》,吉林大学出版社,1991年版,第67—90页。

（应伯爵说贲四）"一向撰的钱也勾了，我昨日在酒席上拿言语错了他错儿，他慌了。不怕他今日不来求我，送了我这三两银子。我且买了几匹布，勾孩子们冬衣了。"正是：恨小非君子，无毒不丈夫。毕竟不知后来何如，且听下回分解。正是：

只恨闲愁成懊恼，如（始）处伶俐不如痴。（第三十五回）

这段文字的结尾处，从第一个"正是"到"且听下回分解"是《新刻金瓶梅词话》结尾的惯例；从第二个"正是"到末尾是崇祯本之惯例，但《新刻金瓶梅词话》却两用之，即把崇祯本的这一段的结尾也抄上了，这是叠床架屋，且自乱体例。

应该说梅节先生的结论是正确的，但梅节先生最后却说："至于今本词话所据校的，是现存《新刻绣像批评金瓶梅》还是它的原刻本或底本，则可以研究。"梅节先生所据校的是日本内阁文库藏本，但却留下了这样的疑问，可见梅节先生忽视了"廿公跋"这个关键，因此不容易使人信服。①

（3）"廿公跋"是关键

《新刻金瓶梅词话》卷端有三篇序言（跋），即欣欣子序、廿公跋、东吴弄珠客序，我以为要探讨《新刻金瓶梅词话》与崇祯本《金瓶梅》之间的关系，可以从这三篇序跋的关系入手，即通过判明这三篇序言写作时间的早晚来加以判断，而这中间，"廿公跋"是关键。

我们首先来看看这三篇序言的内在关系：

"廿公跋"的矛头是直接指向"东吴弄珠客"序的。

"东吴弄珠客"序题写于万历四十五年（1617），"廿公跋"题写于崇祯十四年到十六年之间（详下）。三百五十多年过去了，却很少有人认真去思考一下这两个序言之间的关系。经过认真分析，我认为"廿公跋"的矛头是直接指向"东吴弄珠客"序的，是对"东吴弄珠客"序的批判。

为了弄清这个问题，我们不能不先来看看这两篇序言所表述的主要内容。

先看看"弄珠客序"的主要内容：

起："《金瓶梅》，秽书也。"这是该序的中心论点。

承："袁石公亟称之，亦自寄其牢骚耳，非有取于《金瓶梅》也。"直承"秽书"而来，不能因为袁中郎极口称赞，就改变其"秽书"之性质。

转："然作者亦自有意，盖为世戒，非为世劝也。"指出作者虽作此"秽书"，但目的是为了戒世。

合："若有人识得此意，方许他读《金瓶梅》也。不然，石公几为导淫宣欲之尤矣。奉劝世人，勿为西门之后车可也。"如果不"识得此意"呢？那么，《金瓶梅》作者和袁中郎就无疑

---

① 梅节：《〈金瓶梅〉词话本与说散本关系考校》，载吉林大学中国文化研究所编《金瓶梅艺术世界》，吉林大学出版社，1991年版，第67—90页。

都成了"导淫宣欲之尤矣"。

我们不难看出,"弄珠客序"虽然提示人们,《金瓶梅》作者写此书的目的是戒世的,但不可否认,《金瓶梅》是"秽书"。

如果我们把"弄珠客序"与沈德符在《万历野获编》中关于《金瓶梅》的那段话对照起来看,会看得更为清楚。沈德符说:"吴友冯犹龙见之惊喜,怂恿书坊以重价购刻。马仲良时榷吴关,亦劝予应梓人之求,可以疗饥。予曰:'此等书必有人板行,但一刻则家传户到,坏人心术,他日阎罗究诘始祸,何辞置对?吾岂以刀锥博泥犁哉!'仲良大以为然,遂固匿之。未几时,而吴中悬之国门矣。"

沈德符说《金瓶梅》是"秽书",一旦版行,则坏人心术,罪不可赦。"弄珠客序"超出沈德符的地方是以为《金瓶梅》作者写作此书的目的在于戒世,但不否认《金瓶梅》是"秽书"。

我们再来看看"廿公跋"的观点:

起:"《金瓶梅传》,为世庙时一巨公寓言,盖有所刺也。"这是中心论点。

承:"然曲尽人间丑态,其亦先师不删郑卫之旨乎!"这是说《金瓶梅》中虽然有淫秽之处,但正如《诗经》中的"郑卫"之风,连孔夫子都不删。

转:"中间处处埋伏因果,作者亦大慈悲矣。今后流行此书,功德无量矣。"这是说《金瓶梅》作者、刻印者都功德无量。

合:"不知者竟目为淫书,不惟不知作者之旨,并亦冤却流行者之心矣。特为白之。"这是说把《金瓶梅》看作"淫书"("秽书"),这是无知,这是既不了解作者心意,也冤屈了刻印者。

把"廿公跋"与"弄珠客序"进行对比,我们不难看出,"廿公跋"的每一句话,都是针对"弄珠客"序言的:"不知者竟目为淫书"是针对"《金瓶梅》,秽书也";"今后流行此书,功德无量"是针对"不然,石公几为导淫宣欲之尤";"盖有所刺也"是针对"盖为世戒,非为世劝也";"然曲尽人间丑态,其亦先师不删郑卫之旨乎"是针对"盖金莲以奸死,瓶儿以孽死,春梅以淫死";"中间处处埋伏因果,作者亦大慈悲矣"是针对"借西门庆以描画世之大净,应伯爵以描画世之小丑,诸淫妇以描画世之丑婆净婆"。

应该承认"弄珠客序"不仅已经认为《金瓶梅》作者是有意戒世的,而且已经看到了书中所描画的以西门庆、应伯爵以及诸丑妇为代表的社会丑类,"令人读之汗下"。但其着眼点或侧重点则仍在书中的淫秽描写,所以始终不能跳出《金瓶梅》是"秽书"的圈子,因此担心此书流行可能会有"导淫宣欲"之结果。但"廿公"比他站得更高,强调《金瓶梅》不是秽书,强调《金瓶梅》是"有所刺",认为《金瓶梅》之流行将功德无量。他所最为不满意于"弄珠客"的就是"弄珠客"给《金瓶梅》所下的"秽书"的断语,其立论之出发点或基础也正在于此。

(4)"欣欣子"序与"廿公跋"和"弄珠客序"之关系

"廿公跋"是"弄珠客序"与"欣欣子"序之间的桥梁。

分析一下"欣欣子"序的内容,我们不难看出:该序开始是紧承"廿公跋"而来,其"寄意于时俗,盖有谓也"直承"廿公跋"之"盖有所刺也";其"《关雎》之作,乐而不淫,哀而不伤"的议论则直承"廿公跋"之"其亦先师不删郑卫之旨乎"。也就是说,"欣欣子"序充分肯定了

"廿公跋"的《金瓶梅》不是淫书的观点。但"欣欣子序"并没有停留在"廿公跋"的基点上,他又大大地加以发挥与升华,他把"欲"与"情"与"人生"连在了一起;不仅如此,他还把个人命运和家国之治,同"时运代谢"连在了一起;他还并不就停留在人生与政治的层面,而是上升到哲学的高度:"故天有春夏秋冬,人有悲欢离合,莫怪其然也。合天时者,远则子孙悠久,近则安享终身;逆天时者,身名罹丧,祸不旋踵。人之处世,虽不出乎世运代谢,然不经凶祸,不蒙耻辱者,亦幸矣。"这就不仅直承和呼应"廿公跋",而且从更高的层次批评了"弄珠客"之序。

就风格而言,"弄珠客序"虽亦庄亦谐,但不免时露轻佻与油滑;"廿公跋"则充满激情与义愤,其"特为白之"则近于呐喊;"欣欣子序"则放纵恣肆,而不失旷达。

如果从上述沈德符的那段关于《金瓶梅》的议论开始,到"弄珠客序",到"廿公跋",再到"欣欣子"序,这中间认识进步的层次性与前后因果承袭的连续性昭然若揭。

但以往的研究者却以为"弄珠客序""廿公跋"与"欣欣子"序是同一时间的东西,把《新刻金瓶梅词话》当作《金瓶梅》的初刻本,认为这三个序跋同时出现在这个初刻本上,因此便不能回答这样的诘问:崇祯本的改写者既然见到了"欣欣子"序,为什么却不予收录?魏子云先生说"非不见也,隐不言也"。王汝梅先生已经看到了"欣欣子"序与"弄珠客"序的观点不同,这是其灼见,但因为不清楚二者之间的前因后果,却把因果弄颠倒了。①

上面我从《金瓶梅》三序跋内容入手论述了它们之间的内在关系,现在我再从《金瓶梅》书名的角度来看看"欣欣子序"和"廿公跋"之间的内在关系。

明清两代人谈到《金瓶梅》时,除个别人称其为《金瓶梅》词话外,绝大多数人都将书名写作《金瓶梅》,唯有"欣欣子序"和"廿公跋"将书名写作《金瓶梅传》。这一序一跋关于《金瓶梅》书名的特别称谓的一致性,正是二者有着内在的前后承袭关系的内证,也是铁证。

既然"欣欣子序"和"廿公跋"之间存在着前后承袭的关系,那么这二者到底谁先谁后?谁是始作俑者?

我以为"廿公跋"先出,"欣欣子序"后出,并承袭了"廿公跋"的一些说法,这同样也是铁一般的事实。对于"欣欣子序"在内容上对"廿公跋"的承袭,我在上面已经阐述过了。为了令人信服,我现在再提出一个证据。"欣欣子序"和"廿公跋"一开头都谈到了《金瓶梅》的作者,"欣欣子序"明言《金瓶梅》的作者是"兰陵笑笑生",但"廿公跋"却说是"世庙时一巨公",并不知其姓名或别号。如果"欣欣子序"先出,"廿公跋"是承袭了"欣欣子序",那么"廿公跋"绝不应避开"欣欣子序"明确提出的《金瓶梅》的作者"兰陵笑笑生"不谈,而另提出并不确定的"世庙时一巨公"这样的作者。况且"欣欣子序"中的"兰陵笑笑生"不会是什么"巨公"。"欣欣子序"和"廿公跋"关于《金瓶梅》作者的提法,明确地昭示了它们之间的先后关系。因此,"廿公跋"作于前,"欣欣子序"写于其后,这同样也是不争的铁一般的

---

① 魏子云:《〈金瓶梅〉这五回》,载《金瓶梅研究》第一辑,江苏古籍出版社,1990年版,第139页;王汝梅:《金瓶梅探索》,载吉林大学出版社,1990年版,第50—51页。

事实。

弄清楚了《弄珠客》序"廿公跋"《欣欣子》序三者之间的前因后果,则《新刻金瓶梅词话》晚于崇祯本《金瓶梅》就比较好理解了。

(5)"廿公跋"写于崇祯十四至十六年,作者是杭州书商鲁重民或其友人

对于这个问题的论证,详见拙作《论〈金瓶梅〉"廿公跋"的作者当为鲁重民或其友人》①,大意为崇祯本《金瓶梅》又可以大别为两种子系统:一为每半页10行,每行22字,无"廿公跋";一为每半页11行,每行28字,有"廿公跋",后者以日本内阁文库藏本为代表,后者晚于前者。日本内阁文库藏本《新刻绣像批评金瓶梅》在装订时装订为20册,其封面是用该书肆刻印的别的书的废书页折叠起来的。日本学者荒木猛先生已经查明这些废书页是该书肆刻印的《十三经类语》等书中的,并论证了日本内阁文库藏本《新刻绣像批评金瓶梅》即为杭州书商鲁重民所刻。《十三经类语》的序言的写作时间为崇祯十三年。日本内阁文库藏本《新刻绣像批评金瓶梅》当刻于崇祯十四至十六年。我以为"廿公跋"亦作于此时,作者为鲁重民或其友人。

(6)《新刻金瓶梅词话》当刻印于清初

①"欣欣子序"写于崇祯十四至十六年之后

内阁文库藏本《新刻绣像批评金瓶梅》刻于《十三经类语》之后,那么其刻印时间已经到了崇祯末年(从崇祯十三年到十七年崇祯帝自缢于煤山,只有三年多一点的时间,而崇祯十七年也就是顺治元年)。《新刻金瓶梅词话》收入了"廿公跋",证明它又晚于日本内阁文库本《新刻绣像批评金瓶梅》,则其刻印时间最早只能是顺治年间。"欣欣子序"正是《新刻金瓶梅词话》刻印时加上去的。

②《新刻金瓶梅词话》刻印时无任何避讳

如上所述,《新刻金瓶梅词话》的刻印时间的上限不会早于明万历四十五年(1617),其下限不会晚于清康熙四十七年(1708)。从明万历到清康熙这一时期中,刻书很重避讳的是天启、崇祯、康熙,不十分讲究避讳的是万历与顺治(康熙初年也不特严)。《新刻金瓶梅词话》无任何避讳,证明它只可能刻于万历或顺治(或康熙初年)。

③"欣欣子"已经透露了自己写作序言的时间

"欣欣子"序言中说:

> 吾尝观前代骚人,如卢景辉之《剪灯新话》,元微之之《莺莺传》,赵君弼之《效颦集》,罗贯中之《水浒传》,丘琼山之《钟情丽集》,卢梅湖之《怀春雅集》,周静轩之《秉烛清谈》,其后《如意传》《于湖记》,其间语句文确,读者往往不能畅怀,不至终篇而掩弃之矣。

---

① 叶桂桐:《论〈金瓶梅〉"廿公跋"的作者当为鲁重民或其友人》,《烟台师范学院学报》1999年第4期。

眼光敏锐的郑振铎先生已经发现了"欣欣子"序言中这段文字的矛盾,所以他对这段文字加了如下的按语:

> 按《效颦集》《怀春集》《秉烛清谈》等书,皆著录于《百川书志》,都只是成、弘之间作。丘琼山卒于弘治八年。插入周静轩诗的《三国志演义》,万历间方才流行,嘉靖本里尚未收入。称成、弘间的人物为"前代骚人"而和元微之同类并举,嘉靖间人,当不会是如此的。盖嘉靖离弘治不过二十多年,离成化不过五十多年,欣欣子何得以"前代骚人"称丘浚、周礼(静轩)辈!如果把欣欣子、笑笑生的时代,放在万历间(假定《金瓶梅》是作于万历三十年左右的罢),则丘浚辈离开他们已有一百多年,确是很辽远的够得上称为"前代骚人"的了。又序中所引《如意传》,当即《如意君传》;《于湖记》当即《张于湖误宿女贞观记》,盖都是在万历间而始盛传于世的。①

但由于郑振铎先生寓于《新刻金瓶梅词话》当刻于万历中期的成见,所以他虽然发现了"欣欣子"序言中这段话的矛盾,却并没有真正予以解决,而自己又陷入了自相矛盾之中:万历年间的人把万历年间的人称为"前代骚人"。

我以为:第一,从上下文的语气来看,"欣欣子"的这段话里的"前代骚人"是包括《如意君传》和《于湖记》的作者在内的。第二,这些"前代骚人"中,《莺莺传》的作者元微之是唐朝人,《水浒传》的作者罗贯中是宋元人(那时人们认为罗贯中是宋元人,至少是元人),其余的作者则是明代人。第三,如果我们把"前代骚人"中的"代"字解为"朝"字,而把"欣欣子"写序的时间放在清代,那么这些"前代骚人"中有唐人,有宋元人,有明代人,这就豁然贯通了。

又,"欣欣子序"说:

> 故天有春夏秋冬,人有悲欢离合,莫怪其然也。合天时者,远则子孙悠久,近则安享终身;逆天时者,身名罹丧,祸不旋踵。人之处世,虽不出乎世运代谢,然不经凶祸,不蒙耻辱者,亦幸矣。

这里的所谓"世运代谢""凶祸""蒙耻辱"正是指满人之入关杀戮,明清易帜、改朝换代。

综上所述,我以为《新刻金瓶梅词话》当刻于清顺治年间或康熙初年。

(二)"兰陵笑笑生"不是《金瓶梅》的作者

1. 恢复"兰陵笑笑生"的历史真面目

正如本文开头所说,近几十年来,中外学术界的若干《金瓶梅》研究专家,曾花大气力、费大笔墨来考证的这位"兰陵笑笑生"其实不过是三百多年前书商搞的一个大骗局,说穿了,

---

① 郑振铎:《论〈金瓶梅词话〉》,原载《文学》第1卷第1期1933年7月,转引自《论金瓶梅》,文化艺术出版社,1984年版,第65—66页。

"兰陵笑笑生"不过是个"冒牌货",他不是《金瓶梅》的真正作者,而只是《新刻金瓶梅词话》一书的编校者。

我们应该恢复"兰陵笑笑生"的历史真面目,并在此基础上,对于他的思想、做派以及贡献,给予科学的历史的评价。

2."兰陵笑笑生"的来历

现存明清文献中,已知的述及"笑笑生""笑笑先生"的共有四处:除了《新刻金瓶梅词话》"欣欣子"序、《山中一夕话》"三台山人"序、《遍地金》"哈哈道士"序之外,还有一处,就是《花营锦阵》中。《花营锦阵》刊于1610年,是春宫画册,共有春宫画24幅,都配有曲词。其中第22幅画图所配的是一首《鱼游春水》词,署名"笑笑生"。24首词署了24个作者的名字:桃园主人、风月平章、秦楼客、南国学士、探春客、万花谷主、风流司马、忘机子、掌书仙、烟波钓叟、撷芳主人、醉月主人、五湖仙客、留香客、玉楼人、惜花人、方外司马、侠仙、醉仙、适适生、有情痴、笑笑生、花仙、司花史(吏)。很显然,这24个署名实际上是随意编造的。这也可以证之于刊于1606年的另一种春宫画册《风流艳畅图》,其中也有24幅春宫画图,也配有诗词,署名也是如此。

下面就让我们来看一看欣欣子序之外的另两位"笑笑先生"的情况。

《山中一夕话》序:

……春光明媚,偶游勾曲,遇笑笑先生于茅山之阳。班荆道故,因出一编,盖本李卓吾先生所辑《开卷一笑》,删其陈腐,补其清新,凡宇宙间可喜可笑之事,《齐谐》游戏之文,无不备载,颜曰《山中一夕话》。予见之不禁鹊喜。……世之论卓吾者,每谓《藏书》不藏,《焚书》不焚,徒灾梨枣,讵意《藏书》《焚书》之外,复有如许妙辑。予固知勾曲茅山为洞天福地,此中多异人,人多异书。不谓邂逅得此。此书行世,行看传诵海宇,脍炙尘寰,笑柄横生,谈锋日炽,时游乐国,黼黻太平,不为无补于世。……

尾署名为:三台山人题于欲静楼。

《遍地金》序:

……《遍地金》者,为笑笑先生之奇文而名也。……笑笑先生胸罗万卷,笔无纤尘,纵横古今,椎凿乾坤,举凡缺陷世界,不平之事,遗憾之情,发为奇文,登诸梨枣,传诵宇内,莫不作金石声。是先生之文,即大地之金也。《补天石》告成,继以是编,此《遍地金》之所由名耶。行看是书行世,纸贵洛阳,穷谷遐陬,无人不读先生之文,斯无地不睹先生之金。名曰《遍地金》,谁曰不宜?……

末尾署名为:哈哈道士题于三台山之欲静楼。

虽然目前学术界不少人(包括我自己在内)以为这两位"笑笑先生"与欣欣子序中的"兰

陵笑笑生"关系非常密切,但实在还拿不出足以令人信服的证据。质言之,"笑笑生""笑笑先生"与"兰陵笑笑生"还毕竟不是一回事。所以"兰陵笑笑生"的真正来历只是《新刻金瓶梅词话》卷端的欣欣子序。

3. 兰陵笑笑生不是《金瓶梅》的作者

如上所述,《新刻金瓶梅词话》实刻于清初,那么我们来看看此时"兰陵笑笑生"有多大年岁。

欣欣子序说《金瓶梅》的作者是他的朋友"兰陵笑笑生",而且从这序言中我们不难看出,当他写这篇序言时,这位"兰陵笑笑生"似乎还健在。那么,这时"兰陵笑笑生"应该有多大年纪呢?

如上所述,明代的《金瓶梅》知情人或抄本拥有者虽然关于《金瓶梅》的作者的传闻不一,但无一例外地都以为作者是嘉靖年间的人,大名士也好,陆炳仇人也好,绍兴老儒也罢,他在嘉靖末年不会小于30岁。而从嘉靖末年(1566)到清顺治元年(1644)共78年,那么"兰陵笑笑生"在顺治元年时就该108岁了(而顺治十八年,他该126岁了;到康熙初年就更大了)。欣欣子既是"兰陵笑笑生"的朋友,年岁亦不会相差太多,到顺治元年,他至少也在100岁以上了。

退一步说,即使沈德符等人所说的《金瓶梅》的作者是嘉靖年间的说法不可信,《金瓶梅》的成书是在万历年间,那么,袁中郎在万历二十三年已经见到了《金瓶梅》的抄本,而他又抄自董其昌,可见董其昌见到抄本的时间还要早。《金瓶梅》的出现年代大约在万历二十年左右。但从《金瓶梅》作者对嘉靖年间的史实以及社会风俗之熟悉而言,则作者在嘉靖末年当不小于20岁,那么,到清顺治元年,他也已经98岁了,到顺治十年,已经108岁了。欣欣子也至少是百岁以上的老人。

但我们只要认真研读一下欣欣子的这篇序言中的如下一段文字,就不难看出,这篇序言决不是百岁以上或七八十岁的老人的口吻:

观其高堂大厦,云窗雾阁,何深沉也;金屏绣褥,何美丽也;鬓云斜軃,春酥满胸,何婵娟也;雄凤雌凰迭舞,何殷勤也;锦衣玉食,何侈费也;佳人才子,嘲风吟月,何绸缪也;鸡舌含香,唾圆流玉,何溢度也;一双玉腕绾复绾,两只金莲颠倒颠,何孟浪也。

把已有的书籍稍加改编,或只是改头换面,便称作是该书的作者的做法正是明末清初的出版商经常玩弄的把戏。别的书且不说,单单是《金瓶梅》就不止一个人玩弄过。《新刻金瓶梅词话》刻印后的二百多年的清同治年间,蒋剑人将《金瓶梅》改写为"洁本",即所谓"真本金瓶梅"时,就不仅在卷端加上了自己的一篇序言,而且以乾隆年间的王昙的名义写了一篇序言。后来,书商们为了牟利,又把"真本金瓶梅"变成了"古本金瓶梅",刻印时书的卷首加上了一篇"观海道人"的序言,自称是《金瓶梅》的作者,序言的末尾居然题署为:"龙飞大明嘉靖三十七年,岁建戊年,孟夏中浣,观海道人并序。"真是活见鬼!

但《新刻金瓶梅词话》在刻印时玩弄的却正是这种旧把戏。

4. "兰陵笑笑生"的思想与做派

我们说"兰陵笑笑生"不是《金瓶梅》的真正作者,对《金瓶梅》的著作权来说,他是"冒牌货";但他既然是《新刻金瓶梅词话》的编校者,那么他对《金瓶梅》是做出过贡献的,因此在中国文学史上便自有他应有的地位。现在我就来谈谈这个问题。

《新刻金瓶梅词话》是初刊本《金瓶梅》词话的翻刻本,但是"兰陵笑笑生"在编校时也可能参照过手抄本《金瓶梅》,像香港的梅节先生所说的那样据崇祯本《金瓶梅》校改过,虽然我们现在对于他在编校时到底加上了哪些内容还不十分清楚,但他所加上的有些内容则比较清楚,这主要是在《新刻金瓶梅词话》的卷端加上了一篇"欣欣子"序,四首[行香子]引词和四首"四贪诗"。对此,我在拙作《从〈续金瓶梅〉看〈金瓶梅〉的版本与作者》一文中曾经做过论证,这里不再论证了。

关于"欣欣子"序,下边再谈,这里就先谈谈"兰陵笑笑生"所加的四首[行香子]引词。没有比较就没有鉴别,特点是在比较中显现的。我们把《新刻金瓶梅词话》卷端的这四首引词同《水浒传》这部大书的书前引词加以比较,其间发展演进的脉络及各自的特点就比较清楚了。

《水浒传》的引词对于小说作家、编辑者及出版商本身自我价值进行了充分的肯定,并自称为"俊逸儒流"。

这一时期的这种小说作家、编辑者及出版商对自我价值的肯定,在出版、编辑过《三国演义》《水浒传》的通俗小说作家兼出版商的余象斗身上,可以说是达到了极致。余象斗曾多次把自己的图像刻印在他所刻印的图书上,对于其中的一幅图像,王重民先生在《美国国会图书馆藏中国善本书录》中《海篇正宗》提要中作过这样的描述:

> 图绘仰止(按:余象斗字仰止)高坐三台馆(按:三台馆是余象斗的书坊之一)中,文婢捧砚,婉童烹茶,凭几论文,榜云:"一轮红日展依际,万里青云指顾间。"固一世之雄也。四百年来,余氏短书遍天下,家传而户诵,诚一草莽英雄。今观此图,仰止固以王者自居矣。

将《新刻金瓶梅词话》的引词与《水浒传》的引词,特别是同余象斗的以王者自居的态度相比,那么,"兰陵笑笑生"借这四首[行香子]引词所表现出来的思想,则未免过于消极。但这只是表面现象。《水浒传》引词和余象斗都是大明朝嘉靖、万历年间的事情了,而"兰陵笑笑生"所处的时代或其编校《新刻金瓶梅词话》的时代则是经历了血与火的洗礼之后满族人统治的时代。在正统的儒家知识分子的心目中,明清的易帜,不是一般的改朝换代,明人不仅是亡了国,而是亡了天下。在经历了无数的反抗斗争失败之后,此时此刻,摆在汉族知识分子面前的其实只剩下了两条可供选择的路:降清事清,隐居山林。这两条路都有人在走。而在这时,在大多数汉人知识分子的心目中,仍然以为前一条路是卑下的,走后一条路的人才是值得赞扬的。"兰陵笑笑生"借四首引词所表现出来的思想,就是要走后一条路,因此,从儒家的正统的或传统观念来看,也是值得赞扬的,在消极中寄寓着抗争。

中国是诗的国度,现成的诗词汗牛充栋,"兰陵笑笑生"为什么偏偏要引用这四首[行香子]词呢?因为这四首[行香子]词中至少有三首在当时被认为是宋末元初由俗入僧的明本的作品①,而明本所处的时代与"兰陵笑笑生"所处的时代太相似了,都是异族入主中原的时代。明乎此,则"兰陵笑笑生"的用意也就十分清楚了。

不仅如此,"兰陵笑笑生"不仅在消极中寄寓着抗争,而且其在这样的时刻编校版行《新刻金瓶梅词话》还有着更为深刻的政治寓意。

《金瓶梅》最著名的评论家张竹坡在其《竹坡闲话》中叙述自己所以要批评《金瓶梅》时说过这样一段话:

> 迩来为穷愁所迫,炎凉所激,于难消遣时,恨不自撰一部世情书以排遣闷怀,几欲下笔,而前后拮据,甚费经营,乃搁笔曰:我且将他人炎凉之书,其所以前后经营者,细细算出,一者可以消我闷怀,二者算出古人之书,亦可算我今又经营一书,我虽未有所作,而我所以持往作书之法,不尽备于是乎。然则,我自做我之《金瓶梅》,我何暇与人批《金瓶梅》也哉!

张竹坡通过批评《金瓶梅》来"我自做我之《金瓶梅》"是在康熙三十四年,而早在他之前的顺治年间或康熙初年,"兰陵笑笑生"就已经在通过编校版行《新刻金瓶梅词话》来"寄意于时俗","盖有谓也"了。"兰陵笑笑生"的所谓"寄意与时俗""盖有谓也"的首要内容正是政治寓意:

> 奸臣误国,导致了金人(清人)南侵、入关,江山易主,亡了天下。

这并非是在牵强附会,搞政治索隐,我们只要看看下述事实,则思过半矣:丁耀亢也是在顺治年间与康熙初年因为写作《续金瓶梅》,就在康熙四年(1665)被关进大狱,坐了120天班房,虽然没把命搭上,却也一目失明。而张竹坡后来批评《金瓶梅》,用的是崇祯本《金瓶梅》,但却不得不把《金瓶梅》中那些太刺清人眼睛的字眼儿加以改换:"胡僧"改作"梵僧","虏患"改作"边患","匈奴"改作"阴山","金虏"改作"金国","大辽纵横中国"改作"干戈浸于四境",等等。但《新刻金瓶梅词话》对这些字眼儿却一仍其旧,这不仅充分显示了"兰陵笑笑生"的用意,而且也是冒着坐牢杀头的危险,是的确需要很大的勇气的。而由此我们也不难看出"兰陵笑笑生"的思想与做派。

---

① 《词林纪事》引陈继儒《笔记》,详见徐朔方:《关于〈金瓶梅〉卷首"词曰"四首》,徐朔方:《论金瓶梅的成书及其他》,齐鲁书社,1988年版,第182—184页。

5. "兰陵笑笑生"的最大贡献

作为《新刻金瓶梅词话》一书的编校者,"兰陵笑笑生"的第一大贡献就是使"词话本"《金瓶梅》得以传世。《金瓶梅》原作是"词话",这不仅有丁耀亢《续金瓶梅》"凡例四"中的"前集名为词话"可证,还有明代崇祯二年(1629)西湖碧山卧樵纂辑的《幽怪诗谭》卷首的听石居士所写的《小引》中的"汤临川赏《金瓶梅》词话"可证。最早的《金瓶梅》刻本《金瓶梅》词话基本上保存了《金瓶梅》原作的面貌,它是以刘承禧手抄本系统为底本刻印的。崇祯本《金瓶梅》就是据初刻本《金瓶梅》词话改写的,当然改写者也可能参照过手抄本《金瓶梅》。

但是初刻本《金瓶梅》词话已经不存,而《新刻金瓶梅词话》是初刊本《金瓶梅》词话的翻刻本,它基本上保存了《金瓶梅》词话的面貌,因此使"词话本"《金瓶梅》得以传世。不然的话,我们现在恐怕已经难以见到《金瓶梅》的原貌了。

6. "兰陵笑笑生"在中国文学批评史上的地位

自明代中叶以来,通俗小说作家、书籍编辑人、出版商三位一体的人就不算少,余象斗、冯梦龙,乃至现存日本内阁文库本《金瓶梅》的刻印者、也是《金瓶梅》"廿公跋"的作者的杭州书商鲁重民,都是较有代表性的人物。学术界早就有不少人曾经指出过,欣欣子和兰陵笑笑生可能是一个人,而且我甚至以为《新刻金瓶梅词话》的刻印者、欣欣子、兰陵笑笑生,也可能都是一个人。不管这三者是一个人,两个人,还是三个人,为了谨慎起见,我们姑且把他们当作三个人,那么,这三个人可以说是对《金瓶梅》持相同观点的三人小集团,欣欣子序则代表了他们对于《金瓶梅》的共同见解。而这小集团的代表或灵魂则是"兰陵笑笑生"。我上面已经论述过这篇欣欣子序对《金瓶梅》的评价,现在再来作些补充。

众所周知,《金瓶梅》刚一问世,还在以手抄本方式流传时,就在当时的文坛上引起了很大的反响。"公安派"的主将袁中郎是第一个给予高度评价的,他在《与董思白书》中说:"《金瓶梅》从何处得来?伏枕略观,云霞满纸,胜于枚生《七发》多矣。"但可惜语焉不详。

在刻本《金瓶梅》出现之前,对《金瓶梅》评价最高也最全面的是当时著名的文学批评家谢肇淛的《金瓶梅跋》。谢氏说:

> 书凡数百万言,为卷二十,始末不过数年事耳。其中朝野之政务,官私之晋接,闺闼之媟语,市里之猥谈,与夫势交利合之态,心输背笑之局,桑中濮上之期,尊罍枕席之媟语,驵狯之机械意智,粉黛之自媚争妍,狎客之从臾逢迎,奴怡之稽唇淬语,穷极境象,欢意快心。譬之范公抟泥,妍媸老少,人鬼万殊,不徒肖其貌,且并其神传之。信稗官之上乘,炉锤之妙手也。其不及《水浒传》者,以其猥琐淫媟,无关名理。而或以为过之者,彼犹机轴相放,而此之面目各别,聚有自来,散有自去,读者意想不到,惟恐易尽。此岂可与褒儒俗士见哉?……有嗤余诲淫者,余不敢知。然《溱洧》之音,圣人不删,则亦中郎帐中必不可无之物也。

谢氏不仅对《金瓶梅》的思想深度、艺术成就给予了很高的评价,而且对当时有人把《金瓶梅》视为淫书的观点也进行了反驳。谢氏的这篇《金瓶梅跋》代表了当时对《金瓶梅》评价的最高水平。欣欣子序比谢氏的《金瓶梅跋》晚出，它不仅继承了谢氏的评价，而且又有所超越。这种超越也就是我在上面所说的欣欣子序对"廿公跋"的超越。

欣欣子序对《金瓶梅》的批评达到了一个新的高度，代表了张竹坡《金瓶梅》批评之前的最高水平。因此，欣欣子序在中国小说批评史上是有其应有的地位的。

（三）驳论

关于《金瓶梅》的版本，我以为我们现在可以作出如下的结论：

《金瓶梅》共有四种最有代表性的刻本（据崇祯本修改过的"张评本"不计）：初刻本《金瓶梅》词话，崇祯本《新刻绣像批评金瓶梅》甲系（现以北京大学图书馆藏本为代表），崇祯本《新刻绣像批评金瓶梅》乙系（以日本内阁文库藏本为代表），《新刻金瓶梅词话》（现存中国台北"故宫博物院"本，日本有两个全本和一个残本）。

刻印于上述四种《金瓶梅》刻本上的序跋共有三篇，为东吴弄珠客序、廿公跋、欣欣子序。

这三篇序跋的写作时间为：东吴弄珠客序作于明万历四十五年（1617），廿公跋作于明崇祯十四至十六年（1641—1643），欣欣子序作于清初。

这三篇序跋在上述四种《金瓶梅》刻本中的刻印情况为：初刻本《金瓶梅》词话开端有东吴弄珠客序，这有薛冈《天爵堂文集笔余》为证；崇祯本《金瓶梅》甲系也在卷端收录了东吴弄珠客序；崇祯本《金瓶梅》乙系不仅收录了弄珠客序，又在其前加了廿公跋；《新刻金瓶梅词话》不仅沿袭了崇祯本乙系，收录了廿公跋、弄珠客序，又加上了欣欣子序（这是台湾藏本的顺序，日本栖息堂藏本顺序不同）。

上述四种《金瓶梅》刻本的序跋出现的顺序、分布以及四种刻本刻印之先后顺序昭然若揭，除了初刻本《金瓶梅》词话有薛冈的记述之外，其余都有版本上的依据。这才是事实的真相。

但是，20世纪的中外《金瓶梅》研究者却不是从事实出发，而是从个人的经验和推论出发，就断定《新刻金瓶梅词话》是万历本，以至于我们现在将真相揭出，反而要加以论证，人们甚至很难接受这种事实；而一般没有研究过《金瓶梅》的人反而容易接受这种事实，这不能不说是中外学术史上的奇怪现象。

对于那些不想或不愿意或难于接受上述事实的《金瓶梅》研究者，其实，我们也可以用同样的方式提出反问：你说《新刻金瓶梅词话》是万历本，到底有什么证据？你说欣欣子序和廿公跋作于万历年间，又有什么证据？

回答无非如下：

1. 郑振铎先生是可以信赖的学者，他见过台湾藏本，他说该刻本为"万历间的北方刻本，白绵纸印"。他说《新刻金瓶梅词话》比较接近《金瓶梅》的原貌，崇祯本是"词话本"的改写本，前者必定早于后者，而不可能相反。

对于这种回答，我也可以给予回答：

郑振铎先生固然是值得信赖的学者，又见过藏本，但是日本的长泽规矩也同样是值得信赖的学者,他也见过日本的藏本,但他说日本慈眼堂藏本是崇祯年间刻本。当然,人们又会说台湾藏本和日本慈眼堂本虽然同版,但前者先印,后者晚印,因此郑、长泽氏二人的说法并不矛盾。但是,这种印刷之先后顺序,你有证据吗?对于这种仅凭纸张和对字迹的主观印象来鉴定版本年代的做法,是要大打折扣的。对此,我在本文后面所附的拙作《〈金瓶梅〉作者考证的重要线索与途径》中有所叙述,这里不再赘言。

2. 关于"词话本"更接近《金瓶梅》原貌,崇祯本是据"词话本"改写的问题,我的回答是崇祯本是据初刻本《金瓶梅》改写的,《新刻金瓶梅词话》是初刻本《金瓶梅》词话的翻刻本。这并非是为了解决这一矛盾而臆想出来一个初刻本《金瓶梅》词话,而是有充分的依据的。

第一,欣欣子序与《新刻金瓶梅词话》的一体性。欣欣子序中有"既不出了于心胸"一句,其中的"出"字是"能"字的误刻。"能"字,也简作"匕""去",抄手误作"出"。此种错误,《新刻金瓶梅词话》中颇多,这种相同的错误证明了欣欣子序与该刻本的一体性。①

第二,崇祯本《金瓶梅》第四回有眉批云:

　　从来首事者每能为局外之谈,此写生手也。较原本径庭矣。读者详之。

第三十回有一眉批云:

　　月娘好心,直根(?)烧香一脉来。后五十三回为俗笔改坏,可笑可恨。不得此元本,几失本来面目。

这里的所谓"原本"当指崇祯本的改写者所据以改写的初刻本《金瓶梅》词话,而所谓的"元本"当指手抄本《金瓶梅》。无论是"原本"也好,"元本"也罢,但却肯定不会是现存的《新刻金瓶梅词话》。何以见得?因为《新刻金瓶梅词话》卷端的欣欣子序中已经明言《金瓶梅》的作者是"兰陵笑笑生",如果崇祯本的批评者(也就是改写者)所依据的是《新刻金瓶梅词话》,那么他不会对"兰陵笑笑生"不置一词。

而且,沈德符与薛冈都见过初刻本《金瓶梅》词话,也不知道什么"兰陵笑笑生"。丁耀亢写作《续金瓶梅》时,刻本《金瓶梅》已经广泛流行,这有《续金瓶梅》第一回中的话可证:

　　眼见的这部书反做了导欲宣淫话本。少年文人,家家要买一部,还有传之闺房,急到淫声邪语,助起兴来,只恨那胡僧药不得到手,照样做起。把这做书的一片苦心变成拔舌大狱,真是一番罪案!

---

① 梅节:《〈金瓶梅〉词话本与说散本关系考校》,载吉林大学中国文化研究所编:《金瓶梅艺术世界》,吉林大学出版社,1991年版,第67—90页。

这种广泛流布的刻本,当然可能主要是崇祯本《金瓶梅》,但据《续金瓶梅凡例》中的"小说类有诗词,前集名为词话"可知,丁耀亢写作《续金瓶梅》时所依据的是《金瓶梅》词话,但却不会是《新刻金瓶梅词话》,不然他也不会对这位"兰陵笑笑生"只字不提,反而说什么《金瓶梅》的作者是"前贤""有位君子"这种没有边际的话。

明清之际那么多与《金瓶梅》有着这样那样的关系的人,却没有一个人提到"兰陵笑笑生",有人说那时隐而不言,《新刻金瓶梅词话》已经把"兰陵笑笑生"堂而皇之地印在书的卷端了,有什么可以隐讳的呢?他们不是不言,而是没见,因为那时欣欣子序压根儿就没有写出来。

综上所述,"兰陵笑笑生"不是《金瓶梅》的作者,说"兰陵笑笑生"是《金瓶梅》的作者,这不过是三百年前《新刻金瓶梅词话》刻印者搞的一个大骗局。这是中国文学史上乃至中国文化史上的一个大骗局。现在已经到了彻底揭穿这个大骗局的时候了!揭穿这个大骗局以后,我们的《金瓶梅》研究必将有新的建树。

伴随着新世纪的钟声,我们的未免处于冷寂状态的《金瓶梅》研究,必将开拓出一片新的天地,正是:"山重水复疑无路,柳暗花明又一村!"

(四)余论

当我们论证了现存所谓"万历本"《新刻金瓶梅词话》并非是什么万历本,它其实刻于清初;而兰陵笑笑生也不是《金瓶梅》的真正作者,只不过是书商搞的一个大骗局之后,那么我们说热闹了二十年的兰陵笑笑生考证不过是一场大闹剧,也就不算是夸大其词了。这场闹剧是建立在受骗的基础之上,那主题是荒诞的;而在具体操作过程中又出现了那么多令人哭笑不得的"硬伤",正如闹剧中的插科打诨,更增加了闹剧的气氛。

我们现在不是来欣赏或嘲笑这场闹剧,而要探讨这场大闹剧所产生的深刻的社会文化背景,或导致这场大闹剧产生的直接的学术根源。

1997年在山西省大同市举行的第三届国际《金瓶梅》学术研讨会的大会发言中,有一位朋友在历数了《金瓶梅》作者考证中所出现的一些令人哭笑不得的"硬伤"之后,作出结论说,"这些事实说明《金瓶梅》研究队伍的素质太差"。如果这种状况仅仅限于《金瓶梅》研究队伍的话,那倒实在是大幸了,因为所谓《金瓶梅》研究队伍也不过是古代文学研究队伍中的一小部分人罢了,但可惜的是这种状况并不限于《金瓶梅》研究队伍。

目前,在我国"博导"这一名称已经成了一个人学术水平很高的重要标准了,那就让我们来举一位国务院学位办所公布的第一批"博导"中的我国著名的文学史专家的例子吧。已故的东北师范大学的博导杨公骥先生是大家都比较熟悉的公认的有较高声望的文学史专家,杨先生自己一生最重视的论文代表作是他关于汉《公莫舞》歌诗的研究,他在自撰的自传中论文只提了一篇,就是关于《公莫舞》研究的。他先在1950年7月19日的《光明日报》上发表了《汉巾舞歌辞的句读及研究》一文,后来又修改增订为《西汉歌舞剧巾舞〈公莫舞〉的句读和研究》,刊载于《中华文史论丛》1986年第1期上。这两篇文章在古代文学学界影响很大,不少有名的专著和论文中,都曾加以介绍,有人甚至说杨先生的这一研究成果把中国戏剧脚本产生时间比以往的结论提前了一千多年,有人说杨先生的这一研究成果是戏剧史研究的成功个案。但是,其实杨公冀先生根本就没有读懂《公莫舞》这篇乐府歌词。歌词中有"子""儿""母"等字样,杨先生据此以为这是歌词中的两个脚色,依此来分配歌词,并断定这是一个分脚色的歌舞剧脚本。其实,歌词中的"子""母"不过是并无实在意义的声辞,不过相当于现代歌词中的"子儿呀""呀呼嗨"之类。①

而据我所知,在中国目前的整个学术界,古代文学研究和教学队伍是实力最为雄厚的队伍之一,这种时出有失水准的"硬伤"状况,并不仅仅限于古代文学学界。

八、《金瓶梅》卷帙与版本之谜

众所周知,现在存世的所谓"万历本"《金瓶梅》词话(全名应为《新刻金瓶梅词话》)是十卷本,崇祯本系统的《金瓶梅》则普遍为二十卷本,而最早记述抄本《金瓶梅》卷数的谢肇淛则明言"书凡数百万言,为卷二十"。于是一系列的问题都出现了:《金瓶梅》抄本共有几种系统?十卷本与二十卷本的关系如何?谁先谁后?抄本与刻本的关系是什么?等等。

这些问题不仅一直使海内外学人感到困惑与苦恼,争论不休,而且也是牵扯到《金瓶梅》成书之谜、作者之谜,以及考察研究其思想与艺术价值之不可或缺的重要的基础研究,有必要加以认真探讨。本文所要探讨的正是卷帙与版本之谜。

(一)传抄本《金瓶梅》只有一种系统,是二十卷本

《金瓶梅》的早期传抄本(即在付梓之前流传的手抄本),迄今为止,一种也没有发现。但是,通过对有关文献资料中关于早期各种抄本记述的分析研究,我们却可以比较明确地得出结论:《金瓶梅》的早期传抄本,说到底,实际上只有一种系统。虽然各种抄本拥有者手中的抄本在传抄过程中"参差散失"(谢肇淛语),乃至鱼鲁亥豕,但内容并无大的区别。对此笔者曾在拙作《〈金瓶梅〉抄本考》②一文中加以探讨,读者可以参阅。

(二)传抄本《金瓶梅》每卷回数不等

凡是研究《金瓶梅》的人,几乎没有不注意到现存《新刻金瓶梅词话》为十卷本,现存众多的崇祯本及由崇祯本而来的张竹坡评本,都是二十卷本,以及谢肇淛所说的"为卷二十"的,但却很少有人再进一步追问:《金瓶梅》手抄本每卷的回数都相等吗?即它像现存的崇祯本那样每卷5回,二十卷正好是一百回吗?

人们或许以为这问题没有追求的必要,其实不然。我以为在关于传抄本的系统问题上,以及传抄本与"词话本""崇祯本"之关系上,崇祯本与"词话本"之关系等问题上,所以会出现诸多疑问,正与这个问题相关联。换句话说,这个问题的深入研究,将会澄清我们上述的诸多疑问,并进一步弄清抄本与"词话本"、崇祯本以及"词话本"与崇祯本之间的关系。

---

① 叶桂桐:《汉〈巾舞歌诗〉试解》,载《文史》第39辑1994年4月;《论〈公莫舞〉非歌舞剧演出脚本》,载《文艺研究》1999年第4期。

② 载《文学遗产》1988年第3期。

我以为传抄本《金瓶梅》每卷的回数不等,而且认为1932年在山西省发现的《新刻金瓶梅词话》(现存台北"故宫博物院")的装订情况,基本上或大致上反映了《金瓶梅》传抄本的分卷情况,即每卷所包含的回数情况。

在论证这个问题之前,为了行文的方便,我先把《新刻金瓶梅词话》的装订情况叙述一下,然后再进行论证。

此种《新刻金瓶梅词话》共装订成二十册,每册所包含的回数情况如下:

一卷　一至五回,共5回。
二卷　六至十一回,共6回。
三卷　十二至十六回,共5回。
四卷　十七至二十二回,共6回。
五卷　二十三至二十六回,共4回。
六卷　二十七至三十一回,共5回。
七卷　三十二至三十六回,共5回。
八卷　三十七至四十一回,共5回。
九卷　四十二至四十七回,共6回。
十卷　四十八至五十二回,共5回。
十一卷　五十三至五十七回,共5回。
十二卷　五十八至六十一回,共4回。
十三卷　六十二至六十六回,共5回。
十四卷　六十七至七十回,共4回。
十五卷　七十一至七十四回,共4回。
十六卷　七十五至七十七回,共3回。
十七卷　七十八至八十一回,共4回。
十八卷　八十二至八十八回,共7回。
十九卷　八十九至九十四回,共6回。
二十卷　九十五至一百回,共6回。

现在我们首先来论证《金瓶梅》早期抄本每卷回数不等的问题。

《金瓶梅》的早期传抄本现在存世的一种也没发现,这自然给人们了解早期传抄本的情况带来了极大的困难。但是通过对文献中关于《金瓶梅》早期传抄本的记述,现存的《新刻金瓶梅词话》与各种崇祯本系统《金瓶梅》,以及它们之间的关系的分析研究,我们似乎仍然可以对《金瓶梅》早期传抄本的分卷情况作些探讨。

1. 关于五十三至五十七回

手中拥有《金瓶梅》早期传抄本,而且熟悉《金瓶梅》付梓过程的沈德符曾经明确地说过:"然原本实少五十三回至五十七回,遍觅不得……。"不少研究者曾经明确地指出,《金瓶梅》所以会少第五十三回至五十七回,很可能因为在抄本中这五回为一卷,装订成册,因之一起散失了。这不是没有道理的。《金瓶梅》早期传抄本一百回,共 20 卷,如果像崇祯本那样每卷第五回,那么第五十三回到五十七回应属第十二卷,若每卷装订成一册,这五回应该装订在两册之中,要佚失的话,不应该单单佚失这相连接的中间五回。刚好佚失这中间的五回,已经让人觉得够巧的了,更巧的是将这第五十三至五十七回装订成一册,为第十一册。这种种巧合,使人有理由推断这五回原当为一卷,装订成一册。

2.《新刻金瓶梅词话》本的卷帙之误

现存世的《新刻金瓶梅词话》本为十卷本,书共 100 回,刚好每卷十回,这是不大容易出错的,但在卷帙问题上却也令人意外地出了错:第四十一回,本应为第五卷的开始,但却印成了"新刻金瓶梅词话卷之四"。现存台湾的《新刻金瓶梅词话》本如此,日本日光山轮王寺慈眼堂本、德山毛利氏栖息堂本也如此。

人们也许会以为这不过是刻工一时之误刻罢了。是的,这的确是误刻,但所以会出现这样的误刻,却并不是没有缘由的。按我们上述所开列的《新刻金瓶梅词话》装订所反映的《金瓶梅》早期传抄本的分卷情况来看,第四十一回原应为第八卷,其第九卷应开始于第四十二回。由 20 卷变为 10 卷,大体上是由抄本之两卷合成词话本的一卷,第四十一回原为第八卷,变成 10 卷本刚好应为第四卷。所以,《新刻金瓶梅词话》本的卷数之误,正可视为由 20 卷改为 10 卷过程中遗留下的蛛丝马迹。

3. 崇祯本《金瓶梅》的卷帙之误

《金瓶梅》传抄本为 100 回,分为 20 卷,崇祯本《金瓶梅》一般均亦作 20 卷,而且每五回一卷,整齐划一。既然如此,按说在刻印过程中,亦不容易出现卷帙之误。但事实却并非如此,它的卷帙之误,较之《新刻金瓶梅词话》本更多,请看事实:

北京大学藏本《新刻绣像批评金瓶梅》第四十六回是第十卷的开始,本应作"第十卷",但却刻作"新刻绣像批评金瓶梅卷之九"。天津图书馆藏本、上海图书馆藏本,日本天理图书馆藏本才印作"第十卷"。

北京大学藏本《新刻绣像批评金瓶梅》第七十六回应是第十六卷之起始,但却印作"新刻绣像批评金瓶梅卷之十五";上海图书馆藏乙本亦如此,而其馆藏甲本则印作"新刻绣像批评金瓶梅之十"。内阁文库本及首都图书馆藏本方印作"卷之十六"。

北京大学藏本《新刻绣像批评金瓶梅》第五十一回应为第十一卷之开始,按惯例应刻作"新刻绣像批评金瓶梅卷之十一",但它却漏掉了"之十一"这个卷数。

如果"崇祯本"《金瓶梅》据以改编的"词话本"以及可能参照过的手抄本《金瓶梅》也都是 100 回平均每卷 5 回的话,那么,在卷数问题上,改编者、刻印者只要照录照刻就行了,断不至于出现这么多的卷数之误。但事实上却出现了这么多卷数之误,这就不单单是一个因粗心疏忽而误写误刻就能够解释得通的问题了。

现在我们来具体地分析一下崇祯本《金瓶梅》出现的这些卷数之误。

北京大学藏本《新刻绣像批评本金瓶梅》第四十六回本应作"卷之十",但却刻作"卷之九"。按照我们上边所开列的由《新刻金瓶梅词话》本装订所反映的手抄本《金瓶梅》的卷帙情况来看,第四十六回正应在第九卷之中,其第十卷是从第四十八回才开始的。这种巧合唯一合理的解释应是崇祯本据以改编刻印的词话本以及手抄本《金瓶梅》,第四十六回上原本标作第九卷,但到了崇祯本《金瓶梅》中按每卷五回计,却应为第十卷,所以改编者或刻印者才由于照录词话本或手抄本第四十六回上标明的第九卷,而没有改作"第十卷",这才出现了这样的卷数之误。

北京大学藏本《新刻绣像批评金瓶梅》的第七十六回,本应为第十六卷的开始,但却刻印作"卷十五",上海图书馆藏甲本则印作"之十"。按照上面开列的由《新刻金瓶梅词话》本装订所反映出来的抄本《金瓶梅》的卷数情况来看,这第七十六回应为第十六卷,不过这第十六卷是从第七十五回就开始了的。崇祯本这第十六卷中所出现的卷帙之误,恐怕也不单单是改编者或刻印者的粗心疏忽造成的。比较合理的解释应是崇祯本据以改编或刻印的词话本或手抄本原来就不是每卷5回,整齐划一,而是每卷回数不等,比较参差,因此刻印时就容易出错,或许较早的词话本或手抄本在一些卷数上原本就有些混乱,虽然总体上是100回,分为20卷。

北京大学藏本《新刻绣像批评金瓶梅》第五十一回未印上卷数,按崇祯本系统每卷五回计,当为第十一卷之开始。但在我们上边所开列的由《新刻金瓶梅词话》本装订所反映出来的抄本《金瓶梅》中,这第五十一回应在第十卷之中,第十一卷是从五十三回才开始的,含有第五十三回到五十七回。这种漏印卷的出现,比较合理的解释也应是因为较早的词话本信手抄本《金瓶梅》每卷回数不等,卷帙与回数参差不齐,所以导致刻印者不知这一回应为第十一卷,因之一时漏刻。如果完全忘记了刻印本回的卷数,那就应一个字也不刻,但它却刻作"新刻绣像批评金瓶梅卷",仅未刻"之十一"三个字,可见写工已清醒地意识到此处应该刻印上卷数,只是不知该是第几卷所以只写到"卷"字就停下了。后来忘记补写,刻工也就照刻了。

总而言之,从上面我们所述及的第十三回到五十七回的佚失也好,《新刻金瓶梅词话》和崇祯本系统出现的卷帙方面的错误也罢,都说明《金瓶梅》早期抄本虽然是100回分为20卷,但却不会是每卷5回,整齐划一,而是每卷所含回数不等,比较参差。甚至可能在卷与回数方面原本就存在些问题。而且,如果按照我们上边所开列的《新刻金瓶梅词话》装订方面所反映出来的每卷回数情况来解释这些问题,大多能够说得通。因此,我以为它基本上或大致上反映了《金瓶梅》早期抄本的卷帙情况。

(三)《金瓶梅》初刊本

关于现在存世的《新刻金瓶梅词话》(台北"故宫博物院"一种,日本日光轮王寺慈眼堂一种、德山毛利氏栖息堂一种、京都大学附属图书馆残本)是否为《金瓶梅》初刊本问题众所周知,目前海内外学术界聚讼纷纭,莫衷一是,但归结起来不外两种意见:一种意见认为《新刻金瓶梅词话》就是《金瓶梅》初刊本;一种意见认为它只是初刊本的翻刻本,即为《金瓶梅》第二代词话本。

我在拙作《〈金瓶梅〉抄本考》《从〈续金瓶梅〉看〈金瓶梅〉的版本与作者》①等文章中，已经阐述过我的看法，即现在存世的上述《新刻金瓶梅词话》为初刊本《金瓶梅》之翻刻本，为第二代词话本。现在，我再从《金瓶梅》的卷帙问题上来谈点看法，算作以往我对这个问题的看法的补充意见。

上面我已经阐述过，《金瓶梅》的早期传抄本为二十卷本，但每卷回数不等，比较参差；而初刊本《金瓶梅》正是以刘承禧系统抄本为底本刻印的，也应是二十卷本，而不会是十卷本。

首先，我上边已经说过，现存《新刻金瓶梅词话》，无论是中国台北藏本，还是日本所藏的两种完本，都出现了卷帙之误，即第四十一回本应是第五卷之开始，却均刻作"新刻金瓶梅词话卷之四"。如果初刊本《金瓶梅》为十卷本，那么，《新刻金瓶梅词话》在翻刻时，卷数只要照刻就是了，不大容易出现这样的错误。

其次，我们从"崇祯本"系统的卷题上来看。现存比较珍贵的"崇祯本"系统的《金瓶梅》，比如北京大学馆藏本，上海图书馆藏甲、乙两种本，天津图书馆藏本，以及日本天理图书馆藏本，其第七卷、第九卷均有"词话"二字，卷七题："新刻金瓶梅词话卷之七"；卷九题："新刻绣像批点金瓶梅词话卷之九"。（有的本"批点"作"批评"）其余诸卷则无"词话"二字。

对于"崇祯本"系统的《金瓶梅》来说，这两卷卷题中出现的"词话"二字，应算作误刻，这种误刻是"崇祯本"系统《金瓶梅》依据词话本《金瓶梅》改编刻印的铁证，同时也是词话本《金瓶梅》原为二十卷本的铁证。因为如果崇祯本系统的《金瓶梅》所依据的词话本《金瓶梅》是十卷本，它就不应该出现卷七、卷九这样的卷题。而由此，亦可证明"崇祯本"系统的《金瓶梅》不是依据现存本《新刻金瓶梅词话》，因为它正好是十卷本。如果孤立地看《新刻金瓶梅词话》中出现的卷帙之误，以及"崇祯本"系统的《金瓶梅》中所出现的卷题之误，似乎都可以用刻印时写工、刻工的粗心大意造成的来解释，但若把这两种误刻联系起来看，再同我上边所说的"第五十三回到五十七回"的问题，以及"崇祯本"系统的《金瓶梅》所出现的众多的卷数之误联系起来看，问题就比较清楚了：初刊本《金瓶梅》及其所依据的早期手抄本《金瓶梅》都是二十卷本，而不是十卷本。又因为其每卷回数不是平均五回，而是比较参差，所以《新刻金瓶梅词话》在翻刻时变成整齐划一的十卷本，每卷十回，而"崇祯本"系统的《金瓶梅》则依然仍之为二十卷，但却每卷五回，整齐划一。

根据我近十年来对《金瓶梅》版本的研究，并吸收海内外诸位学者在这方面的研究成果，我以为我们不但可以确认在现存《新刻金瓶梅词话》之前，的确有一种词话本《金瓶梅》刻印过，而且可以对其大致情形加以勾勒：

第一，这个初刊本《金瓶梅》是词话本。这不仅有"崇祯本"系统《金瓶梅》卷题七、九可以作证，有"崇祯本"系统的《金瓶梅》中绝大部分内容与词话本相同（甚至错误之处亦相同）可以作证，还有丁耀亢《续金瓶梅后集凡例》可以作证：

---

① 补载《吉林大学学报》1991年第1期。

> 小说类有诗词,前集名为词话,多用旧曲,今因题附以新词,参入正论,较之他作,颇多佳句,不致有套腐鄙俚之病。

而我在上边提到的拙作《从〈续金瓶梅〉看〈金瓶梅〉的版本与作者》一文中,已经论证过丁氏所谓的"前集",并不是现存《新刻金瓶梅词话》本。

第二,初刊本《金瓶梅》是以刘承禧系统抄本为底本刻印的(详见拙作《〈金瓶梅〉抄本考》),它是二十卷本,而非十卷本。

第三,初刊本《金瓶梅》的名称当亦为《新刻金瓶梅词话》,这有崇祯本系统的《金瓶梅》卷题七、九可证。

第四,初刊本《金瓶梅》就是沈德符在《万历野获编》中所说的"吴中悬之国门"的刻本。

第五,初刊本《金瓶梅》卷端只有"东吴弄珠客序",而无欣欣子序、廿公跋,也没有开头的四首[行香子]引词和四贪诗。

(四)传抄本、初刊本、《新刻金瓶梅词话》、崇祯本《金瓶梅》之关系

初刊本《金瓶梅》是以刘承禧系统抄本为底本刻印的,这是一个比较接近于抄本原貌的刻本。从由其翻刻的《新刻金瓶梅词话》来看,付刻人曾经对手抄本进行过改订,因为其中(除第五十三至五十七回以外)掺入了些吴语成分,手抄本当是比较纯净地道的山东方言。但整体上看来,付刊人对手抄本改动不大。初刊本《金瓶梅》于万历四十五年(1617)刻于苏州,卷端只有东吴弄珠客序。

我们现在一般所见到的文献资料,这个"序言"末尾的题署为"万历丁巳季冬东吴弄珠客漫书于金昌道中",只有叶玉华先生在《王世贞撰写世情小说和明刊〈金瓶梅词话〉的差别》①一文中,说这个"序言"题署末尾尚有"之划一庐"四个字,题署全文为:"万历丁巳季冬东吴弄珠客漫书于金昌道中之划一庐"。不知其何所据也。但叶先生不仅言之凿凿,而且曾对"划一庐"三字命名之来源进行过考证,可见其必定有所据也。叶玉华先生已经作古,不知该文之整理者及《华东师范大学学报》编辑能否把叶先生所依据的资料介绍给大家。

现存《新刻金瓶梅词话》是初刊本《金瓶梅》的翻刻本,付刻人不仅将初刊本《金瓶梅》的二十卷改为十卷,而且卷端增加了欣欣子序和廿公跋,增加了四首[行香子]引词和四贪诗。付刻时付刻人曾对初刊本《金瓶梅》作过个别文字上的改动。至于其付刻时是否参照过抄本《金瓶梅》,尚难考知。

据见过现存台北"故宫博物院"藏本《新刻金瓶梅词话》的专家推断此本为北方刻,不知其何所据也;我则颇疑心这第二代《金瓶梅》词话本与福建的刻书家兼小说作家余象斗很有些关系。②

关于现存《新刻金瓶梅词话》的刻印时间,台湾的魏子云先生以为当刻于天启年间。鲁

---

① 载《华东师范大学学报》1995 年第 1 期。
② 详见笔者的博士论文《论金瓶梅》。

歌、马征二位友人认为这种刻本"约刻于万历四十七年（1619）秋冬，刻成于天启初年（1621）。其最主要的证据为这一刻本从第六十二回至八十回，一连13次将'花子由'改刻为'花子油'，而不再刻为'花子由'，是为了避天启皇帝朱由校的名讳，证明它必刻于天启初年"。①

我以为鲁歌、马征二位友人的考证似不能成立。就我所见到过的避讳情况而言，这种避讳法尚未曾知见过。我以为"由"与"油"音同，刻书人不过因音同而将"由"刻作"油"，未必一定就是避天启皇帝朱由校的名讳。《新刻金瓶梅词话》中的人名，因字音相同而常常使用不同的字的情况颇不少见，如将武松的侄女"迎儿"时常刻作"蝇儿"，"惠莲"亦时作"蕙莲"，等等。如果刻印者将"由"刻为"油"是为了避朱由校的名讳，那么所有的"由"字都应该避讳的，但它却并不如此，如第九十六回中的"那人道：'陈经济，可不由着你挤了。'""由"字仍作"由"，而不作"油"。

从《新刻金瓶梅词话》与《山中一夕话》的关系而言，它可能刻于天启年间或稍后。但就其刻印风格而言，却颇似万历年间的刻本。我以为《新刻金瓶梅词话》的刻印时间，仍需进一步探究。②

"崇祯本"系统的《金瓶梅》主要是依据初刊本《金瓶梅》改写刻印的，但也曾参照过手抄本《金瓶梅》，除崇祯本系统的《金瓶梅》中的有些内容为《新刻金瓶梅词话》所无，而这些内容亦并非全是改写者的杜撰，空穴来风，而是有所本之外，尚有较为重要的证据，如黄霖先生在《关于〈金瓶梅〉崇祯本的若干问题》③一文中所述及的"元本"问题与"季侃廷"问题，等等。

手抄本《金瓶梅》、初刊本《金瓶梅》、《新刻金瓶梅词话》与崇祯本系统《金瓶梅》之间的关系大致如此。

（五）结语

弄清了《金瓶梅》的卷帙问题以后，不仅可以进一步弄清上述四种《金瓶梅》系统之间的关系，而且可以为推断现存《新刻金瓶梅词话》，特别是众多的崇祯本系统的《金瓶梅》版本的刻印先后提供新的证据。但这是一个比较专门的问题，不是几句话能讲清楚的，因此，笔者对此将用专文加以叙述。

1994年春草于聊城，1995年秋改于烟台

说明：

本文撰写时使用的是人民文学出版社，影印本《新刻金瓶梅词话》，原以为其装订与台北"故宫博物院"藏本《新刻金瓶梅词话》装订相同，但因为我没有见过台北的这个藏本，所以心里很不踏实。1997年夏在山西大同召开的第三届国际《金瓶梅》学术讨论会上又与香港的梅节先生相遇了，于是就向他请教这个问题。他答应以后再见到台北的藏本时查一下，告

---

① 见《我与金瓶梅·此中甘苦两心知》，成都出版社，1991年7月版。

② 香港梅节先生认为，《新刻金瓶梅词话》可能参照过崇祯本《金瓶梅》。若然，则《新刻金瓶梅词话》当刻于崇祯年间或其后。详见其《〈金瓶梅〉词话本与说散本关系考校》一文，收入《金瓶梅艺术世界》一书，吉林大学出版社，1991年版。

③ 见《金瓶梅学刊》（试刊号）。

知我。1998年冬,梅节先生给了我一信,内中记录了台北藏本《新刻金瓶梅词话》(即所谓"万历本")的装订情况。原来,人民文学出版社的影印本与台北藏本并不相同。不知是人民文学出版社,有意做了改动,还是台北藏本在美国或台北保存时又重新装订过。如果问题出在人民文学出版社,那我的文章中的有些话就应该加以改订,但我以为这并不影响我的整个论点的确立(两种书的装订差别不大,主要是第五十三回至五十七回,当然这是个非常重要的问题)。

1999年4月28日于烟台

附:魏子云先生的批评

关于《金瓶梅》词话的卷帙

魏子云

  老友叶桂桐先生近于《金瓶梅研究》学刊第六辑,发表其近作《〈金瓶梅〉卷帙与版本之谜》一文,指出传抄本《金瓶梅》每卷回数"不等"的情况,指出的证据乃我国于1932年在山西发现的那部《新刻金瓶梅词话》,列出其卷数不等的情况是:

  一卷 一至五回,共5回
  二卷 六至十一回,共6回。
  三卷 十二至十六回,共5回。
  四卷 十七至二十二回,共6回。
  五卷 二十三至二十六回,共5回。
  六卷 二十七至三十一回,共5回。
  七卷 三十二至三十六回,共4回。
  八卷 三十七至四十一回,共5回。
  九卷 四十二至四十七回,共6回。
  十卷 四十八至五十二回,共5回。
  十一卷 五十三至五十七回,共5回。
  十二卷 五十八至六十一回,共4回。
  十三卷 六十二至六十六回,共5回。
  十四卷 六十七至七十回,共4回。
  十五卷 七十一至七十四回,共4回。
  十六卷 七十五至七十七回,共3回。
  十七卷 七十八至八十一回,共4回。
  十八卷 八十二至八十八回,共7回。
  十九卷 八十九至九十四回,共6回。

二十卷　九十五至一百回，共6回。

桂桐引的这一资料，可算是错的离谱。竟然把装订的一本（一册）当作"卷帙"，20本写作20卷。也不仔细察看这部《新刻金瓶梅词话》，在百回目录之后，便在第一回的首行，刻有"新刻金瓶梅词话卷之一"十个字。这一行顶行刻出卷帙"卷之"，在每一卷之首页（一、十一、二十一、三十一、四十一、五十一、六十一、七十一、八十一、九十一）全刻上了"卷之"十卷秩第之数。《新刻金瓶梅词话》之被称为十卷本，其理由在此。

遗憾的是，桂桐兄怎的疏忽了未去翻阅这部书的十卷卷帙，是怎么分的？明明刻的是十回一卷，桂桐竟把装订者的二十本，误成了每一本即一卷。不但有疏忽之错，却也有缺乏版本常识之误。

再说，这部《新刻金瓶梅词话》之卷帙，尚有一个误处误刻了两个"卷之四"，第四十一回至五十回这一"卷之五"，重刻为"卷之四"，是以这个本子缺"卷之五"。这情况，存世的三部（日美两部）都是这样错的（德山毛利文家的一部，同版后印，未能肯定改了此误本？）

此一问题，我1980年在日本京都访书，便发现了此一问题。涉及研究问题方面，无甚用处，也就未曾提起。但此一问题，尚无人道及之呢！

说来，我又占先了。

桂桐兄的此一大文，论及的此一问题，乃装订问题，与版本无丝毫关系。

台北所藏之《新刻金瓶梅词话》的二十本，居然在装订上散乱了卷帙，未依原编之十卷卷帙装订。揆之事理，其误可能出在藏书人。由于十卷本的《金瓶梅》词话一百回，各回篇幅长短不等。六、七两卷，某些回的字数，倍于其他。分作上下两函，下函高度超出上函寸许。而装函者，若不事先关照，上下两函套，势必相等高宽。（函套往往木质）藏书者为了装函方便，遂装函加以装订，至于合不合卷帙规则，藏书人的后代，可能不管这些的。遂造成了这些散乱情事（也许原藏书，非读书人）。

可是还有怪事落在郑振铎等人头上。他们在1932年获得过这部书，朋侪们凑银子印了百余部（一说印了两百部），却也按原书散乱卷帙装订。想必意忖其原样，然而，在我们台湾的这一部傅斯年藏本，第四本却多装了一回，原本装的是第十七回到第二十二回，傅氏之藏本则是第十七回到第二十三回，第五本则少装了一回（第二十三回到第二十六回）。

按《金瓶梅》的版本，问世的只有三种，曾称为"万历本"崇祯本"竹坡本"（第一奇书本）。万历本可以称之为"十卷本"，崇祯本可以称之为"二十卷本"。第一奇书则不分卷。

十卷本的只有一种，所谓词话本者也。

已问世的只有三部又二十三回残卷，也是同一刻本。1980年7月间，我在京都访书，京都大学文学部清水茂教授，陪我到大学图书馆，调阅这二十三回《金瓶梅》残卷，是那一回？那几页？此一情事，连鸟居久靖《〈金瓶梅〉版本考》都未作此一记录。返台后,曾写《〈金瓶梅〉这五回》一文,刊于1989年间,《金瓶梅》学会编印之《金瓶梅研究》之第一册,已全文刊出,已把这十三回的残卷之页全部记录在此文中。也就不必赘语矣。

总之,《金瓶梅》之十卷、二十卷之别,从分卷的学理来说,论内容,诚无分卷必要,尽管两者之间的内容,实有较大的不同。细究起来,也只是开宗第一回的改写,以及其中之戏曲小唱之删减两者,其他主题上的故事情节,从十卷本,既已改弦更张矣!所以我称十卷本的第一回的改写,是《金瓶梅》头上的一项王冠,戴不到西门庆的头上。

这一问题,我已论之又论,说之又说。

观之叶桂桐的这篇大文,似是强调《金瓶梅》在传抄时代,就是二十卷本。

试问桂桐兄,你提问卷帙的十卷、二十卷这个问题,与研究《金瓶梅》的诸多问题,有啥助益呢?我思之再三,想不通,它能关联到哪些与其相关的问题?

关于桂桐兄提出的第四项:传抄本、初刻本,以及《新刻金瓶梅词话》崇祯本《金瓶梅》之关系,倒是一个大问题,但与版本的十回、二十回,可就没有更大关联。

对于"抄本""刻本",我的研究业已提出"抄本"与"刻本"都有"前"和"后"两个时代,惜于至今无人参与此问题的讨论。兄之此文,虽以见及了此一问题,倒不曾读过我那么许许多多的版本问题之文。

快30年了。我研究的两个问题(成书年代及作者是谁?),无不得不一一从抄、刻本两个问题上着眼。30年来的辛勤,终于完成了《金瓶梅》的成书应在万历之说。肯定吴、郑二位先贤之所见确也。黄霖提出的屠隆说,谁能否定得了呢?在此击磬:吾人应知乎学贵于思也。

九、关于《金瓶梅》的版本与作者问题——兼致台湾魏子云先生

中国《金瓶梅》学会编的《金瓶梅研究》第六辑刊载了我的《〈金瓶梅〉卷帙与版本之谜》一文,著名的《金瓶梅》研究专家、台湾的魏子云先生在《徐州教育学院学报》2000年第1期上发表了大作《关于〈金瓶梅词话〉的卷帙》,对我的上述拙作提出了批评。魏先生在大作的开头,在引录了我所开列的台北"故宫博物院"藏本《新刻金瓶梅词话》装订所反映的《金瓶梅》早期传抄本的分卷情况的表格之后写道:

> 桂桐引的这一资料,可算是错得离谱。竟然把装订的一本(一册)当作"卷帙",20本写作20卷。也不仔细察看这部《新刻金瓶梅词话》,在百回目录之后,便在第一回的首行,刻有"《新刻〈金瓶梅词话〉》卷之一"十个字。……
>
> 遗憾的是,桂桐兄怎的疏忽了未去翻检这部书的十卷卷帙,是怎么分的?明明刻的是十回一卷,桂桐竟把装订者的20本,误成了每一本即一卷。不但有疏忽之错,却也有缺乏版本常识之误。

我颇疑心魏先生似乎并没有认真看我的文章,因为:
第一,我在开列上述表格之前,就有这样一段文字:

> 我以为传抄本《金瓶梅》每卷的回数不等,而且认为 1932 年在山西省发现的《新刻金瓶梅词话》(现存台湾省)的装订情况,基本上或大致上反映了《金瓶梅》传抄本的分卷情况,即每卷所包含的回数情况。

第二,我在开列上述表格时,有这样一段说明:

> 此种《新刻金瓶梅词话》共装订成二十册,每册大致相当于传抄本《金瓶梅》的一卷,其每册所包含的回数情况如下……

第三,我在开列了上述表格之后,又明确地写道:"现存世的《新刻金瓶梅词话》本为十卷本,书共一百回,刚好每卷十回……"

第四,关于上述表格,我又曾更为明确地写道:"按我们上述所开列的《新刻金瓶梅词话》装订所反映的《金瓶梅》早期传抄本的分卷情况来看……"

因此,我以为上述表格中的"卷"是指传抄本《金瓶梅》,而不是指《新刻金瓶梅词话》,我交代得已经够清楚的了,但魏子云先生却说我"错得离谱",我不知道我错在何处。我也并没有像魏先生所说的"怎的疏忽了去翻检这部书的十卷卷帙,是怎么分的?"我不仅在文章中,如上所引,明确地说过这部十卷本《新刻金瓶梅词话》的分卷情况,而且关于其装订情况,因为我没有机会亲自去翻检该书,而是拜托香港梅节先生代我去翻检。梅节先生为此专门给我回了两封信,因为第一信抄写有误,核实后又写了第二封信加以更正。梅节先生的两信俱在,可以做证。

又,关于"卷帙"这一术语,我的用法也不错,先生翻检一下商务印书馆 1979 年修订版的《辞源》,就清楚了。

其实,我以为我与先生的根本分歧并不在于我关于《金瓶梅》"卷帙"的叙述,也不在于我关于"卷帙"一词的用法,而在于我与先生关于《金瓶梅》的版本和作者的认识有较大的分歧。先生对于我的批评,也不限于《关于〈金瓶梅词话〉的卷帙》这篇短文。当今年春季,我把我关于《新刻金瓶梅词话》的刻印时间当为清初、"廿公跋"的作者当为杭州书商鲁重民,以及《金瓶梅》作者不可能是"兰陵笑笑生"等新的见解写信告知魏先生之后,魏先生不仅在回信中,而且在惠赠给我的已经绝版的《明代金瓶梅史料诠释》[①]一书的扉页上,写下了这样的意见:

---

① 魏子云著,台北贯雅文化事业有限公司 1992 年版。

兄对廿公及欣欣子二人，另有见解，弟至感兴趣。然考据一事，弟尊师传，必须以历史为基础，社会为因素，更须有训诂方法。未可以己心臆之也。

我衷心感谢魏先生的赠书与教导，先生的用语虽然委婉，但责我之意亦溢于言表矣。

诚如先生所言，先生"那么许许多多的版本问题之文"，我并没有完全读过。先生关于《金瓶梅》的大著据说已有16种之多，我手头仅有《金瓶梅词话注释》《潘金莲》《明代金瓶梅史料诠释》三种，关于先生其余大著中的主要见解，则是通过近20年来，大陆出版的一些关于《金瓶梅》研究的论文集和一些杂志里所收录的先生的文章中了解的。仅就我所知见的大著和论文而言，先生对于《金瓶梅》研究用力最勤，其贡献可谓大矣，对我的启发亦可谓多矣，比如先生所考出的马仲良"榷吴关"的时间是万历四十一年，就廓清迷雾，解决了《金瓶梅》版本上的一大悬案，给我留下了极为深刻的印象。

作为先生的晚辈后学，对于先生关于《金瓶梅》研究的评价，到此就可以画句号了。但先生既然把我当作忘年交，且为了研讨的深入，希望我能对于先生的《金瓶梅》研究谈点批评意见，我只好遵从了。

"智者千虑，必有一失"。直白地说，我以为先生关于《金瓶梅》研究之失，正集中在如先生所责我的对于若干问题的"以己心臆之"和"训诂"两个方面。关于我认为的先生"以己心臆之"的一些见解，容我有机会慢慢与先生交谈。我以为先生即在"训诂"方面，"以己心臆之"者，亦不乏其例，因此这里就谈谈"训诂"方面的问题。仅以先生最近惠赠给我的大著《明代金瓶梅史料诠释》中的为人们最为熟悉的《新刻金瓶梅词话》卷首的三篇序跋的诠释为例，先生的断句和训诂就有不少与我的理解大相径庭，为我所难以接受。

先说"欣欣子序"的断句。序中有云"如离别之机将兴憔悴之容必见者所不能免也"，先生断为："如离别之机，将兴憔悴之容，必见者，所不能免也。"我则主张断为："如离别之机将兴，憔悴之容必见者，所不能免也。"校勘方面的问题就不谈了。

再说《东吴弄珠客序》和"廿公跋"的训诂。

序中有云"如诸妇多矣，而独以潘金莲、李瓶儿、春梅命名者，亦楚梼杌之意也"。对于"梼杌"一词，先生注曰：

"梼杌"，人名，楚国人。是一位人所共知的恶人，是以楚人以"梼杌"这人的名字，作为戒惧而舍恶向善的对象。所以书名以潘金莲、李瓶儿、春梅三人的名字，各取其一而代之，这也是楚梼杌的意思。

我以为这里的"楚梼杌"，典出《孟子·离娄下》："晋之《乘》，楚之《梼杌》，鲁之《春秋》，一也。""梼杌"即今通谓之"史"或"历史"也。弄珠客认为，《金瓶梅》作者，将潘金莲、李瓶儿、春梅三人名字各取一字作为书名，是让人们把该书作历史看，是所谓"孔子作《春秋》而乱臣贼子惧"之意也。

"廿公跋"中的第一句话是："《金瓶梅传》，为世庙时一巨公寓言，盖有所刺也。"先生是这样注解此句的：

> 这里说"为世庙时一巨公寓言"，意思是说《金瓶梅》这部书，传写的是"世庙"(嘉靖)时，某一巨公的寓言小说。"为"字读第四声，译成语体应是："替嘉靖朝某一巨公传出的寓言(小说)。"

我以为这里的"为"字应读第二声，即语体的"是"或"系"。"为世庙时一巨公寓言"，译成语体应是："是嘉靖朝某一巨公所作的小说。""寓言"即小说，借用《庄子》中的"寓言"来称"小说"。我与先生理解的不同之处是：先生认为这"世庙时一巨公"是《金瓶梅》一书所描写的对象，而我则以为这"世庙时一巨公"是指《金瓶梅》一书的作者。我以为先生对于"为世庙时一巨公寓言"的解释去"廿公"之意千里矣。

魏先生在《关于〈金瓶梅词话〉的卷帙》中发问说："试问桂桐兄，你提出卷帙的十卷、二十卷这个问题，与研究《金瓶梅》的诸多问题，有啥帮助呢？我想之再三，想不通，它能关联到哪些与其相关的问题？"

我的回答是，先生如果能把我关于《金瓶梅》版本与作者的几篇论文联系起来看一下，就会明白的。因为这样不仅可以了解我的主要见解，而且可以见出我的曲折乃至苦痛的思索历程。这些论文是：《〈金瓶梅〉抄本考》①、《从〈续金瓶梅〉看〈金瓶梅〉的版本与作者》②、《流播之谜——〈金瓶梅〉与余象斗》③、《〈金瓶梅〉卷帙与版本之谜》、《论〈金瓶梅〉廿公跋的作者当为鲁重民或其友人》④、《二十年来〈金瓶梅〉作者考证之检讨》⑤、《〈金瓶梅〉版本与作者新论》⑥。

关于《金瓶梅》的版本与作者，我的主要见解如下：

第一，手抄本《金瓶梅》只有一个系统，为卷二十，每卷回数不等。

第二，初刻本《金瓶梅》即沈德符所谓"吴中悬之国门"的刻本，卷端只有"东吴弄珠客序"，没有四首[行香子]引词和四贪诗，书名就叫作《金瓶梅》词话，它是以刘承禧抄本系统为底本刻印的。

第三，崇祯本《金瓶梅》有两大系统，一为每半页10行，每行22字，只有"弄珠客序"；一为每半页11行，每行28字，有"弄珠客序"和"廿公跋"。就系统论，后者晚于前者，后者以

---

① 载《文学遗产》1988年第3期。
② 载《吉林大学学报》(社科版)1989年第2期。
③ 见我的博士论文《论金瓶梅》，存中国社会科学院研究生院。
④ 载《烟台师范学院学报》1999年第4期。
⑤ 载《聊城师范学院学报》2001年第1期。
⑥ 见我提供给第四届国际《金瓶梅》学术讨论会(山东省五莲县，2000年10月)的论文，已收入王平等编《金瓶梅文化研究》，华艺出版社，2000年9月版。

日本内阁文库藏本为代表,刻于明崇祯十四至十六年,为杭州书商鲁重民所刻,"廿公跋"即其所作,就作用而言,乃一"告白",即广告。

第四,《新刻金瓶梅词话》(现存三"全本",一残本)为初刻本《金瓶梅》词话的翻刻本,有"欣欣子序""廿公跋""弄珠客序",加上了四引词与四贪诗,刻印时间为清初。"欣欣子序"为此刻所加,所谓《金瓶梅》作者是"兰陵笑笑生"乃书贾作伪。

第五,《金瓶梅》虽然成书于万历间,但作者之于嘉靖间史实十分熟悉,假定作者嘉靖末年为30岁,至清顺治元年即已108岁。欣欣子既云"兰陵笑笑生"是其友人,年辈当相仿,但从"欣欣子序"的语气来看,非百岁以上老人所为。"兰陵笑笑生"不可能是《金瓶梅》作者。

三百多年前,《新刻金瓶梅词话》的出版者在翻刻《金瓶梅》词话时,制造了一个骗局,加上了一篇"欣欣子序",言之凿凿地说"兰陵笑笑生"是《金瓶梅》的作者,这其实是当时书商们司空见惯的做法,本不足为怪。但20世纪,特别是20世纪最后20年的《金瓶梅》版本与作者研究却因此误入了歧途。

20世纪80年代初,日本学者荒木猛撰写了一篇题为《关于新刻绣像批评金瓶梅(内阁文库藏本)的出版书肆》的文章,发表在1983年6月的《东方》上。原来,内阁文库藏本《新刻绣像批评金瓶梅》,书肆在装订时,装为20册,为了节约纸张,封面没有用好纸,而使用了该书肆印其他书时的一些废书页。荒木猛先生认真地考察了这些废书页,从而判定内阁文库藏本《新刻绣像批评金瓶梅》的出版书坊主人为杭州鲁重民,该书刻于崇祯十三年之后,进一步证明了郑振铎先生判断说散本《金瓶梅》为崇祯本的眼光之敏锐。1989年齐鲁书社出版了黄霖、王安国编译的《日本研究〈金瓶梅〉论文集》,收录了荒木猛先生的这篇文章。但似乎并未引起多大的反响。我是通过《日本研究〈金瓶梅〉论文集》才读到该文的。当时亦只是觉得荒木猛先生做学问很细心严谨,但其结论亦无更多的价值。

10年之后,即20世纪末,当我面对《金瓶梅》版本与作者研究中出现的若干问题,试图对于20年来的《金瓶梅》版本,特别是作者研究做个总结,因而不得不重新翻阅我所收藏的所有有关资料时,终于发现了荒木猛先生的这篇论文的潜在的价值。

在荒木猛先生论证了内阁文库藏本《新刻绣像批评金瓶梅》出于杭州鲁重民的书坊,刻于崇祯十三年之后的基础上,我通过对现存崇祯本的分析,认为内阁文库藏本《新刻绣像批评金瓶梅》才开始出现"廿公跋",因为这才有版本的依据,其余说法都缺乏版本依据。又通过对鲁重民的行事做派的分析,判定"廿公跋"即出于其手,写作时间为崇祯十四至十六年。然后又通过对"东吴弄珠客序""廿公跋""欣欣子序"三者之间的内在关系的分析,以及"欣欣子序"所流露出来的时间印记,从而判定"欣欣子序"晚于"廿公跋"。"廿公跋"作于崇祯十四至十六年,崇祯十七年也就是清顺治元年,"欣欣子序"既晚于"廿公跋",其写作时间已为清初。而"欣欣子序"首见于《新刻金瓶梅词话》,这才有版本上的依据,其余种种推测均无版本依据。因此,《新刻金瓶梅词话》必刻于清初。准此,则"欣欣子序"乃书贾作伪(当然它在中国文学批评史上自有其价值),"兰陵笑笑生"不可能是《金瓶梅》的真正作者,不过是《新刻金瓶梅词话》的编校者,所以明代那么多《金瓶梅》的知情人、知见者无一人提及也就不奇怪了。至此,三百多年前的这一骗局终于被揭穿了。

当我把这些新的见解写成论文先后投寄给大陆与台湾的几家杂志时,却都遭到了冷遇。我又把这些见解与海内外的若干学者交谈,似乎仍然是"把吴钩看了,栏杆拍遍,无人会,登临意"。

尽管如此,当我回顾我近20年来关于《金瓶梅》研究中的版本与作者研究时,我仍然觉得"实迷途其未远,觉今是而昨非"。

当然,是耶,非耶,还是让历史去评判吧!

十、《金瓶梅》版本研究商榷——兼致梅节先生

梅节先生的《〈金瓶梅词话〉的版本与文本》(《〈金瓶梅词话校读记〉序》)刊于《明清小说研究》2004年第1期。我读过之后,有些看法,本来想立刻写出来向梅先生请教,但因为工作与身体的原因,一直未能如愿。现在我的身体已经康复,课程也已经结束,有一点空闲,就写出来,既是向梅节先生请教,同时也向海内外的学者请教。

(一) 我与梅节先生的相同之处

梅节先生比我大十几岁,从20世纪80年代一起开《金瓶梅》学术研讨会相识,到现在快有20年了,是真正的老朋友了。不仅如此,在中外"金学"界,关于《金瓶梅》的版本问题,只有我与梅节先生的观点最为接近。我们俩之间最重要的相同之处是:

1. 认为现存所谓"万历本"《新刻金瓶梅词话》(有三种"完本":一藏台北"故宫博物院",一藏日本日光山轮王寺慈眼堂,一藏日本德山毛利氏栖息堂;一种残本存日本京都大学图书馆。此四种《新刻金瓶梅词话》同一版刻,但刷印时间不同)晚于日本内阁文库藏"崇祯本"《新刻绣像批评金瓶梅》。

2. "崇祯本"(或谓之"说散本""文人本")虽然是根据《金瓶梅》词话本改写的,但却不是依据现存本《新刻金瓶梅词话》改写的;相反,《新刻金瓶梅词话》依据日本内阁文库藏"崇祯本"《新刻绣像批评金瓶梅》校改过。

梅节先生的这种见解形成于80年代的《新刻金瓶梅词话》校勘过程中。据我所知,他的见解最早公布在《〈金瓶梅词话〉本与说散本关系考校》[①]一文中。2002年12月,梅节先生把他的另一篇论文《新刻〈金瓶梅〉词话后出考》连同一组《金瓶梅》插图的复印件寄给了我,但那上面注明说"未定稿,欢迎批评,请勿引用",后来该文刊于北京《燕京学报》新15期(北京大学出版社,2003年)。我没有核对过,不知刊出稿比未定稿改动大小。

我关于《金瓶梅》版本的研究始于20世纪80年代后期,那时我就读于中国社会科学院研究生院,师从蒋和森先生学习研治明清小说,我的博士论文就是《论金瓶梅》。我的博士论文中有《从〈续金瓶梅〉看〈金瓶梅〉的版本与作者》一节,后来刊于《吉林大学学报》1992年第2期,该文的结论部分中有这样一段话:

---

① 吉林大学中国文化研究所编《金瓶梅艺术世界》,吉林大学出版社,1991年版。

直到清顺治十八年(1661)丁耀亢写《续金瓶梅》时,他还不知道什么兰陵笑笑生,还没有见过《新刻金瓶梅词话》,这是很值得人们深思的。当然,这有两种可能,即要么《新刻金瓶梅词话》还未问世;要么已经问世,而丁耀亢没有见到。但以丁氏与《金瓶梅》词话的种种关系,以及他的广泛交游,如果《新刻金瓶梅词话》已经问世,而且是万历年间刊行的,那么到丁氏写《续金瓶梅》时,四十年过去了,丁氏居然毫无所闻,连作者为兰陵笑笑生这样重大的问题都一无所知,在情理上似乎也说不过去。在《金瓶梅》的版本与作者的研究中,有一个令人十分难以理解的问题,这就是有明一代与《金瓶梅》发生过这样那样的关系的人可谓多矣,但却从未有一个人涉及这位兰陵笑笑生。然而现在论《金瓶梅》版本研究的人,几乎众口一词,说《新刻金瓶梅词话》是万历本,这实在很值得怀疑。

到1998年我撰写《论〈金瓶梅〉"廿公跋"的作者为鲁重民或其友人》①、撰写《金瓶梅作者考证的重要线索与途径——二十年来〈金瓶梅〉作者考证之检讨》②、《〈金瓶梅〉的版本与作者新论》③、《中国文学史上的大骗局 大闹剧 大悲剧——〈金瓶梅〉版本作者研究质疑》④等论文,比较系统全面地阐述了我对《金瓶梅》版本与作者的看法:

现存所谓"万历本"《新刻金瓶梅词话》,实刻于清初;兰陵笑笑生不是《金瓶梅》作者;说《金瓶梅》作者是兰陵笑笑生,这不过是三百年前的一位书商制造的一个骗局;兰陵笑笑生只是《新刻金瓶梅词话》的编校者。

(二) 我与梅节先生的不同之处

关于《金瓶梅》的版本问题,我与梅节先生的不同之处如下:

1. 梅节先生认为"万历末天启初刊行的"《金瓶梅》是"文人改编、有丁巳弄珠客序和廿公跋、名为《金瓶梅》的第一代说散本(**叶按**:即大多数学者所说的崇祯本)";我认为这个《金瓶梅》的初刻本是词话本,而且所使用的底本就是刘承禧的缺了第五十三回至五十七回的所谓"全抄本"。详见拙作《〈金瓶梅〉抄本考》。⑤

2. 梅节先生认为上述这一《金瓶梅》初刻本卷端有丁巳弄珠客序与廿公跋;我认为这一刻本卷端只有弄珠客序,没有廿公跋。

3. 梅节先生既然认为上述万历末天启初刻本《金瓶梅》卷端有廿公跋,那就是说他认为廿公跋的写作时间不晚于万历末天启初;而我认为廿公跋的写作时间为崇祯十四至十六年。

4. 梅节先生认为《新刻金瓶梅词话》刻于明代;我认为它刻于清初。

---

① 载《烟台师范学院学报》1999年第4期。
② 载《聊城师范学院学报》2001年第1期。
③ 收入王平、李志刚、张廷兴编:《金瓶梅文化研究》,华艺出版社,2000年版。
④ 载《烟台师范学院学报》2002年第2期。
⑤ 载《文学遗产》1988年第4期。

（三）向梅节先生提两个问题

1. 梅节先生反复强调说："《金瓶梅》艺人本（叶按：即人们通常所说的"词话本"）虽然是原典，明代首先刊行的却是文人改编的说散本（叶按：即人们通常所说的崇祯本），明清三百多年流行的也是说散本。""艺人词话本虽是母本，文人说散本改编自艺人本，但万历末天启初刊行的是文人改编、有丁巳弄珠客序和廿公跋、名为《金瓶梅》的第一代说散本。""第一代说散本书名《金瓶梅》，有廿公跋、东吴弄珠客丁巳序，一百回，分为二十卷，有简单眉批，无讳字，无图。"（均见《〈金瓶梅词话〉的版本与文本》）我想请问梅节先生：您说"万历末天启初刊行的是文人改编、有丁巳弄珠客序和廿公跋、名为《金瓶梅》的第一代说散本"有什么依据？

我认为万历末天启初刊行的有丁巳弄珠客序的《金瓶梅》初刻本是《金瓶梅》词话本，那书名的全称就叫《金瓶梅》词话。这至少有如下的依据：

第一，万历末天启初刊行的有丁巳弄珠客序的《金瓶梅》初刻本，就是沈德符在《万历野获编》中所说的"未几时，而吴中悬之国门矣"的刻本，而且所使用的底本就是刘承禧的缺了第五十三回至五十七回的所谓"全抄本"。详见拙作《〈金瓶梅〉抄本考》。鲁迅先生曾经依据沈德符的这番话，推论《金瓶梅》初刻本刻于万历庚戌（1610），当台湾的魏子云先生考证出马仲良榷吴关的具体时间为万历四十一年，则《金瓶梅》初刊本的刻印时间问题已经基本解决。当然说《金瓶梅》初刻本就是沈德符所说的"吴中悬之国门"的本子，并非是我的创见，也不是刘辉创见，早在半个多世纪之前，郑振铎先生就已经说过了。①

第二，薛冈在《天爵堂文集笔余》中说的也是这个刻本，这只要看看他所见到的《金瓶梅》抄本是文吉士即文在兹的抄本，这也是他将刻本予以比较的抄本就清楚了。

其余的理由请见拙作《中国文学史上的大骗局　大闹剧　大悲剧——〈金瓶梅〉版本作者研究质疑》，这里不再赘述。

2. 梅先生认为初刻本《金瓶梅》（我们姑且不论它是文人本，还是词话本）的卷端有廿公跋，不知有何证据？

据我所知，说《金瓶梅》初刻本上有弄珠客序，最早的文献依据是薛冈《天爵堂文集笔余》卷二中的一段话：

> 往在都门，友人关西文吉士以抄本不全《金瓶梅》见示，余略数回，谓吉士曰："此虽有为之作，天地间岂容有此一种秽书？当即投秦火。"
>
> 后二十年，友人包岩叟以刻本全书寄敝斋，予得尽览。初颇鄙嫉，及见荒淫之人皆不得其死，而独月娘以善终，颇得劝惩之法。但西门庆当受显戮，不应使之病死。简端序语有云："读《金瓶梅》而生怜悯心者，菩萨也。"序隐姓名，不知何人所作，盖确论也。

薛冈所说的刻本即《金瓶梅》初刻本，也就是沈德符所谓"未几时，而吴中悬之国门矣"的刻本。他所说的序就是弄珠客序，而没有说有廿公跋。据我所知，迄今为止，在现存文献

---

① 郑振铎：《谈〈金瓶梅词话〉》，原载《文学》第一卷第1期，1933年7月。

中,我们还没有发现有关廿公跋的任何记载,哪怕是片言只语。梅节先生说初刻本《金瓶梅》上面有廿公跋,也是缺乏版本依据的。廿公跋唯一的版本依据就是日本内阁文库本系统的崇祯本《新刻绣像批评金瓶梅》。

(四) 廿公跋在《金瓶梅》版本研究中的重要价值

关于崇祯本《金瓶梅》的分类,中国大陆学者中上海复旦大学的黄霖先生的标准是依据眉批的字数,将现存崇祯本分为二字行本(王孝慈本)、三字行本(内阁、东洋)、四字本(北大、天理、上甲)以及综合型本(上乙、天图)四系。我的分类标准是:

崇祯本《金瓶梅》有两个子系统,第一个子系统即每半页10行,每行22字,无廿公跋的系统,这种子系统以通州王氏藏本为最善、最早,可惜今已不知下落,现存者当以北京大学图书馆所藏《新刻绣像批评金瓶梅》为代表;第二个子系统,即每半页11行,每行28字,有廿公跋的系统,这种系统以日本内阁文库藏本为代表。①

我的崇祯本分类标准很明确,即以版式和有无廿公跋作为分类标准。

梅节先生对于崇祯本的分类标准与我大致相同,即以版式和有无廿公跋作为分类标准,但他又增加了关于有无插图以及插图的幅数的标准。这是以往的崇祯本研究中所没有而为梅节新增加的标准。我以为梅节先生的这一新标准,是非常重要的,是他对于崇祯本研究的新贡献。因为插图比较直观,更容易比较出版本的先后。但我却不能不特别提醒梅节先生注意:崇祯本两个子系统的本子的关系非常复杂,但如果就系统而言,则第一个子系统早于第二个子系统。详见拙作《中国文学史上的大骗局　大闹剧　大悲剧——〈金瓶梅〉版本作者研究质疑》。②

既然廿公跋成了分类的重要标准,可见它的重要了。不仅如此,这篇只有90余字的跋语甚至成了我们揭开《金瓶梅》版本之谜的关键。

我在拙作《论〈金瓶梅〉"廿公跋"的作者当为鲁重民或其友人》③一文中有这样一段话:

日本学者荒木猛先生对内阁文库本《新刻绣像批评金瓶梅》进行了认真考察,得出了令人信服的结论。

原来,这一刻本装订为20册,其封面是用该书肆刻印的别的书的废书页折叠起来的,根据这些废书页,可以断定该书肆为杭州鲁重民的书肆。

内阁文库本《新刻绣像批评金瓶梅》即为鲁重民所刻印。而那些用作封面的废书页,其中一种是该书肆刻印的《十三经类语》一书的,而《十三经类语》一书的序言的署名落款时间是崇祯十三年(1640)。《新刻绣像批评金瓶梅》当然刻于其后。假定《十三经类语》刻于崇祯十三年,那么《新刻绣像批评金瓶梅》当刻于崇祯十四到十六年。因

---

① 载《烟台师范学院学报》2002年第2期。
② 载《烟台师范学院学报》2002年第2期。
③ 载《烟台师范学院学报》1999年第4期。

为崇祯十七年,也就是清顺治元年,而"廿公跋"云"《金瓶梅传》,为世庙时一巨公寓言",显然是明人的口气,因此《新刻绣像批评金瓶梅》(内阁文库本)当刻于崇祯十四到十六年,"廿公跋"亦写于此时。

这一结论非常重要,它不仅揭示了《金瓶梅》三个序跋弄珠客序、廿公跋、欣欣子序的写作年代,即弄珠客序作于万历四十五年,廿公跋作于崇祯十四到十六年,而欣欣子序则作于清初。

梅节先生对于《金瓶梅》研究的贡献是多方面的,在《金瓶梅》版本研究方面单单是我在上面所提到的他认为《新刻金瓶梅词话》晚于日本内阁文库本《新刻绣像批评金瓶梅》,而且依据内阁文库本校勘过;在崇祯本的分类标准中增加了插图一项,等等,就很值得称道了。但梅节先生关于《金瓶梅》初刻本是说散本,关于初刻本《金瓶梅》上面有廿公跋的结论是颇值得商榷的,我以为正是因此两点,梅节先生并没有将《金瓶梅》各种版本的内在关系真正搞清楚。

拙作《中国文学史上的大骗局　大闹剧　大悲剧——〈金瓶梅〉版本作者研究质疑》中,有这样一段话,抄录如下,以供梅节先生参考与批评:

关于《金瓶梅》的版本,我以为我们现在可以作出如下的结论:

《金瓶梅》共有四种最有代表性的刻本(据崇祯本修改过的"张评本"不计):初刻本《金瓶梅》词话,崇祯本《新刻绣像批评金瓶梅》甲系(现以北京大学图书馆藏本为代表),崇祯本《新刻绣像批评金瓶梅》乙系(以日本内阁文库藏本为代表),《新刻金瓶梅词话》。

《金瓶梅》刻本上的序跋共有三篇:东吴弄珠客序、廿公跋、欣欣子序。这三篇序跋的写作时间为:东吴弄珠客序作于明万历四十五年(1617),廿公跋作于明崇祯十四到十六年(1641—1643),欣欣子序作于清初。

这三篇序跋在上述四种《金瓶梅》刻本中的刻印情况为:初刻本《金瓶梅》词话开端有东吴弄珠客序,这有薛冈《天爵堂文集笔余》为证;崇祯本《金瓶梅》甲系也在卷端收录了东吴弄珠客序;崇祯本《金瓶梅》乙系不仅收录了弄珠客序,又在其上加了廿公跋;《新刻金瓶梅词话》不仅沿袭了崇祯本乙系,收录了廿公跋、弄珠客序,又加上了欣欣子序(这是台湾藏本的顺序,日本栖息堂本顺序不同)。

上述四种《金瓶梅》刻本的序跋出现的顺序、分布以及四种刻本刻印之先后顺序昭然若揭,除了初刻本《金瓶梅》词话有薛冈的记述之外,其余都有版本上的依据。这才是事实的真相。

第四节 《金瓶梅》第五十三至五十七回

一、《金瓶梅》第五十三至五十七回研究概述

(一) 吴敢先生在《金瓶梅研究史》中对《金瓶梅》第五十三至五十七回研究的叙述：

四是五十三至五十七回问题。沈德符《万历野获编》："然原本实少五十三回至五十七回，遍觅不得，有陋儒补以入刻。无论肤浅鄙俚，时作吴语，即前后血脉，亦绝不贯串，一见知其赝作矣。"韩南《金瓶梅版本与素材来源研究》认为沈氏提出了两个问题：一是"看叙事之中是否有任何令人瞩目的不协调之处"，二是"比较一下一二个常用词在这些章回中的用法是否与这部小说其余章回中的用法相吻合"，而这二个问题便是判断五十三至五十七回是否如沈氏所说的标准。韩南下了相当大功夫也用了相当大篇幅检讨了这二个问题，结果关于第一个问题"证明第五十三至五十七回是补写的"；关于第二个问题，"在 A 版(按即词话本)的第五十三至五十七回中，或者在 B 版(按即崇祯本)的第五十三至五十七回中，迄今尚未发现任何可以考证的苏州方言，或者至少没有任何将使这些章回与作品的其余部分显得截然不同的方言"。韩南认为最早的 A 版只重写了第五十三、五十四回，最早的 B 版全书经删节、订正，其第一回经窜改。他因此假设一个五十三至五十七回系补写的版本，"这个'假设的版本'似乎有可能就是沈德符所说的那个版本，要不就是从它直接派生而来的版本"。刘辉《从词话本到说散本》"拿这五回与全书相较，或依样照描，或矛盾抵牾，俯拾皆是"，结论是"确系补以入刻"。王汝梅《金瓶梅探索》却认为"词话本第五十三回至五十四回与前后文脉络基本贯通，语言风格也较一致。而崇祯本第五十三回至五十四回在语言风格上与前后文不相一致，描写粗疏……如果沈德符所云'陋儒补以入刻'的话写在崇祯初年，这补入的文字，可能指 20 卷本之第五十三—五十四回，而不是指 10 卷本《金瓶梅》词话。"魏子云《沈德符论金瓶梅隐喻与暗示探微》异曲同工，得出与王汝梅同样的结论。马征《金瓶梅中的悬案》认为"沈德符所见到的初刻本《金瓶梅》今已失传，其第五十三至五十七回有可能是'赝作'；沈德符未见到的《新刻金瓶梅词话》中的这5回，不能说是'赝作'"。邓瑞琼《再论〈金瓶梅词话〉的成书》"发现这五回并非一人所为，亦非一时之为"，其"五十三、五十四两回可以连贯，而与其前后不贯串"、"五十五、五十六、五十七三回各不连贯，且各与书中有关情节有出入"便是证明，她认为"《金瓶梅》词话是一部抄本汇集本，书的各'部分'间，只有来源之别，而无'赝'正之分"，她否认"原本实少五十三回至五十七回"，也否认有所谓"陋儒"临时将"赝作""补以入刻"。许建平《金学考论》第五章为《第五十三—五十七回探原》，他详尽考察了这五回与原书的差异以及这五回之间的差异，结论是"小说第五十三—五十七回的确如沈德符所言，是由他人补入的"，但"绝非出自一人

之手。大体说来第五十四回'应伯爵郊园会诸友'为一人所写,第五十四回后半回'任医官豪家看病症'则为原作者手笔,第五十三、第五十五、第五十六、第五十七共四回为一人所写"。

潘承玉《金瓶梅新证》开首一章就是《〈金瓶梅〉五十三—五十七回真伪论》,其通过全面考察表明"五回脱离了词话本使用方言词的惯性系统","五回的艺术描写水平远逊于词话本的整体水平","五回的情节与生活逻辑和词话本的情节逻辑相抵触","五回的人物刻画背离了词话本的性格逻辑",结论是"词话本第五十三回至五十七回确为陋儒补作;陋儒有两个,一个补作了五十三、五十四回,另一个补作了五十五—五十七回","第二个陋儒为了弥合补作与原作的缝隙,又在五十九、六十、六十一诸回中插入了不少文字。"郑庆山《金瓶梅新考》"主要结论是:一、《金瓶梅》第五十三—五十七回为后人补作,五十三、五十四两回为一人,五十五—五十七回为另一人;二、南方陋儒据书前原著总目补撰,但与前后各回原著乖违不协,疏漏脱节"。王利器《〈金瓶梅词话〉成书新论》认为补写这5回的是袁无涯。

杨国玉《〈金瓶梅〉第五十三—五十七回"赝作"勘疑》(《金瓶梅与清河》)认为这五回还有词话本与绣像本的差别,也不容忽视:"这两个版本在第五十三—五十七回的最大区别在于第五十三、五十四回两回的文字全然不同;另外,崇祯本的第五十五回有描写李智、黄四借银子以及来保自东京回来汇报为李桂姐说人情之事的近1500字为万历本所无。"并且认为:"崇祯本第五十三、五十四回保留了万历本的原作。"石昌渝《〈金瓶梅〉五十三回至五十七回辨——〈金瓶梅〉版本系统再认识》(盛源、北婴选编《名家解读〈金瓶梅〉》,山东人民出版社,1998年版)则认为现存万历本的第五十三、五十四回实为原作,而"补以入刻"的是从崇祯本挖移过来的第五十五—五十七回。①

(二)《金瓶梅》第五十三至五十七回研究概述

《金瓶梅》第五十三至五十七回到底是怎么回事?它在版本研究中有什么独特的价值?

凡认真研究《金瓶梅》的人,对于这五回几乎没有不留意并认真加以研究的,这种研究包括将词话本《金瓶梅》这五回与全书的对比研究,词话本这五回与崇祯本这五回的对比研究。

沈德符《万历野获编》:"然原本实少五十三回至五十七回,遍觅不得,有陋儒补以入刻。无论肤浅鄙俚,时作吴语,即前后血脉,亦绝不贯串,一见知其赝作矣。"

韩南《金瓶梅版本与素材来源研究》认为沈氏提出了两个问题:一是"看叙事之中是否有任何令人瞩目的不协调之处",二是"比较一下一二个常用词在这些章回中的用法是否与这部小说其余章回中的用法相吻合",而这二个问题便是判断五十三至五十七回是否如沈氏所说的标准。

研究基本上都是围绕着沈德符所说的"前后血脉,亦绝不贯串""时作吴语"即情节、方

---

① 吴敢:《金瓶梅研究史》,中州古籍出版社,2015年版,第129—130页。

言两个方面进行。在情节研究方面有韩南、魏子云、郑庆山、石昌渝、许建平等,在方言研究方面有韩南、朱德熙、杨国玉等。

1. **情节研究**:

韩南先生的研究

韩南下了相当大功夫也用了相当大篇幅检讨了这两个问题,结果关于第一个问题"证明第五十三至五十七回是补写的";关于第二个问题,"在 A 版(按即词话本)的第五十五至五十七回中,或者在 B 版(按即崇祯本)的第五十三至五十七回中,迄今尚未发现任何可以考证的苏州方言,或者至少没有任何将使这些章回与作品的其余部分显得截然不同的方言"。韩南认为最早的 A 版只重写了五十三、五十四回,最早的 B 版全书经删节、订正,其第一回经窜改。他因此假设一个第五十三至五十七回系补写的版本,"这个'假设的版本'似乎有可能就是沈德符所说的那个版本,要不就是从它直接派生而来的版本"。

他说:

第一,因此我们有充分的理由下结论,(甲系——词话本)第五十三回与五十四回的作者并不是写甲系五十五回至五十七回的同一个作者。两种当然都不是原作,都是后来增补的;又是由两个不同的编梓者所增补,而且增补入刻时间也不同。其中,甲之第五十三回及五十四回,明显的是较晚才补刻的,在若干实例中已看出其优于另外的那三回。

由这些结论,可知甲乙系(指词话本和崇祯本)最初的版本间(**叶按**:指五十三回至五十七回)并无直接演化的关系。

因此要说明甲乙版本之间的关系只能先认定流传下来的版本之外,有另一种甚至一种以上的版本存在的事实。

刘辉的研究

刘辉《从词话本到说散本》"拿这五回与全书相较,或依样照描,或矛盾抵牾,俯拾皆是",结论是"确系补以入刻":

五十三回至五十七回确系"补以入刻"。

沈德符在《野获编》里说:"然原本实少五十三回至五十七回,遍觅不得。有陋儒补以入刻,无论肤浅鄙俚,时作吴语,即前后血脉,亦绝不贯串,一见知其赝作矣。"细读,这段记载是可信的。

(1)这五回出现的情节,大都是前后各回诸情节的重演。唯一重要的一件事是西门庆去东京认蔡京为"义父",其实,这也是第七十回〈西门庆工完升级的翻版〉。

(2)人物性格不统一了。如写西门庆突然"仗义疏财,救人贫难,人人都是赞叹他的。"(第五十六回)他一贯与常时节虚以周旋,现在却解囊相助,前后矛盾。数次痛骂薛姑子的西门庆，摇身一变，弄起"拈香拜佛"的勾当(第五十三回)，这也不是《金瓶梅》词话中的西门庆。对于惯于趋奉西门庆的应伯爵之描写，更把他的帮闲性格给扭曲了。试看一向吮痈舐痔的应二花子竟敢板起面孔，"正色"教训起西门庆来(第五十三回)，完全违背了人物性格的内在发展逻辑。至于写他作东请客，也不是这个揣客所能为。对"一路开口一串铃""舌上有刀"的潘金莲，动不动就"唠唠叨叨""喃喃呐呐"，俨然变成了另外一个人。

(3)随意添加人物。半路上又杀出一个苗员外，他既不是死去的苗天秀，也不是西门庆弄权受贿救出的苗青。前后都无交代，仅为赠送歌童，添此一人。

(4)任意编造细节。不知何时，潘金莲房里摆上了"象牙床"(第五十七回)。明明第九回交代西门庆娶潘金莲进门内，"旋用十六两银子，买了一张黑漆欢门描金床"，及至见李瓶儿有张螺钿厂厅床之后，又叫西门庆花了六十两银子买来一张有栏杆的螺钿床(第二十九回)。同时，第九十六回春梅重游旧家池馆时还问起这张床的下落。应当说，有关这一细节，前后已交代得非常清楚。作者却置此不顾，任意编造出一张"象牙床"，难怪沈德符说是"前后血脉，亦绝不贯串"了。更有甚者，奴才玳安到李瓶儿住处找西门庆，却先在门前"打个咳嗽"(第五十七回)，更是闻所未闻！

如果拿这五回与全书相较，或依样照描，或矛盾抵牾，俯拾皆是。肤浅鄙俚，不能卒读。究竟是哪一位"陋儒"所补，有待进一步去考实。但是这五回是游离全书之外，后来补续上去的，则是确凿的事实。①

王汝梅的研究

王汝梅《金瓶梅探索》却认为：

词话本第五十三回至五十四回与前后文脉络基本贯通，语言风格也较一致。而崇祯本第五十三回至五十四回在语言风格上与前后文不相一致，描写粗疏……如果沈德符所云"陋儒补以入刻"的话写在崇祯初年，这补入的文字，可能指20卷本之第五十三至五十四回，而不是指10卷本《金瓶梅》词话。

魏子云先生的研究

魏子云先生关于《金瓶梅》第五十三回至五十七回的研究，集中在其长篇论文《〈金瓶梅〉这五回》中。魏子云《金瓶梅这五回》：

按十卷本这一回回目是"吴月娘承欢求子息，李瓶儿酬愿保儿童"，一下笔便接上一回(五十二回)的情节，写吴月娘等人在花园游玩，官哥被大黑猫吓着了，抱回房去，哭个不停。吴月娘回房睡了一觉醒来，已经更次，还惦记着官哥的受惊。不但遣小玉去问，跟着又自己去看望。还怜惜着说："我又不得养，我家的人种，便是这点点儿。……"用

---

① 韩南：《金瓶梅的版本及其他》，载胡文彬：《金瓶梅的世界》，北方文艺出版社，1987年版，第112—120页。

来烘托吴月娘的母爱心肠,来引发"求子息"的第一个层次。跟着再写吴月娘由李瓶儿房里回来,路上听到照壁后潘集连向孟玉楼挖苦她没有志气,自己没得养,竟去李瓶儿房那里"呵卵脬"(巴结之意)。气得吴月娘回房就睡,连午饭也不吃了。于是,关上房门,偷偷儿取出薛姑子泡制的妊子药来观赏,并暗自祝祷上苍,能在明天壬子日服了,便得种子,不使她作无祀的鬼。这种写法一如楔子的述剖吴月娘求子息的迫切心情。给这一上半回目的"求子息",再完成了第二个情节层次。在这里却又插入了承接上一回的情节发展,写西门庆到刘太监庄上,应黄、安二主事邀宴。为吴月娘的"承欢求子息"垫上一个承转的时空。……

二十卷本的第五十三回,上半回目是"潘金莲惊散幽欢",下半回目才是"吴月娘拜求子息"。光是从回目看,两者之间便已有了出入。

按二十卷本的这一回一下笔就写西门庆赴宴黄、安二主事之席。写了十九行(五百二十余字)弱,便转入陈经济与潘金莲勾搭的情节。……便写西门庆回家来了。先到月娘房中,月娘让他明日来,推说"今日我身子不好"。西门庆遂到潘金莲房中。下面便写到吴月娘服用妊子药的情节(只写了约七行篇幅,不到二百字)。下写应伯爵来。黄、安二主事来拜。……下面便写到王姑子到来,商定于"来日黄道吉日"起经,为李瓶儿酬愿。就这样,这一回就结束了。全面的情节安排穿插,可以说是乱麻一团,既看不出上下回目的情节分野,也看不出他的回目所写"潘金莲惊散幽欢,吴月娘拜求子息"的突出笔墨在何处?细究起来,可真的是"陋儒补以入刻"者也。

我们也无法从这一整回的情节中,寻出它的主干故事来,只是一些东拉西扯的拼凑。不像十卷本的这一回,把上下回目的分野,极为清楚的泾渭分明。而且,穿插进来的事故,不惟真实得令人读来如身在其中,一切恰似所见所闻,尤其趣味盎然。二十卷本的这些杂凑,如何能比呢?它之所以比十卷本少了五千多字,原因在此。

若是看来,沈德符《万历野获编》的这句"有陋儒补以入刻"的话,应是指的二十卷本,不是十卷本。

叶按:魏子云先生这里所说的"二十卷本"是指崇祯本,"十卷本"指的是《新刻金瓶梅词话》。

魏子云先生对词话本和崇祯本《金瓶梅》第五十三回至五十七回的文字进行了非常认真细致的比对,他的结论是:

经过比对校勘,已证明沈德符说的"五十三回至五十七回"是"陋儒补以入刻"的话,可印证在20卷本(按:指崇祯本)身上,按不到10卷本(按:指"词话本")头上去,例如第五十三、五十四两回,是彻头彻尾重写过的。第五十五、五十六两回,也有改写不衔的痕迹。

但他也承认:"若是情形,(沈德符)自在暗示20卷本以前还有一部10卷刻本。"

郑庆山先生的研究

他说:

由以上比较分析,可见张批本和词话本(指《新刻金瓶梅词话》)全渊于丁巳初刻本。词话本的底本就是丁巳初刻本,词话本对底本又作了极少量的文字修改。

郑庆山先生的研究首见于《〈金瓶梅词话〉本与张竹坡评本》,已收入其专著《金瓶梅论稿》(辽宁人民出版社,1987年版)中,又见于他为1986年第二届《金瓶梅》学术讨论会提交的论文《〈金瓶梅〉补作述评——版本论补说》,估计此文已经收于其《金瓶梅新考》(吉林大学出版社出版,2012年版),但我未见过。

石昌渝先生的研究

石昌渝先生则认为,现存万历本的第五十三回及五十四回两回实为原作,而"补以入刻"的是从崇祯本挖移过来的第五十五回至五十七回。

许建平先生的研究

许建平先生认为,现存万历本第五十三回至五十七回中,除第五十四回前半回"任医官豪家看病症"为原作外,其余均系江浙一带读书人补入的"赝作",且第五十四回前半回"应伯爵郊园会诸友"的补作者与其他部分并非同一人。

第五十三至五十七回还原:

沈德符是明人中最早读过并拥有《金瓶梅》手抄本全本的人,当时拥有《金瓶梅》手抄全本的王世贞、徐阶、刘承禧、袁小修等对此书全貌与流传过程皆未留下只言词组,唯有沈德符向后人透露了其中的秘密,且他的话来自其亲眼目睹的第一手材料,故而最具权威性。当然不可否认,《万历野获编》卷四"《金瓶梅》"条的那段文字,为推卸他刻书行世有伤风化的责任,也有自我遮掩之处。不过关于《金瓶梅》这五回为人所改的话与刻书有伤风化会招来世人唾骂毫无关系,所以他不必作伪。他说"遍觅不得",足见在当时流传的手抄本就缺这五回,而且沈德符为了填空补缺,四处寻觅,花了不少时间和气力。当他在刻本中突然发现了这五回,一读竟不是那么回事,惊喜顿时变为失望,这种感受应是真实可信的。……

现在我们见到的《新刻金瓶梅词话》第五十三至五十七回的问题真不少,不但与沈德符所言相合,而且也有沈德符尚未提及之处。其可疑处粗略说来有以下五个方面:

1. 主要人物性格变了。西门庆虽说是位市井小人物,然在交男友上眼界甚高,在"十兄弟"面前,他总有居高临下之概,只对应伯爵格外亲厚,即使在与妓女做爱时(如李桂姐、郑爱月)应伯爵闯入捣乱,西门庆也不发火,至多骂句"怪狗才"就完了。然而对其他几位"兄弟",便换了付面孔,乃至拒之门外(如对白来闯),但凡在酒席上相会,从不失兄长之尊,从未与他们一同打骂取笑过。但到第五十四回郊外会友,西门庆一失往日尊严,与白来创、常时节一伙不分大小尊卑,犹似一群孩儿嬉戏。这种描写与西门庆的性格及其同十兄弟的关系大相径庭。

应伯爵是位马屁精、巧鹦鹉,在西门庆面前说起话来滔滔不绝,妙语连珠,趣味横生,逗得大家很开心,这也是西门庆所以格外喜欢他的原因之一。西门庆骂他是"谄断了肠子的狗才",就连砖厂的主管薛内相也昵称他为"快说笑的应先儿"。他像戏剧中小丑,一旦出场,故事就活了起来,就涌起趣味波澜。然而在第五十三至五十七几回书中,这个应花子如同死了一般,不是在西门庆面前无话说,就是出语甚俗,寡淡无味,几乎无一句歇后语、土语,像完全换了一个人儿。向来吝啬的常时节、白来创在这几回书中竟成了慷慨大方的义气汉子,第五十四回写常、白二人下棋,要赌东西,一个交出了"诗画白竹金扇",值两三钱银子;一个"簇新的绣汗巾","也值许多"。后来常时节赢了,竟将赢的两件宝物大大方方地送给了金钏与吴银姐,这与小说第十二回所写众人帮嫖丽春院时吃了还要偷的情节相比,岂非两种笔墨?足见这位补写者对笔下人物的性情并不甚了解,也未细加琢磨,只是一味依着自身的性情随手写来。

2. 语言变了,吴语替代了北语。尽管《金瓶梅》一书常采用外书文字,用语较为复杂,然而书中的叙述语言、人物语言所表现的风格大体是一致的,属于山东西北运河一带的北方语言。我是河北人,读《金瓶梅》越读越感亲切,那种北方土话说得可意、畅快得很,那种生活风俗也如亲身经历一般。小说第五十二回写西门庆与应、谢二人吃浇卤面儿,几样小菜,"一大碗猪肉卤",读着直流口水。然而读到第五十四回,便磕磕巴巴,甚觉别扭。什么"多顽顽也得""不知甚得来""可着甚得来""不如着入已的""看看区区叨胜了",等等,不知所云。我在上海、苏州学习过,一听便知为那一带的话,北方绝无此语。至于市井小民早晨吃糕点喝茶,也是南方习惯。《金瓶梅》一书处处跳跃着北方的土语俗语,特别是潘金莲、应伯爵等人嘴上那些骂人话、调侃语带着泥土气、伴着唾沫星子扑面而来。然而细观这几回,那一股子辣味和冒着野气的歇后语几乎不见了,第五十四回尤其如此。显然这位作者是南方人,或者说具体些是江浙一带人。

3. 生活空间、地域特色变了。一部《金瓶梅》除了后十几回写临清一带故事外,凡到清河县来的人,无有坐船的,都是自运河某一码头下船后,坐轿或骑"头口"来。至于城南三十里处的管砖厂的刘太监庄上,皆是旱路,刘太监与西门庆来往甚多,无一次坐船,想必那里压根儿就无水路。小说第五十四回写应伯爵邀众人到刘太监庄上的花园玩耍,去时乘舡。"伯爵就把两个食盒,一坛酒,都央及玳安与各家人抬在河下,唤一只小舡,一齐下了,又唤一只空舡载人。众人逐一上舡,就摇到南门外三十里有余。"这完全是作者的想象之词。再者,小说第五十六回,常时节请西门庆来到一酒店吃酒,小说描写那酒店:"只见小小茅檐儿,靠着一湾流水,门前绿树荫中露出酒望子来。"这"小桥流水人家",这茅草房儿,多为南方农村的景致,非山东清河县县城之景,与一部书内清河县的房屋街道的风格搭配不起来。无疑作者将他熟悉的南方家乡的地域借助想象搬入《金瓶梅》中来了。

4. 曲词曲调变了。"山村小调""东沟犁,西沟耙"所表现的真趣与俗味是《金瓶梅》中韵文的特色,然而出现于这五回书中的唱词却用意雕琢,真情尽失。如第五十四回描写刘太监花园景色的文字:

> 翠柏森森,修篁簌簌。芳草平铺青锦褥,垂阳细舞绿丝绦。曲砌重栏,万种名花纷若绮;幽窗密牖,数声娇鸟弄如簧,真同阆苑风光,不减清都景致。散淡高人,日涉之以成趣;往来游女,每乐此而忘疲。果属奇观,非因过誉。

这首词追求典雅、华丽的美学趣味与《金瓶梅》自身的趋真尚俗风格格格不入。这一情趣的差异,表现出两种不同的价值观念,说明作者绝非同一人。

就引用的曲词而言,也有明显差别。这五回所引入的曲子共9首,它们是《锦橙梅》《降黄龙滚》(以上为第五十三回);《水仙子》《荼蘼香》《青杏子》《小梁州》(以上为第五十四回);《新水令》《驻马听》《雁儿落带得胜令》(第五十五回)。前6首均来自《太和正音谱》,后3首尚不知引自何处,但《太和正音谱》和《雍熙乐府》中无此3首。而此前五十二回书中所引曲子多来自《雍熙乐府》《词林摘艳》,无一首来自《太和正音谱》的。

这五回却多见于《太和正音谱》,无一首来自《雍熙乐府》《词林摘艳》的①。这一引用迥异现象说明补作者与原作者并非一人,他们的欣赏趣味与读书范围有明显差别。

5. 情节错讹太多,衔接处断痕明显。情节的错讹包括两类,一是与原书前后衔接不紧密,一是五回内情节错乱。与前面第五十二回衔接不上主要表现为时间错位,对不上茬儿。第五十二回写小周儿要给官哥理发,月娘请小玉查看日子吉不吉利,小玉说道:"今日是四月廿一日。"还是这一天,应伯爵问西门庆:"哥,明日不得闲?"西门庆道:"我明日往砖厂刘太监庄上,安主事、黄主事两个昨儿来请我吃酒,早去了。"伯爵道:"李三、黄四那里,我后日会他来罢!"西门庆点头儿,吩咐:"教他那日后晌来,休来早了。"到第五十三回所写本是第二天的事(四月二十二日),即西门庆到刘太监庄赴宴,结果却安成了二十三日,驴唇不对马嘴。后面第五十七回与第五十八回的衔接也存在漏洞,第五十八回开篇就讲"到次日廿八,乃西门庆正生日"。西门庆生日这样的大事在前五回一字未提,故而此回一开头写西门庆大宴宾客过生日便显得格外突兀,也使得全书一个重要人物郑爱月的出场缺少了必要的交代。如果是同一个作者执笔,绝不会出现如此大的漏洞。

至于五回内的毛病就更多了。第五十四回结尾写任医官治好了李瓶儿的病,那"西门庆一个惊魂落向爪哇国去了",第五十五回一开头却说任医官刚刚为李瓶儿把了脉息,重复颠倒。更有甚者,西门庆进京为蔡京庆寿,在太师府前远远望见一位故友"扬州苗员外",从交代的文字看,这个苗员外既不是被打落水的苗天秀,也非恩将仇报杀死主子后逃跑了的苗青。这位颇讲义气的员外是突然冒出来的,前未露面,后也未有交代,

---

① 以上参见周钧韬先生:《〈金瓶梅〉素材来源》,中州古籍出版社,1991年版,第27页,第5页。

空让读者猜半天谜。

综合以上五点,可以说明,小说第五十三至五十七回的确如沈德符所言,是由他人补入的。补入者之一是位性情豪放乐于助人的苏浙一带的下层文人,他不熟悉山东方言俗语,也缺乏原作者那样的幽默;他喜欢《太和正音谱》中的曲子;他的叙事能力远不及原作者那样细腻老辣,且补写时较为匆忙。

(三) 补作者并非一人

细查这五回,文字风格、用语、饮酒、人物性情差异不小,一读便知绝非出自一人之手。大体说来,第五十四回"应伯爵郊园会诸友"为一人所写;第五十四回后半回"任医官豪家看病症"则为原作者手笔;第五十三、五十五、五十六、五十七回为一人所写。为了叙述方便,我们称第五十四回前半回的补写者为"一补",另一补写者为"二补"。

两位补写者的语言风格差异很大。"一补"吴语味甚浓,有两处格外突出:一是词汇的吴语方言味太浓,如"那笪儿""顽顽也得""着入已的""径着了罢""看看区区叨胜了""着到几时"等;二是问话用语、语调与原作味道殊异,结尾总带个"的哩""的来"或"么"。如玳安道:"我们把桌子也摆摆么,还是灰尘的哩!""二补"的语言却大体用北语,且书写起来极为流畅,虽偶尔冒出一句吴语,也不影响阅读,显然是位极熟悉北方语言的南方作者。

两位补写者笔下的人物性格也有明显不同。"一补"将西门庆与白来创、常时节等人在地位、性格上的差距几乎抹平了,郊园饮酒一起捉弄应伯爵的那场恶作剧便见一斑。一向爱拍马屁的应伯爵对西门庆的话竟置之不理,如西门庆与众人议论孙寡嘴、祝麻子因跟随王三官逛妓院而被抓一事,西门庆道:"也是自作自受。"应伯爵却说"我们坐了罢",这与他往日的性格大相径庭。"二补"却能照顾到这一层关系,能将西门庆与应伯爵、白来创等人之间的差距区分开来,与原作者笔下人物较为接近。

我所以说这五回书由两人补写,除了以上两点外,还有一个更为重要的依据,即第五十三回结尾与第五十四回开头、第五十四回结尾与第五十五回开头之间衔接不起来,第五十五回开头一段与第五十四回结尾重复甚多。为何造成如此现象呢?解释只有一个,因两人分章回补写,各写各的,故而造成回与回之间衔接不起来的现象。同样,由于第五十五、第五十六、第五十七回出于一人之手,故而在第五十五至五十六、第五十六至五十七两个回与回的交接处显得过渡自然,无以上毛病。

说第五十三、五十五至五十七回出于一人之手,一是由于这四回的语言风格相同,熟练运用北语,偶有吴语冒出,且逸出的吴语总是那么几个词,如语气词"么""哩""驻扎""住会儿""过卖""欢的""没搭煞",等等。其中第五十五回与第五十七回皆称孩子为"小的子"。二是这几回凡写到饮酒的酒名皆为"麻姑酒"。

第五十四回的后半回"任医官豪家看病症"是原书作者笔墨,与补写者的文字迥然不同。一是"雅"与"俗"之别。一部《金瓶梅》的原有文字,虽说是"寄意于时俗",借市井生活再现天下国家之事乃至人生事理,事是家庭琐事,语是方言土语,然作者的心境,形诸于文字后的意境,却是高雅的。以至于使人感到那位西门庆是位遇俗则俗、遇雅则雅的人物,这恐怕与作者有较高文化修养不无关系。而补作者笔下的西门庆则或多或少地脱落了那层温文尔雅的光泽,不时地露出下层市民的粗俗本相。非但第五十四回后半回的西门庆与前半回在郊园饮酒的西门庆一俗一雅,判若两人,而且与第五十五回开头那个重复段中所写的西门庆(不只是西门庆,包括任医官)也有不可混淆的差别。现将任医官解说李瓶儿病情的两段文字一对照,这种差别就显出来了。

原作(第五十四回):

太医道:"……如今木克了土,胃气自弱了,气那里得满?血那里得生?水不能载火,火都升上截来,胸膈作饱作疼,肚子也时常作疼。血虚了,两腰子浑身骨节里头,通作酸痛。饮食也吃不下了,可是这等的?"迎春道:"正是这样的。"西门庆道:"真正任仙人了!贵道里望、闻、问、切,如先生这样明白脉理,不消问的,只管说出来了,也是小妾有幸!"太医深打躬道:"晚生晓得甚的?只是猜多了。"西门庆道:"太谦逊了些。"又问:"如今小妾该用什么药?"太医道:"只是降火滋荣,火降了,这胸膈自然宽泰;血足了,腰胁自然不作疼了。不要认是外感,一些也不是的,都是不足之症。"又问道:"经事来得匀么?"迎春道:"便是不得准。"太医道:"几时便来一次?"迎春道:"自从养了官哥,还不见十分来。"太医道:"元气原弱,产后失调,遂致血虚了。不是雍积了要用疏通药,要逐渐吃些丸药,养他转来才好,不然就要做牢了病。"西门庆道:"便是极看得明白,如今先求煎济,救得目前痛苦,还要求些丸药。"太医道:"当得,晚生返舍,即便送来。"

补作(第五十五回):

西门庆开言道:"不知这病症看得如何?没得甚事么?"任医官道:"夫人这病,原是产后不慎调理,由此得来。目下恶露不净,面带黄色,饮食也没些要紧,走动便觉烦劳。依学生愚见,还该谨慎保重。大凡妇人产后,小儿痘后,最难调理,略有些差池,便种了病根。如今夫人两手脉息,虚而不实,按之散大,却又软不能自固。这病症,都只为火炎肝腑,土虚木旺,虚血妄行。若今番不治,他后边一发了不的了。"说毕,西门庆道:"如今该用甚药才好?"任医官道:"只是用些清火止血的药,黄柏、知母为君,其余只是地黄、黄芩之类,再加减些,吃下看住就好了。"西门庆听了,就叫书童封了一两银子,送任医官做药本。任医官作谢去了。

前文西门庆对任医官的赞扬,多发自内心,且问得甚细,处处尽礼。任医官也很负责任,望、闻、问、切,一板一眼,解说得很耐心,宾主间一团融洽气氛。后文便显得粗疏,不过一问一答罢了。那位医生没按望、闻、问、切的程序来,病也看错了,本来病人"饭食也吃不下了","血虚了""不是雍积了",需补血,而非止血。而补作者却说"饭食也没些要紧","虚血妄行",于是治病的方法也搞错了,他让病人吃的是"止血的药"。这或许反映了两位作者有医道高低、精粗之别吧。

我曾说过,第五十四回回尾与第五十五回回首出现的重复、不衔接现象极有可能是出版商移花接木所致,即首次付刻时,因缺第五十三至五十七回,便找人分头匆匆补入,后偶尔找到了第五十四回这后半回书,于是第二次刊刻时又用原文换下补入的文字,造成了换后内容与下一回开头不符的现象。这绝非主观猜测,我们还可以从文中找到证据。如第五十五回开头的第二自然段(不包括回前诗):"且说西门庆送了任医官去,回来与应伯爵坐地。"这里突然冒出一个应伯爵来,而上一回末应伯爵根本没出场。由此可见,原由"二补"补写的文字中,必有应伯爵匆匆前来看望李瓶儿的描写,这说明原补写的文字与现在看到的"任医官豪家看病症"的文字是不同的。这不恰好证明我们的上述推测是完全正确的吗!

综上所述,从人物性格、语言、唱曲、地理环境、情节讹误等方面考订,《金瓶梅》第五十三至五十七回除第五十四回后半回外,其余四回半确为江浙一带读书人补入,补入者并非一人。大体说来,第五十四回"应伯爵郊园会诸友"为一人所写;第五十三、第五十五、第五十六、第五十七回为一人所写。补入的章回中至少有三大情节与原书不合,这三大情节是:"应伯爵郊园会诸友""苗员外扬州送歌童""应伯爵举荐水秀才"。原书情节应是:潘金莲斗气骂瓶儿;西门庆因梦遽回府;夏提刑宴请西门庆。补入者之一是位性情豪放乐于助人的苏浙一带的下层文人,他不熟悉山东方言俗语,也缺乏原作者那样的幽默;另一位补入者是位熟悉北方语言的南方人。他们喜欢《太和正音谱》中的曲子,叙事能力远不及原作者那样细腻老辣,且补写得较为匆忙。①

2. 方言研究

韩南先生的研究

韩南先生调查过第一人称的单、复数(如"我""俺""咱""我每""俺每"等)在全书的分布情况。

朱德熙先生的研究

朱德熙先生则考察了汉语方言中"可 vp"与"vp 不 vp"两种不同的反复问句在全书的使用情况。

杨国玉先生的研究

杨国玉先生有一篇专门研究这一问题的论文《〈金瓶梅〉第五十三回至五十七回"赝作"堪疑——从语词运用的个性、地域特点看〈金瓶梅〉的"赝作"公案》,从语词运用方面与其他各回的区别所体现的个性化、地域性特点的角度,对《金瓶梅》第五十三回至五十七回进行了非常认真细致的比对,他的结论是:

沈德符所说的"时作吴语"绝非指崇祯本,而是指万历本,其五十三回、五十四回这

---

① 许建平:《许建平〈金瓶梅〉研究精选集》,台湾学生书局,2015 年版,第 187—195 页。

两回与五十五回至五十七回三回虽同出操"吴语"的南籍文士之手,作者却并非同一人。

魏子云《沈德符论金瓶梅隐喻与暗示探微》异曲同工,得出与王汝梅同样的结论。

马征《金瓶梅中的悬案》认为:"沈德符所见到的初刻本《金瓶梅》今已失传,其第五十三至五十七回有可能是'赝作';沈德符未见到的《新刻金瓶梅词话》中的这5回,不能说是'赝作'。"

邓瑞琼《再论〈金瓶梅词话〉的成书》"发现这五回并非一人所为,亦非一时之为",其"第五十三、五十四两回可以连贯,而与其前后不贯串","第五十五、五十六、五十七三回各不连贯,且各与书中有关情节有出入"便是证明,她认为"《金瓶梅》词话是一部抄本汇集本,书的各'部分'间,只有来源之别,而无'赝'正之分",她否认"原本实少第五十三回至五十七回",也否认有所谓"陋儒"临时将"赝作""补以入刻"。

许建平《金学考论》第五章为《第五十三—五十七回探原》,他详尽考察了这5回与原书的差异,以及这五回之间的差异,结论是"小说第五十三至五十七回的确如沈德符所言,是由他人补入的",但"绝非出自一人之手。大体说来第五十四回'应伯爵郊园会诸友'为一人所写,第五十四回后半回'任医官豪家看病症'则为原作者手笔,第五十三、第五十五、第五十六、第五十七共四回为一人所写"。

潘承玉《金瓶梅新证》开首一章就是《〈金瓶梅〉五十三—五十七回真伪论》,其通过全面考察表明这"五回脱离了词话本使用方言词的惯性系统","五回的艺术描写水平远逊于词话本的整体水平","五回的情节与生活逻辑和词话本的情节逻辑相抵触","五回的人物刻画背离了词话本的性格逻辑",结论是"词话本第五十三回至五十七回确为陋儒补作;陋儒有两个,一个补作了五十三、五十四回,另一个补作了五十五—五十七回","第二个陋儒为了弥合补作与原作的缝隙,又在五十九、六十、六十一诸回中插入了不少文字"。

郑庆山《金瓶梅新考》"主要结论是:一、《金瓶梅》第五十三—五十七回为后人补作,五十三、五十四两回为一人,五十五—五十七回为另一人;二、南方陋儒据书前原著总目补撰,但与前后各回原著乖违不协,疏漏脱节"。

王利器《〈金瓶梅词话〉成书新论》认为补写这5回的是袁无涯。

杨国玉《〈金瓶梅〉第五十三—五十七回"赝作"勘疑》(《金瓶梅与清河》)认为这5回还有词话本与绣像本的差别,也不容忽视:"这两个版本在第五十三—五十七回的最大区别在于第五十三、五十四两回的文字全然不同;另外,崇祯本的第五十五回有描写李智、黄四借银子以及来保自东京回来汇报为李桂姐说人情之事的近1500字为万历本所无。"并且认为:"崇祯本第五十三、五十四回保留了万历本的原作。"

石昌渝《〈金瓶梅〉五十三回至五十七回辨——〈金瓶梅〉版本系统再认识》(盛源、北婴选编《名家解读〈金瓶梅〉》,山东人民出版社,1998年版)则认为现存万历本的第五十三、五十四回实为原作,而"补以入刻"的是从崇祯本挖移过来的第五十五至五十七回。

以上内容见于《〈新刻金瓶梅〉词话晚于崇祯本的铁证》(载《明清小说研究》,2015年第

1期)一文中。

二、《新刻金瓶梅词话》晚于崇祯本的铁证

崇祯本《金瓶梅》是根据"初刊本"《金瓶梅》词话改写的,但这种初刊本今已难以复见,遂将《新刻金瓶梅词话》误以为是"初刊本"《金瓶梅》词话。其实《新刻金瓶梅词话》不仅晚于崇祯本《金瓶梅》,而且也不是明代刻本,它实刻于清初。

(一)《新刻金瓶梅词话》刻印年代研究大事记

《新刻金瓶梅词话》于1932年在山西省发现,立刻在学术界引起了轩然大波,《金瓶梅》研究进入了新纪元。

研究首先涉及的是这种《新刻金瓶梅词话》是《金瓶梅》初刊本,还是翻刻本?它与崇祯本之间的关系是什么?

80多年过去了,迄今为止海内外学术界对此依然聚讼纷纭,莫衷一是。归结起来不外两种意见:一种意见认为《新刻金瓶梅词话》就是《金瓶梅》初刊本;一种意见认为它只是初刊本的翻刻本。

现将80多年来《新刻金瓶梅词话》刻印年代研究的主要观点记述如下:

1. 20世纪30年代初

鲁迅先生说:"万历庚戌(1610),吴中始有刻本。"(《中国小说史略》)

叶按:谢肇淛《〈金瓶梅〉跋》云"此书向无镂版",该跋写于万历四十四至四十五年;又魏子云先生据民国《吴县志·职官》,已考出马仲良权吴关为万历四十一年(1613),则鲁迅先生所说的《金瓶梅》"万历庚戌本"根本不存在已成定论。

2. 1933年7月

郑振铎先生说:"这是万历间的北方刻本,白绵纸印。……当是今知的最早的一部《金瓶梅》,但沈德符所见的'吴中悬之国门'的一本,惜今已绝不可见。"①

3. 1934年1月

吴晗先生说:"最近北平图书馆得到了一部刊有万历丁巳序文的《金瓶梅》词话,……这本子可以说是现存的《金瓶梅》最早的刊本。其内容和原本相近……但万历丁巳本并不是《金瓶梅》第一次的刻本,在这刻本以前,已经有过苏州或杭州的刻本行世……"②

叶按:万历丁巳,即万历四十五年(1617)。

4. 1962年

美国学者韩南先生说:"因此要说明甲乙版本(**叶按:**甲系指现存"万历本",即"词话本";乙系指"崇祯本",即明代小说本,也被称为"说散本"。)之间的关系,只能先认定流传下来的版本之外有另一种甚至一种以上的版本存在的事实。最简单的说明则只需要认定有另

---

① 郑振铎:《谈〈金瓶梅词话〉》,原载《文学》第一卷第1期,1933年7月。
② 吴晗:《〈金瓶梅〉的著作时代及其社会背景》,原载《文学季刊》创刊号,1934年1月。

一种版本的存在就行了。只是这个版本须得是甲乙版本分别据以改写的版本才行。"①

5. 1991年7月

梅节先生说:"今本词话(**叶按**:即《新刻金瓶梅词话》)曾部分据说散本(**叶按**:即崇祯本)校改过。"②

6. 1999年7月

叶桂桐考证说:"'廿公跋'写于崇祯末年(约崇祯十四年至十六年)。""'廿公跋'的作者为鲁重民或其友人。"③

7. 2002年3月

叶桂桐又考证说:"《新刻金瓶梅词话》刻于清初。"④

小结

1. 崇祯本《金瓶梅》是根据"初刊本"《金瓶梅》词话改写的,因此迄今为止中外学术界普遍认为"词话本"早于崇祯本,只有梅节先生根据自己校对这两种本时所得到的材料,认识到《新刻金瓶梅词话》不仅晚于崇祯本,而且根据第二代崇祯本内阁文库本校改过。

2. 《金瓶梅》"东吴弄珠客序"明确地载明是序写于万历四十五年丁巳(1617)冬季,因此中外学术界或认为《新刻金瓶梅词话》刻于明万历年间,故被称为"万历本";或认为刻于明天启年间,或认为刻于崇祯年间。总之,包括梅节先生在内,无一例外地都认为是明代刻本,只有叶桂桐认为它其实刻于清初。

(二)《新刻金瓶梅词话》晚于崇祯本的铁证之一:第五十三—五十七回

《金瓶梅》第五十三至五十七回到底是怎么回事?它在版本研究中有什么独特的价值?这些前文已有介绍,此不赘述。

(三)《新刻金瓶梅词话》晚于崇祯本的铁证之二:廿公跋

"廿公跋"这篇只有90余字的跋语是我们揭开《金瓶梅》版本之谜的关键。

我在上述拙作《论〈金瓶梅〉"廿公跋"的作者当为鲁重民或其友人》一文中有这样一段话:

> 日本学者荒木猛先生对内阁文库本《新刻绣像批评金瓶梅》进行了认真考察,得出了令人信服的结论。
>
> 原来,这一刻本装订为20册,其封面是用该书肆刻印的别的书的废书页折叠起来

---

① 韩南:《〈金瓶梅〉的版本及其他》,胡文彬:《〈金瓶梅〉的世界》,北方文艺出版社,1987年版,第130页。
② 梅节:《〈金瓶梅〉词话本与说散本关系考校》,吉林大学中国文化研究所编:《金瓶梅艺术世界》,吉林大学出版社,1991年版,第81页。又见其《〈新刻金瓶梅词话〉后出考》,北京《燕京学报》新15期,北京大学出版社,2003年版。
③ 叶桂桐:《论〈金瓶梅〉"廿公跋"的作者为鲁重民或其友人》,《烟台师范学院学报(哲学社会科学版)》1999年第4期。
④ 叶桂桐:《中国文学史上的大骗局 大闹剧 大悲剧——〈金瓶梅〉版本作者研究质疑》,《烟台师范学院学报》,2002年第2期。

的,根据这些废书页,可以断定该书肆为杭州鲁重民的书肆。

内阁文库本《新刻绣像批评金瓶梅》即为鲁重民所刻印。而那些用作封面的废书页,其中一种是该书肆刻印的《十三经类语》一书的,而《十三经类语》一书的序言的署名落款时间是崇祯十三年(1640)。《新刻绣像批评金瓶梅》当然刻于其后。假定《十三经类语》刻于崇祯十三年,那么《新刻绣像批评金瓶梅》当刻于崇祯十四到十六年。因为崇祯十七年,也就是清顺治元年,而"廿公跋"云"《金瓶梅传》,为世庙时一巨公寓言",显然是明人的口气,因此《新刻绣像批评金瓶梅》(内阁文库本)当刻于崇祯十四到十六年。

正是在此基础上,又进一步考证出,"廿公跋"亦写于此时,"廿公跋"的作者当为鲁重民或其友人。

这一结论非常重要,它不仅揭示了《金瓶梅》三个序跋"弄珠客序""廿公跋""欣欣子序"之间的内在关系,而且确定了它们的写作年代,即弄珠客序作于万历四十五年(1617),廿公跋作于崇祯十四到十六年(1641—1643),而欣欣子序则作于清初。①

在上述拙作又有这样一段话,抄录如下,以供读者参考与批评:

关于《金瓶梅》的版本,我以为我们现在可以作出如下的结论:

《金瓶梅》共有四种最有代表性的刻本(据崇祯本修改过的"张评本"不计):初刻本《金瓶梅》词话,崇祯本《新刻绣像批评金瓶梅》甲系(现以北京大学图书馆藏本为代表),崇祯本《新刻绣像批评金瓶梅》乙系(以日本内阁文库藏本为代表),《新刻金瓶梅词话》。

《金瓶梅》刻本上的序跋共有三篇:东吴弄珠客序、廿公跋、欣欣子序。这三篇序跋的写作时间为:东吴弄珠客序作于明万历四十五年(1617),廿公跋作于明崇祯十四到十六年(1641—1643),欣欣子序作于清初。

这三篇序跋在上述四种《金瓶梅》刻本中的刻印情况为:初刻本《金瓶梅》词话开端有东吴弄珠客序,这有薛冈《天爵堂文集笔余》为证;崇祯本《金瓶梅》甲系也在卷端收录了东吴弄珠客序;崇祯本《金瓶梅》乙系不仅收录了弄珠客序,又在其后加了廿公跋;《新刻金瓶梅词话》不仅沿袭了崇祯本乙系,收录了廿公跋、弄珠客序,又在其前加上了欣欣子序(这是台湾藏本的顺序,日本栖息堂本顺序不同)。

上述四种《金瓶梅》刻本的序跋出现的顺序、分布以及四种刻本刻印之先后顺序昭然若揭,除了初刻本《金瓶梅》词话有薛冈的记述之外,其余都有版本上的依据。这才是事实的真相。

---

① 叶桂桐:《中国文学史上的大骗局　大闹剧　大悲剧——〈金瓶梅〉版本作者研究质疑》,《烟台师范学院学报》2002年第2期。

小结

《金瓶梅》"第五十三回至五十七回"与"廿公跋"这《新刻金瓶梅词话》晚于崇祯本的两个铁证是可以互相补充、相互为用的。"廿公跋"仅见于第二代崇祯本《金瓶梅》,而《新刻金瓶梅词话》收录了它,这就充分证明了它晚于崇祯本《金瓶梅》。而"廿公跋"的写作时间是明末的崇祯十四至十六年(1641—1643),又进一步证明了《新刻金瓶梅词话》的刻印年代当为清初。

最后需要说明的是:"廿公跋"不仅是《新刻金瓶梅词话》刻印年代的铁证,而且《新刻金瓶梅词话》所以会收录"廿公跋",以及据内阁文库本予以校订,这背后隐藏着一个更大的秘密——它与《金瓶梅》"欣欣子序"有密切的关系。

正是:"要想人不知,除非己莫为。"

毕竟"欣欣子序"出于何人之手,且听下回分解。

三、"万历本"晚于"崇祯本"的文献依据——论崇祯本眉批中"原本""元本"的版本学价值

《新刻金瓶梅词话》被称为"万历本",被认为是《金瓶梅》初刻本,崇祯本就是根据这"万历本"改写而成的。很多资深《金瓶梅》研究者都持这种见解。这种观点根深蒂固,广为流传,影响了几代《金瓶梅》研究者。在中外学术界,只有我与梅节先生持相反的观点。(认为《新刻金瓶梅词话》不是初刻本的大有人在,但却不认为它晚于崇祯本。)梅节先生说:《新刻金瓶梅词话》曾经用崇祯本校勘过。① 我则曾经举出过《新刻金瓶梅词话》晚于崇祯本的两个"铁证"。② 梅节先生在提出其精彩见解的同时,也混杂着若干版本研究方面的明显失误,颇为论者所诟病,大有"瑕而掩瑜"之势。(对此我有专文论述)影响所及,则是对我的论证也更加置疑。但我最近认真翻阅研究有关资料,又找到了一条新的文献依据,这就是崇祯本评改者眉批中所明确记载的所谓"原本""元本"。

(一)崇祯本评改者在眉批中所说的"原本""元本"问题

1. 原本

《新刻绣像批评金瓶梅》第四回《赴巫山潘氏幽欢　闹茶坊郓哥义愤》:

> 当下二人云雨才罢,正欲各整衣襟,只见王婆推开房门入来,大惊小怪,拍手打掌,低低说道:"你两个做得好事!"西门庆和那妇人都吃了一惊。

评改者在这里有这样一条眉批:"老奸"。

---

① 梅节:《〈金瓶梅词话〉的版本与文本》,(《〈金瓶梅词话〉校读记》序),《明清小说研究》2004 年第 1 期。
② 叶桂桐:《〈新刻金瓶梅词话〉晚于崇祯本的铁证》,《明清小说研究》2015 年第 1 期。

那婆子便向妇人道:"好呀,好呀! 我请你来做衣裳,不曾交你偷汉子! 你家武大郎知,须连累我。不若我先去对武大说去。"回身便走。那妇人慌的扯住她裙子,红着脸低了头,只得说声:"干娘饶恕!"王婆便道:"你们都要依我一件事,从今日为始,瞒着武大,每日休要失了大官人的意。早叫你早来,晚叫你晚来,我便罢休。若是一日不来,我便就对你武大说。"那妇人羞得要不的,再说不出来。王婆催逼道:"却是怎的? 快些回复我。"妇人藏转着头,低声道:"来便是了。"王婆又道:"西门大官人,你自不用老身说得,这十分好事已都完了,所许之物,不可失信,你若负心,我也要对武大说。"西门庆道:"干娘放心,并不失信。"婆子道:"你每二人出语无凭,要各人留下件表记拿着,才见真情。"

评改者在这里有这样一条眉批:"从来首事者每能为局外之谈,此写生手也。较原本径庭矣。读者详之。"

　　西门庆便向头上拔下一根金头簪来,插在妇人云髻上。妇人除下来袖了,恐怕到家武大看见生疑。妇人便不肯拿甚的出来,却被王婆扯着袖子一掏,掏出一条杭州白绉纱汗巾,掠与西门庆收了。三人又吃了几杯酒,已是下午时分。那妇人起身道:"奴回家去罢。"便丢下王婆与西门庆,蓦过后门归来。先去下了帘子,武大恰好进门。

评改者在这里有这样一条眉批:"作者传神处,宜玩。"
　　黄霖先生在《关于〈金瓶梅〉崇祯本的若干问题》一文中,在引录了"……此写生手也。较原本径庭,读者详之"之后,说:

　　评改者在这里自鸣得意,正是清楚地表明了他对"原本"作了大幅度的润饰而显得大相"径庭"。显然,这里的"原本"只能是据以改定而相对简单的词话本,而不是内容相同的崇祯本的某种先于刻本的"原本"。①

叶按:崇祯本是根据初刻本《金瓶梅》词话改写而成的,这里的所谓"原本"正是初刻本《金瓶梅》词话,而不是手抄本《金瓶梅》。因为当时所谓的"全抄本"已经缺少第五十三至五十七回,而且"遍觅不得",所以初刻本《金瓶梅》词话请"陋儒人补以入刻"了这五回。崇祯本中已经有这五回,就是根据初刻本《金瓶梅》词话中请"陋儒人补以入刻"的这五回改写而成的。因为黄霖先生认为《新刻金瓶梅词话》就是初刻本,所以他囿于成见只能含糊其辞地说:"显然,这里的'原本'只能是据以改定而相对简单的词话本,而不是内容相同的崇祯本的某种

---

① 黄霖:《关于〈金瓶梅〉崇祯本的若干问题》,中国金瓶梅学会编《金瓶梅研究》第一辑,江苏古籍出版社,1990年版,第81页。

先于刻本的'原本'。"请问,崇祯本评改者"据以改定而相对简单的词话本,而不是内容相同的崇祯本的某种先于刻本的'原本'"不正是《金瓶梅》初刻本吗?既然"这里的'原本'只能是据以改定而相对简单的词话本",这不充分证明《新刻金瓶梅词话》不是《金瓶梅》初刻本吗?

我以为黄霖先生在这里已经走到了"桃源洞口",可惜他没有"复前行","便舍船从口入"。

2. 元本

崇祯本第三十回《蔡太师擅恩锡爵　西门庆生子加官》有如下一段文字:

> 只见蔡老娘进门,望众人道:"那位是主家奶奶?"李娇儿指着月娘道:"这位大娘哩。"那蔡老娘倒身磕头。月娘道:"姥姥,生受你。怎的这咱才来?请看这位娘子,敢待生养也?"蔡老娘向床前摸了摸李瓶儿身上,说道:"是时候了。"问:"大娘预备下绷接、草纸不曾?"月娘道:"有。"便叫小玉:"往我房中快取去!"
>
> 且说玉楼见老娘进门,便向金莲说:"蔡老娘来了,咱不往屋里看看去?"那金莲一面不是一面,说道:"你要看,你去。我是不看他。他是有孩子的姐姐,又有时运,人怎的不看他?头里我自不是,说了句话儿'只怕是八月里的',叫大姐姐白抢白相。我想起来好没来由,倒恼了我这半日。"玉楼道:"我也只说他是六月里孩子。"

崇祯本在这段文字上方有一条眉批这样写道:

> 月娘好心,直根(?)烧香一脉来。后第五十三回为俗笔改坏,可笑可恨。不得此元本,几失本来面目。

黄霖先生在《关于〈金瓶梅〉崇祯本的若干问题》中,在引录了这段文字之后,说:

> 我曾在《金瓶梅成书三考》一文中将此"元本"与第四回的"原本"混同起来,因而觉得两条眉批所言"原本"有所矛盾。现在想来,"元本"与"原本"不能相混。"原本"当为据以评改的底本,即已刊印的词话本;而"元本"当为另一种据以参校的全抄本。这种全抄本也只能是词话本系统的,而决不是崇祯本系统的。因为评改者将此"元本"(全抄本)与"原本"(已刻词话本)相较,只提到个别的回目如"五十三回为俗笔改坏",而未提及全书的面目相异。①

叶按:崇祯本评改者在眉批中所说的"原本""元本"问题,证明在崇祯年间,崇祯本评改

---

① 黄霖:《关于〈金瓶梅〉崇祯本的若干问题》,中国金瓶梅学会编《金瓶梅研究》第一辑,江苏古籍出版社,1990年版,第81页。

者手中不仅有初刊本《金瓶梅》词话,而且曾经拥有过手抄本,虽可能仍然不完全,但至少有早已经失落的第五十三回。

黄霖先生在这里所说的"'原本'当为据以评改的底本,即已刊印的词话本"不正是初刻本《金瓶梅》词话吗?但这种《金瓶梅》词话的第五十三回显然与《新刻金瓶梅词话》不同,这不又证明《新刻金瓶梅词话》决非是初刻本《金瓶梅》词话吗?

又,内阁文库藏本的刻印者曾经根据初刊本《金瓶梅》词话,对第一代崇祯本校勘过。(对此我有专文予以叙述)

(二)眉批中"元本"所涉及的吴月娘求子情节

崇祯本第三十回眉批中"元本"所涉及的吴月娘求子情节,即所谓"月娘好心,直根(?)烧香一脉来",起始于第二十一回《吴月娘扫雪烹茶 应伯爵替花邀酒》中的"吴月娘扫雪烹茶":

> 话说西门庆从院中归家,已一更天气,到家门首,小厮叫开门,下了马,踏着那乱琼碎玉,到于后边仪门首。只仪门半掩半开,院内悄无人声。西门庆心内暗道:"此必有跷蹊。"于是潜身立于仪门内粉壁前,悄悄听觑。只见小玉出来,穿廊下放桌儿。原来吴月娘自从西门庆与他反目以来,每月吃斋三次,逢七拜斗焚香,保佑夫主早早回心,西门庆还不知。只见小玉放毕香桌儿。少顷,月娘整衣出来,向天井内满炉炷香,望空深深礼拜。祝曰:"妾身吴氏,作配西门。奈因夫主留恋烟花,中年无子。妾等妻妾六人,俱无所出,缺少坟前拜扫之人。妾夙夜忧心,恐无所托。是以发心,每夜于星月之下,祝赞三光,要祈佑儿夫,早早回心。弃却繁华,齐心家事。不拘妾等六人之中,早见嗣息,以为终身之计,乃妾之素愿也。"
>
> 正是:
>
> > 私出房栊夜气清,一庭香雾雪微明。
> > 拜天诉尽衷肠事,无限徘徊独自惺。
>
> 这西门庆不听便罢,听了月娘这一篇言语,不觉满心惭感道:"原来我一向错恼了他。他一篇都是为我的心,还是正经夫妻。"忍不住从粉壁前叉步走来,抱住月娘。
>
> 月娘不防是他大雪里来到,吓了一跳,就要推开往屋里走,被西门庆双关抱住,说道:"我的姐姐!我西门庆死也不晓的,你一片好心,都是为我的。一向错见了,丢冷了你的心,到今悔之晚矣。"月娘道:"大雪里,你错走了门儿了,敢不是这屋里。我是那不贤良的淫妇,和你有甚情节?那讨为你的来?你平白又来理我怎的?咱两个永世千年休要见面!"西门庆把月娘一手拖进房来。灯前看见他家常穿着:大红缎绸对衿袄儿,软黄裙子;头上戴着貂鼠卧兔儿,金满池娇分心,越显出他:
>
> > 粉妆玉琢银盆脸,蝉鬓鸦鬟楚岫云。

吴月娘烧香求子息,这是《金瓶梅》中的重要情节,因为这件事牵扯到西门庆家族的财产继承的重大问题。中国自古以来就重孝道,而"不孝有三,无后为大"。这一重要情节如同一轮弯月,"月照九川",《金瓶梅》中几乎所有的重要人物都在这一轮弯月下表演过,因而对于他们的性格的刻画都有着重要意义,当然最突出的还是吴月娘了。

这件事从第二十一回《吴月娘扫雪烹茶 应伯爵替花邀酒》中的"吴月娘扫雪烹茶"开始写起,到第三十回进一步发展,到第五十三回吴月娘的愿望进一步达成,后来又有孝哥的诞生,……一直贯穿到书末。就中第五十三回乃是关键之所在,所以这一回如何叙述描写,不能不引起读者的高度重视。

(三)到底是谁把第五十三回改坏了

关于吴月娘求子息的情节,第五十三回在《新刻金瓶梅词话》与崇祯本《金瓶梅》中的描写有着天壤之别。

且看崇祯本《金瓶梅》第五十三回:

> 且表吴月娘次日起身,正是二十三壬子日,梳洗毕,就教小玉摆着香桌,上边放着宝炉,烧起名香,又放上《白衣观音经》一卷。月娘向西皈依礼拜,拈香毕,将经展开,念一遍,拜一拜,念了二十四遍,拜了二十四拜,圆满。然后箱内取出丸药放在桌上,又拜了四拜,祷告道:"我吴氏上靠皇天,下赖薛师父、王师父这药,仰祈保佑,早生子嗣。"告毕,小玉烫的热酒,倾在盏内。月娘接过酒盏,一手取药调匀,西向跪倒,先将丸药咽下,又取末药也服了,喉咙内微觉有些腥气。月娘迸着气一口呷下,又拜了四拜。当日不出房,只在房里坐的。
>
> 西门庆来家,吴月娘打点床帐,等候进房。西门庆进了房,月娘就教小玉整设肴馔,烫酒上来,两人促膝而坐。西门庆道:"我昨夜有了杯酒,你便不肯留我,又假推甚么身子不好,这咱捣鬼!"月娘道,"这不是捣鬼,果然有些不好。难道夫妻之间恁地疑心?"西门庆吃了十数杯酒,又吃了些鲜鱼鸭腊,便不吃了,月娘交收过了。小玉熏的被窝香喷喷的,两个洗澡已毕,脱衣上床。枕上绸缪,被中缱绻,言不可尽。这也是吴月娘该有喜事,恰遇月经转,两下似水如鱼,便ได了子了。正是:
>
> 花有并头莲并蒂,带宜同挽结同心。
>
> 次日,西门庆起身梳洗,月娘备有羊羔美酒、鸡子腰子补肾之物,与他吃了,打发进衙门去。

崇祯本《金瓶梅》对此重大情节的叙述描写就是如此简单。

而《新刻金瓶梅词话》则有着非常精彩传神的叙述与描写,原文过长,不再引录,读者可以将其与崇祯本《金瓶梅》的这一段拙劣的叙述描写进行比较。

我们可以看一下台湾著名金学家魏子云先生对《新刻金瓶梅词话》与崇祯本《金瓶梅》的不同叙述描写的评价。

魏子云《〈金瓶梅〉这五回》:

按十卷本这一回回目是"吴月娘承欢求子息,李瓶儿酬愿保儿童",一下笔便接上一回(五十二回)的情节,写吴月娘等人在花园游玩,官哥被大黑猫吓着了,抱回房去,哭个不停。吴月娘回房睡了一觉醒来,已经更次,还惦记着官哥的受惊。不但遣小玉去问,跟着又自己去看望。还怜惜着说:"我又不得养,我家的人种,便是这点点儿。……"用来烘托吴月娘的母爱心肠,来引发"求子息"的第一个层次。跟着再写吴月娘由李瓶儿房里回来,路上听到照壁后潘集连向孟玉楼挖苦她没有志气,自己没得养,竟去李瓶儿房那里"呵卵脬"(巴结之意)。气得吴月娘回房就睡,连午饭也不吃了。于是,关上房门,偷偷儿取出薛姑子泡制的妊子药来观赏,并暗自祝祷上苍,能在明天壬子日服了,便得种子,不使她作无祀之鬼。这种写法一如楔子的述剖吴月娘求子息的迫切心情。给这一上半回目的"求子息",再完成了第二个情节层次。在这里却又插入了承接上一回的情节发展,写西门庆到刘太监庄上,应黄、安二主事邀宴。为吴月娘的"承欢求子息"垫上一个承转的时空。……

二十卷本的第五十三回,上半回目是"潘金莲惊散幽欢",下半回目才是"吴月娘拜求子息"。光是从回目看,两者之间便已有了出入。

按二十卷本的这一回一下笔就写西门庆赴宴黄、安二主事之席。写了十九行(五百二十余字)弱,便转入陈经济与潘金莲勾搭的情节。……便写西门庆回家来了。先到月娘房中,月娘让他明日来,推说"今日我身子不好"。西门庆遂到潘金莲房中。下面便写到吴月娘服用妊子药的情节(只写了约七行篇幅,不到二百字)。下写应伯爵来。黄、安二主事来拜。……下面便写到王姑子到来,商定于"来日黄道吉日"起经,为李瓶儿酬愿。就这样,这一回就结束了。全面的情节安排穿插,可以说是乱麻一团,既看不出上下回目的情节分野,也看不出他的回目所写"潘金莲惊散幽欢,吴月娘拜求子息"的突出笔墨在何处?细究起来,可真的是"陋儒补以入刻"者也。

我们也无法从这一整回的情节中,寻出它的主干故事来,只是一些东拉西扯的拼凑。不像十卷本的这一回,把上下回目的分野,极为清楚的泾渭分明。而且,穿插进来的事故,不惟真实得令人读来如身在其中,一切恰似所见所闻,尤其趣味盎然。二十卷本的这些杂凑,如何能比呢?它之所以比十卷本少了五千多字,原因在此。

若是看来,沈德符《万历野获编》的这句"有陋儒补以入刻"的话,应是指的二十卷本,不是十卷本。①

叶按:魏子云先生这里所说的"二十卷本"是指崇祯本,"十卷本"指的是《新刻金瓶梅词话》。

到底是谁把第五十三回改坏了?我们看了上面引录的崇祯本第五十三回关于吴月娘求子

---

① 魏子云:《〈金瓶梅〉这五回》,中国金瓶梅学会编《金瓶梅研究》第一辑,江苏古籍出版社,1990年版,第104—109页。

从开始到如愿或达成的系列描写,以及魏子云先生对崇祯本与《新刻金瓶梅词话》第五十三回的全面比较,我们很容易得出这样的结论:《金瓶梅》第五十三回被崇祯本改坏了。这其实是一个错误的答案,真正把《金瓶梅》这一回改坏了的罪魁祸首其实是初刊本《金瓶梅》词话。

不可否认,崇祯本在将初刻本《金瓶梅》词话改编成崇祯本《金瓶梅》时,就小说技艺而言,确实有大幅度的提高,——当然如果仅从小说的美学风格而言,我们还不能说崇祯本远远超过了《金瓶梅》词话,但就小说的情节而言,崇祯本对于《金瓶梅》词话第五十三至五十七回这"陋儒补以入刻"的五回所采用的主要手段还是以"瘦身"为主。因此,我们可以说崇祯本将第五十三回改坏,主要还是承袭了初刻本《金瓶梅》词话,但因为初刻本《金瓶梅》词话已经失落(至少是迄今为止尚未发现),而《新刻金瓶梅词话》的第五十三回又与崇祯本大相径庭,所以崇祯本《金瓶梅》便成了改坏第五十三回的"替罪羊"。

(四)眉批中所说的"原本""元本"在版本研究中的重要价值

1. "原本"的价值

崇祯本评改者在眉批中所说的"原本",证明评改者手头有初刻本《金瓶梅》词话。

2. "元本"的价值

(1)崇祯本评改者在眉批中所说的"元本",是指手抄本《金瓶梅》。众所周知,《金瓶梅》开始是以手抄本方式流传的。据现存文献可知,当时拥有手抄本的有12人,分三个系统,初刊本是以刘承禧抄本系统刻印的,该系统原来就缺少第五十三至五十七回。崇祯本评改者在眉批中所说的"得此元本"——手抄本《金瓶梅》,可能就是从这些早期拥有的手抄本中(或者根据这些手抄本转抄的)找到了一种手抄本,在这种手抄本中有第五十三、五十四两回。

(2)"廿公跋"是解开《金瓶梅》版本研究的关键

崇祯本有两种子系统,第一种子系统即每半页10行,每行22字,无"廿公跋"的系统。第二种子系统,即每半页11行,每行28字,有"廿公跋"的系统。仅就系统而言,第一种子系统早于第二种子系统。"廿公跋"不仅是区分两种崇祯本《金瓶梅》系统的重要标准,而且是揭开《金瓶梅》版本之谜的关键。

"廿公跋"只出现在第二代崇祯本子系统中,代表性的版本是日本内阁文库藏本。第一代崇祯本子系统有多种刊本,但无一例外,都没有"廿公跋",这一事实非常重要。

(3)《金瓶梅》东吴弄珠客序、廿公跋、欣欣子序三篇序跋在内容上有着直接承接的内在关系。这三篇序跋在上述主要版本中的收录不同:初刻本《金瓶梅》词话、第一代崇祯本《新刻绣像金瓶梅》,都只有东吴弄珠客序。第二代崇祯本《新刻绣像金瓶梅》不仅有东吴弄珠客序,还有"廿公跋",而且其顺序是把"廿公跋"放在东吴弄珠客序之前。《新刻金瓶梅词话》则三篇序跋都收录了,但其顺序是:欣欣子序、"廿公跋"、东吴弄珠客序。(台北"故宫博物院"藏本顺序如此,日本的两个词话本子稍有不同)

(4)《金瓶梅》第五十三至五十七回在上述主要版本中有着不同存在方式:

①初刻本《金瓶梅》词话第五十三回至五十七回是一位江浙一带的读书人补入的"赝

作"。其第五十五回至五十七回三回,在《新刻金瓶梅词话》中原样保存了下来;其第五十三回、五十四回的主要情节内容保存在崇祯本的第五十三回、五十四回之中,但由崇祯本的改写者经过与其他各回大致相同的方式改写过了。

②崇祯本《金瓶梅》在将"词话本"改编成"说散本"(实为"文学本")时,将初刊本中"陋儒补以入刻"的"这五回"的主要情节全都按照崇祯本改写的原则或方式改写之后,保存了下来。

③《新刻金瓶梅词话》晚于崇祯本,其中的第五十三回、五十四回两回是刻印该书时换补上去的。

(5)崇祯本《金瓶梅》这五回有着内在的统一与协调;《新刻金瓶梅词话》这五回中前两回与后三回风格不同,第五十三回与五十四回风格统一,是一体化的两回;第五十五回至五十七回风格一致。《新刻金瓶梅词话》第五十三回与五十二回情节紧密连接,丝丝入扣;第五十四回与五十五回却明显卯榫不合。崇祯本第五十三回、五十四回这两回与《新刻金瓶梅词话》这两回文字数量差别很大,小说技艺水平优劣也明显不同,它肯定不是根据《新刻金瓶梅词话》中这两回改写的。《新刻金瓶梅词话》第五十三、五十四两回显然是后"嵌入"进去的。

(6)在第二代崇祯本子系统中,代表性的版本是日本内阁文库藏本。该书在装订过程中采用了该出版书肆的废书页做封面。这些废书页中有一种是《十三经类语》,该书的序言的写作时间是崇祯十三年,证明日本内阁文库藏本的刻印时间只能是在此之后,即崇祯十四至十六年。"廿公跋"就是这时出现的。而《新刻金瓶梅词话》,收录了"廿公跋",证明它必然晚于内阁文库本。内阁文库本出版书肆的废书页正是《新刻金瓶梅词话》晚于崇祯本的"物证"。

(7)崇祯本评改者在眉批中所说的"得此元本",是指手抄本《金瓶梅》,这正是《新刻金瓶梅词话》中第五十三、五十四两回的来源的文献证据。崇祯本评改者在眉批中说"后五十三回为俗笔改坏,可笑可恨",这不仅是对改写者("陋儒")的批评,表明了评改者要把它重新改好的强烈愿望,而且也透露了要把这种愿望变成行动的信息。这种愿望终于有人在《新刻金瓶梅词话》中实现了。崇祯本评改者在眉批中所说的"得此元本",白纸黑字,正是《新刻金瓶梅词话》晚于崇祯本的铁证。

第五节 《金瓶梅》"欣欣子序"系杭州书商鲁重民所为

钿头云篦击节碎,血色罗裙翻酒污。

一提起《金瓶梅》的作者,人们自然会想到"兰陵笑笑生",因为自从20世纪以来,《金瓶梅》的各种版本上都是这样印着的,而各种文学史教科书上也都是这样写着的,各种类型考试的标准答案也是这样规定的。但"兰陵笑笑生"究竟是何许人也?《金瓶梅》作者到底是何方神圣?这却已经成了千古之谜。

众所周知,"兰陵笑笑生"源于现存所谓"万历本"《新刻金瓶梅词话》卷首的"欣欣子序"。

其实现存所谓"万历本"《新刻金瓶梅词话》实刻于清初,它与日本内阁文库藏本《新刻绣像批评原本金瓶梅》(第二代崇祯本《金瓶梅》)一样,都是武林(杭州)辉山堂刻本,辉山堂的老板是鲁重民(字孔式),"廿公跋"与"欣欣子序"的作者都是鲁重民。

一、明人眼中的《金瓶梅》

《金瓶梅》一问世,还在以抄本方式流传的时候,就毁誉参半。目为淫书者有之,视作"稗官之上乘"者亦有之。但认为《金瓶梅》与政治有关则是比较普遍的看法,而其中尤以谢肇淛、沈德符最有代表性,而且他们也都是《金瓶梅》流传过程中的知情人。

二、《金瓶梅》的政治历史框架

众所周知,《金瓶梅》是以《水浒传》续书的面目出现的,它以《水浒传》中的第二十三至二十六回的武松故事为基本框架。《水浒传》是讲史与"小说"融合的产物,其整体框架是《大宋宣和遗事》。《大宋宣和遗事》属于讲史,讲述北宋末年奸臣乱政,终于天下大乱,金人入侵中原,大宋亡,不得已朝廷南迁。而这正是《金瓶梅》作者反复强调的政治主题:

> 不因奸佞居台鼎,那得中原血染衣?
> 官吏逃亡,城门昼闭,人民逃窜,父子流亡。但见烟尘四野,日蔽黄沙,男啼女哭,万户惊惶。正是得多少宫人红袖泣,王子白衣行。
> 一日,不想大金人马抢了东京汴梁,太上皇帝与靖康皇帝,都被虏上北地去了。中原无主,四下荒乱。兵戈匝地,人民逃窜。黎庶有涂炭之哭,百姓有倒悬之苦。大势番兵已杀到山东地界,民间夫逃妻散,鬼哭神号,父子不相顾。(第一百回)

北宋末年与明代末年形势极为相似。奸臣误国,导致被人入侵乃至入主中原,北宋末之金人,与明末之满人为同族,都属于女真。

《金瓶梅》作者曾经不止一次地交代过其写作《金瓶梅》的用心,那就是奸臣误国,倾覆天下。比如在第七十回《西门庆工完升级 群僚庭参朱太尉》的结尾时写道:

> 正是:不因奸佞居台鼎,那得中原血染衣?看官听说:妾妇索家,小人乱国,自然之道。识者以为将来数贼必覆天下,果到宣和三年,徽、钦北狩,高宗南迁,而天下为虏,有可深痛哉!史官意不尽,有诗为证:权奸误国祸机深,开国承家戒小人。六贼深诛何足道,奈何二圣远蒙尘!

因此《金瓶梅》中的奸臣误国以及北人南侵大肆杀戮便很容易引起人们的联想,共鸣,激起民族感情,亡国之痛。

三、丁耀亢用写《续金瓶梅》反清

大肆杀戮,亡国之痛,这大概也正是丁耀亢之所以要为《金瓶梅》写续书的重要原因之一。在丁耀亢看来,明朝之所以亡了天下,主要原因正是由于明末乃至自明中后期以严嵩等为代表的权奸佞臣以及吴三桂等卖国贼造成的,这些人实在是万恶不赦的大恶人,应该得到更大的报应。所以《续金瓶梅》第七回《大发放业鬼轮回　遭劫数奸臣伏法》便一定要让童贯、蔡京等大奸臣下地狱,遭轮回之苦。

> 张邦昌做儿皇帝,自然要现世报应:"推上西市,钉上木桩,问了凌迟之罪。这百姓们恨邦昌受金人伪命,都来争割他肉吃。这才是奸臣的结果。"(第二十一回)

对于那作金人内应陷了扬州的苗青和蒋竹山,则第五十六回"戒导品"《扬州城分刜苗员外　建康府箭射蒋竹山》用一回来专叙其下场,其结局之惨烈,我们从回目中即不难看出。

但这还不是最大的因果报应。丁耀亢把最大的因果报应用来指满人统治者。一部《续金瓶梅》从开头到结尾,一直穿插着金人的南侵,攻州拔城,杀人如麻,烧、杀、淫、掳,无恶不作。血洗扬州,"野村尽是蓬蒿,但闻鬼哭;空城全无鸡犬,不见烟生"。"那些北方鞑子……将我中国掳去的男女,买去做牲口使用,怕逃走了,俱用一根皮条穿透,拴在胸中琵琶骨上。白日替他喂狗打柴,到夜里锁在屋内。买的妇人,用一根皮条,铁钉穿透脚面,拖着一根木板,如人家养鸡怕飞一样。"

很显然,《续金瓶梅》中的金人即指满人,大宋就是大明。但满人入关,其烧、杀、淫、掳的罪行远远超过了金人。那"扬州十日"远远超过了金人的血洗扬州。丁耀亢在《续金瓶梅》中对金人所犯罪行的愤怒谴责也就是对满人统治者的谴责。

值得特别指出的是丁耀亢已经把矛头直接指向了满人的最高统治者——当今皇上。《续金瓶梅》所引用的书目第一种就是《今上皇帝御序太上感应篇》,而且"十九以《感应篇》为归属"(鲁迅《中国小说史略》)。全书结束时又说道:"我今讲一部《续金瓶梅》,也外不过此八个字,以凭世人参解,才了得今上圣明,颁行《感应篇》劝善录的教化,才消了前部《金瓶梅》乱世的淫心。"第六十四回中南宫适所说的关于篡夺夏太康天下的羿和奡两个大恶人的议论,以及全书中对于金统治者的代表人物金兀术的描写,都可以使人联想到满人的最高统治者——当今皇上。

《续金瓶梅》"十九以《感应篇》为归属","这一部《续金瓶梅》替世人说法,做《太上感应篇》的注脚"(第六十四回)。读《续金瓶梅》,我总觉得丁耀亢其实是要感应"太上",即感应"今上",使其止杀,这就颇有点丘处机劝说成吉思汗止杀的意味了。当然这"太上"也可以是真正的"太上",丁耀亢要借"太上"之力来扫荡一切害人虫,来涤荡人世间的一切污泥浊水。

丁耀亢作《续金瓶梅》，正因为书中有这些太刺满人眼睛的词儿，就坐了一百多天监狱，差一点没丢了性命，但却瞎了一只眼；因此后来的刻印者不得不将《续金瓶梅》改为《金屋梦》《隔帘花影》，并去掉或者改换那些太刺满人眼睛的字眼。

用《金瓶梅》反清，张竹坡也这样做过。

张竹坡《皋鹤堂批评第一奇书金瓶梅》，刘辉先生认为，"此本系第一奇书之原本，刊刻于清康熙三十四年乙亥(1695)"。此时虽然距离清人入关已经半个世纪了，流血已经被时间所冲淡，但"第一奇书本"《金瓶梅》把《金瓶梅》中那些太刺满人眼睛的词儿都做了修改，比如将"虏患"改为"边患"，将"夷狄"改为"边境"，将"匈奴"改为"阴山"，将"突厥"改为"河东"等才得以流传。但好景不长，第一奇书不久也就成了禁毁书。

四、《新刻金瓶梅词话》新刻的用意也是反清

(一)《新刻金瓶梅词话》的刻印者为杭州书商鲁重民

《新刻金瓶梅词话》是武林辉山堂刻本，辉山堂的老板是鲁重民。鲁重民刻印《新刻金瓶梅词话》，也是上述这种反抗方式的演绎。

1. "廿公跋"是关键

要探讨《新刻金瓶梅词话》的版权，"廿公跋"是关键。

所谓"万历本"《新刻金瓶梅词话》卷首有三篇序(跋)言，这就是"欣欣子"序、"廿公跋""东吴弄珠客"序。其中"廿公跋"最短，只有92个字("廿公书"三字不计)。但这短短的跋语，无论对于理解崇祯本系统《金瓶梅》各版本之间的关系、崇祯本与"词话本"之间的关系，还是对于《金瓶梅》作者研究等重大问题，都是关键之一。因此有必要加以认真研究。我在论《〈金瓶梅〉"廿公跋"的作者当为鲁重民或其友人》一文中对"廿公跋"曾经做过缜密的考证。①

众所周知，崇祯本系统的《金瓶梅》又可以大别为两个子系统：一是每半页10行，每行22字，无"廿公跋"，这一系统本以通州王孝慈藏本最为有代表性，但如今下落不明，只能以现北京大学图书馆藏本为代表；二是每半页11行，每行28字，有"廿公跋"，这一系统以日本内阁文库藏本为代表(另一存世者在日本京都大学东洋文化研究所，与内阁文库藏本为同一版刻)。可见，"廿公跋"只见于第二种崇祯本系统的《金瓶梅》中。

日本学者荒木猛先生对内阁文库本《新刻绣像批评金瓶梅》进行了认真考察，得出了令人信服的结论。②

原来，这一刻本装订为20册，其封面是用该书肆刻印的别的书的废书页折叠起来的，根据这些废书页，可以断定该书肆为杭州鲁重民的书肆。

---

① 《烟台师范学院学报》(哲学社会科学版)1999年第4期。

② 荒木猛：《关于〈新刻绣像批评金瓶梅〉(内阁文库藏本)的出版书肆》，黄霖、王安国编译：《日本研究〈金瓶梅〉论文集》，齐鲁书社，1989年版，第130—138页。

内阁文库本《新刻绣像批评金瓶梅》即为鲁重民所刻印。那些用作封面的废书页,其中一种是该书肆刻印的《十三经类语》一书的,而《十三经类语》一书序言的署名落款时间是崇祯十三年(1640)。《新刻绣像批评金瓶梅》当然刻于其后。假定《十三经类语》刻于崇祯十三年,那么《新刻绣像批评金瓶梅》当刻于崇祯十四至十六年。因为崇祯十七年,也就是顺治元年,而"廿公跋"云"《金瓶梅传》,为世庙时一巨公寓言",显然是明人的口气,因此《新刻绣像批评金瓶梅》(内阁文库本)当刻于崇祯十四至十六年(1641—1643),"廿公跋"亦写于此时。

"廿公跋"就出于鲁重民之手。当然,也不应完全排除鲁重民请其友人或者在其书坊刻印书籍的文人代写"廿公跋"的可能性。

2.《新刻金瓶梅词话》的刻印者也为杭州书商鲁重民

《新刻金瓶梅词话》刻于《新刻绣像批评金瓶梅》(内阁文库本)之后(详下),即刻于清初。"廿公跋"不见于第一代崇祯本,也不见于初刊本《金瓶梅》词话,除了《新刻金瓶梅词话》之外,仅见于《新刻绣像批评金瓶梅》(内阁文库本)。《新刻金瓶梅词话》如果不是鲁重民刻本,他完全没有必要收录"廿公跋"。因为"廿公跋"出现于崇祯末,《新刻金瓶梅词话》要伪装为"万历本"反而会露出作弊的马脚。而《新刻金瓶梅词话》为鲁重民所刻,则收录"廿公跋"是顺理成章的事情。

退一步说,如果《新刻金瓶梅词话》不是鲁重民所刻,刻印者即使收录"廿公跋",那么他对《金瓶梅》三个序、跋,也决不会采用现存《新刻金瓶梅词话》的编排顺序。

现存《新刻金瓶梅词话》比较完整的本子共有三个,即台北"故宫博物院"藏本和日本日光轮王寺慈眼堂藏本、德山毛利氏栖息堂本,应该以台北"故宫博物院"藏本最为有代表性。

现存《新刻金瓶梅词话》(台北"故宫博物院"藏本)对《金瓶梅》三个序、跋,采用了一种特殊的编排顺序:欣欣子序、廿公跋、东吴弄珠客序。

这里首先应该对现存《新刻金瓶梅词话》(台北"故宫博物院"藏本)三个序、跋的编排顺序,做一番认真的考证。

(1)孙楷第《中国通俗小说书目》云:"首欣欣子序,万历丁巳(四十五年)东吴弄珠客序,廿公跋。"①

(2)韩南《〈金瓶梅〉的版本及其他》说:

> 序文:有三。
> (一)署名欣欣子的《金瓶梅序》。
> (二)仅识一《跋》,署名廿公。
> (三)1617年(万历丁巳四十五年)东吴弄珠客的《金瓶梅序》。②

---

① 人民文学出版社,1982年版,第131页。
② 胡文彬:《金瓶梅的世界》,北方文艺出版社,1987年版,第101页。

(3) 鸟居久靖《金瓶梅版本考》:《新刻金瓶梅词话》100 回,民国 22 年(1933)3 月北京古佚小说刊行会刊本,天理大学藏本曰:

> 卷首正文前有具名欣欣子的《金瓶梅词话序》六页(行格五行,行十二字),廿公的跋一页,题为东吴弄珠客于万历丁巳季冬作的《金瓶梅序》二页(行格七行,行十四字)……①

按:鸟居久靖先生写此文时没有见过台北"故宫博物院"藏本,因此他说:"现在虽然不能见到它,但幸亏有下列影印本,故还能窥见其全豹。"

(4) 梅节《金瓶梅》词话校读记中三序跋之关系:欣欣子序,东吴弄珠客序,跋。

校记说:"跋、廿公书,馆本在弄珠客序前。"

按:梅节先生的所谓"馆本"即指台北"故宫博物院"藏本《新刻金瓶梅词话》。②

可见《新刻金瓶梅词话》(台北"故宫博物院"藏本)三个序跋的顺序是:欣欣子序、廿公跋、东吴弄珠客序。

众所周知,"欣欣子序"既不见于初刻本《金瓶梅》词话,也不见于两代崇祯本《金瓶梅》,它显然是《新刻金瓶梅词话》刻印时加上去的,因此刻印者把"欣欣子序"放在第一的位置是可以理解的。东吴弄珠客序写作的时间是万历丁巳,不仅见于第一代崇祯本《金瓶梅》,也出现于初刊本《金瓶梅》词话的卷端,而"廿公跋"不仅晚出,而且仅见于第二代崇祯本《金瓶梅》,因此"廿公跋"很自然的应该排在"东吴弄珠客序"的后面。就是从序、跋之间的正常逻辑顺序而言,"廿公跋"也应该排在"东吴弄珠客序"的后面。

如上所引,孙楷第《中国通俗小说书目》云:"首欣欣子序,万历丁巳(四十五年)东吴弄珠客序,廿公跋。"这很容易给人造成一种错觉,即孙楷第先生似乎很不细心,居然把三个序跋的顺序都搞错了。其实不然,孙楷第先生与徐森玉、赵万里先生是最早在北京琉璃厂文有堂发现,并替北平图书馆购买这部《新刻金瓶梅词话》(即今台北"故宫博物院"藏本)的,他对这部《新刻金瓶梅词话》非常熟悉。③ 但因为孙楷第先生是从逻辑的顺序来记叙三个序跋的,"欣欣子序""东吴弄珠客序",都是"序",故连类一并叙述,而"廿公跋"是跋,故放在其后叙述。

我之所以说如果《新刻金瓶梅词话》不是鲁重民所刻,刻印者即使收录"廿公跋",那么他对《金瓶梅》三个序、跋,也决不会采用现存《新刻金瓶梅词话》的编排顺序,这也不是仅凭主观的想象。香港梅节先生于《金瓶梅》研究、校对用功甚巨,而且非常清楚《新刻金瓶梅词话》(台北"故宫博物院"藏本)之原貌,但其梦梅馆《金瓶梅》词话则将三个序跋的顺序编排

---

① 黄霖、王安国:《日本研究〈金瓶梅〉论文集》,齐鲁书社,1989 年版,第 16—17 页。
② 北京图书馆出版社,2004 年 10 月版,第 3 页。
③ 《重订通俗小说书目序》,见《中国通俗小说书目》,人民文学出版社,1982 年版,第 1 页。

为:欣欣子序、东吴弄珠客序、廿公跋。

要而言之,"廿公跋"既出于鲁重民之手,《新刻金瓶梅词话》(台北"故宫博物院"藏本)将三个序跋的顺序编排为:欣欣子序、廿公跋、东吴弄珠客序,也就很容易理解了。

"廿公跋"与"欣欣子序"都出自武林辉山堂老板鲁重民的另一个明显的证据就是关于《金瓶梅》一书的名称问题。

众所周知,从《金瓶梅》刚一问世,还在以抄本方式流传时,直到明末,乃至清代,一提到《金瓶梅》,一般只有两种说法:或简称《金瓶梅》(绝大多数人),或称为《金瓶梅》词话(个别人)。其实还有第三种称法,称为《金瓶梅传》。这第三种称法,只存在于"廿公跋"与"欣欣子序"。这种独特的内在一致,正是"廿公跋"与"欣欣子序"出于同一个作者的最好的证据。

3. "欣欣子序""廿公跋""东吴弄珠客序"之间的内在关系

我在《中国文学史上的大骗局 大闹剧 大悲剧——〈金瓶梅〉版本作者新论》中对《新刻金瓶梅词话》卷首的三篇序——"欣欣子序""廿公跋""东吴弄珠客序"之间的内在关系做过认真的探讨。

"东吴弄珠客"序题写于万历四十五年(1617),"廿公跋"题写于崇祯十四年到十六年之间。350多年过去了,却很少有人认真去思考一下这两个序言之间的关系。经过认真分析,我认为"廿公跋"的矛头是直接指向"东吴弄珠客"序的,是对"东吴弄珠客"序的批判。

为了弄清这个问题,我们不能不先来看看这两篇序言所表述的主要内容。

先看看"弄珠客"序的主要内容:

起:"《金瓶梅》,秽书也。"这是该序的中心论点。

承:"袁石公亟称之,亦自寄其牢骚耳,非有取于《金瓶梅》也。"直承"秽书"而来,不能因为袁中郎极口称赞,就改变其"秽书"之性质。

转:"然作者亦自有意,盖为世戒,非为世劝也。"指出作者虽作此"秽书",但目的是为了戒世。

合:"若有人识得此意,方许他读《金瓶梅》也。不然,石公几为导淫宣欲之尤矣。奉劝世人,勿为西门之后车可也。"如果不"识得此意"呢?那么,《金瓶梅》作者和袁中郎就无疑都成了"导淫宣欲之尤矣"。

我们不难看出,"弄珠客序"虽然提示人们,《金瓶梅》作者写此书的目的是戒世的,但不可否认,《金瓶梅》是"秽书"。

如果我们把"弄珠客"序与沈德符在《万历野获编》中关于《金瓶梅》的那段话对照起来看,会看得更为清楚。沈德符说:"吴友冯梦龙见之惊喜,怂恿书坊以重价购刻。马仲良时榷吴关,亦劝应梓人之求,可以疗饥。予曰:'此等书必有人版行,但一刻则家传户到,坏人心术,他日阎罗究诘始祸,何辞置对?吾岂以刀锥博泥犁哉!'仲良大以为然,遂固匿之。未几时,而吴中悬之国门矣。"

沈德符说《金瓶梅》是"秽书",一旦版行,则坏人心术,罪不可赦。"弄珠客"序超出沈德符的地方是以为《金瓶梅》作者写作此书的目的在于戒世,但不否认《金瓶梅》是"秽书"。

我们再来看看"廿公跋"的观点：

起："《金瓶梅传》，为世庙时一巨公寓言，盖有所刺也。"这是中论点。

承："然曲尽人间丑态，其亦先师不删郑卫之旨乎！"这是说《金瓶梅》中虽然有淫秽之处，但正如《诗经》中的"郑卫"之风，连孔夫子都不删。

转："中间处处埋伏因果，作者亦大慈悲矣。今后流行此书，功德无量矣。"这是说《金瓶梅》作者、刻印者都功德无量。

合："不知者竟目为淫书，不惟不知作者之旨，并亦冤却流行者之心矣。特为白之。"这是说把《金瓶梅》看作"淫书"（"秽书"），是无知，这是既不了解作者心意，也冤屈了刻印者。

把"廿公跋"与"弄珠客序"进行对比，我们不难看出，"廿公跋"的每一句话，都是针对"弄珠客"序言的："不知者竟目为淫书"是针对"《金瓶梅》，秽书也"；"今后流行此书，功德无量"是针对"不然，石公几为导淫宣欲之尤"；"盖有所刺也"是针对"盖为世戒，非为世劝也"；"然曲尽人间丑态，其亦先师不删郑卫之旨乎"是针对"盖金莲以奸死，瓶儿以孽死，春梅以淫死"；"中间处处埋伏因果，作者亦大慈悲矣"是针对"借西门庆以描画世之大净，应伯爵以描画世之小丑，诸淫妇以描画世之丑婆净婆"。

应该承认"弄珠客序"不仅已经认为《金瓶梅》作者是有意戒世的，而且已经看到了书中所描画的以西门庆、应伯爵以及诸丑妇为代表的社会丑类，"令人读之汗下"。但其着眼点或侧重点则仍在书中的淫秽描写，所以始终不能跳出《金瓶梅》是"秽书"的圈子，因此担心此书流行可能会有"导淫宣欲"之结果。但"廿公"比他站得更高，强调《金瓶梅》不是秽书，强调《金瓶梅》是"有所刺"，认为《金瓶梅》之流行将功德无量。他所最为不满意于"弄珠客"的就是"弄珠客"给《金瓶梅》所下的"秽书"的断语，其立论之出发点或基础也正在于此。

而分析一下"欣欣子序"的内容，我们不难看出：该序开始是紧承"廿公跋"而来，其"寄意于时俗，盖有谓也"直承"廿公跋"之"盖有所刺也"；其"《关雎》之作，乐而不淫，哀而不伤"的议论则直承"廿公跋"之"其亦先师不删郑卫之旨乎"。也就是说"欣欣子序"充分肯定了"廿公跋"的《金瓶梅》不是淫书的观点。但"欣欣子序"并没有停留在"廿公跋"的基点上，他又大大地加以发挥与升华，他把"欲"与"情"与"人生"连在了一起；不仅如此，他还把个人命运和家国之治，同"时运代谢"连在了一起；他还并不就停留在人生与政治的层面，而上升到哲学的高度："故天有春夏秋冬，人有悲欢离合，莫怪其然也。合天时者，远则子孙悠久，近则安享终身；逆天时者，身名罹丧，祸不旋踵。人之处世，虽不出乎世运代谢，然不经凶祸，不蒙耻辱者，亦幸矣。"这就不仅直承和呼应"廿公跋"，而且从更高的层次批评了"弄珠客"之序。

就风格而言，"弄珠客序"虽亦庄亦谐，但不免时露轻佻与油滑；"廿公跋"则充满激情与义愤，其"特为白之"则近于呐喊；"欣欣子序"则放纵恣肆，而不失旷达。

如果从上述沈德符的那段关于《金瓶梅》的议论开始，到"弄珠客序"，到"廿公跋"，再到"欣欣子序"，这中间认识进步的层次性与前后因果承袭的连续性昭然若揭。

（二）《新刻金瓶梅词话》新刻的用意也是反清

鲁重民在刻印《新刻金瓶梅词话》时，除了加上"廿公跋"之外，还留下了其他一些足够证明他刻印此书的证据。

1. 四首引词[行香子]

《新刻金瓶梅词话》引了四首[行香子]词放在卷端作为开篇。据徐朔方先生《关于〈金瓶梅〉卷首"词曰"四首》①考证，这些词牌是[行香子]，《词林纪事》中曾录过三首。

《新刻金瓶梅词话》：

阆苑瀛洲，金谷陵(琼)楼。算不如茅舍清幽。野花绣地，莫也风流。也宜春，也宜夏，也宜秋。　酒熟堪酌，客至须留。更无荣无辱无忧。退闲一步(是好)，着甚来由。但倦时眠，渴时饮，醉时讴。

短短横墙，矮矮疏窗。乞查(一方)儿小小池塘。高低迭峰(嶂)，绿水边傍，也有些风，有些月，有些凉(香)。　日用家常，竹几藤床。靠(尽)眼前水色山光。客来无酒，清话何妨。但细烹(烘)茶，热烘(净洗)盏，浅(滚)浇汤。

水竹之居，吾爱吾庐。石磷磷床(乱)砌阶除。轩窗随意，小巧规模。却也清幽，也潇洒，也宽(安)舒。　懒散无拘，此等何如？侍阑干临水观鱼。风花雪月，赢得工夫。好炷心香，说(图)些话(画)，读些书。

净扫尘埃，惜耳苍苔，任门前红叶铺阶。也堪图画，还也奇哉。有数株松，数竿竹，数枝梅。　花木栽培，取次教开。明朝事天自安排，知他富贵几时来。且优游，且随分，且衔杯。

《水浒传》开首的引词：

试看书林隐处，几多俊逸儒流。虚名薄利不关愁。裁冰及翦雪，谈笑看吴钩。　评议前王并后帝，分真伪占据中州，七雄扰扰乱春秋。兴亡如脆柳，身世类虚舟。　见成名无数，图形无数，更有那逃名无数。煞时新月下长川，江湖变桑田古路。　讶求鱼缘木，拟穷猿择木，恐伤弓远之曲木。不如且覆掌中杯，再听取新声曲度。

《水浒传》的引词对小说作家、编辑者及出版商本身的自我价值进行了充分的肯定，并自称为"俊逸儒流"。

这一时期的这种小说作家、编辑者及出版商对自我价值的肯定，在出版、编辑过《三国演义》《水浒传》的通俗小说作家兼出版商的余象斗身上，可以说是达到了极致。余象斗曾多次把自己的图像刻印在他所刻印的图书上，对其中的一幅图像，王重民先生在《美国国会图书馆藏中国善本书录》中《海篇正宗》提要中作过这样的描述：

---

① 徐朔方：《关于〈金瓶梅〉卷首"词曰"四首》，收入《论〈金瓶梅〉的成书及其他》，齐鲁书社，1988年版，第182—184页。

图绘仰止(按:余象斗字仰止)高坐三台馆(按:三台馆是余象斗的书坊之一)中,文婢捧砚,婉童烹茶,凭几论文,榜云:"一轮红日展依际,万里青云指顾间,固一世之雄也。"四百年来,余氏短书遍天下,家传而户诵,诚一草莽英雄。今观此图,仰止固以王者自居矣。①

将《新刻金瓶梅词话》的引词与《水浒传》的引词,特别是同余象斗的以王者自居的态度相比,那么,"兰陵笑笑生"借这四首[行香子]引词所表现出来的思想,则未免过于消极。但这只是表面现象。《水浒传》引词和余象斗都是大明朝嘉靖、万历年间的事情了,而"兰陵笑笑生"所处的时代则是经历了血与火的洗礼之后满族人统治的时代。在正统的儒家知识分子的心目中,明清的易帜,不是一般的改朝换代,明人不仅是亡了国,而是亡了天下。在经历了无数的反抗斗争失败之后,此时此刻,摆在汉族知识分子面前的其实只剩下了两条可供选择的路:降清事清,隐居山林。这两条路都有人在走。而在这时,在大多数汉人知识分子的心目中,仍然以为前一条路是卑下的,走后一条路的人才是值得赞扬的。"兰陵笑笑生"借四首引词所表现出来的思想,就是要走后一条路,因此,从儒家的正统的或传统观念来看,也是值得赞扬的,在消极中寄寓着抗争。

中国是诗的国度,现成的诗词汗牛充栋,"兰陵笑笑生"为什么偏偏要引用这四首[行香子]词呢?因为这四首[行香子]词中至少有三首在当时被认为是宋末元初由俗入僧的明本的作品(《词林记事》),而明本(天目中峰禅师,与赵孟頫为方外交)所处的时代与"兰陵笑笑生"所处的时代太相似了,都是异族入主中原的时代。明乎此,则"兰陵笑笑生"的用意也就十分清楚了。

2. 四贪诗

《新刻金瓶梅词话》在四首[行香子]之后,又增加了"酒、色、财、气"等四首"四贪诗"。"四贪诗"虽然不能精确概括《金瓶梅》的主题,但却至少在行文上可以起到一种过渡作用,与第一回"景阳冈武松打虎　潘金莲嫌夫卖风月"的开头相呼应。

词曰:
丈夫只手把吴钩,欲斩万人头。如何铁石,打成心性,却为花柔?请看项籍并刘季,一似使人愁。只因撞着,虞姬戚氏,豪杰都休。

此一只词儿,单说着情色二字,乃一体一用。故色绚于目,情感于心,情色相生,心目相视。亘古及今,仁人君子,弗合忘之。晋人云:情之所钟,正在我辈。如磁石吸铁,隔碍潜通。无情之物尚尔,何况为人终日在情色中做活计,一节须知。"丈夫只手把吴钩",吴钩乃古剑也,古有干将、莫铘、太阿、吴钩、鱼肠、蹋躞之名。言丈夫心肠如铁石,气概贯虹蜺,不免屈志于女人。

---

① 王善民:《中国善本书提要》,上海古籍出版社,1983年版,第386页。

题起当时西楚霸王,姓项名籍,单名羽字。因秦始皇无道,南修五岭,北筑长城,东填大海,西建阿房,并吞六国,坑儒焚典。因与汉王刘邦,单名季字,时二人起兵,席卷三秦,灭了秦国,指鸿沟为界,平分天下。因用范增之谋,连败汉王七十二阵。只因宠着一个妇人,名唤虞姬,有倾城之色,载于军中,朝夕不离。一旦被韩信所败,夜走阴陵,为追兵所逼。霸王败向江东取救,因舍虞姬不得,又闻四面皆楚歌,事发,叹曰:"力拔山兮气盖世,时不利兮骓不逝。骓不逝兮可奈何?虞兮虞兮奈若何?"歌毕,泪下数行。

　　崇祯本《金瓶梅》将此话本第一回"景阳冈武松打虎　潘金莲嫌夫卖风月"改为"西门庆热结十兄弟　武二郎冷遇亲哥嫂"。从小说艺术的角度而言,这种改写是有道理的;但从"讲史"的角度而言,则此话本显然更为本色,深沉,更富于厚重的历史感。

　　3. 欣欣子序

　　当然,用刻印《新刻金瓶梅词话》来反清的最明显的证据就是加在该书卷首的"欣欣子序"。

　　(1)《新刻金瓶梅词话》的刻印年代是要害

　　众所周知,现在存世的最早的《新刻金瓶梅词话》共有三种全本(个别缺页不计)和一种残本。这些藏本除一种全本现存中国台北"故宫博物院"之外,其余几种均在日本。目前中外学术界普遍认为上述几种早期《新刻金瓶梅词话》为同版,只是印刷时间不同。对于这几种藏本的刻印年代,学者们曾作过版本鉴定;郑振铎先生以为台北"故宫博物院"藏本是"万历间的北方刻本,白绵纸印";日本学者长泽规矩也氏据字样推定日本慈眼堂藏本为崇祯年间刻本。大多数学者以为上述这几种早期藏本是"万历本",个别学者以为可能是天启年间的刻本,而没有一个人不认为它们是明代刻本的。但我却认为《新刻金瓶梅词话》当刻于清初的顺治年间或康熙初年。对此,我们不能不作认真的考证。

　　《新刻金瓶梅词话》刻印年代的上限是明万历四十五年(1617),因为该书卷端的东吴弄珠客序题署的时间就是这一年;其下限不会晚于清康熙四十七年(1708),因为日本德山毛利氏藏本就在这一年被著录于书目之中了。这一时段跨度较大,要考证其具体年代,我以为应该从《新刻金瓶梅词话》与崇祯本《金瓶梅》之间的关系入手。

　　(2)《新刻金瓶梅词话》当刻印于清初

　　①"欣欣子序"写于崇祯十四至十六年之后

　　如上所述,日本内阁文库藏本《新刻绣像批评金瓶梅》刻于《十三经类语》之后,那么其刻印时间已经到了崇祯末年(从崇祯十三年到十七年崇祯帝自缢于煤山,只有三年多一点的时间,而崇祯十七年也就是顺治元年)。《新刻金瓶梅词话》收入了"廿公跋",证明它又晚于日本内阁文库本《新刻绣像批评金瓶梅》,则其刻印时间最早只能是顺治年间。"欣欣子序"正是《新刻金瓶梅词话》刻印时加上去的。

　　②《新刻金瓶梅词话》刻印时无任何避讳

　　如上所述,《新刻金瓶梅词话》的刻印时间的上限不会早于明万历四十五年(1617),其下限不会晚于清康熙四十七年(1708)。从明万历到清康熙这一时期中,刻书很重避讳的是天启、崇祯、康熙,不十分讲究避讳的是万历与顺治(康熙初年也不特严)。《新刻金瓶梅词话》无任何避讳,证明它只可能刻于万历或顺治(或康熙初年)。

③ "欣欣子"已经透露了自己写作序言的时间

"欣欣子"序言中说:

> 吾尝观前代骚人,如卢景辉之《剪灯新话》,元微之之《莺莺传》,赵君弼之《效颦集》,罗贯中之《水浒传》,丘琼山之《钟情丽集》,卢梅湖之《怀春雅集》,周静轩之《秉烛清谈》,其后《如意传》《于湖记》,其间语句文确,读者往往不能畅怀,不至终篇而掩弃之矣。

眼光敏锐的郑振铎先生已经发现了"欣欣子"序言中这段文字的矛盾,所以他对这段文字加了如下的按语:

> 按《效颦集》《怀春集》《秉烛清谈》等书,皆著录于《百川书志》,都只是成、弘之间作。丘琼山卒于弘治八年(1495)。插入周静轩诗的《三国志演义》,万历间方才流行,嘉靖本里尚未收入。称成、弘间的人物为"前代骚人"而和元微之同类并举,嘉靖间人,当不会是如此的。盖嘉靖离弘治不过二十多年,离成化不过五十多年,欣欣子何得以"前代骚人"称丘浚、周礼(静轩)辈!如果把欣欣子、笑笑生的时代,放在万历间(假定《金瓶梅》是作于万历三十年左右的罢),则丘浚辈离开他们已有一百多年,确是很辽远的够得上称为"前代骚人"的了。又序中所引《如意传》,当即《如意君传》;《于湖记》当即《张于湖误宿女贞观记》,盖都是在万历间而始盛传于世的。①

但由于郑振铎先生寓于《新刻金瓶梅词话》当刻于万历中期的成见,所以他虽然发现了"欣欣子"序言中这段话的矛盾,却并没有真正予以解决,而自己又陷入了自相矛盾之中:万历年间的人把万历年间的人称为"前代骚人"。

我以为:第一,从上下文的语气来看,"欣欣子"的这段话里的"前代骚人"是包括《如意君传》和《于湖记》的作者在内的。第二,这些"前代骚人"中,《莺莺传》的作者元微之是唐朝人,《水浒传》的作者罗贯中是宋元人(那时人们认为罗贯中是宋元人,至少是元人),其余的作者则是明代人。第三,如果我们把"前代骚人"中的"代"字解为"朝"字,而把"欣欣子"写序的时间放在清代,那么这些"前代骚人"中有唐人,有宋元人,有明代人,这就豁然贯通了。

又,"欣欣子序"说:

---

① 郑振铎:《论〈金瓶梅词话〉》,原载《文学》第1卷第1期1933年7月,转引自《论金瓶梅》,文化艺术出版社,1984年版,第61页。

> 故天有春夏秋冬,人有悲欢离合,莫怪其然也。合天时者,远则子孙悠久,近则安享终身;逆天时者,身名雁丧,祸不旋踵。人之处世,虽不出乎世运代谢,然不经凶祸,不蒙耻辱者,亦幸矣。

这里的所谓"世运代谢""凶祸""蒙耻辱"正是指满人之人关杀戮,明清易帜、改朝换代。

4.《新刻金瓶梅词话》与《经史子集合纂类语》

《新刻金瓶梅词话》与《经史子集合纂类语》均为辉山堂刻本(《经史子集合纂类语》与金陵汪复初同梓),鲁重民的学生马士斐在《类语后序》中说:"是书之裨学业,翼政治,镜古今而勒理乱……。"

当代版本学家王善民在《中国善本书提要》中加按语说:

> 按此书自序及辉山堂《告白》,重民原有《十三经类语》及《子史类语》,未纂集部,因再纂出,与经、子、史《类语》汇成一编,芟繁就约,题为今名,重民及马士斐序题甲申桂月,时崇祯既死,福王即位于南京,士斐犹冀是书能助成中兴之业,不思著书如此,焉能挽狂澜于既倒也![1]

由此我们不难看出鲁重民等人在明清易帜之际,其刻书之目的乃为政治;而崇祯既死,鲁重民及马士斐序题甲申桂月,由此不难看出,他们对清人的仇恨可谓是不共戴天。而如上所述,《新刻金瓶梅词话》卷端的"欣欣子序"之反清倾向也非常明显。"欣欣子序"一开头就说:"窃谓兰陵笑笑生作《金瓶梅传》,寄意于时俗,盖有谓也。"结尾又云:"吾故曰:兰陵笑笑生作此传者,盖有谓也。"所谓"时俗",即"时政"也,"有谓"即"有为"也。

无独有偶。这里值得指出的是,用写《续金瓶梅》反清的丁耀亢的《续金瓶梅》也是在杭州创作的,可见当时杭州弥漫着浓厚的反清氛围。《续金瓶梅》完稿于顺治末年,他似乎没有见到辉山堂刻印的《新刻金瓶梅词话》,否则,他不会对"兰陵笑笑生"不置一词,而只是说有位君子作《金瓶梅》。《新刻金瓶梅词话》或许在《续金瓶梅》完稿之后才出现,那就已经到了康熙年间了。——当然也不排除《新刻金瓶梅词话》已经刻印,但丁耀亢没有见到。

五、结语

综上所述,我们已经可以得出如下一些结论:

现存所谓"万历本"《新刻金瓶梅词话》实刻于清初,它与日本内阁文库藏本《新刻绣像批评原本金瓶梅》(第二代崇祯本《金瓶梅》)一样,都是武林(杭州)辉山堂刻本,辉山堂的老板是鲁重民(字孔式),"廿公跋"与"欣欣子序"都是鲁重民所为。近年来大陆出版的四库禁

---

[1] 王善民:《中国善本书提要》,上海古籍出版社,1983年版,第386页。

毁书(含补编)中有两种也出自辉山堂：《经史子集合纂类语三十二卷》(子部21册)，《子史》20卷(补编42册)。辉山堂刻印的图书现存世者还有多种，这里不一一列举。

对于这些版本的用纸、用墨以及字迹(当时各书坊写工不同)，等等，我们完全可以采用现代化科技手段进行鉴别，《金瓶梅》版本与作者研究已经进入到可以科学操作的阶段了。

准此，则"兰陵笑笑生"之谜可以接近揭开了。

"雪隐鹭鸶飞始见，柳藏鹦鹉语方知。"毕竟"兰陵笑笑生"何许人也，到底《金瓶梅》作者又为何方神圣？且听下回分解。

第五章 编后

一、三点可以确定一个圆

三点可以确定一个圆。关于《新刻金瓶梅词话》晚于崇祯本这个"圆"，我已经找到了三个点。

(一)廿公跋最早见于内阁文库本，系杭州书商鲁重民所作，《金瓶梅》的三篇序跋在《金瓶梅》主要刻本中有三种存在方式

《金瓶梅》共有四种最有代表性的刻本(据崇祯本修改过的"张评本"不计)：初刻本《金瓶梅》词话，崇祯本《新刻绣像批评金瓶梅》甲系(现以北京大学图书馆藏本为代表)，崇祯本《新刻绣像批评金瓶梅》乙系(以日本内阁文库藏本为代表)，《新刻金瓶梅词话》。

《金瓶梅》刻本上的序跋共有三篇：东吴弄珠客序、廿公跋、欣欣子序。这三篇序跋的写作时间为：东吴弄珠客序作于明万历四十五年(1617)，廿公跋作于明崇祯十四至十六年(1641—1643)，欣欣子序作于清初。

这三篇序跋在上述四种《金瓶梅》刻本中的刻印情况为：初刻本《金瓶梅》词话开端有东吴弄珠客序，这有薛冈《天爵堂文集笔余》为证；崇祯本《金瓶梅》甲系也在卷端收录了东吴弄珠客序；崇祯本《金瓶梅》乙系不仅收录了弄珠客序，又在其上加了廿公跋；《新刻金瓶梅词话》不仅沿袭了崇祯本乙系，收录了廿公跋、弄珠客序，又在其前加上了欣欣子序(这是台湾藏本的顺序，日本栖息堂本顺序不同)。

上述四种《金瓶梅》刻本的序跋出现的顺序、分布以及四种刻本刻印之先后顺序昭然若揭，除了初刻本《金瓶梅》词话有薛冈的记述之外，其余都有版本上的依据。这才是事实的真相。

(二)关于《金瓶梅》第五十三至五十七回这个众说纷纭的谜团已经可以冰释了

现将这个问题的来龙去脉或事实真相叙述如下：

1. 初刻本《金瓶梅》词话，刻于万历丁巳，即万历四十五年(1617)或稍后。关于初刻本《金瓶梅》词话的大致情形，我已经做过勾勒。

2. 初刻本《金瓶梅》词话第五十三至五十七回是一位江浙一带的读书人补入的"赝作"。

其第五十五至五十七回三回，在《新刻金瓶梅词话》中保存了下来；其第五十三回、五十四回的主要情节内容保存在崇祯本的第五十三回、五十四回之中，但由崇祯本的改写者经过与其他各回大致相同的方式改写过了。

3. 崇祯本《金瓶梅》在将"词话本"改编成"说散本"（实为"文学本"）时，将初刊本中"陋儒补以入刻"的"这五回"也按照崇祯本改写的原则或方式改写之后，保存了下来。

4.《新刻金瓶梅词话》刻于清初，其中的第五十三回、五十四回两回则是刻印该书时换补上去的，采用的是失而复出的手抄本《金瓶梅》，即《金瓶梅》的"元本"（原作）。

小结：

《金瓶梅》中的第五十三至五十七回，原本是因为初刊本刊印时遗失了，"遍觅不得"，故请"陋儒补以入刻"，从此"这五回"就如同镶嵌在《金瓶梅》文本中的活化石，随着文本的不同改变着，遂成了判定《金瓶梅》版本类型及其刻印时间的文本内在的"铁证"：

（1）崇祯本《金瓶梅》在将"词话本"改编成"说散本"（实为"文学本"）时，将初刊本中"陋儒补以入刻"的"这五回"也保存了下来，证明载有"陋儒补以入刻"的"这五回"的"词话本"的确存在过；崇祯本这五回与《新刻金瓶梅词话》的这五回的不同，同时也就证明了它不是根据现存词话本《新刻金瓶梅词话》改写的。

（2）而现存词话本《新刻金瓶梅词话》这五回中的第五十三回、五十四回明显地优于崇祯本的这两回，又证明了《新刻金瓶梅词话》晚于崇祯本，否则崇祯本的改写者，一定会择善而从。

（3）《新刻金瓶梅词话》这五回中的第五十三、五十四回明显地优于崇祯本的这两回，而与这五回之外的，特别是前80回的其他各回风格比较接近；而第五十四回末尾与第五十五回开头任医官看病之间的矛盾与重复，又充分证明它是后来补进去的。

（三）崇祯本眉批中所说的"原本""元本"之谜已经解开

1. 崇祯本评改者在眉批中所说的"元本"，是指手抄本《金瓶梅》。众所周知，《金瓶梅》开始是以手抄本方式流传的。据现存文献可知，当时拥有手抄本的有12人，分三个系统，初刊本是以刘承禧抄本系统刻印的，该系统原来就缺少第五十三至五十七回。崇祯本评改者在眉批中所说的"得此元本"——手抄本《金瓶梅》，可能就是从这些早期拥有的手抄本中找到了第五十三、五十四两回。

2. 崇祯本《金瓶梅》这五回有着内在的统一与协调；《新刻金瓶梅词话》这五回中前两回与后三回风格不同，第五十三回与五十四回风格统一，是一体化的两回；第五十五回至五十七回风格一致。《新刻金瓶梅词话》第五十三回与第五十二回情节紧密连接，丝丝入扣；第五十四回与第五十五回却明显卯榫不合。崇祯本第五十三回、五十四回这两回与《新刻金瓶梅词话》这两回文字数量差别很大，小说技艺水平优劣也明显不同，它肯定不是根据《新刻金瓶梅词话》中这两回改写的。《新刻金瓶梅词话》第五十三、五十四两回显然是后"嵌入"进去的。

3. 在第二代崇祯本子系统中，代表性的版本是日本内阁文库藏本。该书在装订过程中采用了该出版书肆的废书页做封面。这些废书页中有一种是《十三经类语》,该书的序言的写作时间是崇祯十三年,证明日本内阁文库藏本的刻印时间只能是在此之后,即崇祯十四至十六年。"廿公跋"就是这时出现的。而《新刻金瓶梅词话》,收录了"廿公跋",证明它必然晚于内阁文库本。内阁文库本出版书肆的废书页正是《新刻金瓶梅词话》晚于崇祯本的"物证"。

4. 崇祯本评改者在眉批中所说的"得此元本",是指手抄本《金瓶梅》,这正是《新刻金瓶梅词话》中第五十三、五十四回的来源的文献证据。崇祯本评改者在眉批中说"后五十三回为俗笔改坏,可笑可恨",这不仅是对改写者的批评,表明了评改者要把它重新改好的强烈愿望,而且也透露了要把这种愿望变成行动的信息。这种愿望终于有人在《新刻金瓶梅词话》中实现了。崇祯本评改者在眉批中所说的"得此元本",白纸黑字,正是《新刻金瓶梅词话》晚于崇祯本的铁证。

有了这三个点,《新刻金瓶梅词话》晚于崇祯本可以做出结论来了。

二、《金瓶梅》主要版本之间的关系也可以有新的结论了

1. 初刻本《金瓶梅》词话,刻于万历丁巳,即万历四十五年(1617)或稍后。关于初刻本《金瓶梅》词话的大致情形,我已经作过勾勒。

2. 第一代崇祯本《金瓶梅》是根据初刻本《金瓶梅》词话改写批评的。

3. 第二代崇祯本《金瓶梅》是以第一代崇祯本为底本刊印的,但却用初刻本《金瓶梅》词话校勘过。

4. 张评本《金瓶梅》是以第一代崇祯本为底本改写刊印的,但却用初刻本《金瓶梅》词话校勘过。

5.《新刻金瓶梅词话》是以初刻本《金瓶梅》词话为底本翻刻的,但不仅增加了欣欣子序、四首[行香子]词、四贪诗,也更换了第五十三、五十四两回。《新刻金瓶梅词话》用第二代崇祯本内阁文库本校勘过,它收录了廿公跋就是铁证。

第六章 《金瓶梅》版本研究对中国文献学与「小学」的新贡献

第一节 《金瓶梅词话》校勘的方法论问题

一、《金瓶梅》版本研究的特殊性

从《金瓶梅》问世以来的四百多年间,几乎一致被当作禁书,直到今天全本《金瓶梅》,无论是词话本还是崇祯本,都依然属于禁书。不仅作者有意隐藏自己的姓名,就连出版的书肆也不愿意标明自己的书坊的名称,而且词话本《金瓶梅》鱼鲁豕亥,错别字连篇,又使用了大量的方言土语,这就不仅为读者阅读造成了很大的障碍,也为《金瓶梅》的版本研究带来了极大的困难。因此,迄今为止,关于《金瓶梅》版本研究中的《金瓶梅》成书年代、成书方式、抄本、初刻本刻印年代、《新刻金瓶梅词话》是否初刻本、崇祯本《金瓶梅》与词话本的关系、崇祯本《金瓶梅》各种版本内在关系等重要问题都一直众说纷纭,没有真正解决;而与《金瓶梅》版本研究密切相关的《新刻金瓶梅词话》卷首的四贪诗,四首[行香子]词,东吴弄珠客序、廿公跋、欣欣子序的作者与写作时间,第五十三至五十七回等重大问题都成了难以解决的疑难悬案。研究对象本身的特殊性,造成了版本研究的复杂性。

二、《金瓶梅》版本研究目的的独特性

《金瓶梅》版本研究目的的独特性在于版本研究与作者研究直接相关,人们是企图从《金瓶梅》的流播过程来探讨《金瓶梅》的作者。判定《新刻金瓶梅词话》不是初刻本的意义不仅在于弄清楚版本出现与演变的真相,也是试图从新的起点出发,探讨与作者有关的新问题。

一旦跨过《新刻金瓶梅词话》是初刻本这个坎,您就会有一种豁然开朗的感觉,你就会思考一些新的问题,比如既然《新刻金瓶梅词话》晚于崇祯本,那么它与崇祯本之间的关系就可能比我们过去所想象的要复杂多了。

既然《新刻金瓶梅词话》不是初刻本,那就要进一步探讨《新刻金瓶梅词话》是谁人所刻,刻于何时?《新刻金瓶梅词话》的第一篇序言是欣欣子序,序中明确的《金瓶梅》的作者是"兰陵笑笑生",这就与《金瓶梅》作者的研究有了直接的关系,这就是二十多年前,台湾学者朱传誉先生所说的通过《金瓶梅》的传播来研究作者的思路。

三、《金瓶梅》词话校勘的方法论问题

据我所知,杨国玉先生多年来一直在做着《新刻金瓶梅词话》的校勘工作,收获颇丰。关于《金瓶梅》词话校勘的方法论问题,杨国玉先生有一篇专门的文章《关于〈金瓶梅词话〉校勘的方法论问题》,现将主要内容介绍如下:

> 1932年,曾长期湮没无闻的《新刻金瓶梅词话》刊本重现于世,入藏原北平图书馆(现存于台北"故宫博物院"),立即引起了学界的高度重视。其后,东邻日本又陆续发

现了同出一版的两部刊本(日光山轮王寺慈眼堂藏本、德山毛利就举氏栖息堂藏本)和一个残本(京都大学藏本)。此本卷前有东吴弄珠客《金瓶梅序》,末署"万历丁巳季冬"[万历四十五年(1617)十二月],学界称之为"万历本"。与此前世人熟悉的崇祯本《新刻绣像批评金瓶梅》相比,这个本子文字量大,"山东土白"色彩更浓,场面铺陈更细致入微,人物语言也更加鲜活。由此,人们知道万历本《金瓶梅》词话正是崇祯本所从出的祖本,而崇祯本则是在此基础上由南籍文士删改而成的后代子本。万历本以其原始朴拙的风貌,逐渐取代了崇祯本,成为《金瓶梅》研究所依据的主要文献文本。

然而,《金瓶梅》词话又是一个刊刻极其粗糙的本子,其中讹误衍夺的数量之多、密度之大,几至俯拾即是,令人咋舌。唯其如此,对《金瓶梅》词话文本的校勘几乎从其面世后不久就开始了。在原北平图书馆藏本上,就有佚名读者的朱笔改校(未必出自同一人);崇祯本对万历本的大幅删削,不能不说也有着这方面的原因。到了现代,海内外先后出版了多种校点本,都有数量不等的校改之处。其间,另有许多包含校勘成果的论文、论著发表或出版。所有这些,对于《金瓶梅》词话的文本建设都有不同程度的建树,但毋庸讳言,其中失改、误改之处也甚多。究其原因,关键就在于都存在着方法论层面的缺失或不足问题。

任何正确结论的得出,都必须要以科学的方法作保证。笔者以为,要恢复《金瓶梅》词话的本来面目,首先必须要结合其文本实际,运用归纳和演绎、比较和分类等科学方法,着力揭示个别误例之间存在的真实联系,进行整体概括,从而把握其规律性。正如达尔文所说:"科学就是整理事实,以便从中得出普遍的规律或结论。"否则,单靠猜测或感觉,而囿于枝节之见,孜孜于个别字、词,便永远也不可能有实质性的进展。

一、误字归因。万历本刊刻所据底本是一个经辗转流传的草书抄本《金瓶梅》词话,差谬殊甚,到底何由所致?这是关涉《金瓶梅》词话校勘的最大谜团。对此,目前学界的观点有这样几种:有的从该书的成书方式索解,如香港的梅节先生认为:"《金瓶梅》本为说书人底本,说书人用的是鲜活的口语,记录整理时,许多方言土语有音无字,只好自我造字或用近音字代替,结果简笔字、生造字、谐音字、错别字满纸";有的说法类似,又稍有不同,认为:"《金瓶梅》是俚人耳录,不论是口述者还是写录者,文化层次是不高的,用字品位是较低的。写录者不会是大名士文人,连小名士的文人也不是";有的则试图从作者的生理疾障方面寻得合理的解释:"令人大惑不解的是:错别字却出奇的多!这种极不协调的现象促使我们作如是想:会不会是作者眼睛不好或手臂有病,而由其本人口述、倩人代笔以成书的呢?";还有的比较笼统,认为:"这些舛误有的是由于作者记误造成的,但绝大部分是传抄人、补缀者、付刻人和刻工弄错的"。如此,作者、写录者、传抄者、刻工等,究竟谁之过耶?

好在《金瓶梅》词话文本的特殊性为我们最终破解这一谜团提供了契机。《金瓶梅》词话是中国文学史上第一部由文人独立撰著而成的长篇小说,然而又不是全无依凭的。书中的许多故事情节、描述文字、诗词、韵文等都渊源有自,系从前人的小说、话本、杂剧、传奇等作品中借引而来。随着《金瓶梅》研究的不断深入，这类素材被越来越多地钩稽出来。除了《金瓶梅》脱胎而出的母体《水浒传》外，为其提供素材的前人作品涉及多种体裁：宋元话本，如《六十家小说》（残存29篇，现名《清平山堂话本》）以及《志诚张主管》《张于湖》等；讲史、公案小说，如《大宋宣和遗事》《包龙图判百家公案》等；文言、诗文小说，如《如意君传》《怀春雅集》《娇红记》《剪灯余话》《效颦集》等；日用类书、善书、术数书，如《博笑珠玑》《麻衣相法》等；剧曲、散曲，如《西厢记》《南西厢记》《琵琶记》《香囊记》《玉环记》《玉玦记》《宝剑记》《绣襦记》等，以及收录于《盛世新声》《词林摘艳》《雍熙乐府》等曲集的大量套数、小令。

　　大致算来，所涉书目已多达百余种。这些素材的发现，为《金瓶梅》词话的校勘工作提供了确凿可靠的文献依据，在很大程度上弥补了缺乏可供参据的同一系统的刊本或抄本的巨大缺憾。

　　将《金瓶梅》词话与其素材文献对照，可以发现，万历本中的大量误字已经超出了普通形讹或音讹的范畴。此处仅举数例以证：第二十九回"比及星眸惊欠之际"，语出题明徐昌龄《如意君传》，"欠"应作"闪"；第七十回"你有秦赵事指鹿心"，语出明李开先《宝剑记》第五十出，"事"应作"高"；第七十三回"今影指引苦（菩）堤（提）路"，见于明冯梦龙编《喻世明言》第二十九卷及明罗懋登《三宝太监西洋记》第九十二回，"影"应作"朝"。……"（西门庆）也曾吃药养龟，愤（惯）调风情。"显然，"调"字意切，应为正字。第四十六回又有相似例："游人队队踏歌声，士女翩翩垂舞调"，语出《清平山堂话本·刎颈鸳鸯会》，"调"应作"袖"。"调"何以会误作"细"？"袖"又怎么错成了"调"？细加推绎可知，这是经过多个环节的连环形讹，其致误路径分别为：调—绸（紬）—细；袖—紬（绸）—调。其间，发生过两次（草书）形讹、一次异体转写。有许多汉字一字多体（繁、简、异、俗），本书多有抄手根据自己的用字习惯予以转写的字例，也有因此致误例。这表明，万历本所据底本至少已是第三代传抄本。

　　要之，万历本《金瓶梅》词话据以刊刻的底本是一个经辗转流传的草书抄本。确证了这一点，就为《金瓶梅》词话的辨误正讹提供了正确的方向性保障。……

　　从某种意义上讲，《金瓶梅》词话的文本校勘是一项难度堪比密码破译的复杂工程，不仅需要有扎实、广博的文献基础，还要有俗字、草书等方面的知识，更重要的是，必须要运用哲学思维、科学方法，才能一步步探察出其规律性，从而最大限度地恢复其本来面目。

第二节　《金瓶梅》版本研究对文献学与"小学"的贡献

——张鸿魁《金瓶梅》文字、语音研究对文献学与"小学"的发展具有重要意义

前　言

在近百年来的《金瓶梅》研究过程中，方言研究吸引了众多的研究者的注意，做了大量的

工作,出版了一批专著,发表了很多论文。但关于方言的研究也存在着不少的问题,为此我曾经向吴晓铃先生专门请教过。对此,我在《叶桂桐〈金瓶梅〉研究精选集》的《后记》中予以叙述,现转录如下:

　　1987年7月至1992年春,我先是在北京师范大学作国内访问学者,师从锺敬文、张紫晨二位学习民间文学与民俗学,接着就到中国社会科学院师从蒋和森先生学习研治明清小说,大部分时间都住在北京,因此到吴晓铃先生府上去拜见先生比较方便。关于《金瓶梅》的方言研究,我与吴晓铃先生认真交谈过三次,其中有一次,聊城大学的刘忠光先生、郝明朝先生也在场。我曾经把吴晓铃先生关于《金瓶梅》方言研究的意见作过如下的总结:

　　吴晓铃先生充分肯定了张鸿魁先生的《金瓶梅》方言研究从语音入手的论文。之后,又反复叙述过如下的意见:

　　1. 语言有三个要素,语音、词汇、语法。这三个方面,在《金瓶梅》方言研究中都要做。但是,如果要从方言的角度来判定《金瓶梅》作者的籍贯,在语言的这三个要素中,首先,最重要的是语音。因为《金瓶梅》作者只要一念《金瓶梅》,我们马上就可以判断出它的籍贯。但是,《金瓶梅》的语音研究,一定要准确地作出其语音系统,然后再进行历史地理语音系统比较,这样才可以。《金瓶梅》语音系统,用以对比的历史地理语音系统,做起来都很困难。

　　2. 除了语音,在语言的三个要素中,比较固定、变化比较慢的是语法。

　　3. 词汇在语言的三个要素中,是最活跃的,一个词汇,要准确判定其所属地域,比较麻烦,"说有容易,说无难",因此单从词汇的角度来判定《金瓶梅》作者的籍贯,最不可靠。

当年山东聊城《水浒》《金瓶梅》研究学会的《金瓶梅》方言研究,正是根据吴晓铃先生的意见来进行的。聊城《水浒》《金瓶梅》学会会员董绍克、张鸿魁、张鹤泉、仇志群等四人,都曾以《金瓶梅》语言研究为主。四位先生各有自己的独特贡献。张鸿魁先生的《金瓶梅》文字、语音研究对文献学与"小学"的发展具有重要意义,现将其主要贡献介绍如下。

一、张鸿魁《〈金瓶梅语音研究〉绪言》摘编

(一)《金瓶梅》的语言价值

　　《金瓶梅》是一部划时代的文学巨著,也是一个空前规模的语言数据宝库。文学史家看重它的艺术成就。它是传世的最早的长篇小说之一,是反映平民生活的风俗画卷,而且是构思完整、描绘细致的作家独立创作的真正艺术品。对于同一种现象,从另一个角度去看,也应该高度评价。汉语史家从"风俗画卷"看到了语言材料的丰富多彩,从"独立创作"看到了语言数据的统一均匀。

　　一部百万字的鸿篇巨制,写到了八百多各色各样人物的言谈举止,而且主要人物都属于市井细民,衣食住行,百态毕具。语言数据,特别是口语数据的丰富,是前此任何文

献都无法比拟的。而且,整部小说基本成于一人之手,写作时代稳定明确,这又比各种文集语录的语言性质单纯得多。特别是中国和日本都发现了明代刻本《金瓶梅》词话,这种早期刻本未经后人过多的改篡,在相当程度上保存了作品朴拙真实的语言面貌。这样的语言数据实在是不可多得的。它相当全面地反映了特定语言的语音、词汇、语法现象。

《金瓶梅》词话反映的是什么时代什么地域的语言呢？在时代上没有太大的疑问。尽管对小说的创作时间有各种推测,但都不出明代嘉靖、隆庆、万历三朝近百年的范围。可以肯定地说,它反映了明代中后期的一种语言的面貌。在地域上认识也渐趋一致,是一种北方话,只是词汇方面吸取了当时吴语的某些成分。

见过早期抄本、熟悉初刻情况的沈德符,有一段话很有影响。

> 无几,则吴中悬之国门矣。然原本实少第五十三至五十七回,陋儒补以入刻,无论肤浅鄙俚,时作吴语,即前后血脉,亦绝不贯穿,一见知其赝作矣。(《万历野获编·词曲·金瓶梅》)

沈德符的话告诉我们,除了补写的第五十三至五十七回里偶有吴语成分("时作"而不是"多作")以外,他见到的手抄本和初刻本是没有吴语的。是用什么话写的呢,他没明说。但是,既然他指吴语为鄙俚,当然视原作为典雅,那就只能是明代的官话,亦即北方话。沈德符是秀水人,即今日浙江嘉兴一带的人,是地道的吴人。所以,他判定原作不是吴语。这个结论是有权威性的。

《金瓶梅》是用北方话写的,可以说是古今基本一致的看法了。但是文学史家和语音史家都不肯就此为止,因为"北方话"太笼统了,包括了大半个中国。要缩小所指的范围,争论就又大了。势力较强的一派,应该是"山东话"说。

《金瓶梅》问世百余年后,陈相为张竹坡评点本《金瓶梅》作跋,认为《金瓶梅》有山东土白。近代的郑振铎、鲁迅、吴晗,也都认为用的山东话。他们都没有就此作严密的例证,大概是凭一种直感。

这种直感很该重视。因为:第一,这些人都不是山东人,并无乡土偏见;第二,这些人也不是专门的语言学家,却有着共同的综合印象。

从语言学角度看,确定语言的性质,应当凭据语言事实的归纳,凭借语言之间的比较。比较需要有参照物。山东话自然是参照物的首选代表。大家都知道,《金瓶梅》拟置的地理环境是山东清河、临清(现在清河划归河北,仍属临清邻县);现存词话本署名作者笑笑生,前署籍贯为"兰陵",即今天的山东枣庄市东部(不太可能是南兰陵武进)。仅据这些是不够的,但近几年的研究成果,有两点很发人深思。其一,小说中提到的临清、清河的地名、地物,多数为临清历史上实有,不少至今犹存。其二,小说人物中山东地方官吏,凡明代史料可查实有其人的,多数确实是山东籍或有过在山东为官的经历。因此,判定《金瓶梅》作者即使不是山东人,也应长期在山东生活,熟悉山东特别是鲁西临清一带的地理风俗语言,这不能算妄加猜测。如果《金瓶梅》的语言反映了当时鲁西方言的特点，它也不会跟四百年以后的现代鲁西方言完全一致。语言是不断发展变化的。

(二) 专书语音研究的重要性

什么原因促使我们对《金瓶梅》的语音做专门的研究呢？主要有两方面。

第一，汉语史的研究近十余年有很大发展。特别是，对于专书语言研究这种基础工作的重要性，已渐形成共识。研究专书词汇、专书语法的论著已有很多。相比之下，专书语音研究文章却很少，对专书进行声韵调系统研究的论著，更有待于方家。

第二，语音、词汇、语法的发展是相伴相生的，三方面的研究也是相互促进、共同发展的。但就目下而论，语音研究的薄弱，已在一定程度上成为词汇语法研究深入发展的障碍。对一个时代、一部书语音面貌的模糊认识，常导致词语、语法认识的失误。（这种形势在近代汉语研究中尤其突出。）……

(三)《金瓶梅》的语音研究

1.《金瓶梅》语音的系统性

我们说的《金瓶梅》的语音系统，大致是指其作者的方言音系。任何一种语言都有自己的系统。跟词汇系统、语法系统比较，语音系统更有稳定性，它必须以一个具体方言音系为标准，声类、韵类、调类有数，结构关系明确。

有人认为，《金瓶梅》是集体创作，而且可能作者们不是操同一种方言。但是，即使持"集体创作"说的人，也总承认有一个"写定者"或统一全书文字的"主编"。《金瓶梅》毕竟不是论文集，而是情节结构完整、血脉贯通的一部小说。这个写定者或主编总不会南腔北调，应该有自己的方音习惯，有稳定明确的语音系统。

不能不承认，《金瓶梅》在抄刻流传过程中，会有书手刻工的有意改补或无意讹夺，这给小说语言造成了一定的混乱。但是，只要我们详加校勘，这些问题可以逐步认识纠正。而且，从总体上把握语音系统的框架，又是校勘的有力工具。讹误再多，也不至于遮蔽了总体框架。我们认为，《金瓶梅》的语音系统是客观存在的，认识它是完全可能的。

2. 研究《金瓶梅》语音的条件

跟其他近代文献资料相比，《金瓶梅》更适合于做语音研究对象。

(1)本身有可供研究的丰富材料。材料可分为三类。

①谐音双关材料，包括谐音姓名、谐音故事和谐音歇后语。它们可以准确地反映词语之间的同音关系。《金瓶梅》描写的是商业兴盛带来的城市风情和市民情趣，这类谐音材料随处可见。

②韵语。包括清唱词曲、证词600首以上，还有大量的活跃在人物口头上的押韵谣谚。它们可以集中地反映韵母系统，其中谣谚更能反映口语的语音情况。

③俗字。包括同音替代字和新造形声字。《金瓶梅》作为通俗文学作品，用字不求规范，同一词语常写作不同的字形。大量的俗字给考察词义带来了困难，也给考察字音

带来了机会。只要根据语境或比照其他文献弄通了词义字义,就可以跟通用字形(本字、正字)比较,从同音字的选择、新字声符的选择考见音类的变化规律。

(2)校勘训诂成果相对丰富。跟其他近代文献相比,《金瓶梅》以其文学价值得到世人特别的青睐。问世以来就有赏析评论文字。20世纪30年代词话本发现并刊布以后,尤其是80年代以来,对其做研究的日见其多。研究成果中包括不少校勘训诂内容,足资语音研究的参考。

(3)《金瓶梅》语言的时代地域比较确定,同期有各类字书辞书可作参照。像梅膺祚《字汇》对俗字的注音释义,毕拱辰《韵略汇通》对官话语音系统的分析,都可以提供切近的参考。又因为《金瓶梅》去今未远,现代北方方言,特别是鲁西临清一带的语音现状,也可以做重要的直观参照物。

二、张鸿魁《金瓶梅的方音特点》摘编

(一)

以往探求《金瓶梅》所用方言的人,大多从词汇入手,个别的谈及语法。跟词汇语法比较,方言语音更具有特色,最能证明方言的身份。本文拟从语音角度谈谈《金瓶梅》用语的方音特色。由于汉字的非拼音性质,研究小说的语音比研究语法、词汇更困难。本文只能从一些字的相互关系上来考察它们的音类归属,而音值就只能是一些推测。本文利用的材料主要有以下三个方面。

1. 谐音

(1)谐音故事。这类材料两个字的同音关系比较肯定。

(2)谐音歇后语、双关语。这类材料两个字的声母、韵母相同没有疑问,声调是否相同是有争议的。从现代的歇后语看,谐音字还是声调相同的居多。只要有现代方言字音佐证,可以作为同调字利用。

(3)谐音姓名。谐音姓名跟所谐字不一定同声调。这是因为谐音姓名不仅要所谐意义明确,还需要"像个姓名"。有些音节,习惯上从来不作姓,如去声之"好"、上声之"扯",只好用上声之"郝"(如第三十四回"郝贤"谐"好闲")和平声之"车"(如第三十四回"车淡"谐"扯淡")。

(4)其他谐音材料。

藏头隐语。如392页①郑香儿骂应伯爵,"望江南、巴山虎儿、汗东山、斜纹布"隐"忘八汗邪"四字。胡打岔。如392页,西门庆骂应伯爵"胡说","应伯爵道:'胡铁?倒打把好刀哩!'"后者有意错误地重复前者的词语,这叫"胡打岔"。"胡打岔"重复出来的词语,跟原来的词语同音,或者至少最后一个字的韵母相近。上例中就是"铁""说"押韵同调。

---

① 叶注:此处及本节其他只标页码的引文均据日本大安影印本《新刻金瓶梅词话》。

2. 韵语

《金瓶梅》中的诗词曲都有袭用前人成作的情况。这些材料情况较为复杂。本文暂不讨论。本文只利用更通俗的韵语:酒令、谣谚、丑类人物的自白韵语,等等。这类韵语材料虽然很多,但价值比谐音材料更差一些。它不能反映声母的变化,韵母情况也不够精确。因为韵语都难免有通押现象,声调也可以不同。

3. 异文别字

本文选用的异文别字,都是字形差别大,肯定是音近而误的。异文别字之间的音韵关系,根据现代人写别字的习惯看,一般是声母、韵母相同,声调则因为用字者掌握的同音字多少而定。找不到声调相同的字,就会用不同调的字代替。《金瓶梅》作者的文字水平是相当高的,除非是没有相同声调的字可写,他一般不会选用异调字的。

现存的《金瓶梅》的最早版本,是万历丁巳版《金瓶梅》词话(以下简称词话)。这里面的异文别字肯定有一些是作者的习惯,但也有一些是传刻者弄错的,两种情况不易分清。因此它们透露出来的音韵情况也就有作者的方音和传刻者的方音,我们只看用来做辅助的证据:跟谐音、韵语表现相同的,它可以做个补充证据;前二者没有而异文别字独具的特点,只可存疑备考。

(二)

对上述材料进行分析,可以看出《金瓶梅》方音的几个突出特点。

1. 韵母的合并简化

汉语音韵发展到《中原音韵》时代,已经简化为19个韵部:东锺、江阳、支思、齐微、鱼模、皆来、真文、寒山、桓欢、先天、萧豪、歌戈、家麻、车遮、庚青、尤侯、侵寻、监咸、廉纤。《金瓶梅》的韵母系统较之《中原音韵》又有所发展:两个半世纪中,韵类又进一步的简化合并。

(1)—m尾韵并入—n尾韵,即真文和侵寻合并,寒山、桓欢、先天和监咸、廉纤合并。

"咸"(监咸)谐音"闲"(寒山)。220页歇后语:"卖萝卜的跟着盐担子走,好个嘈心的小肉儿。"466页、365页也有类似的歇后语。"传"(先天)谐音"赚"(监咸)。……

(2)入声韵脱落辅音韵尾。

《中原音韵》"入派三声"的性质,大家看法还不一致。但是在《金瓶梅》中,入声字却毫无疑问脱落了辅音韵尾。"郝"(铎韵——指《广韵》音,下同)谐音"好"(号韵)。第三十四回"郝贤"谐音"好闲"。"节"(屑韵)谐音"借"(祃韵)。"常时节"谐音"常时借"。"国"(德韵)谐音"鬼"(尾韵)。韩道国专门说谎,人们"顺口就教他做韩道国"(捣鬼)(405页),他的弟弟就称"二捣鬼"(405页)。……

(3)真文、侵寻韵和庚青、东锺韵的混淆。

"神、身、迸、人"跟"能、情"押韵。……

(4)"萧豪"和"尤侯"的混淆。

"小"跟"斗、口、走、狗、手"押韵,808页"急口令儿"。"羞"常写作"嚣",如346页"如今没的撼羞",331页则作"没地撼嚣儿来缠我做甚么"。……

(5)歌戈韵和鱼模韵的混淆。

"活"跟"夫"押韵,57页"自古道:欲求生快活,须下死功夫"。"作、娥、婆"跟"佛"押韵,1270页"有诗为证"。……

(6)韵母儿化后有归并。

李思敬《从〈金瓶梅〉考察十六世纪中叶北方话中的儿化现象》一文,"在方块字的字里行间找到儿化音生存的条件",有力地论证了《金瓶梅》使用过大量儿化音。这里只就音值问题提供几个例证。

现代北方官话的儿化音变,大都有这样的规律:—enr=—ir,unr=ur。《金瓶梅》的儿化似乎也是这样。第七十二回,申二姐说:"我唱个十二月《挂真儿》,与大妗子和娘每听罢。"……

2. 声母

(1)浊音声母的清化。这个问题已经有人论及,是个比较明显的问题,有大量的例证,这里再补充两例:"应伯爵"谐音"白嚼"。"白"并母、"嚼"从母,而"伯"帮母、"爵"精母。这表明入声字清浊声母已经相同。"管世宽"谐音"管事宽"。"事"崇母,"世"书母,表明去声字清浊声母也读音相同。"腊月里萝卜动个心"(1345页歇后语),以"动"(定母上声)谐音"冻"(端母去声),表明上声全浊声母字跟去声清声母字读音相同。

(2)舌面声母的产生。《中原音韵》时代喉音和齿音还是分别划然的,但是在《金瓶梅》中,在细音韵母前,喉牙音和齿音已经都读舌面音,不分尖团了。这可从两方面得到证明。

首先,喉牙音开口二等和三四等同音。"贤"(四等)谐音"闲"(二等)。第三十回"郝贤"谐音"好闲"。……

其次,《金瓶梅》中三四等齿头音字也跟喉牙音字在细音前同音了。(匣母四等)谐音(邪母三等)1290页歇后语"席","我腌韭已是入不得畦了"。"畦""消"(心母三等)谐音"晓"(晓母四等),1220页"怎么不晓得?雪里埋死尸,自然消他出来"。"咬群(群母三等)儿"又写作"咬蛆(清母三等)儿"。例子见前儿化韵段。"羞"(心母三等)多写作"嚣"(晓母四等)。如353页"咱不好嚣了他头",652页"却不难为嚣了人"。"成缉"(心母三等)又作"成器"(溪母三等)。……

(3)z、c、s和zh、ch、sh在洪音前的混同。"寺"谐音"事",491页"常言道:男僧寺对女僧寺,没事也有事"。"只"多作"自",如19页"人自知道一个兄弟做了都头,怎的养活了哥嫂。却不知反来嚼咬人",234页"自瞒着我一个儿"。……

3. 声调

全浊上声变去声。"冻"(端母送韵)谐音"动"(定母懂韵),1354页"莫不孟三姐也腊月里萝卜动个心"。"饭"(奉母愿韵)谐音"犯"(奉母范韵),85 页"自吃你卖粉团的撞见了敲扳儿蛮子叫冤屈——麻饭胗胆的账"。"芡"(群母琰韵)跟"鹳、判"押韵,809—810 页韩道国酒令。"负"(奉母有韵)跟"数、付、度"等押韵,549 页酒令。"待"(定母海韵)、(从母海韵)跟"蔡、快、戴、太"等押韵,363—364 页蔡老娘自白韵语。"在""赵"(澄母小韵)跟"鞠、到、拗、要、庙"等押韵,508—509 页赵裁缝自白韵语。"赵"(澄母小韵)、(定母皓韵)跟"叫、料、号、效"等押韵,832 页赵太医自白韵语。……

(三)

上文分析出的特点中,可以肯定为《金瓶梅》作者方音,而不是传刻者方音的,有这几条:—m 尾韵并入—n 尾韵;入声韵脱落辅音韵尾;浊音声母的清化;舌面音声母的产生;全浊上声变去声。我们所以这样肯定,是因为除了大量的韵语、别字例证外,还有准确的谐音证据。据此我们认为,《金瓶梅》作者不可能是操吴语的南人。作者的方音发展到今天,尽管可能有相当大的变化,但绝不会再恢复浊音,恢复辅音韵尾,等等。就是说,不会发展为今天的吴语。当然,另外一些特点确实像今天的吴语,如 en 韵和 eng 韵的混淆,歌戈韵和鱼模韵的混淆,z、c、s 和 zh、ch、sh 的混同(最后一条鲁西一些地方也有)。我们认为,这些可能只是传刻者的方音特点,因为它们缺少谐音的证据。韵语材料可能有一些是通押,异文别字则更肯定有相当部分是传抄、刻印中产生的。《金瓶梅》首先是在吴中"悬之国门"的,万历丁巳本词话也是在吴中初刻的。既然《金瓶梅》的早期流传经过了众多吴人之手,出现一些吴音错讹就不足为怪。《万历野获编》曾指出,第五十三回至五十七回是"陋儒补以入刻","时作吴语"。上文吴音痕迹的错讹,在这几回也比较集中,这也不一定是巧合。

三、张鸿魁《〈金瓶梅〉与近代汉字研究》摘编

《金瓶梅》词话丰富全面的言语内容,为近代汉语语音、词汇、语法的研究提供了宝贵资料。其万历本(有万历丁巳年序文的刻本)丰富的文字现象,也为近代汉字的研究提供了稳定可信的材料。

(一)近代汉字研究

著名文字学家唐兰先生,早在 20 世纪 40 年代就指出:"近代汉字的研究,也是很重要的……楷书的问题最多,别字问题,唐人厘定的字样,唐以后的简体字,刻版流行以后的印刷体,都属于近代文字学的范围。"汉字发展到唐代,笔形、部件和结构方式已经大体定型。近代汉字的演变,主要是偏旁的添加、改换和功能的再分配。近代汉字的研究,跟古文字研究相比,有了新的内容,也需要新的方法。由于近代新出现的部件、偏旁极少,所以,即使是新拼创的字形,也觉得似曾相识,汉字整体面貌似乎变化不大。但是,同样的字形,所负荷的音、义却在不断分化组合,这就是功能的再分配。汉字形体和它们所对应的语言内容之间,关系不断变化。因此,研究近代汉字更必须结合字音字义,也就是结合语言。"只有结合语言,才能看出文字演变的趋势。"

裘锡圭先生指出:"对汉代以后各代文字在字形和结构上的特点,以及各代用字的特点,进行研究的人少得可怜……这方面的研究工作很需要加强。"近代汉字研究之所以需要加强,一方面是因为汉字研究重古轻今的传统造成了学科的倾侧失衡,更重要的一方面是,现代化建设亟需汉字整理工作的配合。……

我们对《金瓶梅》用字的观察拟分三项说明:①新字形,②新音义,③讹错现象。第①项专就字形着眼,包括笔画的增减、变形和偏旁添换,其结果是字形的增加。第②项着眼于字的功用,包括同音替代、同义替代和偶然同形,其结果是不增加字形而改变了字的音或义,对汉字系统(形和音义的关系,字和字之间的关系)来说也是一种演变和发展。第①②项大致相当于李著①的八项。第③项虽然不属于文字演变规律,却是汉字应用不可忽视的现象。各项内容中,凡属李著已详述的,本文从略,李著阙略的,本文从详。引例只出回数页数,如"八十4"即指见第八十回第4页。字形的变化需要刻新字,因而尽量选用不必刻字的例子,或采用叙述描写的方法。

(二) 新字形

1. 笔画的增减变形,一般不超出人们视读的容错能力,对近代汉字的演变没有太大的意义。因此,这类字虽然很多,本文只简单举例,不出例句。笔画增加的例子。"土"字或"土旁"右上角加点;"虫"字或"虫旁"顶上加撇。笔画减少的例子。"鸟、写"等字的四点减去两点;"水旁"三点减去一点。

笔画变形的例子。"么"字或"么旁"的撇变成撇折;"刀头"变成"几头",即横折的左钩变成右钩。

2. 声旁的改换或添加,一般是为了更准确地表示当时的读音,也有的是换一个更简单更常见的声旁。

声旁改换的例子。"虾蟆"的"蟆"字,"莫旁"换成"麻旁";"蹲"字的"尊旁"换成"敦旁";"证"字的"登旁"换成"正旁"。声旁添加的例子较少,比较肯定的是一个"合"字。这个词,元代杂剧、小说多用"入"字记录,《中原音韵》"入、日"同音。《金瓶梅》始用"合"字,大概是为了跟出入的"入"有所区别,加上了声旁"日"。

3. 形旁的添加改换,一般是为了把多义字分化出专用字形,也有的是受上下文影响产生的不必要的变化(类推)。

形旁添加的例子。"塞"的动词用法加"扌";"耳朵"的"朵"字加"耳"旁或者"身"旁。

形旁改换的例子。"嫖宿"的"嫖"字多写作"飘",《金瓶梅》改"风"旁为"女"旁;"遮羞"的"遮"字,"辶"旁多改作"扌"旁。

4. 全新字形,指跟"本字"迥异或者不知"本字"的字形。这些字始见于《金瓶梅》,很难说是旧有字的部分改装(笔画或偏旁的变动),只能看作是利用旧部件偏旁重新拼

---

① 李荣:《汉字演变的几个趋势》,载《中国语文》1980年第1期。

装创制的。其中本字可靠的,可以说是声旁形旁都改换了;本字难考的,则应该是形音义全新的地道新字。

这些字可根据《汉语大字典》(徐中舒主编,湖北辞书出版社、四川辞书出版社出版)已收和未收分两类举例说明。已收的以"撵、㐇"为例,未收的以"石店""顿下火"为例。"撵"字的本字大约是"趁"。《广韵》狝韵泥母:"趁,践也";震韵彻母:"趁,谓逐趁也"。前一读跟"撵"音同义异(可能是义项缺略),后一读跟"撵"义同音异。

《集韵》铣韵泥母:"趁,蹈也,逐也,或作趁。"才把音义统一起来。《金瓶梅》时代"辇"已读同"趁"就用作声旁,加"扌"表示动词用法,拼创出新字"撵",表音表义都较为贴切,所以沿用至今。……

(三) 新音义

词义的引申、字音的历史音变,是纯粹的语言学问题,不是文字学的字义字音增加,本节不作讨论。

1. 同音替代造成字义增加。三七7"僻格剌子",二一4"背哈喇子",两语同义,都指"偏僻的角落"。"背"字本无"偏僻"义,由于《金瓶梅》用来做"僻"的同音替代字,就增加了"偏僻"的字义。

2. 同义替代造成字音增加。七七15"掷骰猜枚",六八15"掷色猜枚",两语同义。"骰"本来作为博具读如"头",因为这种博具又称"色子",人们认为"骰子"读同"色子",同义词当作同音词,"骰"字就增加了新音,读如"色"。四四8"递过色盆来,两个掷骰儿赌酒为乐",一句中两字同时出现,不可能是两种读音,只能是"骰"读同"色"。

3. 偶然同形,指新造字跟另一个音义无关的旧有字形体重合。如前文提到的"炖"跟《集韵》的"炖",就属偶然同形。单从字形角度看,则是一个字形增加了新的读音和意义。这个问题似乎尚未见有人论及,却是近代汉字发展中一种并不鲜见的现象。本节结合《金瓶梅》中的例子"撇、握、搂"试作分析。

由前文可知,《金瓶梅》有利用旧有部件偏旁、按形声造字心理拼创新字的习惯。而汉字系统中的部件、偏旁是有限的,常用的偏旁更是屈指可数(如形旁无非是金木水火土山水、人手口刀牛羊),因而新拼创的字跟旧有字同形是难以避免的。如果同形的旧有字生僻罕用,这种矛盾就不突出。像前文提到的现代"炖"字跟《集韵》"炖"字,人们识别和运用不太困难。如果新拼创字跟一个常用字同形,读音和释义就不易吃准。字书编撰者、词语研究者常常避而不论,甚或望文生训,望文生音。

"撇",八九9"提起刀来望那妇人脸上撇两撇。"同语《水浒传》字作"鄞"。本字当作"鐾",《集韵》霁韵帮母:"鐾,治刀使利。"《现代汉语词典》注音 bèi。按:现代山东方言仍然读 bi,跟"敝"同音;又表示将刀平放按压,往与刀刃相反的方向移动,跟表示往复运动的"磨"有细微差别。具体到《金瓶梅》中的情节,"撇"是拿刀轻蹭,是一种威慑性而非伤害性的动作。字以"敝"声"扌"形拼创,当读如"敝",跟旧有"撇(piě)"字形体重合。《金瓶梅》中的新音新义未见字书记载。

"握",四一9"只把官哥儿耳朵握着",五八15"只是双手握着孩子的耳朵"。此"握"字义同"掩(四三9"教迎春掩着他耳朵")。按,就是今天的"捂"(wǔ)字。跟《金瓶梅》大致同时的小说《二刻拍案惊奇》写作"侮",韵书《韵略汇通》呼模韵一母上声有"捣,手掩"。可见这个动词当时口语中读 wu 上声,尚没有固定的用字。《金瓶梅》用"屋"声"扌"形拼创"握"字来记录,是比较恰当的,当时的"屋"字已经不读入声,跟"捂"至多有声调的差异。(《中原音韵》"屋"归鱼模韵上声)《汉语大字典》《汉语大词典》(罗竹风主编,汉语大词典出版社出版),《金瓶梅词典》(白维国编,中华书局1991年版)在"握"字头下均收此义,而注音均作 wō,恐属未当。手掩义的"握"虽然跟旧有"握(wō)"字同形,但意义上看不出引申的轨迹,应当属于音义不同的两个词。

"搂",十五3"一径把白绫袄袖子搂着,显出他遍地金掏袖儿",六九12"搂起腿来与永定瞧(受刑的伤痕)",二四5"惠莲于是搂起裙子来与玉楼看(脚上的鞋)"。这个"搂"本字大概是"挚"。《广韵》术韵来母:"挚,《说文》五指挚也。"《说文》四下:"挚,五指挚也,读若律。"《水浒传》字作"捋",第二十六回:"武松捋起双袖,握着尖刀。"《红楼梦》字作"撸",第八十三回:"紫鹃又把镯子连袖子轻轻地撸起。"

"挚"是入声字,在入声消失的方言里应变成 lü 或 lu。《红楼梦》和今北京话读 lū,字写作"撸"。在现代山东方言里,lü、lu 两音都有。《金瓶梅》字作"搂",大概表示读lü。因为"娄"作声旁没有读 lu 的,却有几个读 lü 的。特别是还有把"驴"改成"娄"旁的例子。……

(四) 辗转讹错

旧小说多经过传抄而后有刻本,刻本一般也无机会由作者校订。由于字形的楷草繁简多次转换,加上同音替代习惯人各不同,造成了一种复杂的辗转讹错现象。……

"严"讹为"没"。包裹得紧密可称"严严的",小说中不乏例证。《金瓶梅》用同音字"沿"替代"严",四十4"拿裙子裹得沿沿的"。"沿""没"形近容易相误。

四一6"用红绫小被把官哥儿裹的没没的,恐怕冷";九十5"我拿小被儿裹的没没的,怎的冻着"。这两例中的"没"(沿)都是"严"的辗转讹错。

"胀"讹为"溠",充血红紫状称"紫胀",小说中也不乏其例,《金瓶梅》也有,三八3"紫胀了双腮"。"胀""强"草书形近易误,"紫胀"遂成"紫强",三七9"紫强光鲜,沉甸甸甚是粗大"。"强"又音 jiàng,跟"溠"形近音同,"紫胀"遂又辗转为"紫溠",七11"须臾怒起,紫溠了面皮"。"胀"讹为"溠"还有一条可能的途径,"胀"用同音字"涨"替代,"涨""溠"草书形近致误。《水浒传》中多用"紫溠",也有可能是某种方言"胀""溠"同音,直接替代造成。至于《红楼梦》第六十三回"面皮嘴唇烧的紫绛皴裂",则又是北京音"绛""溠"同音替代,造成了进一步讹误。上述……每组中两字之间没有形音义的直接联系,不能简单地用"形近而误""音近而误"或"义近而误"来说明。研究这种现象,不仅对训诂学、校雠学有意义,对汉字整理也有借鉴意义。

(五) 正字、本字、误字、俗字

为了厘清一部书或者一个时代的用字情况,有必要对术语概念作一些界定。我们认为,汉字的发展是一个不断地创造和不断地规范的过程,既有适应语言发展的创造,又有适应文字本身体系的调整。以楷书而言,宋代的《广韵》《集韵》的编纂,是一次大规模的形音义的规范工作,其所收字可以做近代汉字研究的参照物。

我们一般说的正字,就是两书选定的字形。对于字音的规律性变化和字义的引申而言,正字又是本字。对于纯属形体的变化(包括笔画的增减和变形,部件位置的移动,不包括偏旁的添加改换),就只有正字的意义。我们不用"古字"的说法。像"臀(眉)""赱(走)",李著称"古字"。(《文字问题》,商务印书馆1987年版)我们看作笔画的添减或变形,至多叫作仿古的变形。楷书不能有"古字"。"朢(望)""蚤(早)"应看作异体字或同音替代。我们把"俗字"和"误字"作为不同的概念。"俗字"的涵盖面广,而"误字"的涵盖面极狭。

我们说的"误字",基本上只有两种。一种是上节里谈到的"辗转讹错",像"抬(~着)""没(~严)"跟所要表达的音义没有任何联系,可指为误字。再一种是无语言意义的拆字、合字,如:四六3"只不见的鸾胶续断弦","不见"系误拆"觅"字;二 11"那一日卖了不泡茶","不"系误合"一个"。

除去这两种误字,一部刻本的字形,就只剩下正字和俗字。形音义跟旧字书相同的是正字,形音义有任何一方面跟旧字书有不同的都是俗字。

俗字包括四类。"噷"形变音义不变,即第(二)说的新字形;"㖿"音变形义不变,即第(三)说的同义替代;"爋"义变形音不变,即第(三)说的同音替代;"脵"新拼创字,包括第(二)的新字形和第(三)说的偶然同形。

前三类跟旧字书比较,可以说是正字基础上的发展。第四类只跟语言有联系,跟旧字书无直接联系,或者说只有部件和构造方式上的联系。这第四类字跟旧字书的关系可分为三种:"噷"形异实同,如"趁—撵",这是本字和新字的关系,可比喻说是"同源异流";形同实异,"撇 bi—撇 pie",这是偶然的字形重合,可比喻说是"殊途同归";形实俱异……这是为新词造字,可比喻说是"无中生有"。

我们所说的"俗字",是近代汉字研究的中心内容。历来对俗字的认识比较混乱,有俗字必简、俗字必错等种种偏见。我们则把俗字看作旧规范向新规范过渡的中间状态,是一种合情的文字演变事实。俗字是否合法,要看汉字演变的整体趋势,和汉字系统适应社会需要的总体情况。我们的研究,就是从记录语言、传递信息的功用着眼,分析汉字发展的规律,对新的规范整理工作的制定用字之"法"提供依据。汉字整理是一个系统工程,绝不只是简化问题。本文对《金瓶梅》用字的初步观察也没有为繁简问题多费笔墨。大致可以说,四类俗字都可以是笔画减少的途径,但似乎《金瓶梅》的作者或抄刻者并没有明确的求简意识。定量的分析须待详细调查之后再说。①

---

① 以上摘编于张鸿魁:《〈金瓶梅〉与近代汉字研究》,《东岳论丛》1992年第6期。

第三节　采用现代化科技手段研究《金瓶梅》版本

一、采用现代化科技手段研究《金瓶梅》版本

《金瓶梅》版本研究已经进入了一个新的时代，我们对20世纪末《金瓶梅》版本作者研究的总结与反思，明确20世纪末《金瓶梅》版本研究的转折与突破。我们应该在此基础上采用现代化科技手段研究版本与作者，并为目前引进现代化科技手段研究版本与作者的第一阶段操作流程设计具体方案，加强呼吁国际合作。

（一）20世纪末的《金瓶梅》版本作者研究的总结与反思

1999年初，我写过一篇关于《金瓶梅》版本与作者研究的论文，题目是：《〈金瓶梅〉作者考证的重要线索与途径——二十年来〈金瓶梅〉作者考证之检讨》。文章完稿之后，曾经投寄过国内的几个杂志与学报，结果都是"泥牛入海无消息"，直到2001年，才在《聊城师范学院学报》(哲学社会科学版)2001年第1期上刊登出来。

该文认真全面地总结了二十年来《金瓶梅》作者考证的经验教训，提出了《金瓶梅》作者考证的重要线索、途径和应注意的问题，并主张在中青年学者的学术研究中倡导一下"汉学"精神。

我的目的很明确，面对《金瓶梅》版本与作者这样一个重要而复杂的学术难题，在很难有新的突破与进展的时候，对以往的研究进行认真全面地总结，克服缺点，梳理线索，确定今后的目标或方向，以便取得新的突破与进展。

但我并没有马上沿着我刚刚总结与梳理出来的线索进行新的研究，因为我深知，以往的线索，多半很难有新的推进，而新的切入点或突破口，我还没有找到。"雄关漫道真如铁，而今迈步从头越"，我决定从头开始。在方法上，我自然首先想到了道家观察事物的"静观"与"玄览"，也让自己先沉潜下来，宁静下来，"致虚极，守静笃"。

我决定从"零"开始。

我把以往自己所收集到的所有《金瓶梅》研究材料，包括所有的专著、论文，以及参加会议时得到的单篇论文，一篇不落地重新认真阅读。

（二）20世纪末的《金瓶梅》版本作者研究的转折与突破

由于前期的各种储备，包括完成博士论文，对于以往研究的认真全面的总结，以及从1987年到1992年期间，无数次地跑北京师范大学图书馆、北京大学图书馆、中央民族大学图书馆、北京图书馆等各大图书馆的善本书阅览室，跑琉璃厂所得到的善本书的知识积累，对中国印刷史，特别是对明代版刻的学习与研究所获得的知识，对《金瓶梅》本身各种版本的比较等所获得的知识，我觉得这次阅读，已经与以往阅读这些材料时有了很大的不同。

正是在这种阅读过程中，日本学者荒木猛《关于〈新刻绣像批评金瓶梅〉(内阁文库藏

本)的出版书肆》的文章,再次进入了我的视野。①

说实在话,荒木猛先生的这篇文章,在此前我至少已经读过两遍,但因为他的结论,即内阁文库本《新刻绣像批评金瓶梅》为鲁重民所刻印,当刻于崇祯十四至十六年(1641—1643),我当时觉得他只不过是补充了郑振铎先生关于崇祯本的论述的新材料,在学术观点方面,并没有新的推进,所以忽视了。但这次重新阅读他的这篇论文,感觉却大不相同了:我有一种触电似的感觉。

经过反复的进一步的深入研究,我在荒木猛先生的结论的基础上,又向前推进了一大步,这就是我认为,"廿公跋"的作者就是鲁重民。

我的论文《论〈金瓶梅〉"廿公跋"的作者为鲁重民或其友人》②,在1999年春天就完成了,虽然投寄过两个杂志未用,但《烟台师范学院学报(哲学社会科学版)》1999年第4期刊出了。

所以我的《论〈金瓶梅〉"廿公跋"的作者为鲁重民或其友人》,虽然是在《〈金瓶梅〉作者考证的重要线索与途径——二十年来〈金瓶梅〉作者考证之检讨》完成后一年多才完成的,但它却比后者先刊出了将近两年。

在此基础上,我又进一步逐字逐句地认真分析对比《金瓶梅》三篇序言(跋),即欣欣子序、廿公跋、东吴弄珠客序之间的内在关系,终于判定《金瓶梅》三篇序言(跋)的先后关系是东吴弄珠客序、廿公跋、欣欣子序。这三篇序跋的写作时间为:东吴弄珠客序作于明万历四十五年(1617),廿公跋作于明崇祯十四至十六年(1641—1643),欣欣子序作于清初。

于是我完成了另一篇论文《中国文学史上的大骗局 大闹剧 大悲剧——〈金瓶梅〉版本作者研究质疑》③,时间是1999年末。

该文完稿后也曾经投寄给国内的好几个相关杂志或学报,但一直未被采用,这其中原因,我想除了论文确实过长,有两万多字,一般学术刊物难以承受之外,主要原因恐怕还是因为我的见解过于"超前",以至于被认为是"异端邪说",发表这样的文章,责任编辑是要冒很大风险的。

过了两年多之后,这篇论文才在《烟台师范学院学报》2002年第2期上刊印出来。

"廿公跋"不仅是我们判断《金瓶梅》三篇序言(跋),即欣欣子序、廿公跋、东吴弄珠客序之间的内在关系的关键,也是我们判定《金瓶梅》四种最有代表性的刻本之间的关系的关键。

《金瓶梅》四种最有代表性的刻本是:初刻本《金瓶梅》词话,崇祯本《新刻绣像批评金瓶梅》甲系(现以北京大学图书馆藏本为代表),崇祯本《新刻绣像批评金瓶梅》乙系(以日本内阁文库藏本为代表),《新刻金瓶梅词话》(现存中国台北"故宫博物院"本,日本有两个全本和一个残本)。

---

① 黄霖、王安国编译《日本研究〈金瓶梅〉论文集》,齐鲁书社,1989年10月版,第130—138页。
② 《烟台师范学院学报(哲学社会科学版)》1999年第4期。
③ 《烟台师范学院学报》2002年第2期。

刻印于上述四种《金瓶梅》刻本上的序跋共有三篇，为东吴弄珠客序，廿公跋，欣欣子序。如上所述，这三篇序跋的写作时间为：东吴弄珠客序作于明万历四十五年（1617），廿公跋作于明崇祯十四至十六年（1641—1643），欣欣子序作于清初。

这三篇序跋在上述四种《金瓶梅》刻本中的刻印情况为：初刻本《金瓶梅》词话开端有东吴弄珠客序，这有薛冈《天爵堂文集笔余》为证；崇祯本《金瓶梅》甲系也在卷端收录了东吴弄珠客序；崇祯本《金瓶梅》乙系不仅收录了弄珠客序，又在其后加上了"廿公跋"；《新刻金瓶梅词话》不仅沿袭了崇祯本乙系，收录了廿公跋、弄珠客序，又在"廿公跋"之前，加上了欣欣子序（这是台湾藏本的顺序，日本栖息堂藏本顺序不同）。

上述四种《金瓶梅》刻本的序跋出现的顺序、分布以及四种刻本刻印之先后顺序昭然若揭，除了初刻本《金瓶梅》词话有薛冈的记述之外，其余都有版本上的依据。这才是事实的真相。

毋庸置疑，"廿公跋"是《金瓶梅》版本研究的一大关键。判定"廿公跋"的作者是鲁重民，其写作时间为崇祯十四至十六年（1641—1643），在《金瓶梅》版本研究史上具有重要意义。这正是20世纪末的《金瓶梅》版本与作者研究的转折与突破。

（三）引进现代化科技手段研究《金瓶梅》版本与作者

我在本文开头提到的拙作《〈金瓶梅〉作者考证的重要线索与途径——二十年来〈金瓶梅〉作者考证之检讨》中有这样一段话，我认为它在今天仍然非常值得重视，现引录如下：

> 上面我说到与《金瓶梅》研究相关的若干文献典籍的刻印时间、地点（书坊）与版本情况，我们迄今为止还没有搞清楚。由于种种原因，这些问题要真正搞清楚，单在文献范围中搞清楚是很困难的。因此，我在八九年前的临清全国《金瓶梅》学术讨论会上就呼吁，为了解决研究中的一些重要难题，我们应该引进现代化的科技手段。这一想法是这样产生的：为了弄清《新刻金瓶梅词话》的刻印时间与书坊，我曾经到北京琉璃厂去向人请教，他们对我说，你把刻本拿给个别老先生看看，或者有可能。但现在这样的老先生已经不多了，何况你又拿不来版本，怎么行呢？我又向老师启功先生请教。
>
> 我说："启先生，明代的书坊，都有自己的写工，因此各书坊所刻印的书字迹不同，能不能通过现存刻本字迹的比较来判别该书是哪个书坊刻印的？"启先生笑着说："我没有这个本事，恐怕公安局都未必能真正做到。"
>
> 我又向北京师大化学系的先生请教，我说："如果把台北'故宫博物院'藏的《新刻金瓶梅词话》和现存的当时一些书坊刻印的书进行纸张比较，能否准确地判别出它是哪个书坊刻印的？"他说："判别这本书与另外一些书的用纸是否相同，这对我们来说是很容易的事儿，根本用不着破坏这些书，只要对这些书进行紫外线光谱分析就可以了。"
>
> 我又向当时国务院自动化办公系统设计的总工程师请教，问他："过去各书坊刻书写工不同，字迹也不同，给你一些书，能否用电脑通过对字迹进行分析，准确地搞清楚某本书是哪个书坊刻印的？"他说："可以做到，不过这种程序你编不了，而且要有不少的经费，你能弄到吗？"我办不到，但他总算给了我一个比较满意的回答。

十年过去了。现在电脑普及了,玩电脑的人多了,懂电脑的人也多了,大概我的想法有实现的可能了。①

从我撰写《〈金瓶梅〉作者考证的重要线索与途径——二十年来〈金瓶梅〉作者考证之检讨》到现在15年又过去了。这15年之中,如上所述,我们的《金瓶梅》版本与作者研究又有了很大的变化。这种变化为我们引进现代化科技手段极大地缩小了范围,提供了更为明确的目标,提供了更为具体的可操作流程。

我为我们目前引进现代化科技手段研究版本与作者所设计的第一阶段操作流程方案如下:

1. 对比对象

(1)明代杭州书商鲁重民辉山堂书坊所印制的书籍:《舆图摘要》15卷、《经史子集合纂类语》32卷、《四六类编》、《子史》20卷(四库禁毁书补编42册)、《十三经类语》。

(2)日本内阁文库藏《新刻绣像批评金瓶梅》。

2. 所采用的现代化手段

(1)对上述对比对象印刷用纸的紫外线光谱进行分析比较,确认其是否为同一个书肆所印制。

(2)对上述对比对象的字体(从书法角度)、特殊用字中字的结构(比如"峰"字的上下结构或左右结构的不同选择)、异体字的选择(比如"拿"与"挐"的不同选择)等进行比较,从而确认其是否为同一个书肆所印制。

3. 研究的目标

确认日本内阁文库藏《新刻绣像批评金瓶梅》为明代杭州书商鲁重民辉山堂书坊所印制,从而确认"廿公跋"系鲁重民所为。

充分利用第一阶段所取得的成果,设计第二阶段的操作流程方案,主要解决"欣欣子序"的作者问题。具体方案待第一阶段操作流程方案完成后设计。

(四)加强国际合作

"嘤其鸣矣,求其友声。"

第一阶段操作流程方案,日本学者最有条件实施完成,因为其中的对比对象(藏书),日本内阁文库几乎都有收藏,我诚挚地希望与日本的朋友进行这方面的合作。

二、周文业的《金瓶梅》版本数字化研究

周文业先生对《金瓶梅》进行了版本数字化研究,开辟了《金瓶梅》版本数字化研究的新领域,所著论文两篇,现在简要介绍如下。

---

① 《聊城师范学院学报》(哲学社会科学版)2001年第1期。

(一)《金瓶梅》版本数字化研究

该文介绍了《金瓶梅》版本数字化及计算机自动比对,及在《金瓶梅》版本研究中的两项应用。首先介绍了利用计算机自动比对词话本和崇祯本的两种比对结果,即分栏显示和逐行显示。目前已经完成了《金瓶梅》词话本、崇祯本四种计算机自动比对本,即繁体字、简体字分栏比对本和逐行比对本,四种比对本合计有5000多页、863万字。又根据比对结果,对词话本、崇祯本两本的文字差异做了初步全面的统计分析。其次,本文还用计算机自动比对了《金瓶梅》崇祯本系列中的北京大学藏本和东京大学藏本,发现了两种版本之间的四种文字差异。包括两种整页脱落、五处整行脱落和一处重复抄写。由此分析了这两种版本之间的关系。

主要内容如下(其中附图因篇幅较大,故省去):

一、《金瓶梅》版本数字化及词话本、崇祯本文字差异分析

古代小说版本数字化开始于1999年,首先从《三国演义》版本开始,逐步扩展到《水浒传》《西游记》《金瓶梅》和《红楼梦》。到目前为止五大名著中已经完成数字化的版本约有近80本。

二、古代小说版本数字化功能

古代小说版本数字化主要包括以下几种功能:

(一)图像版

扫描原版成电子图像版,可看到版本原貌。

(二)文字版

根据图像版录入为电子文字版。

文字版又分为繁体字版和简体字版两种。

繁体字版是根据原版图像直接录入,保持原版原貌,异体字、俗体字都原样保留。但由于录入员不熟悉古汉语,因此录入中错误较多,仅供参考。

简体字版是根据简体排印本录入。排印本有时对原版文字会有修订。

由于版本比对只研究版本文字差异,不研究评语,而各个版本的评语之间关系不大,因此所有版本均未录入评语。

三、图文对照

利用计算机可同时显示版本图像和文本,还可对文字进行检索。这样可很方便观看版本原貌,并可根据图像核对电子文本。

四、文字比对

利用计算机对不同版本的文字进行自动比对,文字相同的对齐,文字不同的错开。

比对结果有两种显示方式。

一种是分栏显示,即一个版本一栏。

一种是逐行逐字显示,即一个版本占一行。

两种方式各有优缺点。

分栏显示中，版本文字差异整体情况显示清楚，一眼可看出两版本文字差异的大致情况。但文字差异的细节不明显。如例1中，可看出两本文字有差异，但差异部分文字并不十分清楚。

例1　词话本、崇祯本繁体字分栏对照（第七回部分文字）

逐行显示刚好相反，文字差异细节清楚，可逐字显示文字差异，但文字整体差异情况不清楚。如例2中，上下文字比对，可以清楚看出两本文字的差异，但文字差异的整体情况不如分栏比对清楚。

例2……

一般可先用分栏显示观察版本文字差异的整体情况。

然后再针对个别问题，用逐行比对显示方式，再仔细研究。

五、四种比对结果

计算机比对有两种结果：分栏显示和逐行显示。而版本录入又有繁体字和简体字两种，因此组合后有四种比对结果。

1. 繁体字分栏显示。
2. 繁体字逐行显示。
3. 简体字分栏显示。
4. 简体字逐行显示。

以上介绍了两例繁体字比对结果，下面显示同样文字的简体字比对结果，可以比较其不同。……

六、相似度比较

可用计算机对几个版本文字的相似度进行计算，得出每回文字的相似度，供研究分析。

其他还有：句长自动统计、同词脱文统计等功能。

总体来说，计算机自动比对只能显示出版本的文字差异，所有文字差异一字不少，全部可显示出来。但计算机只能显示文字差异，而无法进行分析，分析研究还需要人工来进行。

但计算机自动比对可大大减轻人工比对的劳动，使得学者有更多时间和精力，去从事版本的研究工作。

《金瓶梅》版本计算机自动比对

日本东京大学东洋文化研究所藏本（简称"东大本"）、北京首都图书馆藏本（以下简称"首图本"），版式特征与《金瓶梅》版本比《三国演义》、《水浒传》和《西游记》简单，只有三种，即词话本、崇祯本和张竹坡评本。

数字化完成了四种版本：即词话本、崇祯本中的北京大学本和东京大学本（即内阁文库本)和张评本。

由于张竹坡评本是以崇祯本为基础加评语,实际两版本文字差异很小。因此《金瓶梅》计算机自动比对只比对词话本和崇祯本(北大本)两个系统。

如前所述,计算机自动比对有四种结果,繁体字分栏比对本,繁体字逐行比对本,简体字分栏比对本,和简体字逐行比对本。

在数字化比对基础上,为方便学者快速查阅版本文字差异,排版制作了《金瓶梅》词话本和崇祯本的这四种比对本。

这四种比对本篇幅巨大。

繁体字分栏比对本 16 开本正文有 1046 页,版面文字有 175 万字。

繁体字逐行比对本 16 开本正文有 1593 页,版面文字有 261 万字。

简体字分栏比对本 16 开本正文有 1031 页,版面文字有 171 万字。

简体字逐行比对本 16 开本正文有 1500 页,版面文字有 256 万字。

四种比对本合计有 5000 多页,文字有 863 万字。

下面是词话本和崇祯本 100 回中篇幅最短的第三十六回简体字计算机自动比对分栏显示的结果。

图 3 词话本、崇祯本简体字本相似度分回比较示意图……

词话本、崇祯本相似度分回分析

以上对词话本和崇祯本各回文字的相似度进行了计算,根据简体字相似度计算结果,100 回可分为以下几类。

一、差异非常大,相似度在 20% 以下

第一回(16.7%)、第五十三回(4.3%)、第五十四回(3.5%)的相似度都在 20% 以下,这是由于崇祯本文字做了大幅度改写,导致相似度大大下降。

二、差异较大,相似度在 60% 以下

100 回中有 5 回相似度在 60% 以下。

第二回开始部分崇祯本对词话本也做了大幅度修改,因此相似度只有 57.4%。

第三十九回繁体字相似度只有 57.4%,而简体字高达 83.8%。这是因为繁体字的崇祯本删除了词话本中一大段文字,因此繁体字的词话本和崇祯本相似度很低,这符合原本本来面貌。而简体字本的词话本仿照崇祯本,也删去了这段文字,因此简体字本的词话本和崇祯本文字相似度很高。但这是修改后的文字,并不反映原本的面貌。因为其他回都采用简体字的相似度比较,因此第三十九回也应采取简体字,但简体字相似度有误,必须做修订。参考其他相似度在 50%~60% 之间的第二、六十六、七十三回,简体字比繁体字都分别低 3.5%、3.7%、3.8%,很有规律,因此把第三十九回实际相似度也提高 3.6%,定为 57.4%+3.6%=61%。

第五十五、七十四、七十三、六十六回相似度分别为 44.5%、52.6%、58.1%、58.5%,这是由于崇祯本删除了词话本大段文字,两本文字都有较大差异,导致相似度下降。

三、相似度在 90% 以上

100 回中有两回相似度在 90% 以上,即第三十二回"李桂姐拜娘认女　应伯爵打浑趋时"相似度 90.0%,和第八十七回"王婆子贪财受报　武都头杀嫂祭兄"相似度 90.8%。这两回崇祯本文字几乎没有改动。

四、其余相似度在 60%~90% 之间

除上述介绍的几回以外,100 回中其他各回相似度都在 60%~90% 之间。

词话本、崇祯本相似度分回统计表(%)

图 4　词话本、崇祯本简体字本相似度分布示意图……

《金瓶梅》词话本和崇祯本文字差异统计分类

《金瓶梅》词话本和崇祯本的文字差异,很多学者做过详细分析。本文限于篇幅,只能根据数字化比对结果,概括介绍两本的四类文字差异,不可能再做详细分析。

两本文字差异大体可分为以下四类情况。

一、整回改写

《金瓶梅》中第一回、第二回前半部、第五十三回和第五十四回,崇祯本文字和词话本有很大不同,崇祯本明显是完全改写了。因此很难比对,比对结果也十分混乱,基本没有参考价值。对这几回文字的改写,已有学者做过深入分析。

二、大段文字删节

这种大段文字删节在崇祯本中很多。如前述第三十九、五十五、六十六、七十三、七十四、八十四回崇祯本都删除了词话本大段文字。

词话本对文书做了详细介绍,崇祯本编者觉得介绍太啰嗦,就全部删除了。

崇祯本还删除了词话本中很多诗词。

三、大段文字改写

崇祯本改动词话本文字(第三十九回部分文字)

词话本对房间布局做了详细介绍,崇祯本编者觉得介绍太啰嗦,做了精简。

四、文字增补

崇祯本对词话本也有个别的文字增补,但为数不多。主要还是删节和改写。

下例是第四回中崇祯本增补和改写的大段文字。

…………

崇祯本对词话本中西门庆初见潘金莲的情景做了大幅度增补和改写。

崇祯本除以上四种对词话本明显的改动外,还有少量个别文字的删节、改写、增补。如全部改写了每回的回首诗词等。

从前面对四例的简单分析可以看出,崇祯本对词话本的文字修改都有其道理的。但可惜限于篇幅,无法对所有的文字差异,都逐一进一步详细分析。将来如有机会,可再逐一详细深入分析崇祯本文字改动的原因。

(二)崇祯本两系统数字化比对研究

崇祯本系统简介

《金瓶梅》崇祯本现存的十几种版本根据版式的不同又分为两类。

崇祯本系统的第一类是以北京大学图书馆藏本(以下简称"北大本")为代表,还包括日本天理大学图书馆藏本、上海图书馆藏甲乙两本、天津图书馆藏本、残存四十七回本等,其版式与北大本相近。北大本的版本特点是,每半页10行,每行22字,每半页合计220字,整页为440字。

崇祯本系统的另一类是以日本内阁文库藏本(以下简称"内阁文库本")为代表,还包括日本东京大学东洋文化研究所藏本(以下东大本相近或相同)。东大本的版本特点是,每半页11行(比北大本多1行),每行28字(比北大本多6字),每半页合计308字,整页为616字。东大本分10册,每册2卷10回。

说明:上图中每行22字版是北大本,每行28字版是东大本

北大本曾由北京大学出版社,1988年出版影印本(线装36册、有编号)。内阁文库本系列中,台湾天一出版社曾出版内阁文库本的影印本,但东大本从未影印出版,因此一般人都不了解其真实面貌。在日本东京大学东洋文化研究所所藏汉籍善本全文图像资料库网站中,以"双红堂小说48"《新刻绣像批评金瓶梅二十卷》为名,公开了此本的全部图像。

北大本曾出版过多种排印本,包括王汝梅先生校点、由齐鲁书社,1989年出版。内阁文库本系列中,黄霖先生曾以内阁文库本为底本,组织点校、由浙江古籍出版社,1991年以《李渔全集》第七、八卷出版排印本。

崇祯本系统北大本和东大本文字数字化比对

崇祯本系统北大本和东大本版式完全不同,而文字基本相同。将两种版本文字数字化后,再利用计算机仔细比较,可以发现两个版本的文字还是有一些差别的。

这些差别可分为以下四类:

整页脱落:东大本第59回脱落1处,内阁文库和首图本也都脱落。

整页脱落;东大本第43回脱落1处,但内阁文库本和首图本并不脱落。

整行脱落:东大本5处,内阁文库和首图本也都脱落。

重复抄写:东大本1处,内阁文库和首图本也都重复抄写。

至于个别字的差异,是抄写中发生的细微差异,就没有再仔细统计。

以下详细分析这几类差异。

整页脱落第1处(第五十九回第42叶和43叶之间)

东大本和北大本文字的最大差异是,东大本与北大本比较,有两处明显的整页脱

落。虽然这两处脱落的文字情况完全相同,但叶码不同,说明脱落的情况不同。

一种第五十九回是东大本的底本就脱落,其他版本也脱落;另一种第四十三回只是东大本脱落,其他本不脱落。

东大本与北大本比较,第一处整页脱落在第五十九回第四十二页和四十三页之间,两个版本文字比较如下。……

东大本和北大本文字比较,有两处明显的整页脱落,第一处是前述第五十九回的文字脱落,但叶码连续,其他内阁文库本和首都图书馆藏本情况完全相同,说明第五十九回的脱落是东大本的底本就脱落。

第二处整页脱落发生在第四十三回第十八页和二十页之间,东大本脱落了第十九页。

两个版本文字比较如下。……

和上述第五十九回脱落一样,东大本第四十三回与北大本相比,正好缺616字,这也正是东大本一叶的字数,这也是由于东大本刚好脱漏了一整叶。另外,仔细检查东大本的叶码,脱落部分的叶码是不连续的,即第十八页完,没有第十九页,而是第二十页,因此肯定是东大本脱落了第十九页。而且其他内阁文库本和首都图书馆藏本此处都不脱落,因此东大本第四十三回的脱落只是东大本本身的脱落,可能是在装订时遗漏了一整叶。

总结以上,东大本有两处整页脱漏,但表示了两种不同情况:

1. 第五十九回:叶码连续,东大本和其他版本都缺失,说明其共同底本就遗漏。

2. 第四十六回:叶码不连续,只有东大本缺失,其他版本不缺失,可能是东大本装订时遗漏了。

整行文字缺失:5处

1. 第四十三回:东大本缺失20字(第17页左)

原文:

第二個也成不的兩個說了一回西門慶要留伯爵喫飯(伯爵道我不喫飯去罷西門慶又問嫂子怎的不來)伯爵道房下轎子巳叫下了便來也舉手作辭出門一直趕黃

這個脫落處有相同的文字"伯爵道",很可能是"同詞脫文",即"串行脫文"。東大本鈔寫時,遇到同樣的"伯爵道",看串行,因此遺漏了中間20個字。查內閣文庫本也脫落。

这类同词脱文在古代小说中很常见,《三国演义》版本中很多,魏安先生还以此来分析《三国演义》的版本演化,很有成绩。

2. 第六十七回:东大本缺失16字(第13页中间)

原文:

連玉簫道使着手不得閒膳教他明日(來與他就是了玳安道黃四等着明日)早起身東昌府去不得來了

此处东大本的脱落和上述第四十三回的脱落很相似,前后都有"明日"两字,因此很可能也是"同词脱文",即"串行脱文"。但此处脱落也有其特殊处,即脱落在"明日"之后,这恰恰是东大本的一叶末尾,因此很可能是东大本抄写到此处时,因为要换到下一叶,看到下叶的"明日",因此造成了文字的脱落。但查内阁文库本并不脱落。

3. 第七十七回:东大本缺失 17 字(第 34 页右)

原文:

临民有方廉使赵讷纲纪肃清士民服习(提学副使陈正彙操砥砺之行严督率之条)兵备副使雷启元军民咸服

这部分脱落,可能是由于原文是公文,很难懂,因此导致东大本抄写中脱落了部分文字。查内阁文库本也脱落。

4. 第七十九回:东大本缺失 25 字(第 68 页左)

原文:

月娘和李桂姐吴银儿都在李瓶儿那边坐的伯爵(问道李桂姐与银姐来了怎的不见西门庆道在那边坐的伯爵)因令来安儿你请过来唱一套儿与你爹听

这个脱落又是一个典型的"同词脱文",即"串行脱文"。脱落处有相同的文字"伯爵",很可能是。东大本抄写时,遇到同样的"伯爵",看串行,因此遗漏了中间 25 个字。查内阁文库本并不脱落。

5. 第八十五回:东大本缺失 22 字(第 32 页左)

原文:

那薛嫂一闻其言拍手打掌笑起来说道谁家女婿戏丈母(世间那里有此事姑夫你实话对我说端的你怎么得手来)敬济道薛嫂禁声且休取笑我

这个脱落虽然没有相同的字,但刚好脱落一整行,因此很可能也是一个"串行脱文"。可能是东大本抄写时看串行,因此遗漏了中间一整行 22 个字。查内阁文库本并不脱落。

以上介绍了东大本脱落了北大本的 5 处整行文字。

重抄:1 处

第七十九回:东大本重抄 21 字(第 66 页右)

原文:

来谁家一个拜年拜到那咱晚玳安又恐怕琴童说出来(谁家一个拜年拜到那咱晚玳安又恐怕琴童说出来)

隐瞒不住东大本在此出现了重复抄写,"谁家一个拜年拜到那咱晚玳安又恐怕琴童说出来"重复抄写了一遍。出现这个问题明显是东大本抄写者的疏忽大意。查内阁文库本并不重复。

此外,东大本还有很多缺字之处,所缺的字在 3~8 字不等,明显是抄写时遗漏,不再一一举例。

以上东大本的文字脱漏、重抄,都肯定是东大本文字脱落和重抄。

以上对《金瓶梅》崇祯本系列的东大本和北大本作了详细的文字比对,并和内阁文库本和首图本作了核对,两个版本的文字差别可分为以下四类:

1. 整页脱落。东大本本第五十九回脱落一整叶,内阁文库本和首图本也都脱落,应该是其底本就脱落。

2. 整页脱落。东大本第四十三回脱落一整叶,但内阁文库本和首图本并不脱落,应该只是东大本装订时遗漏。

3. 整行脱落。东大本五处,多处是"串行脱文",内阁文库本和首图本也都一样,应该是其底本就发生了。

4. 重复抄写。东大本一处,明显是东大本重复抄写,内阁文库本和首图本也都一样,应该是其底本就发生了。

这种比对是用计算机自动完成的。先将两种版本的文字数字化,然后用计算机对两种版本的文字作自动比对,找出其中文字不同之处。由于是计算机自动比对,绝无任何遗漏。最后由人工对比对的结果再进行仔细分析。

东大本和北大本的关系

根据以上分析,可以看出,东大本比北大本有很多文字脱落。造成这种文字脱落情况理论上有两种可能。

第一种可能是,北大本在前,东大本在后。东大本是北大本的翻刻本,翻刻时发生了脱落和重抄。这种可能很容易理解。这样北大本和东大本"父子关系",北大本是"父亲",而东大本是"儿子"。

第二种可能是,北大本和东大本都来源于同一个"祖本",北大本抄写、刻印时没有脱落和重抄,而东大本却发生了脱落和重抄。这样它们就不是"父子关系",而是"兄弟关系"了。

仅从文字的脱落和重抄,还无法判断两个版本的先后。还需要结合批语等其他因素进行分析。

至于东大本(崇祯本)和词话本文字的比较,上述所有脱落,在词话本中均没有发生。但仅根据这些脱落,还无法判定两种版本的关系。因为崇祯本和词话本之间文字差异极大,因此,两种版本的关系需要另外仔细比较、分析。

(台湾学生书局2011年以《新刻绣像批评金瓶梅》正式出版东大本,本文作为代后记附于书末。此文还收入台湾书目季刊社出版的《书目季刊》2011年第1期。原文中图表省略。)

(周文业附记:本文2011年编写时,未能找到内阁文库本,只好请人代为核对,核对后告知我:有些文字内阁文库本和东大本一致,有些文字不一致。我就如实写入。最近内阁文库本公开,我仔细核对东大本和内阁文库本,发现它们实际完全同版,因此上说:"内阁文库和东大本不一致"是误传。东大本和内阁文库本同版,更证明我对东大本的分析完全正确。)

三、总结

从《金瓶梅》词话本和崇祯本的文字差异统计分析,以及对崇祯本两个系统的文字差异分析可以看出:古代小说版本数字化是研究古代小说版本的重要工具,可大大节省人工比对的工作量。当然数字化也不是万能的,数字化比对结果最终还是需要人工去研究分析。因此对数字化既不能否定,也不能估计过高。但数字化肯定对版本研究有很大帮助是不可否认的事实。

第四节 《金瓶梅》版本研究大有可为

一、老树春深更着花 后起之秀新开拓

(一)老树春深更着花:王汝梅新著《金瓶梅版本史》

吴敢先生在《金瓶梅研究史》中,在介绍王汝梅先生时有这样一段话:

> 王汝梅的《金瓶梅》研究,有4部论著、4部编著(其中3部与人合编)、60篇论文,还有校点校注本3部(其中1部与人合作),并主持摄制了4集电视专题片《金瓶梅:天下第一奇书》,内容涉及思想、艺术、人物、语言、作者、版本、评点、文献、文化、传播(含翻译、续书)、金学史等诸多课题,可说是一位金学全能。他"精于版本、目录、校勘及文献之学,不竞竞于名利,而矻矻于事功"(吴晓铃《〈金瓶梅探索〉序》),尤其是在原著校注、资料汇录、绣像本研究、张竹坡研究、源流研究、文化研究等方面,卓有成效。

这位"全能金学家"在八十多岁的高龄时,于2015年又为金学界奉献了一部煌煌巨著《金瓶梅版本史》(齐鲁书社出版)。该书全面系统地叙述了《金瓶梅》的版本历史。语言简明扼要,图文并茂,印制精良。

该书无论在体例上,还是在内容上都有新的突破。在体例上它图文并茂,与以往的书目或版本著录大不相同;在内容上它系统全面,而且极具个人建树。这我们只要看看目录中的如下几章的标题就很清楚了:

第七章 《张竹坡批评第一奇书金瓶梅》开始了《金瓶梅》传播评点新阶段

第十一章 整理校注:《金瓶梅》传播的现实走向

第十二章 《金瓶梅》走向世界

(二)后起之秀新开拓:史小军、罗志欢编著《〈金瓶梅〉版本知见录》

在2016年10月广州暨南大学召开的第十二届国际《金瓶梅》学术讨论会上首发的史小军、罗志欢编著的《〈金瓶梅〉版本知见录》,由国家图书馆出版社出版。大开本,绢面,彩印,

印制精良,图文并茂,让人一看就感到赏心悦目,爱不释手。
扉页有王汝梅先生的评语:

《金瓶梅》是一部奇书(以超前的意识探索人性思考人生)、哀书(表现悲悯之心),直面生活真实,震撼人心,具有永久的艺术魅力。虽曾列为"禁毁"书目,却依然广为传播刊印,有众多版本流传。《〈金瓶梅〉版本知见录》描述四百年来版本样态,资料丰富,图文并茂,为读者走进《金瓶梅》探索其艺术奥秘,提供了基础文献,可以看作《金瓶梅版本史》一书的姐妹篇。

梅节先生题签:

要全要真要实,做好金瓶梅版本知见录,为金学奠下一块基石。

二、中青年已成骨干

瓶外天地宽广,版本校勘翻译、内容拓宽,不会冷。

在《金瓶梅》版本研究方面,中青年学者杨彬、杨国玉可为代表。杨彬的《崇祯本金瓶梅研究》后出转精,有多方面的突破,详见本书第三章。这里介绍杨国玉先生的《金瓶梅》校勘。

杨国玉

《〈金瓶梅〉词话卷首[行香子]词源流琐考——兼及现存〈新刻金瓶梅词话〉系初刻本新证》摘录:

《新刻金瓶梅词话》(以下除必要处,均简称《金瓶梅》)卷首的这四首词,未注词牌,据其句格,应为[行香子]。兹原文迻录如次(其中误、夺之处,暂不作校补):

词曰:
阆苑瀛洲,金谷陵楼,算不如茅舍清幽。野花绣地,莫也风流,也宜春、也宜夏、也宜秋。　　酒熟堪酌,客至须留,更无荣无辱无忧。退闲一步,着甚来由,但倦时眠、渴时饮、醉时讴。

短短横墙,矮矮疏窗,忔憎儿小小池塘。高低叠峰,绿水边傍,也有些风、有些月、有些凉。　　日用家常,竹几藤床,靠眼前水色山光。客来无酒,清话何妨,但细烹茶、热烘盏、浅浇汤。

水竹之居,吾爱吾庐,石磷磷床砌阶除。轩窗随意,小巧规模,却也清幽、也潇洒、也宽舒。　　懒散无拘,此等何如?倚阑干临水观鱼。风花雪月,赢得工夫,好炷心香、说些话、读些书。

净扫尘埃,惜耳苍苔,任门前红叶铺阶。也堪图画,还也奇哉!有数株松、数竿竹、数枝梅。　　花木栽培,取次教开,明朝事天自安排。知他富贵几时来,且优游、且随分、且开怀。

这四首[行香子]词,当年郑振铎先生曾称之为"开场词",徐朔方先生认为乃"分咏春夏秋冬"的四季词。在《金瓶梅》研究中,这四首[行香子]一度颇为受人关注,论者大多以为它们为《金瓶梅》作者所作,希望从中探察出作者的生存地域、身份地位、心境襟怀等。随着《金瓶梅》研究的不断深入,先后有学者指出,这四首[行香子]词其实是见于文献的前人作品,但其时代、作者却多有异说。笔者在校注《金瓶梅》词话的过程中,发现了一些有关这四首[行香子]词的新资料,不仅有助于更加全面深入地了解其传播与流变,而且经过细致比勘,又有意外收获,为判定现存《新刻金瓶梅词话》即初刻本这一《金瓶梅》研究中的重大问题增添了新的证据。

一、四首[行香子]词之元、明、清三代文献载录

迄今为止,已为学界所知的数量不等地载有《金瓶梅》这四首[行香子]词的文献跨越元、明、清三代,有《鸣鹤余音》《天机余锦》《花草粹编》《湖海搜奇》《续金瓶梅》《词综》《古今词话》《历代诗余》《历代词话》《传家宝》《词林纪事》诸书,笔者则新发现《稗史汇编》《福寿丹书》《买愁集》《兰皋明词汇选》《悦心集》《解人颐》等书中也收了这四首词。以下首先大致以时代为序,对各书的载录情况予以胪列,对成书、编刊年代有疑者略作考订、辨析。为避免行文过于琐碎,文本异文细列于本节末附表(顺序据《金瓶梅》,异文以"/"隔开,前为《金瓶梅》,后为其他载籍;除个别外,一般异体字、俗简字不视作异文;个别字用原形,不作简化,以见其讹变之迹)。另外,清释行冈(1613—1667)编《春花集》卷十二有署元僧中峰禅师明本的[行香子]词八首,唐圭璋先生据以收入所编《全金元词》。《春花集》今存清初刊本,藏南京图书馆,原书未见。据《全金元词》,这八首[行香子](引首句):一、"玉殿琼楼";二、"木槿篱笆";三、"无物思量";四、"四序无穷";五、"欲出樊笼";六、"顿脱尘鞿";七、"不爱娇奢";八、"松嫩堪餐"。署明本的[行香子]八首中的某几首往往与《金瓶梅》的四首[行香子]共见于载籍,对于了解、判断《金瓶梅》四词的传播路径等极有参照价值,故在此一并述及,出处、异文等详细信息亦见附表(依《全金元词》次序,异文以"/"隔开,前为《全金元词》,后为其他载籍)。

(一)元彭致中辑《鸣鹤余音》

彭致中,元仙游山道士,与著名学者虞集(1272—1348)为方外之交,生活时代应接近或稍晚,生卒年不详。所辑《鸣鹤余音》9卷,系采集唐宋金元各代羽流所作诗词歌赋而成,收入《正统道藏》太玄部"随"字号,署"仙游山道士彭致中集"。另有《重刊道藏辑要》觜集亦收,不分卷。《道藏》本前有"道园道人虞集伯生"叙。……

据孙秋克先生考证,虞叙实为虞集为虞、冯二人唱和之作而撰,彭致中移用于此,这是可信的;但又推测:"至正六年(1346),应当是彭本《鸣鹤余音》成书的时间",则未确。

孙先生显然并未注意到虞叙中最为关键的时间线索:"昭阳协洽之年嘉平之月"。此为古时以太岁纪干支之式。太岁在癸曰"昭阳"。《淮南子·天文》:"子在癸曰昭阳。"又,《尔雅·释天》:"太岁……在未曰协洽。"所谓"昭阳协洽之年"即癸未,此处应指元至正三年(1343)。至于"嘉平"则为腊月别称。《史记·秦始皇本纪》:"三十一年十二月,更名腊曰嘉平。"以至正三年为始,到"明年",而"后三年",为至正七年。诚如洪涛先生所说:"按该书的叙文推断,其书成于1347年前后。"……

(二)题明程敏政编《天机余锦》

近年,在台北"中央图书馆"发现了一部埋没已久的明蓝格抄本词选《天机余锦》。该书四卷,按词调收录截至明初的词家作品,题"明程敏政编",前有署"敏政识"的序。……

朱志远先生根据明清文献记载,考订得出:"早在元代就有《天机余锦》一书,所谓'明抄本'《天机余锦》者,当为据元本《天机余锦》改窜而成。"①此说甚是。关于该书的成书年代,孙秋克先生有云:"如果据程敏政生活的年代,把《天机余锦》的成书放在成、弘之间,那么《词品》引用它在时间上就合理了";朱志远先生则据《天机余锦》收明初词人之作,推测:"假设此本伪作于诸人逝后,则'明抄本'当出现在瞿佑逝后或者更晚的王骥逝世之天顺四年(1460)之后"。笔者以为,明抄本《天机余锦》虽不免有伪托程敏政之嫌,但编者无非是想借重其文名,因此最保守地估计,其编选也应在程氏中进士的成化二年(1466)之后。

《金瓶梅》中的四首[行香子],也出现在《天机余锦》中。……

《天机余锦》所收,题"[行香子]四首",署作者"张天师",这是这四首词首次共同出现,唯第一、二首与《金瓶梅》次序颠倒,且有十余处异文。

(三)明陈耀文辑《花草粹编》

陈耀文(?—1607),字晦伯,号笔山,明河南确山人。嘉靖二十九年(1550)进士,授中书舍人。……他学问博洽,专心治学,编纂有《天中记》《花草粹编》等多种。

《花草粹编》12卷(《四库全书》析为24卷),是明代规模最大的一部通代词选。……《花草粹编》卷七,收录《金瓶梅》四首[行香子]之第四首,署作者"张天师",文字与明抄本《天机余锦》大同,仅一字之差。

(四)明王兆云辑《湖海搜奇》

王兆云,字元祯,明麻城人。其主要生活年代约当明嘉靖、万历间,生卒年不详。平生性喜聚书,多所著述,有《皇明词林人物考》《湖海搜奇》……

《湖海搜奇》,上、下两卷,均署:"麻城王兆云元祯辑著","吴郡王世贞元美阅订"。……

《湖海搜奇》卷上有[行香子]一篇,全录四词,不注作者,不仅与《金瓶梅》次第不

---

① 朱志远:《〈天机余锦〉新考》,《文学遗产》2012年第2期。

同,异文也不少。……

(五)明王圻辑《稗史汇编》

王圻(1530—1615),字元翰,号洪洲,明上海人。嘉靖四十四年进士,……《稗史汇编》175卷,署"海右闲民王圻纂集",系在元仇远辑《稗史》、元陶宗仪辑《说郛》的基础上修订删补,另外增益明代著述而成。……

《稗史汇编》卷一百二"文史门"词曲类,也有一篇[行香子],录《金瓶梅》四词,不注撰人,顺序同于《湖海搜奇》,文字也最为接近。……

(六)明龚居中辑《福寿丹书》

龚居中(?—1646),字应圆,号如虚子、寿世主人,明江西金谿县人。他出身于中医世家,终生精研医术,对内、外、妇、儿各科均有所长,尤擅治疗痨瘵。著有《福寿丹书》……

《福寿丹书》一名《五福万寿丹书》,是一部专论养生的著作,其初刊本6卷……

天启四年初刊本卷六"清乐篇",系采录典籍中有关修身养性的论述而成。……卷中收《金瓶梅》四词,题《自乐词》。以二书相较,同样不标词调、不注撰人,且次序相同,在文字上除有二字之异外,甚至明显的讹、夺亦全同。此为最堪注意之处。

(七)清钱尚濠辑《买愁集》

钱尚濠,字振芝("芝",一作"之"),号绥山主人,长洲(今属苏州)人,应是由明而入清者,生平不详。所辑《买愁集》4卷。……,分想书、恨书、哀书、悟书四集,大致以时代为序,分类选录历代诗词,多有纪事,间加按语。今存原刊本,影印收入《四库未收书辑刊》。其编刊年代有清初、康熙二说,前说笼统,后说则误。据笔者考证,其编刊年代当在顺治二年至十七年之间,实际的成书时间在这个时段内应该更偏前,约在顺治初年。

《买愁集》集四……录《金瓶梅》四首[行香子],顺序相同,只有为数不多的五处异文。这两篇,与同书其他各篇一样,正文无题,卷前目次分别题作"乐住 中峰""乐隐 无名"。

(八)清丁耀亢撰《续金瓶梅》

清丁耀亢(1599—1669),字西生,号野鹤,别署紫阳道人、木鸡道人等,山东诸城人。所著《续金瓶梅》64回,为《金瓶梅》的第一部续书,现存顺治原刻本。……《续金瓶梅》成书于清顺治十七年。……

该书第三十七回,写三教堂被改题"三空书院","有一名人题词曰:……"下面即分行单列了五个半片的[行香子]词,其中第一、二片合成《金瓶梅》的第一首,第三、第四片分别为《金瓶梅》第二首上半、第三首下半,第五片作:"万事萧然,乐守安闲,蝴蝶梦总是虚缘。看来三教一空拳,也不学仙、不学圣、不学禅。"已与《金瓶梅》无关。《续金瓶梅》所录形式特殊,异文亦复不少。

(九)清顾璟芳、李葵生、胡应宸编《兰皋明词汇选》

《兰皋明词汇选》8卷,明词选集,收录明代及明清之交200余人词。编者顾璟芳、李葵生、胡应宸,俱浙江嘉兴人,由明入清者,生平不详。该书今存清康熙原刊本,卷前顾璟芳序署"康熙壬寅春三月朔",胡应宸叙署"时壬寅花朝","壬寅"应指康熙元年(1662),为该书成书及版刻之年。

《兰皋明词汇选》卷五,[行香子]词牌下,先录题《乐住》一词,注明作者"释明本",即署明本[行香子]八首之第六首,异文不少;次以《乐隐》为题,录三词,注作者"无名氏",依次为《金瓶梅》四首[行香子]的前三首。值得注意的是,第三首有一句之差:《金瓶梅》作"说些话",该书则作"图些画"。

(十)清朱彝尊、汪森编《词综》

清朱彝尊(1629—1709),字锡鬯,号竹垞,浙江秀水(今嘉兴)人。举博学鸿词科,授检讨。……《词综》为通代词选集,由朱彝尊创编,汪森增定,初刻30卷本,成于清康熙十七年(1678)。……

该书卷二十四,标目"宋词七十首",收有"于真人"二词:[凤栖梧][行香子],而这首[行香子]即《金瓶梅》四首[行香子]之第一首。二书相较,异文不少。"于真人"是首次出现的[行香子]词的第二个署名,其名下有注云:"词见彭致中《鸣鹤余音》。按:北宋有虚靖真君,词内有和于真人作。"然《道藏》本《鸣鹤余音》中此词实未署作者,且有三字之异;查《道藏辑要》觜集所收同书,亦复如此。这一情况,颇堪玩味。

(十一)清沈雄编《古今词话》

沈雄,字偶僧,吴江(今属苏州)人,生当明万历末年,清康熙前期在世,生卒年不详。所编《古今词话》8卷,分《词话》《词品》《词辨》《词评》四门,各分上、下卷,或即以自著《柳塘词话》为基础增补而成。书前曹溶《〈词话〉序》云:"岁在乙丑,余来金阊,偶僧沈子出示《词话》","乙丑"即康熙二十四年(1685),则该书于此年已成。

该书《词话》卷下:"《柳塘词话》曰:余经莺脰湖殊胜寺,挂壁有中峰明本国师题词,后书至正年号,乃[行香子]也",其下所录即《金瓶梅》[行香子]的第二、一首,末云:"若不经意出之者,所谓一一天真、一一明妙也"。其中出现了几处前所未见的异文,而且,这两首[行香子]第一次被系于元僧释明本名下,尤堪注意。

(十二)清沈辰垣、王奕清等编《历代诗余》

《御选历代诗余》是清康熙间由侍读学士沈辰垣、翰林院修撰王奕清等奉敕编纂的一部大型词选,成书于康熙四十六年(1707)。……

《历代诗余》卷四十四收录《金瓶梅》词话中第一首[行香子],文字全同《词综》,作者也署"于真人"。同书卷一百十九,又有词话云:"天目中峰禅师与赵文敏为方外交,同院冯海粟学士甚轻之。一日,松雪强中峰同访海粟,海粟出所赋《梅花》百绝句示之。中峰一览毕,走笔成七言律诗,如冯之数。海粟神气顿慑。尝赋[行香子]词云……",其下即顺次录《金瓶梅》的第二、一、三首[行香子],末云:"若不经意出之者,所谓一一天真、一一明妙也"。注引《笔记》。此处指此[行香子]三词的作者均为天目中峰禅师即明本,与前抵牾,显然非出同手。其中第一、二首,除一字可视作异体外,文字全同《古今词话》;第三首,则基本与《兰皋明词汇选》相同。

值得一提的还有,成于清嘉庆十年(1805)的冯金伯辑《词苑萃编》卷六也收有这篇词话,除第三首中两"粼"误作"鄰"外,其他皆同,显然转抄自《历代诗余》,然下注出处却作"《六研斋随笔》"。

(十三)清石成金辑《传家宝》

石成金(1660—1739后),字天基,号惺斋,扬州人。所辑《传家宝》,乃杂抄或添改历代典籍中有关人伦世情的论述分类编纂而成。……

《传家宝》初刻十种中有《赛金声》,其中有《清夜钟》,注云:"集内诗词俱系新今添改,比各原本不同",中间有一大段文字:"中峰乐住辞云……",其间所引即署明本的[行香子]八首之第一、六两首;其下尚有四词,即《金瓶梅》中的四首[行香子],次序与《金瓶梅》《买愁集》相同,文字则与《买愁集》最为接近。

(十四)清胤禛辑《悦心集》

《悦心集》5卷,乃清世宗爱新觉罗·胤禛(雍正帝)将登基前读书时所抄录的有益于身心涵养的诗文辞赋汇编而成。……

该书卷三,有篇《幽居自适》,下有小字注"调[行香子]四首",注作者"僧本明"(按:"本""明"二字误倒),其下所录即顺次为《金瓶梅》四首[行香子]之第三、四、二、一首,然第一首文本差异很大。词后有作者介绍:"天目山释明本,字中峰,赵文敏与之友,同院学士冯海粟子振甚轻之。一日,松雪偕中峰访海粟,海粟出所制《梅花》诗百韵示之。一览,走笔立成,海粟犹未之奇;复作《九字梅花歌》求和,海粟讽咏再四,遂定交焉。"下篇题《行香子词》,小字注"二首",注作者"僧明本",其下所录即依次为署明本的[行香子]八首之第一、八两首,文字与《买愁集》最近,仅两字之差。

(十五)清钱德苍重订《解人颐》

《新订解人颐广集》,8卷24集,台湾天一出版社于1985年据清刊本影印,收入《明清善本小说丛刊》初编之第六辑"谐谑篇"。……

《解人颐》卷二《达观集》,有《幽居自适》,篇名下小字注"计四首",不注作者,按三、四、二、一之序录《金瓶梅》四首[行香子],顺序与《悦心集》相同,第一、四首文字也明显与之接近,但其他两首不同。同书卷三《旷怀集》,又有篇《中峰乐住行香子词》,所录即署明本的八首[行香子]之第一、八两首,所选与《悦心集》同,文字也全同。

(十六)清张宗橚辑《词林纪事》

张宗橚(1705—1775),字咏川,号思岩,海盐人,清康、乾间人,生平不详。《词林纪事》22卷,为其晚年所辑,三易其稿方成。……

《词林纪事》卷二十二,在"天目中峰禅师"名下,录[行香子]三首,次序、文字与《历代诗余》卷一百十九全同。其下有注:"《笔记》:天目中峰禅师与赵文敏为方外交……(略)。尝赋[行香子]词云云。若不经意出之者,所谓一一天真、一一明妙也。"除体例有所调整外,亦同于《历代诗余》。因其晚出,因袭之迹甚明。

二、四首[行香子]词之传播路径及署名之讹

元、明、清众多载有《金瓶梅》卷首四首[行香子]词的文献的发现,最直接的——绝非最不重要的——意义自然表现在《金瓶梅》的文本校勘方面。

《金瓶梅》是一个刊刻非常粗糙的本子,其中讹误衍夺甚多。对此,学界有不同猜测。笔者则认为,这一切从根本上导源于此书据以刊刻的底本是一个经辗转流传的草书抄本,其主要责任者是专司抄正上版却不谙草书的写工。这四首[行香子]中也有讹、脱之处,在此需预作简要校勘,以为下文的分析、论证提供可靠的前提。

第一首:"金谷陵楼"之"陵",不切。此字处,应与"金"字对,为形容词。此字,《福寿丹书》《买愁集》《兰皋明词汇选》《传家宝》同误(按:1936年上海杂志公司出版阿英先生校点本《买愁集》此字作"红",属臆改),《鸣鹤余音》《词综》《历代诗余》卷四十四作"重",《天机余锦》《湖海搜奇》《稗史汇编》《续金瓶梅》《古今词话》《历代诗余》卷一百十九、《词林纪事》作"琼",《悦心集》《解人颐》则整句不同。"琼"(瓊)"陵"草书形近,应是。另,"也宜春",据句格应四字。《湖海搜奇》《稗史汇编》《福寿丹书》《买愁集》《续金瓶梅》《传家宝》同缺,除《花草粹编》不收此首外,其他各书句上均有"却"字,宜补。

第二首:"忔憉儿小小池塘"之"憉",字书无此字。此字,《福寿丹书》《买愁集》《续金瓶梅》《兰皋明词汇选》《传家宝》同误,《鸣鹤余音》《天机余锦》《湖海搜奇》《稗史汇编》《解人颐》作"憎";"忔憉",《古今词话》《历代诗余》《悦心集》《词林纪事》作"一方"。忔憎儿:宋元习语,即"可憎",反语,可爱貌。宋黄庭坚[好事近]:"思量模样忔憎儿,恶又怎生恶?"宋刘过[清平乐]《赠妓》:"忔憎憎地一捻儿年纪,待道瘦来肥不是,宜着淡黄衫子。"元关汉卿《金线池》第二折:"这厮阑散了虽离我眼底,忔憎着又在心头。""憎""憉"草书形近,当是。另,"高低叠峰"之"峰"(原字作"峯")显误,此处应叶韵。此字,唯《福寿丹书》同误,《鸣鹤余音》《湖海搜奇》《稗史汇编》《买愁集》《传家宝》《解人颐》作"障",其他各本除《花草粹编》《词综》不收外均作"嶂"。"嶂""障"本通,不过此处底本原字当作"嶂"。"嶂"误作"峰",又转写作异体"峯"。按:《金瓶梅》中多见抄手或写工根据自己的用字习惯而作异体转写,此为一例。

第三首:"石磷磷床砌阶除"之"床",不切。此字,唯《福寿丹书》同误,《天机余锦》《解人颐》作"装",《湖海搜奇》作"粧",《稗史汇编》作"妆"(明清用同"妆"),其余《买愁集》《兰皋明词汇选》《历代诗余》《传家宝》《悦心集》《词林纪事》作"乱"。"装""粧""妆"形虽有异,其义则一,此处通用。"装""床"草书形近,应为底本原字。……另,"好烓心香、说些话、读些书"之"心",显误。此字,唯《福寿丹书》同误,其他收录该词的各书均作"些"。"些""心"草书形近,应是。本书第九十三回有同误例:落魄的陈经济唱[粉蝶儿]:"但得这济心饥钱米……"语意不明。"济饥"为一语,即解饿。元无名氏《博望烧屯》第一折:"贫道便下山去呵,我其实当不得寒、济不得饥,请下这个卧龙冈待则甚

的?"《西游记》第八回:"汝若肯归依正果,自有养身之处。世有五谷,不能济饥?为何吃人度日?"如是,则"心"字在原处赘,实与"济"字误倒,当与上一"这"字连成"这些"常语。

第四首:"惜耳苍苔"之"耳",显误。此字,唯《福寿丹书》同误,《鸣鹤余音》《天机余锦》《花草粹编》《湖海搜奇》《稗史汇编》作"取",《买愁集》《传家宝》作"尔",《悦心集》《解人颐》"惜耳"二字作"护惜"。"取"字是。惜取:爱惜、珍视。唐杜秋娘《金缕衣》:"劝君莫惜金缕衣,劝君惜取少年时。"宋晏殊[玉堂春]:"恼乱东风、莫便吹零落,惜取芳菲眼下明。"

尚需说明:第一首"酒熟堪篘"之"篘",正字应作"篘"。中国古代以粮谷发酵酿酒,待其熟,须经滤。"篘"即以竹篾编的滤酒具,也用作动词,指以篘滤取。宋朱翼中《北山酒经》卷下《曝酒法》:"次日即大发,候酘饭消化沸止方熟,乃用竹篘篘之。"因与酒相关,动词"篘"也俗作"篘"。明末刊本《滑稽馆新编三报恩传奇》(《古本戏曲丛刊》二集)第九出:"有新篘的白酒尚未煮熟,不知可用得么?"所见《金瓶梅》诗词注解均误,如:"篘:饮酒""篘:北方方言俗语称喝酒为'篘一口'"。《兰皋明词汇选》校点本改"篘"作"酬",其《校勘记》云:"酬:原作'篘',字书所无,非。应是'醻'字,醻或从州作'酬',主人进客也,劝酒之意。"亦误。该字虽不见于字书,然文献中间见用例,且可作为研判该词承传的重要参考,故不作误字校改。……

在以上所列诸多文献中,《续金瓶梅》所收[行香子]形式特殊,或据小说情境进行了改写,除从几处异文可知其非出《金瓶梅》刻本外,并不能提供更多,不论;其他载录文献,则可据文字异同、题名、作者署名等,梳理出五个不同系统文本的传承路径。……

至此,这条在四首[行香子]词流播过程中最为复杂、最为完整也最为重要的路径也就凸显出来了,图示如下:

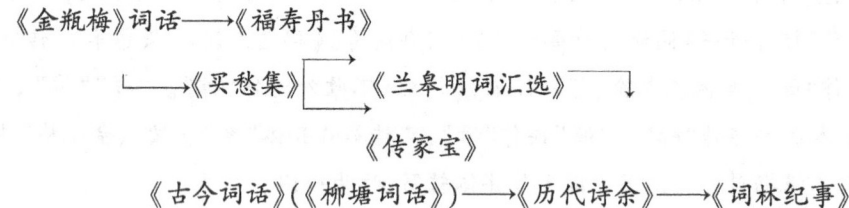

三、新入列异军突起

新入列异军突起,张铉先生是金学界的新面孔。在2015年徐州第十一届国际《金瓶梅》学术讨论会的论文集中,收有张铉先生的《新见〈程氏墨苑〉中"笑笑生"史料考》,其中叙述了一条关于"笑笑生"的重要资料,引起了学界的广泛注意。现简要介绍如下。

张铉《新见〈程氏墨苑〉中"笑笑生"史料考》摘录:

明代歙县程大约,著名制墨家,编纂《程氏墨苑》十二卷,收录有五百余幅程氏所制墨图。该书另附有诗文八卷,收录一百八十余人的数百篇序跋及诗作。该部分卷八《侍御羲阳彭公书》曰:

> 所刻《墨苑》甚善而《序》不足以称之,不揣作《序》寄览,倘以为是,附刻可也。刻完幸寄二三本,为老丈广其传。佳墨可无赠乎? 闻近时赠人止一二笏,亡论谢序。当多儿辈、孙辈、朋友辈、亲戚辈、门生辈,须多得,方足分人。笑笑生七月中行矣,老丈果来,当以月初,迟则无及也。

文中"侍御羲阳彭公"指彭好古。彭好古,字伯箧,号羲阳(一作熙阳),又号一銮居士,湖北麻城市人。万历十四年(1586)进士,初授歙县县令,万历二十年(1592)任山西道监察御史,万历二十一年(1593)任四川按察司佥事。这封书信内容很简单:彭好古收到了程大约寄送的《墨苑》一书,认为序文不甚好,遂自作一篇序文,嘱托程大约刻入《墨苑》,还希望程大约刻完之后赠送自己二三本并索要佳墨。最后告知程大约,笑笑生七月中旬要离开了,如果您要来,最好月初,否则就赶不上见他了。……

这封书信没有留下寄信地址与日期,但我们可以从彭好古《墨苑序》中找到答案。彭好古《墨苑序》:

> 《墨苑》者,程氏君房署其所制墨图,暨海内名士之搦管品题者也。以其备也,故称苑也。……万历辛丑季夏廿日楚黄亭州一銮居士彭好古伯箧甫书于古杭西湖之悦心楼。

可知序文作于杭州西湖畔,日期为万历二十九年(1601)六月二十日。信中说"不揣作《序》寄览",可知写信时《序》已完成,但彭好古催促程大约早日启程,故书信书写及寄出时间应不至于太迟。

上文已经论述,寄信者彭好古与收信人程大约交情甚笃,所以该书信呈现出轻松、该谐的语言风格。彭好古不仅主动索要佳墨,还拿程大约开玩笑:您最好多一些儿辈、孙辈、朋友辈、亲戚辈、门生辈,多的话,墨才够分。书信与正式的文章不同,通常只有两个人可以看到,反而容许谈一些较为私密的话题,对信中人物的称谓也尽可以免去很多公开场合的客套与虚伪。彭好古称呼此人"笑笑生",应属于这种情况。他没有使用字号、官职或其他尊称称呼此人,却用了"笑笑生"这个看似很奇怪的化名。我们进一步猜测,彭好古使用"笑笑生"这一称谓,应有更加隐晦的含义,即:《金瓶梅》作者在我这,来见见吧。

彭好古邀请程大约从徽州到杭州来见笑笑生,这说明笑笑生有程氏可以利用的价值。据梅娜芳等人的研究,程大约为了扩大自己墨铺的影响,常携《墨苑》及佳墨四处云游,拜访名士,邀请他们为《墨苑》写序跋或为其墨书写题词。我们猜测,彭好古邀请程大约赴杭也应与此有关。这说明笑笑生绝非无名泛泛之辈,应是有一定影响、名气的文士。当然,如果此人是《金瓶梅》作者的话,那更是值得一见的人物了。

由书信内容可以推断,笑笑生此时就在彭好古附近,而且应会同意程大约的来访,则彭、笑二人肯定熟稔甚至是至交。而程大约也肯定知道笑笑生的真实身份且乐意来访,但程氏未必熟识笑笑生。如上文分析,笑笑生能结交进士出身且官至监察御史的彭好古,且值得程大约不远数百里赶来相见,必为一名士。名士肯定是大家都熟知的了,故程大约未必熟识笑笑生,当然也不完全排除此种可能。

　　解答了以上疑问,随之而来的就是最重要的两个问题。此笑笑生是不是欣欣子《序》中的兰陵笑笑生？他的真实姓名是什么？

　　我们认为,此笑笑生与兰陵笑笑生为一人的可能性较大。我们先不妨分析一下前两次"笑笑生"记载的相关之处。一,前两次记载"笑笑生"的文献性质类似。《金瓶梅》为一部有着大量性描写的小说,而《花营锦阵》为一套春宫图。二,前两次使用"笑笑生"这一化名的目的相同。笑笑生极有可能是一个名士,为了掩盖其真实身份,才使用这个化名。而彭好古书信中"笑笑生"的记载与前两次略有不同。书信并没有任何淫秽内容,彭好古也无必要隐瞒笑笑生的真实身份,否则就是让程大约猜谜了。既然彭、程二人都知道笑笑生是谁,为什么彭好古还要使用这个化名呢？我们认为彭好古是用轻松的语气调侃他。因为笑笑生只是在创作淫秽内容的时候使用该化名,且知其有此化名者甚少,所以彭好古特意在信中使用此名揶揄之。……

　　我们仅将屠隆与彭好古的交往过程叙述如下。

《栖真馆集》卷十六《与彭歙县》：

> 君逯令弟向与不佞遇于都门,一见语合,共讲千秋名山之业,甚自臭味。维时周公子叔南实同讲艺,无何,不佞以蒉菲落藉南,两君悲歌忼慨,河梁雨雪,陈义甚高。其后遂闻叔南得茂陵之病,夭死长安。寻又闻君逯连第后,以言事忤旨坐罢。不佞良以恻然兴怀。

> 往岁不佞以朝白岳道新都,深欲一见足下,致哀挽亡者,并讯令弟起居。乃甫入境,即闻郡太守微不悦山民,山民急灭迹而过其地,并足下亦不敢通。不佞论文海内,似独与荆楚有宿缘。荆楚艺林之士,昵好不佞者,十殆居七八。人生有情,那得不念？两故人荣枯异路,生死关情,宁能恝然耳？所以不通问者,良亦有繇。足下得无讶山民非复人情耶？顷闻令弟已就蒲轮,神物一离泥沙,化龙腾霄,何所不诣？终不令作丰城狱底灰也。

> 寓书者,为敝邑逢掖生张君梓,端亮雅士也。儒而抱仙蜕理,访汪司马函中,便谒足下,幸物色款之,何如？有湘鲤南还,讯令弟,烦为道致人。拳拳不一。

　　屠、彭二人开始交往或是由彭好古三弟彭遵古引荐。彭遵古,字君逯,后改字季箴,为彭好古三弟。万历十二年刑部主事俞显卿诬陷屠隆与西宁侯宋世恩纵淫,屠隆因此被罢官。文中"不佞以蒉菲落藉"即指此事。屠隆与彭遵古相识时间应在屠隆罢官之前。彭好古与彭遵古为万历十四年(1586)同榜进士,同年四月,南直隶提学御史房寰攻击海瑞,新科进士顾允成、彭遵古、诸寿贤联名上疏,为海瑞辩诬,结果被皇帝以好事为由,革去冠带,退回原籍。屠隆文中"寻又闻君逯连第后,以言事忤旨坐罢"即指此事。

据徐朔方先生《屠隆年谱》记载："万历十五年……汪道昆遣使来迎,寓休宁二十日。"文中"往岁不佞以朝白岳道新都,深欲一见足下,致哀挽亡者,并讯令弟起居"即指此事。彭遵古"革去冠带"之后一直在其兄彭好古任所歙县居住,直到万历十六年八月被重新启用,文中"顷闻令弟已就蒲轮"即指此事。则《与彭歙县》一文当作于万历十六年或十七年。

《栖真馆集》卷之十九《与汪伯玉司马》：

  彭歙县有弟遵古,出不肖门下。向如新都,畏太守贱客,并彭君不敢通闻,颇讶山民不为状。今乃以一札投之,幸为致山民区区。

汪道昆(1525—1593),字伯玉,号南溟,又号太函,歙县人。嘉靖二十六年进士,初任义乌知县,历官武选司署郎中事员外郎、襄阳知府、福建按察使、福建、郧阳、湖广巡抚等职,仕终兵部左侍郎。汪氏作为新安派诗坛盟主,与屠隆、彭好古皆较多来往,或为屠、彭二人友情的另一桥梁。由文中"出不肖门下"可知,彭遵古实为屠隆弟子,则屠彭两家之情义更深了一层。该文与《与彭歙县》一文为同时所作。

汪道昆于万历十七年(1589)托名天都外臣刊刻了一百回本《忠义水浒传》,史称"天都外臣序本"。因为《金瓶梅》大量借鉴了《水浒传》的内容,有人猜测汪道昆就是笑笑生,其实只是屠隆从汪处得到《水浒传》进行创作而已。汪道昆卒于万历二十一年(1593)四月,没有成为笑笑生的前提条件。

《栖真馆集》卷之十九《与彭季钱》：

  向者获侍教言,长安论心谭艺,畅叙甚佳。无何风波忽兴,仓皇去国,辱足下与叔南高义,寥寥乎千秋悲歌慨慷。河梁摧怆,岁寒之盟,瞵然在兹。寻闻叔南抱病客死都门,此君才华意气,前无古人,年才弱冠耳。骨强神王,投石超距,不减五陵侠客,三河少年。何溘而先朝露?崇兰欲茂,秋风败之。其为恨,恨可知已。

  足下连第,大足吐气,遂以言事忤旨坐罢。泥书甫报,削籍已闻,一朝而直声震天下,良不负丈夫胸中磊落片气。仆赠邹尔瞻诗有云："身未拜官先上疏,如君真是报恩人。"足下与邹君今当为两。捄海中丞与杜子美捄房琯,义亦甚正。林居不数年,顷闻已就辟,为广文先生。乃东来者,又云足下且暂视长公。新安既有官守,何得漫游?此恐传者误耳。

  仆年来尽屏俗缘,尊生学道,颇有把柄。神气渐充,回环绛府。故人别后所得如此,雕虫小技,不足复问也。向字足下君遐,今闻改字季钱,更古雅。向年曾朝白岳,酾谢玉虚师相。道新都,欲一晤长公太令,问足下起居。会有俗吏挪揄,道民闻之而径去不顾。此后欲一寄信,鸿鲤杳然。足下成名后何得都无一字讯道民也?张君抱道者,来游新都,足下试与语,当有合也。于其还,无客八行。《哭叔南》诗,奉寄览政。

该文回顾了二人的交往经过,将彭遵古为海瑞申冤的义举比作唐代的杜甫。解释了万历十五年底没有登门拜访二彭的原因,并对彭遵古成名之后没有与自己联系略表不满。

我们认为，彭好古与屠隆交好还有一个原因，就是二人皆好道教。据徐朔方先生《屠隆年谱》记载：万历十五年九月，屠隆在杭州吴山通玄道院停留了整整一个月，期间与通玄道士及聂道亨多有来往，并拜聂为师。而彭好古编纂、著述大量道家著作。他编有《道言内外秘诀全书》，此书为道教炼丹养生类著作之集大成者，共收书五十六种六十三卷。著有《龙虎上经玄解》《古文参同契玄解》《悟真篇批注》。其他尚有《金丹四百字》《入药镜》等注释，皆有独到之见解与心得。相同的信仰或许是二人交情深厚的原因之一吧。

屠隆与程大约似乎交往不深。《墨苑》诗文卷二《程君房墨苑序》：

今海内称高雅好事家必首三天子都矣。自伯玉司马讲千秋名山之业，鳌弧以登艺坛，而词赋彬彬，家瑜左瑾。自丁南羽画品精工，人予廖之，而后来点染，云兴霞蔚。自程君房出，以隃糜之美闻海内，而新都墨遂进奉大内，流布寰区，至海外岛国夷王皆予购之。……余客晋安，而友人洪汝含为君房索余一叙，余喜附君房青云而不朽，余是以立为缀如。语虽然观烂焉。□□日月予光，志悉海内词赋，宗工云霄贵客。而不佞以一龙钟野叟，挂名其间，若田姑村媪，强涂泽脂粉而厕王侯夫人之侧。可胜□混矣。万历癸卯秋七月东海屠隆纬真甫纂并书。

据徐朔方先生《屠隆年谱》记载，屠隆于万历三十一年（1603）秋受阮自华邀请赴闽，由此《序》可知，屠隆是年七月已在闽。我们还可以推测，万历二十九年六七月间，程大约似乎没有前往杭州，否则当年屠隆就会为程氏写序了。

分析到这里，"笑笑生即屠隆"的推论还缺一个重要证据。那就是，万历二十九年六七月间，屠隆是否在杭州。非常遗憾的是，徐朔方先生《屠隆年谱》及复旦大学秦皖春2003年硕士论文《屠隆年谱》都没有此年屠隆在杭州的记载，我们在屠隆诗文中也没有找到相关线索。所以，笑笑生问题还会继续探讨下去，我们也期待有更多新的发现。……

张铉，男，滁州学院文学院副教授。

四、硕博军兵源充足

吴敢先生在《金瓶梅研究史》中说：

《金瓶梅》研究作为选题的博硕士论文开始批量出现。最早以《金瓶梅》研究为博士论文者，是美国的韩南，1960年他以《〈金瓶梅〉成书及其来源研究》为博士论文获得英国伦敦大学中国古代文学博士学位。中国的博硕士论文，以《金瓶梅》研究为题者，最早为梁操雅，1979年以《从〈金瓶梅〉及〈三言〉〈二拍〉看明中叶江南地区之经济发展》为硕士论文获得香港大学哲学硕士学位。中国大陆最早以《金瓶梅》研究为硕士论文者，是陈昌恒（孙子威、周伟民、彭立勋指导），1982年以《论张竹坡关于文学典型的摹神说》获得华中师范大学文艺学硕士学位。中国大陆最早以《金瓶梅》研究为博士论文者,是叶桂桐(蒋和森指导),1985年以《〈金瓶梅〉研究》为博士论文获得中国社会科学院中国古代文学博士学位。

以下一组数字很能说明问题:1979—2012年,中国约有博硕士论文228篇,其中博士论文15篇,硕士论文213篇。如果以年计,1979年、1980年、1982年均为硕士论文1篇;1985年博士论文1篇,硕士论文1篇;1991年硕士论文1篇;1995年博士论文1篇,硕士论文4篇;1997年硕士论文2篇;1998年硕士论文1篇;1999年博士论文1篇,硕士论文3篇;2000年博士论文1篇,硕士论文4篇;2001年博士论文1篇,硕士论文2篇;2002年博士论文1篇,硕士论文3篇;2003年博士论文1篇,硕士论文6篇;2004年博士论文1篇,硕士论文9篇;2005年博士论文1篇,硕士论文10篇;2006年硕士论文23篇;2007年博士论文1篇,硕士论文18篇;2008年硕士论文17篇;2009年博士论文3篇,硕士论文19篇;2010年博士论文2篇,硕士论文29篇;2011年硕士论文18篇;2012年硕士论文26篇;2013年硕士论文14篇。显然,自2005年起,博硕士论文总数每年基本都在10篇以上。其中,2006年、2009年、2010年、2012年均为每年二三十篇的规模。

这些博硕士论文涉及的学科有古代文学,汉语言文字学,汉语史,外国语言文学,美学,文艺学,哲学,伦理学,民俗学,宗教学,音乐学,影视与戏剧戏曲学,中国古代史,思想政治教育等十几个之多,可见《金瓶梅》研究已经形成多学科齐头并进的局面。

不少高校与科研机构成为金学培养基地。以《金瓶梅》为选题培养博士的高校与科研机构有13所,其中,大陆8所,台湾4所,香港1所,而台湾大学、台湾清华大学各有2篇。以《金瓶梅》选题培养硕士的高校与科研机构有90所,其中,大陆62所,台湾26所,香港2所,而山东师范大学15篇,山东大学8篇,台湾中山大学、台湾师范大学、政治大学各6篇,东北师范大学、四川师范大学、西南科技大学、苏州大学、北京师范大学、华东师范大学、上海师范大学、湖南师范大学、河南大学各4篇,华中师范大学、西南师范大学、彰化师范大学、南开大学、青岛大学、中兴大学、玄奘大学、陕西师范大学、黑龙江大学、内蒙古大学、云林科技大学各3篇。因为《金瓶梅》词话的作者被认为是兰陵笑笑生,而山东兰陵久负盛名,吸引着山东学人积极加入金学队伍,故山东师范大学与山东大学成为金学博硕士论文最集中的两所高校。

很多博硕士导师贡献出高度的学术热情。台湾师范大学胡衍南指导6篇,台湾中山大学龚显宗、山东师范大学李海英各指导5篇,占据前三位。台湾清华大学胡万川、西南科技大学郑剑平每人指导4篇(胡万川指导的有2篇为博士论文),紧随其后。指导3篇的有:山东师范大学杜贵晨、王恒展,南开大学孟昭连,彰化师范大学王年双。

撰写博硕士论文者后来有一部分成为金学大家,而大多数正在逐步成长为金学的主力军。譬如,陈昌恒,毕业以后留校工作,中国《金瓶梅》学会理事,有金学专著2部、编著1部、论文一二十篇,在张竹坡与《金瓶梅》评点研究、《金瓶梅》作者研究方面成绩显著;叶桂桐,现为鲁东大学教授,中国《金瓶梅》研究会(筹)理事,有金学专著1部、编著2部、论文一二十篇,在《金瓶梅》成书、版本、作者、主题、艺术、人物诸多领域皆有可观的成果;洪涛,2000年以《四大奇书变容考析》(黄兆杰指导)获香港大学博士学位,现为中国《金瓶梅》研究会(筹)理事,有金学论文一二十篇,对《金瓶梅》英译、语言、文化、源流、成书、传播等课题,颇有心得;胡衍南,2001年以《食、色交欢的文本——〈金瓶梅〉饮食文化与性爱文化研究》(胡万川指导)获台湾清华大学博士学位,现为台湾师范大学教授,中国《金瓶梅》研究会(筹)理事,有两部金学专著与一二十篇论文,在《金瓶梅》版本、续书、主旨属性、饮食情色、《金瓶梅》《红楼梦》比较等方向,均有建树;曹炜,2002年以《〈金瓶梅词话〉语法研究》(蔡镜浩指导)获上海师范大学博士学位,现为苏州大学教授,有金学专著2部、论文近10篇,其《〈金瓶梅词话〉语法研究》与郑剑平《〈金瓶梅〉语法研究》(成都:巴蜀书社,2003年5月)、许仰民《〈金瓶梅词话〉语法研究》(北京:中华书局,2006年11月)乃21世纪《金瓶梅》语法研究的代表作;霍现俊,2004年以《〈金瓶梅〉艺术论要》(张燕瑾指导)获首都师范大学博士学位,现为河北师范大学教授,博士生导师,中国《金瓶梅》研究会(筹)副会长兼副秘书长,有3部金学专著、二三十篇论文,在《金瓶梅》主旨、源流、成书、作者、艺术、人物、政治寓意、地理背景等学科皆见独到之处;他如2000年以《〈金瓶梅〉女性服饰文化研究》(陈锦钊指导)获政治大学硕士学位的张金兰、2005年以《张竹坡、文龙〈金瓶梅〉人物批评比较研究》(阚真指导)获广西师范大学硕士学位的贺根民、2006年以《齐鲁文化视野下的〈金瓶梅〉》(杜贵晨指导)获山东师范大学硕士学位的刘洪强、2010年以《〈金瓶梅〉叙事形态研究》(张锦池指导)获哈尔滨师范大学博士学位的孙志刚、2011年以《〈金瓶梅〉美学研究》(孟昭连指导)获南开大学硕士学位的傅善明等,均勤奋好学,思维前卫,后生可畏,学术前程无量。

五、天下奇书行天下

我在拙著《中国古代小说戏剧诗歌的互动——北宋末到清中叶600年中国文学主潮》①中说,中国古代长篇小说的主题有一个由士、侠、魔向商的演变。伴随着16世纪的世界性商品货币经济潮流的涌起,中国郑和下西洋。卢兴基论证西门庆是16世纪的新兴商人。中国文学在神话精神的消失的同时,也有普遍人性的凸现。宁宗一先生读《金瓶梅》说:"伟大也要有人懂!"《金瓶梅》这部"天下第一奇书"开始真正走向世界,大行天下。海外金学研究风起云涌。对此,吴敢先生在《金瓶梅研究史》中有如下的叙述:

> 田晓菲,美籍华人,1989年北京大学英语系本科,1991年获得内布拉斯加州立大学英国文学硕士,1998年获得哈佛大学比较文学博士学位,先后任教于柯盖德大学、康奈尔大学、哈佛大学。田晓菲的评点,既有中土的根基,又有异域的色彩,虽仅为回评,却

---

① 北京线装书局,2011年12月版。

颇见反响。田评贯串着一个学术主题,即认为"不是有一部《金瓶梅》,而是有两部《金瓶梅》。……词话本谆谆告诫读者如何应付生命中的'万象',而绣像本却意在唤醒读者对生命本体的自觉,给读者看到包围了、环绕着人生万事的'无常'。……《金瓶梅》——尤其是绣像本《金瓶梅》——就不是一部简单的因果报应小说。……除了在结构安排上十分不同之外,词话本和绣像本最突出的差异便表现在对西门庆和潘金莲二人形象的塑造上。"因此,其评点努力的目标是"对《金瓶梅》两大版本的文字差异所作的比较和分析。"(引文俱见《秋水堂论金瓶梅》)

……

21世纪初的《金瓶梅》研究,并非中国一枝独秀,美欧、日韩亦有可观的人物与成绩。美国芝加哥大学(University of Chicago)的芮效卫(David Tod Roy),自1982年至2012年,30年如一日,英译《金瓶梅》词话,计达3000页,有4400个尾注(仅欣欣子序,芮氏就作了42条注),导论,笺注,索引,一应俱全,土话俚语,诗词曲唱,照译不误。该译5卷,均由普林斯顿大学出版社(Princeton University Press)出版,第一卷1993年,第二卷2001年,第三卷2006年,第四卷2011年,第五卷2013年。第五卷出版时,芮氏已经是耄耋之年。一个外国人(虽然他出生于中土并在中国度过其童年和青少年)以毕生精力翻译中国一书,芮氏可谓第一人。芮译为直译,译者努力使译本呈现出中文原有的结构感和层次感。芮效卫的博学多识让读者肃然起敬,他几乎对原著中所有文学典故和文化细节都做了注释。芮注可分三类:词源类,典故类,考证类。尤其是后者,极见译者学术功力。芮氏之翻译熔语言与研究为一体,树立了中国文学翻译史上新的里程碑。如果说《金瓶梅》"同时说部,无以上之",则芮译《金瓶梅》,亦可说"同时译部,无以上之"。芮译在欧美一时好评如潮,实乃实至名归。

胡令毅是加籍华人,多伦多大学东亚研究系博士,曾任教于中外多所大学。其《金瓶梅》研究可谓别开生面,曾在中文期刊及金学会议论文集中发表《金瓶梅》论文13篇,多为《金瓶梅》人物原型之考证,旨在解决作者问题。因西门庆是关键,故首撰《论西门庆的原型》,考证小说主人公西门庆为真实历史人物嘉靖朝兵部尚书胡宗宪;而〈《金瓶梅》里的应俗之文》则补充其为大官僚之证据。考西门庆乃为《金瓶梅》作者徐渭说作铺垫,故考证西门庆之后,即考徐氏与胡氏及《金瓶梅》之关系。《论徐渭和〈金瓶梅〉》即主要分析徐于胡之门客关系,并同时说明《金瓶梅》之撰写,始于徐客幕时期。徐在小说中有自我描述,假托于温秀才,常时节和水秀才为其分身。遂又再考温秀才,《温秀才》(上、中、下)三篇均为其考证之文,上篇考分身常时节,中篇主要论述李瓶儿之原型——即胡氏正妻章氏,以确定温(徐)之入幕年月,下篇考《金瓶梅》之于《歌代啸》及有关人事之共同点,为徐温之相似提供进一步佐证。因作者之谜众论纷纭,而屠隆一说,尤具影响,难以回避,遂由作者原型徐渭而论及屠隆,专析《别头巾文》,从内容及年月推论,证其为徐之作品,非屠所撰。后再拓展,考及应伯爵,证明其原型为嘉靖朝另一相似之名士且同为幕僚之沈明臣,以此而屏其于作者可能之候选人外。集体说亦曾一度颇受青睐,信徒不少,《黄太尉还是六黄太尉?》即为此说之驳论,举"黄"与"六黄"为例,以证其表面上所谓的矛盾错误,实际并非陋儒之粗制滥造或集体创作所致,而是作者为遮盖真相故意而设。有感于盛鸿郎《萧鸣凤与〈金瓶梅〉》一书索隐之牵强,作《论孟玉楼》,否定孟为萧氏心仪之姑娘,亦非商人妇,而是巡抚大官李天宠之姬。以上诸篇之撰述,固受惠于沈德符原型说之启迪,亦离不开对徐渭作品的研究。结论是《金瓶梅》为 Roman a clef(真人真事之影射小说)。作者以史论文,不步时贤之后尘,倚重于外部资料,而细读研考文本,由内及外,再返之于内,一切以内证为旨归。后胡氏因病半途辍笔,未能完成全帙,故其论至今未获共鸣。

　　日本的《金瓶梅》研究,相对20世纪,有渐趋衰落之势。在20世纪最后一二十年由日下翠、荒木猛支撑下来的日本金学,随着日下翠的逝世,荒木猛也是独木难支。但也有新人出现,并且有人开始崭露头角。譬如京都府立大学小松谦的《〈金瓶梅〉的成书以及传播的背景》(《和汉语文研究》2003年创刊号)即有可观之词。铃木阳一说:"的确,像小松谦的《〈金瓶梅〉的成书以及传播的背景》一文就很有特色。他对与《金瓶梅》流传过程中有关的人士逐个加以探讨,最后得出这样的结论:'《金瓶梅》本来在跟锦衣卫有关的人士之间诞生的,由中间的刘氏父子传开来,经过李卓吾周围的人传播到江南,终于在江南出版、流传。'小松这几年来一直研究'武人的文学',这一成果是他对《金瓶梅》研究的理所当然的归结,确实给金学界输送了新鲜空气。"①

　　又如田中智行,大冢秀高说:"田中智行的《〈金瓶梅〉的快乐观——比较词话本和崇祯本的开头部分》②一文,使我感到日本的《金瓶梅》研究也进入到了这一方面的研究(敢按:指版本)。但是从内容上看,田中的分析还不够,还应该指出更多的例子,作多方面的剖析。"

　　又如高桥文治,大冢秀高说:"高桥文治有一篇题目很奇特的论文:《另一篇〈金瓶梅〉论》。它的内容较新,是从'文章结构中的心理因素'和'伏笔'等来解读《金瓶梅》中的戏谑与讽刺,很有见解。这篇论文只有元曲的专家高桥才能写出来的。不过他的解释不一定都符合事实。"③

　　川岛优子是被日本金学界看好的一位新人,《中国与日本:〈金瓶梅〉研究三人谈》说:"大冢:在日本继日下之后第二个由《金瓶梅》研究获得博士学位的是川岛优子,她可望成为日下以后第二个《金瓶梅》研究的带头人吧!黄霖:川岛优子我也熟悉。她曾作为公费留学生,也到复旦来进修过两年。或许是她作为一个女性,更关注女性形象的塑造。她的研究女性形象的系列论文,与一般有点不一样,不是注重在文本'写了什么',而是努力探索作者是'怎样写的'。……川岛认为,《金瓶梅》是中国文学史上——

---

① 《中国与日本:〈金瓶梅〉研究三人谈》,《文艺研究》2006年第6期。
② 《东京大学中国语中国文学研究室纪要》,2004年7月。
③ 《中国与日本:〈金瓶梅〉研究三人谈》,《文艺研究》2006年第6期。

特别描写女性的文学史上——的一个转折点。这个结论前人已经接触过,但她的论证路径及其细腻性还是很有特点的。大冢:川岛研究的另一个特点是很注意结构的分析。她在《〈金瓶梅〉的构思——从〈水浒传〉到〈金瓶梅〉》①一文中,曾把《金瓶梅》的结构分成三个部分:(1)1—29 回'西门庆与女人们的交往',(2)30—88 回'西门庆的成功故事'与'潘金莲的爱憎故事',(3)89—100 回'西门一族的结局'。她更把[1]部分又详细地分成三个:1—12 回'潘金莲的故事',13—21 回'李瓶儿的故事',22—29 回'宋蕙莲的故事',从而指出《金瓶梅》和《水浒传》都有一样的结构特点:(1) 个人的传记→(2)齐聚梁山泊或西门府→(3)集团化以后的故事(一时荣华,最后衰败)。这就说明《金瓶梅》是有意地模仿《水浒传》的结构,而从'英雄'到'淫妇',有意地对《水浒传》进行了颠覆。对结论本身而言,也有点儿旧事重提之感。但是她指出的传记部分(1)没有《金瓶梅》的'梅'——春梅的故事,却有宋蕙莲的故事,这一点很值得注目。可是她曾经探讨过潘金莲、李瓶儿、春梅和吴月娘等几个女性,却就是没有关于宋蕙莲的专论,这不知何故? 我期待着以后她能对宋蕙莲对插入'潘金莲的故事'中的孟玉楼,以及春梅为什么原为吴月娘房丫头等问题作进一步的探讨。我还有一件要求,如果她把研究重点放在人物形象的话,我希望她把某些人物形象中所见到的矛盾与成书问题的研究联系起来,更精密地展开论述。因为《金瓶梅》《红楼梦》等原作未完成的作品里,人物形象一定是首尾不一贯的。黄霖:关于这一点,我倒觉得她在论述李瓶儿性格前后不一致时,解释得很有创见。早在 50 年代,李希凡就指出过李瓶儿性格的前后矛盾。对此,有各种各样的解释,现在较多的是认为:'这是因为李瓶儿嫁给西门庆后,作为女性,她的欲望得到了满足';也有人说:'这种复杂性格是符合生活逻辑的,高度真实的'。而如今,川岛通过分析小说结构与成书问题来探求其性格的前后不一致。她认为,李瓶儿的形象可以分成三个部分,而且在各个部分李瓶儿扮演的角色是不一样的:(1)淫妇传记'李瓶儿的故事'中的主角→一个狠毒的淫妇的形象;(2)'宋蕙莲的故事'中的很小角色→几乎没有她的描写;(3)'潘金莲的爱憎故事'中的配角→与潘金莲相反的形象。她形象中所看到的矛盾就与《金瓶梅》的结构有密切的关系。这种现象在先前其他长篇小说里也常见,具有一定共同性。譬如,唐三藏、宋江等性格都有一些矛盾,而这些矛盾并不是他们成长或改变主意的结果,而是与各个作品的成书过程有关系。《金瓶梅》即使是由一个作者创作的,也毕竟不是'现代小说',它是承袭了《三国演义》《水浒传》等先行前说的写作方法——几个小故事串联而成立,所以并不太重视整个形象的一贯性、必然性,因此有些人物的形象出了矛盾。反过来说,人物形象中的有些矛盾就表示各个小故事的主题是什么,《金瓶梅》怎样成书等问题。"

韩国康泰权译《完译金瓶梅:天下第一全书》,2002 年由松树出版社出版,10 册,以《新刻金瓶梅词话》《新刻绣像批评金瓶梅》的合本为底本。崔溶澈有一文《〈金瓶梅〉韩

---

① 《日本中国学会报》56、2004。

文本的翻译底本及翻译现状》①全面评介了《金瓶梅》的韩文翻译,说"韩国对《金瓶梅》的研究,尚未盛行,所藏研究资料也不多,但社会对此书的兴趣,颇为浓厚。……《金瓶梅》的真正价值和艺术成就,尚待继续研钻,笔者希望能够有内容更准确、文体更流畅、版本更完整的新版韩文翻译《金瓶梅》出现于世,以飨读者。"该文系在崔氏《20世纪韩国〈金瓶梅〉翻译及传播》②一文基础上的扩写。韩国水原大学中文系教授宋真荣发表在《金瓶梅研究》第十辑上的《论韩国梨花女子大学所藏〈皋鹤堂批评第一奇书金瓶梅〉》,可为韩国学人研究《金瓶梅》版本的力作,该文与目前中国、日本所知第一奇书各相关版本详加比勘,又经与韩国所藏第一全书仔细比对,认为该书与"大连图书馆所藏的第一全书基本一致。特别从《寓意说》末尾227字完全保存下来这一点来说,该书……可断定是和大连图书馆所藏的本衙藏版翻刻必究本是同一版本翻刻的,或是以此版本为基础继承下来,后世又翻刻的版本。但又从与大连图书馆本附录排列顺序不同,以及没有回评部分这一点来说,分明不是原样按照大连图书馆本翻刻的,……还有从五针眼装订这点来说,可以看出该书是从中国印刷以后流传到韩国,又重新装订的。"

据2013年4月22日《燕赵都市报》报道,丹麦汉学家易德波(易伯克·卡尔达娜)女士正在翻译《金瓶梅》丹麦文本,计划用几年时间完成,继瑞典文后,以将《金瓶梅》推介给北欧。

另外,还有捷克布拉格查理士大学中文系主任奥·克拉尔(Oldrich Kral,中文名字王和达)的捷克文译本《金瓶梅》、日本土屋英明(1935—?)的《金瓶梅》(德间书店,2007,只有性描写才完全译成日语,其他情节则未必全译)等。

越南国家大学东方学系中华学部前主任阮南的《鱼龙混杂——文化翻译学与越南流传的〈金瓶梅〉》③考察《金瓶梅》在越南的传播,探讨"政治、文化、社会等条件如何影响《金瓶梅》翻译版本的选择、译本的文学批评以及作品的读者反映",结论是"根据近于'伪作'的底本并重新删节,越译本的思想内容和艺术形式两方面上都有一定的限制。因此,此译本不能作为研究的基础。越南《金瓶梅》的研究者并不多,研究方向主要是运用20世纪50年代来自苏联和中国大陆的批判现实主义来分析该书的写实等方面。……越南《金瓶梅》研究当然还站在开发不充分的基地上,目前急切的工作正是基于合适的版本重新翻译这部小说"。

---

① 《2012台湾〈金瓶梅〉国际学术研讨会论文集》,里仁书局,2013年版。
② 《金瓶梅研究》第10辑,北京艺术与科学电子出版社,2011年版。
③ 《2012台湾〈金瓶梅〉国际学术研讨会论文集》,里仁书局,2013年版。

第七章 《金瓶梅》版本研究学案

鲁迅

鲁迅(1881.9.25—1936.10.19),原名周樟寿,后改名周树人,字豫才,浙江绍兴人。笔名鲁迅。伟大的无产阶级文学家、思想家、革命家、评论家、作家。1904年初,入仙台医科专门学医,后从事文学创作,希望以此改变国民精神。辛亥革命后,曾任南京临时政府和北京政府教育部部员、佥事等职,兼在北京大学、女子师范大学等校授课。1918年5月,首次用"鲁迅"的笔名,发表中国现代文学史上第一篇白话小说《狂人日记》。有《鲁迅全集》。

著名金学家周钧韬先生曾著文《鲁迅〈金瓶梅〉研究的成就与失误》,对鲁迅先生的《金瓶梅》研究做过探讨与评价。鲁迅先生把《金瓶梅》定位为"世情书",站在小说发展史的高度,用近代小说的观念,对《金瓶梅》作出社会的、历史的评价。鲁迅先生就是这种研究的开创者。

> 鲁迅指出:"作者之于世情,盖诚极洞达,凡所形容,或条畅,或曲折,或刻露而尽相,或幽伏而含讥,或一时并写两面,使之相形,变幻之情,随在显见,同时说部,无以上之。"

在版本研究方面,由于当时很多相关文献没有被发掘,造成了鲁迅先生对《金瓶梅》初刻本问世年代判断的失误。

鲁迅在1924年出版的《中国小说史略》(下册)中指出:

> 诸"世情书"中,《金瓶梅》最有名。初惟钞本流传,袁宏道见数卷……万历庚戌(1610),吴中始有刻本,计一百回,其五十三至五十七回原阙,刻时所补也。
>
> (见《野获编》二十五)

在这里,鲁迅没有用"可能""大约"等推测之词,而是下了断语:《金瓶梅》初刻在万历庚戌年(三十八年),地点是"吴中"。此说一出,遂成定论。赞同者有郑振铎、沈雁冰、赵景深等大家。直到今天,在《金瓶梅》研究界,信奉此说者还大有人在。

鲁迅的根据,是沈德符《万历野获编》卷二十五《金瓶梅》条,现抄录如下:

> 丙午遇中郎京邸,问曾(《金瓶梅》)有全帙否? 曰:第睹数卷,甚奇快。……又三年,小修上,已携有其书。因与借抄挈归。吴友冯犹龙见之惊喜,怂恿书坊以重价购刻。马仲良时榷吴关,亦劝余应梓人之求,可以疗饥。……未几时而吴中悬之国门矣。

丙午,是万历三十四年(1606);又三年,是万历三十七年(1609),或三十八年(1610)。袁小修这次赴京会试,是万历三十八年。未几时而"吴中悬之国门",这个"未几时"当然可以推测为一年或更短。鲁迅依据这段话作出《金瓶梅》初刻本问世于万历庚戌(1610)年的结论,似乎亦差不离。正如赵景深先生所说:"从丙午年算起,过了三年,应该是庚戌年,也就是万历三十八年。所以我认为……鲁迅所说的庚戌版本是合情合理的。"但是,鲁迅在沈德符这段话中,忽略了"马仲良时榷吴关"这一句关键性的话。我国台湾学者魏子云先生根据1933年《吴县志》考出,马仲良主榷吴县浒墅钞关,是万历四十一年(1613)的事。由此可以认定,《金瓶梅》吴中初刻本必然付刻在万历四十一年以后,而不可能在万历庚戌(三十八年)。这样,鲁迅的庚戌初刻本说就有误了。

但是,魏先生的考证还存在问题:"马仲良时榷吴关",如果是从万历三十八年就开始了,一直连任到万历四十一年,那么"马仲良时榷吴关"后的"未几时",《金瓶梅》初刻本问世,就可能是万历三十八年,鲁迅的万历庚戌(三十八年)说就可能是正确的,魏先生的考证就有被彻底否定的危险。为此,笔者做了进一步考证,找到了清康熙十二年(1673)的《浒墅关志》。

明景泰三年,户部奏设钞关监收船料钞。十一月,立分司于浒墅镇,设主事一员,一年更代。这就是说,马仲良主榷浒墅关主事只此一年(万历四十一年),前后均不可能延伸。事实上,《浒墅关志》亦明确记载着,万历四十年任是张铨;万历四十二年任是李伶台。马仲良绝对不可能在万历三十八年就已任过主事(他在万历三十八年才中进士)。至此可以论定,鲁迅先生认定的《金瓶梅》"庚戌初刻本"是根本不存在的。这是鲁迅先生的一个不小的失误,其原因是他只凭主观的判断而没有进行考证。据我的考证,《金瓶梅》初刻本问世的时间,当在万历四十五年冬到万历四十七年之间,这就是我提出的《金瓶梅》初刻本问世年代"万历末年说"。①

郑振铎

郑振铎(1898.12.19—1958.10.17),我国现代杰出的爱国主义者和社会活动家,又是著名作家、文学评论家、文学史家、翻译家和艺术史家,也是国内外闻名的收藏家。原籍福建省长乐县,1898年12月19日出生于浙江省永嘉县(今温州市),1958年10月16日率领中国文化代表团出国访问,翌日因飞机失事遇难殉职。

关于《金瓶梅》的成书年代问题,郑先生说:"此书的著作时代,与其说在嘉靖间,不如说是在万历间为更合理些。"

1932年郑振铎《插图本中国文学史》一改1927年《文学大纲》附议鲁迅先生庚戌说的观点,猜测"最早的一本,可能便是北方所刻的《金瓶梅》词话",1933年他在《谈〈金瓶梅词话〉》中却又说此词话本非初刻本。

现存的《金瓶梅》词话"简端",有一篇署名为欣欣子的《金瓶梅词话序》。郑先生说:"序中所引《如意传》,当即《如意君传》;《于湖记》当即《张于湖误宿女贞观记》,盖都是在万历间而始盛传于世的","周礼诗的《三国演义》,万历间方才流行,嘉靖本里尚未收入"。由此郑先生认为,欣欣子为万历时人,《金瓶梅》作于万历三十年左右(即万历中期)。

---

① 周钧韬:《周钧韬〈金瓶梅〉研究精选集》,台湾学生书局"金学丛书"第二辑,2015年6月版。

吴晗

吴晗（1909.8.11—1969.10.11），原名吴春晗，字伯辰，笔名语轩、酉生等，浙江金华义乌人，是中国著名历史学家、社会活动家、现代明史研究的开拓者和奠基者之一。曾任云南大学、西南联合大学、清华大学教授，北京市副市长，中国科学院历史研究所学术委员，中国科学院哲学社会科学部学部委员，北京市政协副主席等职务；在"文化大革命"期间因其所著新编历史剧《海瑞罢官》而被当权者残酷批斗，1968年3月被捕入狱，精神上和肉体上都惨遭摧残。1969年10月在狱中自杀。"文化大革命"结束后，其冤案才得以平反昭雪。

周钧韬著文《吴晗〈金瓶梅〉研究的成就与失误》认为：

> 吴晗先生研究《金瓶梅》的文字有三：1931年在《清华周刊》上发表的《〈清明上河图〉与〈金瓶梅〉的故事及其衍变》（署名：辰伯）；翌年在该刊又发表《补记》；1934年在《文学季刊》创刊号上发表的《〈金瓶梅〉的著作时代及其社会背景》（以下凡引此文者，不另注）。前两篇文章的要旨就是否定《金瓶梅》作者王世贞说，后一文则是对前两文的完善化，并加进了对《金瓶梅》著作时代及其社会背景的论述文字。著名的《金瓶梅》成书于"万历中期"的论点，就是在这篇文章中提出的。

太仆寺马价银、皇庄、皇木问题

《金瓶梅》第七回，孟玉楼说："常言道：世上钱财倘来物，那是长贫久富家？紧着起来，朝廷爷一时没钱使，还问太仆寺借马价银子支来使。"吴晗在《〈金瓶梅〉的著作时代及其社会背景》文中引证《明史》加以考证，认为："嘉隆时代的借支处只是光禄和太仓，因为那时太仆寺尚未存有大宗马价银，所以无借支的可能。到隆庆中叶虽曾借支数次，却不如万历十年以后的频繁。……由此可知《词话》中所指'朝廷爷还问太仆寺借马价银子来使'必为万历十年以后的事。《金瓶梅》词话的本文包含有万历十年以后的史实，则其著作的最早时期必在万历十年以后。"其实，朝廷借支太仆寺马价银，在嘉靖朝已屡见不鲜，何待于万历十年以后。《明实录·世宗实录》卷二〇〇载：

> 嘉靖十六年五月，……湖广道监察御史徐九皋亦应诏陈言三事，……二酌工役各工经费不下二千万两，即今工部所贮不过百万，借太仓则边储乏，贷（太）仆寺则马驰，入赀粟则衣冠滥，加赋税则生民冤。

同书卷二一九、卷二三六（两处）均有嘉靖朝借支太仆寺马价银的记载。吴晗硬说朝廷借支太仆寺马价银"必为万历十年以后的事"，这如何能够成立。

关于皇庄问题。吴晗指出："嘉靖时代无皇庄之名，只称官地"，"《词话》中的管皇庄太监，必然指的是万历时代的事情。因为假如把《词话》的时代放在嘉靖时的话，那就不应称管皇庄，应该称为管官地的才对"。吴先生依据的是《明史》卷七七《食货志》（一）所载："世宗初，命给事中夏言等清核皇庄田，言极言皇庄为厉于民。……帝命核先年顷亩数以闻，改称官地，不复名皇庄。"但事实上，嘉靖时代皇庄之名仍然存在。《明实录·世宗实录》卷二三八载：

> 嘉靖十九年六月，……今帑银告匮而来者不继，事例久悬而纳者渐稀，各处兴工无可支给，先年题借户部扣省通惠河脚价，两宫皇庄子粒及兵部团营子粒银共七十余万俱未送到。

同书同卷还有类似的记载。可见，时至嘉靖十九年，皇庄之称并未废弃，并未被官地之称所替代。

关于皇木问题。四十九回写到安主事"往荆州催攒皇木去了"，五十一回写到"安主事道：'钦差督运皇木，前往荆州'"。明代内廷大兴土木，派官往各处采办大木，兹称"皇木"。吴晗指出："万历十一年慈宁宫灾，二十四年干乾坤宁二宫灾，《词话》中所记皇木，当即指此而言。"这是难以成立的。事实上，朝廷采运皇木，从明成祖朝就开始了。《明史》卷八二《食货志》（六）载：

> 采木之役，自成祖缮治北京宫殿始。永乐四年遣尚书宋礼如四川，侍郎古朴如江西，师逵、金纯如湖广，副都御史刘观如浙江，佥都御史史仲成如山西。……十年复命礼采木四川。……正德时，采木湖广、川、贵，命侍郎刘丙督运。……嘉靖元年革神木千户所及卫卒。二十年，宗庙灾，遣工部侍郎潘鉴、副都御史戴金于湖广、四川采办大木。三十六年复遣工部侍郎刘伯跃采于川、湖、贵州，湖广一省费至三百三十九万余两。……万历中，三殿工兴，采楠杉诸木于湖广、四川、贵州，费银九百三十余万两，征诸民间，较嘉靖年费更倍。

虽然《食货志》指出，万历朝采木费用"较嘉靖年费更倍"，但嘉靖朝采木亦不少。显然，吴晗认为《金瓶梅》中的采办皇木事，必指万历朝事，而不可能指嘉靖朝事，是说不通的。如果说，吴晗认为因万历十一年慈宁宫灾，二十四年乾清、坤宁二宫灾，而《金瓶梅》所记皇木，当即指此而言，那么嘉靖朝的宫灾亦是很多的。据《明书·营建志》载，嘉靖二十年有"宗庙灾"，三十六年有"奉天等殿复灾，命重建之"，四十五年九月"新宫成复毁"，等等。这些宫殿遭灾而复建，均需采办皇木。此外，嘉靖朝新建宫殿亦极多，据同书所载，嘉靖十年"作西苑天逸殿"，十五年"建慈庆宫、慈宁宫"，二十一年"命作佑康雷殿，及泰亨、大高玄等殿"，四十年"营万寿宫，明年成"，四十三年"营玄熙、惠熙等殿"……。要兴建这些大型宫殿，就必须采办大量的大木，此足见嘉靖朝采木规模之大之频繁。为什么《金瓶梅》所记皇木事，就不可能指嘉靖朝呢？

我认为《金瓶梅》成书于隆庆朝前后，其上限不过嘉靖四十年，下限不过万历十一年。这乃是笔者提出的《金瓶梅》成书年代"隆庆说"。由于成书年代问题还未定论，因此我并不认为"万历说"就一定是错的。但是吴晗先生用以论证《金瓶梅》成书于"万历中期"的主要证据，在笔者看来全部不能成立。不言而喻，吴晗先生的《金瓶梅》成书年代"万历中期说"也就失去了依据。①

---

① 周钧韬：《周钧韬〈金瓶梅〉研究精选集》，台湾学生书局"金学丛书"第二辑，2015年6月版。

孙楷第

孙楷第(1898—1986),字子书,敦煌学家、古典文学研究专家、戏曲理论家、教授。民盟成员,河北沧县王寺镇人,1928年毕业于北京师范大学国文系。

1929—1941年先后任北平师范大学助教,中国大辞典编纂处编辑,国立北平图书馆编辑,写经组组长。1945年至1952年任北京大学、燕京大学教授。1952年加入中国作家协会。1953年起在中国社会科学院文学所任研究员。他最早对"俗讲"和变文进行系统的研究,论著有《敦煌写本〈张议潮变文〉跋》《敦煌写本〈张淮深变文〉跋》及《俗讲、说话与白话小说》,后收入《沧州集》《沧州后集》等。

所著《中国通俗小说书目》(1933年,北平图书馆与中国大辞典编纂处合印;1956年,作家出版社)、《小说旁证》七卷(1935年,北平图书馆月刊)、《水浒传人物考》(载1964年《文学研究集刊》第一册),尤为小说研究者所重视。1986年6月23日先生逝世。

所著《中国通俗小说书目》,较早著录了中国和日本的《金瓶梅》藏本,有些藏本在保存过程中有缺失,赖先生著录而得以知其原貌,比如关于日本内阁文库藏本崇祯本《新刻绣像批评金瓶梅》,原书卷端有廿公跋,但后来遗失,幸赖先生著录才得知原貌。现在海内外存世的所有崇祯本都已经没有廿公跋了。

吴晓铃

吴晓铃(1914—1995),男,汉族,中国作协会员,研究生毕业。1937年后历任西南联大中文系助教、讲师,印度国际大学中国学院教授,巴黎大学北京汉学研究所通检组主任,中国社会科学院语言所研究员、学术秘书,中国社会科学院文学所研究员。20世纪40年代开始发表作品。著有专著《中国文学史》(古代部分,合作),校订及注译剧作《西厢记》《关汉卿戏曲集》《话本选》《大戏剧家关汉卿杰作集》等。

其专著《中国文学史》(古代部分,合作)首先提出《金瓶梅》作者为李开先的可能性比较大。首先将《花营锦阵》中收录了署名"笑笑生"《鱼游春水词》信息提供给金学界。20世纪80年代山东聊城《水浒》《金瓶梅》学会成立,特聘吴先生和人民文学出版社的杜维沫先生为学术顾问。吴先生曾对《金瓶梅》语言研究提出过指导性的意见,对《金瓶梅》方言研究影响很大,详见本书第六章。

王利器

王利器(1912.1.28—1998.7.25),字藏用,号晓传,四川省江津县(现属重庆市)人。先后毕业于四川大学中文系与北京大学文科研究所。曾任四川大学、北京大学、西北大学、四川师范大学讲师、副教授、教授,中国社会科学院特约研究员等。治学受乾嘉学派影响,以实事求是、理论兼赅为主,不求速成。长于校勘之学,著有《王利器自传》等30余种,另外发表古典文学论文百余篇。

自1987年秋至1992年夏,笔者在北京师范大学和中国社会科学院做访问学者、攻读博士学位期间,曾多次到先生家中拜访。先生不仅在学术上不吝赐教,而且赋余手书前往拜谒中央民族大学图书馆馆长,使我得以阅读该馆善本室所藏若干善本书籍,得益匪浅。我在20世纪80年代中期就拥有了日本大安本复印件,亦由王先生所提供,对我的《金瓶梅》研究提供了极大的方便。

所著《〈金瓶梅词话〉成书新证》①书中叙述"袁无涯公安之行"说:

> 袁小修《游居柿录》于万历四十二年(1614)甲寅七月一十三日以后写道:
> 袁无涯来,以新刻《卓吾批点水浒传》见遗,予病中草草视之。记万历壬辰(1592)夏中,李龙湖方居武昌朱邸,予往访之,正命僧常志钞写此书,逐字批点。……今日偶见此书,诸处与昔无大异,稍有增加耳。……往晤董太史思白,共说诸小说之佳者。思白曰:"近有一小说名《金瓶梅》,极佳。"予私识之。后从中郎真州,见此书之半。……但《水浒》崇之则诲盗,此书诲淫,有名教之思者,何必务为新奇以惊愚而蠢俗乎!
> 嗣于当年九月初六以后写道:袁无涯作别,见予诗文入梓。
> 袁无涯千里迢迢,由苏州西上公安,他是抱着两个目的而去的:一是将新刻的《水浒》赠给袁小修、杨定见、僧无念诸与协助将《李评水浒传》付梓有关的人;二是他知道袁小修手中有《金瓶梅》,特来请以入梓,这是他的主要目的。
> 刘延伯既然以元人杂剧二百多种借与臧懋循付梓,助人为乐,则以《金瓶梅》借与袁无涯刊行,固意料中事耳。袁无涯在把《金瓶梅》弄到手之后,于是又请无念作题跋,《金瓶梅》词话之"廿公跋"是也。寻《正字通》:"廿音念。"顾炎武《金石文字记》:"有曰'元祐辛未阳月念五日题',以'廿'为'念',始见于此。"打从六朝以来,僧侣亦得称公,赵翼《陔余丛考》卷三十六《公》:"方外亦有称公者,如远公、支公之类是也。"其在《忠义水浒传》第六回,即载五台山文殊智真长老与东京大相国寺智清禅师书札,即称智清为"清公"。若《金瓶梅》跋之"廿公书",则袁无涯为之代署耳,积古尚无缁流自称为公者。当是时也,袁无涯既得刘氏藏书,又得无念题跋,一举两得,毫发无遗憾,可谓不虚此行矣。

徐朔方

一、徐朔方小传

徐朔方(1923.12.10—2007.2.17),原名步奎,浙江东阳人。1947年毕业于浙江大学师范

---

① 载杜维沫、刘辉编:《金瓶梅研究集》,齐鲁书社,1988年版。

学院英文系,曾在温州中学、温州师范学校任教。1954年调入浙江师范学院(1958年改组为杭州大学,1998年合并入浙江大学),先后任讲师、副教授、教授,饮誉海内外学术界。曾担任中国多个学术机构成员、顾问和学术研究会会长,多次荣获国家级、教育部、浙江省优秀学术成果奖。1984年以来应邀到美国、日本、中国台湾等国家和地区大学和学术研究机构讲学。

在近60年间,徐朔方先生潜心从事中国古代文学,特别是古代小说和戏曲、明代文学的教学与研究,发表了大量论著:校注有《牡丹亭》《长生殿》《沈璟集》《汤显祖全集》;著有《戏曲杂记》《元曲选家臧晋叔》《汤显祖评传》《史汉论稿》《论〈金瓶梅〉的成书及其他》《晚明曲家年谱》《小说考信编》《徐朔方说戏曲》《明代文学史》;编选了《〈金瓶梅〉论集》《〈金瓶梅〉西方论文集》《20世纪学术文存·南戏与传奇研究》;创作有散文集《美欧游踪》、诗集《似水流年》。

徐朔方先生学识渊博,学贯中西,具有鲜明的个性。作为学者,他治学以文献研究和考辨为基础,敢于突破成说,富于创新精神,在文献整理和理论总结上均卓有建树;作为教师,他师德高尚,教风严谨,言传身教,精益求精,造就了大批人才,获得学生的广泛爱戴。

二、徐朔方《金瓶梅》研究论著、编著、论文目录

(一)论著

1. 论《金瓶梅》的成书及其他,齐鲁书社,1988年。

2. 小说考信编,上海古籍出版社,1997年。

3. 明代文学史,第四章第二节,浙江大学出版社,2006年6月第1版,2009年3月修订版。

(二)编著

1.《金瓶梅》论集,人民文学出版社,1986年。

2.《金瓶梅》西方论文集,上海古籍出版社,1987年。

(三)论文

1.《金瓶梅》的写定者是李开先,杭州大学学报,1980年第1期。

2.《金瓶梅》成书补正,《杭州大学学报》,1981年第1期。

3. 论《金瓶梅》,浙江学刊,1981年第1期。

4. 汤显祖和《金瓶梅》,《群众论丛》,1981年第6期。

5.《金瓶梅》和《红楼梦》,《红楼梦研究集刊》,1981年第7辑。

6.《金瓶梅》成书新探,《中华文史论丛》,1984年第3辑。

7.《金瓶梅》作者屠隆考质疑,《杭州大学学报》,1984年第3期。

8.《金瓶梅》作者屠隆考质疑之二,《杭州大学学报》,1985年第2期。

9. 评《金瓶梅》的问世与演变,《吉林大学学报》,1985年第5期。

10. 再论《水浒》和《金瓶梅》不是个人创作——兼及《平妖传》《西游记》《封神演义》成书的一个侧面,徐州师范学院学报,1986年第1期。

11.《汤显祖著作〈金瓶梅〉考》的简介和质疑,温州师专学报(社会科学版),1986年第1期。

12. 论《醒世姻缘传》以及它和《金瓶梅》的关系,社会科学战线,1986年第2期。

13.《金瓶梅》西方论文集前言,杭州大学学报,1986年第3期。

14.《金瓶梅成书与版本研究·序》,刘辉:金瓶梅成书与版本研究,辽宁人民出版社,1986年。

15.《金瓶梅》的成书以及对它的评价,《金瓶梅》论集,人民文学出版社,1986年。

16.《别头巾文》不能证明《金瓶梅》作者是屠隆,社会科学战线,1987年第1期。

17. 答台湾魏子云先生——兼评他的《金瓶梅》作者屠隆说,吉林大学学报,1987年第1期。

18. 关于《金瓶梅》卷首"词曰"四首,古籍整理与研究,1987年第2期。

19. 南戏《拜月亭》和《金瓶梅》,徐州师范学院学报,1987年第3期。

20. 论张竹坡《金瓶梅》批评——《金瓶梅会评本》前言,文艺理论研究,1987年第6期。

21. 评《〈金瓶梅〉成书的上限》,明清小说研究,1990年第3、4期合刊。

22.《金瓶梅》的地理背景,文学遗产,1991年第2期。

23. 笑笑先生非兰陵笑笑生补正,国际《金瓶梅》研究集刊,第1辑,成都出版社,1991年。

24.《金瓶梅》考证要实事求是,吉林大学学报,1992年第5期。

25.《金瓶梅》词话的第一个英文全译本,文汇报,1993年12月18日。

26. 论《〈金瓶梅〉的性描写》,徐朔方《金瓶梅》研究精选集,浙江学刊,1994年第3期。

27.《金瓶梅》·《荀子》·《荒凉山庄》——《金瓶梅》词话英译本"绪论"述评,《吉林大学社会科学学报》,1994年第4期。

28.《金瓶梅》的写定者是李开先或他的崇信者,《金瓶梅说》,江西教育出版社,1999年。

29. 20世纪金瓶梅研究史稿·序,徐州教育学院学报,2002年第3期。

30. 再论《金瓶梅》,明清小说研究,2002年第3、4期。

叶按:徐朔方先生仙逝10年之后,台湾学生书局出版由吴敢等先生主编的"金学丛书"第二辑,其中《徐朔方〈金瓶梅〉研究精选集》由其高足孙秋克先生编辑,其《编后记》云:

> 按理应当在这里对徐朔方先生的《金瓶梅》研究成果作一番评论,但以其成果的厚重及其在世代累积型集体创作说中所占的地位,以我之才疏学浅,这实在是太难了。
> ……
> 本集所据版本,主要是徐朔方先生最后的自选集《小说考信编》。徐先生曾在其1988年结集的《论〈金瓶梅〉的成书及其他·前言》中声明,今后对其《金瓶梅》研究成果的引用,请以此书为准。此后1993年徐先生自编的《徐朔方集·稗论编》、1997年徐先生自选的《小说考信编》,均收入了《论〈金瓶梅〉的成书及其他》中的大部分研究论

文,只作了少量的增补和修订,但徐先生最先发表的姊妹篇《〈金瓶梅〉的写定者是李开先》和《〈金瓶梅〉成书补正》,均未收入这三个自选集。这一删除,表明了徐先生对《金瓶梅》是世代累积型集体创作、其写定者是李开先或他的崇信者之学术观点的坚持。我想设若徐先生在世,由他来亲自编选本集,亦同样不会再把它们收进来。然而收入这个姊妹篇,或许可以让人们更为清楚地理解徐先生学术思想的转变?我曾有这样的考虑。但徐先生对改写这个姊妹篇用以代替旧作,曾不止一次作过说明。1984年说:《〈金瓶梅〉成书补正》"本文将以刊于《杭州大学学报》的两篇旧作为基础,加以完善、补充和适当的修订"。《论〈金瓶梅〉的成书及其他·前言》(1988)说:"感谢葛思德图书馆,使我得以将两篇旧作重新增补,改写为《〈金瓶梅〉成书新探》。因为是重写,所以前两篇旧作不再收入本集。除了对数据和论述多所补充外,我对结论作了相应的修改。"所以我想不会因为删除这两篇文章,而让读者对徐先生的观点产生误会。徐先生的三个自选集都没有收入的还有《〈《金瓶梅》作者屠隆考〉质疑之二》,他对此也作过说明:"黄霖同志是同行中的后起之秀。对他我本来还有一篇质疑,因为新写了一篇短文《〈别头巾文〉不能证明〈金瓶梅〉作者是屠隆》,我认为自己的论点已经表达无遗,因此把它减免了。"从尊重逝者的意愿起见,本集最终还是放弃了这三篇文章。《再论〈金瓶梅〉》和《20世纪〈金瓶梅〉研究史长编·序》,均发表于徐先生的三个自选集出版之后,借此机会也收入了本集。除去上述三篇和重复者,徐朔方先生的《金瓶梅》论文全都集结于此而没有遗漏了。……

 徐先生的《金瓶梅》研究论文可谓数量不多,总数仅二十来万字,但这些文章无一不体现了他独立不倚、敢破成说的学术精神,故无论在《金瓶梅》研究史还是在古代小说研究史上,都有不可忽视的地位和影响。关于徐朔方先生治学方法的特点,我在发表的几篇心得体会中都曾谈到过,这里再略加补充。从本集的文章中我们还可以看到:其一,这些文章考证所占的分量不小,但绝不为考证而考证。徐先生常说:我的考证只是为我的观点作证,用来增强观点的说服力;考证的文章容易作,对就是对,错就是错。对前一句我深有体会并受益匪浅,考证问题确乎同时又是理论问题,如果不能从中得出有助于解决问题的结论,那考证就没有多大意义。后一句则出于徐先生的自谦,考证的文章不仅不容易作,更难在不为考证而考证。徐先生的考证,很好地发挥了这一治学方法应有的作用,他的文章考证和评论可谓相辅相成,相得益彰。其二,文学理论批评是件利器。我们知道徐先生的学术研究以中西文化知识为背景,以小说戏曲综合研究为主要途径,但他也非常重视并擅长运用文学理论批评这件利器。徐先生曾说自己在这上面下过不少工夫,他认为没有这个本领就搞不好文学批评和研究。在本集所选的文章中,亦不难看到徐先生学术研究的这个特点,而且他中西方文论和古今文论并用,使其文学鉴赏批评的理论力度显得特别强。我想,对于有志于"金学"的后辈学人,徐朔方先生的知识积淀和治学方法,仅就上述两点而言,也是富于启示意义的。

笔者从学习研治《金瓶梅》开始,就曾反复认真地阅读徐先生的每一篇关于《金瓶梅》研究的文章,学习徐先生所编辑的《西方学者〈金瓶梅〉研究论文集》,的确受益匪浅,而且在我的博士论文中引用相关的内容,比如我在我的博士论文《论金瓶梅》中的《从〈续金瓶梅〉看〈金瓶梅〉的版本与作者》中,关于《新刻金瓶梅词话》卷首的四首[行香子]词的考证,就采用过先生的考证成果。

关于徐先生在《金瓶梅》研究方面的成就和影响,其高足孙秋克先生作了高度的概括:"其成果的厚重及其在世代累积型集体创作说中所占的地位",对此作出一番评价,"以我之才疏学浅,这实在是太难了"。

公正地说,徐朔方的《金瓶梅》研究,不仅在金学界,而且在整个学术界影响最大的就是关于《金瓶梅》成书方式的"世代累积型集体创作说"。这个问题牵扯到中国文学艺术发展史,事关重大,不能不认真予以对待。所谓《金瓶梅》的创作方式是"世代累积型集体创作说",意思是说,《金瓶梅》的成书方式与《三国演义》《水浒传》《西游记》一样,其人物故事情节等先有一个在民间广泛传说,在民间说唱或表演的过程,最后再由作家加工整理而成书的过程。与此密切相关的是现在存世的《新刻金瓶梅词话》的文体特点的判定文体,即它究竟是民间说唱的话本,还是文人创作的小说?

对此学术界一直有不同的见解。

与徐朔方先生的"坚持"不同,同样主张《金瓶梅》成书之前,其主要的故事在民间有一个长期说唱过程,并且认定《新刻金瓶梅词话》是艺人本的另一位《金瓶梅》研究大家魏子云先生在其晚年则改变了自己以往的见解,认为《新刻金瓶梅词话》是文人的拟话本。

魏子云

魏子云,男,1918年5月5日出生,2005年12月27日逝世,安徽宿县人。少入私塾,读四书五经,兼习桐城义理,奠定深厚的国学基础。稍长,入鲁甸小学及中学。私立武昌中华大学文理学院中文系肄业,因抗战军兴,投笔从戎。1949年携眷到台湾。先在军事部门任职,退役后转任教职。历任中兴中学与育达商职国文教师、台北师专副教授、台北艺术专科学校戏剧科兼任教授。曾主编《青溪月刊》《文学思潮》等杂志。研究《金瓶梅》之外,旁及晚明历史文物、典故书画,并写散文、小说、剧本、评论,实乃学者型作家、作家型教授。关于《金瓶梅》研究,三十年间,其发表论文七八十篇,出版专著16部,另有编著1部、长篇小说2部、抽印本1部,累计百万余言。以其资历、成果,称为金学天下第一人,当属名副其实。(吴敢《〈金瓶梅〉研究史》)

魏子云《〈金瓶梅〉原貌探索·后记》:"说来,我的研究环境,最为寂寞。在台湾只有我一位从事《金瓶梅》的研究者。"言下颇多感慨。20世纪七八十年代,确实如此。但魏子云的《金瓶梅》研究并不孤独,大陆行将燃起金学的火把,海外尤其是日美也颇多同好。魏子云1987年7月27日《小说金瓶梅·自序》:"近数年间,大陆在《金瓶梅》研究方面,业已风起云涌,掀起了继《水浒传》与《红楼梦》之后的另一高潮。论文的刊出,有如雨后春笋。论者亦率多在成书年代及作者是谁的范围中着眼。"仅过去三年,便已大为改观。

魏子云还是一位金学的播种者,他写信、寄书、造访、寻觅,在他的带动和影响下,一批金学新人陆续出现,并很快形成一支数量与水平都颇为可观的金学队伍。魏公不孤,金学薪火相传。(参见吴敢《〈金瓶梅〉研究史》)

翁同文1984年11月17日《〈金瓶梅〉原貌探索》序称:

魏子云先生致力研究《金瓶梅》一书,至今已十年有余,著作之富,发明之多,皆远逾前修,海内外专家并已知悉。其初期研究,固上承吴晗、郑振铎诸人对该书作者与版本问题之绪论,但广搜明人有关记载,结合该书本文辩证,多纠历来递相沿袭之误以及近人新误。其重要结论尤在下列二项:一是作者当为曾经久居北方之江南人,以纠吴等所谓山东人云云之误,一是有万历四十五年序之《金瓶梅》词话以前,绝无更早刻本,以纠明末沈德符以来所谓万历三十八年稍后吴中即有刻版云云之误。从第二项结论,遂知该书藉抄本流传长达二十余年,然后有万历末年加题"词话"两字之初刻本,至崇祯年间,复有内容多异且复称《金瓶梅》之重刻本,亦即清代以来各本之祖本,于是该书早期之演变,遂限于此三阶段之内。

自此以后,魏先生即以其本人所建立之上述两项结论为基准,不断有所推进。就版本方面而言,推进契机厥在下列二问之提出与解答。按该书既为万历中叶出现之淫秽小说,就当时社会之放佚风气,则成书之初当早有人刻印射利,何以竟历二十余年传抄始见刻本?又该书早期二版内容相异实多,舍琐细异文不论,情节之异亦有显著易见然却令人难解之处。即以第一回为例,初刻"词话"本之情节,始于项羽宠虞姬终死沙场以及刘邦宠戚姬欲废嫡立庶使戚姬后日死于吕后之手两事,皆世所熟知之帝王掌故,与后文地方土劣西门庆家人故事全无关涉而难以连贯,原已难于索解;到再版之崇祯本,则第一回已将刘项帝王故事尽删不留痕迹,改为自始即写《西门庆热结十兄弟》。于是与后文情节遂可贯通,然则前后两版相异如此,究竟各由何故?凡此问题,虽似浅显易于发现,但自来并未有人注意追究,直至1980年魏先生发表《〈金瓶梅〉头上的王冠》与《〈金瓶梅〉编年说》二文以后,始使人豁然开朗而有前后一贯之解释。盖万历朝之宫廷政治,实以当时神宗皇帝朱翊钧宠爱郑贵妃屡欲废长立幼,引起朝廷谏诤,迭生政潮,因有隐名之书讽刺。又与所谓"妖书"之狱等事为其主流。今传"词话"本《金瓶梅》第一回既有蹊跷欠明之刘项帝王故事,魏先生遂结合推断,肯定前此传抄之原稿本,必是针对当时皇帝欲图废立多所讽喻之政治性小说,适不久旋有"妖书"之狱相继发生,未免有所顾忌,遂致长期无人敢于刻印。后至万历末年,始有人将原稿本后文显多违碍之处删去改写,但对第一回令人生疑之刘项故事却仍保留,又添万历五十四年丁巳东吴弄珠客等人之序,然后刻印。是为民国二十一年始行发见之"词话"本。又按神宗皇帝至万历四十八年七月病卒,幸未被废之太子继位为光宗,仅经一月又卒,改由皇子继位为熹宗,相继改元为泰昌与天启，实前所罕有现象；魏先生依据"词话"本中有关之日子，推算该本第七十第七十一两回所写之冬至日各当某月某日，足以证明与泰昌元年以及天启元年两冬至日各相符合，于是结合其他证据，论证该本对从万历经泰昌到天启之改元也有影射，从而推知该本虽有万历丁巳序文，但改写完毕然后刻印之时，实已晚到天启初年；由于天启三年为总结前此发生之梃击、红丸、移宫等案，又颁修所谓《三朝要典》，则刻印甫成之该"词话"本，可能又因其有顾忌而未敢发行。于是复另有人将"词话"本内容再度改写，除尽删第一回之刘项故事不留痕迹外，为恐对改元之隐微影射仍有敏感之人可能发觉，又将可据以推算泰昌、天启两冬至日之有关日子亦行改写，然后刻印，遂成内容毫无政治违碍，纯属描绘市井人情之崇祯本。至于达到各该结论之详细过程，亦已见于1981年出版之《〈金瓶梅〉的问世与演变》一书，该书拙撰序文，并曾有较详介绍。

该书早期两版即有传本，则前后相承违异之改写痕迹，自可由逐回对照钩稽而得，魏先生亦曾以"词话"本为本从事抽绎，而有《金瓶梅札记》一书矣。至于久历传抄之原稿本，既早无存，则原来面貌自然难以探索。但魏先生从已知之改写痕迹中，又觅得若干线索据以推测，遂能探微索隐，重建若干关目，且集论文十题以成此《原貌探索》一书，实乃循流溯源，于百尺竿头再进一步之快事。

叶按：
上述翁同文先生《〈金瓶梅〉原貌探索》序中所总结的魏子云先生研究《金瓶梅》之成就，可谓深得魏子云先生终生研究之要旨。

魏子云先生关于《金瓶梅》版本研究成果：

(一)万历四十五年序之《金瓶梅》词话为初刻本

翁同文先生《〈金瓶梅〉原貌探索》序中所总结的魏子云先生研究《金瓶梅》重要结论之二项之二"万历四十五年序之《金瓶梅》词话以前，绝无更早刻本"，纠正了鲁迅先生"庚戌"说是对沈德符《万历野获编》所说的"未几而吴中悬之国门"的误读，这是魏子云先生对《金瓶梅》版本学研究的重大贡献。至于其所谓的成果之一"作者当为曾经久居北方之江南人，以纠吴等所谓山东人云云之误"是否成立，是颇值得商讨的重大问题。

(二)崇祯本首图本

魏子云《关于崇祯本的问题》，见台湾学生书局印行《小说金瓶梅》。上文引述这四篇文章时，均不另注出处。有断缺，其状与《大安》第九十号所印天理本图版极似。然其批语与北大本相较，则互有出入。

后来魏子云先生将首图本第一页书影与内阁本相勘后，认为内阁本"印刷清晰"，首图本"极其漫漶"，"光凭这一点，亦足以判定(首图本)是后印"，这是正确的。但魏先生在这里尚稍有疏忽，认为两书是"同一版式的刻本"，首图本只是"后印"而已。

既然首图本是内阁本的翻刻本而不是崇祯本系统中的最初刻本，那么封面题有"原本"字样的内阁本《新刻绣像批评原本金瓶梅》，是否真的是"原本"呢？按照长泽、鸟居的说法，四字行眉批的天理本出自内阁本,那内阁本就有"原本"的可能。对此,魏子云表示异议。他"从卷帙与回目起刻看""从评语刻字来看""从字体来看"三个方面推想了天理本先而内阁本在后。魏先生否认天理本出自内阁本的意见值得重视。

(三)第五十三至五十七回

魏子云先生关于《金瓶梅》第五十三回至五十七回的研究,集中在其长篇论文《〈金瓶梅〉这五回》中。魏子云先生对词话本和崇祯本《金瓶梅》第五十三回至五十七回的文字进行了非常认真细致的比对,他的结论是:

> 经过比对校勘,已证明沈德符说的"五十三回至五十七回"是"陋儒补以入刻"的话,可印证在20卷本(指崇祯本。)身上,安不到10卷本(指"词话本"。)头上去,例如第五十三、四两回,是彻头彻尾重写过的。第五十五、六两回,也有改写不衔的痕迹。

但他也承认:"若是情形,(沈德符)自在暗示20卷本以前还有一部10卷刻本。"

魏子云《〈金瓶梅〉这五回》:

> 按十卷本这一回回目是"吴月娘承欢求子息,李瓶儿酬愿保儿童",一下笔便接上一回(五十二回)的情节,写吴月娘等人在花园游玩,官哥被大黑猫吓着了,抱回房去,哭个不停。吴月娘回房睡了一觉醒来,已经更次,还惦记着官哥的受惊。不但遣小玉去问,跟着又自己去看望。还怜惜着说:"我又不得养,我家的人种,便是这点点儿。……"用来烘托吴月娘的母爱心肠,来引发"求子息"的第一个层次。跟着再写吴月娘由李瓶儿房里回来,路上听到照壁后潘集连向孟玉楼挖苦她没有志气,自己没得养,竟去李瓶儿房那里"呵卵脬"(巴结之意)。气得吴月娘回房就睡,连午饭也不吃了。于是,关上房门,偷偷儿取出薛姑子泡制的妊子药来观赏,并暗自祝祷上苍,能在明天壬子日服了,便得种子,不使她作无祀的鬼。这种写法一如楔子的述剖吴月娘求子息的迫切心情。给这一上半回目的"求子息",再完成了第二个情节层次。在这里却又插入了承接上一回的情节发展,写西门庆到刘太监庄上,应黄、安二主事邀宴。为吴月娘的"承欢求子息"垫上一个承转的时空。……
>
> 二十卷本的第五十三回,上半回目是"潘金莲惊散幽欢",下半回目才是"吴月娘拜求子息"。光是从回目看,两者之间便已有了出入。
>
> 按二十卷本的这一回一下笔就写西门庆赴宴黄、安二主事之席。写了十九行(五百二十余字)弱,便转入陈经济与潘金莲勾搭的情节。……便写西门庆回家来了。先到月娘房中,月娘让他明日来,推说"今日我身子不好"。西门庆遂到潘金莲房中。下面便写到吴月娘服用妊子药的情节(只写了约七行篇幅,不到二百字)。下写应伯爵来。黄、安二主事来拜。……下面便写到王姑子到来,商定于"来日黄道吉日"起经,为李瓶儿酬愿。就这样,这一回就结束了。全面的情节安排穿插,可以说是乱麻一团,既看不出上

下回目的情节分野,也看不出他的回目所写"潘金莲惊散幽欢,吴月娘拜求子息"的突出笔墨在何处?细究起来,可真的是"陋儒补以入刻"者也。

我们也无法从这一整回的情节中,寻出它的主干故事来,只是一些东拉西扯的拼凑。不像十卷本的这一回,把上下回目的分野,极为清楚的泾渭分明。而且,穿插进来的事故,不惟真实得令人读来如身在其中,一切恰似所见所闻,尤其趣味盎然。二十卷本的这些杂凑,如何能比呢?它之所以比十卷本少了五千多字,原因在此。若是看来,沈德符《万历野获编》的这句"有陋儒补以入刻"的话,应是指的二十卷本,不是十卷本。……

叶按:

魏子云先生这里所说的"二十卷本"是指崇祯本,"十卷本"指的是《新刻金瓶梅词话》。周钧韬《魏子云〈金瓶梅〉研究的成就与失误》(《周钧韬〈金瓶梅〉研究精选集》)评价颇为公允,可资参考。

《金瓶梅余穗》(里仁书局,2007年版)书后附录有《魏子云教授〈金瓶梅〉著述一览表》,兹稍为整理,迻录于此:

《〈金瓶梅〉探原》(巨流图书公司,1979年4月),《〈金瓶梅词话〉注释》(增你智书局,1980—1981年;学生书局,1981年12月;中州古籍出版社,1987年7月),《〈金瓶梅〉编年纪事》(1981年7月附刊于《〈金瓶梅词话〉注释》,复抽印单行,巨流图书公司经销),《〈金瓶梅〉的问世与演变》(时报文化出版事业公司,1981年8月),《一月皇帝的悲剧》(抽印本1981年12月;后附录于《〈金瓶梅〉的问世与演变》书后),《〈金瓶梅〉审探》(台湾商务印书馆,1982年6月),《〈金瓶梅〉札记》(巨流图书公司,1983年12月),《〈金瓶梅〉原貌探索》(学生书局,1985年3月),《潘金莲:〈金瓶梅〉的娘儿们》(皇冠出版社,1985年10月;作家出版社,1989年4月),《小说〈金瓶梅〉》(学生书局,1988年2月),《〈金瓶梅〉的幽隐探照》(学生书局,1988年10月),《〈金瓶梅〉研究资料汇编(上编)——序跋、论评、插图》(天一出版社,1987年1月),《〈金瓶梅〉研究资料汇编(下编)——〈金瓶梅〉第五十二至五十八回之比勘与解说》(天一出版社,1989年5月),《金瓶梅散论》(台湾商务印书馆,1990年7月),《吴月娘:〈金瓶梅〉的娘儿们》(皇冠出版社,1991年10月;花城出版社,1992年10月),《明代〈金瓶梅〉史料诠释》(贯雅文化事业公司,1992年6月),《〈金瓶梅〉研究二十年》(台湾商务印书馆,1993年10月),《〈金瓶梅〉的作者是谁:中国文学史公案试解》(台湾商务印书馆,1998年6月),《深耕〈金瓶梅〉逾卅年》(文史哲出版社,2003年12月),《〈金瓶梅〉余穗(里仁书局,2007年1月)。(参见吴敢《金瓶梅研究史》)

梅节

梅节,原名梅挺秀,男,1928年生,广东省台山县人。1950年考入燕京大学新闻系,1952

年并入北京大学中文系,1954年毕业入光明日报社工作。1977年移居香港,现为香港梦梅馆总编辑,业余从事《红楼梦》与《金瓶梅》研究。

使梅节名列金学大家的正是其《梦梅馆校定本金瓶梅词话》。梅节总结其"定本"特点说:"一、梦梅馆本是汇校本,力求反映新文本建设的集体成果。'校读记'七千四百多条,真正属于自己的还不到百分之一,其他一半如《水浒传》、崇祯本的异文,属于公共财产,不好据为己有;一半如施、增、戴、白、卜诸家成果,属于有名有姓学者的智慧财,不便据为己有。所谓'梅节校订',在下只是个挑脚汉,把前人成果汇集起来,按时间先后排列,一一写上属谁的标记。……二、梦梅馆本不专据崇祯本改《词话》,尽量保持十卷本《词话》的特色。……三、梦梅馆本扩大校订范围,补校了一些过去忽略的内容文字。……四、梦梅馆本不拘一方之言,注意从方言及俗书方面来校正《词话》的错误。今本《词话》的讹误衍夺,主要是两个方面,一是传写的错误,即形近之讹,一是记言的错误,即音近之讹。音讹牵扯到方言问题;形讹牵扯到在民间简体字和俗书问题。"

关于《金瓶梅》版本研究

(一)关于《金瓶梅》的成书

梅节说:"大概在万历二十年前后,说书艺人的词话本开始传入文人圈子,起初是个不足本。文士惊异其成就,纷纷传抄并搜求全本。在这个过程中,有人着手将这部以下层社会为对象的带唱的平话,改编为符合上层文人口味的看的小说。这可称为《金瓶梅》的'文人本','为卷二十'(谢肇淛《金瓶梅序》)。当时仍在说书艺人中流传的老本——词话本,可称为《金瓶梅》的'艺人本'。完整的艺人本有欣欣子序,分十卷。由于艺人本在下层流传,文士一般不易接触到,因此也就看不到欣欣子序。文人本经过整理可读性高,容易获得,又经文士品题——有东吴弄珠客序,于是书林人士拿来开雕发行。根据现有材料,包延叟在万历四十七八年看到梓行的《金瓶梅》正是'简端'有弄珠客序的文人本,而不是简端为欣欣子序的词话本。弄珠客序撰于万历丁巳(四十五年)季冬,与文人本的梓行时间相契合。文人本《金瓶梅》出版后一纸风行,在不长时间内刊行多个版本。书林人士见有利可图,才刊行他们收集到的艺人本《金瓶梅》词话,他们录入弄珠客序、廿公跋及四贪诗,是强调与文人本之'同'。但是因为他们所找到的这个艺人本讹误太甚,又没有花时间去校正,可读性差,出版后始终未引起社会的注意。现在词话本没有弄珠客序而各种说散本均无欣欣子序,是《金瓶梅》艺人本与文人本分别流传、文人本刊行在先的重要证据。有些研究者因为《金瓶梅》说散本是根据词话本改编的,便认为词话本一定刊行在先,这是完全脱离商业利益的推论,如果站在书商的立场,则刚好相反。"

(二)"艺人本"("词话本")是说唱本

梅节先生把崇祯本叫作"说散本",又称作"文人本",与此同时又将词话本(**叶按**:包括初刊本《金瓶梅》词话和《新刻金瓶梅词话》)称为"艺人本"。

这实际上是把词话本《金瓶梅》当作民间文学,当作说唱文学,当作艺人的说唱底本,是"说"与"听"的民间艺术或"曲艺"。这是对《金瓶梅》词话文体的误判。其实,《金瓶梅》词话是既不能唱,也不能说的"小说",是案头之作,是看的文学。

梅节说:"我们探讨《金瓶梅》词话的叙述结构,应有助于确定此书究竟是听的评话还是看的小说,从而大致上也可解决作者问题。……总之,词话的整个叙述结构,是因'听'的特点而设计、安排的,它本身就是说唱文学的范本。词话的作者应是极端熟悉下层生活和各种通俗文学的书会才人一类中下层知识分子。他们能熟练地运用这样多的特殊叙述手法来写作编书,这也是那些正统文人无所措手的。……事实上,说《金瓶梅》词话是说书人的底本,并不是什么创见,欣欣子序已明言是下层大众消费性通俗文学。"

(三)"说散本"根据艺人说唱本改编而成,是《金瓶梅》初刻本

在辗转抄录过程中,有人将说—听的艺人场子演出本,改编为供案头阅读的说部,就是"为卷二十"的说散本。沈德符和薛冈看到的《金瓶梅》的最早刻本是"简端"有弄珠客序的文人本即廿卷本,时间在万历四十七八年。

梅节说:"在校点中我发现词话本与说散本虽然同源,但并无直接传承关系,相反的词话本却据说散本校改过(见拙作《〈金瓶梅词话〉本与说散本关系校考》),因此,认为《金瓶梅》的流传,最先刊行的是经文人改编过的说散本,而不是作为艺人说书底本的词话本。只是在说散本大行之后,书林人士见有利可图,才匆匆梓行词话本。为了招徕读者,附录入原说散本之弄珠客序、廿公跋外,'另撰欣欣子序作为公关手段'(见拙作《全校本〈金瓶梅词话〉前言》)。但后来我改变了看法:欣欣子序并不是后来书商杜撰加上去的,是词话本在早期流传就有的。证据是欣欣子序存在与正文同一的误字和倒行。"

(四)《新刻金瓶梅词话》比崇祯本后出,且根据内阁文库本崇祯本校勘过

梅节说:"书林有人不久又找到另一本有欣欣子序的《金瓶梅传》,因讹误严重,并有破失,拟据文人改编本《金瓶梅》(**叶按:**梅节先生所谓的第一代崇祯本,即以日本内阁文库本为代表的崇祯本,学术界普遍认为它是第二代崇祯本。)校补刊行。后来发现工程太大,只好中辍。只把文人本《金瓶梅》的第五十三至五十七回拿来补缺,录入该本弄珠客序、廿公跋以作招徕。为有别于先出的说散本《金瓶梅》,更名为《新刻金瓶梅词话》。"

叶按:《新刻金瓶梅词话》又被学术界称为"万历本""词话本"。为了区别于所谓的"文人本",梅节先生又特别称它为"艺人本"。请注意:在梅节先生这里,"艺人本"等于"词话本",又等于"十卷本";"文人本"等于"说散本",又等于崇祯本,再等于"二十卷本"。其实,说穿了,《金瓶梅》刻本只有"词话本"与崇祯本两大类,梅节先生却用这么多"术语"来称呼,徒滋混淆,不仅使一般读者有梦中看花之感,他自己也在这众多的术语中,认定崇祯本刻本早于"词话本"刻本,把自己给搞糊涂了。这里的关键在于《金瓶梅》的初刻本就叫《金瓶梅》词话,这其实就是韩南先生假定的本子。崇祯本、《新刻金瓶梅词话》都来源于它。梅节先生本来已经接触到了这个问题,已经到了桃源渡口,可惜他没有再前行一步,良可叹也!

梅节先生认为《新刻金瓶梅词话》与崇祯本的关系是:《新刻金瓶梅词话》与崇祯本都来源于"艺人本"("说唱本"),并根据"文人本"(崇祯本)"做过部分校改"。《新刻金瓶梅词话》与崇祯本"它们是兄弟关系或叔侄关系,并不是父子关系"。

这是梅节先生关于《金瓶梅》版本研究最精彩的卓见。

缜密的校勘和多年的校读使梅节成为版本鉴定专家,譬如对于中土本,梅节说:"中土本的特点是有朱笔的校改和评语(属不同笔迹),全书朱墨灿然,虽有个别墨改,仍可分辨清楚底本原字和后人改字。1933年马廉等醵资以'古佚小说刊行会'名义影印出版,因为资金不足,不能朱墨两色套印,只用单色,且略加缩小。结果原书朱改变为墨改,面目顿非,产生反效果。……1978年台湾联经出版事业公司以朱墨两色套印万历丁巳本《金瓶梅》词话,还原原尺寸大小,所缺第五十二回两页用日本大安本补上。但联经并非直接据中土本照像分色制版,而是用傅斯年所藏古佚小说刊行会印本放大成原本尺寸复印两份,一作原文,一据故宫原本描抄朱墨评改,'整理后影印'。所以出现正文虚浮湮漶,朱文移位、变形、错改的现象,实为美中不足。1957年北京文学古籍刊行社复印古佚小说本,因为已看不到原书,负责整理的编辑又情不自禁地想改正一些'显著的错误',造成失真。1980年再印,续有加工,去真愈远。1982年香港中华书局以'太平书局'名义印行、行销海内外并被大量盗印的《全本金瓶梅词话》,即此本。据笔者统计,此本移改(挖去原字,补入另字,看不到原字及改动的痕迹)近四十处。有些原文不误却被误改,贻害甚大。"

关于大安本,梅节说:"1963年,日本大安株式会社以栖息堂本为主,采用慈眼堂496个单面页出版'配本'。两本仍凑不全,九十四回采用中土本两个单面页。所以日本大安本是个百衲本。实际上,现今存世三个词话本,没有一个是完本。……不可思议的是,大安株式会社用中土两本都'配'不齐,只好采用中土本一个双面页。却又不敢公开承认,偷偷将之列在《日光采用表》中,在编辑例言中却大言'今以两部补配完整'。这种小眉小眼的做法,实在有失学者的风度。但是笔者还是佩服日本出版界的认真和负责精神。大安本没有改字,却有描润,只要仔细看看欣欣子序和弄珠客序即知。虽然文字清晰度远不如中土本,但是保持了原刻素洁的面目,而且最后附了一个'修正表',列出印刷上不鲜明、不清楚的字385个,注明卷、回、页、行及正字,方便读者。所以笔者校订《新刻金瓶梅词话》,还是以大安本作底本。"

梅节的金学成果,见于《梦梅馆校定本金瓶梅词话》《〈金瓶梅词话〉校读记》外,还有《瓶梅闲笔砚——梅节金学文存》(北京图书出版社,2008年2月)。

小野忍

(1906—1980),日本学者、中国文学研究家,东京人。1929年东京帝国大学支那文学科毕业。1934年入富山房出版社,参加编纂《国民百科大事典》。1937年加入中国文学研究会。1940年入市满铁道株式会社,赴中国。在华期间曾以满铁调查部嘱托、日本民族研究所嘱托、东亚考古学会会员、教育研究所所员身份,从事调查研究活动。日本战败后回国。1945年后历任国学院大学讲师,文部省事务官、东京大学讲师、副教授及教授、和光大学教授等职。1957年编写《中国文学史的问题点》"革命文学"部分。1958年以《中国现代文学的研究》获文学博士学位。1959年至1961年任《中国古典文学全集》总主编。1965年编写《中国的八大小说》第二卷《近世长篇小说的世界》，撰写《〈金瓶梅〉的文学》等。1970年至1972年任《增订中国古典文学全集》总主编。1970年至1974年参加修订《世界大百科事典》中国文学部分。1971年至1974年编写《大现代世界百科事典》中国文学部分。1975年任"近代文学中的中国与日本的综合研究"项目负责人。1977年后开设"中国文学特别讲座"。曾任东方学会理事、日本中国学会评议员、中国研究所理事及研究员、文部省大学基本要求研究协议会委员兼学术奖励金审议委员、日本中国学会专门委员、日本国语审议会委员。著有《中国的近代教育》《现代的中国文学》《中国文学杂考》《中国的现代文学》《中华六十名家言行录》等。译有《金瓶梅》《腐蚀》《子夜》《郭沫若自传》《我的前半生——满洲国皇帝的自传》《小二黑结婚》《李家庄的变迁》《西游记》等。

鸟居久靖

鸟居久靖（1911—1976），日本私立天理大学名誉教授，日本中国学会会员，《金瓶梅》研究家、中国语言研究家。

鸟居久靖1911年7月1日出生于日本爱知县。幼年家贫，在故乡县立冈崎师范学校（后扩建为爱知教育大学）毕业后即于1932年起开始教学生涯。从此努力学习汉语，同时进行中国白话小说的研究。1935年，被选派到当时在日本军国主义侵占下的我国东北，一边深造，一边教学；前后七年间在我国东北华北各地从事汉语各方面研究。1942年返回日本，在奈良县天理大学的前身天理外国语学校任教。

他曾在北京、沈阳、长春等地居住过。著有《〈金瓶梅〉版本考》《〈金瓶梅〉版本考订补》《关于〈绣像金瓶梅〉》《〈金瓶梅〉版本考再补》《〈金瓶梅词话〉版本考补说》《〈金瓶梅词话〉编年稿备忘录》《〈金瓶梅〉成书年代考》等论文。（**叶按：**以上著作黄霖、王国安编译《日本研究〈金瓶梅〉论文集》均收录，齐鲁书社，1989年10月版）

还有《〈金瓶梅〉的语言》（胡文彬编《金瓶梅的世界》，北方文艺出版社211页）及《〈金瓶梅〉中的歇后语》等论文发表。

荒木猛

荒木猛，男，日本京都佛教大学教授。曾多次参加在中国举行的国际《金瓶梅》学术讨论会，并且提交论文或论文提要。

《关于崇祯本〈金瓶梅〉各回的篇头诗词》是荒木猛的一篇力作，关于崇祯本的修改者，该文说："崇祯本各回篇头引用的词中，能见到万历年间的文人王稚登、冯琦的作品，因此，本人认为修改者是万历文人圈中的一员，或是离万历稍后的能见到万历文人作词的人。"

关于万历本和崇祯本，该文说："以上是万历本和崇祯本的主要的不同。综上所述，崇祯本是以万历本为底本,加以修改而成的修订本。"

关于崇祯本与万历本篇头诗词的不同,该文说:"万历本的篇头诗词,内容涉及道家的人生哲学、训诫的很多,而崇祯本则吟咏人的心情,特别是女性闺中情的很多,修订者就是这样来改写的。……崇祯本首先排除了教诲诗,其次尽可能改成与章回内容相吻合的诗词。至于诗和词的比例,万历本诗(包括格言)98首,词2首;崇祯本诗52首,词48首。很清楚,崇祯本词的数量增加了很多,而且词的内容差不多都是诵吟闺房中的情趣。这样的差别恐怕是作者和修订者的爱好不同所改。到现在,作者和修订者还不清楚,有可能认为作者和修订者是同一个人。可是考虑这些篇头诗词的话,爱好道家的万历本作者和喜好闺中情趣内容的词的崇祯本修订者完全是不同的人,这种想法是比较妥当的。"该文对崇祯本修订者是冯梦龙的可能性,以及崇祯本篇头词来源是《合刻类编笺释草堂诗余》与翁少麓刊《草堂诗余》的讨论,也颇有意义。

其《关于〈新刻绣像批评金瓶梅〉(内阁文库藏本)的出版书肆》一文认为:"鲁重民是一个至少刊印过《十三经类语》《舆图摘要》《官制备考》三种书的明末杭州书贾。从李日华的著作于此出版来加以考察,那么也可判明他与李日华(1565—1635)有着某种关系。而且,此人恐怕正是内阁本《金瓶梅》的刊行者,而起刊行的年代当在明代气运将尽的崇祯十三年之后不远。"这一结论虽可与郑振铎、戴不凡等相呼应,但其立论根基是内阁本装订所褙纸"理当为出版书肆在装订时,将自己作坊内正在发行的印刷物中那些因印得粗劣而不用的废纸作为封皮的",实觉脆弱,皮之不存,毛将焉附。

关于荒木猛,铃木阳一说:"除了日下翠女士之外,荒木猛先生也可称是一个研究《金瓶梅》的专家。他从80年代初起,几乎年年发表《金瓶梅》的论文,特别是关于《金瓶梅》成书年代的一些考证、内阁本刊印年代的断定,以及对于《金瓶梅》回前诗和引用素材等方面的研究,都很有价值。"①

"荒木猛继承我的见解,在上述的论文中指出Y跟Z(他把我说的ABC改名为XYZ)不同人物的可能性。他还批评孙逊、陈诏的'《金瓶梅》作者非大名士说',认为他们没有明确将X和Y作区别,并断定X是才华出众的文人。后来,他拓展思路,在《有关〈金瓶梅〉成书的考察——特别在81回以后》(《中国言语文化研究》1.2001)一文中进一步分析探讨,认为Y是后半20回的续作者。"②

黄霖说:"在(20世纪)80年代以后,在日本有两位学者专攻《金瓶梅》,一位是日下翠女士,一位是荒木猛先生。……荒木猛先生是一个名副其实的研究《金瓶梅》的专家。他从80年代初起,几乎年年发表《金瓶梅》的论文,数量很多,质量也佳,如《关于〈新刻绣像批评金瓶梅〉(内阁文库藏本)的出版书肆》(《东方》1983.1)、《〈金瓶梅〉中的讽刺——从西门庆的官职来看》《〈金瓶梅〉素材的研究——特别是关于俗曲、〈宝剑记〉、〈宣和遗事〉》(《函馆大

---

① [日]铃木阳一:《中国与日本:〈金瓶梅〉研究三人谈》,《文艺研究》2006年第6期。
② [日]铃木阳一:《中国与日本:〈金瓶梅〉研究三人谈》,《文艺研究》2006年第6期。

学论究》1986年第16辑)、《〈金瓶梅〉十七回影射的史实》(《汉学研究》1986年第6卷第1期)、《"话本"与〈金瓶梅〉》(《长崎大学教养部人文科学篇》第30卷第2号)、《〈金瓶梅〉补服考》(同上第31卷第1号)、《关于崇祯本〈金瓶梅〉各回的篇头诗词》、《谈崇祯本〈金瓶梅〉各回引首诗词》(1989年6月首届国际《金瓶梅》学术讨论会交流论文,发表于《长崎大学教养部纪要》33—1,1992年、《金瓶梅研究》第四辑),等等。特别是在关于内阁本刊印年代的断定、引用素材和回前诗,以及《金瓶梅》成书年代的一些考证方面,都很有价值。"①

荒木猛另有《论〈金瓶梅〉展现的明代用语》(《长崎大学教养部纪要》32—1,1991年)、《〈金瓶梅〉描绘的官吏世界及其时代》(《活水日文》22,1991年)、《〈金瓶梅〉写作时代的推定》(《长崎大学教养部纪要》35—1,1994年)、《〈金瓶梅〉的思维方式》(《长崎大学教养部创立30周年纪念论文集》,1995年)、《北京大学图书馆藏马氏不登大雅文库旧抄戏曲的一得之见》(《文学部论集》,第89号,2005年)等论文发表。(见吴敢《金瓶梅研究史》)

叶按:

荒木猛先生的《关于〈新刻绣像批评金瓶梅〉(内阁文库藏本)的出版书肆》,在《金瓶梅》版本研究史上具有特殊的意义,笔者正是在荒木猛先生该文的基础上,对杭州书商鲁重民其人进行研究,从而得出了《金瓶梅》廿公跋系鲁重民所作的结论。这一结论,在《金瓶梅》版本研究史上具有界碑意义。笔者与荒木猛先生曾经多次见面。2010年在河北清河国际《金瓶梅》学术讨论会期间,荒木猛先生曾邀请我到日本访学,一起合作一些项目,后来因为种种原因,未能成行,良可惜也!

大冢秀高

大冢秀高,1949年生。1979年日本东京大学博士学位修了。现任日本琦玉大学教养学部教授、副学部长。首任和现任日本的中国古典小说研究会会长。主要著作有《增补中国通俗小说书目》《中国小说史的视点》《古本小说丛刊》《中国古代小说总目》《中国古代小说研究》等。

关于《金瓶梅》的版本与作者研究,大冢秀高说:

我的看法是:一、探讨《金瓶梅》成书史的时候,除了随笔等小记录以外,原文本身也能成为可靠的、重要的研究资料。不但词话本,崇祯本也应该使用。如果需要的话,竹坡本也应该参考。二、词话本并不是《金瓶梅》的完全版。不管跟原作者的意图是否一样,《金瓶梅》是不断演变发展的。三、探讨《金瓶梅》成书史(或成长史)的时候,首先要假想原作者A,编辑词话本而出版的人B,以及编辑崇祯本而出版的人C,这三个人。然后平心静气地考虑这三个人是否同一个人。四、我第三点中所说的A并不是集体多人

---

① 黄霖:《〈金瓶梅〉研究小史》,载《黄霖〈金瓶梅〉研究精选集》,台湾学生书局"金学丛书"第二辑,2015年6月版。

创作的。

我站在这种立场来进行探讨,终于得到了以下的结论:"嘉靖到万历的时候,A写了《金瓶梅》这部作品,但还未完成。B得到这部未完作品的抄本后,借用《封神演义》的构想,又利用《三国演义》的人物,最后完成了这部小说,而在万历年间出版了词话本。C为了把词话本更接近《封神演义》的构想,再次进行加工修改,完成了崇祯本。我估计A跟B是不同的人物,A可能是屠隆,他也许为了描写当时官商的典型而执笔。B和C很可能是同一个人物,目前最有可能性的就是冯梦龙了。"①

韩南

韩南(Patrick Hanan),男,1927年1月4日出生于新西兰,2014年4月27日逝世于美国。1948年毕业于新西兰大学,获得学士学位。次年在该校获得英国文学硕士学位,便到英国准备在伦敦大学研究英国中古历史传奇小说,并以此作为博士论文。可是,就在修完博士课程,将要动笔写论文的时候,他做出了一个重大决定:重新上大学,从头学习中国古代文学。于是,从1950年到1953年,他在伦敦大学通过刻苦学习,又拿到一个学士学位,并在毕业后,考进伦敦大学的亚非学院。他的博士论文本来选择的题目是《史记》,想从文学的角度对这部历史巨著进行研究。但他的指导老师(Simon)认为研究《史记》的人太多了,建议他研究《金瓶梅》;当时学院的荣誉教授,著名翻译家韦利(Arther Waley)也认为《金瓶梅》很值得研究。正好他自己对这部小说也很感兴趣,就这样选定了博士论文的题目。

1957年,也就是攻读博士学位的第三年,韩南有机会到北京进修一年。(见吴敢《金瓶梅研究史》)

韩南1960年在伦敦大学亚非学院获得中国古代文学博士学位。

《金瓶梅》研究是韩南最早涉足的一个汉学研究领域,当年他选择《金瓶梅》做博士论文,最后形成了三篇系列论文,先后正式发表。其中最引起学术界注意的,是他于1962年在《亚洲杂志》发表的《〈金瓶梅〉的版本及其他》一文。这篇文章探讨了《金瓶梅》的主要版本、各本异同及其相互关系,并通过考察文字的意脉,对该书的原作和补作的关系作了细致的勾勒。这篇文章考察的范围之广,体现的功力之深,涉及的文献之多,在当时深为学术界瞩目,现在看来,仍然有其不可忽视的价值。次年,又发表《〈金瓶梅〉探源》,对《金瓶梅》所引用之小说、话本、戏曲、史书等做了系统的溯源,是一部有关《金瓶梅》渊源研究的集大成之作。韩南上述二文,资料丰赡,论证审慎,向为研究界所重。

另外,韩南对《红楼梦》、中国白话小说、李渔、晚清言情小说、现代文学均有所研究,并都有成果,是美国最有成就的研究中国古典小说的专家之一。

中国出版的韩南学术论著有:《中国近代小说的兴起》,徐侠译,上海世纪出版社集团/上

---

① 见《中国与日本:〈金瓶梅〉研究三人谈》,《文艺研究》2006年第6期。

海教育出版社,2004年5月;《韩南中国小说论集》,王秋桂等译,北京大学出版社,2008年3月;《创造李渔》,杨光辉译,上海世纪出版社集团/上海教育出版社,2010年12月。

关于《〈金瓶梅〉的版本及其他》,该文一如作者韩南所说:"主要探讨两个问题:第一是《金瓶梅》的赝伪问题,究竟今世所见《金瓶梅》有多少是原作品;第二是《金瓶梅》一书的版本演化的过程,就《金瓶梅》之成书及早期各不同之手抄本与出处提出新的见解。"

他把词话本、崇祯本、第一奇书本分别叫作甲版本、乙版本、丙版本,文分《金瓶梅》之主要版本及其相互间的关系、万历本与崇祯本(词话本与明代小说本)之比较、"补以入刻"的第五十三至五十七回、改头换面——第一回、散失诸回的内容、手抄本、《金瓶梅》一书失传的几个版本等七个部分,尽管如栖息堂本《金瓶梅》词话在韩南发表该文那年方被确认所以该文不可能论及,但该文于抄本、词话本、绣像本仍做有详尽的考察。海外研究《金瓶梅》版本者众,但迄今无过日本鸟居久靖和美国韩南者。

譬如词话本与崇祯本之关系,韩南说:"假定的版本(含补入的第五十三至五十七回)——甲系之最早版本(第五十三至五十七回重写过)——乙系之最早版本(第一回改头换面了,其他各回则删节并改正错误)。我必须重复地声明,这只是斟酌事实而列的最最简单而可能的版本关系;确切的关系,虽也不出这个范围,一定远比此复杂。"

"第一,甲系(指词话本)因此我们有充分的理由下结论,(甲系——词话本)第五十三回与五十四回的作者并不是写甲系五十五回至五十七回的同一个作者。两种当然都不是原作,都是后来增补的;又是由两个不同的编梓者所增补,而且增补入刻时间也不同。其中,甲之第五十三回及五十四回,明显的是较晚才补刻的,在若干实例中已看出其优于另外的那三回。"

"由这些结论,可知甲乙系(**叶按**:指词话本和崇祯本)最初的版本间(**叶按**:指五十三回至五十七回)并无直接演化的关系。"

"因此要说明甲乙版本之间的关系只能先认定流传下来的版本之外,有另一种甚至一种以上的版本存在的事实。"

韩南先生版本研究的失误之处:海外研究《金瓶梅》版本者众,但迄今无过日本鸟居久靖与美国韩南者。当然,该文也小有失误。如说"最早在苏州刻行的版本,是万历三十八年或万历三十九年",就与鲁迅一样,失察于马仲良榷吴关的时间。又如说"张竹坡本应在1684年(康熙二十三年)之前不久版行",系误解傅惜华所藏陈思相《〈金瓶梅〉后跋》所致。至于说张竹坡"为金圣叹之门生",也是望文生义。①

《〈金瓶梅〉探源》则分为长篇小说《水浒传》、白话短篇小说、文言色情短篇小说《如意君传》、宋史、戏曲、清曲、说唱文学等七个部分,对《金瓶梅》所引用的小说、话本、清曲、戏曲、史书和说唱文学,取得集其大成的成果。

徐朔方先生在《〈金瓶梅〉西方论文集·前言》中评价韩南的代表作《〈金瓶梅〉探源》说:"韩南教授的《〈金瓶梅〉探源》以冯沅君《〈金瓶梅〉词话里的文学史料》和别的学者的研

---

① 参见吴敢:《金瓶梅研究史》,中州古籍出版社,2016年6月版。

究为基础,取得集大成的优异成果。它所搜罗的材料极为详备,只有集海内外著名图书馆的收藏才能做到。作者甄别资料的审慎客观的态度足以和最好的学者比美。……《探源》是一篇功力深厚的考证,但它并不以此为限。……作者把《水浒传》和其他话本小说作为原有的旧式小说,而《金瓶梅》是以心理描写见长的新型小说。……我佩服韩南教授博洽明辨的考证,正因为如此,才乐于利用偶然的机遇翻译他的大作,并不揣冒昧提出以上商榷。《金瓶梅》的作者是谁,它是个人创作抑或是时代累积型的作品,看来不会很快取得一致。可以肯定的是,《〈金瓶梅〉探源》所做的实事求是的调查研究必将有助于问题的最后解决。"

胡文彬

胡文彬,笔名鲁子牛、行余。辽宁大石桥人。农工党成员。毕业于吉林大学。历任人民出版社、《新华文摘》编辑,中国艺术研究院红研所副所长、研究员、院学位委员会委员,中国红学会常务理事、副会长,吉林大学兼职教授,中国农工党中央文化委员会副主任,电视剧剧本《红楼梦》(36集)副总监制。

胡文彬先生20世纪80年代曾编辑《〈金瓶梅〉书录》《〈金瓶梅〉的世界》,当时《金瓶梅》研究资料较少,胡文彬先生的这两部书对金学界影响很大。

刘辉

一、刘辉小传

男,汉族。1938年生,2004年1月16日逝世。江苏省丰县人。笔名刘小营。1961年毕业于北京大学中文系。历任北京大学中文系助教、《中国大百科全书·戏曲卷》责任编辑、中国古代小说百科全书编委会副主任、中国大百科全书出版社副编审、中国古代戏曲学会理事、江苏师范大学文学院客座教授。原中国《金瓶梅》学会会长、《金瓶梅研究》主编。金学著述之外,另有《小说戏曲论集》《洪升集笺校》《孔尚任佚文编年笺释》等。

二、刘辉《金瓶梅》研究专著、编著、辑校、论文目录

(一)专著

1.《金瓶梅》成书与版本研究,辽宁人民出版社,1986年。

2.《金瓶梅》论集,台北:贯雅文化事业有限公司,1992年。

3. 刘辉《金瓶梅》研究精选集,台北:学生书局,2015年。

(二)编著

1.《金瓶梅》论集,徐朔方、刘辉编,人民文学出版社,1986年。

2.《金瓶梅》研究集,杜维沫、刘辉编,齐鲁书社,1988年。

3.《金瓶梅》词典(副主编),吉林文史出版社,1988年。

4.《金瓶梅》之谜,刘辉、杨扬主编,书目文献出版社,1989年。

5. 金瓶梅学刊,刘辉主编,试刊号,1989年6月内部印行。

6. 金瓶梅研究,刘辉主编,1—4辑,江苏古籍出版社,1990年9月—1993年7月;5辑,辽沈书社,1994年4月;6、7辑,知识出版社,1999年6月、2002年9月。

(三)辑校

会评会校《金瓶梅》,刘辉、吴敢辑校,香港:天地图书出版公司1994年第1版,1998年第2版,2010年第3版。

(四)论文

1. 张竹坡及其《金瓶梅》评本,顾国瑞、刘辉,中国古典小说戏曲论集,上海古籍出版社,1985年6月。

2.《金瓶梅》张竹坡本"谢颐序"的作者及其影响,艺谭,1985年第2期。

3. 北图馆藏《山林经济籍》与《金瓶梅》,文献,1985年第2期;蔡国梁《金瓶梅评注》收录时更名为:屠本畯的《金瓶梅》跋语。

4. 略谈文龙批评《金瓶梅》,光明日报,1985年5月21日。

5. 现存《金瓶梅》词话是《金瓶梅》的最早刊本吗—与马泰来先生商榷,光明日报,1985年11月5日。

6. 从词话本到说散本——《金瓶梅》成书过程及作者问题研究之一,中国古典文学论丛,1985年第3辑。

7. 北图藏《金瓶梅》文龙批本回评辑录(上),文献,1985年第4期。

8. 谈文龙对《金瓶梅》的批评,文献,1985年第4期。

9. 北图藏《金瓶梅》文龙批本回评辑录(中),文献,1986年第1期。

10.《万历野获编》与《金瓶梅》,徐州师范学院学报,1986年第1期。

11. 北图藏《金瓶梅》文龙批本回评辑录(下),文献,1986年第2期。

12.《金瓶梅》主要版本所见录,复旦学报,1986年第2期。

13.《金瓶梅》中戏曲演出琐记,剧艺百家,1986年第2期。

14.《金瓶梅》版本考,金瓶梅论集,人民文学出版社,1986年11月。

15.《金瓶梅》与蒲松龄,复旦学报,1987年第1期。

16.《如意君传》的刊刻年代及其与《金瓶梅》之关系,徐州师范学院学报,1987年第3期。

17. 论《新刻绣像批评金瓶梅》,文学遗产,1987年第3期。

18.《金瓶梅》与山东风俗,文史知识,1987年第10期。

19.《如意君传》与《金瓶梅》,《金瓶梅》研究集,齐鲁书社,1988年1月。

20. 非淫书辨——《金瓶梅》的历史命运与现实评价摭谈,刘辉、及巨涛,文学评论丛刊,第31辑,文化艺术出版社,1989年3月;金瓶梅学刊,创刊号,1989年6月,署名刘辉,题目改为《〈金瓶梅〉的历史命运与现实评价——之一:非淫书辨》。

21.《金瓶梅》研究十年,中国社会科学,1990年第1期;金瓶梅研究,第一辑,江苏古籍出版社,1990 年 9 月,题目改为《回顾与瞻望——〈金瓶梅〉研究十年》。

22. 也谈《金瓶梅》的成书与"隐喻"——与魏子云先生商榷,《金瓶梅》艺术世界,吉林大学出版社,1991 年 7 月。

23. 再谈张竹坡的家世、生平及其评《金瓶梅》的年代,文学遗产增刊,第 17 辑,中华书局 1991 年 9 月。

24.《金瓶梅》与《玉闺红》,金瓶梅研究,第四辑,江苏古籍出版社,1993 年 7 月。

25. 文章千古事,得失寸心知,金瓶梅研究,第五辑,辽沈书社,1994 年 4 月。

26.《金瓶梅》是假托宋朝实写明事,金瓶梅说,江西教育出版社,1999 年 1 月。

27. 嬉笑怒骂,亦俚亦雅——读《金瓶梅》第四十八回札记,金瓶梅研究,第六辑,知识出版社,1999 年 6 月。

28.《会评会校金瓶梅》再版后记,金瓶梅研究,第七辑,知识出版社,2002 年 9 月。

29. 明清时期的《金瓶梅》研究与批评,古典文学知识,2002 年第 5 期。

30. "为学日益为道日损"——读吴敢新著《20 世纪金瓶梅研究史长编》有感,徐州师范大学学报,2004 年第 4 期。

叶按：

我与刘辉先生的初次见面是 1986 年春,交往首先是 1987 年秋,我在北京师范大学做访问学者,他在大百科全书编辑部工作,见面比较方便,后来则在聊城见面的机会比较多。刘辉先生性格豪放开朗,不拘言谈,待人诚恳,让人感到很好接触,乐于与其交往。后来我在中国社会科学院攻读博士学位,亦常见面,刘辉先生曾给予多方面的帮助。我手头不离的《〈金瓶梅〉成书与版本研究》,就是刘辉先生赠我的,而且不仅题签,还钤了印。

刘辉先生的仙逝是《金瓶梅》学界的重大损失,也使我失去了一位可敬师友兄长。如今再来翻阅先生的赠书,良可叹也！

王汝梅

一、王汝梅小传

男,山东兖州人,吉林大学文学院教授。兼任中国金瓶梅研究会顾问、中国古代文学理论学会常务理事。曾任中国金瓶梅学会副会长、《华夏文化论坛》副主编、吉林大学学术委员会委员。获国务院颁发政府特殊津贴证书。荣获国家级、省部级社科优秀成果奖七项,获吉林大学颁发的"老有所为"奉献奖。编撰出版学术著作《金瓶梅探索》《解读金瓶梅》《中国小说理论史》《中国文学批评史》等二十多种,发表学术论文百余篇。

经国家新闻出版主管部门批准,校点本张竹坡批评《金瓶梅》、会校本《新刻绣像批评金瓶梅》(合作)、校注本张评《金瓶梅》,分别由山东齐鲁书社、香港三联书店、吉林大学出版社,出版。1989 年,主持录制四集学术电教片《金瓶梅:天下第一奇书》,向社会推介金瓶梅学术成果,做了一次尝试。

二、王汝梅《金瓶梅》研究论著、编著、校注、论文目录

（一）论著、编著、校注

1. 金瓶梅资料汇编（与侯忠义合作），北京大学出版社，1985年。
2. 张竹坡批评第一奇书金瓶梅（校点本），齐鲁书社，1987年初版，2014年重印。
3. 新刻绣像批评金瓶梅（会校本、合作完成），齐鲁书社，1989年初版，香港三联书店，1990年重印。
4. 皋鹤堂批评第一奇书金瓶梅（校注本），吉林大学出版社，1994年。
5. 金瓶梅词典（任副主编），吉林文史出版社，1988年。
6. 金瓶梅探索，吉林大学出版社，1990年。
7. 金瓶梅艺术世界（任执行编委），吉林大学出版社，1991年。
8. 金瓶梅女性世界（任主编），北方妇女儿童出版社，1994年。
9. 金瓶梅与艳情小说研究，时代文艺出版社，2003年。
10. 金圣叹、毛宗岗、张竹坡，春风文艺出版社，1999年。
11. 王汝梅解读《金瓶梅》，时代文艺出版社，2007年。
12. 金瓶梅：天下第一奇书（四集文化专题电教片），吉林教育音像出版社，1989年录制。
13. 中国小说理论史（与张羽合著），浙江古籍出版社，2001年。
14. 中国文学批评史（与张羽合著），北京师范大学出版社，2011年。

（二）论文

1. 评张竹坡的《金瓶梅》评论，文艺理论研究，1981年第2期；又，论金瓶梅，文化艺术出版社，1984年。
2. 《金瓶梅》的重要版本，吉林大学社会科学学报，1985年第2期。
3. 《瓶外卮言》——《金瓶梅》研究的第一部论文集，吉林大学社会科学学报，1985年第3期。
4. 《金瓶梅》删节本，吉林大学社会科学学报，1985年第4期。
5. 脂砚斋之前的《金瓶梅》批评，吉林大学社会科学学报，1985年第5期；又，中国古代、近代文学研究，1985年第20期。
6. 满文《金瓶梅》，吉林大学社会科学学报，1985年第5期。
7. 再谈张竹坡的小说评点，中国古代小说理论研究，华中工学院出版社，1985年。
8. 张竹坡在小说理论上的贡献，明清小说论丛，第3辑，春风文艺出版社，1985年。
9. 谈满文本《金瓶梅序》，金瓶梅研究论集，人民文学出版社，1986年。
10. 论张竹坡批评《金瓶梅》康熙本，吉林大学社会科学学报，1987年第1期。
11. 《金瓶梅词典》词条选登，王汝梅等，吉林大学社会科学学报，1987年第1期。
12. 《金瓶梅》作者问题的探索，吉林大学社会科学学报，1987年第3期。
13. 《张竹坡批评第一奇书金瓶梅》校点后记，吉林大学社会科学学报，1988年第1期。
14. 《金瓶梅》概说，知识与人才，1988年第2期。

15. 张竹坡评传,中国古代文论家评传,中州古籍出版社,1988年。

16.《张竹坡批评第一奇书金瓶梅》校点本跋——兼答魏子云先生,中国古典小说研究动态,第3号,日本:汲古书院,1989年。

17.《新刻绣像批评金瓶梅》初探(一),吉林大学社会科学学报,1989年第2期。

18.《金瓶梅》疑难词语试释,徐州师院学报,1989年第1期。

19. 走上探索之路——王汝梅自述,我与金瓶梅——海峡两岸学人自述,成都出版社,1991年。

20.《玉娇丽》之谜,约撰于1987年,未刊稿。后收入:金瓶梅探索,吉林大学出版社,1990年。

21. 突破与超越:《金瓶梅》研究的现实走向,与春忠合作,吉林大学社会科学学报,1992年第5期。

22. "李渔评改《金瓶梅》"考辨,吉林大学社会科学学报,1993年第1期。

23. 多伦多大学东亚图书馆藏《金瓶梅》版本考,吉林大学社会科学学报,1994年第4期。

24. 张竹坡与《金瓶梅》评点考论,吉林大学社会科学学报,1995年第1期。

25. 多伦多访"金"散记,光明日报,1997年4月5日。

26. 明代艳情传奇小说名篇的历史价值,吉林大学社会科学学报,1998年第6期。

27. 丁耀亢的《续金瓶梅》创作及其小说观念,丁耀亢研究——海峡两岸丁耀亢学术研讨会文集,中州古籍出版社,1998年。

28. 从《三续金瓶梅》看《金瓶梅》续书,金瓶梅说,江西教育出版社,1999年。

29.《金瓶梅》张评本:新的发现、新的探索,金瓶梅文化研究,中国文联出版社,1999年。

30. 漫谈《红楼梦》对《金瓶梅》的继承与发展,世纪之交论红楼梦,吉林人民出版社,2000年。

31.《金瓶梅》三种版本系统,古典文学知识,2002年第5期。

32. 谢肇淛评《金瓶梅》等四大奇书,金瓶梅文化研究,第四辑,中国戏剧出版社,2003年。

33. 潘金莲激打孙雪娥(鉴赏),古代小说鉴赏辞典(下),上海辞书出版社,2004年。

34. 诸城与《金瓶梅》《续金瓶梅》,《金瓶梅》作者问题研讨会论文,2005年8月,在诸城。

35. 缅铃的文化蕴涵——《金瓶梅》校读札记,金瓶梅研究,第八辑,中国文史出版社,2005年。

36.《幽怪诗谭小引》解读——纪念《金瓶梅》问世信息传递410周年,华夏文化论坛,第1辑,吉林大学出版社,2006年。

37.《金瓶梅》绣像评改本:华夏小说美学史上的里程碑,吉林大学社会科学学报,2007年第6期。

38. 繁盛的商业名城:《金瓶梅》艺术世界中的临清,第六届(临清)国际《金瓶梅》学术研讨会论文,2008 年。

39. 发现《金瓶梅》之美,中国文化报,2008 年 7 月 30 日。

40. 吉林大学中国文化研究所的《金瓶梅》研究,社会科学战线,2008 年第 8 期。

41. 梦幻世界中的同性恋与易性美容术——评明清艳情小说《宜春香质》月集与《无稽谰语·林丑丑》,华夏文化论坛,第 3 辑,2008 年。

42.《金瓶梅》《红楼梦》与明清进步文化思潮,文化之隅——城市热读讲座精编,吉林人民出版社,2009 年。

43. 试解《金瓶梅》崇祯本评改者之谜,重读经典(下),香港中文大学中文系主编,香港牛津大学出版社,2009 年。

44.《新刻绣像批评金瓶梅》会校本修订后记,香港三联书店有限公司,2009 年。

45. 走向世界——白鹭《绘画全本金瓶梅》序言,香港:民众出版社有限公司,2009 年。

46.《新刻绣像批评金瓶梅》(崇祯本)第二十七回校注,金瓶梅与清河,吉林大学出版社,2010 年。

47.《金瓶梅》评点本的整理与出版,读书,2010 年第 10 期。

48.《金瓶梅》评点第四家赞——纪念《金瓶梅》词话发现八十周年,明清小说研究,2011 年第 2 期。

49.《金瓶梅》:晚明世情的斑斓画卷,光明日报·光明讲坛,2011 年 5 月 9 日。

50.《金瓶梅》是《红楼梦》之祖,文摘报,2011 年 5 月 17 日。

51. 吴敢著《金瓶梅研究史》序言,《明清小说研究》百期纪念暨 2011 年明清小说研讨会论文,2011 年。

52. 和素和满文译本《金瓶梅》,国文天地,第 28 卷第 6 期(2012 年 11 月 1 日)。

53.《金瓶梅》《红楼梦》合璧阅读,光明日报·光明讲坛,2013 年 1 月 7 日。

54. 满文本《金瓶梅》叙录,台湾《金瓶梅》国际学术研讨会论文集,台北:里仁书局,2013 年。

55. 翻书房与《金瓶梅》满文译本,清史镜鉴——部级领导干部清史读本,国家图书馆出版社,2013 年。

56. 天津图书馆藏《金瓶梅》探微,河南教育学院学报,2013 年第 6 期。

57. 缅铃的功能及其在古代性文化中的真面目,中国性学会成立十周年首届中国性科学高层论坛论文汇编,2004 年。

58. 扩《如意》而矫《娇红》:《绣榻野史》对艳情描写的拓展,刘琦、王汝梅著,明代艳情小说解读,时代文艺出版社,2014 年。

59.《昭阳趣史》:赵飞燕姐妹的性爱故事,刘琦、王汝梅著,明代艳情小说解读,时代文艺出版社,2014 年。

60. 崇尚科学构建和谐——性爱文化的历史回顾,吉林社科讲坛,第 3 辑,吉林人民出版社,2009年。

附:论著评论篇目

1. 吴晓铃:《金瓶梅探索》序,吉林大学出版社,1990年9月。
2. 朱一玄:《金瓶梅探索》序,吉林大学出版社,1990年9月。
3. 竺青:《金瓶梅探索》提要,载《中国文学年鉴1991—1992》,社会科学文献出版社,1993年2月版。
4. 黄霖:《王汝梅解读金瓶梅》序,见《王汝梅解读金瓶梅》,时代文艺出版社,2007年。
5. 郑庆山:《金瓶梅》的一项基础研究工程——崇祯本、张评本的整理校注,见《金瓶梅与艳情小说研究》,时代文艺出版社,2003年。
6. 王立:探索《金瓶梅》的艺术奥秘,光明日报,2007年2月27日。
7. 程冠军:王汝梅破解《金瓶梅》密码,共和国思想者,中国文史出版社,2009年。
8. 朱一玄:对《金瓶梅》研究的新贡献——评《张竹坡批评第一奇书金瓶梅》校点本,吉林大学社会科学学报,1988年第1期。
9. 杨春忠:读王汝梅《金瓶梅探索》,社会科学辑刊,1992年第1期。
10. 宋真荣:王汝梅著《王汝梅解读金瓶梅》,韩国:中国小说研究会报,第69号(2007年9月)。

王汝梅先生在其《王汝梅〈金瓶梅〉研究精选集》的《后记》中,叙述了他35年来关于《金瓶梅》研究的大致经历与作为,有不少内容一般人很少知道,特摘录如下:

> 走上《金瓶梅》探索之路,至今已三十五个年头。风风雨雨,曲曲折折,酸甜苦辣,虽说是学术研究,却有复杂性、特殊性,甚至有政治敏感性。好像是学术领域的一个"特区"。
>
> 起点在十一届三中全会之后的1980年。1980年春,入华东师大中国文学批评史师训班(郭绍虞先生指导,徐中玉先生任班主任)。在徐中玉先生支持指导下,在华东师大图书馆借阅张竹坡评点本《金瓶梅》(乾隆丁卯刻奇书第四种本),经过研究,撰写了《评张竹坡的〈金瓶梅〉评论》(提交在武汉东湖宾馆召开的中国古代文论学会第二届年会,会后载《文艺理论研究》1981年第2期)。初步考证了张竹坡生平,肯定地评价张竹坡在小说理论上的贡献,引起了同行学友的关注。被誉为"中国大陆第一篇张竹坡研究专题论文"。
>
> 1984年,吴敢同志在徐州铜山县发现《张氏族谱》,内有张道渊撰《仲兄竹坡传》,具体记叙了张竹坡评点《金瓶梅》的情况。吴敢撰写了关于张竹坡家世生平系列论文(后结集为《金瓶梅评点家张竹坡年谱》《张竹坡与金瓶梅研究》)对张竹坡与《金瓶梅》研究取得重大突破,有力地推动了《金瓶梅》学术的发展。我们共倡在徐州召开研讨会,1985年6月首届全国《金瓶梅》学术研讨会在市委市政府支持下,在徐州召开,这是《金瓶梅》学术史上的第一次,是历史首创。领导同志在看望与会学者时曾说:"召开这个研讨

会是担了政治风险的。"

1985年12月，经过一年搜集整理，《金瓶梅资料汇编》（与侯忠义合编），由北京大学出版社出版。汇编辑录张竹坡评点《金瓶梅》的总评、读法、回评及生平资料，成为汇编的主体。崇祯本评语据北大藏本辑录，广泛搜集了明清《金瓶梅》研究资料。《满文译本〈金瓶梅〉序》《张竹坡致张潮信》等都是首次排印。该资料集最先出版发行。

1987年1月，《张竹坡批评第一奇书金瓶梅》校点本，经国家新闻出版局（86）456号文批准，由山东齐鲁书社出版。张评本在大陆排印出版，在历史上是第一次。在各地图书馆领导大力支持下，查阅了国内藏张评本的各种版本，经过研究分析，基本上厘清了张评本各版本之间的复杂关系。校点以吉林大学图书馆藏本为底本，参校了其他"第一奇书"本十几种。当时，图书馆古籍部把《金瓶梅》作为禁书管理。为了复印馆藏本，学校党委主管宣传工作的副书记主持召开会议，提出纪律要求：复印要有馆长监管（不准多复印），复印件用完后归还图书馆。

张评本《金瓶梅》校点，涉及很多方面的学术问题与实际工作，不是一两位学者所能独立完成的，其成果得到集体汗水的浇灌，得到国内各大图书馆的支持。多伦多大学东亚系米列娜教授从多伦多惠寄多伦多大学藏张评本书影，帮助了对版本的考察。

1988年11月，《金瓶梅词典》由吉林文史出版社出版，笔者与刘辉、吴敢、张远芬等二十三位学者集体撰稿。收录《金瓶梅》词话读者不易弄懂原意的词语4588条。王利器先生审定，撰写前言。继姚灵犀编著《瓶外卮言》（1940年8月），魏子云《金瓶梅词话注释》（1980年12月）之后，注释词语最多的一部词典。

学术电教片《金瓶梅：天下第一奇书》，总制片王汝梅，导演杨晨光、何长林。艺术顾问陈家林。1989年录制，吉林教育音像出版社出版发行。录像片介绍了《金瓶梅》的思想与艺术成就，及其研究的历史与现状。由吉林大学中国文化研究所与聊城师院中文系等联合录制。解说词由王汝梅、叶桂桐、王志强、郑颂编撰。共分四集：（1）情欲世界；（2）冷热四百年；（3）作者之谜；（4）十年新探。集文献性、学术性、艺术性为一体，深入浅出，令人耳目一新。摄制组在山东临清等八市县，沿运河故道拍摄了明代文化遗迹，用以说明《金瓶梅》故事景观与文化背景，通过屏幕向观众介绍《金瓶梅》，开展《金瓶梅》学术普及，在我国还是第一次。

《新刻绣像批评金瓶梅》会校本，经国家新闻出版署（88）602号文批准，由山东齐鲁书社，1989年6月出版。三联书店（香港）有限公司1990年2月重印（海外发行）。整理会校以北京大学图书馆藏本为底本，以日本内阁文库藏本、首都图书馆藏本、天津图书馆藏本、上海图书馆藏崇祯本甲乙两种本、吴晓铃藏抄本等海内外现存十种版本进行校勘，每回回末出校记。通过此一部会校本可以了解各崇祯本的面貌特征。这是《金瓶梅》问世以来，在大陆第一次繁体直排出版的崇祯本足本，在国内外产生了较大影响，引起国际汉学界的关注。"1990年由齐烟、王汝梅校点，香港三联书店、山东齐鲁书社联合出版的《新刻绣像批评金瓶梅》会校本，这个本子校点精细，并附校记，没有删节，对于

绣像本《金瓶梅》的研究十分重要。"(美国哈佛大学田晓菲著《秋水堂论〈金瓶梅〉前言》)

1991年8月,由吉林大学筹办召开了中华全国第五次《金瓶梅》学术讨论会。教育部直属高校可以自主决定召开全国学术会议,考虑到《金瓶梅》学术活动的敏感性、特殊性,为了得到省委的指导和支持,还是由学校向省委宣传部提交申请报告,获得了省委宣传部红头档文件批准,宣传部部长许中田(当时任副校长,主管文科科研与教学,后来任人民日报社社长)一直在会上坐镇指导。研讨会未设主席台,刘中树校长、公木先生、朱一玄先生、魏子云先生都坐听众席第一排。《金瓶梅》学术活动敏感,组织这种研讨活动何其难啊!稍一不慎,可能出现偏差,产生意想不到的负面影响。

1994年10月,吉林大学出版社出版了《皋鹤堂批评第一奇书金瓶梅》校注本,以吉林大学图书馆藏本为底本,参校了大连图藏本。大连图藏本是一部完整的张评康熙原刊本,总评中不缺《第一奇书非淫书论》《凡例》两篇。1993年10月,加拿大多伦多东亚系米列娜教授应邀来中国大陆作学术访问。笔者与米列娜共同在大连考察张评本时,发现《寓意说》最后二百二十七字为其他张评本所无。这部张评康熙刊本,使我们得见张评原刊的完璧,是继《张氏族谱》之后,《金瓶梅》研究史上令人兴奋的可喜发现。

1998年7月到上海武定路参观了刘达临的性文化博物馆,是年底推荐刘达临著《中国性史图鉴》书稿给时代文艺出版社。请示主管部门批准,时代文艺出版社将《中国性史图鉴》列入出版计划。笔者协助出版社审定书稿,并执笔撰写了《古代的性小说》。

刘达临在《后记》中称赞笔者与社长"知其难而为之"的胆识。《中国性史图鉴》经过五年的酝酿、策划、审定,于2003年7月顺利出版,产生了广泛影响。在刘达临先生的指导下,系统地学习了中国古代性文化史,修了一门专题课,帮助了对《金瓶梅》与性文化的研究。

二十多年来,笔者对《金瓶梅》的阅读、思考从未间断。虽有风风雨雨,从未言放弃。所做的工作,大多属基础性研究,是初步的,尚没有深入探得《金瓶梅》的艺术奥秘。关于《金瓶梅》的性描写,如何评价是一大难题。笔者试图探索这一问题,但有知识结构的先天不足,缺乏性科学知识。如果处于"性盲"状态,何谈对《金瓶梅》与性文化的理解与研究。需在这方面补课。为了学习性科学,笔者在新世纪之初参加了中国性学会,2003年11月领到了会员证。2004年10月在人民大会堂出席了中国性学会成立十周年首届中国性科学高层论坛,聆听了吴阶平院士普及性教育关注性健康的讲话。笔者提交论文《缅铃的功能及其在古代性文化中的真面目》。2004年5月,参加在杭州召开的性与生殖医学研讨会。2008年10月,参加亚洲大洋洲性学研讨会。学习中外性科学专家的论著,开阔了视野,补充了自己知识结构的欠缺。

2007年4月,吉林社科讲坛邀我作学术演讲,题目为《崇尚科学,构建和谐——性爱文化的历史回顾》,汇报了笔者用六年时间集中学习性科学的收获体会。《〈金瓶梅〉

《红楼梦〉合璧阅读》(《光明日报·光明讲坛》2013年1月7日)也包含了学习性科学体会。有了性科学知识的储备,然后再读《金瓶梅》,认识到兰陵笑笑生不但是一位语言大师,还是一位古典性学大师。他把灵与肉、欲与情、心理与生理的多重形态、多重比重,写得多姿多彩。把性放在了人类生存的基础位置,大胆地肯定身体,显示情欲的自然性与社会性,不掩盖不回避,是作品的有机组成部分,是作者的独特贡献。《金瓶梅》的性描写,可以作为我们研究晚明性文化的形象资料,是晚明市民阶层男女性行为的形象报告。

研究《金瓶梅》,很容易被曲解为"不是正经的学问"。认定了它的伟大不朽,它的永久的艺术魅力,认定了它在中国小说史上的高峰地位,它的世界影响。三十年如一日的研究无怨无悔。

2013年11月,参加徐中玉先生百岁华诞庆祝会。2010年11月,参加朱一玄先生百岁华诞庆典。2010年6月纪念公木先生百年诞辰,笔者主持编纪念文集《天地境界,德艺流芳》。宁宗一教授提出"要读懂一玄先生这一代人的这部人生大书"。他们是敬爱的世纪老人,创造了生命奇迹、学术奇迹,有一颗美丽的心。向伟大的前辈大师学习,让我们懂得什么是人生的最高境界,什么是人性的成熟之美。生命不息,奋斗不止。祝愿同行师友学术青春永驻。感谢吴敢、霍现俊、胡衍南三位主编,感谢台湾学生书局。

(2014年2月11日)

叶按:

1986年,由业师张俊先生(北京师范大学)介绍,有幸与王汝梅先生相识。王先生大我10岁,经由业师介绍,又是我的山东老乡,性格宽厚朴实,诚恳待人,从那时至今三十多年来,我向来尊为老师。

1987年我与同事阎增山、刘忠光等组建山东聊城《水浒》《金瓶梅》学会,王汝梅先生就一直是我们的真正顾问,在很多方面给我们以实际的指导帮助,学会中同仁(我们的学会名为"山东聊城《水浒》《金瓶梅》学会",实际上我们的会员不仅是在聊城工作的人,临清属于聊城市自不用说,第一批会员中就有山东社科院的张鸿魁、山东师范大学的董绍克、山西太原的王莹,河北清河的赵杰等先生)以及聊城大学科研处、学报编辑部的人都与王汝梅先生相识。

我们也与王先生以及吉林大学中国文化研究所合作,在山东聊城、临清、五莲,河北清河等地举办国际《金瓶梅》学术讨论会,并一起制作了学术电教片《金瓶梅:天下第一奇书》。总制片王汝梅,导演杨晨光、何长林。艺术顾问陈家林。1989年录制,吉林教育音像出版社出版发行。我则参与了解说词的创作。

三十多年过去了,我们与王汝梅先生之间的感情日益深厚,学会同仁一提起王汝梅先生,无不肃然起敬,说不尽的感恩之情。

郑庆山

郑庆山,笔名正苍山,黑龙江省绥棱县人。祖籍辽宁盘山。生于1936年阴历八月十六日(10月1日),卒于2007年7月17日。毕业于哈尔滨师范大学中文系,先后任黑龙江省克山师专中文系和齐齐哈尔大学人文学院教授。黑龙江省师专《中国古代文学教学大纲》主编,北方五省区师专《中国古代文学》副主编。是中国红楼梦学会暨黑龙江省红学会理事,中国金瓶梅学会会员。

郑先生毕生致力于《红楼梦》版本和《金瓶梅》的研究,发表论文50篇,出版专著《立松轩本〈石头记〉考辨》《〈红楼梦〉的版本及其校勘》《金瓶梅论稿》,校点出版《脂本汇校石头记》;出版了专著《金瓶梅新考》。

郑庆山先生关于《金瓶梅》第五十三回至五十七回的研究颇下功夫,亦颇见功力,他说:"由以上比较分析,可见张批本和词话本(指《新刻金瓶梅词话》)全渊于丁巳初刻本。词话本的底本就是丁巳初刻本,词话本对底本又作了极少量的文字修改。"①

我与郑庆山先生是在开国际《金瓶梅》学术讨论会期间认识的,他退休后旅居大连,我们曾经在电话中交谈过对一些问题的看法。郑庆山先生的研究首见于《〈金瓶梅词话〉本与张竹坡评本》,已收入其专著《金瓶梅论稿》中,又见于他为1986年第二届《金瓶梅》学术讨论会提交的论文《〈金瓶梅〉补作述评——版本论补说》。

黄霖

一、黄霖小传

男,1942年6月生于现上海市嘉定区。1967年复旦大学中文系研究生毕业,后长期在复旦大学中国语言文学研究所工作,1995年任所长,2004年兼任教育部重点研究基地复旦大学中国古代文学研究中心主任至今。1999年中国《金瓶梅》学会成立时任副会长,2003年因故改名为中国《金瓶梅》研究会(筹)时任会长,同时兼任过中国古代文学理论学会副会长、中国近代文学学会会长、中国明代文学学会会长和上海市古典文学会会长等。主要编著有《中国历代小说论著选》(合作)、《古小说论概观》、《中国文学批评史》(合作)、《近代文学批评史》、《中国古代文学理论体系》(主编)、《金瓶梅讲演录》、《20世纪中国文学研究史》(主编)、《中国分体文学史》(主编)等,曾获国家级及省部级奖多项。

二、黄霖《金瓶梅》研究专著、编译、校注、论文目录

(一)专著

1. 金瓶梅漫话,上海:学林出版社,1986年12月。
2. 金瓶梅考论,辽宁人民出版社,1989年10月。

---

① 郑庆山:《金瓶梅论稿》,辽宁人民出版社,1987年1月版,第102页。

3. 黄霖说《金瓶梅》,中华书局,2005年9月。
4. 金瓶梅讲演录,桂林:广西师范大学出版社,2008年10月。

(二)编译

1.《金瓶梅》资料汇编,中华书局,1987年3月。
2. 日本研究《金瓶梅》论文集(翻译,合作),齐鲁书社,1989年10月。
3. 金瓶梅大辞典(主编),成都:巴蜀书社,1991年10月。
4. 金瓶梅研究,第八辑(主编),中国文史出版社,2005年12月。
5.《金瓶梅》与临清(主编),齐鲁书社,2008年6月。
6. 金瓶梅鉴赏辞典(合作),上海辞书出版社,2008年8月。
7. 金瓶梅研究,第九辑(主编),齐鲁书社,2009年3月。
8.《金瓶梅》与清河(主编),吉林大学出版社,2010年7月。
9. 金瓶梅研究,第十辑(主编),北京艺术与科学电子出版社,2011年7月。

(三)校注

1. 新刻绣像批评金瓶梅(校点,合作),浙江古籍出版社,1991年8月。
2. 金瓶梅词话注释(合作),香港:梦梅馆出版社,1993年3月。

(四)论文

1.《金瓶梅》原本无秽语说质疑,复旦学报,1979年第4期。
2.《忠义水浒传》与《金瓶梅》词话,水浒争鸣,第1辑,1982年4月。
3.《新刻绣像批评金瓶梅》评点初探,成都大学学报,1983年第1期。
4.《金瓶梅》作者屠隆考,复旦学报,1983年第3期。
5.《金瓶梅》与世情小说,黑龙江青年,1983年第6期。
6.《金瓶梅》与古代世情小说论,江汉论坛,1984年第6期。
7.《金瓶梅》作者屠隆考续,复旦学报,1984年第4期。
8. 论《金瓶梅》词话的政治性,学术月刊,1985年第1期。
9. 关于《金瓶梅》的作者问题,杭州大学语文导报,1985年第1期。
10. 张竹坡及其《金瓶梅》评本,中国古典文学丛考,第1辑,复旦大学出版社,1985年7月。
11.《金瓶梅作者屠隆考》答疑,杭州大学学报,1985年第2期。
12.《金瓶梅》成书问题三考,复旦学报,1985年第4期。
13. 我国暴露文学的杰构《金瓶梅》,金瓶梅论集,人民文学出版社,1986年11月。
14. 怎样阅读《金瓶梅》,文艺学习,1986年第2期。
15.《开卷一笑》与《金瓶梅》作者,复旦学报,1987年4月。
16.《金瓶梅》流变零拾,中国古典文学丛考,第2辑,1987年11月。
17. 关于上海图书馆藏两种《新刻绣像批评金瓶梅》,[日本]中国古典小说研究动态,第2号,1988年10月。

18. 金瓶梅续书三种前言,《金瓶梅续书三种》卷首,齐鲁书社,1988年8月。

19. 李瓶儿召赘赏析,历代名篇赏析集成(下),中国文联出版公司1988年12月。

20.《金瓶梅作者屠隆考》答疑之二,金瓶梅考论,辽宁人民出版社,1989年10月。

21. 关于《金瓶梅》崇祯本的若干问题,金瓶梅研究,第一辑,1990年9月。

22. 关于《花营锦阵》之笑笑生,海峡两岸明清小说论文集,1991年8月。

23. 不平而鸣,我与《金瓶梅》,成都出版社,1991年7月。

24. 再论笑笑生是屠隆,复旦学报,1992年第2期。

25. 再谈"刘金吾"与屠隆及冯梦龙,文学遗产,1993年第2期。

26. "权钱交易"祖师爷西门庆,大潮,2010年第2期(总第15期),天津开发区文联主办内部资料。

27.《金瓶梅》词话与杭州,[日本]中国古典小说研究,1999年第5号。

28.《金学考论》序,河北教育出版社,1999年12月。

29.《金瓶梅》研究与学风及其他,文汇读书周报,2001年6月23日。

30.《金瓶梅新论》序,金瓶梅新论,延边大学出版社,2001年9月。

31. 再论《金瓶梅》崇祯本各本之间的关系,上海师范大学学报,2001年第5期。

32. 笑笑生笔下的女性,张宏生编,明清文学性别研究,江苏古籍出版社,2002年10月。

33.《金瓶梅诗谚考释》序,金瓶梅诗谚考释,卷首,甘肃教育出版社,2003年4月。

34.《金瓶梅资料汇编》重印后记,金瓶梅资料汇编,中华书局,2004年1月。

35. 晚明女性主体意识的萌动及其悲剧命运——以《金瓶梅》为中心,王瑷玲主编,明清文学与思想中之主体意识与社会,台湾"中央研究院"中国文哲研究所出版,2004年12月。

36.《金瓶梅》中的上海方言研究序,上海古籍出版社,2005年4月。

37.《金瓶梅》新探索,社会科学报,2005年12月15日。

38.《金瓶梅》是姓"金",文汇读书周报,2005年12月23日。

39. 悼念刘辉,推进金学,金瓶梅研究,第八辑,2005年12月。

40.《金瓶梅》词话本与崇祯本刊印的几个问题,河南大学学报,2006年第1期。

41. 我看《金瓶梅》,文史知识,2006年第5期。

42. 中国与日本:《金瓶梅》研究三人谈,文艺研究,2006年第6期。

43. "人"在《金瓶梅》中,上海大学学报,2006年第13卷第4期。

44.《王汝梅解读金瓶梅》序,王汝梅解读金瓶梅,时代文艺出版社,2007年1月。

45.《细述金瓶梅》序,杨鸿儒,细述金瓶梅,卷首,东方出版社,2007年3月。

46.《金瓶梅文化研究》序,王平、程冠军主编,金瓶梅文化研究,第5辑,群言出版社,2007年5月。

47. "笑学"可笑吗——关于《金瓶梅》作者研究问题的看法,内江师范学院学报,2007年第3期。

48.《金瓶梅》与屠隆,上,宁波晚报,2007年6月23日

49.《金瓶梅》与屠隆,中,宁波晚报,2007年6月30日。

50.《金瓶梅》与屠隆,下,宁波晚报,2007年7月7日。

51.《金瓶梅》中女性人物的不同命运,傅光明主编,点评《金瓶梅》,山东画报出版社,2007年9月。

52.《〈金瓶梅〉新论》序,黄吉昌,《金瓶梅》新论,中国社会科学出版社,2007年4月。

53. 李时珍与《金瓶梅》,文史知识,2008年第6期。

54.《〈金瓶梅〉与临清》序,黄霖、杜明德主编,《金瓶梅》与临清,齐鲁书社,2008年6月。

55.《金瓶梅》研究卷头语,金瓶梅研究,第九辑,齐鲁书社,2009年3月。

56.《没有临清就没有〈金瓶梅〉》序,政协临清市委员会编,没有临清就没有《金瓶梅》,齐鲁书社,2008年11月。

57. 将《金瓶梅》当作反腐的经典来读,悦读MOOK(第10卷),21世纪出版社,2009年1月。

58.《张竹坡与〈金瓶梅〉》序,吴敢著,张竹坡与《金瓶梅》,卷首,文物出版社,2009年2月。

59.《〈金瓶梅〉与清河》序,政协临清市委员会编,金瓶梅与清河,卷首,吉林大学出版社,2010年7月。

60.《崇祯本〈金瓶梅〉研究》序,杨彬,崇祯本《金瓶梅》研究,文物出版社,2011年10月。

61. "金学"史上的一座里程碑,2012年台湾《金瓶梅》国际学术研讨会论文集,里仁书局,2013年4月。

62. 毛利本《金瓶梅》词话读后,嘉义大学"第五届中国小说与戏曲国际学术研讨会论文集",2013年3月。

63.《金瓶梅》"初刊"辨伪纪略——从"大安本"说起,河南理工大学学报,2013年第2期。

64. 台北"故宫博物院"《金瓶梅》词话读后,"中国明代文学学会(筹)第九届年会暨2013年明代文学国际学术研讨会"论文集,2013年8月。

黄霖先生在其《黄霖〈金瓶梅〉研究精选集》的《后记》中,关于《金瓶梅》版本研究有如下的叙述:

> 第二辑是有关《金瓶梅》成书与问世的考证文字。这里虽然关涉到小说问世的年代与初刊的面貌等问题,但其重心是关于成书时间的探讨。我经过多方论证,认为这部小说约在万历二十年前后开笔写作,由一人为主,在仓促间完成的。……成书时间的论定,将直接关系到作者问题的考证,当然也影响到作品的评价。
> 第三辑是讨论版本问题。由于我是搞文学批评史出身的,所以首先关注的是有评点的张评本与崇祯本。当时"文革"刚结束,《金瓶梅》不容易借阅,张评本相对较多,比较好找,所以最初阅读了一些在兹堂本、康熙乙亥本、乾隆丁卯本、影松轩本及嘉庆以后

的一些本子,只是发现了有回评与无回评的不同系统等,无多创获。后来关注了崇祯本,几乎遍阅了现存国图、北大、上海、天津及日本的各本,梳理了崇祯本各本之间的关系,认为二字行眉批本可能是最早的崇祯本,印有"原本金瓶梅"的日本内阁文库本与东洋文化研究本的三字行本,及由此而来的刻印粗劣的首图本均不可能是"原本",其改评者也不可能是李渔而可能是冯梦龙。后来又与梅节先生等讨论了词话本与崇祯本两者的关系,力主两者是"父子关系"而不是"兄弟关系"。2011年后,有机会先后翻阅了半个世纪来无人一睹全貌的现存三部词话本中的二部,可知中土所藏台北"故宫博物院"本为最佳。日本影印"大安本"的工作是认真的,但匆忙之中也有不少瑕疵。台湾联经本并非据台湾"故宫"原本所印,由于工作粗疏,随意增改,故其批语部分严重失真,然其正文部分还是强于本无批语的大安本。而联经本在套印批语时的缺漏、色差、移位等问题,实际上都是由于照搬了古佚小说刊印会本而造成的。由于受到上世纪30年代照相技术的限制,当时用黑白两色摄下的底片本来就是有许多地方模糊不清或根本没有成像,再加上影印者对批校文字的轻视,这就使研究者长期所用的词话本的老祖宗——古佚小说刊行会本与生以来就带着许多毛病,从而使以后大陆、香港、台湾据此影印的所有词话本都带上了这一胎里病。因此,当下真正用台北"故宫博物院"藏本来影印就显得十分迫切而必要了。然而要管理理念滞后、设备又显陈旧的台北"故宫博物院"拿出此本来影印,恐怕还要有待于时日。

第四辑是作者的考证。1983年,我在搜集小说批评资料的时候,发现了《开卷一笑》中的《祭头巾文》等,就此顺藤摸瓜,写下了《〈金瓶梅〉作者屠隆考》,吹皱了一池春水。否定者有之,赞成者也有之,甚至有人写成专著,维护我的"屠隆说"。我自信也比所有"作者说"高出一筹的是,不仅仅是找了一些书中的内证与作者生平特点等外证来推测作者是谁,而且是确实找到了证据说屠隆是"笑笑先生",在内外证之间有一种联系。但是,"先生"尽管与"生"义相通,但毕竟并非完全一样。即使完全一样,要证明此笑笑生即是彼笑笑生也并非易事。所以,我自己也从未将它看成是铁论,认为目前也与各家一样,都缺少"临门一脚",故开始时写了一些答疑文章,后来就决定在没有找到铁证之前再也不谈作者问题了。可是,树欲静而风不止。各种各样的作者新说还是层出不穷,且大都是以附会、想象为主。这就引起了一些专家的反感,认为《金瓶梅》作者的研究成为一门"笑学",甚至对作者研究全盘否定。处于这样的两难之中,我认为对于探寻《金瓶梅》作者的热情还是应当支持,因为即使没有找到直接的确证,但只要研究者能自重,能慎言,多怀实事求是之心,力去哗众取宠之意,从真实的材料出发,经过合理的推测所得出的种种"可能",也必然包含着或多或少的成绩,对于推动《金瓶梅》乃至中国古代小说与古代文学的研究还是有积极作用的,因此"笑学"不可笑。

第五辑仅收了两篇文章,前一篇是谈明清两代《金瓶梅》的研究形成了中国古代世情小说论的一些主要观点,没有《金瓶梅》就不可能产生这些比较充分、成熟的世情小说论;后一篇是简要地梳理了中外研究《金瓶梅》的历史,从中可见《金瓶梅》研究的一些基本问题与对这些问题的认识的不断深化。这与我的本行中国文学批评史有关。我一直说，我搞《金瓶梅》研究是业余的业余，我的本行是中国文学批评史。因搞小说批评才搞上了小说，搞小说而搞上了《金瓶梅》，因此，我最后还是归本，将《金瓶梅》的研究与中国小说批评史联系起来。实际上，我不但在搞《金瓶梅》研究中，而且在搞其他小说研究时，也大都是与小说批评的研究有着这样或那样的联系。在以上的研究过程中，我所追求的是，不仅仅是去赞赏《金瓶梅》在中国小说艺术史上的全面创新，而是更致力于去张扬它对于世道人心的当世价值；我所追求的是，在每一个基本问题上都有自己的看法，且努力去用一些或自己发现，或首次引用，或亲自目验的材料来加以支撑；我所追求的是，关系到《金瓶梅》研究的诸多主要方面，相互联系，自成一统，而不是只抓一点，无限想象，自说自话；我所追求的是，论与考与史并用，内学与外学兼顾，不走华山一条路；我所追求的是，不媚俗，不附势，走自己的路，始终保持一个学者应有的风骨与治学的格调，特别是对待这样一部比较特殊的书。当然，追求只是梦境，结果要看实绩。我还是稍有一点自知之明，深知自己的一些论断还缺乏坚实的基础，面对着一些本来就是云里雾里的东西，往往是遇难裹足，浅尝辄止，故其真正的收获是一句话："多乎者不多也。"

如今，我已步入了古稀之年，正当感叹"人生几何"之时，回首往事而自惭形秽，曹操所言"明明如月，何时可掇"之句又从心中升腾，冲撞着一匹老马的不已"壮心"，但愿最后留给自己的，将不是绵绵不尽的"忧从中来，不可断绝"，而是再能掇拾到一点更为实在的东西。

……

2014.3.16 初稿于飞往罗马的班机上
2014.3.18 改定于那不勒斯东方学院

叶按：

我与黄霖先生认识差不多也有三十年了。黄霖先生给我的印象是为人虚怀若谷，待人谦和；做学问博学睿智，善于思辨，缜密细致，我关于《金瓶梅》版本的很多知识、认知都得益于黄霖先生的相关著作。黄霖先生虽然只比我大三岁，但他读书早，特别是他"文化大革命"之前就大学毕业了。我是"老五届"，刚读了两年大学，史无前例的"文化大革命"就开始了，学业中断了。而且时值"臭老九"最臭之时，斯文扫地，我们也似乎没有了做学问的兴趣。1978年恢复研究生招生之后，才又复苏了从前的理想，开始拾掇旧业。但因为当时在中学工作，专业资料缺乏，时间又很紧，只能通过参加研究生考试来确定专业方向，专业书籍缺乏，则对文史哲同时并进，奠定了比较好的基础。幸好老天爷待我不薄，使我有机会到北京师范大学做高级访问学者，不仅师从钟敬文、张紫晨两位导师学习民俗学与民间文艺学，而且因为北京师范大学是我的母校，"文化大革命"又打破了学科的界限，特别是打破了过去的师生之间的界限，因此不仅中文系所有老先生，而且其他系的大师也可以当面去请教。后来入中国社会科学院，师从蒋和森先生学习研究明清小说，古代室的其他先生如邓绍基、陈毓罴、刘世德、卢兴基等先生,亦可在每周固定的集合时间随时请教。另外,我自幼喜爱音乐,中学期间喜欢民乐,大学则喜欢西洋乐器,在北京师范大学管弦乐队业余学习了两年,使我有机会将中西音乐进行比较,从中悟出了一些道理,这样我对中国古代的音乐文学、民间说唱也就有一些理论的理解与实践的感性知识。这对我的《金瓶梅》研究也是有益的。

吴敢

一、吴敢小传

男,1945年3月17日生,山东郓城人。教授。1969年毕业于浙江大学。1982年毕业于江苏师范大学,获文学硕士学位。曾任徐州市文化局局长(1985年1月—1995年2月)、徐州教育学院院长兼党委书记(1995年2月—2003年5月)、原中国《金瓶梅》学会副会长兼秘书长(1989年6月—2003年6月)、中华文学史料学学会理事、中国矿业大学文法学院文艺学研究生导师、江苏省文联委员、江苏省炎黄文化研究会常务理事、江苏省社科院文学所特聘研究员等。现任中国《金瓶梅》研究会(筹)副会长兼秘书长,中国古代戏曲学会理事,中国戏曲表演学会理事,江苏省明清小说研究会副会长,江苏省戏曲学会理事,江苏师范大学文学院古代文学、戏剧戏曲学研究生导师等。江苏省有突出贡献的中青年专家,徐州市优秀专家。已出版《曲海说山录》《中国小说戏曲论学集》《水浒传导读》等学术专著8部,主编《中国古代小说辞典》《古代戏曲论坛》《徐州文化博览》等词典、论著10余部,发表各类论文百余篇。

二、吴敢《金瓶梅》研究专著、编著、辑校、论文目录

(一)专著

1.《金瓶梅》评点家张竹坡年谱,辽宁人民出版社,1987年。

2. 张竹坡与《金瓶梅》,百花文艺出版社,1987年。

3. 20世纪《金瓶梅》研究史长编,文汇出版社,2003年。

4. 张竹坡与《金瓶梅》研究,北京:文物出版社,2009年。

5. 话说张竹坡,江苏人民出版社,2012年。

6. 金瓶梅研究史,中州古籍出版社,2015年。

(二)编著

1. 金瓶梅学刊(试刊号)(为常务副主编),江苏内部准印号,1989年6月铅印1000册,为首届国际《金瓶梅》学术讨论会交流材料。

2. 金瓶梅研究(为常务副主编)

第一辑,江苏古籍出版社,1990年;

第二辑,江苏古籍出版社,1991年;

第三辑,江苏古籍出版社,1992年;

第四辑,江苏古籍出版社,1993年;

第五辑,沈阳:辽沈书社,1994年;

第六辑,北京:知识出版社,1999年;

第七辑;北京:知识出版社,2002年;

第八辑,北京:中国文史出版社,2005年;

第九辑,济南:齐鲁书社,2009年;

第十辑,北京:北京艺术与科学电子出版社,2011年;

第十一辑,上海:复旦大学出版社,2015年;

第十二辑,郑州:中州古籍出版社,2016年。

3. 国际金瓶梅研究集刊(为第一副主编),成都出版社,1991年。

4.《金瓶梅》与清河(为主编之一),吉林大学出版社,2010年。

(三)辑校

会评会校《金瓶梅》,刘辉、吴敢辑校,香港:天地图书有限公司,1994年第1版,1998年第2版,2010年第3版。

(四)论文:

1. 张竹坡生平述略,徐州师院学报,1984年第3期;又百花文艺出版社,1987年9月,张竹坡与《金瓶梅》;又文物出版社,2009年2月,张竹坡与《金瓶梅》研究。

2. 李笠翁与彭城张氏,徐州日报,1984年11月4日第3版;又文化艺术出版社,1996年12月,曲海说山录;又文物出版社,2009年2月,张竹坡与《金瓶梅》研究。

3. 张竹坡小传,徐州日报,1984年12月26日第3版。

4. 张竹坡年谱简编,徐州师院学报,1985年第1期;又北京大学出版社,1986年9月,金瓶梅资料汇编(增订本);又文化艺术出版社,1996年12月,曲海说山录。

5. 张竹坡的故居与墓地,淮海论坛,1985年第1期;又辽宁人民出版社,1987年7月,金瓶梅评点家张竹坡年谱;又文物出版社,2009年2月,张竹坡与金瓶梅研究。

6. 张竹坡扬州行谊小考,扬州师院学报,1985年第2期;又辽宁人民出版社,1987年7月,《金瓶梅》评点家张竹坡年谱;又文物出版社,2009年2月,张竹坡与《金瓶梅》研究。

7.《张氏族谱》的发现及其意义,淮海论坛,1985年第2期;又徐州日报,1987年10月3日第4版;又辽宁人民出版社,1987年7月,《金瓶梅》评点家张竹坡年谱;又文物出版社,2009年2月,张竹坡与《金瓶梅》研究。

8. 张竹坡及其《金瓶梅》评点,大风,1985年第2期。

9. 张竹坡与《金瓶梅》,全国高等学校文科学报文摘,1985年第2期。

10. 乾隆四十二年刊本《张氏族谱》述考,文献,1985年第3期;又辽宁人民出版社,1987年7月《金瓶梅》评点家张竹坡年谱;又文史哲出版社,2000年7月,中国小说戏曲论学集;又文物出版社,2009年2月,张竹坡与《金瓶梅》研究。

11. 张竹坡《十一草》考证,徐州师院学报,1985年第3期;又百花文艺出版社,1987年9月,张竹坡与《金瓶梅》;又文物出版社,2009年2月,张竹坡与《金瓶梅》研究。

12. 张竹坡家世概述,中国文联出版公司1985年12月,明清小说研究,第二辑;又百花文艺出版社,1987年9月,张竹坡与《金瓶梅》;又文物出版社,2009年2月,张竹坡与《金瓶梅》研究。

13. 张竹坡《十一草》考评,中国文联出版公司1985年12月,明清小说研究,第二辑;又百花文艺出版社,1987年9月,张竹坡与《金瓶梅》;又文物出版社,2009年2月,张竹坡与《金瓶梅》研究。

14. 从"来保押送生辰担"看《金瓶梅》词话的成书(与邓瑞琼合作),春风文艺出版社,1986年6月,明清小说论丛,第四辑;又文化艺术出版社,1996年12月,曲海说山录。

15. 张道渊与两篇《仲兄竹坡传》,人民文学出版社,1986年11月,金瓶梅论集;又百花文艺出版社,1987年9月,张竹坡与《金瓶梅》;又文物出版社,2009年2月,张竹坡与《金瓶梅》研究。

16. 张翃与张竹坡,中国文联出版公司1986年12月,明清小说研究,第四辑;又百花文艺出版社,1987年9月,张竹坡与《金瓶梅》;又文物出版社,2009年2月,张竹坡与《金瓶梅》研究。

17. 康熙六十年刊本《张氏族谱》考探,徐州教育学院学报,1987年第2期;又辽宁人民出版社,1987年7月《金瓶梅》评点家张竹坡年谱;又文物出版社,2009年2月,张竹坡与《金瓶梅》研究。

18. 张竹坡《金瓶梅》评点概论,徐州师院学报,1987年第3期;又百花文艺出版社,1987年9月,张竹坡与《金瓶梅》;又文史哲出版社,2000年7月,中国小说戏曲论学集;又中国矿业大学出版社,2006年10月,云龙学术(杨亦鸣主编);又文物出版社,2009年2月,张竹坡与《金瓶梅》研究;又香港天地图书有限公司2010年5月,会评会校《金瓶梅》。

19. 道光五年本《彭城张氏族谱》简介,淮海论坛,1987年第3期;又辽宁人民出版社,1987年7月,《金瓶梅》评点家张竹坡年谱;又文物出版社,2009年2月,张竹坡与《金瓶梅》研究。

20. 张竹坡著述交游三考,齐鲁书社,1988年1月金瓶梅研究集;又百花文艺出版社,1987年9月,张竹坡与《金瓶梅》;又文物出版社,2009年2月,张竹坡与《金瓶梅》研究。

21. 张竹坡与《金瓶梅》,人民日报(海外版),1988年1月7日第2版;又徐州日报,1988年1月9日第4版;又上海三联书店1992年7月,今日徐州。

22. 张评本《金瓶梅》琐考,徐州师专学报,1987年第1期;又中华书局1988年1月,学林漫录第十二集;又百花文艺出版社,1987年9月,张竹坡与《金瓶梅》;又文史哲出版社,2000年7月,中国小说戏曲论学集;又文物出版社,2009年2月,张竹坡与《金瓶梅》研究。

23. 张竹坡与《金瓶梅》·后记,徐州日报,1988年6月8日第3版;又武汉出版社,1998年8月,《金瓶梅》研究序跋精选;又百花文艺出版社,1987年9月,张竹坡与《金瓶梅》;又文物出版社,2009年2月,张竹坡与《金瓶梅》研究。

24.《金瓶梅》词典(为撰稿人之一),吉林文史出版社,1988年11月第1版。

25.《金瓶梅》的文学风貌与张竹坡的"市井文字"说,金瓶梅学刊,1989年6月,试刊号;

又江苏古籍出版社,金瓶梅研究,第一辑,1990年9月;又文化艺术出版社,1996年12月,曲海说山录;又文史哲出版社,2000年7月,中国小说戏曲论学集;又文物出版社,2009年2月,张竹坡与《金瓶梅》研究。

26. 源潜流细冷泉水根深蒂固飞来峰——我与中国古代小说戏曲研究,成都出版社,1991年7月,我与《金瓶梅》;又艺术百家,1993年第4期;又辽沈书社,1994年4月,金瓶梅研究第五辑;又徐州教育学院学学报,1997年第4期;又文化艺术出版社,1996年12月,曲海说山录;又文史哲出版社,2000年7月,中国小说戏曲论学集。

27. 张竹坡及其《金瓶梅》评点,百科知识,1997年第4期;又江西教育出版社,1999年1月金瓶梅说。

28. 20世纪《金瓶梅》研究的回顾与思考(上),枣庄师专学报,2000年第1期。

29. 新时期《金瓶梅》研究概述,文教资料,2000年第5期。

30. 20世纪《金瓶梅》研究的回顾与思考(中),枣庄师专学报,2000年第6期。

31. 20世纪《金瓶梅》研究的回顾与思考(下),枣庄师专学报,2001年第1期。

32.《金瓶梅》版本拾遗,东南大学学报,2001年第1期。

33. 20世纪《金瓶梅》研究的回顾与思考,徐州师范大学学报,2001年第2期;又中国戏剧出版社,2003年7月,金瓶梅文化研究第四辑;又文汇出版社,2003年1月,20世纪金瓶梅研究史长编。

34.《综合学术本金瓶梅》序,徐州教育学院学报,2001年第3期。

35.《20世纪金瓶梅研究史稿》后记,徐州教育学院学报,2002年第1期。

36. 20世纪《金瓶梅》研究史略(简本),徐州政协,2002年第2、3期;又古典文学知识,2002年第5期。

37. 徐朔方《金瓶梅》研究论著、编著、论文目录,廖可斌、楼含松、周明初编:奎壁之光,浙江大学出版社,2002年。

38. 20世纪《金瓶梅》研究史略(繁本),廖可斌、楼含松、周明初编:奎壁之光,浙江大学出版社,2002年。

39.《金瓶梅》研究的组织与活动,知识出版社,2002年9月,金瓶梅研究第七辑;又文汇出版社,2003年1月,20世纪金瓶梅研究史长编。

40. 前程总归有新篇——《20世纪金瓶梅研究史长编》后记,徐州教育学院学报,2003年5月20日第4版;又文汇出版社,2003年1月,20世纪金瓶梅研究史长编。

41. 徐州与《金瓶梅》,徐州文史资料,第23辑;又都市圈,2009年第2期。

42.《金瓶梅》及其作者"兰陵笑笑生",文汇报,2003年12月14日第6版;又文化艺术出版社,2006年9月,名家眼中的《金瓶梅》。

43. 张胆其人其事——汉风《荆山桥悲歌》续补,徐州日报,2004年6月14日第3版。

44. 这就是刘辉——刘辉先生周年祭,徐州日报,2005年3月28日第7版;又中国文化报,2005年4月7日第6版;又中国文史出版社,2005年12月,金瓶梅研究,第八辑。

45. 与陈大康先生讨论《金瓶梅》作者说,金瓶梅研究,第八辑,中国文史出版社,2005年。

46. 原中国《金瓶梅》学会被注销经过与中国《金瓶梅》研究会筹备情况,金瓶梅研究,第八辑,中国文史出版社,2005年。

47.《金瓶梅研究》第八辑编后语,金瓶梅研究,第八辑,中国文史出版社,2005年。

48.《致命的狂欢》序,陕西人民出版社,2006年6月,致命的狂欢;又九州岛学林,2007年第1期;又环渤海作家,2007年11月23日第3版;又陕西人民出版社,2008年12月,人性的倒影。

49.《另一只眼看金瓶梅》序,中国文学出版社,2006年9月,另一只眼看《金瓶梅》;又当代徐州,2006年10月号。

50.《金瓶梅》其书,峄城通讯,2007年5月12日第4版。

51. 张竹坡研究综述,金瓶梅文化研究,第五辑,北京:群言出版社,2007年;又河南大学学报,2007年第6期;又文物出版社,2009年2月,张竹坡与《金瓶梅》研究;又香港天地图书有限公司2010年5月,会评会校《金瓶梅》。

52. 正视内困,响应外扰,期待金学事业中兴繁荣——第七届全国《金瓶梅》学术讨论会大会总结,环渤海作家,2007年6月22日第11版;又徐州工程学院学报,2007年第7期。

53.《彭城张氏族谱》序,九州岛学林,2008年第1期;又文物出版社,2009年2月,张竹坡与《金瓶梅》研究;又2010年10月,重修《彭城张氏族谱》。

54.《金瓶梅》研究的悬案与论争,《金瓶梅》与临清,齐鲁书社,2008年。

55. 开创金学新时代——在第六届(临清)国际《金瓶梅》学术讨论会闭幕式上的总结,环渤海作家,2008年8月7日第2版;又齐鲁书社,2009年3月,《金瓶梅》研究,第九辑。

56. 说《水浒传》中的潘金莲——《话说四个潘金莲》之一,昆明学院学报,2009年第1期。

57.《张竹坡与金瓶梅研究》跋,徐州工程学院学报,2009年第1期;又环渤海作家,2009年2月18日第2版;又文物出版社,2009年2月,张竹坡与《金瓶梅》研究。

58.《会评会校金瓶梅》三版后记,香港天地图书有限公司,2010年5月,会评会校《金瓶梅》三版。

59. 将《金瓶梅》研究推向新的层面——第七届(清河)国际《金瓶梅》学术讨论会闭幕词,环渤海文化,2010年9月8日第3版;又徐州工程学院学报,2010年第6期;又北京艺术与科学电子出版社,2011年6月,《金瓶梅》研究,第十辑。

60.《金瓶梅奇书》版本考评,明清小说研究,2011年第2期。

61.《金瓶梅》评点概论,里仁书局,2013年4月,2012台湾《金瓶梅》国际学术研讨会论文集;又明清小说研究,2013年第3期,《金瓶梅》评点综论。

62. 金学万岁——第九届国际《金瓶梅》学术讨论会闭幕词,环渤海文化,2013年6月5日第3版;又中国文史出版社,2013年12月,《金瓶梅》文化研究,第六辑。

63. 明清《金瓶梅》研究概论,河南理工大学学报,2013 年第 2 期;又中国文史出版社,2013 年 12 月,《金瓶梅》文化研究,第六辑。

吴敢先生在其《吴敢〈金瓶梅〉研究精选集》的《后记》中,对自己三十多年来的《金瓶梅》研究做过简要的叙述:

没有想到学生书局能出版"金学丛书",当然胡衍南先生有斡旋之功。以盈利为手段造成出版界的局促,以惠学为目的显现出版家的机警,学生书局之与一般出版社不同,即此可见一斑。我与学生书局是第一次合作,作为该丛书的主编之一,在策划、协商、约稿、编辑、审稿、定稿全程,都能感觉到学生书局的诚意与气魄。毫不夸张地说,这是一次很愉快的合作,也是一次很有成效的合作。短短半年之内,七八百万言的第二辑"金学丛书"便已编审告竣。要感谢学生书局的宽宏运作,要感谢各位师友的鼎力合成。

这一辑丛书无异于是一部中国大陆《金瓶梅》研究史长编,如果连同第一辑台湾学人的金学丛书在内,那便是一部中国《金瓶梅》研究史长编。在接受聘请主编本丛书之际,我正在进行《金瓶梅研究史》的最后修订。2003 年 1 月,文汇出版社出版了我的《20 世纪金瓶梅研究史长编》。在此基础之上,从那之后,我就一直在写作《金瓶梅研究史》。写作过程中最令人困惑的便是《金瓶梅》研究资料的查访,如果当年有这样的丛书出版,《金瓶梅研究史》可以提前一半时间完成。

我的《金瓶梅》研究,正如本书目录所显示的,由两部分组成。一部分是张竹坡与《金瓶梅》研究,已由文物出版社,2008 年 3 月版《张竹坡与金瓶梅研究》作结。一部分是《金瓶梅》研究史研究,已如前述。本书正是这两部分的精选集,基本可以代表我的全部《金瓶梅》研究成果。

我作为中国《金瓶梅》学会与中国《金瓶梅》研究会(筹)的常务副会长兼秘书长,以金学为事业,投入了不少的时间与精力。1985 年 6 月、1986 年 10 月、1989 年 6 月我在徐州先后发起并主持召开了第一届、第二届全国《金瓶梅》学术讨论会与第一届国际《金瓶梅》学术讨论会,其余各次全国与国际金学会议,我也参与到筹备和组织之中,给予了应有的关心与支持。原中国《金瓶梅》学会与中国《金瓶梅》研究会(筹)的日常工作责无旁贷,义不容辞,可谓运筹帷幄,殚精竭虑。本书的第三个板块,所谓"金学视野",可见其一斑。

本辑入选的众多师友,在约稿时的第一反应,均能看到该丛书的历史意义与学术价值,这种高瞻远瞩的大家风采,令人高山仰止;这种以金学为己任的主人感觉,令人景行行止。金学之所以成为显学,正是这些师友的共同功绩。中国金学同仁的精诚团结,为学界所共闻。雍容的情怀,高尚的品格,务实的学风,和谐的会风,这一家底与结晶,是金学取之不尽,用之不竭的财富。

人生有限,不知老之将至;事业无边,金学方兴未艾。从本辑丛书入选师友年龄角度观察,正是长江后浪推前浪,一代新人接老人。金学源远流长,任重道远,期盼以本丛书编撰出版为新起点,再接再厉,前赴后继,将《金瓶梅》研究推向更高的层面!

吴敢

2014年3月2日于彭城敏宝轩

叶按:

我与吴敢先生从1986年夏研究《金瓶梅》开始,三十多年过去了,吴敢先生给我留下了深刻的印象。

第一是吴敢先生的组织能力是远远超乎常人的。从《金瓶梅》研究学会,到《金瓶梅》研究学会(筹),前后三十多年,更换了两任会长,中间会员新老更替,不计其数,大型国际会、全国会一次又一次,吴敢先生的投入可想而知。吴敢先生是山东郓城人,我因此很容易联想到宋江,联想到宋江的组织能力和团结能力。

第二是吴敢先生性格豪放,诚恳待人,这使我很容易联想到《水浒传》中那一个个鲜活的英雄,他们是那样的可敬可爱。其实这也正是能够凝聚一个团体的一种无形的力量吧?

第三,说到吴敢先生的《金瓶梅》研究,那么张竹坡研究因君而大兴;上下四百年,千头万绪,赖君梳理而有史;"金学丛书"二辑赖君统筹而迅疾面世。此三者,不仅大有益于金学,影响及于整个学界,且将惠及后人,可谓功德无量矣!

我与吴敢先生同庚,又都是山东人,平日兄弟相称,相敬相爱,十分难得。

一涉及友情这个题目,的确有很多话要说,可惜现在并不能闲坐下来精心的思考,以俟来日吧!

李时人

一、李时人小传

李时人,1949年农历三月生于辽宁锦州。1968年于江苏连云港市高中毕业。1980年由工厂工人破例录聘为徐州师范学院古代文学专业教师,从事本科教学,1986年越级晋升为副教授。1989年调入上海师范大学工作,1992年晋升教授,1995年被批准为博士研究生导师。现为上海师范大学人文学院教授兼文学研究所所长,中国古代文学博士点负责人,2013年起担任国家社科基金重大投标项目"明代作家分省人物志"首席专家。

长期从事中国古代文学与文化的教学和研究工作,学术方向主要为中国古代小说与文化、明清文学。至2014年已经指导博士研究生38人、硕士研究生68人。学术研究工作始于文献考据而长于理论思维和论辩,出版有各类学术著述16部(其中主编4部),发表论文逾百篇。北京中华书局2013年出版其《中国古代小说与文化论集》,2014年再版了其独立编校的断代小说总集《全唐五代小说》(8册)。其最近十余年编撰完成的《中国文学家大辞典·明代卷》亦即将由中华书局出版发行。

二、李时人《金瓶梅》研究论著、论文目录

（一）论著

《金瓶梅》新论,上海:学林出版社,1991年。

（二）论文

1. 《金瓶梅》中"金华酒"非"兰陵酒"考辨,徐州师范学院学报,1983年第2期。

2. 贾三近作《金瓶梅》说不能成立——兼谈我们应该注意考证的态度和方法问题,徐州师范学院学报,1983年第4期。

3. 谈《金瓶梅》的初刻本,文学遗产,1985年第2期。

4. 关于《金瓶梅》的创作成书问题——与徐朔方先生商榷,上海师范大学学报,1985年第3期。

5. "说唱词话"和《金瓶梅》词话,复旦学报,1985年第5期。

6. 《万历野获编》"金瓶梅"条写作时间考,复旦学报,1986年第1期。

7. 《谈〈金瓶梅〉的初刻本》补正,文学遗产,1986年第4期。

8. 《金瓶梅》——中国16世纪后期社会风俗史,文学遗产,1987年第5期。

9. 站在新的时代文化的高度观照《金瓶梅》,学习与探索,1990年第3期。

10. 中国古代小说的美学新风貌——谈《金瓶梅》的艺术创造,河北师范大学学报,1994年第3期。

11. 西门庆:中国"前资本主义"商人的悲剧象征,光明日报,1995年7月19日。

12. 二十世纪《金瓶梅》研究的回顾——"中国古代小说研究史"之三,零陵师范高等专科学校学报,2000年第4期。

李时人先生在其《李时人〈金瓶梅〉研究精选集》的《后记》中,关于《金瓶梅》版本研究作过如下的介绍:

> 本书收录了我几年来写的有关《金瓶梅》的文章十余篇,全部在有关书刊上发表过。收入本书时除《关于"兰陵笑笑生"》恢复了当时因篇幅限制而删去的部分文字,其余均保持发表时的原貌。盖因其中不少篇什是当时为参加学术讨论而作,涉及一些同行,按惯例,不应事后再作增删,所以,虽然本书有些文字我自己现在看来也不甚满意,个别地方因当时单篇发表的需要还略有重复,也未作改动。……
>
> 1985年6月国内召开了第一次"《金瓶梅》学术讨论会",我因之写了一篇《论〈金瓶梅〉的创作成书问题》,是和徐朔方先生商榷的。说《金瓶梅》是"集体创作",首先在其传播过程中就找不到任何可信的证据;而且,正如何满子先生在为本书所作的"序言"中说:"用什么可以证明《金瓶梅》不可能是历史积累型的小说?因为这样的题材,这样的人生现象的历史涵义,不能早于这个历史时期所发现,所表达,只能是那个时期的历史写照。这个证据比所有从文献中选剔附会的理由要硬得多。"不过当时我是很认真地针对徐先生的大文条分缕析地作文章的,多少有点迂。这篇文章承孙逊先生帮忙发表在

《上海师范大学学报》1985年第3期。记得当时会上发言我并没有谈自己的论文,只是谈了对当时《金瓶梅》研究状况的感想,我认为考证《金瓶梅》的作者固然很重要,但并不是大家都能发现有关作者的材料,在没有可靠材料的情况下,最好不要都去乱猜作者,追求"轰动效应",《金瓶梅》研究应该"回到作品",提高研究的层次。所以第二年(1986)再开《金瓶梅》讨论会的时候,我提交了《〈金瓶梅〉:中国16世纪后期社会风俗史》的论文,从晚明文化的全景着眼提出一些看法。这篇文章被与会的《文学遗产》副主编卢兴基先生拿去发于《文学遗产》杂志1987年第5期。

在这几年中,我也零星地写了一些关于《金瓶梅》的文章,发表于《文学遗产》《复旦学报》等刊物。收入本书的《〈金瓶梅〉人物论》八篇,是西北大学薛瑞生先生1987年协助霍松林先生编《中国古典小说六大名著鉴赏辞典》时约我写的。《关于"兰陵笑笑生"》则是何满子先生1988年主编《中国十大小说家》时给我的命题作文。至1989年6月"国际《金瓶梅》学术讨论会"在国内召开,我亦敷衍了一篇《论〈金瓶梅〉的性描写》,并作了题为《站在新的时代文化高度观照〈金瓶梅〉》的发言。这两篇东西也于去年在有关刊物发表。……

何满子先生是我钦敬的前辈,是一位成熟的学者和文艺批评家,本书所谈到的一些问题,先生在"序言"中大都三言两语就概括了。据有人说,何先生法眼甚高,请何先生作序真有点冒险。拿到序言后,知本书中有些看法与何先生暗合,不禁有些庆幸心喜,只是何先生没有直接对本书提出多少批评,又多少有点遗憾。既希望对自己认同鼓励,又希望得到批评指正,以利进步,我不十分清楚这种思想对不对,却经常处于这种心理状态。

在感谢何先生为本书做序的同时,也借此机会对上面提到的李颖生、李锦山、孙逊、卢兴基、薛瑞生、宁宗一、李伟实诸先生及一切帮助和鼓励过我的朋友和同仁一并表示感谢。学林出版社社长雷群明先生帮助本书得到出版的机会,并亲自担任本书的责任编辑,尤其值得特别感谢,更应于此谨志。

李时人
1991年4月于上海师范大学

周钧韬

一、周钧韬小传

周钧韬,男,1940年12月生,江苏无锡人,研究员。专事《金瓶梅》研究。1959年于无锡县锡北中学(现江苏省怀仁中学)高中毕业后,就读于南京大学中文系新闻专业。1962年毕业后分配到江苏青年报社任记者、编辑。1979年调入江苏省社会科学院哲学研究所、文学研究所,从事美学和中国古代小说研究。历任文学研究所副所长、所长。兼任中国金瓶梅学会副会长。1993年评为研究员。同年调入深圳市文联任研究员、文艺理论研究处处长。

出版著作10部:

1.《美与生活》,黑龙江人民出版社,1983年4月出版;

2.《金瓶梅新探》,百花文艺出版社,1987年4月出版;

3.《金瓶梅探谜与艺术赏析》,吉林文史出版社,1990年8月出版;

4.《金瓶梅鉴赏》,南京出版社,1990年9月出版;

5.《金瓶梅素材来源》(主编),中州古籍出版社,1991年2月出版;

6.《金瓶梅资料续编(1919—1949)》北京大学出版社,1991年1月出版;

7.《我与金瓶梅——海峡两岸学人自述》(主编),成都出版社,1991年7月出版;

8.《中国通俗小说鉴赏辞典》(主编),南京大学出版社,1993年5月出版;

9.《中国通俗小说家评传》(主编),中州古籍出版社,1993年9月出版;

10.《周钧韬〈金瓶梅〉研究文集》(三卷本),吉林人民出版社,2010年8月出版。《人民日报(海外版)》1990年8月23日以《思辨考证双向汇流——周钧韬的〈金瓶梅〉研究特色》为题发文,向海外作了介绍。论文《也谈〈金瓶梅〉头上的王冠——与魏子云先生商榷》,为美国剑桥科学文摘收录。

二、周钧韬《金瓶梅》研究论文目录

1.《金瓶梅》传世的第一个信息——袁中郎致董思白书考辨,苏州大学学报,1985年第3期。

2. 关于《金瓶梅》初刻本的考证,社会科学评论,1985年第7期。

3. 袁中郎与《金瓶梅》,徐州师范学院学报,1986年第1期。

4. 袁小修何时见到半部《金瓶梅》,学术月刊,1986年第2期。

5.《金瓶梅》成书年代"万历说"商讨,江海学刊,1986年第6期。

6. 关于《金瓶梅》作者的二十三说,江汉论坛,1986年第12期。

7. 现代中国的《金瓶梅》研究,明清小说研究,第四辑,中国文联出版公司,1986年。

8. 袁小修与《金瓶梅》,徽州师范专科学校学报,1987年第1期。

9. 也谈《金瓶梅》与《西厢记》——与蒋星先生商榷,华东师范大学学报,1987年第2期。

10. 关于《金瓶梅》的时代背景的再思考,明清小说研究,第五辑,中国文联出版公司1987年。

11.《金瓶梅》词话(提要),明清小说研究,第六辑,中国文联出版公司,1987年。

12.《金瓶梅》抄引话本小说考探,苏州大学学报,1988年第1期。

13.《金瓶梅》是王世贞及其门人的联合创作,明清小说研究,1988年第1期。

14.《金瓶梅》溯源与考证,明清小说研究,1988年第2期。

15. "非大名士"参与《金瓶梅》创作之内证,徐州师范学院学报,1988年第2期。

16.《金瓶梅》与《水浒传》重迭部分的比较研究,汉中师院学报,1988年第3期。

17.《金瓶梅》溯源与考证(续),明清小说研究,1989年第1期。

18. 也谈《金瓶梅》头上的王冠——与魏子云先生商榷,南京师大学报,1989年第1期。

19.《金瓶梅》与《百家公案全传》,明清小说研究,1989年第2期。

20.《金瓶梅》清唱曲辞考探,艺术百家,1989年第3期。

21. 从《金瓶梅》第十七回看小说的时代背景,江苏教育学院学报,1989年第3期。

22.《金瓶梅》清唱曲辞考,明清小说研究,1990年第2期。

23. 金瓶梅资料续编(1919—1949)·前言,金瓶梅资料续编(1919—1949),北京大学出版社,1991年。

24. 吴晗对《金瓶梅》作者"王世贞说"的否定不能成立,江苏社会科学,1991年第1期。

25.《金瓶梅》清唱曲辞考(续),明清小说研究,1991年第1期。

26. 吴晗先生关于《金瓶梅》成书年代的论断不能成立,淮海论坛,1991年第3期。

27. 为伊消得人憔悴——周钧韬自述,我与《金瓶梅》——海峡两岸学人自述,成都出版社,1991年7月。

28.《金瓶梅》——我国第一部拟话本长篇小说,社会科学辑刊,1991年第6期。

29.《金瓶梅》研究的新开拓——评周中明著《金瓶梅艺术论》,社科信息,1992年第1期。

30. 丁耀亢与《续金瓶梅》(周钧韬、于润琦),明清小说研究,1992年第1期。

31. 续金瓶梅,中国通俗小说鉴赏辞典,南京大学出版社,1993年。

32. 丁耀亢,中国通俗小说家评传,中州古籍出版社,1993年。

33. 重论《金瓶梅》初刻本问世年代"万历末年说",内江师范学院学报,2012年第1期。

34.《金瓶梅》是一部性小说——兼论《金瓶梅》对晚明社会性纵欲风气的全方位揭示,内江师范学院学报,2012年第7期。

35. 重论《金瓶梅》成书方式"过渡说",内江师范学院学报,2012年第9期。

36. 鲁迅《金瓶梅》研究的成就与失误,河南理工大学学报,2013年第2期。

37. 郑振铎《金瓶梅》研究的成就与失误,内江师范学院学报,2013年第9期。

38. 吴晗《金瓶梅》研究的成就与失误,商丘师范学院学报,2014年第7期。

39.《金瓶梅》研究30年,内江师范学院学报,2014年第7期。

周钧韬先生在其《周钧韬〈金瓶梅〉研究精选集》中,关于《金瓶梅》版本研究,叙述的比较详细,现摘录如下:

我的《金瓶梅》研究三十年

从1984年开始,我的《金瓶梅》研究已历经三十个年头。……

一、三十年的学术成果

三十年来我的学术研究,可以概括为两个"十":出版了十部著作;取得了十个研究成果。

(一)出版了十部著作:

……(叶按:见前文。)

(二)在十个方面提出了自己的理论观点,取得了十个研究成果。

1. 提出《金瓶梅》传世的第一个信息,出现在万历二十三年袁中郎致董思白书谈到了《金瓶梅》，这是目前可考的《金瓶梅》传世的第一个信息。美国学者韩南先生、中国台湾学者魏子云先生提出，此信写于明万历二十四年，即《金瓶梅》传世的第一个信息，出现在万历二十四年。不少研究者信从此说。我将陶石篑的《游洞庭山记》与袁中郎的《陶石篑兄弟远来见访，诗以别之》诗、《西洞庭》文，作了比较研究，论定袁中郎致董思白书写于万历二十三年秋，亦即《金瓶梅》传世的第一个信息出现在万历二十三年，而非万历二十四年。这个观点已被王汝梅先生的《新刻绣像批评金瓶梅·前言》所引用。

袁小修见到半部《金瓶梅》的时间，是目前可考的《金瓶梅》传世的第二个信息。法国学者雷威尔先生认为是万历二十六年。我根据袁中郎致华中翰书、致吴敦中书、致江进之书及袁小修《游居柿录》考定，这个《金瓶梅》传世的信息，出现在万历二十五年，而非二十六年。

2. 提出《金瓶梅》初刻本问世年代"万历末年说"

《金瓶梅》初刻本问世年代，鲁迅认为是明万历庚戌（三十八年），此论影响甚大。魏子云先生根据1933年修的《吴县志》考定，万历四十一年"马仲良时榷吴关"，《金瓶梅》还未付刻，从而否定了鲁迅说。但魏先生的考证遭到质疑。法国学者雷威尔提出："我怀疑1933年修的《吴县志》也可能有疏忽和错误，还需要重加核对。"为此我作了进一步考证，查到清康熙十二年（1673）的《浒墅关志》，确证魏说为是。我的考证还查明，浒墅关主事一年更代。万历四十年任是张铨，四十一年任是马仲良，四十二年任是李佺台。马仲良绝对不可能在万历三十八年就已任过主事（他在万历三十八年才中进士）。如此，鲁迅的《金瓶梅》"万历庚戌初刻本说"，才被彻底否定。我又根据袁小修的《游居柿录》、沈德符的《野获编》等，考出《金瓶梅》初刻本问世在万历四十五年冬到万历四十七年之间，提出了《金瓶梅》初刻本问世年代"万历末年说"。

3. 提出《金瓶梅》作者"王世贞及其门人联合创作说"

吴晗先生否定《金瓶梅》作者王世贞说，影响很大。我对吴晗的考证提出了驳论。并根据发现的新史料：清无名氏《玉娇梨·缘起》、清宋起凤《稗说·王弇洲著作》，确证《金瓶梅》是王世贞的"中年笔"；从《金瓶梅》"指斥时事"、《金瓶梅》的早期流传情况、小说的语言特征、王世贞的学识和交游等方面加以考察，提出王世贞极有可能是《金瓶梅》的作者。进而我又研究了《金瓶梅》中大名士与非大名士共同参与创作的内证，并以传奇《鸣凤记》为王世贞与门人联合创作为旁证，提出了《金瓶梅》作者"王世贞及其门人联合创作说"。此说已为学术界所关注，孙逊在《金瓶梅评述》（载《漫话金瓶梅》）、《关于金瓶梅作者之谜》（载《金瓶梅鉴赏辞典》），卜键在《金瓶梅作者之谜》（载《金瓶梅之谜》），鲁歌、马征在《〈金瓶梅〉及其作者探秘》书中，均将此说作为一家之说而加以罗列。

4. 重申并论证了《金瓶梅》时代背景"嘉靖说"

吴晗先生著文，否定《金瓶梅》时代背景"嘉靖说"，并提出著名的"万历说"。此说信奉者甚多。我通过考证,否定了吴晗提出的"万历说"的全部证据。我又以《金瓶梅》为内证,探讨了蔡京专政与严嵩专政、太监的失势与得势、内忧与外患、佛道两教的盛衰等问题,提出了《金瓶梅》明写蔡京专政而实写严嵩专政,明写蔡京误国而实刺严嵩误国,《金瓶梅》写的是明代嘉靖朝严嵩专政时期的社会状况的观点。《金瓶梅》时代背景"嘉靖说",古人早已提出,但他们没有论证,而仅据推测或传闻。我所做的工作是对前人观点的申述和对此说的系统论证。自此,"嘉靖说"不再仅仅是古人的传说与推测,而成为具有比较坚实的考证基础和系统论证的,且能与郑振铎、吴晗、赵景深、魏子云等力主的"万历说"相抗衡的一说。

5. 提出《金瓶梅》成书年代"隆庆说"

郑振铎、吴晗都认为,《金瓶梅》成书于明代万历中期,此为影响甚大的"万历中期说"。我对郑振铎、吴晗等先生提出"万历说"的十多条论据一一提出驳论。进而从宋起凤的王世贞"中年笔说",《金瓶梅》创作目的是讥刺严嵩父子,徐阶的卒年等方面加以考证,提出了《金瓶梅》成书年代"隆庆说",其上限不过嘉靖四十年,下限不过万历十一年。

6. 提出《金瓶梅》成书方式"过渡说"

我认为《金瓶梅》既不是艺人集体创作,也不是文人独立创作,而是从艺人集体创作向文人独立创作发展的过渡形态的作品。它带有拟话本的特征,是文人沿用艺人创作话本的传统手法创作出来的拟话本长篇小说。2012年发表《重论〈金瓶梅〉成书方式"过渡说"》,用黑格尔的"扬弃"这一哲学概念作进一步研究,提出《金瓶梅》是一部从艺人集体创作(如《水浒传》)向"无所依傍的独立的文人创作"(如《红楼梦》)发展的"有所依傍的非独立的文人创作"的新观点。这是对"过渡说"的新发展,并为其奠定了理论基础。

7. 提出《金瓶梅》是一部"性小说"

2012年发表论文《〈金瓶梅〉是一部性小说》,认为《金瓶梅》不是写社会黑暗、官场腐败的反封建反腐败的政治小说,也不是写新兴商人悲剧的经济小说。《金瓶梅》作者的创作命意是写性,全书用了百分之六十的篇幅写性,是全方位揭示晚明社会性纵欲风气的性小说。它在中国性文化史上,古代小说艺术发展史上,中国社会发展史上,具有非同凡响的四大价值。"性小说说"是在中国《金瓶梅》研究史上的创新之说。《金瓶梅》"淫书说"统治了我们几百年,金学界用几十年花了大力气,将其扫进了历史的垃圾堆。但我进行了20年的反思,重新提出"性小说说",并指出其非同凡响的四大价值。有评论认为,"这种独具慧眼的辩证思维与不寻常的理论勇气,令人叹服"。

8. 关于《金瓶梅》的内容

魏子云先生提出,早期的《金瓶梅》并不是写西门庆、潘金莲故事的人情小说,而是一部讽刺明代万历神宗皇帝宠幸郑贵妃,有废长立幼故事的政治讽喻小说,后迫于政治情势而经人改写成西门庆、潘金莲的故事,这就是现存的《金瓶梅》词话。魏先生的立论根据是,现存"词话本"的引词讽刺的是项羽刘邦宠幸事,入话故事还讲到刘邦宠幸戚夫人欲废嫡立庶事,而正文写的是市民西门庆故事,因此两者存在内在的矛盾。我在《〈金瓶梅〉探谜与艺术赏析》中分析了早期《金瓶梅》抄本目击者的说词,话本的引词入话与正话之间联系的种种方式,并研究了《金瓶梅》词话的入话与正文之间的一段过渡性文字,提出了八条根据确证早期的《金瓶梅》就是一部写西门庆、潘金莲故事的人情小说,而不是魏先生所推断的写帝王宠幸故事的政治讽喻小说,从而从根本上弄清是非,以正视听。

9. 关于《金瓶梅》的创作素材来源的考证

《金瓶梅》的创作素材来源,是个很复杂的问题。我在专著《金瓶梅素材来源》中,用35万字的篇幅加以专门研究。该书考证了250多个问题。其中,考证小说写及的宋明两代史事问题40多个,民俗问题10多个,抄改话本小说问题近20个,抄改戏曲剧本问题近20个,抄引散曲、时调小曲问题60多个,抄改《水浒传》问题60多个,抄用前人诗词问题近10个,其他问题20个。在这250个问题的考证中,有一半或属继承前辈和当代学者的研究成果而加以确证,或纠正前人、今人考证中的失误和偏颇,而另一半问题则是我研究的成果。该书已得到学界的诸多肯定,认为该书或纠正前人的偏颇之见,或阐发新的学术观点,所论大多切中肯綮,发见深义,又不失公允之度,成为《金瓶梅》创作素材研究的集大成之作。此书问世,嘉惠学林非一代也,诸多金学研究者在涉及《金瓶梅》素材来源时,无不汲取营养于其书。

10. 关于《金瓶梅》在艺术美学上的创新

拙著《金瓶梅鉴赏》集中探讨了这个问题,提出了如下一些理论观点:(1)《金瓶梅》开启了人情小说创作的先河,标志着中国小说艺术渐趋成熟和一个新的阶段的开始。(2)《金瓶梅》直接面对现实社会,真实而又形象地,广阔而又深刻地再现纷繁复杂的社会生活。这一小说艺术的独特功能,只有到了《金瓶梅》才得以充分发挥并日臻完善。(3)《金瓶梅》以塑造人物为主,故事情节则降之从属地位,情节服从人物。鲜明地刻画人物性格,多方面地塑造各色人物形象,这一小说艺术的独特功能,也只有到了《金瓶梅》才得以充分发挥并日臻完善。(4)《金瓶梅》中的人物,具有复杂的个性化的性格特征,从横向看由多种性格因素组成,呈现多元的多侧面的状态;从纵向看呈现多种层次结构。作者还善于写出人物性格的深层和表层、次表层之间的错位和矛盾。(5)《金瓶梅》作者善于将人物的善恶、美丑一起揭示出来,其人物形象具有善恶相兼、美丑兼容的特征。这是作者将生活中的善与恶、美与丑互相依存、互相渗透、互相转化的原理,应用于小说人物创造的一个重大贡献。(6)《金瓶梅》开始直接向人物的内心世界挺进,通过描写揭示人物复杂的心理奥秘。它写出了人物心态的复杂性,写出了心态的动态变化;它善于创造特定的生态环境来烘托、映照人物的心境,将抒情与动态情态描写结合起来,并通过对比、反衬来强化不同人物的特殊的心路历程。(7)《金瓶梅》在情节美学、结构美学、语言美学、艺术风格等多方面,都有许多开拓和创新。(8)《金瓶梅》的诞生标志着整理加工式的创作(如《水浒传》)的终结,和文人直接面对社会生活的创作的开始。作为现实主义的文学巨著,还带有不少自然主义的成分。这些自然主义成分在很大程度上表现为对客观事物作不加选择的客观主义的描述。《金瓶梅》产生的时代,现实主义的文艺思潮还处于发展的过程中,还参和着种种非现实主义的成分,这是不足为怪的。

以上十条,大多数是我个人研究的成果,属于所谓"一家之言",为学术界所关注,部分则已得到学术界的肯定性评价。有的观点则仍然属于推测之辞,其真理性的程度就很难说,它将经受历史的严峻考验。……

周钧韬
2014 年 3 月 9 日,时年七十又四

陈昌恒

一、陈昌恒小传

男,1945 年生,湖北省汉阳县(今武汉市蔡甸区)人,华中师范大学汉语言文学系 1964 级本科,华中师范大学文艺学 1979 级文学硕士,华中师范大学出版社编审,中国《金瓶梅》学会理事,中国金瓶梅研究会(筹)理事,中华全国美学学会会员。除《金瓶梅》研究成果外,还曾主编《聊斋志异全本译赏》《三言二拍佳篇赏》,参编《文学原理》《中国古代文论百家》《文学人物鉴赏辞典》等。

二、陈昌恒《金瓶梅》研究专著、编著、论文目录

(一)专著

1. 冯梦龙·《金瓶梅》·张竹坡,武汉:武汉出版社,1994 年。
2. 审美心理自我描述:中国古代小说评点理论研究,加拿大枫华图书公司,2004 年。

(二)编著

张竹坡评点《金瓶梅》辑录,武汉:华中师范大学出版社,1986 年。

(三)论文

1. "西门典型尚在"——张竹坡的文学典型理论概述兼与朱星先生商榷,华中师范学院研究生学报,1981 年第 3 期。

2. 张竹坡的文学典型理论续述——评点派小说理论发微之三,华中师范学院研究生学报,1982 年第 4 期。

3. 论张竹坡关于文学典型的摹神说,华中师范学院学报,1983 年第 1 期;蔡国梁选编,《金瓶梅》评注,漓江出版社,1986 年。

4.《张竹坡评金瓶梅》理论拾慧,中南民族学院学报,1986 年第 2 期。

5.《金瓶梅》研究之历史问题,文学研究参考,1988 年第 2 期。

6.《查泰莱夫人的情人》与《金瓶梅》词话之比较,外国文学研究,1988 年第 3 期。

7.《金瓶梅》作者冯梦龙考述,华中师范大学学报,1988年第3期。

8.《金瓶梅》作者冯梦龙续考,湖北大学学报,1988年第6期。

9.《金瓶梅》研究之历史回顾,中国文学研究,1989年第2期。

10. 略论《金瓶梅》词话小说文化学的研究,《金瓶梅》研究,第三辑,江苏古籍出版社,1992年。

11.《情史类略》与《金瓶梅》,《金瓶梅》研究,第四辑,江苏古籍出版社,1993年。

12. 忆刘辉先生,《金瓶梅》研究,第八辑,中国文史出版社,2005年。

陈昌恒先生在其《陈昌恒〈金瓶梅〉研究精选集》中,关于《金瓶梅》版本研究有如下的叙述:

> 望着琳琅满目的"金学丛书"所展示出来的有关《金瓶梅》的作者、版本、流传、思想、艺术、评价,以及《金瓶梅》评点者和《金瓶梅》的文化学意义等诸方面的成果,我仿佛有种"横看成岭侧成峰,远近高低各不同。不识庐山真面目,只缘身在此山中"的迷茫感。看到刘辉、吴敢、黄霖、东有、兴勤、昭连等这些熟悉的署名,我又产生了"蓦然回首,那人却在,灯火阑珊处"的惊喜之情。凝视着"学生书局"四个大字,使我倍增对台湾出版界的敬意。我在华中师大出版社编辑的《东坡乐府编年笺注》《佛教与美学》《明清小说的艺术世界》《中国山水诗史》《戏剧概要》曾被台湾的文津、洪叶等出版单位出版。今天,学生书局这一大手笔在"金学"研究史上所书写的恢宏篇章,在中国古代文学研究史上具有承上启下的作用。这一大手笔向世界表明:海峡两岸是隔山隔水不隔音,两岸四地的学者是同宗同种同域同文的一家人。

> "满纸荒唐言,一把艰辛汗。他人不我知,自味苦中甘。"

> 1979年,我告别土家族世代繁衍的鹤峰县,回到母校,成了华中师大文学理论专业的研究生,师从孙子威、周伟民、彭立勋三位导师,攻读硕士学位。湖北这块与晚明文学有深厚关系的热土,麻城的刘承禧,居住麻城的李贽、公安三袁为《水浒传》《金瓶梅》的保存和传扬曾作出过杰出的贡献。而此时期正兴起明清小说研究的热潮:《水浒》与《三国》的研究会的秘书处设在湖大,华师研究古代小说理论的曾祖荫、黄清泉正在整理古代小说序跋,王先霈、周伟民正开设古代小说理论的选修课。(后来他们的研究成果分别由长江文艺出版社和花城出版社出版。)在这种古代小说研究氛围的启蒙下,我选定研究张竹坡的评点作为硕士论文。

> 《金瓶梅》当时并未完全开禁,华师图书馆是有书目而无书,经我的导师周伟民与湖北大学的郁源教授努力,华师从湖大图书馆影印回张竹坡的康熙乙亥本,专供导师和我用。但此本的《读法》只有86条。此期间,我用张竹坡的评语细嚼《金瓶梅》的精妙,撰写了两篇关于张竹坡文学典型理论的文章,先后在华中师大研究生学报发表。

> 1981年,我开始了硕士论文的资料收集工作。10月,在南京大学图书馆,凭介绍信和党费证,看到了张竹坡的康熙乙亥本的全貌。但此书由于长期无人问津,被虫蛀蚀得

破碎不堪,难以翻阅,图书馆要我7天再来,等他们裱糊好再看。正在此时,华东师大的陈谦豫教授又与该校图书馆联系好了,同意让我查阅张竹坡的评点本。于是,我即刻赶赴上海,在华东师大看到了张竹坡的康熙乙亥本和附有清宫珍宝丽美图的乾隆丁卯本,其喜悦和感激之情难以言表。我用一个多月的时间,抄录了张竹坡批评《金瓶梅》的总纲、回评、读法。此期间专程拜访黄霖老师,并且多次向陈谦豫汇报我的心得与体会。尔后我到北京大学、北京师范大学以核实资料的名义,看到了《金瓶梅》词话的崇祯本以及张竹坡的两个评点本。在北京,我静心地核对张竹坡评点的原文,并选录了崇祯本上的眉批夹批。本欲去吉林大学拜访王汝梅老师,因经费不足返校,以致遗憾至今。

陈昌恒

2014甲午马年季春,校读于多伦多大学郑裕彤东亚图书馆

鲁歌

一、鲁歌小传

鲁歌,全名李鲁歌,男,西北大学文学院教授,研究生导师。曾任中国《金瓶梅》学会理事等职。祖籍在"鲁"——山东馆陶(1965年划归河北省)。1940年生于西安市。1957年考上西北师院(今西北师大)中文系本科。1961年毕业后分配到乌鲁木齐市工作。1964年1月给毛泽东主席写信指出《毛主席诗词》中所附的"柳亚子原诗""卡尔中山两未忘……"一首是错的,应改正为"开天辟地君真健……"一首,毛主席在1964年9月第3次印刷本中改正。曾研究毛主席诗词、鲁迅著作等,发表文章多篇。1978年考上西北大学中文系硕士研究生班。1981年毕业后留校任教。开过鲁迅研究、郭沫若研究、《水浒传》研究、《金瓶梅》研究、《红楼梦》研究等课,在中国、日本发表论文上百篇,出版有合著《中国现代杂文史》《金瓶梅及其作者探秘》《金瓶梅人物大全》《我与〈金瓶梅〉——海峡两岸学人自述》《金瓶梅纵横谈》,独著《红楼梦金瓶梅新探》《鲁迅郭沫若研究》。学术新观点曾在中国内地、香港、台湾、日本、法国、韩国、美国、马来西亚报道,被收入海内外出版的多部大辞典中。2001年1月退休后发表红学、金学、鲁研、曹操墓研究等文近百篇,署名有鲁歌、李鲁歌、李雪、李歌、李雪菲等。

二、鲁歌《金瓶梅》研究论著、编著、论文目录

(一)论著

1. 金瓶梅及其作者探秘,鲁歌、马征著,西安:华岳文艺出版社,1989年。
2. 金瓶梅纵横谈,鲁歌、马征,北京燕山出版社,1992年。
3. 红楼梦金瓶梅新探,鲁歌,呼和浩特:远方出版社,1997年。

(二)编著

1. 金瓶梅故事,马征、鲁歌,成都:四川文艺出版社,1988年。
2. 金瓶梅人物大全,鲁歌、马征,吉林文史出版社,1991年。
3. 我与《金瓶梅》——海峡两岸学人自述,周钧韬、鲁歌主编,24人合著,成都出版社,

1991年。

(三)论文

1.《金瓶梅》书名辨识,云南民族学院学报,1987年第4期。

2.《金瓶梅》作者问题漫议,西北大学学报,1988年第1期。

3. 中、日所藏《金瓶梅》词话是同一刻本,明清小说研究,1988年第3期。

4. 略论《水浒传》与《金瓶梅》的关系,贵州师范大学学报,1988年第3期。

5.《金瓶梅》作者王稚登考,鲁歌、马征,社会科学研究,1988年第4期。

6.《金瓶梅》成书问题管见,江汉论坛,1988年第12期。

7. 鲁迅论《金瓶梅》及《鲁迅全集》有关注释正误,绍兴师专学报,1989年第3期。

8.《金瓶梅》作者不是冯梦龙,西北大学学报,1990年第1期。

9.《金瓶梅》正误举要,鲁歌、马征,许昌师专学报,1990年第3期。

10.《金瓶梅》作者不是谢榛,东岳论丛,1991年第1期。

11.《金瓶梅》当成书于万历中期,云南民族学院学报,1991年第2期。

12. 谈《金瓶梅》对万历帝宠郑贵妃的影射,载吉林大学出版社,1991年版《金瓶梅艺术世界》。

13. 读《三续金瓶梅》,徐州师院学报,1992年第1期。

14.《金瓶梅》写临清缘由初探,许昌师专学报,1992年第2期,又载《临清与金瓶梅》一书。

15. 现存《金瓶梅》词话的刻行年代,西安晚报,1992年9月7日。

16.《金瓶梅》作者是贾梦龙吗?枣庄师专学报,1992年第3期。

17.《金瓶梅》作者是谁?西安晚报,1992年12月21日。

18. 欣欣子不是屠本畯,笑笑生不是屠隆、屠大年,西北大学学报,1992年第4期。

19.《金瓶梅》早期史料信息研究,马征、鲁歌,金瓶梅研究,第三辑,1992年。

20.《金瓶梅》与山西及作者之谜,山西大学学报,1993年第1期。

21. 漫话"笑笑生",西安晚报,1993年2月9日。

22. 关于《金瓶梅》作者的十种说法,贵州师大学报,1993年第2期。

23. 简说《金瓶梅》的几种版本,枣庄师专学报,1994年第1期。

24. 再谈《金瓶梅》的作者是王稚登,金瓶梅研究,第五辑,1994年。

25.《金瓶梅》与王稚登,徐州教育学院学报,1997年第4期。

26. 关于《金瓶梅》作者问题,徐州教育学院学报,1998年第4期。

27. 对《金瓶梅》版本问题的鉴定,徐州教育学院学报,2002年第2期。

28.《金瓶梅》作者"王稚登说"简论,古典文学知识,2004年第3期。

鲁歌先生关于《金瓶梅》版本研究下过很大功夫,贡献也很突出,现将其在《鲁歌〈金瓶梅〉研究精选集》的《后记》中的总结摘录如下:

我赞成金学大家黄霖、刘辉先生的说法:《金瓶梅》抄本大约开始创作于万历二十年(1592),这一年屠本畯到江苏金坛王肯堂的家中,见到《金瓶梅》抄本二帙,也就是用线装订的二册抄本,我认为和后来词话本刻本的装订相同,"二帙"是第一回到第十一回。王肯堂对屠本畯说自己"以重资购抄本二帙"。他应是用高价从王稚登处购得抄本二帙的。屠本畯接着就到苏州王稚登家中,果然又见到《金瓶梅》抄本二帙。我认为也是线装的二册抄本,是第十二回至第二十二回。王稚登未说这二帙抄本是从哪里来的。屠本畯后来回忆说"恨不得睹其全!"可证他读过的这四帙抄本只是《金瓶梅》的前面部分,并不是抄本一百回"全"书。我认为万历二十年(1592),作者"兰陵民间才人"先写出了二帙抄本一至十一回,交给王稚登,王稚登暗中以高价卖给了富人王肯堂,屠本畯到王肯堂家中读了此二帙抄本;作者又写出了抄本二帙,交给王稚登去卖高价,屠本畯依王肯堂提供的线索去王稚登苏州家中,又读到了抄本二帙,即第三、四帙,第十二回至第二十二回。这一年(1592),屠本畯只读了抄本四帙共二十二回。

后来万历三十五年(1607)屠本畯在《觞政跋》中回忆了此事,并说:"恨不得睹其全!"此跋收入万历三十六年(1608)刊刻的屠本畯著《山林经济籍》一书中。金学大家周钧韬先生考出《金瓶梅》词话第四十七回至第四十八回写的苗天秀被杀害一案,来自《百家公案全传·第五十回公案·琴童代主人申冤》苗天秀被杀害一案。

鲁歌按:《琴童代主人申冤》中写的是蒋天秀,并不是苗天秀,《金瓶梅》词话中把《琴童代主人申冤》中的蒋天秀被杀害,改成了苗天秀被杀害,周先生所说有误。周先生说《百家公案全传》万历二十二年(1594)末的刻本不是初刻本,但周先生没有查出有更早的刻本。我也没有查出还有更早的刻本,我认为这应是初刻本。也就是说,《金瓶梅》词话抄本的作者读了万历二十二年末的刻本《百家公案全传》第五十回以后,才把蒋天秀被杀害一案,"艺术改造"成了《金瓶梅》词话第四十七回、第四十八回中的苗天秀被杀害一案。换言之,到1594年末(万历二十二年末),《金瓶梅》词话抄本才写完第四十七回至第四十八回。第十帙抄本是第四十八回至第五十二回。

请注意:《金瓶梅》词话抄本也好,刻本也罢,是每十回为一卷的,但并非每十回装订为一帙,也不完全是每五回装订为一帙。举例来说:

第一帙,一至五回,五回为一帙

第二帙,六至十一回,六回为一帙

第三帙,十二至十六回,五回为一帙

第四帙,十七至二十二回,六回为一帙

第五帙,二十三至二十六回,四回为一帙

第六帙,二十七至三十一回,五回为一帙

第七帙,三十二至三十六回,五回为一帙

第八帙,三十七至四十一回,五回为一帙

第九帙,四十二至四十七回,六回为一帙

第十帙，四十八至五十二回，五回为一帙

万历二十三年(1595)，《金瓶梅》抄本已写完了十帙，共五十二回，可能是暗中以高价卖给了很富有的大画家、文人董其昌。吴县知县袁中郎比董其昌穷得多，董其昌的一幅画就能卖很多银子，更不要说很多画了，袁中郎的收入远不能和他相比。董其昌的抄本十帙共五十二回很可能是暗中从王稚登处以高价买来的，王必然要叮咛董切勿说出来自何处。王稚登是布衣，比知县袁中郎更穷。

万历二十四年(1596)，袁中郎从董其昌处借得抄本十帙共五十二回抄写，在致董的信中发问：

《金瓶梅》从何得来？"伏枕略观，云霞满纸，胜于枚生〈七发〉多矣！后段在何处？抄竟当于何处倒换？幸一的示！"

董其昌不可能回答他。也就是说，万历二十三年即公元1595年，《金瓶梅》词话抄本才写到了五十二回，装订为十帙。后来袁中郎对沈德符说自己只"睹"过抄本"数卷"，特别值得注意！因为词话本是每十回为一卷，袁读过十帙共五十二回是五卷零二回，所以他说的是"数卷"；如果他读的是说散本抄本，说散本是每五回为一卷，他就应该说自己"睹"过"十卷"或"十卷余"，而不应该说只睹过"数卷"了！所以他读过的是词话本抄本，而不是说散本抄本。我赞成黄霖大师的说法：词话本抄本在前，说散本抄本在后；词话本刻本在前，说散本(崇祯本)刻本在后；今存词话本是初刻本。研究者们只要对照一下词话本与说散本刻本的每一回就可明白。

说散本是对词话本的删改本，删去的文字极多，词话本几乎每一回的文字都比崇祯本的文字多得多。词话本中的很多误刻基本上是刻工造成的，并非全是抄本中之误。抄本与刻本第十一帙是第五十三回至第五十七回的五回一帙，我认为抄本第五十六回中有影射谩骂屠隆的一诗一文写得低劣，以"水秀才"影射屠隆(号赤水)的"浑家专要偷汉""水秀才"(影射屠赤水)和别人家的几个小厮、丫头"勾搭上了"，因此被赶出等等内容，所以这五回一帙抄本不便以高价卖出。因为王稚登与屠隆表面上是好友，王稚登这样影射攻击朋友屠隆及其"浑家"，他自己不能不踌躇。原作者"兰陵民间才人"不可能知道那一诗一文是屠隆作的，而王稚登则深知之。所以这五回中有王稚登写的文字。但这五回中并非全都是王稚登作的，只是王稚登作了一部分文字而已。

对于这五回争议很大，研究者们各有各的说法，实际上来自晚明时沈德符在《万历野获编·金瓶梅》条，说这五回与"前后血脉亦绝不贯串，一见知其赝作矣"，如此等等。"绝不贯串"就是半点都不贯串，一丝一毫都不贯串，这话就说得太绝对了！这五回有一些和前后不贯串之处，但也有一些贯串之处，并非"绝不贯串"。我认为这五回基本上是"兰陵民间才人"作的，但也混有王稚登写的一些文字。这五回并非与前后"绝不贯串"。例如，第五十二回中写潘金莲丢下李瓶儿的儿子官哥儿不管，而去私会情郎陈经济，来了一只大黑猫，官哥儿"吃猫唬了"。第五十三回中写官哥儿"吃猫唬了"，与前一回是贯串的。又如，第五十三回中写西门庆与吴月娘"都上床去畅美的睡了一夜"，吴月娘怀了孕,这五回之后吴月娘生下了儿子孝哥儿,这也是前后贯串的。第五十五回中写了一个"扬州苗员外",我认为是另一个苗员外,既不是已被杀害而死的苗员外苗天秀,也没有交代说他是杀害苗天秀的苗青,看来也不是杀人犯苗青。该回中写西门庆与这个苗员外都到东京给蔡太师"庆寿诞","西门庆远远望见一个官员,也乘着轿,进龙德坊来。西门庆仔细一认,倒是扬州苗员外。(鲁歌按:前后都没有交代他是苗青。)却不想苗员外也望见西门庆了。两个同下轿作揖,叙别来寒温。原来这苗员外是第一个财主,他身上也现做个散官之职,向来结交在蔡太师门下。那时也来上寿,恰遇了故人……"苗青不可能"是第一个财主",不可能比西门庆更有钱财,苗青也没有做官。显然这个苗员外也不是苗青。这样"艺术虚构"是可以的。第五十六回中影射漫骂了"水秀才",第八十回中就写应伯爵等人请这"水秀才"代写祭文祭奠西门庆,前后也是贯串的。前后贯串之处甚多,并不是沈德符说的"绝不贯串"。我就不多举例了,敬请读金学大家黄霖、魏子云等先生的考论。这五回有与前后"自相矛盾"之处;其实这五回以外的文字也有很多"前后矛盾"之处。这样一部一百回的大书,有不少"前后矛盾"之处,也是可以理解的。

金学大家梅节先生考论,《金瓶梅》词话第五十七回的引首诗,抄自《西游记》第三十五回的引首诗,只改了四个字而已。(我认为只改了两个字,把"变化"改成了"禅那",另外二字:"门"是"开"字之刻误,"刧"是"劫"字之刻误,皆形近而误,是《金瓶梅》词话的刻工刻错的,抄本中应该不误,因写得潦草,刻工不能辨识,遂刻错了。)梅先生考论:"《西游记》百回本最早刊本为明金陵世德堂本,有陈元之明万历二十年《西游记序》,则今本词话补足后五回成书,应在万历二十年之后。"这一说法很重要。我认为抄本一百回写完需要五年时间,应写成于万历二十五年,公元1597年。"欣欣子"曹子念字以新死于这一年。

抄本一百回写成于公元1592年至1597年,即万历十九年末开始写,边写边以高价卖,万历二十五年写完抄本一百回。抄本出现于江苏金坛、苏州、华亭、吴县、真州、镇江等地,所以作者是江苏"兰陵"(武进)人,而不是山东"兰陵"(峄县)人。

抄本一百回付刻于万历四十五年(1617)冬,付刻于苏州,而非山东。第十四回刻有坏人花子由三次,刻到三十九回时,天启皇帝朱由校登基,为了避"由"御讳,从第三十九回起,六十二、六十三、七十七、七十八、八十回,十多次把"由"改刻为"油"(崇祯本从三十九回起十多次改刻为"繇"),证明了词话本付刻于万历四十五年冬(见东吴弄珠客序),于天启初(1621)刻成于苏州。

关于第五十三回至五十七回"这五回",只有两种"版本",一是词话本,二是崇祯本,后者对前者删改极多,每一回的文字也少得多,前者除了刻误之外,远胜于后者。别的各回也是如此。欣欣子在《金瓶梅词话序》中说全书是"一百回",没有说是九十五回,他是把全书"凡一百回"当作一个整体来说的,没有说第五十三回至五十七回是"陋儒"补作的,没有说这五回"肤浅鄙俚""前后血脉亦绝不贯串,一见知其赝作矣"。今人不应该迷信沈德符的说法,黄霖、魏子云等先生就不迷信沈德符的说法。

我在前面说这五回是王稚登作的,也说错了,应改正为基本上是江苏"兰陵"(武进)民间才人作的,"兰陵"人王稚登写有一少部分文字。徐阶之子、刘承禧、汤显祖、袁小修、沈德符等人或买或借抄过缺这五回的九十五回抄本共十九帙(徐、汤、袁小修应是高价购买的)。高价购买或借抄九十五回抄本十九帙的时间,应在万历二十六年(1598)至万历四十年(1612)之间。江苏华亭巨富徐阶之子以高价买得抄本九十五回十九帙,其姻亲刘承禧到徐家抄得。万历三十七年(1609),举人袁小修到镇江拜访刘承禧,很可能购得此九十五回抄本,不久带到北京。沈德符从袁小修处借此抄本九十五回而抄之。王稚登不是一百回全书的作者,但他在抄本中增写有少量文字,而且是暗中以高价贩卖者,家中必有一百回抄本及欣欣子序、廿公跋。他于1614年1月31日死后,书坊于1617年冬之前到他家中以高价买得抄本一百回及欣欣子序、廿公跋,请"东吴弄珠客"作《金瓶梅序》,予以付刻。因付刻时,后来的天启皇帝朱由校尚未登基,所以抄本中写的坏人刁徒泼皮花子由十多次都不可能修改。第十四回刻了两次"花子由"、一次"子由"。但刻到第三十九回时,天启皇帝朱由校已登基,所以第三十九回、六十二回、六十三回、七十七回、七十八回、八十回,十多次把"由"改刻为"油",以避新皇帝朱由校的名讳"由"。书中正面人物吴月娘把花子由骂作"刁徒泼皮"。刻书过程中新皇帝天启皇帝朱由校已登基,所以书坊中十多次把花子由的"由"改刻为"油",以避新皇帝的名讳"由"。这是刻书时所改,并不是抄本中十多次改"由"为"油"。

还值得注意的是:

朱由校死后,朱由检登基,即崇祯皇帝。说散本第十四回刻了四次"花子由",从第三十九回起,一连十多次改刻为"花子繇",改"由"为"繇",是为了避天启皇帝的名讳朱由校的"由"和崇祯皇帝的名讳朱由检的"由"。词话本中并未把坏人吴巡检作修改,而崇祯本把词话本第九十五回、九十七回中刻出的十多次"吴巡检""巡检",都改刻成了"吴巡简""巡简",以避崇祯帝名讳"检"。这就证明了词话本刻成于天启初年(1621),崇祯本约刻成于崇祯初年(1628),词话本早于崇祯本。研究者们应该对照词话本与崇祯本,后者对前者删改极多,每一回都删了很多文字,证明了词话本抄本与刻本都早于崇祯本。词话本中很多处刻工之误并非都是抄本中之误。

还值得注意的是:词话本第一回中就交代得很清楚,故事发生在清河县,武大郎与潘金莲从"紫石街"搬到了"县西街"住,间壁是王婆开的茶坊。我认为作者"兰陵民间才人"不可能患健忘症。潘金莲挑逗武松被拒斥、"西门庆帘下遇金莲 王婆子贪贿说风情"、"王婆定十件挨光计 西门庆茶房戏金莲"等故事都发生在"县西街"。但修改者王稚登没有读懂作者"兰陵民间才人"写的这一地点问题,第四回中妄改为"紫石街王婆茶房",并多次妄改为"紫石街"。显然,作者写的是"县西街";修改者没有读懂,多次妄改为"紫石街"(因《水浒传》中作阳谷县紫石街)。《金瓶梅》词话作者已把《水浒传》中的阳谷县"艺术改造"为清河县了;粗改者王稚登也没有太读懂,有时又妄改为阳谷县。但他急于卖高价赚大钱而没有细改。第一回至十一回的二帙抄本以高价卖给了王肯堂,屠本畯读后就去王稚登家,果然又读到抄本二帙,应是第十二回至二十二回。王肯堂的二帙抄本应是从王稚登处购买的。我说过全书一百回中"自相矛盾"之处很多,我说"自相矛盾"是说错了,应该说"前后矛盾"之处很多。例如,作者写的"县西街"是对的;粗改者王稚登未读懂而据《水浒传》妄改为"紫石街"就大错了。这不是"自相矛盾",而是"前后矛盾"。崇祯本中沿袭了此误。

这三个月,我为了完成这一部拙著,每天从早上八点钟开始,边查阅数据边写作,除了中午和傍晚两次上街买饭吃而外,每每写到凌晨三点钟,才终于完成了这部拙稿。其中有不少新的学术观点,与我以前的一些旧说大不相同。我还认为《三国演义》歪曲史实的错误太多,远不如《红楼梦》《金瓶梅》词话。以上均敬请金学师友与广大读者批评指正!

今后我打算完成以下几本拙稿:一、《金瓶梅词话与崇祯本》;二、《周汝昌、刘心武红学的硬伤》;三、《曹操是汉室的忠臣——为曹操翻案》;四、《周作人与鲁迅绝交解谜》;五、《鲁迅与许广平爱情揭秘》。大概在五年内完成以上五部拙稿,其中也有许多新的学术观点。若能出版,也敬请不吝赐教。

鲁歌
2014 年 5 月 23 日于西安市家中

张鸿魁

一、张鸿魁小传

男,1945 年 10 月 19 日生,文学硕士,山东社会科学院语言文学研究所研究员。学术兼职为:中国语言学会理事,全国汉语方言学会理事,中国《金瓶梅》研究会(筹)理事等。主要从事汉语方言音韵研究。先后主持国家社科基金课题两项、山东省社科基金课题两项,山东省古籍整理课题两项。已出版《临清方言志》《金瓶梅语音研究》《金瓶梅字典》《明清山东韵书研究》等著作多部,在《中国语文》《方言》《语文研究》《语言研究》《古汉语研究》《光明日报》等报刊上发表学术论文百余篇。

二、张鸿魁《金瓶梅》研究专著、论文目录

(一)专著

1. 金瓶梅语音研究,齐鲁书社,1996 年。

2. 金瓶梅字典,北京:警官教育出版社,1999 年。

(二)论文

1. 金瓶梅的方音特点,中国语文,1987 年第 2 期。

2. 金瓶梅异体词音证,金瓶梅考论,第二辑,宁夏人民出版社,1988 年。

3. 试论金瓶梅的语言研究,烟台师院学报,1989 年第 2 期。

4. 金瓶梅中的熟语、俗字,金瓶梅艺术世界,吉林大学出版社,1991 年。

5. 金瓶梅时代的入派三声,宋元明清汉语研究,山东教育出版社,1992年。

6. 金瓶梅与近代汉字研究,东岳论丛,1992年第6期。

7. 金瓶梅某些词语释义和字形问题,中国语文,1993年第2期。

8. 金瓶梅的方音特点续说,青岛师专学报,1993年第3期。

9. 金瓶梅"扛"字音义及字形讹变——近代汉语词语训释方法探讨,中国语文,1994年第3期。

10. 从金瓶梅的词汇特点看文化因素的影响,求是学刊,1995年第1期(王大新为第二作者)。

11. 金瓶梅"搁"字的形音义,枣庄师专学报,1995年第3期。

12. 金瓶梅中的动词重迭及相关句式考察,东岳论丛,1995年第4期。

13. 金瓶梅词语训释和俗字辨识,济宁师专学报,1996年第1期。

14. 关于"么"和"们"的读音,东岳论丛,1997年第2期。

15.《金瓶梅》俗字讹字例释,金瓶梅文化研究,第二辑,华艺出版社,2000年。

16. 临清方言和金瓶梅,运河明珠——临清,山东省地图出版社,2001年。

17. 金瓶梅的语言特色,徐州教育学院学报,2003年第2期。

18. 贺《金瓶梅词话校读记》出版,光明日报,2004年12月6日第6版。

19.《金瓶梅》词语研究的两点意见,金瓶梅文化研究,第五辑,群言出版社,2007年。

20. "啜哄"探源兼论"趁"字——《金瓶梅》俗字讹字例释,东岳论丛,2007年第6期。

21. "虚簀"释义兼论俗字"嚣"——《金瓶梅》俗字讹字例释,中国语文,2009年第4期。

张鸿魁先生关于《金瓶梅》语言研究已经取得了令中外学界瞩目的成果,他在《张鸿魁〈金瓶梅〉研究精选集》的《后记》中有如下叙述:

读研期间,经一位学长指点,找导师开条,系主任批示,读到了线装影印万历本《金瓶梅》词话,随手做了点方言音韵方面的心得,却得到导师殷焕先生的肯定。毕业后,赶上《金瓶梅》方言讨论热,就写了那篇《金瓶梅的方音特点》,不想又得到从未谋面的吴晓铃先生的褒许游扬,由此结识了金学界朋友。日积月累,写了些有关《金瓶梅》语音、词语、语法、文字的东西,就有了这本"精选集"。

下面把《金瓶梅语音研究》的那篇"后记"附上,作为这篇后记的结束。

事非经过不知难。此书经由多方友好赞助,方得问世。出版艰难,较之媚俗趋时读物,不可同语。然自信无剽袭,少臆说,尚可质诸世人,不负诸友鼎力支持。此其一。

笔者三十始有志于学,始得机会于学。而文字音韵,虽为壮夫不齿,实属愚庸难窥。笔者以驽骀之才,赖得先辈引启,方有今日之一得。业师殷焕先先生,国学根柢,新学眼界,自无须后辈谀赞;笔者侍学左右,熏陶磨砺,则在目在心。博学吴晓铃先生,向无造谒,见笔者涂鸦之作,即予谬赏;后贸然登门,多蒙指教,先生知有是稿,竟欣然应允为序,循循谆谆,声犹在耳。于今付梓之日,二老已遽归道山,聆教无从,不胜欷歔。此其二。

付梓在即,检阅旧稿,愈觉阙失多有。忆昔气盛,挑剔先贤时彦,不觉汗下。今以此书献世,无非呈拙求教,以期砥砺日进于方来。生也有涯,知也无涯。凡有赐教,敢不虚怀,任听评说。此其三。

向期赋短,扬雄口吃。谨志于书后。

记得《金瓶梅》里有句话,"学到老,不会到老。天下事如牛毛,孔夫子也只识得一腿"。话糙理不糙。虽然到了"从心所欲"的年纪,仍然愿意听到时贤及新锐的批评。

叶按:

我与张鸿魁先生因为共同研究《金瓶梅》而相识相交,已逾三十年。方言研究,特别是其中的语音研究,乃是判定《金瓶梅》作者地域的最可信途径。

周文业

周文业,1945年出生,1968年清华大学自动控制系毕业,长期从事计算机和网络应用工作与研究,历任太原无线电六厂副总工程师、太原电子研究所总工程师、首都师范大学数字校园建设中心主任、首都师范大学中国传统文化数字化研究中心常务副主任。现从事中国古代小说版本数字化研究、中国历史地理数字化研究及中国近代科学家生平研究等。从1999年开始进行五大名著(《三国演义》《水浒传》《西游记》《金瓶梅》和《红楼梦》)版本数字化,已经完成五大名著近80个版本的数字化和计算机自动比对,为版本研究提供了有力的工具。从2001年以来主办了15届中国古代小说、戏曲文献暨数字化国际研讨会,主编出版了《一百二十回红楼梦版本研究和数字化论文集》《三国志通俗演义文史对照本》和《三国志演义文史对照本》等,编写出版了《红楼梦版本数字化研究》《中国近代心理学家传略及研究》等专著,计划编写五大名著版本文本和插图比对研究丛书。(**叶按:**该文由周文业先生自己撰写。)

孟昭连

一、孟昭连小传

孟昭连,江苏沛县人。自小家境贫困,"饥饿"是留下的最深刻的童年记忆。泰山庙小学毕业后入张寨中学,高一时遇"文革"爆发,后回乡务农。1978年入南开大学中文系读书。1984年随鲁德才先生读研究生,1987年毕业留校任教。现为南开大学文学院教授,古代文学专业博士生导师。曾在《中国社会科学》《中国语文》《文学遗产》等刊物上发表过文章。

主要著作:

1. 金瓶梅诗词解析,吉林文史出版社,1991年。

2. 杜骗新书校点整理,河北人民出版社,2000年。
3. 漫话金瓶梅,岳麓书社,2002年。
4. 中国小说学通论(与宁宗一合著),浙江古籍出版社,2003年。
5.《三国演义》校注,岳麓书社,2002年。
6. 中国小说艺术史,岳麓书社,2006年。
7. 毛宗岗批评本《三国演义》校注(合作),岳麓书社,2006年。
8. 蟋蟀秘谱,天津古籍书店,1992年。
9. 中国鸣虫与葫芦,天津古籍书店,1993年。
10. 中国虫文化,天津人民出版社,1993年。
11. 蟋蟀文化大典,上海三联书店,1997年。
12. 中国葫芦器与鸣虫,东方出版社,1998年。
13. 千年秋兴话蟋蟀,山东教育出版社,2004年。
14. 中国虫文化(新版),天津人民出版社,2004年。
15. 中国鸣虫(修订版),百花文艺出版社,2007年。
16. 中国葫芦器(修订版),百花文艺出版社,2010年。

二、孟昭连《金瓶梅》研究论文目录

1.《金瓶梅》对中国小说思想的变革,金瓶梅研究集,齐鲁书社,1988年1月。
2. 从历史走向现实——《金瓶梅》对古代小说审美领域之拓展,南开学报,1988年第5期。
3. 关于《金瓶梅》中的性描写,徐州教育学院学报,1988年第5期。
4.《金瓶梅》的谐谑因素及其喜剧风格,南开学报,1990年第5期。
5. 道德化与非道德化——论《金瓶梅》的典型观念,金瓶梅学刊,1989年6月试刊号。
6. 论《金瓶梅》的人名谐音与成书,徐州师院学报,1992年第1期。
7.《金瓶梅》是世代累积型作品吗?明清小说研究,1993年第1期。
8. 论《金瓶梅》的"大小说"观念,金瓶梅研究,第四辑,1993年7月。
9. "搞"字的造字者及其他,中国语文,1999年第1期。
10.《金瓶梅》的"叙事结构"能说明什么?金瓶梅研究,第六辑,1999年6月。
11.《金瓶梅》方言研究及其他,南开学报,2005年第1期。
12. 崇祯本《金瓶梅》诗词来源新考,厦门教育学院学报,2005年第2期。
13. 从道德化到性格化——明代小说典型观念的演进,中国古代小说研究,第二辑,人民文学出版社,2006年。
14. 漫话《金瓶梅》十篇,天津每日新报连载,2007年2月—4月。

孟昭连先生在其《孟昭连〈金瓶梅〉研究精选集》的《后记》中,关于《金瓶梅》版本研究有如下的记叙:

1978年,我以近三十岁的"高龄",冲破层层关卡好不容易进入考场,横跨大半个中国,来到渤海之滨的校院里,重温学生之梦。所以1985年的徐州金学会上,当我以南开学子的身份重回徐州,看着当年"拉脚"时曾洒下串串汗水的道路,心里实在是五味杂陈。自此以后,我又踏上徐州替我铺下的另一条路——《金瓶梅》研究之路。

在此后的二三十年间,相对于专注《金瓶梅》研究的诸位师友,我的研究成果非常一般,不论在数量还是质量上。这当然有职业方面的限制,因任职于高校,不可能只把精力用在一部书上。更主要的,还是性格使然。我的爱好较广泛,涉猎的东西很杂,虽然专业是古代文学,然举凡语言、民俗、工艺都有兴趣,光葫芦、蟋蟀就写了好几本书。由于跨行太多,所涉东西往往全不搭界,确实是牵扯了很多精力。

当我将自己三十余年来的零散的金学文章收集在一起的时候,首先要感谢"金学丛书"的编辑及有关出版社,尤其要感谢一直组织、领导着中国《金瓶梅》研究,此次又是丛书发起人的吴敢先生:

"永远的《金瓶梅》,兄的贡献最大!"

孟昭连于南开大学
2014年2月4日

孙秋克

一、孙秋克小传

孙秋克,女,1955年6月出生于云南昆明,原籍河南郏县。云南大学中文系研究生毕业。历任昆明师范高等专科学校中文系——昆明学院人文学院讲师、副教授、教授。中国《金瓶梅》研究会(筹)理事、云南省国学研究会理事、云南省高等院校古籍整理工作委员会委员。主要从事元明清文学和古代文论教学与研究。1983年以来发表学术论文近70篇,先后承担国家社会科学研究基金项目两项,云南省科学研究基金项目两项,参与完成国家出版项目一项。获得各级科研成果奖多项。已出版《中国古代文学原理八论》、《明代文学史》(第二作者)、《明代云南文学研究》、《苍雪大师评传》等著作。参撰《中国大百科全书》(第二版)戏曲部分词条,编辑《二十世纪中国学术文存·南戏与传奇研究》(第二编者),编著《李清照诗词选评注》、《锦书云中来——古代尺牍小品赏读》,主编《中国古代文论新体系教程》。

二、孙秋克《金瓶梅》研究论文目录

1. 时曲与潘金莲形象,金瓶梅研究,第七辑,北京:知识出版社,2002年。
2. 孟玉楼形象的塑造及意义,昆明师范高等专科学校学报,2002年第2期。
3. 论宋蕙莲之死,昆明师范高等专科学校学报,2003年第1期。
4. 《金瓶梅》词话二考,昆明师范高等专科学校学报,2005年第1期。
5. 《金瓶梅》词话考札,金瓶梅研究,第八辑,中国文史出版社,2005年。
6. 再说《金瓶梅》词话卷首[行香子],河南大学学报,2007年第6期。
7. 汤显祖与《金瓶梅》及其他,《金瓶梅》与临清:第六届国际《金瓶梅》学术研讨会论文集,齐鲁书社,2008年。

8. 批评的态度与态度的批评——读刘世德先生的《〈金瓶梅〉作者之谜》有感,徐州工程学院学报,2007年第7期。

9. 徐朔方先生的《金瓶梅》研究,《金瓶梅》与清河——第七届国际《金瓶梅》学术讨论会论文集,吉林大学出版社,2010年。

10. 张竹坡评点《金瓶梅》之史稗比较刍议,台湾2012,国际《金瓶梅》学术会议论文集,台湾里仁书局,2013年。

11.《金瓶梅》中的云南羊角珍灯考,金瓶梅文化研究,第六辑,中国文史出版社,2013年。

12.《明代文学史》第四章第二节,浙江大学出版社,2006年第一版,2009年修订版。

13. 论《金瓶梅》的意象群叙事结构,闽江学刊,2014年第6期。

关于《金瓶梅》版本研究,孙秋克先生在其《孙秋克〈金瓶梅〉研究精选集》的《后记》中有如下的叙述:

> 2000年秋,我作为省校合作项目访问学者来到浙江大学,师从徐朔方先生,恰逢第四届国际《金瓶梅》学术研讨会在山东五莲举行,有幸与会并由此加入了《金瓶梅》研究这支充满活力的队伍。虽然自1983年起在高校执教中国古代文学史课程以来,我一向重视分析和阐述这部名著的文学史价值,但述而不作,把对它的研读心得写成论文始于此际。由于受到居于《金瓶梅》研究学术前沿的前辈师长及学长的熏陶,才有了今天这份微薄的成绩。这本小书留下了徐朔方先生教诲的痕迹,其他师长和学长的当面指教或大作惠及,也在其中有所记录。令我在自选集整个修订、编辑过程中感到不安的,不仅仅是这份成绩的微薄,更有仰止金学界泰斗鸿儒的惶恐。
>
> 然而在惶恐中我还是编出了这个集子。集中的大部分文章已经发表过,有少部分尚未发表。这次编选,对这些文章重新进行了修订与整合:已发表者或全文收入本集,或只节选了其中的一些内容,或把不同文章的同类论题相对集中于一篇。拙文发表后又发现的问题,则以"补证"附录于文末。尚未发表者原是为《金瓶梅》研讨会而准备的论文,但由于客观原因而未能与会或提交,这次也选择了其中的一部分收入本集。本集的研读内容大体分为三个部分:《金瓶梅》与其他作品之关系和名物、引用诗词考;《金瓶梅》的艺术性;《金瓶梅》研究之研究。
>
> 一路走来,我和金学同仁一同经历了在中国传统文化背景下,研究这部小说所必然要面临的风风雨雨,见证了在风波中学会负责任的担当勇气、学术态度和研究实力,拜读了前辈、同辈和后辈学人的丰硕研究成果,看到了后起之秀带来的勃勃生机——这使我坚信"金学万岁"在现在和未来,都绝不会仅只是一句口号。这也是我不揣浅陋,借这个与海峡两岸同仁交流的机会,奉上些微研读心得的初衷。
>
> 孙秋克

2014年2月26日凌晨于呈贡万溪冲

许建平

一、许建平小传

许建平,河北省石家庄市人,复旦大学文学博士,上海交通大学教授(二级),博士生导师,古代文学学科带头人,国家社科基金重大招标项目首席专家,享受国务院特殊津贴专家,古代典籍与中国文化研究中心主任。教育部"长江学者"通讯评审专家,中国《金瓶梅》研究学会副会长,中国明代文学学会理事。主要从事明代文学和文学思想史研究,在中国古代小说与《金瓶梅》、中国叙事学、李贽、王世贞以及经济生活与文学关系研究方面用力最多,在《中国社会科学》《文学评论》《文学遗产》《文艺研究》等国内外刊物发表学术论文一百多篇。被《新华文摘》《人大报刊复印资料》等报刊转载四十多篇。出版《李贽思想演变史》《金学考论》等著作18部。主持国家社科基金重大招标项目一项,并获国家社科规划办重大项目滚动资助,国家社科基金一般项目一项,教育部社科基金项目一项。获教育部高校人文社科奖一项,上海市哲学社会科学二等奖两项,河北省社科优秀成果二三等奖五项。

二、许建平《金瓶梅》研究论著、论文目录

(一)论著

1. 金学考论,石家庄:河北教育出版社,1999年。
2. 商风俗韵(与曾庆雨合著),云南大学出版社,2000年。
3. 许建平解说《金瓶梅》,东方出版社,2010年。
4. 王世贞与《金瓶梅》,河南人民出版社,2012年。

(二)论文

1. 试论《金瓶梅》艺术结构在中国长篇小说发展史上的意义,河北师范大学学报,1990年第2期;人大复印资料J2,1990年第8期;文科学报文摘,1990年第4期。
2. 《金瓶梅》表意含蓄化探绎,河北师范大学学报,1991年第1期。
3. 《金瓶梅》是一部探讨人生的小说,明清小说研究,1991年第4期。
4. 新时期《金瓶梅》研究述评(上),河北师范学院学报,1996年第2期。
5. 新时期《金瓶梅》研究述评(下),河北师范学院学报,1996年第3期;新华文摘,1996年第11期转载万余字。
6. 《金瓶梅》中清河县地理位置考辨,金瓶梅研究,第五辑,沈阳:辽沈书社,1994年。
7. 《金瓶梅》研究中几个问题的思考,云南社会科学,1998年第3期;人大复印资料J2,1998年第10期。
8. 《金瓶梅》研究三议,枣庄师范专科学校学报,1999年第3期。
9. 《金瓶梅》中的近代文化意蕴,文史知识,2002年第7期。
10. 《金瓶梅》叙事范式,河北学刊,2002年第4期。

11. 文坛模拟风气与《金瓶梅》撰写方法考察,河北师范大学学报,2000年第3期。

12.《金瓶梅》成书新证,河北师范大学学报,2001年第3期;人大复印资料J2,2001年第10期。

13.《金瓶梅》词话"这五回"情节与作者探原,河北师范大学学报,2002年第1期;人大复印资料J2,2002年第7期。

14. 王世贞与《金瓶梅》的著作权,古典文学知识,2002年第12期。

15. 裙钗队里的人情世理,经典丛话·金瓶梅说,南昌:江西教育出版社,1999年1月。

16.《金瓶梅》词话是初刻抑或三刻,枣庄师范专科学校学报,2000年第1期。

17. 王世贞与《金瓶梅》的著作权,河北师范大学学报,2003年第4期;高校文科学报文摘,2004年第3期。

18.《金瓶梅》作者研究八十年,河北学刊,2004年第1期;人大复印资料J2,2004年第3期。

19.《金瓶梅》价值的货币文化解读,河北学刊,2006年第3期;中国社会科学文摘,2006年第8期。

20.《金瓶梅》流通货币质态与成书年代补证,文学遗产,2006年第5期。

21.《金瓶梅》中货币现象与审美价值的逻辑走向,金瓶梅研究,第八辑,北京:中国文史出版,2005年。

22.《临清州志》与《金瓶梅》研究中的几个问题,明清小说研究,2008年第4期。

23. 明清消费文化的传播与城市文化的兴盛——以《金瓶梅》为中心,江南大学学报,2011年第3期。

24.《金瓶梅》的文化反思——因何经济崛起而文化衰微,东南大学学报,2013年第1期。

25. 王忬"伪画致祸"真伪考辨——以《清明上河图》为中心,中国文学研究,2013年第1期。

26.《金瓶梅》文化价值论,明清小说研究,2013年第3期。

关于《金瓶梅》版本研究,许建平先生在其《许建平〈金瓶梅〉研究精选集》的《后记》中有如下的叙述:

> 我所写的数篇小文,只有一个念想:为《金瓶梅》作者昭雪翻案,洗却"诲淫"之秽,还其清白与伟大;拨去迷雾,还作者之本来面目。然谈何容易!传统是座大山,千千万万之口,数百年之恶名,岂可一夜之间换颜重张。所以,我曾发出感慨:《金瓶梅》研究有两座大山,一是淫书之名,一是作者为谁。前者考验治此书者的识力,后者考验大家的学力,否则"金学"瓶颈难破。所谓"难破"是难破"禁书"之围,难免"笑学"之讥。进入这套丛书诸位长辈与同仁,都有为《金瓶梅》翻案的侠心义胆,吴敢先生与衍南、现俊二兄所以生出编此"金学丛书"之心,正是迎众同仁之意,集群雄之力,共襄盛举,一起来去蔽还原,完成这一学术史壮举。想到此,又喜不自禁。从不大做梦的我,竟梦中烂醉。
>
> 我进入金学园地,时间并不算长。20世纪80年代初韩进廉先生治红学之成绩对刚

入学问之门而不知所措的我,颇有启发。80年代末,入复旦学习,黄霖先生诫我需做考证之学问,方如梦初醒。章培恒先生以小学为根基、以哲学为利器的治学之道更给我以方法指引。后跻身于章门,问学于黄师,特别是章先生从教我句读《汉书》始,五台山休养之机,有幸伴先生六日夜,同室请教《弇州四部稿》诸问题,屈指夜谈一世纪学人,更令我眼界大开,受益多多。在"金学"路上,章培恒师在病榻忍痛为我的小书《金学考论》写序。黄霖先生将其奖掖后学之心倾注于刚从日本归沪便拨冗伏案为那本拙稿所写的序文内。刘辉先生、吴敢先生、梅节先生、魏子云先生、宁宗一先生、王汝梅先生等也多所支持、鞭策、鼓励。每念之情动于内,感慨不已。我的几篇小文实与他们的教诲和支持分不开。在此论集出版之际,谨表诚挚谢意。……

王世贞的研究眼在全集整理,心不离王世贞与《金瓶梅》的关系,多少可说明自己的苦衷。人的一生能读书的时间有限,能写的东西有限,能解决的问题就更少了。于是深感有涯无涯说之真切。回顾身后的路,蜿蜿蜒蜒,时隐时现,眺望前方小路,在晨曦里伸向遥远而火红的天际一线。

许建平
2014 年 3 月 31 日于南浦轩

潘承玉

一、潘承玉小传

潘承玉,男,安徽桐城人。先后负笈于桐城师范、安徽师范大学、南开大学;1999—2002年师从北京师范大学中文系原主任张俊教授攻读中国古代文学元明清方向博士研究生,获文学博士学位;2002—2005 年师从教育部"长江学者"吴承学特聘教授,在中山大学中文系从事明清文学博士后研究,获国家博士后证书。2005 年经浙江省高评委评审,破格晋升教授。专长中国古代文学与地方文化研究,在中华书局、人民出版社等出版专著 5 部,在《复旦学报》《浙江大学学报》《台大中文学报》《文学遗产》《文献》《文史》《国际中国学研究》等发表论文 80 篇。现为绍兴文理学院越文化研究院副院长、中国文学与古籍文献研究所所长、中国古代文学硕士点负责人,浙江省"十二五"社科学科组专家、浙江省高校中青年学科带头人、浙江省 151 人才工程第二层次人才。

二、潘承玉《金瓶梅》研究论著、论文目录

(一)论著

《金瓶梅》新证,合肥:黄山书社,1999 年。

(二)论文

1. 潘金莲:长在男权主义粪土上的恶之花,阜阳师范学院学报,1992 年第 2 期。

2. 评《废都》的艺术模仿,北京社会科学,1994 年第 1 期。

3. 污秽西门府,纯洁《金瓶梅》——《金瓶梅》斥淫描写辩正,东岳论丛,1995 年第 5 期。

4. 梅香缕缕出金瓶——《金瓶梅》审丑·审美特色管窥,徐州师范学院学报,1996年第3期。

5.《金瓶梅》五十三至五十七回真伪论考,绍兴文理学院学报,1997年第2期、第3期;中外文学(台湾大学),1998年第9期。

6. 地平线下的风景——《金瓶梅》女性弱者形象浅论,东岳论丛,1997年第3期。

7. 从《金瓶梅》词话的零碎语料看作品之影射背景与作者之边塞阅历,华侨大学学报,1997年第4期。

8. 佛、道教描写与《金瓶梅》的成书时代新探,中外文学(台湾大学),1998年第3期。

9.《金瓶梅》地理原型探考,绍兴文理学院学报,1998年第2期。

10.《金瓶梅》词话与绍兴,文史知识,1998年第2期。

11.《金瓶梅》抄本考源,中国文学研究,1998年第4期。

12. 小说家之外:《金瓶梅》作者的三重特殊角色,东岳论丛,1998年第6期。

13. 民族主义:《金瓶梅》作者的隐微情怀,延边大学学报,1999年第1期。

14.《金瓶梅》作者的家乡酒,徐州师范大学学报,1999年第2期。

15. 怎样看待《金瓶梅》的性描写,张兵、张振华主编,经典丛话·金瓶梅说,江西教育出版社,1999年。

16. 近年《金瓶梅》作者研究新说四种检讨,北京师范大学学报,2000年第5期。

17.《金瓶梅》作者"徐渭说",古典文学知识,2004年第5期。

18. 匪夷所思的想象探戈——评盛鸿郎《萧鸣凤与金瓶梅》,文艺研究,2006年第8期。

19. 伊何底止的指鹿为马——《金瓶梅》作者"萧鸣凤"说新证驳议之一,学术界,2006年第4期。

20. 无中生有的政治"罪行"——《金瓶梅》作者"萧鸣凤"说新证驳议之一,明清小说研究,2006年第3期。

关于《金瓶梅》版本研究,潘承玉先生在其《潘承玉〈金瓶梅〉研究精选集》的《后记》中有如下的叙述:

> 本书收录20篇拙文,都是已经公开发表的旧作。本次重新结集,对照原来的引文一一检核,除纠正一些技术性疏误外,部分还进行了增删修订。中国金瓶梅学会前辈吴敢教授和其他诸贤,雅意欲将拙作列为台湾学生书局出版的"金学丛书"之一种,实在愧不敢当。一者如附录索引所示,这些金学文章主要都发表于1992年到1999年,那是刚登讲台的高校底层青年教师(其时先后任池州师专中文科助教、绍兴文理学院中文系讲师),在资料匮乏、思虑未周、文笔稚拙等不利情况下,不知轻重的啼声初试之作,实在不登大雅之堂。二者从1999年到北京师从张俊教授攻读中国古代文学元明清方向博士研究生之后,个人的兴趣就从金学,甚至从红学、水浒学、三国学乃至整个明清小说研究逐渐远离开;即使仍有少数几篇金学乃至其他明清小说研究文字,原本也属受命应邀之作或不忍不言的学风评议,老实说来,无甚特别建树。然而同时,诚如《人大复印资料》

如去年转载的一篇学术观察拙文(第二作者)《2001—2011年的古代小说研究》所言,在20世纪八九十年代的长盛之后,21世纪头十年的明清小说研究仍然取得一系列可喜进展,其中当然包括长期坚守金学阵地诸贤和金学新人们的多方面贡献。私衷以为,"金学丛书"理应更多反映近年的金学新进展新成果。一句话,"金学丛书"再怎么扩大收录范围,也不该把晚学文字包括在内。……回望我们民族既往审美史者,因其蕴涵世界第一人口大国和最悠久文明的太多文明密码,而其语体又和现代全民族共同语完全一脉相承,这样的文学名著尤其存在一种巨大的召唤效应。就个人的浅薄体会而言,正是出于对《金瓶梅》在内几大明清文学名著的喜好,才走进明清文学和古代文化的深邃空间;金学于我,实在就像一位治学领路人。

潘承玉

2014年5月15日题于绍兴风则江畔

杨彬

我与杨彬先生是山东老乡,又曾经在鲁东大学做过同事。他离开鲁东大学后,一直保持着联系。我编撰这一部分学案,关于杨彬先生,是请他自己撰写的。

杨彬先生自述道:

杨彬,男,东华大学(上海)人文学院教授。1970年生于泰山之阴,汶水之阳。受家庭影响,我自幼喜爱中国文学,熟读若干著名古代小说。1993年,考入四川师范大学中国文化研究所攻读硕士学位。虽然导师刘益国教授主要以戏曲为其研究对象,但刘老师宏人雅量,不以我拒绝他给我研究方向的建议为忤,全力鼓励,并悉心指导,支持我确定了以中国古代、近代小说为硕士论文研究方向,自此,我就始终蹒跚行走在这条充满奇花胜景但也坎坷崎岖的学术之路上。1999年,在烟台师范学院中文系,有幸与"金学"界的前辈叶桂桐先生同事从教二年之后,我再度负笈求教,入复旦大学投师于闻名已久的黄霖老师门下,从事更深入的学术研究。黄霖老师以二"金"(金圣叹和金瓶梅)起家,虽以文学批评史为本业,但其《金瓶梅》研究则是学界之权威。在跟随黄先生参加了一次《金瓶梅》学术讨论会之后,我就在先生的建议下,把崇祯本《金瓶梅》研究作为了自己的博士学位论文题目,从此进入到一个既新鲜又浩博的研究领域中,至今无法自拔。虽然在2003年,我在博士毕业一年后进入上海师范大学博士后流动站,在李时人先生指导下,进行了为期二年乃至更长时间域外(以古代日本为主)汉文小说的研究,所发表的论文也以中日小说之交流为主,但由于《金瓶梅》也是李老师宽博的学术研究中重要的一翼,因此,《金瓶梅》研究始终是我在完成博士后报告之外不能舍弃的一块乐地。

2005年,结束了以"中国古代小说在古代日本的传播与影响"为主题的博士后工作之后,我进入同位于上海的另一所高校——东华大学人文学院任教。虽然由于缺乏学科平台,我所从事的教学工作跟专业领域关系不大,但在诸位新旧师友的关心、激励以及支持、帮助之下,我仍旧混迹于"金学"以及古代小说研究的行业之内,并且勉力发表文章,与诸师友商略疑义,辨章学术。在这一过程中,除了继续我对中国古代小说对日本小说影响及日本汉文小说的研究之外,我对于《金瓶梅》的研究兴趣暂时从崇祯本转移向了词话本。这是因为在我的博士论文完成,并且于2011年出版为我的第一本"金学"专著之后,我逐渐感觉到崇祯本与词话本之间复杂而微妙的关系,非得穷讨探源,全面梳理一遍不可。于是在最近几年我将研讨重点转到了词话本并发表了数篇论文。2012年,我远赴美国哥伦比亚大学,追随哥大东亚语言文化系中国文学,执狄百瑞东亚文化教席的商伟教授,继续研习中国古代小说。商伟教授的《儒林外史》研究、《红楼梦》研究以及我从事较久的《金瓶梅》研究,都有着引人入胜的研究心得与宏文大著,并在戏曲研究乃至古代诗文研究领域,都有着骄人的研究成绩。一年的学术访问,使我得以窥见海外汉学,尤其是海外中国古代小说研究的新境界,领略了其新理论、新方法,对于我之前的研究搭建了反思的平台,又为我今后的研究提供了持之以恒的动力以及学术深化的契机。2016年,由于我所参加的一项国家社科重大项目——由上海交通大学许建平教授领衔的"王世贞全集整理与研究"——研究的需要,我又飞越台湾海峡,在台北"中研院"文哲所进行学术访问,并在台北8月的溽暑中,多次往返台北"故宫博物院",抄阅目前世上仅存三部的《金瓶梅》词话明万历刊本之最重要的台北"故宫本"(有学者称之为介休本、台藏本等),并取得了一些宝贵的研究资料。文哲所丰富的藏书、胡晓真所长热情的关心,让我在台北愉快的访问岁月,也取得了不小的学术上的收获。结束访问前在文哲所的学术报告《〈水浒传〉与〈金瓶梅〉:武松形象的递嬗与定型》,不仅得到胡老师以及廖肇亨老师的补充、建议和点评,还引发了包括台湾大学师生在内的热烈讨论,过程中所听闻的真知灼见,相信对我今后至少一段时间内的《金瓶梅》研究将会产生不小的影响。

"文章千古事,得失寸心知。"在文章学术的道路上跟跄前行了几十年,对古人的感慨不由得体会更深。我愿与"金学"界诸位师友继续不懈前行,让这一枝飘零已久的"金瓶里的梅花",恒久绽放在学术道路之傍,不断散发出它独特的幽香。

附:本人有关"金学"的论著及论文

(一)论著

崇祯本《金瓶梅》研究,北京:文物出版社,2011年。

(二)论文

1.《金瓶梅》中的叙述者和隐含作者——兼谈《金瓶梅》的闹剧风格,金瓶梅研究,第七辑,北京:知识出版社,2002年。

2."尊情观"与崇祯本《金瓶梅》批评,金瓶梅研究,第八辑,北京:中国文史出版社,

2005年。

3. 从眉批形态试论崇祯本《金瓶梅》各版本之间的关系,金瓶梅研究,第九辑,济南:齐鲁书社,2009年。

4.《金瓶梅》的文本引用及其作者问题——以《金瓶梅》作者"王世贞说"为中心,王世贞与明清文化国际学术交流会论文集,上海交通大学出版社,2015年11月。

5. 再论《金瓶梅》作者"大名士"说——从《金瓶梅》中李贺的一首引诗说起,河南理工大学学报(社会科学版),2015年第12期。

6.《金瓶梅》词话与《贾云华还魂记》:"多层仿拟"的写作方式及其意义,求是学刊,2016年第7期。

洪涛

一、洪涛小传

男,原籍福建。香港大学一级荣誉文学士、哲学硕士、哲学博士。中国《红楼梦》学会常务理事,中国《金瓶梅》研究会(筹)理事,中国屈原学会理事。目前任教于香港中文大学。曾在香港大学担任导师,在香港城市大学担任讲师,在香港浸会大学兼任硕士课程客席教授。学术著作有:《红楼梦与诠释方法论》(北京:国家图书馆出版社,2008)、《女体和国族:从红楼梦翻译看跨文化移殖与学术知识障》(北京:北京图书馆出版社,2010)、《从窈窕到苗条:汉学巨擘与诗经楚辞的变译》(南京:凤凰出版社,2013)。译作有以下几种:《英语文法新解》(香港:朗文出版亚洲公司,1995)、《英语文法与表达技巧》(香港:朗文出版亚洲公司,1997);与友人合译《牛津进阶英汉双解词典》(香港:牛津大学出版社,1998、2005、2008共三个版次)。研究重点为:诠释方法与翻译、中国小说与知识论、传统汉学与域外汉学、话语分析等方面,发表学术论文100多篇,可分为六个系列:《红楼梦》与诠释方法论、《红楼梦》英译问题、《红楼梦》译评的话语分析、四大奇书英译评议、四大奇书变容考析、《诗经》《楚辞》与汉学研究。

二、洪涛《金瓶梅》研究论文目录

1. 历史化阅读和讽喻化阅读——评《金瓶梅与北京》的新看法,读书人,1997年7月号(1997年7月),第53—57页。

2.《金瓶梅》词话"四季词"的解释与金学中的重大问题,保定师专学报,第14卷第3期(2001年7月),第49—54页。

3. 论中国五大小说名著的不可译现象,唐都学刊,第19卷第2期,总76期(2003),第26—30页。

4. 罗选民主编:文化批评与翻译研究,北京:外文出版社,2005年10月第1版。

5.《金瓶梅》词话中双关语、戏谑语、荤笑话的作用及其英译问题,金瓶梅文化研究,第五辑,北京:群言出版社,2007年5月,第345—365页。

6.《金瓶梅》词话的外来乐器与民俗文化——兼论相关的英译问题,金瓶梅与临清——第六届国际《金瓶梅》学术讨论会论文集,齐鲁书社,2008年6月,第412—424页。

7. 从东吴弄珠客《金瓶梅·序》看金学问题及英译问题,金瓶梅与清河,吉林大学出版社,2010年7月,第299—310页。

8.《金瓶梅》的文化本位观念与仇外话语的英译,"国立"成功大学人文社会科学中心主办、陈益源主编:2012台湾《金瓶梅》国际学术研讨会论文集,台北:里仁书局,2013年4月,第643—668页。

9. 文化软实力与大中华文库本《金瓶梅》,第九届(五莲)国际《金瓶梅》学术讨论会(2013年5月11日—13日,由中国《金瓶梅》研究会、山东省《金瓶梅》文化专业委员会主办)与会论文。

10. 明清小说英译本所折射的士林生态,俗文学中的科举与民间社会国际学术研讨会(2013年11月8日—10日,武汉大学中国传统文化研究中心、中国俗文学学会与武汉大学文学院共同主办)与会论文。

关于《金瓶梅》版本研究,洪涛先生在其《洪涛〈金瓶梅〉研究精选集》的《后记》中有如下的叙述:

> 《金瓶梅》翻译研究向来颇受世人冷待。其实,从翻译和诠释角度看小说,我们会发现许多有趣的文化交流现象。
>
> 最后,是友人的襄助。我和梅节先生大约是1998年相识的。起初我和梅先生一同出席《红楼梦》研讨会,后来梅先生又传来《金瓶梅》学术活动的信息,所以,2000年10月我开始参加《金瓶梅》研讨会(那是在山东五莲召开的第四届国际《金瓶梅》学术讨论会),并认识了魏子云先生、陈诏先生、陈庆浩先生、陈益源老师等前辈学人。梅节先生又赠我梦梅馆校本《金瓶梅》多册,对我的研究很有帮助。另外,友人朱伟光常常跟我谈论英译问题,相与切磋。对于梅、朱二位,我一定要在这里表达谢意。最近几年,我因为致力撰写《红楼梦与诠释方法论》《女体和国族:从红楼梦翻译看跨文化移植与学术知识障》《从窈窕到苗条:汉学巨擘与诗经楚辞的变译》三本书,没能集中精神钻研《金瓶梅》,全赖师友因缘(例如寄来研讨会邀请函),我才没有中断自己的《金瓶梅》研究。最后,感谢主编先生青眼相看,邀我把散见各处的拙文汇成一书;感谢学生书局的编辑先生;感谢Yinty CHU和Heidi WONG帮忙做一部分校对工作。没有他们,本书不可能以现在这模样和读者见面。
>
> 2014年记于香港中文大学

杨国玉

一、杨国玉小传

男,1965年12月22日生,哲学硕士,现为河北工程大学社会科学部副教授,长期从事哲学及自然辩证法教学。学术方向为明清人文思潮。在《金瓶梅》研究方面,注重新数据的发掘和方法论的概括,将理论与实证有机结合,撰写、发表过学术论文近20篇。现为中国《金瓶梅》研究会(筹)理事。

二、杨国玉《金瓶梅》研究论著、校注、论文目录

(一)论著

杨国玉《金瓶梅》研究精选集,台北:学生书局,2015年。

(二)校注

《金瓶梅》词话校注(全国高校古籍整理研究工作委员会2011年度资助项目,课题编号:GJ 2011006)。

(三)论文

1.《金瓶梅》叙事时序中"舛误"干支揭秘——《金瓶梅》创作年代新考之一,河北建筑科技学院学报(社科版),2000年第3期。

2.《金瓶梅》人物命词索隐——《金瓶梅》创作年代新考之二,河北建筑科技学院学报(社科版),2000年第4期。

3.《金瓶梅》文本结构探微,保定师专学报,2001年第1期。

4.《金瓶梅》研究的新起点——"弄珠客思白"致丁惟宁书札辩证,河北建筑科技学院学报(社科版),2001年第1期;金瓶梅研究,第七辑,北京:知识出版社,2002年。

5.《金瓶梅》故事编年厘正,河北建筑科技学院学报(社科版),2002年第2期。

6.《金瓶梅》行用方言探原——兼谈近古方言语词研究的方法论问题,金瓶梅研究,第八辑,中国文史出版社,2005年。

7. 从习惯用语的变化看《金瓶梅》的文本结构,金瓶梅文化研究,第五辑,北京:群言出版社,2007年。

8.《金瓶梅》序作者"东吴弄珠客"续考,徐州工程学院学报,2007年第9期。

9.《金瓶梅》的谜底在诸城丁家——丁纯、丁惟宁父子创作《金瓶梅》考,《金瓶梅》与临清,第六届国际《金瓶梅》学术讨论会论文集,齐鲁书社,2008年。

10. 新见《金瓶梅》抄借《百家公案》素材述略,[韩国]中国小说论丛,第30辑,2009年9月。

11.《金瓶梅》第五十三至五十七回"赝作"勘疑——从语词运用的个性、地域特点看《金瓶梅》的"赝作"公案,《金瓶梅》与清河,第七届国际《金瓶梅》学术讨论会论文集,吉林大学出版社,2010年。

12. 新见周静轩《秉烛清谈》佚文,河北工程大学学报,2011年第2期。

13. 追踪"南海爱日老人"——关于《〈续金瓶梅〉序》的考证,金瓶梅研究,第七届国际《金瓶梅》学术讨论会专辑,北京:北京艺术与科学电子出版社,2011年。

14. 明代帝讳与《新刻金瓶梅词话》刊本的讳字问题——从帝讳角度对现存"万历本"刊刻版次及年代的梯次考证,2012台湾《金瓶梅》国际学术研讨会论文集,台北:里仁书局,2013年。

15. 新见《金瓶梅》抄引明文言小说素材考略——兼谈周礼《秉烛清谈》《湖海奇闻》的佚文,金瓶梅文化研究,第六辑,中国文史出版社,2013年。

关于《金瓶梅》版本研究,杨国玉先生在其《杨国玉〈金瓶梅〉研究精选集》的《后记》中有如下的叙述:

> 倏忽之间,涉足《金瓶梅》研究已经有十多年时间了。在这十多年间,除了正常的教学工作外,我几乎把大部分精力都放在了《金瓶梅》研究上,孜孜以求,其间的甘苦只有自己最清楚。我会为每一个哪怕细小的发现而欣喜不已,同时也为可利用的数据之匮乏感到懊恼,为某些谜题的不得其解而困惑。在这样亦苦亦乐的寻索过程中,我陆续将自己的所思所想写成了系列论文,在《金瓶梅研究》、韩国《中国小说论丛》、《燕赵学术》等学术刊物上发表。时光飞逝,自觉没有掷光阴于虚牝,这还是聊以自慰的。感谢台湾学生书局,出于对《金瓶梅》研究的关注和支持,出版"金学丛书",使我这些稚嫩的文字有机会得以结集。其中的某些篇什曾以单篇论文的形式发表过,此次收入本书,除了细致核校文献、进行必要的体例调整外,一般不作文字改动,保持其本来面目。现在,这本小书就摆在了读者面前,期待着读者诸君的评判。
>
> 在大学、研究生阶段,我读的都是哲学;在大学里长期从教,教的也是本科的哲学研究生的自然辩证法课程。用了这么长的时间、投入了这么多的精力去研究一部古典文学作品,这似乎显得有些奇怪。不少师友也问过我同样的问题。我的回答是:此为偶然中的必然,必然中的偶然。说起与《金瓶梅》结缘,除了与我研究明清人文思潮的学术方向有关外,恐怕更与本人喜欢探求未知的天性密切相关,而《金瓶梅》只是恰巧提供了这么一个平台而已。《金瓶梅》是中国文学史上的一部不朽名著,也是一部有着太多的神秘、太多的谜团的书。读到《金瓶梅》,最初是为其文学魅力所征服,继而为那些未解之谜所吸引,于是便一头扎了进去,先是成书年代、作者,后来是文本、方言、语词、"赝作"、素材……不由自主、无怨无悔地越陷越深。当然,在研究、探索的过程中,我的哲学背景还是发挥了重要作用。我向来认为,在科学研究领域,应当少一些纯文学的想象,而多几分哲学的理性。所以,在《金瓶梅》研究方面,我一直要求自己,不轻下断语,不迷信"定论",而采取审慎的态度,运用科学的方法,以期得出更加可靠的结论。是否做到了这一点,也呈请读者诸君指教。在研究《金瓶梅》的过程中,所遇到的最大的实际困难来自于数据方面。为此,我的许多位研究生时期的师弟提供了巨大的帮助,特别是孙微博士、任杰博士,他们在紧张的学习、工作之余,为我查阅、复印了大量宝贵资料,从而保证

了我的研究工作能够顺利进行。在此,深致谢意。

最后,还需要说的是,我的妻子刘莉除在生活上给予了我无微不至的照顾,更是一向支持我的研究工作,却不幸身患重症,英年早逝。谨将此书作为一炷心香,告慰爱妻在天不灭的芳灵。

是为记。

杨国玉

2014年3月22日

史小军

史小军,1966年生,陕西岐山人。暨南大学中文系教授,中国古代文学专业博士研究生导师,暨南大学出版社总编辑、图书馆馆长。1996年于陕西师范大学毕业获文学博士,博士导师为中国古代文学研究专家霍松林先生。

一、主要研究方向

元明清文学,研究领域涉及明清诗文流派、明清小说与传统文化、明代文人心态与文学等三个方面。

二、相关论著

已出版著作两部,其中,《复古与新变——明代文人心态史》(石家庄,河北教育出版社,2001)为国内较早系统论述明代文人心态史的著作,曾被台湾大学历史学系徐泓教授列为其明史专题课程之"社会风气与士人心态的变迁"专题的主要参考书目之一。

有关明清诗文流派特别是"明代七子派"的研究在学界具有一定的影响,曾在《文学评论》《文艺研究》等刊物发表此课题系列研究论文20余篇,多被《新华文摘》《文摘报》《中华读书报》《人大复印资料》等刊物摘转或全文复印。

上述研究成果也先后被季羡林先生担任名誉主编的《20世纪中国文学研究》系列丛书之《明代文学研究》(北京出版社,2001)、陈平原先生主编的《20世纪中国学术文存》系列丛书之《晚明文学研究》(湖北教育出版社,2002)、傅璇琮先生主编的《中国古代文学通论》系列丛书之《明代卷》(辽宁人民出版社,2005)予以介绍和肯定。

在小说研究方面,曾在《文艺研究》《中国文化报》《广州日报》(学术版)发表《〈金瓶梅词话〉的叙述风格变异及作者问题》《论〈金瓶梅词话〉对〈西厢记〉的袭用》《〈金瓶梅〉姓"金"不姓"黄"》等成果多篇。

三、开设选修课

《金瓶梅词话》导读、"明清小说与传统文化"等。

四、校外活动

在教学之余还致力于明清小说与传统文化的普及工作,曾在中山大学医学院、广州购书中心、广州市政府系统培训中心等单位及广州市委宣传部主办的"羊城学堂"举行相关学术讲座,广受关注和好评。

五、近五年来发表的主要学术论文

1.《金瓶梅》词话的叙述风格变异及作者问题,文艺研究,2008 年第 7 期,人大报刊资料,2008 年第 11 期全文复印。

2. 论明代前七子之儒士化,文学评论,2006 年第 3 期。

3. 论《金瓶梅》词话对《西厢记》的袭用,文艺研究,2006 年第 6 期。

4. 论明代前七子的关学品性,文艺研究,2005 年第 6 期,人大报刊资料复印中心:中国古代、近代文学研究,2005 年第 10 期全文复印。

5. 论王世贞对宋明理学的批评与反思,东南大学学报,2007 年第 2 期。

汪炳泉

汪炳泉先生自述道:

汪炳泉,男,1969 年生,浙江省开化县芳林乡洞石村人(现居开化县华埠镇)。1991 年考上高中中专,入浙江省机械工业学校焊接工艺及检测专业学习。1993 年毕业被分配到开化县化肥厂做焊接工作,曾兼任焊接工艺助理工程师。2010 年底单位倒闭,成为下岗工人。酷爱古典文学,特别是明清小说。业余时间主要从事《红楼梦》与《金瓶梅》的版本研究。

2004 年始,对《石头记》抄本、《红楼梦》清代评点本以及《金瓶梅》词话本、崇祯本、张评本的版本源流,进行细读研究。2006 年以来,对红学家邓遂夫先生先后出版的"红楼梦脂评校本丛书"之《脂砚斋重评石头记甲戌校本》《脂砚斋重评石头记庚辰校本》,多次提出了一些合理的建议和两书校记中的许多错误,被其采纳。曾多次在校本各版的修订后记中,对汪炳泉表示感谢。其中,邓遂夫先生在 2007 年 4 月三版四印的《脂砚斋重评石头记庚辰校本》(全三卷)一书的三版后记中写道:"这里面最值得敬佩也最令人感动的,还是吴全鑫、汪炳泉这两位年轻人,不仅目光犀利,命中率高,而且他们都是生活较为拮据,尚处于社会最底层的普通劳动者,竟然对《红楼梦》及红学有着如此痴迷执着的爱好,并有着超乎寻常的学识功底。"也曾有一位河北石家庄的朋友高志刚这样评价汪炳泉,"(汪炳泉)业余爱好,就是研究明清小说。除了对《金瓶梅》的版本感兴趣以外,他的《红楼梦》研究,可谓硕果累累。以至于红学家邓遂夫在其《脂砚斋重评石头记庚辰校本》的后记中,也向其表示感谢。……自己的动力是自己的爱好,能够给专家做绿叶,也是对自己劳动的肯定,这是他的心声。在他的世界里,没有名利。这一点,却是当代那些所谓的学者们缺少的。"

因为汪炳泉生长在穷乡僻壤,信息不通,没有图书馆。要想找本《金瓶梅》书,都极为困难。受生活条件所限,直到 2009 年,才接触网络,从此对《金瓶梅》版本研究,有了便利条件。其后对能见到的《金瓶梅》各种版本,进行细读比较研究。2011年,整理了《金瓶梅》刻本、影印本、排印本的版本情况,写成《金瓶梅版本概述》12篇,发在汪炳泉的网易博客里。

承蒙梅节老师的赏识与指导,对汪炳泉进行无私的教诲与帮助。2014年,在"明清小说研究"网,由梅节老师提供资料整理刊发《太平书局金瓶梅词话影印本的文字改动》(共列出42条)、《大安词话本不清楚的文字》(共列出29条)。先后发表论文:

1.《金瓶梅》崇祯本序列评议,河南理工大学学报(社会科学版),2016年第2期。

2. 论《金瓶梅》崇祯本的两个系统,2016年第十二届《金瓶梅》国际学术研讨会上提交并发表。

3. 重大喜讯——王孝慈本二百幅插图保存在国图(汪炳泉、童伟合著),"明清小说研究"微信公众号上发表。

4.《新刻金瓶梅词话》各影印本圈点问题,"明清小说研究"微信公众号上发表。

正待发表的有《从〈金瓶梅〉艺人说书到文人改编本》《从王孝慈藏200幅〈金瓶梅图〉发现谈王孝慈崇祯本》。

现已撰写好的有《〈新刻金瓶梅词话〉卷首[行香子]词》《第一奇书〈金瓶梅〉影松轩本版本考》,有待发表。

说明:

本编中所涉及的人物的小传、著作目录等,凡有《〈金瓶梅〉研究精选集》的,均来自其《〈金瓶梅〉研究精选集》,在此一并表示感谢!

附 录

关于《金瓶梅》的传说

——《〈金瓶梅〉的传说》自序

举世闻名且在中国小说演进史上具有界碑意义的长篇古典小说《金瓶梅》刚一问世,即被当时著名的文学家袁宏道誉为"云霞满纸";早在明崇祯年间,即被当时著名的通俗文学家冯梦龙与《三国演义》《水浒传》《西游记》并列,称为四大奇书;至清康熙年间,则被著名的中国古典小说批评家张竹坡推尊为"天下第一奇书"。

《金瓶梅》的命运本身也着实够奇特的了。近四百年来,它在毁誉参半中生存,在严厉的禁令下流播。它以自己的生存与流播的历史向世人显示了自己的价值与生命力。它已经深深地根置于社会生活的沃土里,渗透到国人的心理意识之中。它已经成为一种文化现象,在中国文化发展史和心态演进史上留下了自己的痕迹和印记。

四百年来,《金瓶梅》研究在中国封建社会经过了几次兴衰之后,在20世纪30年代,伴随着《新刻金瓶梅词话》(所谓"万历本")的发现,又出现了新的热潮,在很多重大问题的研究上取得了令人注目的成果。后来,由于残酷的战争和繁忙的经济建设,这热潮渐渐消退了;但是在海外却方兴未艾,掀起了新的《金瓶梅》研究热潮。而伴随着中国基本国策改革开放方针的实施,到了80年代,中国大陆再一次兴起了《金瓶梅》研究热潮,在很多新的研究领域都有了新的开拓与进步。这是非常令人可喜的事情。

但是,由于种种原因,《金瓶梅》研究也遇到了很多不易解决的难题,有些重大问题的研究,甚至处于难以深入的困境之中。1987年,我重返母校做国内访问学者,导师钟敬文先生给我们的研究工作指出了三条门径:第一,要重视文献资料,但不要光在文献堆里兜圈子,要到民间去作实地调查。第二,古典文学可以从多种角度去进行研究,比如文艺学、美学、社会学、语言学、历史学、心理学,等等,同样也可以从民俗学的角度去研究。要改变过去那种单一的研究模式。第三,要眼睛向下,面对现实,看看老百姓是怎样看待和理解这部奇书的。只有这样,我们的研究才能真正古为今用,为人民服务。不要钻到象牙塔中去,否则我们的研究就会迷失方向,失去自身的价值。

几年来,我们正是遵循导师的意见来重新进行《金瓶梅》研究的,而这本小册子的编辑,也正是这种工作的产物之一。

对于有关《金瓶梅》的传说,我们做了三方面的工作。第一是采风,组织人到河北省清河;山东省临清、聊城、阳谷、梁山、郓城;河南省濮阳地区;江苏省苏北地区——即所谓《金瓶梅》故事发生地进行社会调查。第二是对以往的文献资料中有关《金瓶梅》传说的材料进行钩稽。第三是对近来社会上正式刊出的有关《金瓶梅》传说进行搜索、甄别分类。这样,可以说是对古往今来的《金瓶梅》传说进行了一次比较系统全面的爬梳工作。

钟敬文先生主编这套丛书,嘱我编辑其中有关《金瓶梅》传说的小册子,我们便开始考虑对爬梳所得到的材料的整理方法以及入选标准问题,而这与本书的读者对象直接有关。因为这套丛书是普及与提高并重的,读者阶层相当广泛,所以在整理方法上,对采风所得到的传说材料,凡有关《金瓶梅》作者、流播情况、对后世影响,以及书中的宋、明历史人物的传说,则忠实记录、谨慎整理;关于书中的文学人物的传说的整理则稍微放宽一些,有时则加以补改或对若干同类材料进行综合。前者一般都注出讲述人、整理者;后者则只署出搜集整理者。凡从文献中钩稽的传说材料,则进行文言文的白话翻译和改编,虽为改编,讲究言必有据,尽管所据未必十分可靠或符合事实,因为这毕竟是传说,不是信史,其实所谓信史的二十五史,则从其初创体制的代表作司马迁的《史记》开始,有些人物传记中就有若干事迹与事实有着某种差距,这实在也是众所周知的事实。这类改编篇目,除署出改编者名字之外,则均将所据资料之出处开列出来。

关于入选标准问题。根据整个丛书的编辑宗旨及读者阶层广泛的特点,首先注意入选作品的科学性或学术性,凡牵扯到《金瓶梅》作者,流播情况、对后世文学影响、以及书中的历史人物的传说,比较慎重,选取的多是有资料可考的,即言必有据的,以及采风中忠实记录、慎重整理的。对于《金瓶梅》中的文学人物的传说则适当放宽。其次,比较注重可读性,所选篇目一般多有故事情节,以便使读者读来饶有兴趣,不觉得枯燥无味。第三是比较注重入选篇目的思想性,一般入选作品思想都比较健康,有比较明显或露骨的淫秽情节的不选。但是,为了使读者全面了解《金瓶梅》作者以及流播过程中的恶报的传说,也适当选入少数篇目。第四是要"切"。即切近《金瓶梅》的传说。这大致有两类情况,一是因为《金瓶梅》是借用《水浒传》的框架来构建自己的体系,两书中有相同的人物,这就不可避免地会出现某些既可收入《水浒传》传说集中,亦可收入《金瓶梅》传说集中的传说。对此,一般只收入跟《金瓶梅》关系更密切的,而将那些跟《水浒传》关系更密切的传说收入《水浒传》传说集中。另一种情况是对于近来在社会上公开刊出的《金瓶梅》传说,在甄别分类的基础上分别予以考虑。近年来公开刊出的《金瓶梅》故事、传说,就我们所见到的而言,大体上可分为三类。第一类是来自民间,整理者忠实记录、慎重整理的。这一类的数量其实并不太多。但入选篇目则较多一些。第二类是根据其他民间故事、传说改写者,即采用移花接木,改名换姓的方式,变成《金瓶梅》的故事与传说者,这原本也是民间文学创作过程中的常见现象,不可厚非,但收入时尽量不收或只收少数篇目,作为这一类型的代表。第三类是根据《金瓶梅》书中的人物、故事、风物习俗以及关于《金瓶梅》作者的有关传说再创作的民间故事与传说,这也有相当的数量,因此也收入几篇以为代表。而整体上说来,所收各类作品的数量与各类作品的实际数量之间的比例也作过计算,以求基本协调,即某类传说数量多,收的也多;数量少,收入的也少些,以便使读者对所有《金瓶梅》传说有个整体的把握。

收入本书中的《金瓶梅》故事、传说,从时间上来说,跨度比较大,从《金瓶梅》刚刚问世的明万历年间开始,一直收到现在流传在民众口头上的传说,前后约近四百年。从内容上来看,可大致分三类:关于《金瓶梅》作者及创作过程的传说;书中人物、风俗等传说;《金瓶梅》

流布及对后世影响的传说。从来源上看,大致有三类:一是来自民间的传说的整理记录;二是对于明清以来文人所记录的传说的改编译写;三是当代民间文学作者的创作或改写。这第三类作品中,的确有些声情并茂的篇章,但整个来看并不能令人满意,对此我们后边还要谈到,也不能说没有自己的特点,但整个说来,它的特点确实被前两类作品的明显特点所掩,因此,这里也不去多说它,只就前两类作品简单地谈点看法。

来自民间的传说,就数量而言,偏重于《金瓶梅》中文学人物的传说,比如潘金莲、西门庆、武大郎、武松等的传说,另外稍多点的是关于《金瓶梅》的作者的传说。整体上看来,这类传说,普遍地表现出强烈的爱憎之情,即对于西门庆及其他贪官污吏的极端仇恨,以及对书中人物的恶德秽行的无情嘲讽,而对于《金瓶梅》中的地位低下受人欺弄的人物,如宋蕙莲、来旺,等等,则显示了明显的同情态度。其中最为突出的也是最惹人注目的是为潘金莲鸣不平或翻案的传说很多。对于这种现象所表现出来的民族心理意识及其根源,作为一种文化现象,我们在即将完稿的专著《论潘金莲》一书中已予以较为详细地评述与分析,这里不拟多说。这里只录出几条较有代表性的看法来供读者参考。《金瓶梅》中的潘金莲,首先源于《水浒传》中的潘金莲,对于《水浒传》中的潘金莲,我们这里只说一句话,即《水浒传》作者的伟大贡献在于他第一次在中国文学史上成功地塑造了一个平凡的女杀人犯形象,作者令人信服地揭示了潘金莲由一个纯真的少女变成杀人罪犯的过程及其犯罪的主客观原因。《金瓶梅》中的潘金莲已与《水浒传》中的潘金莲有了重大的不同与变化,她的文化素养比《水浒传》中潘金莲要高得多,她是西门庆府中文化层次较高的女性,按照现今评定职称的标准,她可以评上中级职称,至少也应评上初级职称,她当然算不上"士",但却可称为有文化的人。这本身就是其性格中的特点之一,而这一特点,与其他特点之间有着十分密切的内在联系。潘金莲是那个商业发展、城市繁荣的特定的封建末世中的人物,她身上也因袭着旧的封建礼教观念,但也出现了若干新的观念,她用自己的言行无情地践踏着三纲五常,而最后她又正是死在封建礼教这张网上,她是个内涵非常丰富复杂的凸形文学人物。她的悲剧是社会悲剧,也是性格悲剧。老百姓为她的悲惨命运鸣不平,为她翻案,不是没有原因的,从美学与心理学上看,潘金莲原本是美的,但万恶的封建社会把她扭曲了,变丑了,把美的东西毁灭了,这虽然是无情的客观现实,但老百姓心理上不愿认可,不愿承受。老百姓有自己的美学观念与审美要求。这在民间文学中有比较充分显明的表现,很值得我们珍视和借鉴。

其次,这类民间传说所涉及的《金瓶梅》人物、风俗,可以同文献资料中传说相互印证与补充,这对于我们了解《金瓶梅》一书的成书过程,乃至作者的研究,都将有某种参考价值。

而从文献资料中钩稽出来的明清时代的文人们所记载的有关《金瓶梅》作者、出版、流播过程对后世文学的影响等的传说,对于《金瓶梅》研究者对这些重大课题的研究,将有某种启迪作用;而对于一般读者,特别是年轻读者,则可以借此更好地了解《金瓶梅》,了解中国的文化演进史,乃至引起研究的兴趣。这些似乎零碎的传说,综合起来,似乎可以称为形象化的论文,人们可以在比较轻松愉快的阅读中,增进知识,受到教益,乃至获得解决某些重大问题的启示。

综观收入本书中的全部传说篇目，我们以为，其中实在不乏佳作，有的甚至可以称为民间传说中的上乘之作。但是从整体上看来，也确有不少篇目，无论在整理的态度与方法上，在艺术技巧上，还是在语言上，与民间传说这种文学样式还很"隔"，行家一看就会觉得不地道、外行。这一方面有待于今后的学习与改进，另一方面也真实地反映了我们这方面的队伍的实际状况，这实在也具有一种代表性吧。

《金瓶梅》传说再议
——《〈金瓶梅〉的传说》（之二）序言

《〈金瓶梅〉的传说》出版之后，我从南海出版公司得知，《〈金瓶梅〉的传说》（之二）正在编辑加工，该书是王一奇先生选编的，主要收辑了曹晋杰先生所收集整理的有关《金瓶梅》的传说。但此书的传说数量似乎少了点，南海出版公司的编辑希望我能再补编一些。我在编辑《〈金瓶梅〉的传说》时，已经收录了曹晋杰先生所收集改编的一些篇章，这也是造成《〈金瓶梅〉的传说》（之二）数量少的原因之一。我在编完《〈金瓶梅〉的传说》之后，曾认真地总结了一下，觉得有些方面的不少较好的传说没有能收录进去，有点遗憾，原拟在该书再版的时候予以补救，现在则刚好可以用《〈金瓶梅〉的传说》（之二）的出版来实现自己的愿望，于是就欣然地答应了南海出版公司的请求。

就我所选编的《〈金瓶梅〉的传说》（之二）中的篇章而言，与《〈金瓶梅〉的传说》相比，大概有这样几个特点：

就内容或传说的题材而言，除有关《金瓶梅》书中的人物传说之外，《〈金瓶梅〉的传说》比较注意明清以来有关《金瓶梅》的作者、流播过程，以及该书对后世的影响的传说；《〈金瓶梅〉的传说》（之二）则比较注重《金瓶梅》原书中有关人物的传说。所以在《〈金瓶梅〉的传说》（之二）中，编入了关于西门庆的父亲西门达、祖父西门京良及吴月娘、孟玉楼、李瓶儿、孙雪娥、陈经济等重要人物的传说。对于武松、西门庆、潘金莲等人物，也增加了若干新的内容。这些都是新收集整理的传说，是从前从未公布过的新材料。在关于《金瓶梅》作者的传说中，《〈金瓶梅〉的传说》（之二）收入了以往不大被人注意的关于孟玉楼《金瓶梅》的传说，这是从《金瓶梅》问世不久，明人的小说笔记中选取的，篇幅虽然不长，但却很有价值，不容忽视。

就对采风所获得的材料的整理的态度或方法而言，《〈金瓶梅〉的传说》（之二）则比较注重所收篇章的可读性。所以，就整体而言，《〈金瓶梅〉的传说》对于《金瓶梅》研究者来说，提供了不少科学性较强的民间传说材料，对于一般读者来说，则不仅提供了可读性较强的足以使人解颐的民间传说，而且可以从中了解若干关于《金瓶梅》方面的各种知识。《〈金瓶梅〉的传说》（之二）则给广大读者提供了更多可读性、故事性更强的传说，其中除了对采风所得材料忠实记录的篇章之外,有些篇章在整理时则加以补编或改编。这些传说的突出特点是跟《金瓶梅》原书比较切近,人物的状态、事迹,甚至连人物之间的关系、活动场所等,都与《金瓶梅》关系至密,都是有所本的,都有一定的出处与来历,决不是信手拈来、随意为之的。

到现在为止,综观两集《〈金瓶梅〉的传说》,就传说的内容与题材所涉及的范围而言,是比较齐全和较有代表性了。

关于《金瓶梅》的传说,值得研究探讨的问题很多,这里只想谈谈这些传说的时空问题,因为这对于读者阅读有关《金瓶梅》的传说以及《金瓶梅》研究,有着直接的关系。

关于《金瓶梅》的传说的时间或时代问题。这个问题与《金瓶梅》的成书过程或成书类型,有着直接的关系。关于《金瓶梅》的成书过程或成书类型,主要指的是《金瓶梅》一书的成书过程或成书类型是像《三国演义》《水浒传》《西游记》等另外三大奇书一样,是在民间传说,特别是民间演唱(包括戏曲)的基础之上,经过某个作家的加工整理而成的所谓"累积型"作品呢,还是作家根据民间传说和自己的生活经历独立创作出来的"文人"作品呢?很显然,这个问题,无论对于一般读者阅读《金瓶梅》,乃至学者专家们研究《金瓶梅》,都有着十分重要的意义。

《金瓶梅》刚一问世,还在以手抄本方式流传的时候,就立刻引起了当时文坛的注意。自然是有人大加赞誉,有人极力诋毁。但是,誉也好,毁也好,人们都普遍地感到惊奇,有的是惊喜,比如当时的文坛领袖袁宏道;有的则惊骇,比如看过手抄本的薛冈。为什么人们会普遍感到吃惊呢?这根本的原因,乃在于《金瓶梅》一书中的主要故事,缺乏一个如同《三国演义》《水浒传》《西游记》中的故事的长期流传演唱过程,因而人们觉得这书好像是突然冒出来的一样。而且,不管是对《金瓶梅》赞誉的也好,诋毁的也好,大家认为这书是某个作家的创作的观点则是一致的。这种观点,由明清的文学评论家,到20世纪初期的文学史家,包括鲁迅、郑振铎这样的大家,也都毫无例外地认为《金瓶梅》是某个我们现在还不知道其真实姓名的作家的创作。直到现在在高等学校的讲堂上被广泛采用的中国社会科学院文学研究所和游国恩等教授所编写的两部《中国文学史》中,也都是持这种观点。

20世纪30年代,冯沅君先生在《〈金瓶梅词话〉中的文学史料》一文中,指出了《金瓶梅》词话中所引用的大量的诗词曲(包括戏曲中的曲子)小说材料的出处,之后,赵景深先生也做过这种工作。在国外,对《金瓶梅》词话所引用过的现成材料的考证工作用功最勤,成就也较大的是美国的学者韩南先生。但是,除赵景深先生之外,无论是冯沅君先生,还是韩南先生,在考证之后,得出的结论都仍是《金瓶梅》的成书类型为作家的创作,而不是"累积型"作品。因此,关于《金瓶梅》的成书过程或成书类型,几乎众口一词,已经成了定论。

1954年,潘开沛先生著文《〈金瓶梅〉的产生和作者》(原载1954年8月29日《光明日报》),明确地提出了新的见解:"《金瓶梅》是一部什么样的书?我说:不是像《红楼梦》那样由一个作家来写的书,而是像《水浒传》那样先有传说故事、短篇文章,然后才成长篇小说的。这就是说,它不是哪一个'大名士'、大文学家独自在书斋里创作出来的,而是在同一时间或不同时间里的许多艺人集体创造出来的,是一部集体的创作,只不过最后经过了文人的润色和加工而已。"潘先生的新见解如同石破天惊,此后,中外学术界,特别是中国大陆学术界,赞同潘先生新见解的人日渐增多,而且大有一扫旧说,后来居上之势。当然,坚持旧说者仍然不乏其人,于是新旧两说便不免要展开争论辩驳。

我认为,这种争论辩驳,不仅对于我们弄清《金瓶梅》成书过程的真实情况是有益的,而且对于我们深入理解《金瓶梅》一书,乃至厘清中国古代长篇小说发展的轨迹也是十分必要的。因此,我在编辑关于《金瓶梅》的传说,组织人到民间采风的时候,就很注意这个问题,即《金瓶梅》的传说的时代问题,想看看民间是否还留存着《金瓶梅》成书之前的关于《金瓶梅》中的人物的传说。但是调查的结果表明,在《金瓶梅》问世之前,这方面的传说却一点都没有。不仅如此,除了《金瓶梅》借用的《水浒传》的人物如武松、西门庆、潘金莲等之外,只有《金瓶梅》中才有的人物,比如书中重要人物如吴月娘、李瓶儿、孟玉楼、李娇儿、孙雪娥、庞春梅、陈经济,等等,就是《金瓶梅》问世以后,也或者没有传说,或者只有少许的传说。而关于《金瓶梅》中的人物及故事的民间演唱材料,包括戏曲在内,在《金瓶梅》问世之前,也一篇都没有。这与现存文献资料的记载情况完全相符,因为在所有现存典籍中,关于《金瓶梅》人物故事的传说,演唱材料,凡在《金瓶梅》问世之前的,一点踪迹也不见。

是的,我们没有听闻到的材料,客观世界当中未必就真的没有,因为我们的活动范围毕竟有限。于是我们便开始翻查近年来刚刚搞完的《金瓶梅》故事发生地或书中人物活动的主要场地的聊城地区、菏泽地区、泰安地区,以及河北的邢台地区的民间文学集成,并用各种方式与负责这一工作的地方史志办的工作人员联系,结果仍然一样,即在《金瓶梅》成书之前的有关《金瓶梅》主要人物及故事的传说,连同民间演唱材料,连一点蛛丝马迹都没有(《金瓶梅》与《水浒传》所共有的人物除外)。事实就是如此,无论是现存典籍的记载中,还是民间的口碑材料之中,迄今为止,没有任何人发现一篇在《金瓶梅》成书之前的关于《金瓶梅》人物及故事的传说和演唱材料的踪影。因此,我认为自潘开沛先生起而出现的《金瓶梅》乃是集体创作,是"累积型"作品的新说,实在是一个仙境中的空中楼阁,其可谓是"忽闻海上有仙山,山在虚无缥缈间"了。

我认为《金瓶梅》的成书过程或成书类型既不同于《三国演义》《水浒传》《西游记》等"累积型"的作品,也有别于《红楼梦》这样的典型的文人之作。《金瓶梅》是在作家学习和利用民间文艺的样式创作构建自己的故事的同时,也把现存的民间演唱及文人作品毫无顾忌地大量地收录到自己的故事之中,或不加改动,或进行加工变型,来熔铸成自己的宏篇巨制。这种成书过程或类型,正是《三国演义》《水浒传》《西游记》这种"累积型"作品到《红楼梦》这样的纯粹文人作品之间的桥梁。上述三种类型的成书方式的演进,正是中国古代长篇小说的成熟与发展的过程。而就整体而言,《金瓶梅》应属于文人创作。

《金瓶梅》的传说在时间上,既不同于《三国演义》《水浒传》《西游记》的传说,也不同于《红楼梦》的传说,而呈现出比较复杂的状态。仅就我们所收录的传说范围而言,《金瓶梅》的传说大体上可以分作两个部分:一是《金瓶梅》与《水浒传》所共有的人物的传说。这部分传说,除武松、宋江等《水浒传》中的重要人物以外,我们都把它归为《金瓶梅》的传说。武松与《金瓶梅》的关系也很密切,因此酌量少收了一点;宋江的则一篇未收。这一部分传说的产生时间,与《水浒传》的传说相同,既有成书前的,也有成书后的。而《金瓶梅》所独有的传说,都是《金瓶梅》成书以后的。但是,这一点也不影响这些传说的价值,因为传说的价值并不全在于时代的早晚。

关于《金瓶梅》的传说的空间或地域。因为这不仅牵扯到《金瓶梅》的成书、作者等重大问题,而且也于这些传说与《金瓶梅》故事发生地或《金瓶梅》人物活动的主要地区的地域性文化有着直接的关系,所以有必要简要地谈一谈。

《金瓶梅》的主要故事,即西门庆与潘金莲的故事,原本是依附于《水浒传》中的主要人物之一武松的。武松的故事,早在宋代就有人说唱,罗烨的《醉翁谈录》中所开列的"说话"故事名目中,就有"杆棒"类的《武行者》。但只是名目而已,话本不存。《宣和遗事》中虽有"行者武松"的称号,但未涉及西门庆与潘金莲。元杂剧中有高文秀的《双献头武松大报仇》、红字李二的《折担儿武松打虎》和《窄袖儿武松》,但这些剧本均不存世,估计应该有西门庆与潘金莲的故事在内,但详情已难考知。我们现在所见到的最早的写到西门庆与潘金莲的故事的只能是《水浒传》。《水浒传》中的西门庆是阳谷人,武松、武大和潘金莲都是清河县人氏。因此这阳谷县与清河县自然成了西门庆与潘金莲故事发生地或人物活动地。《金瓶梅》以《水浒传》中关于武松、西门庆、潘金莲之间的故事为框架来构建自己的小说,所以阳谷、清河自然应算作《金瓶梅》故事的发生地与人物的活动场所。但是《金瓶梅》作者却对《水浒传》做了改动,把武松、武大、潘金莲说成是阳谷人氏,把西门庆说成是清河县人氏,因而西门庆与潘金莲的主要活动场所变成了清河县。如果说《水浒传》的作者把本来不相邻的阳谷县与清河县(相距二百余里)说成是近在咫尺的毗邻,迄今令人很难索解的话,那么《金瓶梅》作者将西门庆、武松、武大、潘金莲的籍贯有意改动,即将西门庆、潘金莲的主要活动场地由阳谷县改为清河县,则似乎不难理解。我以为《金瓶梅》作者做这种改动的根本原因乃在于清河与临清是真正的毗邻。且不说《金瓶梅》中西门庆的排场、活动范围,只有当时的繁华的临清才当得起、容得下,清河实乃临清的踪影,仅就《金瓶梅》后二十回中不少主要人物的活动场所就直接安置在临清,作者就非得做这种改动不可。因为《金瓶梅》既然用《水浒传》中的西门庆、潘金莲的故事来构建自己的小说,而《水浒传》中西门庆与潘金莲的故事就是发生在所谓"毗邻"的阳谷县与清河县,那么《金瓶梅》作者又让其中的人物在临清活动,便只能有两种可能的选择:或者让临清与清河近邻,或者让临清与阳谷毗邻。事实上临清与清河毗邻,所以《金瓶梅》作者便只好让西门庆住在清河。这也实在是顺水推舟。

当然《金瓶梅》作者不是没有发现《水浒传》作者将清河与阳谷说成是毗邻与事实不符,但《水浒传》已经家喻户晓,可谓木已成舟,不能改动,所以《金瓶梅》作者在将西门庆的家由阳谷改成清河的同时,又顺水推舟,清河以及与清河毗邻的临清,采用坐标位移的手法,一同位移到东平府。所以《金瓶梅》中的"清河"的实际位置正在东平府,这有三方面的大量材料可以作证。第一是书中的东平府与清河县近在咫尺,所以乐工李铭在东平府当完差之后,还可以到西门庆家中来侍候(第四十二回);所以玳安到东平府胡府尹家送过礼物之后,又回来分送了十几家礼物,前后才不过一上午的时间(第七十六回)。第二是《金瓶梅》中凡写到清河到别的地方,如东京、兖州府、泰山等地的时候,计算里程和所花费的时日,无一不是以东平府为出发点的。第三,临清原在东平府以北,但《金瓶梅》中凡写到沿运河北上的人却总是先到临清,后到东昌;相反,从东京到清河,却总是先到东昌,再到临清、清河。

《金瓶梅》词话一开头第一回就说到潘金莲与西门庆私通,终于"惊了东平府,大闹了清河县",因此东平府、临清,自然也是《金瓶梅》故事的发生地或其中主要人物的主要活动场所。因此,《金瓶梅》故事的发生地或其中主要人物的主要活动场所,正是南起东平县,北到清河县,在约三百里左右的地带。

社会调查的结果也表明:关于《金瓶梅》的传说的密集地也正在这一带。而近五六年来,我们对于《金瓶梅》中的方言、习俗、地理等方面的大量考证也证明:《金瓶梅》的方言、习俗、地理,等等,也与这一带的方言、习俗、地理相吻合。因此我们才敢于说这一带是名副其实的《金瓶梅》故事发源地,正是这一带地域文化孕育了《金瓶梅》,或者说《金瓶梅》与这一带的地域文化有着十分密切的关系。

这一点也不奇怪。早在宋元时期,这一带的东平府就是民间说唱与戏曲演唱的中心地域之一,这方面的活动十分活跃,以写《水浒》戏闻名于世的元杂剧作家高文秀就是东平人。而新近的《水浒传》研究的成果也表明,《水浒传》的原本作者罗贯中,也是东平人(详见刁云展《〈水浒传〉的真正作者是山东人罗贯中》,原载《社会科学辑刊》1990年第6期)。退一步说,至少这个罗贯中对这一带十分熟悉。

到了明代,临清崛起,在《金瓶梅》成书的时代,成了中国北方少有的大城市,民间说唱与戏曲演唱等民间文化活动,都十分活跃,这是众所周知的事实,正用不着细说。

总之,我以为,正是这一带的地域文化和社会氛围孕育、培植了《金瓶梅》,也造就了大量的《金瓶梅》的传说。不管《金瓶梅》的作者是哪里的人氏,他必然熟悉这一带的文化,并受过这一带的地域文化的熏染与启发,才能写出《金瓶梅》。

后记

拙著《〈金瓶梅〉版本研究枢要》就要与读者见面了,感谢中州古籍出版社的马达、张弦生先生对我的厚爱,使拙著《〈金瓶梅〉版本研究枢要》得以出版。

感谢中国《金瓶梅》学会吴敢副会长兼秘书长对我的鼓励与支持,吴敢先生主编的"金学丛书"二辑的出版,吴敢先生《金瓶梅研究史》的出版,都为我撰写本书提供了极大的方便,特别是他又把相关材料也发给了我,使我免去了抄写之苦,这都对本书的撰写帮了大忙。

感谢三十多年的老友、原中国《金瓶梅》学会副会长周钧韬先生为拙著作序,使覆酱瓿者生辉。

感谢杨彬先生的帮助,他把其博士论文的纸质文本与电子文本都寄给了我;感谢周文业、杨国玉、汪炳泉等诸位师友也都把有关材料的电子文本发给了我,使我免去了抄写之苦。

感谢山东外事翻译学院的孙承武院长对我的热情鼓励和大力支持,让我时时激励自己,自强不息,不断进取,不辜负时代对我们这一代人的要求,完成时代赋予我们这一代人的责任。

最后要特别感谢的是中州古籍出版社张弦生先生与山东外事翻译学院国学研究所所长兼山东外事翻译学院学报《华夏职教研究》主编魏伯河先生的大力帮助。张弦生先生是我三十多年的老朋友了,我的博士论文也是张先生负责编辑出版的。魏伯河先生是我的老同事、老朋友。这次出版拙著,我因为患白内障,视力很差,而全书的书稿连绵三十年,体例混乱,错别字随处可见,改动起来是非常烦琐的,若无张弦生先生和魏伯河先生的编辑修改校对,此书断难付梓。

20世纪60年代韩南先生的博士论文是世界上最早的一篇关于《金瓶梅》研究的博士论文。韩南先生博士论文中的《〈金瓶梅〉版本及其他》,是关于《金瓶梅》版本研究最有代表性的著作,其影响及于今日之学界。

我是中国(包括港台在内)第一个以《金瓶梅》研究作博士论文的(论文存中国社会科学

院文学研究所)。我的《金瓶梅》版本研究除了在博士论文之中的论述之外,更多的是博士论文答辩之后的,特别是最近十年以来的研究成果。我的研究不仅论证了韩南博士半个多世纪之前的"假设"的科学性,而且明确地回答了他所提出的一些没有解决的问题。二者之间的继承与发展、突破是清晰的。

众所周知,由于《金瓶梅》一直是禁书的特殊性,所以关于《金瓶梅》版本与作者问题的研究疑案重重,而其最重大的疑案之一是《新刻金瓶梅词话》与初刻本《金瓶梅》词话的关系问题。当下这个问题几乎成了一个"死结",若干权威性的论述,都认为《新刻金瓶梅词话》就是初刻本《金瓶梅》,很多读者也持这种见解。我在拙著《〈金瓶梅〉版本研究枢要》中阐述的"廿公跋"出于鲁重民之手,它在《金瓶梅》主要版本中有三种存在方式,而日本内阁文库本《金瓶梅》为杭州书商鲁重民所刻印是日本学者荒木猛首先提出的,他有鲁重民书肆的废书页作为物证;我在本书中阐述的《金瓶梅》第五十三回至五十七回在《金瓶梅》主要版本中有三种不同的存在方式(形态),而且找到了明代人记叙他们在崇祯年间发现了原来已经失落的第五十三、五十四两回的文献依据("得此元本")。

这就把《新刻金瓶梅词话》与初刻本《金瓶梅》词话的不同之处揭露得淋漓尽致,这种不同不仅仅是外在的序跋一类的饰件(附件)的不同,而且有着文本的本质的重大不同(第五十三与五十四回),这种不同在词话本"瘦身"之后的崇祯本(或谓之词话本的"改作")中留下了非常明显的"胎记"。坚持《新刻金瓶梅词话》就是初刻本《金瓶梅》词话的论者们不敢正视二者的不同,他们坚定地固守着二者的相同或重叠部分在"改作者"崇祯本中留下的证据而止步。论证《新刻金瓶梅词话》与初刻本《金瓶梅》词话有一百处、一万处相同,是必要的,但掩盖不住二者之间的不同;而只要能够确切地揭示出二者之间有一条明显的本质不同,就可以证明《新刻金瓶梅词话》与初刻本《金瓶梅》词话不是同一的。

本书正是以确凿的证据,揭示了二者的本质(文本方面)不同,这就从根本上摧毁了《新刻金瓶梅词话》是初刻本《金瓶梅》词话的所有防御体系,从根本上解决了这个重大的学术疑案。当然正如我在书中所说,人们对于我的论述接受起来,还要有一个过程,但是这个问题的答案是毋庸置疑的。

《新刻金瓶梅词话》与初刻本《金瓶梅》词话关系等版本研究的这一页,应该可以翻过去了。——当然,由于研究对象本身的特殊性,因此这一页的翻动不仅耗时半个多世纪,其过程也相当艰难曲折,因而给人的感觉也相当沉重,这其中有很多经验教训值得认真总结。

本书中的若干篇章,已经单独公开发表过,现在汇集在一起,显然造成了有些内容、引文的重复,我却仍然保持了原貌,理由有三:

一、论文大多都是争辩性的,保持原貌既是对自己,更是对对方的尊重。

二、它真实细致地反映了我的思路的发展演进过程,这对于人们理解我的观点将是有益的。

三、一旦删除了一些内容、引文,将使独立的文章肢体残缺,不易于接受。

责我者、讥我者都有充分的理由,我所能做的只是顺其自然。

我期待着《金瓶梅》版本与作者研究揭开新的一页。

拙著在中州古籍出版社出版,这使人很容易联想到河南的邺城,想到汉魏之际中国伟大的政治家、军事家、文学家曹操:横槊赋诗,固一世之雄也。而其激励人们发愤图强勇于前行的名言也会令人永远铭记:

> 老骥伏枥,志在千里;
> 烈士暮年,壮心不已。

叶桂桐
于山东外事翻译学院
2017年4月17日